风雅之恋

曼农◎著

文匯出版社

图书在版编目(CIP)数据

风雅之恋 / 曼农著. -- 上海 ：文汇出版社，2025. 2. -- ISBN 978-7-5496-4410-0

Ⅰ. I247. 5

中国国家版本馆 CIP 数据核字第 2025H56A68 号

风雅之恋

著　　者 / 曼　农
责任编辑 / 戴　铮
封面装帧 / 薛　冰

出版发行 / 文汇出版社
上海市威海路 755 号
（邮政编码 200041）
经　　销 / 全国新华书店
排　　版 / 南京展望文化发展有限公司
印刷装订 / 启东市人民印刷有限公司
版　　次 / 2025 年 2 月第 1 版
印　　次 / 2025 年 2 月第 1 次印刷
开　　本 / 720×1000　1/16
字　　数 / 390 千字
印　　张 / 27.5

ISBN 978-7-5496-4410-0
定　　价 / 46.00 元

序

一直心心念念要写一本关于校园恋爱的书。

这个念头顽固而飘忽，时而从街边的行道上钻出来，躲在一柄小花伞下搔首弄姿；时而从夜灯的光源里溜出来，映在一面土灰墙上挤眉弄眼；时而又从闲暇的阅读中跳出来，藏在一段文字中间吟风弄月……在大学毕业之后四十余年的漫长岁月里，它始终没有减弱和淡化，就像懵懂游人信手在树干表面刻下的几道划痕，随着时间延长和树龄的增大，不仅没有弥合和平复，反而日渐张裂，愈益深沉。

恋爱这个词，在多数场合下，是一个仅属于年轻人的专用词汇，发散着神秘、浪漫和青春年少的气息。现在，不经意间，忽然要从一位过气老者的口中讲出，而且一开口，就跨越了四十年的时空经纬，无论怎么看，都是一件夐古久远和令人费解的事情，老树昏鸦记挂着英俊后生，古道瘦马眷念着摩登女郎，虽奇妙绝伦、吸睛打眼，但逆情悖理、突兀违和。

为什么要执念和痴迷于四十年前的校园恋爱呢？

是旧情未泯，不能忘怀？心结未解，难舍牵挂？创伤未愈，意气难平？

抑或是，抑或又都不是。

四十年前的校园，一度是学子们的恋爱禁地，学校为学子们的爱情筑起了一道厚重的藩篱，将众多情窦初开、情感焦渴的少男少女圈禁在各自的领地里，男在左，女在右，男女有别，泾渭分明。这道藩篱，隔绝了情侣的身影、情爱的歌声、情思的交流，警示的通告张贴在路旁，窥视的目光浮游在身后，校园的字典里几乎找不到“爱情”的注释。

凡有男女的地方，必然会产生男女爱情。男女的爱情无论发生在何时何地，都具有强烈的逐欢性、排他性，以及不可抑制性，它与人的理想追求和道德认知无涉，而与人的精神需求和生物属性有关。当少男少女们的天性被严苛的校规校纪所压制、所束缚，在人性的自然表达方面不断地被施以外力的干扰和阻碍，失望、愤懑，乃至抗争便接踵而至，爱情遂长了翅膀、换了衣装、遁了形迹，飞进山里、躲到郊外、钻入地下……在各自的恋爱里，男生们学会了探风和踩点，女生们学会了化妆和表演，黑暗或隐蔽处，无不充斥着两情间的怨艾、焦虑、猜忌和痛苦，甚而是侥幸成功后的张皇和忐忑……这是莘莘学子们的无奈和悲哀，烙上了那个时代的特殊印记，留下了仓促复校和粗糙治学的底本或范例。

需要指出的是，四十年前的校园生活，包括整个高校的日常管理，并不是人们自由选择的结果，它受制于当时的物质条件、认知水平、思想观念和社会环境，是一种客观的社会政治反映和复杂的历史文化现象。它从“文革”的疯狂中走来，挟带着一股拨乱反正的革命热忱和战斗精神，既无预演，亦难复制，因而成了具有那个时代特色的历史奇观。任何历史，都是由这些毫无规律、猝然临之的社会乱象堆积而成的。

然而，历史又是有感情和生命的。当我们一路走来，站在历史的峰头回首往事的时候，我们又会否因为历史的无情或无心，扭曲了人性的本能、错失了美好的机缘、辜负了浪漫的时光，而感慨万端、怆然泪下、难以自已？会的，一定会的！但是，我们无法追悔，更无法从头再来；我们只能将昔日的情感沉潜于历史的深流中，让文字成为我们意念或希望的使者，同时借助它的力量，淘筛真相、匡正人性、导引未来，在智慧和多彩的人生之路上走得更稳、更顺、更远。

一切校园往事，迟早都将湮没或沉寂于大千世界的历史尘埃里，但校园恋爱不会。校园恋爱的珍贵之处，就在于它的自然、随性和纯真，展示的是学子们的青春和梦想，演绎的是生命的觉醒和绽放，故而可以忽略届别、不分代际、穿越时空地相沿传续。昨天的校园可以孕育今天的恋情，今天的校园可以重复昨天的故事，感恩过往，祈愿美好，正是此书繁言赘述意欲揭示的主旨或寄托的情怀。

小说都是虚构的，文字则有其含义。这本书，选择了一所学校、几个人，虚构了一段鲜为人知的校园传奇，书中的人物和故事，或许叠映了那个时代校园里的某个人、某件事的影子，但绝不可能是某个人、某件事的小说体的别传。恰当的说法，不妨定义为“一桩曾听人谈起但无从稽考的校园传奇”，或者“一桩有影子看不见投影物、有帽子找不见戴帽者的虚幻传说”。

谨以此书纪念四十年前的校园恋爱，那种春心初萌、情愫暗长的令人陶醉的感觉，一直陪伴着我们走到今天。

序 001

第一章 开篇的故事充满了伤感 001

第二章 校花绽放在一池污水中 042

第三章 多情的灵犀才能一点就通 102

第四章 招蜂惹蝶的除了花还有草 142

第五章 恋爱进行曲插入了变奏符 191

第六章 疯长的相思里疑多爱少 235

第七章 神谕钻进了课桌里 281

第八章 掰开爱心就见到了真情 331

第九章 天意并不在天上 375

第一章
开篇的故事充满了伤感

1

张大勇做梦也想不到，他刚跨进大学校门才第三周，还没来得及把班上的同学认全，就被一辆沾满油污和充满腥臭味的手扶拖拉机拉到医院来了，而且正是由于他的这次意外“失足”，成就了一段20世纪70年代末、80年代初大学校园里的辉煌传奇。

张大勇躺在一张锈迹斑驳的白色铁架床上，两眼死盯着自己那双打过石膏缠满绷带白得瘆人的粗硕大腿。他想凭借意念找到骨折的部位和连续几个晚上都折磨得他无法入睡的痛点，却觉得浑身上下都在痛，两条腿也是麻木的，意念刚运行到屁股底下就很难再往下走，这倒令他毫不费力地找到了僵尸般的感觉。意念没地方跑，就在脑子里打转转，生出许多奇奇怪怪的想法，把他的脑袋顶得胀痛不已，片刻也得不到安宁。有一个问题他一直都没搞清楚，自己为什么会那么傻，硬要从高高的土墩子上往下跳，活生生地把两条腿给跳断了！

那天的事情确实令人沮丧。他原来在家里淘气，从再高一些的稻草垛上或是干涸的拦河坝上往下跳，落地都是稳稳当当的，身子轻盈得像一团空气，一点泥巴星子都沾不上。可是，那天他跳下来的高度并不高，最多比覃老师高半个身子吧，为什么就摔得那么重呢？

他记得，所有的不幸都来自他和皮阿凡打的那个赌。皮阿凡是和他同寝室的同学，城里人，吃商品粮的，吃饭穿衣不用自己种田种地。皮阿凡家住的那个小县城，四面都被海水包围着，比自己家所在的村庄大不了多少。两人在一起，皮阿凡总要拿他家的县城来压自己的村子，一点也不谦虚地说："你们那个兔子不拉屎的地方，除了有几头猪牛羊之外还能见到什么？有轮船吗？有小汽车吗？有别墅吗？我们的渔民出一次海就能添置一部汽车和三栋小洋房，你们行吗？"皮阿凡的狂妄是赤裸裸的，跟人讲话也是咄咄逼人的，就仗着他那个地方的海水多，恨不得一张口也像海水一样把人家给淹没掉。他和皮阿凡打赌，就是看不惯皮阿凡一到寝室没人的时候，就偷偷从旅行袋里摸出一包臭鱼烂虾闷吃起来；另外，也看不惯皮阿凡那副眼睛长在头顶上还贼光乱闪的样子。

"皮阿凡，你敢不敢跳下去？"张大勇终于在上个星期六找到了一个向皮阿凡叫板的机会。

上个星期六，学校组织一年级新生参加复校建设劳动，张大勇所在的七九级金融班分到的任务是挖泥土填水塘。好几个新生班的人都聚集在学校西北角的那片工地上劳动，原来长满野花野草的小山丘已被挖得满目疮痍，仅留下几处用作计算工程量的土墩子矗立在地面上。

皮阿凡循声望去，忽然被阳光蜇了一下眼。下午三点多钟的太阳还是一副火燎燎的样子，张着大口往外吐热气。皮阿凡眯缝着眼睛，就看见张大勇正手舞足蹈地站在一座一人多高的土墩子上，一副得意扬扬的样子。他读懂了张大勇的肢体语言，不屑地回呛了一句："你跳一个给我看看！"皮阿凡断定张大勇不敢往下跳，因为他的头脑没毛病。

"我们打个赌怎么样？"

"赌什么？"

"把你的助学金匀一点给我！"

"凭什么？"

"谁让你的助学金比我高！"

"好，就让给你两毛钱！"

皮阿凡的话音还飘在空中，扑通一声，张大勇的双脚已经先落了地。

"哎哟——"声响过后，紧接着是张大勇一串长长的惨叫。

"你——还真跳呀？"皮阿凡先是愣了愣，随即跑上前去看究竟。他是第一个也是最后一个看见张大勇在纵身一跳的过程中，把自己的年少冲动咽进肚子里然后再吐出海水一样的苦涩的人。

“我的腿——腿，站不起来了！”张大勇脸色煞白，身子侧卧在地上，额头冷汗直冒。

张大勇的周围很快聚拢了一堆人。几个最先看见张大勇趴在地上的同学正围在他身旁，七嘴八舌地问他到底出了什么事，摔疼了没有，要不要紧，毛手毛脚就要去拽他起来。不知是谁触碰到了张大勇的痛处，惹得他像杀猪似的嗷嗷直叫。人群中有人慌了神，目光寻觅了一遍之后，没见到主事的在场，便扯着嗓子呼喊自己的班主任：

“覃老师——”

“覃老师——”

“别喊了，覃老师这会儿不在，回教研室去了！”一个浓眉大眼扎着两根长辫子的女生，手里抓着一顶白底碎花凉帽，汗津津地从人群中挤了进来。

“萧天雅！”

“书记来了！”

人群里有人在跟长辫子打招呼。

“哎呀，这是怎么啦？”长辫子看见有人躺在地上，着急地问道。说着，蹲下，将凉帽朝地上一撂，从衣兜里掏出手绢给张大勇擦汗，又顺便抹了抹自己额头和鼻尖上的汗粒。

“这里疼不疼？”

“这里呢？”

长辫子的两只手在张大勇的腿上轻轻触摸着，边摸，边朝四周巡视，目光在人群中点定了一个人：“刘远程，你能不能把他背到医务室去？”

听见有人在喊自己的名字，一个身材颀长、看上去有点文弱的学生突然打了个激灵。他面带难色地走到长辫子跟前，说：“我倒是没问题，但光我一个人可能背不动他！”

“你不会找个人来帮忙呀！”长辫子十分不满地瞪了刘远程一眼。她发现不少在场的男生都是本班的，便用一种果决的口吻吩咐道，“谁的力气大点，赶快把张大勇背到医务室去！”

就在长辫子女生萧天雅急赤白脸地冲男生们发火的当口，七九级金融班的班长闻风雷和生活委员谷庆丰陪着一位校医从教学区方向过来了。闻风雷快步走在另外两个人的前头，西斜的阳光照在他们身上，在地面留下纷乱的影子，像是一行人的心迹写照。

闻风雷刚才被班主任老师覃怀良临时抓了个差，是在返回工地的路上听到外班同学议论，才知道张大勇出了事。闻风雷经过学校医务室的时候，碰巧遇见谷庆丰在那儿包扎手掌上的伤口，两人一合计，赶紧向校医报告了此事，拥着校医就来到了工地。

听到萧天雅的声音，闻风雷在人墙外停住了脚步。他没想到在一大帮围观的人群当中，照料张大勇的主角竟然是一位女生。萧天雅此刻差不多半跪在张大勇的身旁，一袭长裙盘在脚下，两根长辫垂在胸前，目光注视着张大勇，流出殷殷伤感。闻风雷目睹眼前的情形，宛如见到了另一幅阿道夫·乔丹的《母爱》，心里顿时涌起一股暖流。

几个男生正在商议如何把张大勇搀扶起来，有的说要一人抱住头两人抓住脚；有的说要两人抓住手再两人抓住脚，神情显得游移。萧天雅见他们还在磨叽，嗓门又提高了几度："你们怎么那么黏糊！刘远程、皮阿凡，你俩都过来，和我搭把手，赶快把张大勇送到医务室去！"

"喂，伙计们，医务室的王医生来了！"几块竹板碰撞在一起的声音，把众人的注意力引导到了各自的视线中。

人墙闪开了一道口子。萧天雅见医生来了，"呀"了一声，慌忙抓起地上的凉帽，让出了最佳位置。

王医生很小心地将张大勇的身子扶正，抬了抬他的两只胳膊，又捋起他的裤腿捏了捏下肢，而后面无表情地说："骨折了，送医院吧！"

"有救护车吗？"

"救护车？"年轻的校医似乎没想过这个问题。当他瞥见提问者是一个长得很好看的女学生，声音马上低了半截，"没有。听说明年会买一部！"

闻风雷和校医耳语了几句，便向几个班干部转达校医的处置意见：张大勇的两条腿靠近脚踝的部位估计都断了，需要赶快手术。学校在郊区，附近没有大医院，保险一点的话，要到10公里以外的市第一人民医院去治疗。交通工具没问题，学校食堂有一辆买菜用的手扶拖拉机，由校医去向食堂借用，把张大勇拉到市里去就诊。

“要去就抓紧一点，你看张大勇话都说不出来了！”萧天雅依然是一副着急的样子。

闻风雷点点头，靠近张大勇弯下腰，摆出一个马步姿势，对谷庆丰道：“老谷，你抱住他的身子，让他趴在我背上，先把人弄到食堂再说！”言毕，轻巧地驮起了张大勇。

“要不要再喊几个人？”

“叫上乔粤生吧，大个子管用！”

萧天雅没料到自己会被冷落在一旁，急了：“哎，怎么没我们的事呀？”

“都去医院，这里怎么办？”闻风雷头也不回地走了。

看热闹的人尾随在闻风雷身后，形成了一道厚实的屏障，断开了她的视线。几个人越走越远，渐渐缩成一团黑影，反过来产生巨大的离心力，使她僵定在人群的边缘而无法动弹。她望望凌乱的工地，重重地叹了一口气。

一辆机身裹满油污的手扶拖拉机正在学生食堂门口极不耐烦地干吼着，“突突突，突突突”，从机头冒出的浓烟，像一群黑色的幽灵，在微风的吹拂下，演化成各种奇形怪状的符箓，昭示张大勇眼下的痛苦和七九级金融班的未来趋势，晦涩而深奥。闻风雷在谷庆丰的协助下，背着张大勇一路小跑，等他靠近拖拉机时，人都快要累瘫了，喘了好几口粗气，才把呼吸给接上。

两人拖拖曳曳地把张大勇安顿好，就坐在拖拉机的车斗里等乔粤生。很快，乔粤生的人现了身，马盖头，花格子衬衫，喇叭裤，脚底下趿拉着一双人字拖，活脱脱的一个冒牌港仔。闻风雷皱了皱眉，说：“就这副模样上医院？也够另类的了！”

“哎，你看，皇甫涓也跟来了！”谷庆丰眼尖，认出了乔粤生身旁的一个娇小的身影。

“他们两个怎么凑成一对啦？”闻风雷觉得有趣。

“他们两个才凑不成一对呢！乔粤生至多是当一回电灯泡，刺一下大家的眼睛罢了!”

“你就这么肯定?”

“当然! 皇甫涓入学的时候,是她男朋友送到学校来的。那小子对皇甫涓是一百个不放心啊,守在学校对面蛟河机械厂的招待所里,一待就是一个多星期,天天上街为皇甫涓买东西,也不知道买了多少,硬把个女生宿舍塞得满满登登的!”

“她男朋友是干什么的?”

“派出所的民警。听说那天来寝室,身上还带了枪,谢晓华就看见过他屁股后面的枪套子!”

“那不成了武装押运嘛!”

“人家来自老区,革命理论学得好,枪杆子里面出美人呢!”

“皇甫涓美吗?”

“嘿嘿——”

乔粤生踩着人字拖踢踢踏踏地赶来,到了跟前,将一只胳膊举得高高的,嘴里喊道:“看看我给张大勇带来了什么——我给他带来了邓丽君!”几个人这才发现,那只胳膊上吊着一台十分稀罕的三洋牌四喇叭收录机。

皇甫涓正要往车厢里爬,被闻风雷拦了一下:“皇甫涓,你别去了,车厢挤不下!”

皇甫涓露出疑惑的眼神,她瞅瞅车厢,自言自语道:“挤吗? 才不挤呐!”说罢,朝后退了几步,一个娴熟的盘腿跳就落在了张大勇的身旁,再回过头来噘着嘴对闻风雷说,“你不要看不起我们女同学嘛!”

拖拉机驶出校门以后加大了马力,刺耳的干吼声立刻变得清脆而辽远了。等噪声低沉下去,乔粤生悄声问张大勇:“喂,想听邓丽君的歌吗? 我放给你听!”

张大勇身子蜷曲在车斗里,半睁半闭地哼唧了一声。

“来一首《月亮代表我的心》吧,我想听!”皇甫涓沾了油污的手在四喇叭的收录机上拍了拍。

收录机放完《月亮代表我的心》,又继续播放《九月的故事》《如果没有你》

《温情满人间》，一曲再一曲，没完没了，都是邓丽君一个人在唱，唱得她口干舌燥。

“你从哪里弄来的这些磁带?”皇甫涓问乔粤生。

“她自己寄给我的!”乔粤生一脸幸福的样子。

“吹牛!”皇甫涓的噘嘴变成了撇嘴。

“她管我妈叫小姨，是我表姐!”乔粤生解释道，见皇甫涓仍然不信，“骗你我是这个——”随后奓开五个手指，模仿螃蟹爬动了一下。

“你本来就是螃蟹嘛！咯咯……”

收录机里仍然是邓丽君在唱——

风儿多可爱/阵阵吹过来/有谁愿意告诉我/风从哪里来……

“嘤嘤——”一阵啜泣从音乐的缝隙中渗了出来。

“是不是腿痛得厉害?”闻风雷拍了拍张大勇的肩头，问道。

“呜呜——我想我的哥哥姐姐……”张大勇终于哭出了声。

2

张大勇摔伤之后，覃怀良第一时间就把皮阿凡叫到了办公室，问他为什么要去和张大勇较劲，让他从那么高的地方往下跳。覃怀良生气地说:“张大勇在班上算是小同学，你们要像大哥哥大姐姐那样照顾他，现在倒好，不仅没照顾到他，还害了他，学校若是追究起责任来的话，你们一个个都吃不了兜着走!”

“覃老师，我也听人在瞎传，说是我用两毛钱引诱张大勇往死里跳的。我不服气，根本不是那么回事！他，他，嗨，怎么说呢，是他说我的助学金比他多两块钱，要跟我打赌，才自己跳下来的……”皮阿凡结结巴巴，脑门上的青筋东躲西藏。

“助学金？还打赌？你的助学金怎么会比他多两块钱呢？你评的是三档？那他就是四档啰?”覃怀良没料到张大勇的事还扯上了助学金，心里顿时慌了，“你家在城里，他家在农村，去年他家里遭了灾，一点收成都没有，你怎么会比他的高呢?”

“我哪知道,是大家评的嘛!”皮阿凡觉得覃怀良有点偏心,问了一个不该由他来回答的问题,一句话顶了过去。

遭到皮阿凡的顶撞,覃怀良十分郁闷。皮阿凡的助学金评得是否合理,其实是怪不到皮阿凡头上的,一个刚入学的小家伙,想让学校多发一点助学金给自己,有什么可以指摘的呢?说起这件事的前因后果,责任还在他这个班主任身上。当初,学校教务处通知各班填报助学金申请表,他并未太重视,心想这是一项雨露均沾的政策,除了少数几个带工资上学的同学以外,班上人人有份,只要排排坐就有果子吃,于是就放手让各小组自行评议去了。尽管他也强调了评定助学金不能搞平均主义,要重点照顾那些家在农村且生活条件相对困难的同学,但他的这番话都变成云朵飘进了天空,雷声响过之后一滴雨也没见到。

既然张大勇的助学金评得不合理,那么班里其他人的助学金想必也存在问题,果树生了虫,遭受虫害的不会只是一片树叶或者一枚果实。覃怀良一心要把事情搞清楚,便抽了个空当到学生宿舍搞调查,专找那些评定等次不高的同学谈话,果然收罗到了不少活情况。

张三说:“我们小组评助学金好像都没人管,大家对照条件自行填报等级,想要几等就报几等,就高不就低。原来以为班里会把关的,没想到小组怎么报班上也怎么报,很多人都讨了便宜!”

王五说:“家里条件不错的同学也评了一等。我们女生评的时候,有的人怕露富,就把照相机和收录机藏了起来。有个同学原来戴了一块上海牌手表,后来又不戴了,别人问她为什么不戴了,她说她根本就没有手表,原来戴的那块表是上学途中为了赶火车向亲戚借的,早就还给人家了。”

李二说:“四组的莫跃进挺会来事的,他一听说要评助学金了,就叫陈实把穿在身上的‘的确良’衬衫换掉,陈实没理他;他又假装借钱给皮阿凡买饭菜票,然后放风说他家里穷,连饭菜票都没钱买,结果帮皮阿凡评上了三等……”

真是人小鬼大!覃怀良第一次领教了这帮学生的厉害,一次寻常的助学金评定,居然隐藏了这么多七拐八绕的事,简直就是被这帮年轻人倒过来上了一堂形象而生动的“上有政策、下有对策”的政策攻防课。

覃怀良带的这个班，是“文革”之后恢复高考的第三次招生。与前两届学生相比，生源的年龄总体上下降不少，但两头冒尖的情况更加突出，大的很大，小的很小，一头一尾落差悬殊。年龄上的参差不齐，也带来了管理上的两极分化：年纪大的学生老成持重，进退有度，不需要操太多的心；年纪小的学生心高气盛，不知轻重，稍不注意就惹是生非。在他管带的这个班上，包括这座校园内，正呈现一种隔代同窗、长幼同教的奇观。

覃怀良本来是不愿意当这个班主任的。还在新生快要来报到的前几天，系主任郭之诚找到他，要他当新生班的班主任，理由是他原先在大学里当过辅导员，他迟疑了半天才应承下来。他这个学期开了两个班的专业课，这门课他以前从来没教过，仅仅是在做学生的时候学过。他评上助教没几天，就闹“文革”了，“文革”搞了十年，他也脱离教师队伍，到一家省属企业当了十年会计，直到前年下半年教育部做出恢复高考的决定之后，他才被学校从工厂“挖”回来，重新成了“教工”。他现在的学衔是助教，按照以往的规定是没资格给本科生上课的，但眼下的情形有些特殊，高职称老师如凤毛麟角，全校总共只有两位教授、五位副教授，剩下的不是讲师就是助教，原来那帮桃李芬芳的教学骨干和科研达人都像天女散花般洒落在祖国的天南地北，再让他们重返讲坛重拾教鞭绝非易事，因此历史就改写了常规，让他以助教的身份与其他同仁同台竞技，逐鹿校园。他自己很清楚，他是第一回教学生，算是“处子秀”，学衔低经验少还在其次，关键是心里不蹬底，不知道前路的形势。课堂既是舞台又是考场，学生既是观众又是考官，作为一名尚在排练的杏坛舞者，他不仅离不开安放心灵的舞台，也离不开成就希望的观众，他必须打起十二分精神，塑造好自己的考生形象，防止被那帮爱挑剔的考官白眼相看，嘘下考场。

把情况摸得八九不离十之后，覃怀良就打算要去向系里汇报，可是在向谁汇报这个问题上，他却犯了愁。系里有两位领导，一位是系主任郭之诚，另一位是系党总支书记蒋家兴。他知道，教学和行政管理方面的事情应该向系主任汇报，党务和思想教育方面的事情应该向系书记汇报。但是，张大勇调皮捣蛋摔伤了自己，究竟是属于行政管理方面的问题，还是属于思想教育方面的问题，他拿捏不准，所以尚在犹豫之中。

恰在此时，救星到了。救星就是他自己的老婆沈小健。

沈小健也是本校的老师，与覃怀良在同一个系，但不在同一个教研室。覃怀良在金融教研室，沈小健在税收教研室，两人上面共着一个头，是八爪鱼那样的头，他和沈小健都是八爪鱼身上的触腕。

沈小健课间休息经过金融教研室门口，见里面只有覃怀良在，便探了个头进来："咦，怎么就你一个人呀？"

覃怀良向她招招手，沈小健就溜了进去。

"呃，你说张大勇这件事向谁报告好？"

"当然是蒋家兴咯！"

"为什么不是郭之诚呢？"

"郭之诚管事吗？他一天到晚忙学问，哪有闲工夫管学生的事！"

"可他毕竟是系主任呐，绕开他恐怕不好吧？"

"要我说还是蒋家兴。你听没听说过，工农商学兵，东西南北中，党是领导一切的嘛！"

"嘿，你这句话算是说到点子上了！"

覃怀良去向蒋家兴汇报，才短短的几分钟，便从春天跌进了冬天。蒋家兴起初挺客气，又是让座，又是沏茶；等听完覃怀良的汇报后，就来了个一百八十度转弯，脸上没了笑容，也不再搭理他，自顾自地在办公室抽烟、踱步。

蒋家兴不停地踱着步，覃怀良就不由自主地跟着他打转。蒋家兴来来回回地走动，每一步都踩在覃怀良的心口上，心情被他踩得一上一下的，连呼吸的节律也被他踩乱了。

蒋家兴比覃怀良大五岁，看上去却长得颇为老相，才四十五岁的年纪，头发就花白了，眼角也有了很深的鱼尾纹。由于长期抽烟且睡眠不足，两个眼珠子浑浊糊涂，牙齿也一片黑黄，身材虽然高大，但瘦骨嶙峋，人的生气在皮多肉少的躯壳里根本藏不住。蒋家兴边吸烟边踱步，间或停下来咳上几声，办公室里就弥漫着一种与周围环境极不相称的衰老气息。

"你们打算怎么处理这件事？"

"处理？您是说要处理张大勇？"

“不处理？不处理行吗？”蒋家兴乜了覃怀良一眼，“覃老师，我们要敏感一点哪！对于无组织无纪律的学生，你假如连一个基本的态度都没有，这个班你还怎么带啊？”

“他才十七岁，就是贪玩，没有多少自控力……”覃怀良试图表达某种意见。

“学校是教书育人的地方，校规校纪面对的都是学生。张大勇年龄小是事实，但年龄小也要认真对待，在个别人的问题上不能抓好首例，助长松松垮垮的风气，那影响的可是一大片呐！”

从蒋家兴办公室出来，覃怀良心里凉了半截。听蒋家兴的意思，张大勇这件事还没完，还有可能要给他处分，这有点出乎他的意料。他发觉蒋家兴与人打交道时，心情变化很快，就像糯米糍粑一样，刚起锅之时，又黏又软；冷却下来后，又板又硬。

覃怀良带着沉重的心情到班上去，路上碰见了系主任郭之诚。郭之诚长了一副矮小羸弱的身材，遇见谁都是率先递出笑意，他的笑意永远比他的人跑得快。听了整个事情的经过，郭之诚仍然是笑嘻嘻的，说：“我看蒋书记的意见还是很有道理的，学生出了问题，当然要有一个说法啰。对张大勇的事怎么处理，你们可以先拿个意见嘛，不过你心里要有数，张大勇如果不能跟班学习，缺课又多，教务处说不定会让他休学的！”

张大勇刚住院的头几天，七九级金融班的同学们普遍陷入了一种莫名的躁动中，大家有事没事就往医院跑，到了医院，就坐在病房里陪他侃大山，要么帮他一点小忙，打个饭，端个水，洗个裤头或袜子什么的，也不需要带任何东西去，就空着手去，空着手回，把同学的纯真友谊都融化在平淡的随意里。大家在往返医院的过程中，心里很快就有了牵挂，肩头也似乎增添了某种责任，一个小弟弟在医院住院，做哥哥姐姐的理应去探视或照料，而当这个想法被付诸实施，每个人都不知不觉地长大了不少。

星期天，萧天雅捧着一堆从路边采来的鲜花，带着团支部副书记刘远程、宣传委员吴学勰来医院看望张大勇，恰好碰到了副班长帅亦然和生活委员谷庆丰。帅亦然昨天在医院轮值，谷庆丰今天来换他。萧天雅一踏进病房，就如同进了战时的避难所，十来个伤筋动骨的病号拥挤在一间狭长的大病房里，轮椅堵在过道口，拐杖义肢护套扔在床边上，满眼尽是凌乱。南方的秋分时节，气温高企不下，秋老虎呼出的阵阵暑气，把病房烘得像蒸房一样，热冲冲的药水味、汗酸味和尿臊味直往人的鼻孔里钻，病人肢体上的石膏或绷带早已被血液、药液或是汗液濡成了酱黑色，也散发出一股难闻的酸腐气息。

张大勇的病床在墙的拐角处，他坐在床上斜倚着墙壁愣神，枕边放了几本书，床头柜上装过罐头的小玻璃瓶里插着几枝干枯的花草，花草萎蔫，没精打采，无论是病床上的人或是其周围的物品，都笼罩在一片失意的沉寂中。

帅亦然正在和谷庆丰交接昨日的值班情况，意外瞥见了萧美女，于是急忙丢下谷庆丰，把自己才讲了一半的话硬生生地咽回肚子里，迎上前去招呼萧天雅。帅亦然要去接她手里的花，被她机巧闪过，她把花交给吴学勰，朝那几枝干枯的花草努努嘴："你去帮他换一换，哪能劳动我们的然大帅呢！"

"然大帅"是覃怀良的一个口误。那天，班里第一次点名，覃怀良莫名其妙地把帅亦然的名字念成了"然大帅"，气得帅亦然都没起身跟大家打招呼。此番在医院，萧天雅又当着本主儿的面叫他"然大帅"，他听着别扭却没发作。他想，萧天雅这样叫他，说明萧天雅喜欢这样叫他，只要萧天雅喜欢，那就让她叫好了，总比不理他的好。这样想着，竟然开心地笑了笑。

美女是溽热里的清凉，这股清凉是从眼里进入，而后流到心里，再从心里扩散到全身的。当萧天雅穿着短袖、裙子和皮凉鞋出现在病房的时候，病房里的每个人都被一股不约而至的劲风拂了一眼，刹那间便没了声响，大家被她的举动所吸引，眼中的两汪清潭映着她的影子，居然真的从溽热里解脱了出来。萧天雅进了病房就不停地忙乎，不仅自己动手帮张大勇洗洗弄弄，还吩咐这个打扫卫生，支使那个整理环境，忙得差不多之后，又拿出听课笔记来为张大勇补习功课，把自己卡进时间的齿轮里，一刻也不歇息。几个人忙里忙外谈笑风生，病房里的人和窗户外边的鸟一样唧唧喳喳，给病房带来了少有的生机。

一群人的欢声笑语，招来了一位长相甜美的女医生。她一脸严肃地走到张大勇的床边，用手里的病历夹在床尾的栏杆上轻叩了两下，再指指墙上的"肃静"两字，说："请你们小点声，别影响病人休息。"言毕，飘然离去。

刘远程盯着女医生的一举一动，人刚出门，就馋巴巴地问谷庆丰："哎，你说她像不像一个人?"

"像谁?"谷庆丰莫名其妙。

刘远程兴奋地说："班长的对象呀!"

"班长的对象?"谷庆丰摇摇头，"不像，不像!"想了想，又说，"要说像，也就是脸蛋有点像，鸭蛋脸。不过班长的对象比她好看多了，长得更标致，更神气!"

"你们见过班长的对象?"帅亦然好奇地插了进来。

"这又不是什么秘密，"刘远程答他，"我们小组的人都见过!"

"他瞎说!"谷庆丰白了刘远程一眼，"他只是看到了一张照片！开学的头几天，是有一个人给闻风雷寄了照片来，一个女军人，穿四个兜的。照片一寄来，就被徐维平抢去了，拿着它给寝室的每个人传了一遍!"

"那不就是他的女朋友嘛，我哪里瞎说了?"

"你说你见过他的女朋友，还没瞎说?"

刘远程和谷庆丰叮叮当当地争论，却忽略了一个人，这个人就是萧天雅。没有人会注意到，当谷庆丰讲到闻风雷的对象长得很标致的时候，正在给张大勇讲解昨天数学课上教过的微积分的萧天雅立刻停止了说话，演算习题的笔也不经意地从手里滑落到了床铺上。

几个人漫无边际地谈天说地，冷不防被一声粗豪的男中音吓了一跳："哇，很热闹嘛!"说话者是覃怀良，他带着沈小健和闻风雷一起来了医院。

张大勇一见覃怀良，仿佛见到灵异一样，脸色骤变，情绪失控，连喊"不要，不要"，随手抓起一本课本盖在脸上，扭头就往墙角里扑。

"这——"覃怀良有些意外。他站在离张大勇三五步远的地方，近又近不得，退又退不得，无论其他同学怎么递话，张大勇那张脸就是不掉过来。覃怀良无计可施，只好说"我走，我这就走"，给沈小健递了个眼神，示意几位班干部一齐出了病房。

覃怀良出去以后，沈小健坐在床沿上给张大勇削苹果。这回张大勇不怕了，但也不说话，只看着沈老师傻笑。张大勇是认识沈老师的，他报到的那天下午，覃、沈两位老师一起来宿舍看他，就感到沈老师和蔼而亲切。沈老师边削果皮，边数落张大勇："你这个傻孩子，胆子也真够大的，那么老高的地方怎么就敢往下跳呐！你看你，现在哪里都不能去了，只能躺在床上，你心里不着急吗？你家里还不知道你到医院里来了吧？他们要是知道了，那该多伤心啊！下回千万别再犯傻了，听见没有？吃吧，吃吧！"张大勇仍在傻笑，但脑袋却慢慢垂了下去。

病房外面的走廊上，覃怀良正在向几位知情的同学了解张大勇的治疗情况。刘远程近日来医院比较多，便主动报告道："张大勇这次还算是幸运的，只是单纯骨折，不需要手术。最近几天骨折的部位肿得厉害，也很疼，但他很坚强，医生给他消炎换药，他一声没吭。医生说了，一个礼拜之后，最多十天之内，他就可以出院了！"

"什么时候拆石膏？"覃怀良问。

"我刚问过医生，"谷庆丰接过话头，"医生说像张大勇这样完全靠石膏起固定作用的，要两到三个月才能拆。"

"出院以后怎么办，你们谁考虑过没有？"覃怀良沉吟片刻，又问。

几个人你看看我，我看看你，显然都没想过这个问题。

走廊上不时有病人经过，拄拐棍的，坐轮椅的，被人驮着的，躺在担架上的，五花八门，奇形怪状。他们在把伤痛和烦愁留给自己的同时，也把担忧和辛劳留给了家人。

还是吴学勰的脑子转得快，覃怀良的目光刚落到他身上，他的想法就来了："张大勇出院以后的最大难题，我看还是护理问题，整天躺在床上，干什么事都要有人帮忙。七八级金融班有一间班部，就在我们男生宿舍的一楼，平时很少使用。最好能想想办法把那间房子借过来，让张大勇在那里养伤，问题就解决了。"

"借班部的事就交给我们团支部吧，"萧天雅接着道，"我去找一下七八级金融班的邵班长，估计他会帮这个忙的！"

"你们都没讲到要害上，我关心的并不是张大勇在哪里伤养的事情，"覃怀良表情失望，"不瞒你们说，系里要处理他！"

"凭什么？"帅亦然一听就炸了，"他不过就是自己不小心，摔伤了腿，就要给他处分呀？要是这么做的话，我第一个反对！”

“处不处分我不知道，”覃怀良斜了帅亦然一眼，“休学的可能性比较大，但事情还没最后定！”

“休学是不是就留级啦？”

“学习跟不上，我们可以帮助他嘛！”

“蒋书记、郭主任我都找过了，”覃怀良一脸的无奈，“系里也做不了主！”

听着大家的议论，闻风雷也在动心思。按理说，一个刚入学的学生，因玩心重、自我控制力弱，不小心发生了安全问题，批评一通，检讨一番，也就达到教育的目的了，怎么还绕到“处理”上面去了呢？闻风雷脑袋里的“联想机制”忽然启动了，他似乎隐隐约约地感觉到了这件事背后的某种因由。他曾听覃怀良说起过，七九级金融班的班主任本来不是他，他来当这个班的班主任，主要还是郭之诚的意思。是不是蒋家兴不喜欢覃怀良？正因为他不喜欢覃怀良，才会在张大勇的问题上为难覃怀良？闻风雷一时陷入了沉思。

“喂，借光，借光！”“让一让，让一让！”一个满脸血污的伤者伏在一个壮汉的背上，被人簇拥着急匆匆地从走廊穿过，纷乱的噼里啪啦声，把覃怀良等人赶到了走廊尽头的窗户边上。

“闻风雷，你在看什么西洋景呀？”覃怀良见闻风雷没吭气，自己倒先沉不住气了。

闻风雷不自然地笑了笑，说：“先找一处地方养伤，解决张大勇的燃眉之急，这个主意不错！”

本来是一句惯常的客套话，却引起了帅亦然的反感：“嘁，你重复别人的话有什么意思，覃老师是想听你的高见！”

“嘿，冒出个愣头青来了！”闻风雷心头一紧。帅亦然是副班长，公开场合下，他不便多说什么。他稳住情绪，笑问道，“我哪里有什么高见哟，你肯定有，是吗？”

“覃老师是问你的，我说算什么呀！”帅亦然并不接招。

“在覃老师面前你那么谦虚做什么！”闻风雷这回加重了语气，说出的话里就有了一种顶真的味道，“大家在商量工作，谈点想法是为了给覃老师当参谋，分什么高见和低见!”

刘远程和谷庆丰幸灾乐祸地对视了一下。

帅亦然自知失言,他没想到自己的不屑招来了更加强烈的不屑,只好讪讪一笑。

“我想到了两种情形,请各位预测一下,它所对应的两种结果到底会不会发生。”闻风雷重新回到自己的思路上,“第一,假设张大勇的考试成绩全部合格,学校会不会叫他休学?第二,假设眼前的坏事在将来变成了一件大好事,学校还会不会给他处分?”

“张大勇是否休学,除了考试成绩之外,还有课时上的要求吧?”吴学勰提出了一个众人意想不到的问题。

“坏事变好事,怎么变?”刘远程表示怀疑。

“你俩别瞎嚷嚷,听你们班长说!”覃怀良急于想知道闻风雷的葫芦里装了什么药,粗暴地打断了两人的议论。

闻风雷此刻在做一道数学证明题,这道题是蒋家兴出给覃怀良的,而覃怀良又出给了在场的每一个人。闻风雷运用逆向思维的方法,从结论出发,不仅厘清了给定条件和解题思路,还明确了适用原理和推导步骤。现在他只要能够运用专门的数学语言和运算符号写出求证过程,这道题就算大功告成了。

“按照我的理解,大概率是不会了!”闻风雷一只手插在裤兜里,另一只手配合他的语速,一字一顿地向前挥动,旋即又快速收回,“休学也好,处分也罢,实施的前提都不复存在了!”

“这件事,班委会和团支部要捆在一起干,全班都要动起来!”闻风雷侃侃而谈,“班里要成立几个互助小组,比如生活上的、学习上的,把照顾张大勇的事情全包下来,更重要的是,通过全班来参与这件事,发现和培养我们身边的典型,树立我们的集体形象和良好班风……”

“说得轻巧!”又是帅亦然。

“是不容易!但你有退路吗?背水之战是没有退路的!”闻风雷眼里透着冷峻,“这件事若处理不好,影响的不仅是张大勇,还有我们这个班集体,它会给我们带来许多不确定的后遗症!”

“系里怎么办?”萧天雅不无担心地问。

“不睬它!”闻风雷依旧打着轻快而果决的手势说出了三个字。

“不睬它?”几位同学都不约而同地重复了一遍这几个字,他们的脸上分别露出了惊讶、质疑或是好奇、不解的表情。

“我是这样想的,”经过短暂的沉默之后,闻风雷亮出了自己的底牌,“张大勇养伤需要三个月吧？在这三个月当中,学校和系里关心的是什么呢？是不是张大勇的治疗和康复问题？我们可以很有把握地说,在这三个月里,学校和系里暂时还不会做出关于张大勇的任何决定,而我们恰恰能够利用这段时间,帮助张大勇把伤养好,把学习成绩搞上去,并且在照料和帮助张大勇的过程中,展示出我们班的集体主义精神。各位想想,当张大勇能下地走路了,期中或期末考试成绩又都合格了,学校还会来找他的麻烦吗?”

“还真不会了!”几个人都点了点头,然后又摇了摇头。

3

覃怀良在医院同几个班干部商妥了张大勇的护理事宜后,便与沈小健打道回府,点名要闻风雷和萧天雅跟他们一道走。萧天雅说她要到百货商场去给女同学们买几样洗漱用品,向老师请个假,晚一点回学校。覃怀良当着闻风雷的面问她:“要不要叫闻风雷留下来,让他陪你一道去?”

萧天雅的脸一下子红到了耳根,说:“老师开玩笑了!”说完甩了一下辫子,低着头走了。

萧天雅带着一颗怦怦乱跳的心离开医院,走了很长一截路才慢慢静下来。一路上她都在回味刚才的那种心跳的感觉,就发现它与以往拎水上楼或是体育锻炼喘着粗气时的心跳大不相同,那种心跳是剧烈的,呼吸也很急促,但感觉却很单纯,就是心跳和喘不过气来;刚才的心跳,虽然谈不上剧烈,呼吸也并不急促,但感觉却十分复杂,心慌、意乱、紧张、不安,甚至兴奋、激动和周身燥热,总之是一种未曾有过的体验。她对自己的这种过度反应感到奇怪,便轻轻抚着胸口问自己：何故如此心慌,以至于乱了心率、乱了步子、乱了思绪？难道仅仅是由于覃老师的一句戏言吗？覃老师的戏言,来得意外和突然,令她难以应对,这是引起她心里惊慌的一个重要因素；但是单凭这句戏言，还无法形成全面冲击，因为它的力度不够，触及不到她的内心深处。她内心的剧烈反应，实质上是缘起于刚刚进行的一场谈话，在那场谈话中，闻风雷不经意间打出了一个手势，用他的肢体语言，展示了一种自信、果决和魄力，这令她眼前一亮而为之倾倒；这个手势也是有力量和自带气场的，就那么随意地一挥，便增大了戏言里的分量和穿透力，震撼了她的视觉和心灵，从而带给她一种崭新体验。

覃老师为什么要开那样的玩笑呢？难道是想测试她的反应？覃老师也不想一想，要是自己当时就点头同意或是说声好的话，闻风雷会和她一道去吗？闻风雷今天真狼狈呀，覃老师问她要不要闻风雷陪，闻风雷张着大嘴死死盯着老师，分明是想阻止他的提议，又怕他无法理解自己的意思，所以就急得干瞪眼了。早知道闻风雷那么紧张，她就应该大大方方答应覃老师的，看他到底会有什么反应，不闹个大脸红才怪呢！

萧天雅从百货商场出来，手里拎了两个小纸箱。刚要穿过人行道，去街对面乘公共汽车，冷不防从人行道的护栏上跳下一个人，“嘿”一声，就蹦到了她跟前，吓得她连忙后退了几步。等她看清来人之后，不由转嗔为喜，原来是帅亦然。

“你吓死我啦！”萧天雅惊魂甫定。

“我就是想给你一个惊喜！”帅亦然觍着脸说。

“还惊喜呢，差一点就惊厥了！”

两人在公交站台等了片刻，上了一辆由城区开往郊区的 181 路公交车。车走南北线，从市中心的妇幼保健用品商场出发，经天堂街、五四路、南门里、望夫桥等几个著名街区，大约 40 分钟之后抵达离学校最近的公交站牛郎星站。

萧天雅找了一个靠窗口的位子坐下，帅亦然也就一屁股蹾在了她的身旁。帅亦然一落座，萧天雅便明显感到有一股炙人的热风迎面扑来，脸颊顿时就有了热度。她瞧瞧周围还有几个空座位，就去和身旁的男生商量：“然大帅，你还是坐到别的地方去吧，我们一个书记、一个副班长坐在一块儿，让学校的人看见了多不好意思啊！”

“咦，这你都看不出来，我是在保护你的呀！”帅亦然油嘴滑舌道，“我不坐这里，等会儿来个农民伯伯或是工人叔叔拎着麻袋或是铺盖卷挤你，你愿意呀！”

“你贫嘴！”萧天雅乜他一眼，暗自笑笑，不再撵他。

181路车是一种铰接式客车，前后两个车厢用一截褶篷铰链，首尾通贯，车身狭长，车辆行进的时候，车体中间的铰接盘会发出吱呀吱呀的声响，听上去就像是外星人在聊天。

汽车刚出城区，就上来一个挑着担子的老汉。老汉随人流往里进，见车厢中部一个小包间一样的地方还有些空隙，便把担子放在了那片空隙上，想不到却是车辆的铰接盘。老汉用扁担撑着自己的身体，随着车身的颠簸起伏，不断地调整自己的身姿，努力保持着脚底下的稳定。忽然，车辆的铰接盘慢慢地转动了，原来是到了岔路口，汽车要拐弯了。老汉看着脚底下在转动，生怕会塌出个大窟窿，赶紧把担子挑起来，三步并作两步走出铰接盘，恰巧停留在帅亦然的座位旁。帅亦然看到老汉过来，先用膀子碰碰萧天雅，叫她看看老汉；又朝自己竖竖拇指，问她是不是很英明，两人都会意地笑了。

车上很嘈杂，两人说话的声音也就越来越大，先是你一言我一语东拉西扯，最后聊到了张大勇。

“照顾张大勇，应该以你们团支部为主，我们班委会最好是不要插手。”

“刚才大家都说好了的，班委会和团支部要捆在一起干，你分得那么清楚干吗？”

“捆在一起干？你能玩得过他？就怕他把你卖了，你还以为他在做善事呢！”

“哎，你是说闻风雷吧？他可是你的班长吔，你这不是在背后拆他的台吗？”

“我可不是拆他的台！他是班长，我是副班长，拆他的台对我有什么好处？我是怕你跟在他后面，一不小心把自己跟没了！”

“说来说去，你还是叫我去跟闻风雷争嘛，这不是拆台是什么？”

“大概是我不会说话吧。不管怎么说，你还是要提防他一点，这个人太厉害了！”

“能不能具体点？”萧天雅立马来了兴趣。

“能说上几句，但说不完整，主要还是一种直觉。”帅亦然搜肠刮肚，欲圆其说，“就比如今天这件事吧，对张大勇出院以后怎么办，大家只想到了要找个地方让他养伤，但他却老谋深算，轻飘飘就搞出了一个大计划；还有，在议到系里的态度时，连覃老师都没有什么好办法，他居然叫大家不睬它，还要把坏事变成好事，一套一套的，就像个政治家。说老实话，我是想不到的，也没有这样的气魄。”

“那你就虚心一点，老老实实跟在人家后面学不就得了，还防这防那干什么！”

“那是两码事。我一个大活人，总得发挥一点主观能动性吧，哪能叫人牵着鼻子跑呢！”

“今天又没人牵着你的鼻子跑，是你让人家发表高见的嘛！”萧天雅故意逗他。

“唉，惭愧！我这叫什么来着，不是狗眼看人低嘛！”帅亦然自嘲道，“我原来以为他在捞现成的说，就想出出他的洋相。没想到人家还真不是二把刀，倒是我成了二百五！”

萧天雅一听，扑哧一声笑了出来。笑了几声，又赶紧掏出手帕捂住口鼻接着笑，指着帅亦然道：“你呀，你呀，亏你讲得出口！”

话音未落，帅亦然便带着一股不可抗拒的力量朝萧天雅猛扑过来，将她的身子挤压在车窗与座位之间的逼仄空间里。这股力量来得仓促、迅猛，没有给萧天雅留下任何反应的余地。萧天雅以为帅亦然在使坏，一下子容颜失色，“哎呀”一声，赶快将脸掉向了窗口。正当萧天雅心里七上八下的时候，危机瞬时解除，原来是公交车为了避让一头迎面奔来的水牛而急打方向，将一车人带倒，引起一场虚惊。

牛郎星站到了，萧天雅和帅亦然从公交车中门下来，女生肩上挎着一个帆布包，男生手里拎着两个小纸箱，一前一后往学校走。从牛郎星站到学校差不多有一公里的路程，沿途有工厂、农场、部队和商店，马路宽阔、建筑稠密、人车熙攘、交易活跃，处处涌动着勃勃生机。

萧天雅下了车，并不急于往前赶，而是放慢脚步，让帅亦然走在前面，两人之间保持一段合适的距离。她一直是有“距离”意识的，男女有别，授受不亲，这是古训。刚才在医院，覃怀良鼓动闻风雷陪她去购物，被她婉拒了，两人一起购物，一个“授”，另一个“受”，就会自然而然地越界，就会坏了规矩，就会产生心理上和生理上的各种变化，不仅违背了保持距离的要义，也极易诱发各种各样的交际风险。男女之间保持距离，就是要在其间拉起一道网，垒起一道坎，这通常只对女生有意义，是女生用来蓄养高贵、保持神秘、吸引异性、维护安全的重要法宝，轻易不可突破，尤其是眼下她与一位异性一前一后地在一条空旷的大马路上行走，更是如此。萧天雅正在纠结她与帅亦然之间的距离问题，没防备一只脏兮兮的黑毛狗从路边蹿了上来，那只狗开始对萧天雅挺友好的，一会儿跑到她前面为她带路，一会儿又转到她身旁为她伴行，后来见萧天雅不理它，就对着她狂吠，还冲到她前面咆哮，吓得她赶紧加快步伐撵上了帅亦然，两人之间的距离也因此被一只狗给破坏了。

“你没事吧？刚才是不是碰疼你了？”萧天雅跟上来之后，帅亦然问她。

此事不提犹可，一提反而引来了萧天雅的嗔怪：“还说呢，也不知道你哪来的那么大的劲，真把我吓得不轻——你今天吓我好几回了！”

“Sorry，Sorry！”帅亦然赶紧检讨。面对自己的女神，他绝对不敢造次，他只想做一只小羊，就像歌词中唱到的那样，愿她的鞭子不断打在自己的身上。

进入校园之后，帅亦然将手里的两个纸箱交给萧天雅，说：“我刚才想好了一首诗，是关于你的！”

“诗？关于我的？咯咯……你千万别糟蹋了诗！我要是能入诗的话，那些诗仙诗圣们就要无地自容了！”说着，又是一阵疯笑，“咯咯……看来你还挺文艺的嘛，你应该带一本诗集到学校北大门的莘野湖去，凝目远眺，屏声静气，然后对着浩瀚无垠的天际吟诵你的诗句：‘我的天呐，你是那么地深邃、那么地高远，我不知道要如何才能够见到你，匍匐到你跟前，目睹你的容颜，只好站在莘野湖畔把你仰望，希望在将来的某一天得到你的召见，阿门！’咯咯……”

“好哇，这可是你教我的！我明天就到莘野湖去念我的诗，保证惊天地泣鬼神，一阕成名！”

“哎，你别！先念给我听听！”

“还没写好呢，明天给你看！”

两人次日见面，帅亦然果真将一首诗交到了萧天雅手里。萧天雅一看，不禁哑然失笑，原来是借花献佛，抄了某位名人的诗作来滥竽充数的。不过，尽管如此，萧天雅的心里还是激动了一阵，因为那首诗的名字叫《我喜欢你》，用他人的诗作来婉转地表达自己的心意，也算是用心良苦了。

别人对我无意中念到你的名字
我心就抖战
身就沁汗
并不当到别人
只在那有星子的夜里
我才敢低低叫喊你的名字

萧天雅拎着两个水壶和半桶热水从一楼的男生寝室经过，被走道上堆放的杂物绊了一脚。她习惯性地甩了甩辫子，拎着手里的东西就要通过。“哎哟!”辫子冷不防被什么东西给拽住了，她惊叫了一声。她放下手里的东西，摸了摸麻辣的头皮，再去看自己的辫子，原来让一根倚靠在墙边上的扁担给挂住了——扁担的两端各有一只钩子，她一偏头，正好把辫子甩在了钩子上。她看了看那堆从寝室里清理出来的杂物，又好气又好笑。

“喂，你们这是在干什么呀!”萧天雅忍不住嚷道，“走廊上不能堆东西，你们堆这么多东西，叫别人还怎么走嘛!”

“你别这么盛气凌人好不好？走廊上堆东西怎么啦，你当我们愿意堆呀？你们女生宿舍的门口也堆了不少东西，你怎么不去管一管？有本事你叫她们把东西也搬走呀!”

“你——怎么不讲道理!”萧天雅没词了。

“讲道理？你想讲什么道理？找个地方放东西才是真本事，其他的都是扯淡!”

怼人者是本班第四小组组长莫跃进。七九级金融班的男生们住在3号宿舍楼的一楼，女生们住在该楼的五楼，女生们进出宿舍，都要经过一楼，堆在一楼走道里的杂物就成了她们的羁绊。这一天是星期天，四组的同学正在大动干戈地整理寝室，不少杂物都被移到了过道上。寝室里的东西太多，是男女宿舍的普遍问题，班上的同学绝大多数来自外省，入学时携带的物品自然不会少，除被褥之外，一年四季的衣物也差不多带齐了，寝室里堆得就像仓库一样。萧天雅路过四组，恰逢莫跃进正在生气，原因是有几个人不听他的招呼，不愿意按照他的要求将个人物品放在指定的位置，与他发生了争执。莫跃进受了别人的气，就把气吐出来撒到萧天雅身上，萧天雅便很无辜地成了莫跃进的"人体排气扇"。

"讨厌!"萧天雅遇到了一个赖皮，扭头便上了五楼。

大约隔了一节课的时间，萧天雅又来了。她站在四组的宿舍门口大喊了一声:"莫跃进，你出来一下!"

"谁呀!"里面的声音有点不耐烦。

萧天雅瞟了一眼寝室里的乱象，地上湿漉漉的，桌上和床铺上堆满了东西，乔粤生、皮阿凡等人正在扫地抹桌子，垃圾在地上翻滚，空气中弥漫着一丝淡淡的土腥味。

萧天雅拿一把钥匙在莫跃进面前晃了晃，说:"这就是你要的'真本事'，我给你找来了!"

"什么意思啊，你?"

"你不是没地方放行李吗? 现在七八级金融班的邵班长做好事，把他们班的班部借给你用，你不感兴趣?"

"我没听错吧?"

"张大勇出院以后要到班部去养伤，你们假如想堆放东西，只能靠边上放，别挤占了他的位置!"

萧天雅给莫跃进的那把钥匙，确实是七八级金融班的班长邵仕达给她的。萧天雅去找邵仕达要钥匙，找了一大圈，最后才在教工楼底楼的系学生党支部活动室见到了他。系学生党支部是去年才成立的新支部，它与该系的教工支部一样，都归系党总支部领导，但党员人数却比教工支部要多几人。该党支部成立之初，系里考虑到也要让他们有个自己的活动场所，就从底楼的教具仓库挤出了一间库房给他们做活动室，既体现了与教工支部的“一视同仁”，也使学生党支部的首任书记邵仕达享受到了“坐办公室”的超常待遇。

萧天雅的不期而至，让邵仕达喜出望外，他的欢喜所表现出来的是他的笨拙、惊慌、迟钝和傻笑。他已经快一个月没见到她了，心里没少惦记她，惦记着她的美貌。萧天雅入学的首日，是他从火车站把她接回学校的。那天，他按照学院学生会的分工，带着本班的一帮同学去接七九级的新生，在站前广场的新生报到处遇见了萧天雅。他至今还清晰地记得她当时的穿戴：白色短袖衬衫，咖啡色小喇叭裤，丝光袜，皮凉鞋，一副时兴清凉的装束。他一见萧天雅，就被她的样貌吸引住了，就发现她与众不同，特别好看，而且看了还想看，老也看不够。他不知道好看有什么标准，也不知道怎样来形容好看，他就是觉得眼前的这个小师妹看着叫人舒服，看着叫人心动，看着叫人神往，男生的骄傲和矜持在她面前立刻就变成了一双臭袜子！

在邵仕达的二十几年的人生阅历中，他还从来没见过像萧天雅这么好看的女生。当然，他来自小县城，又一直在读书，视野并不开阔，即便如此也在情理之中，并不能断言他就是孤陋寡闻。邵仕达后来也曾反复回忆萧天雅留给他的初次印象，一眼看上去，不仅仅是漂亮而且还很美！这样的判断会使自己困惑吗？非也！“漂亮”和“美”，是两个不同的概念，即便是用在描述女生的样貌上，也有着层次和内涵的差异。漂亮是具体的，比如脸蛋俊俏、五官精致、身材苗条、皮肤白皙，等等；美则是抽象的，比如知性之美、优雅之美、妩媚之美、冷艳之美，等等。漂亮是美的外壳，美是漂亮的内核，漂亮只能带来视觉的享受，美则能引起心灵的感应。漂亮与美若能完整地结合于一个特定的女性身上，那么在她身上，也必定会留下某种有别于众人的蜕变进步的显著印记，她的美只与人文素养有关，且完全超越了视觉观感的范畴。

接下来的事情，就顺理成章了。在一大帮新生面前，邵仕达只围着萧天雅转，帮她拎行李，陪她坐校车，一步都没离开过她；到了学校以后，也不急于去宿舍，而是将行李先放在一楼的班部，就带着她熟悉环境，把食堂、澡堂、开水房以及教室、阅览室和图书馆全都转了个遍，直到要开饭了，才把她送上五楼的女生宿舍。两人告别时，邵仕达用目光在她身上扫了又扫，就想找到日后交流的密码或是安放魂魄的地方，但那目光是生怯的和委琐的，一旦与萧天雅回询的目光相遇，便化作一股浊气四处逃逸。萧天雅自然知道那目光的含义，女生的细腻和敏感有很大一部分就表现在对男生的目光的破译上，这是一种与生俱来的能力。因此，当大家在医院议到七八级金融班那间班部的时候，萧天雅自然而然就想到了邵仕达，她相信邵仕达一定会心甘情愿地帮她这个忙的。

邵仕达给萧天雅的那把钥匙，非但没能打开他与萧天雅之间的心灵之门，反而关闭了他与本班干部之间的信任大门，就像萧天雅遗忘在桌上没有拿走的那个空钥匙圈，圈子里面是空的，圈子外面也是空的，里里外外都落了空。

这一天，七八级金融班团支部的几个学生干部到班部去碰头，商量向系里推荐优秀团员的事，打开房门一看，里面堆满了东西，不是一捆捆的书籍，就是一包包的衣物，还有扁担背篓雨伞套鞋等乱七八糟的杂物。再一打听，大家就知道了事情的真相，原来是他们的“班头”擅自做主，将钥匙给了一位名叫萧天雅的小师妹，使班部变成了他人的杂物间。门户没看紧，让鸠占了鹊巢，一帮人十分愤怒，当即便对邵仕达发起了猛烈攻击。

——我们早就想把东西放进来，你都不同意，说是堆了东西的话，班部就不成其为班部了，坚决不让我们放！你那个小宇宙烧的什么邪火，对外班的人像晴天那么灿烂，对本班的人却像雨天那么阴冷！

——一把钥匙开一把锁，你把钥匙给了人家，是不是一天到晚就想着人家来开你的锁？

——我们班这么多大姑娘大美女都吸引不了你，究竟是我们的引力太小，还是你和我们的距离太远？万有引力无所不在，你何必非要跑到另外一个星球上去进行实验？安分守己一点嘛！

——动机不纯！

——别有用心！

面对众人的肆意宣泄，邵仕达只能是满脸堆笑一团和气，他知道在这件事上他欠大家一个说法，好在大家的声讨提前揭穿了他的不良企图，他也就无须再做任何解释了。团支部的会议当天被挪到系学生党支部活动室去开了，推选优秀团员的事也未受到任何影响，但众人对邵仕达的谴责却毫未放松，大有不达目的誓不收兵的味道。团支部的两名干部义愤填膺地找到班主任林老师，说邵仕达损害班级的利益，擅自将班部借给外班当仓库，吁请他立即出面纠正邵仕达的错误做法。林老师把脸一摆："你们知道自己在胡说些什么吗？借班部的事是我同意的，七九级金融班的覃老师跟我打过招呼，要借我们的班部用一段时间，我连这点事都做不了主啦？"两人一听，吓得灰溜溜地跑掉了，事后还一个劲儿地向邵仕达作检讨，说是错怪了他，弄得邵仕达莫名其妙。萧天雅后来了解到的情况是，覃老师的确为借班部的事向林老师打过招呼，但建议却是闻风雷提出来的。萧天雅回顾了一下事情的经过，不禁为自己的鲁莽感到后怕。这件事多亏了覃怀良，若不是覃老师事先打了招呼，七八级金融班的人说不定会死死揪住这件事不放，面对强大的内部压力，邵仕达十有八九会变卦，最后大家笑话萧天雅不说，很可能还会坏了张大勇养伤的大事。闻风雷为什么要让覃老师去说这个事呢？难道他事先就预料到了会有人闹事？萧天雅隐约感到有人在暗处推着这件事朝前走，这个人想得比她细、比她远，每一步都走得踏实、稳妥，足以令人放心。

萧天雅这天在阅览室自习，邵仕达从她身后扔过来一张折叠起来的小字条，上面写着如下的文字：

> "关于班部之事，想与你沟通一下情况。如有空，请于周六下午来学生党支部活动室一晤，盼！邵仕达，11月12日。"

萧天雅看完内容就想回头找人，哪知其人已离开座位，不见了踪影。

4

张大勇在医院的病床上一连躺了十四天，直到骨折部位的瘀肿差不多消退后，才被闻风雷等人接回了学校。

接张大勇回校的交通工具，仍旧是食堂买菜的手扶拖拉机。不过，与上次不同的是，张大勇到了学校的食堂门口，立即就坐上了轮椅，那辆轮椅是闻风雷花两元钱向医院租来的，目的就是为了让张大勇从手扶拖拉机上下来后，能够风风光光地从食堂门口回到自己的宿舍，以最优雅的方式完成从皮孩子到校园名人的转变。

从学生食堂到3号宿舍楼，大约有一百五十米的距离，中间隔着澡堂和开水房，路上人来人往，络绎不绝。张大勇坐在轮椅上东张西望，一句话也不说，闻风雷推着他在水泥地上行走，车轮碾着地面发出有节律的窸窣声，像两人在默默地交谈。刚走过开水房，张大勇就看出了异样，宿舍楼前面并不开阔的空地上，聚集了许多人，这群人分列在道路两旁，目光聚焦于同一方向，似乎在充满敬意且望眼欲穿地迎接一位勇士的凯旋。

"不要，不要！"等张大勇看清楚站在那里的人全都是班上的同学，情绪一下子就起了变化，他拍打着闻风雷的手臂，用一种急迫且紧张的口气说："班长，我不要见他们！班长，让他们都走开！"

闻风雷正想解释几句，眼前突然出现了皮阿凡的身影，他从人群里冲出来，招呼也不打一声，抢过闻风雷手里的轮椅就直往前跑。他奔跑的样子很滑稽，身体后仰，肚子挺着，两只脚鹅行鸭步一样连颠带跑，叫人替他捏了一把汗。皮阿凡一边跑，张大勇就一边笑，推到人群前面也不停歇，依旧朝前跑，惹得一帮女生大呼小叫。

到了没人的地方，皮阿凡停了下来。他一边从口袋里掏东西，一边吞吞吐吐地说："和你打的那个赌，我，我输了……"说着，将手里的几张钞票伸到张大勇跟前，"每月两毛，四十八个月，一共九块六毛，你，你收好……"

"你，你搞什么鬼！"张大勇一把将钱推开，"我是说着玩儿的，你以为我是真的要你的钱呀！"

皮阿凡挠了挠头，有些不好意思地说："你吃了这么大的苦，我心里很不好受，总想要为你做点什么。我也知道你不会要这个钱，但你不收下，我心里会很难过的！"

"这件事和你没关系，是我自己大意了，不怪你！"

"你真不怪我？"

"怪你有用吗？"

"不管怎么说，今后我们都要吸取教训，不能再干危险的事情了！"

“再也不会了，保证!”

“来，拉钩!”

“好，拉钩!”

张大勇的临时病房三天前就布置好了。连同这间房子一起，病房里的主要器物都是借来的，病床、柜子、床单、被褥、枕头、坐便器以及病号服等等都是覃怀良和几位班干部做工作借来的。张大勇看见雪白一片的卧具，心情也立刻走进了雪花飘零的季节。

傍晚时分，覃怀良和沈小健来张大勇的临时病房看他，屋子里聚了一大帮人，萧天雅、刘远程、谷庆丰、吴学勰等人都在。张大勇此次见覃怀良，没有再像上回那样躲避他，而是腼腆地喊了一声：“覃老师好!”

覃怀良环视左右，没见到闻风雷，便问：“你们班长呢?”

“开会去了，学生党支部今晚有活动!”有人答他。

几个人在闲扯，沈小健就独自研究起这间病房的布置来。病房被横卧在中间的病床隔成了里外两个半间，里半间对窗，堆置了从各寝室清理出来的私人物品；外半间向门，摆了一张桌子和几个凳子，张大勇的一应生活用品分别挤在桌子上或塞在床底下，各就各位，都找到了合适的归宿。沈小健摸摸这里，又看看那里，最后目光落在了墙壁上。

墙上的布置也费了心思。左侧贴的是“团结友爱，共创未来”，右侧贴的是“从我做起，自强不息”，都是本班学生夏子辉的书法，用毛笔楷书写在两张拼接的红纸上，红扑扑的几团火在墙上燃烧，沿着两面墙的天花板一路烧过去，烧得热烈而夸张。

真正让沈小健感兴趣的还是靠门边上的一个护理须知栏，栏内贴了三张表格、挂了两个本子，表格是每日护理事项表、值班人员轮流表以及一周课表；本子则是好人好事登记簿和值班情况考评簿。沈小健细看那张每日护理事项表，上面排列了大小工作二十余项，从洗漱吃饭到洗澡如厕，从听课笔记到作业辅导，凡张大勇日常生活学习的主要事项无一遗漏；又去翻阅好人好事登记簿，才浏览了几行，就觅得了新奇。她将翻开的那一页指给覃怀良看：“喏，给你还记了功呢!”

覃怀良不明就里,接过那本登记簿一看,还真看到了一行与自己有关的文字——

十月八日,借七八级金融班班部一间。覃老师、萧天雅各记大功一次。

“大功是什么意思?”覃怀良问。

“大功——大功就是表示对张大勇的关心程度最高。”谷庆丰解释道,“除了大功之外,还有中功、小功和一般的好人好事,从高到低设置了四个等级,都是针对与张大勇养伤的关联程度而言的。”

覃怀良再看,又有谷庆丰向医务室借用病床及卧具一套,注明为中功;闻风雷向医院租借轮椅车一辆,注明为一般好人好事。

“好哇,大家都上了功劳簿嘛!”覃怀良兴致勃然,“借班部这件事,功劳记在我的头上不大合适。最初提议的是吴学勰,找人去拿钥匙的是萧天雅,我不过是和林老师打了个招呼,哪能抢大家的功劳呐!”

萧天雅正在张大勇床头忙活着,听覃怀良说到自己,也凑过来翻看那个本子,边看边说道:“覃老师,我们找别人拿钥匙,那也是按照你的意思去的呀,功劳怎么能不记在你的头上呢!”

“嗬,你倒是会说话!”覃怀良并不认同,“照你这么说,该记功的人是闻风雷呀,是他要我去找林老师的嘛!”

萧天雅心里一惊,她真怕覃怀良再往下说,扯出其他什么乱七八糟的事。幸好,覃怀良打住了。

“我们这本功劳簿呀,只关乎集体,与个人无关,记载的是集体的荣誉,反映的是全班的风貌,这是闻风雷说的。”吴学勰以知情者的角色,插进了两人的对话,“闻风雷还说,大家千万不能谦虚,一谦虚,集体荣誉就飞了,精神风貌就吹了。为了让大家都能参与进来,他昨天毫不谦虚地将自己借轮椅的事也登记上去了,他说只有他带了头,大家才不会羞羞答答,才能做到实事求是。”

“萧天雅,你说说看,我们这位班长是不是挺有意思的?”覃怀良逗趣道。

“我们哪了解他，班长书记不都是你老师定的嘛！”覃怀良讲话时，嘴巴翕张着，透过上下两排牙齿，隐约可见一道黑暗的缝隙，萧天雅怕那里面是个陷阱，避开了它的洞口。

“我猜测，闻风雷的象棋下得不错，有可能还是个高手呐！”覃怀良冲萧天雅笑了笑，“高手下棋，走一步看三步。就比如这本好人好事登记簿，本子是有了，可是你们想过没有，接下来要用它做什么？”

萧天雅假意做出思考状，没接他的话。

“我看事情是明摆着的，”刘远程不以为然，“不就是为了今后评比先进嘛，除了论功行赏之外，还能做什么用？”

“想知道答案吗？”覃怀良卖了个关子，“想知道的话，问你们班长去！”

闻风雷去班部“查房”，遇见一组的陈实正在洗漱间里帮张大勇洗衣服。陈实洗的是一件咔叽布的旧工装，闻风雷看他时，他正从水里将衣服捞起来打肥皂。他先把衣服揉成一团，用肥皂在它外面涂抹一圈，接着抖开衣服，再揉成一团，又用肥皂涂抹一遍，最后将其摁在脸盆里，吭哧吭哧地反复挤压，直至挤出一堆泡沫。

“陈实——”等他清过第一道水，闻风雷喊住了他。

“哎——”长得圆头圆脑的陈实应了一声。他细黄的头发上沾了不少半黑半白的泡沫，脑门和脸上都是水渍，一看是闻风雷，下意识地用手背掠了一下额头，额头上便堆起了一层灰白的浮雕。

闻风雷拎起那件衣服，指着领子和袖口说：“你刚才抹肥皂，这些部位都没抹到，估计也没洗干净。你再看看，是不是这么回事？”

陈实看看衣领，又看看衣袖，憨憨地笑了笑：“是没洗干净！”

为洗衣服的事，闻风雷在上午课间操结束之后找了一下萧天雅。闻风雷当着一帮女生的面对萧天雅说：“书记呀，能不能请你们女同学帮个忙，给我们男生当回老师，教教他们怎么洗衣服？”

不待萧天雅答话，周围就笑开了：“嘻嘻，还当老师呢，我们自己都不会！”“洗衣服有什么难的，看看不就会啦？”“那么多人怎么教？这不是为难我们嘛！”

萧天雅见闻风雷过来，脸上原来是漾着笑容的，一听说是为了洗衣服的事，笑容就有点硬了，就像发生日食之时，阳光被另一个天体遮挡，变成了一块灰暗的铁饼。

“你都听到了，她们平时洗洗自己的衣服还马马虎虎，叫她们去当老师做示范，我看够呛！”

“呃……我想你们是知道的，”闻风雷斟词酌句地说，“张大勇的衣服洗得不干净，要是你们女同学能带出几个种子选手来，男同胞们就不用为洗衣服的事犯愁了！”

“噢，原来是这样的呀！这好办，这件事就不用男同学操心了，干脆交给我们，我们包揽下来啦！”

“不妥，不妥！”闻风雷连连摆手，“这可不是三天两天的事，你们自己的学习任务也重，都甩给你们，你们也吃不消，还得再想个两全的办法才行！”

短短的几分钟，短短的几句话，却让闻风雷真切地感受到了什么叫“如芒在背”，什么叫“局促不安”。表面上看起来他谈吐得体，沉稳矜持，但内里则意乱神迷，张皇失措，许多想要表达的心思或念头，就在他一阵毫无来由的紧张中一下子全给闷死了。这是他第一次主动找萧天雅说话，预备见面前，他做好了充分的心理准备，他觉得他是个男子汉，在女生面前说话，用不着羞羞答答躲躲闪闪的，而要两眼直视对方，大胆迎接对方的目光挑战。很可能就是因为“直视”的缘故，他一不小心坠落到对方眼睛的池水里，连一点防范的准备也没来得及做。他急急忙忙离开那几个女生，不料近乎逃跑的笨拙样子又引来一阵哄笑，那笑声像是农人驱赶鸟儿的吆喝，在他身后追逐，令他的心里也有了逃跑的感觉。

当天中午，各小组都接到了通知，请每组派一个人，带上小马扎和要洗的衣物，于下午五点钟之前到宿舍楼一楼洗漱间交流切磋洗衣技能，并欢迎感兴趣的同学前去观摩指导。

“洗衣技能？洗衣还有技能？”

“开什么玩笑，堂堂的高等学府，叫大家都去当浣纱女！”

“这噱头玩大了，结棍！”

听到谷庆丰通知大家去观摩洗衣服，班上的三位“长老级”学生——二十九岁的丁翔华、二十八岁的钟迎晖和二十七岁的薛坤荣，聚在一起说了几句不咸不淡的话。

下午五点还未到，一楼洗漱间就挤满了人，各组派出的五个同学，加上自愿来观摩的七八个同学，一共来了十几个人。这十几个人按照谷庆丰的指挥，五人坐在自己带来的小马扎上，有序地围成一个圈子；其他人则站在圈外，充当必要的观众。大家都在等待一位主角登场，这位主角平时深藏不露，却在迫不得已的情况下把洗漱间当成了作秀场，关公庙前舞起了青龙偃月刀。

闻风雷是踩着时点现身的，他头上戴了一顶黄布帽子，脖子上挂了一条白毛巾，两只手上分别拿了热水瓶、塑料桶、洗脸盆、小马扎，桶和盆里又装了几件脏衣服以及洗涤用的肥皂、洗衣粉和板刷等，极像一位跑龙套或是跑堂儿的店小二。

见人都到齐了，闻风雷就说：“今天请大家来，主要想解决一个问题，就是如何教我们男同胞把自己的衣服洗干净。我也听到大伙儿的议论，说洗衣服没什么技术含量，既不用教，也不用学，一看就会。依我看呐，他们只讲对了一半。洗衣服没有规范，但有经验；没有技能，但有技巧。究竟怎么洗，我先来做个示范。”

“洗衣服，也有一个突出重点的问题，”闻风雷抓起一件外衣进行演示，“以上衣为例，外衣的脏，集中在衣领、袖口、下摆，口袋和衣襟也是重点；内衣的脏，则是衣领、袖口和腋下，汗腺发达的地方也要作为重点。同样的道理，洗裤子也有重点，外裤在臀部、膝盖和裤脚，男同学还有前裆；内裤在腰部、裆部和裤腿。”

“先说说肥皂怎么用，”闻风雷抻开衣领，将肥皂擦抹其上，“使用肥皂，一言以蔽之就是重点清除，什么部位脏就涂抹哪个部位。肥皂打好以后，要进行揉搓；揉搓之后，还要浸泡在水里搓洗，使整件衣服都均匀地沾到肥皂液，在洗净重点部位的同时，也兼顾到一般部位。需要注意的是，衣服的边缘一般都不易搓干净，这时就要用到刷子。”

闻风雷用脖子上的毛巾擦了一把汗，又继续打肥皂搓衣服。他用虎口夹住衣领或袖口的两端，来回均匀地揉搓，衣服在他手里发出一阵轻快的嚓嚓嚓嚓声，污浊的肥皂水顺着手背一滴一滴地淌入盆中。

二组的一个同学只带了肥皂粉来，故而希望闻风雷能够演示一下用肥皂粉怎么洗衣服。

“用洗衣粉洗衣服，其实也很简单，无非是浸泡和干抹。”闻风雷先在盆里倒上少许清水，再撒下一撮洗衣粉，用手搅动几下，“浸泡是相对整体而言的，就是将洗涤物全部浸泡水中；干抹则相对重点而言，直接把洗衣粉撒在衣物表面，用手揉搓或用刷子轻轻洗刷……”

恰在此时，闻风雷在人群中瞥见了萧天雅，她似乎正在饶有兴味地观看自己的演示，表情中流露出一种少有的好奇。闻风雷感到有一道光波缚住了自己的神经和思维，手上的动作戛然而止。

站在萧天雅身旁的一个圆脸短发女生、被女同胞们称作萧天雅“死党”的祝宇安笑嘻嘻地插话道：“哎，我提个问题，洗衣服是用热水好啊还是用冷水好啊？”

闻风雷故意不看祝宇安，他知道祝宇安和萧天雅站在一起，他如果去看祝宇安的话，就必然会看见萧天雅，他怕萧天雅的磁场会把他吸走，乱了自己的方寸。他暗自嘘了一口气，将两只湿漉漉的手在脏衣服上揩了几下，故作镇定地对前面几位男生道：“冷热水洗衣服，区别主要在冬天。大家若有兴趣，回去做个实验，把洗衣粉和脏衣服分别放进冷热水里，看看会有什么不同？”

“好啦，我要说的就这些啦。大家动动手体会一下，看我讲得对不对！”闻风雷心里想着要早点逃离这个是非之地，话里就有了结束的意味。起身的时候，他决意要给萧天雅来个突然袭击，以报上午被那帮女同胞们轻忽的一箭之仇，“团支部很重视今天的这个活动，书记亲临现场进行指导，等会儿还要检查评比大家的劳动成果——有没有奖品我不知道，各位请抓紧吧，看谁洗得干净彻底！”说完，跟谷庆丰挤了挤眉眼，直接开溜了。

“哎——”萧天雅一点准备都没有，见闻风雷拔腿就跑了，急得直跺脚，正想说点什么，人都不见了。她在心里暗骂了一声“该死！”，只好硬着头皮顶了上去。

5

萧天雅回想起在洗漱间被闻风雷赶鸭子上架的事，心情一直难以平静，就像大江大河涨水，涨得快落得慢，时不时还出现回涨，过程激越而冗长。闻风雷洗衣服的时候，她自始至终都在场，她在全神贯注地看他演示，看一个大男人堂而皇之地干着小女人的事，将一件十分庸常和无聊的生活琐事演绎得像教科书似的一本正经，甚至还推而广之、广而告之，那架势足以使人拜服。闻风雷恐怕没学过怎样洗衣服，也不会去专门研究什么洗衣之道，之所以洗得那么专业、娴熟和轻巧，不过是人比较勤奋，善于琢磨事理罢了，这或许与他的家教和历练有关。学生的最大优势是什么？不就是什么都可以学、学什么都来得及、学什么都有可能取得成就吗？在这件事上，闻风雷已经将自己的优势发挥得淋漓尽致了。闻风雷真会装呀，他明明自己会洗衣服，还要来找她商量，要女生们去教男生洗衣服，幸亏她没当真。闻风雷为什么要多此一举？难道是想找个由头来和她接近？或者想检验一下女生们究竟会不会洗衣服？她要找个恰当的机会去问问他。闻风雷在她一点思想准备都没有的情况下点她的将，硬逼着她在洗漱间现身，做法虽然有点损，但动机并不是为了要出她的洋相，从效果上看也没有让她下不来台。她是团支部书记，理应参加班里的重要活动，当时她就站在人群中间，倘若闻风雷把她当作一般的同学，对她睬都不睬，那才叫人没面子呢！观摩活动结束后，大家都说班委会和团支部做了一件大好事，各组的“种子选手”采取母鸡带小鸡的办法，很好地解决了洗衣服的问题。三位“长老”也一改消极态度，认为此举以小博大，从小事做起，从日常养成抓起，具有很强的前瞻性和示范效应。总之团支部和班委会的这次合作取得了极大成功，带来了意想不到的正面评价，尽管这次合作是被迫的，是突发的，但毕竟合作了。有初一就会有十五，萧天雅现在对日后十五的到来萌生了新的期盼。

“喂，娶他做老公怎么样？”萧、祝两人饭后散步，祝宇安露骨地煽惑她。

“说什么呀，没头没脑的！”

“揣着明白装糊涂，你就偷着乐吧！”

“你才揣着明白装糊涂呢，人家早有了！”

“有了又怎么样？倒插杨柳，你怕成不了绿荫吗？”

“要娶你去娶，反正你脸皮厚！”

“这可是你说的哟，哪一天我先下手了，你可别后悔！”

张大勇最近遇到了一个大麻烦，大便解不出来，肚子胀得圆鼓鼓的，饭也不想吃，浑身一点力气都没有。张大勇解不出大便来，并不是胃肠出了毛病，而是他不习惯在床上排便，肛门一贴近坐便器就失去知觉，自动关闭排泄的通道。

闻风雷找来帅亦然，问他有什么好办法帮张大勇解决内急不畅的问题。

“这种事，总归是要靠他自己想办法的。他拉不出屎来，我们干着急有什么用？”

“这都三天没解了，不能看着不管哪！”

“三天不解手算什么？我认识的一个人，一个礼拜不解手都没事。我就不相信活人还能叫屎尿给憋死了！”帅亦然一点也不急，他是内急的时候正蹲在厕所里的那个人。

“那就随他去啦？”

“反正我是没办法！”

闻风雷默不作声地点了点头。找自己的这位副手来商量张大勇的事，原本并没作多大的指望，充其量只是告知一下，或者是试探一下，看看对方的反应而已。令他感到不爽的是，这位仁兄不仅无动于衷，而且还找出种种理由来为自己的冷漠和麻木开脱，这使他感到心寒意冷。张大勇的事一天也不能拖了，离开了赵屠夫，还得吃猪肉。闻风雷临时喊了一位同学帮忙，两人跑到牛郎星镇买了一个木制的马桶回来，将它放在一楼卫生间的拖把池边上，又在马桶上方贴了“张大勇专用”几个字，字是夏子辉写的，算是“安民告示”了。第一次解手，张大勇当着大伙儿的面不好意思，扭扭捏捏不愿往马桶上挪。闻风雷看他一脸的窘相，就问：“你放过牛没有？”张大勇“嗯”了一声。又问：“看没看过牛拉屎？”还是“嗯”了一声。闻风雷就把他的裤子往下一扯，说：“那你还害什么羞，把我们都当成放牛的不就得了！”说得大家都笑了。闻风雷扶着张大勇在马桶上试坐了一下，发现马桶嫌低，便去附近的工地上找了一块水泥砖垫在马桶下，再坐上去，张大勇的两条腿就能够放平了。自此以后，张大勇的大便就由床上转到了卫生间的马桶上。

萧天雅到班部去给张大勇辅导作业，恰巧帅亦然在值班。

帅亦然没想到萧天雅会和他前后脚来班部，一时情不自禁，竟表现出一种孩子般的欢天喜地。他用张大勇吃饭的搪瓷碗倒了一碗开水给萧天雅，又端过来一张凳子放在萧天雅跟前，自己则支了一个小马扎坐在凳子边上。萧天雅不解地看了他一眼，说："你坐得那么端正干吗，我今天是来帮张大勇整理听课笔记的，又不是来给你讲课的。你还是坐你的凳子吧，我坐床上去！"

帅亦然站也不是，坐也不是，站着挂不住自己的面子，坐下又怕占了萧天雅的位子。犹豫了一会儿，见萧天雅已翻开了书本，就自己找了一个台阶下，说："你先跟张大勇补课，我出去一会儿，马上回来。"

片刻工夫，帅亦然满头大汗地回来了，手里拎了一个尼龙网兜，里面装了几个橘子苹果，还有一袋瓜子和一袋花生糖。帅亦然说："萧天雅你停一下再讲吧，我买了几样吃的来，你先尝尝！"说罢，剥开一个橘子放在床头柜上，又从张大勇的文具盒里找出一把铅笔刀削苹果。

帅亦然抓着苹果深一刀浅一刀地削皮，萧天雅一看他就是个外行。萧天雅说："你这不是在削苹果，是在糟蹋苹果。来，看我的！"接过帅亦然的苹果和小刀，两只手灵巧地转动起来，很快就把皮削掉了。

"给！"萧天雅将削好的苹果递给帅亦然。

帅亦然双手一拦："我是削给你的，你怎么给我啦？"

"我这会儿不想吃，吃了还要刷牙，嫌烦！"说着，将苹果又递向张大勇，"他不吃，你来！"

"班副特意给你削的，你就吃呗！我吃苹果从来不削皮的，不像你们城里人那么讲究！"张大勇做了个鬼脸。

萧天雅笑笑，将苹果放进一只空碗里，苹果在碗里摇晃了几下，没头没脑地看着大家，弄不清楚自己为什么会被如此冷落。

"不吃苹果，就吃橘子吧！"帅亦然又递了橘子过来。

“真不客气!”萧天雅接过橘子,再一次放回碗里。

“那就等会儿吃!”帅亦然表现出一副极好的脾气。

萧天雅继续为张大勇补笔记,萧天雅说一段,就示意张大勇在书上画一下重点,或摘录在课本上。帅亦然最初是规规矩矩地坐在小马扎上的,听了一会儿萧天雅的讲解,人就不由自主地站起来向她靠拢,认真地看她的笔记,时不时地附和几句,闻着她身上的一股淡淡的清香而心醉神迷。

“哎呀,你别靠得这么近,热烘烘的!”萧天雅一声嚷叫,吓得帅亦然赶紧坐了回去。

萧天雅的一声“哎呀”,把张大勇也吓了一跳。他偷偷地看了一眼帅亦然,他的班副正坐在小马扎上发呆,眼里蒙了一层薄薄的云翳。帅亦然眼里的云翳,是那种冷暖气流交汇时形成的雨云,里面是伤感的泪水,外面是忧郁的气雾。张大勇夸张而又同情地叹了一口气。

萧天雅忽然掉过脸来问帅亦然:“今天好像是吴学勰值班吧?怎么没见到他的人?”

“我和他换了班。他跟闻风雷去找政治经济学的杨老师了,想请杨老师来辅导张大勇的功课。”一对上萧天雅的眼神,帅亦然就活过来了。

“张大勇,你感觉政治经济学难学吗?”萧天雅先问张大勇,又看向帅亦然,“有没有这样的规律,年龄大一点的同学,文科类的课程都学得不错,但理科类的课程就格外费劲?”

“好像是的,”帅亦然答道,“闻风雷的高等数学就不行,上次摸底测验就没及格。”

“没及格?谁说的?”

“他自己说的。你没看见他一天到晚在啃习题呀!”

萧天雅心里咯噔了一下,身体的重心急速下沉,呼吸也在刹那间凝滞了。她听覃老师讲过,闻风雷是以初中学历参加高考的,像他这样的情况全校仅此一例。因为没读过高中,数学还是初中的底子,高考时才考了二十九分,若不是文科的几门功课好,把整个总分拉上去了,他根本就过不了录取线。现在的高等数学对于闻风雷来讲,大约就是一道坎,这道坎有点高,他的知识的基础由于缺了几块砖头，一时还很难跨越这道坎。这门课是重要的必修课，考试若不及格，最后连学位证也拿不到，他可千万不能被它拖住了后腿啊！

“你上次考了多少？”

“没考好。八十七！”

“全班的平均成绩才七十五分，你怎么考得那么好呢？”

“嘿嘿，我有独门秘笈！”

三分钟后，帅亦然从寝室回来，手上多了一本书。他将书朝萧天雅跟前晃了晃，说：“喏，这就是我的独门秘笈！”萧天雅接过一看，是某个名校编写的《高等数学习题集》，本校图书馆借的。帅亦然兴致勃勃地介绍道，“这本书真的不错，解题步骤很详细，题型多，题量大，每个公式定理都配了大量的练习题，还与教材进度同步，很适合课后自习。”

萧天雅有些纳闷，问：“既然图书馆有这么好的书，大家怎么不去借呢？”

帅亦然“咦”了一声，说：“这么好的书岂是你想借就能借到的？闻风雷去了好几趟都没借到，请图书管理员帮忙也没用，所以一天到晚找同学借书抄题，搞得焦头烂额！”看出萧天雅对这本书很感兴趣，又说，“这本书对于我来说，用处不大了，上面的习题我都做了一遍。你假如用得着的话，就转借给你吧，到时候帮我还回去就行了！”

萧天雅迟疑了一下，就把书收了，说：“果真如此的话，我就笑纳了。”

萧天雅回到宿舍，将闻风雷借书的事说给祝宇安听，同时给她看那本习题集。祝宇安一看，气得把书往床上一扔：“你这个人也是糊里八涂的，这本书我不是早就帮你借来了嘛，你自己不看，还稀罕人家的！”

“还有这样的好事？那我就把它拿去给闻风雷吧，听说他一天到晚找人借书，狼狈得要死！”想到能够帮助闻风雷免除抄题之苦，萧天雅十分开心。

“不可以！”祝宇安赶忙制止道，“帅亦然那么宝贝这本书，你不看也就罢了，反倒拿去送人情，假如被他知道了，岂不是要伤心死了？你要是想做好人的话，就把你借来的那本书给闻风雷，你自己留下帅亦然的那本！”

“哎呀，我怎么就没想到！”萧天雅被她一句话点醒，心悦诚服地接受了她的建议。

第二天一大早，莫跃进两眼惺忪地到班部去轮值，接的是上一位同学的班。莫跃进做起事来是极为认真的，他知道张大勇的生活流程，就先去卫生间做一些如厕准备。令他没想到的是，刚揭开马桶盖，一股恶臭就扑面而来，差一点把人给熏倒。莫跃进吸了满满一口臭气，嘴里自然不干不净，当场就骂出了脏话："他妈的，这是哪个王八蛋干的事，马桶都不倒的，等下让我查到了他，非捶死他不可！"

莫跃进洗刷过马桶，便去叫组里的同学过来帮忙，把张大勇背到卫生间，解决了他的内急问题。回到病房，莫跃进就去查看墙上的值班表，欲弄清楚昨天是谁在值班，结果表上的排班是吴学勰。他心想这个吴学勰也太不负责任、太不讲道德了，表面上装得比谁都积极，可实际上却不是那么回事，他一定要揭穿吴学勰的骗人把戏，免得他再去骗人，让他也像马桶里的那坨屎一样臭遍整个班上。

上课前几分钟，莫跃进满脸怒容地走进教室，吴学勰正在讲台上板书下午团日活动的讨论题。

"吴学勰，你昨天值的什么班，怎么连马桶也叫别人替你倒啊？你看看一楼的那个卫生间，简直臭死了，连苍蝇蚊子都被你臭死了一大片！"莫跃进站在讲台旁，用最大的分贝，当着全班的面揭露吴学勰的丑行，就想让他丢人现眼，而且是经过当面对质、板上钉钉的那种，看他未来的四年还怎么往下混。

面对莫跃进的大吼大叫，吴学勰一时摸不着头脑，等弄明白了他的意思之后，反而笑了起来。他不慌不忙地写完最后几个字，转过身来，轻声慢语地对着莫跃进说："不好意思，昨天不是我值班！"说完，将粉笔头用力往盒子里一扔，拍了拍手上的粉笔灰，径直回到座位上。吴学勰扔粉笔的动作，后来成了他的一个招牌动作，只要有谁跟莫跃进吵，都会捡一个小石子或是捏一个小纸团往地上一扔，嘴里念一句"不好意思哟——"以此来讥笑他的无理取闹。

莫跃进没料到自己会闹乌龙，吴学勰依旧是香喷喷的，反倒是自己被卫生间的那坨屎糊住了脚后跟。面对吴学勰一副不亢不卑的样子，他心里其实早就慌了，但是当着大家伙儿的面，又不能马上示弱，还必须死硬到底，不过气势上已成强弩之末了："你——你赖什么赖！值班表上排的就是你的名字，还说不是你?”

“铃——”一阵刺耳的上课铃声打断了莫跃进的吼叫,也为他解除了冲动的尴尬。

“值日风波”过后的一个下午,萧天雅去男生宿舍找帅亦然,打算把那本《高等数学习题集》还给他。她去找他还书,不是用不着那本书,而仅仅是讨厌那本书背后的复杂动机。帅亦然前一段时间抄了一首别人的诗给她,她当时觉得挺好,好就好在那首诗的题目叫《我喜欢你》,她理解这是帅亦然在向她间接表白,还因此小激动了一下。那天她从班部出来,帅亦然送她,她假意说那首诗写得不错,还夸奖他有才情。帅亦然并不直言那首诗是人家的作品,只跟她打马虎眼说“让你见笑了!”被萧天雅当场看穿了他的虚伪。莫跃进咆哮课堂,对吴学勰发飙,前后经过她都清楚,帅亦然人就坐在座位上,他像一个被挑断了脚筋的废人一样,躲在众人喧嚣的竹帘子后面,任凭莫跃进的脏水在吴学勰脚下汹涌,始终不敢挺身而出。她气他做事不负责任,气他不敢承认自己的过失,还气他让自己夹在事情的中间而难以自辩。在长达一个礼拜的日子里,她老想起这件事,想起这件事就会想到帅亦然,也就会自然而然地想到发生在课堂上的使自己陷入窘迫的那一幕。

帅亦然对萧天雅在复习考试的当口来还书很不理解,结结巴巴地问:“你,你复习不用吗?”萧天雅淡淡地笑笑,说:“祝宇安帮我借到了一本,你这本就物归其主了!”不等他表示,又装出一副一无所知的样子,“莫跃进跟吴学勰两人到底是怎么回事啊?是不是在护理张大勇的环节上出了什么差错?”

“天晓得这两人是怎么回事!”帅亦然用一种事不关己的口吻评论着,“莫跃进这人也真是的,倒不倒马桶的事也拿到班上来吵,小题大做不说,也不怕污人耳目!”

萧天雅心里暗暗发笑,故意挑弄道:“哎,那天我去班部,看到的可是你在值班吧,会不会是你偷懒了?”

帅亦然急辩道:“我接班的时候,张大勇都解过手了,莫跃进说的事情我一点都不知道!”

“噢——”萧天雅点点头,表示听进了帅亦然的话。帅亦然不会想到,萧天雅找他还书之前，特意向张大勇核实过了相关情况，那天早上他上厕所正是帅亦然来帮忙的，帅亦然没跟她讲实话。

萧天雅看看帅亦然，人长得高高大大的，皮肤白净，眼眸乌黑，唇薄齿白，应该是家境优越生活富足家庭的子嗣。她有些惋惜地叹了一口气，耳旁忽然响起了自己的话外音：“帅亦然啊帅亦然，你可千万不能戴着面具生活一辈子啊！”

期末考试的前两周，张大勇跟班复课了。此时张大勇差不多休息了三个月，按照医生的说法，也不能老躺在床上不动，而要注意肌肉和骨骼的锻炼，通过主动或被动地活动，增加血液循环，促进骨折愈合。上次政治经济学的杨老师来班部专门为张大勇作了一次详细的辅导，不仅为他串讲了两个多小时的基本原理，还回答了他提出的所有问题，帮助张大勇和其他参加听课的同学理清了学习思路。考虑到马上就要进行期末考试了，而这次考试对张大勇又有特殊意义，闻风雷和几个班委商议，决定从下周起让张大勇跟班听课，一应准备工作在本周内全部就绪。

第二章 校花绽放在一池污水中

6

一个风和日丽的上午，闻风雷当着全班同学的面，很大方地把萧天雅叫到教室门口去商量工作，利用职务之便，逼着萧天雅和他一起在满满六层楼的同学面前亮相，狠狠展示了一下他们之间普通而又密切的关系。教学楼是一幢回字形结构的建筑，教室门口有一片露天的空地，虽然种了一些低矮的花草，一对靓女俊男站在空旷的地方讲话，关注度还是颇高的。坐在教室里的徐维平看见两人出去，十分羡慕地说："乖乖，和那么漂亮的美女在一起说话，感觉一定很爽!"

"你也可以去呀，又没人拦着你!"皮阿凡逗引他。

"你尽想美事，和书记交谈那是班长的专利，哪有咱的份!"

"说不上话，意淫一下还不行吗?"

"你千万别亵渎了意淫这两个字，意淫才是男人的真正初恋!"

闻风雷找萧天雅谈话，显然是有备而来的，他讲东讲西，口若悬河，滔滔不绝，根本没给萧天雅留下多少插话的机会，就像一个人在专场演出。他先讲莫跃进扰乱课堂的事，向萧天雅作检讨，坦言是他临时调整了吴学勰与另外一位同学的值班顺序，才让吴学勰遭到误解，影响了团支部的声誉；接着表扬吴学勰，说他处理问题不急不躁，很有大局观念，班干部是不分班委会和团支部的，只要是班干部，在同学们看来就是同一类的人，遇事就应该相互补台而不能拆台，更不能有看笑话的心态，吴学勰的做法维护了班干部的整体形象；最后讲到班上的宣传报道问题，想让吴学勰牵头成立一个报道组，把护理张大勇过程中涌现出来的好人好事宣传报道出去，因为吴学勰是她的人，所以要向她“借人”。

闻风雷说，萧天雅听。她听闻风雷讲莫跃进的事，讲到了要尽快消除因一人而起的负面影响；讲个别班干部值班不认真，以“另外一位同学”来代指帅亦然；讲班里的宣传报道，主动征得她的同意来“借人”，每一件事都考虑得细致周到，照顾了方方面面的感受。萧天雅刚开始和他站在一起，浑身都不自在，就觉得回字楼的每扇门窗都是同学们的眼睛，那眼里露出暗绿色的光影，光影里到处都是好奇和猜疑的针芒。但是，她的这种不适很快就消失了，她看着地上的光影慢慢从自己的脚下转到闻风雷的身上，心里也像他一样照进了阳光。她听闻风雷讲话，并不像班长和书记在交流工作，而是在和一位兄长或是挚友交谈，她喜欢这种面对面的交谈。

听到闻风雷要向她“借人”，她又有点不好意思了，说：“这是好事啊，你看中了谁，尽管点兵点将就是了，什么你的人我的人，我的人就是你的人——哎呀，不对，不对，话不是这么讲的！”

最后解释的这半句话，引起了她的不安。为何不安？因为她看见了闻风雷在笑。闻风雷为什么要笑？是笑她语不达意，还是笑她多说了这句话？她想从他眼里找到答案，不料两人的视线刚交会到一块，她又慌了；她发现，闻风雷也在躲她。

她知道闻风雷善谈，不管他谈论什么，总能说得异趣横生、滴水不漏，仿佛这大千世界里就没有他不知道的东西。她起初还以为他也就是口才好，抑或只会夸夸其谈而已，后来观察到他平时的话并不多，同学们扎堆在一块闲聊，他通常都在旁听，很少发表意见或介入纷争，这才修正了看法，他原来也是一个用三张封条糊了嘴巴的三缄其口的小金人。大家其实都是愿意听他讲话的，他可以讲出别人讲不透的道理，也可以看见别人看不到的风景，听他讲话，就感觉有一股力量在拉着自己跑，而且目标清晰，方向确定。萧天雅特别爱听他在班会上讲话，打着手势，侃侃而谈，自信而优雅，严谨而专注，那一刻，全世界的人都好像成了他的听众！

她确实想找一位志同道合者来陪伴她一路前行。她善鼓琴，但知音难觅；

她欲绽放，但不知时令。纵观她的周围，又有几人能进入她的法眼、符合她的心愿且能为她的人生助力？女生喜欢男生，第一看中的是他的能力，能力不仅要比自己强，还要比周围其他的男生强。风流倜傥、殷勤温顺的男生不是她的选项，这样的男生是一潭没有活力和承载能力的死水，虽能解渴、虽能充景、虽能满足偶尔踏足期间的观赏，但缺乏营养、缺乏激情、缺乏奔腾的力量，滋润不了她的生命，支撑不了她的远航。优秀的男生，应当具备一种亦师亦友的素质，成为精神的伴侣和心灵的导师，这是她的择偶的标准。从最近的接触来看，闻风雷已经显示出了一种过人的本领，品质优秀，能力出众，或许是一位可以倚靠的理想人选。眼下关于他的信息太多、太乱，她需要梳理和筛拣；大致的脉络走向是看出来了，但隐藏其中的细节还有待进一步甄别和鉴定。当然，今后在与他的接触中，也必须保持必要的矜持和距离，不能太过主动，也不能太过接近。她的交谈应当控制在适度的范围和节奏里，并且把修养和沉稳摆在第一位，交之有理，谈之有由，因为目前她与他还只是普通的同学关系。

吴学勰按照闻风雷的交代，仅仅用了两天时间就写好了一篇报道稿，题目是《讲讲我们班的好人好事》，主要介绍了张大勇受伤以后，同学们如何奉献爱心，照顾他的生活起居，帮助他整理笔记辅导作业，最后通过各门考试的。闻风雷看过初稿，沉吟了一会儿，说："我们原来的考虑是准备向省报投稿的，你这篇稿子一到报社，估计就进了字纸篓，所以还要再下点功夫，按照新闻报道的要求，好好提炼一下观点和文字。"见吴学勰不吭气，又说，"这篇稿子也不会白写，送到学校广播站去播放，同样能起到宣传报道的效果！"

吴学勰的情绪显然受到了打击，他并没有见过闻风雷的文笔，对于闻风雷的说法，内心也是疑信参半的。出于对闻风雷的尊重，他犹豫了一会儿，说："写东西我倒不怕，就怕写不好。你能不能启发我一下，教教我怎么写？你先说个路子来，我再按你的意思重写！"

"你也不要完全按我的意思来，我们还是多商量商量。"闻风雷很乐意带这个徒弟，"比如，从新闻报道的一般要求讲，首先你的标题就要能吸引人。我们现在的这篇稿子《讲讲我们班的好人好事》，标题太平淡了，一点新意都没有，如果把它改成《一次艰难的考试》，是不是就有点悬念了？假如这个标题能成立的话，接下去就要层层做文章了，要回答为什么说它是艰难的考试、为了完成这次艰难的考试全班付出了怎样的努力、这些努力最终说明了什么问题，等等。新闻报道讲究的是要有‘新闻眼’，也就是作者在报道中所表现出来的观察问题和分析问题的独特方法和视角，这是判断一篇报道有没有采用价值的重要标志……”

刚讲完，吴学龘就惊讶得叫了起来：“哎呀，班长，你到底是干什么的呀，怎么讲起新闻报道来也头头是道？早就听同学们说你很厉害，我还没当一回事，今天总算是领教了！我原来还以为自己也能写点东西，没想到和你一比，简直是小巫见大巫！惭愧！”

“你也别太谦虚，”闻风雷一笑而过，“新闻报道并不复杂，平时多看看报纸，多投投稿件，自然就找到窍门了！”

张大勇的期末考试成绩在众人的关注之下，终于揭晓了。本学期张大勇他们这个班一共开考了英语、现代汉语、高等数学和政治经济学四门课程，张大勇最得心应手的高等数学得了八十三分，最担心的政治经济学得了七十一分，四科平均成绩为七十八分，不仅全及格了，总分成绩还超越了班级的不少同学。

张大勇的分数是萧天雅来告诉他的。萧天雅坐在病床旁边的小马扎上，将他昨天换下来的内衣内裤和两双袜子泡在肥皂水里搓洗。萧天雅一边搓着衣物，一边问他对自己的考试成绩满不满意。张大勇调皮地笑笑，说：“我当然满意，就是不知道书记满不满意！”

“这一关过了，今后的事情就好办了，”萧天雅满心喜悦地说，“等春天开学以后，你就可以下地走了，再也用不着大家来照顾你了！”

“我也这么想着呐！”张大勇收住笑容，使劲地点了点头。

萧天雅搓好衣服就要去水池清洗，一抬手，便被张大勇发现了秘密。张大勇指着萧天雅的手背吃惊地说：“书记你看，你这手怎么肿得这么大，还破啦？”

萧天雅伸手看了看，不在意地说：“不碍事的，我这是害冻疮，冬天都是这样的！”

张大勇就轻轻抓起那只手，在红肿的地方看了又看，摸了又摸，最后竟忍不住低下头去咬了一口。

“哎呀——你傻呀!”萧天雅大叫一声,疼得眼泪直掉。

学校广播站播送七九级金融班来稿的时候,覃怀良正在教工食堂吃午饭。播送的内容一结束,就见系主任郭之诚端着饭碗一摇一摆地过来了。郭之诚笑吟吟地问:“覃老师,张大勇是不是那位伤了腿的新生?他的考试成绩都及格啦?”

“全都及格啦!”覃怀良朗声答道,“不仅及格了,分数还不低呢!”

郭之诚听罢,突然哈哈大笑,握着筷子指着覃怀良说:“覃老师呀,你这个暗度陈仓玩得好啊!我本来还打算近两天就来找你商量他休学的事的,没想到他居然考试合格了!学习都过关了,还用得着休学吗?我刚才还听广播里说,你们班在护理这位同学的过程中涌现了很多好人好事,我就更不能拂逆了大家的美意喽!”说完,又一摇一摆地走了,一边走,一边还在不停地念叨“不简单、不简单!”

当天下午刚上班,一通急促的电话铃声就响彻了覃怀良所在的教研室,把在云端里备课的覃怀良拽回到了地面。

电话是蒋家兴打来的,要他马上就到自己的办公室来一趟。覃怀良听电话里的口气阴沉沉的,心里就很不踏实,天要下雨了,他出门匆忙,忘了带伞。

两人见面,蒋家兴没来半点客套,开口就问:“欸,老覃呐,张大勇的考试成绩你们没找任课老师开后门吧?”不待覃怀良回答,紧跟着又来了一连串问题,“学校广播里报道的好人好事都确有其事吗?那篇报送学院宣传部审查的新闻稿你看过没有?你们班里对宣传张大勇这件事有没有不同意见?”

覃怀良正要一一回禀,蒋家兴把手一摆,说:“你不要跟我解释了,我相信你们都做得很好。我原来还有点小瞧了你们,其实你们的能耐不小哇!就拿张大勇的事来说吧,思路很清楚嘛,借人家七八级的班部养伤,组织同学护理,请任课老师辅导,最后又宣传造势……简直叫人眼花缭乱!”

蒋家兴点上一支烟,吸了一口,吐出一股烟雾,“你们班上的那几个骨干,哪里是什么学生,脑子比我们老师复杂多了,处理事情不仅有主见,而且还很有章法,我可是不敢再小瞧你们啦!在张大勇的问题上,我并没有多说什么,无非是提醒你们要敏感一点，对那些贪玩的学生管理上要严格一点，不能助长了松松垮垮的不良风气。现在看来你们做得很好，完全按照我们领导的要求落实了，这就达到了目的嘛！有的学生向你建议，不要理睬系里的意见——原话是不睬它——谁说的我也知道，你说我要不要批评他？不！我不仅不批评他，还要表扬他，因为最后的结果是有利于张大勇的，也证明了你们的做法是对的！”

“认准了的事就大胆地干，我就欣赏这种作风。”蒋家兴抖落了一截泛白的烟灰，咧着嘴干笑了一下，“我要提醒你们的是，今后对学校的教学管理要求可不能置之不理，学生要讲规矩，老师也要讲规矩，要防止出现无政府主义倾向。听说闻风雷还是个退伍老兵？很有政治头脑呀，宣传报道就抓得很及时，也抓住了要害，向省报的投稿还表扬了系里和学院的领导，全局观念强着呢！部队就是培养人的地方，我也是转业以后来学校的嘛，我对闻风雷就有一种天然的亲近感。这个班你要好好带，以后会出不少栋梁之材，你就等着骄傲吧！”

蒋家兴的一席话，让覃怀良心里直发毛，总觉得他的话只讲了一半，明的讲了，暗的没讲；虚的讲了，实的没讲；好的讲了，差的没讲。当领导的莫非都是这么讲话的？覃怀良没当过领导，但他知道当领导的必须要有城府，话不能讲得太直太白，要含而不露留有余地，蒋家兴大概就是靠这一套来保护自己、维护形象和威信的。覃怀良一直在琢磨蒋家兴的心理活动，站在蒋家兴的角度看张大勇这件事，其整个过程并不全是团结友爱和刻苦学习的，说不定也充满了集体对抗和精准算计。他的意图没有得到应有的尊重，被一帮初出茅庐的学生巧妙规避，失落感和沮丧感不言而喻，威信和颜面就像滚落在地上的树叶一样，被乔粤生那双人字拖踢得窸窣作响。听郭之诚和蒋家兴两人的意思，张大勇的事情看来是过去了，系里既不会为难他，也不会叫他休学了，七九级金融班算是打赢了一场休学保卫战。

或许，事情仅仅只开了个头，覃怀良又想。蒋家兴在讲话中直言不讳地告诉覃怀良，闻风雷建议他别理睬系里的意见，他居然就同意了！这是什么意思？学生不懂事，老师也不懂事？对于学生的顶顶抗抗，当老师的不批评不制止，反而跟在学生后面跑，简直岂有此理！另外，这其中还传达了一种暗示或警告，那就是要告诉覃怀良，蒋家兴对他和学生们在一起的所有活动无所不知、尽收眼底，他必须恪守本分、谨言慎行。那天在医院里，只有他和几个班干部听到了这句话，怎么会一字不落地传到蒋家兴的耳里？仅这件事就足以让他的脊背发凉的了。堡垒最容易从内部攻破，这个道理他懂。这个班，包括周围这帮人，目前是四面透风，无秘可守，他要格外当心。

寒假放假的前两天，省报"青年时代"栏目刊登了七九级金融班的来稿，标题是《一次艰难的考试》。文章围绕发扬雷锋精神，不让一个同学掉队这一主题，报道了该班集体护理伤病同学的典型事迹。消息见报前，学院团委收到了省报编辑部的来信，认为该班的这篇报道，以一件发生在高校日常学习生活中的典型事例为切入点，集中展示了新时期高校大学生的思想精神风貌，回答了高校精神文明建设抓什么和怎么抓的现实问题，符合最近召开的中央理论宣传工作会议精神，建议他们再组织力量深入挖掘该班的先进事迹，写成典型报道或长篇通讯，在省报预留版面刊用。

省报编辑部的来信，是院团委宣传干事胡兵第一个见到的，对于他来说，那封信就是迷途中的路牌，见到它就知道下一程该如何行走了。前不久，团省委召开了一次理论宣传务虚会，会议提出要加强高校学生的思想政治工作，围绕推动社会主义精神文明建设，拓宽团员青年宣传教育渠道，加强宣传教育阵地建设。胡兵正在发愁，怎么根据本院的实际情况创造性地贯彻落实好上级的会议精神，恰巧来了好消息。

胡兵兴高采烈地拿着那封信去向院团委书记马中华汇报。马中华见过信件和报纸清样，也抑制不住内心的激动，连声说："奇迹，奇迹！党报想上一篇'豆腐块'都十分不易，居然还反过来跟我们约稿，这不是天大的好事嘛！这件事我们团委要抓在手里做，争取一炮打响！"

"抓在手里做？"胡兵疑惑地看着马中华，"我们这几条枪，它没法打炮哇！"

"谁让你去打炮啦？"马中华瞪了胡兵一眼，"你要去抓工作，找系里和班里布置任务，一天一个电话，三天两头一趟，直到把任务完成好！"

很快，覃怀良在教研室接到了胡兵的一个电话，电话里请他和萧天雅一起到团委来一趟，马书记有要事与他俩商量。

甫一见面，马中华就喜笑颜开地说：“覃老师，恭喜你呀！”

覃怀良似乎不在状态，苦笑道：“何喜之有？就怕辜负了马书记的期望哟！”

“看你说的！”马中华的情绪丝毫未受影响，“报道的清样我看了，写得很好，观点鲜明，事例生动，政治性和思想性都很强——是谁写的？”

“是她们班长带着几个人搞的！”覃怀良冲萧天雅努努嘴。

“行啊，覃老师，你们班有人才呀！”马中华说着，脸色不知不觉阴了下来，“萧天雅，这么大的事你们团支部怎么没参加呢？”

“噢，团支部也有人参加，主笔的就是团支部的宣传委员吴学勰！”覃怀良解释道。

“这还差不多！”马中华的脸上有了一点活色，“覃老师，这件事你就干脆交给团支部干吧，多给他们一点锻炼的机会。今后要是遇到什么困难的话，我们一定会帮助解决的！”

“帮助解决？你就听他吹吧！”蒋家兴的一句话就断了覃怀良的指望，“我来学校两年多，还从没见过他们写的报道，报纸上连一块巴掌大的文章都没发表过，见报指标年年实现不了，你叫他拿什么帮你？”

覃怀良第二次被蒋家兴找去训话，是在他离开马中华办公室的一个小时之后。

接二连三地受到系里书记的召见，这让覃怀良产生了一种好运连连的感觉，只是这种好运来得过于突然且毫无征兆，他既没有烧香，也没有拜佛，脚底下踩着一堆浮土，就怕一步没走好陷了下去。他从来不喜欢跟领导打交道，但领导偏要不停地找他，老也赶不走被人训诫的担忧。

复见蒋家兴，竟然换了一个人，一团和气，满脸笑容，雨后的天空一片晴朗。蒋家兴开门见山地说：“报纸的清样你都看到了吧？稿件用得不错，改动不大，说明对上路子了。学校很重视这件事，院党委的耿书记和团委的老马都给我打过电话，把任务下给了系里。这个马中华也是的，也不跟我商量一下，就直接汇报到耿书记那里去了，搞得系里很被动。”蒋家兴的笑容渐渐隐去，换了一种严肃的口气，“这件事你们要高度重视，既然惊动了学院党委，就成了政治任务，一点退路都没有了。你们要是完不成任务，连我也没法交差了。”

覃怀良没有马上接话，沉闷了一会儿才愁眉苦脸地说："事情闹得这么大，我也没想到。团支部那几个学生干部现在压力很大，就怕完不成任务，最好是系里能派人带着我们一起干，这样我们心里就有底了！"

"系里派人？你让我派谁？"蒋家兴一听就乐了，"你不就是系里派的人吗？系里不管派谁，就比如派你老婆沈小健，那跟你还不都是一个样嘛！"蒋家兴几句话把覃怀良堵得哑口无言，"依我看，你谁也不用指望了，就找闻风雷，麻烦是他惹的，屁股也要让他擦——我这话不对。我的意思是，新闻报道不是谁都能够写得好的，不信你让哪个教语文的教授帮帮你，看他写的新闻报道能不能见报？就交给闻风雷，我相信这小子不会有问题！当然，系里也会给你们支持，要什么条件就给什么条件，但就是没办法给你们人！"

既然等不到外援，那就自力更生吧，路在脚下，都是靠人蹚出来的！覃怀良不是不相信闻风雷，只是不愿意把这种劳神费力的差事硬压给他。闻风雷的社会工作已经够多了，再没完没了地增加他的课外负担，他于心不忍。他打定主意，先在其他同学那里搞点"火力侦察"，实在不行的话，便按蒋家兴的意见将任务交给闻风雷。这件事毕竟是班级内部的力量协调问题，他的顾虑并不太大。

覃怀良兴师动众地找团支部的几个人开会，问各位谁能完成团委交代下来的约稿任务，居然没有一个吭气的；又问吴学勰和刘远程行不行，两人均直言写不出来，把萧天雅急得在一旁直摇头。

"吴学勰，你怎么也学会了偷懒呢？上次的报道不是你和闻风雷一起写的吗？"覃怀良的"摊派"任务未能落实，心里很不痛快。

"覃老师，我真不是偷懒，那篇报道其实是闻风雷硬改出来的！我初稿写了两千多字，被他砍掉了三分之二，最后定稿的八百来个字，版权归我的大概只有三分之一，你说那篇稿子还能算我的吗？"吴学勰极力撇清自己，怕的就是被覃怀良误解，"新闻报道有自己的叙事角度和语言风格，没写过的人是把握不准的，闻风雷是高手，我连门都没入呢！"

"刘远程，你也是这么认为的吗？"

"我就更没有发言权了！"

团支部的几个委员才离开片刻，闻风雷就来了。他躺在寝室里看书，是被同学捎话喊到教室里来的。

覃怀良正在和萧天雅商量事情，见闻风雷进来，就朝萧天雅努努嘴道：“你把马书记讲的那几个意思告诉他吧！你先说，我们再来商量怎么办！”

“哪有叫我说的道理呀，我可说不出口！”

“工作上的事有什么不好说的？又没叫你去和他谈情说爱！”

“哎呀，你说什么呢！”萧天雅又羞又急。

一道电光石火从闻风雷的心头划过，引起他一阵紧张。闻风雷不由自主地朝萧天雅看了看，正巧遇上她躲闪的目光。他看萧天雅，却瞥见覃怀良在看自己，三人的目光里都藏着各自的晦涩，彼此心照不宣，并不捅破。

获悉马书记的意见之后，闻风雷倒没太当一回事，说：“当初请吴学勰来负责报道组的工作，就是考虑到团支部应该介入此事。我也跟吴学勰谈过，今后班里的宣传报道和经验总结工作，说不定是一项经常性的工作，让他要有思想准备。这次省报的约稿，还是由我来写吧，我在部队写过报道，应付这样的差事问题不大！”

“好哇！”覃怀良一下子放心了。闻风雷主动请战，解除了他的心理负担。

“哎，有个事你俩还要好好商量一下，”覃怀良的包袱刚卸掉，就想着要捉弄一下这两个人，“你们班马上就要出名了，你们两个当家的好好商量商量，看叫谁当先进的代表，是班长呢，还是书记呢，总不能两个人齐头并进吧？”口气是半真半假的，问题也是虚实参半的。

“我才不要当什么鬼的先进哩！”萧天雅一不小心落入了覃怀良的圈套。

“鬼的先进”语义丰富，透过这句话，很容易就让人看出了萧天雅的单纯和任性。闻风雷忍着笑说：“先进岂是人人都有资格当的？先进不是靠吹的，也不是靠捧的，先进必须有突出的事迹和过硬的口碑，里里外外都叫人看着舒服，方方面面都叫人无可挑剔，是打心眼里服气和敬佩的那种。不过也不要把它看得太神秘，你要是不想当先进的话，你就把它看作是插在墙上的旗，开在树上的花，是一处和自己不搭界的外面的风景，任它云卷云舒，花开花落。我讲这个话的意思是，我们班委会就当绿叶，出头露面的事就让花儿们去干，我们搞好服务保障，努力让我们班上的花儿越开越鲜艳！”

“嗯，说得好！”覃怀良赞许地点点头，“萧天雅，你听明白了没有？人家要当你的绿叶呐，你不表个态感谢一下吗？”

“不是她感谢我，是我要感谢她！”闻风雷怕萧天雅尴尬，赶紧替她圆场，“她让祝宇安把她自己借来的数学习题集给我，帮我闯过了考试关，你说我要不要感谢她？”

闻风雷和覃怀良两人在一唱一和，萧天雅就直勾勾地望着闻风雷，生怕他再往下还会说出什么与自己有关的话来。她紧张地抚弄自己的辫子，把辫子缠在一根食指上，顺绕几圈，又散掉；再反绕几圈，又回过来，反反复复地缠绕个不停。她知道闻风雷去图书馆还书，在管理员那里看到了自己的名字，因而轻易解开了自己的一个爱心圈套——就像她轻易还原缠绕在手指头上的辫子一样。

“怪不得你数学考得那么好，原来是有精神动力呀！看来你俩早就互相帮助了，倒让我在一旁瞎操心！哈哈——”一通话说完，覃怀良开心地笑了。

7

闻风雷坐在父亲的书房里写报道，很长一段时间心思都无法集中，他在想那天离校的情形，想那天为他送行的人，想那天发生在从食堂到宿舍的主干道上的一场热闹。放假之前，那条路上一直都是很热闹的，一望无际的人流，五彩缤纷的颜色，四面八方的喧嚣，每天都要从那里经过，路上经常会有街面上的嘈杂或是集市上的狂欢；放假以后，原先的热闹便让给了宁静，道路空旷得像一畦水面，偶尔路人经过或是微风吹来，只能在水面上或是空气里留下极细的时断时续的窸窣声。这时候，假如还想再要热闹的话，就要靠人来临时拼凑了，你来几句闲言，他来几句碎语，或者再加上一点幽默和一点笑声，就有了新鲜的热闹，“凑热闹”的说法就是这么得来的。覃怀良是个很会凑热闹的人，他怕闻风雷离校的场面上少了热闹，就到各寝室去撵人，叫大家都来给他送行，于是道路上很快又站满了人。既然是送行，总免不了要说几句回家的话，有同学看见闻风雷就挎一个小挎包在身上，便笑他你就这样两手空空地回家呀？也有人注意到他一年四季都穿一身旧军装，就说你回去过年也不换身衣服走呀？闻风雷与围在前面的几个人打招呼，交代谷庆丰和刘远程把春节期间的会餐和娱乐活动搞得丰富一点，刘远程说：“我跟老谷分过工啦，女同学归他，男同学归我，保证把他们照顾好！”谷庆丰急忙否认道：“没那么回事，要分工也是男同学归我，女同学归他，他长得英俊，又能歌善舞，女同学都喜欢他！”男同学听了他俩的话，骂他俩居心不良；女同学听了他俩的话，骂他俩狼狈为奸，顷刻就营造了一番热闹的氛围。萧天雅和祝宇安当时也站在人群中，和他隔了几个人，萧天雅穿一件米黄色的花格子呢外套，一条蓝底碎花丝巾在颈项处绾了个结，很潇洒地飘在胸前，格外引人注目。闻风雷本来是想跟她打声招呼的，但是一见她胸前那缕蓝色的火焰，目光就退缩了，打招呼的勇气也就在那一刻不知不觉地消泄了。

正要动身，帅亦然突然从人群中挤到了跟前，问：“班长，你这么急急忙忙回家，是不是要去见心上人啊？”

“心上人？”闻风雷一愣，摇摇头，“哈哈，不着急，不着急！一人一个，人人有份，你就耐心等着吧！”

“哈哈，你就耐心等着吧！”大家一齐冲帅亦然笑开了。

闻风雷回家是临时决定的，他本来打算要在学校写完报道之后再回家过年的，因父亲来省城开会，要他搭便车同行，便改了计划。临行前，他去向覃怀良辞行，覃怀良不放心地说：“你把稿子带回去写，就怕你时间和精力上得不到保证。系里的蒋书记和团委的马书记对报道的事都很关心，昨天碰到我还问我什么时候可以交差，你千万不能七大姑八大姨地拜年，把时间给耽误了，到时候完不成任务啊！”

“覃老师，您就放宽心过年吧，”闻风雷微微一笑，“这件事我不敢马虎，少则十天多则半月，您笃定能见到稿子，而且不是吹的，保险让您满意！”

闻风雷的家——实际上是他父母的家——住在市委机关东院的二号楼。市委机关东院是市里几位领导的宿舍区，二号楼则是一栋自带前庭后院和开阔绿地、掩隐在绿树丛中的单体别墅。闻风雷的家，一年到头的绝大多数时间里都是不关门窗的，周围除了依稀可见的几栋与其一模一样的灰色建筑外，几乎看不见人影进出，终日鸟语鸣唱花香袭人，当然，更多的还是随风而来的静谧。

闻风雷一边构思，一边在父亲书房里转悠。父亲藏书颇丰，这令他心猿意马。小时候，父亲是鼓励他多看古典书籍的，凡列入经史子集的都对他开放，但对小说传奇之类的，则有所限制，特别是禁止他看《金瓶梅》《西厢记》和《红楼梦》。父亲告诫他，《红楼梦》这类的书，必须在四十岁以后才能看。他不理解其父用意，越是不让看，他就越要看。家里的书被父亲锁进书柜里去了，他就向同学借，从书摊租，到手之后，便手不释卷，昼夜赶读，薄书一天一本，厚书三天一部，短短几年里，不仅看完了父亲的"禁书"，还把地摊上所能找到的书全都通读了一遍。

一日，父亲理书，翻出一本《红楼梦》拿在手里。他站在一旁，瞅瞅那本书，问："你这套书是什么版本的？"

"版本？你还知道版本？"父亲意想不到。

"要我猜，不是程甲本，就是程乙本，总之是一种刻本，我不感兴趣。我就想看看脂本，手抄的，有批语，比如甲戌本、己卯本、庚辰本，最能接近原著的本意。"

"我这套程乙本也是很有权威的呀，怎么就不好啦？"

"差远了，别说你的程乙本、程甲本，就是在它之前的甲辰本、己酉本，都改动了许多，早就不是原来的东西了！"

"你看过多少个版本的？"

"刻本的都看过，就是没看过脂本的。"

闻风雷轻飘飘的一句话，惊得其父下巴都快脱臼了。那一年，他虚龄十二岁。

闻风雷在家闲晃了两日，心里便油然生出一种恐慌感，自咎又虚度了光阴，于是下决心要赶稿子。动笔前，他拿出那本好人好事登记簿又翻看了几遍，越看越有故事，越看越有想法，越看越有激情，看到最后，眼前居然闪现出一群活动的身影来。他手上的那本本子，原来只是用来记录与张大勇有关的好人好事的。记到末了，大家都突破了先前的约定，凡是好人好事，就往上登，本子的内容就变得丰富多彩了。闻风雷归拢了一下，有关心集体的，有结对促学的，有资助钱物的，有礼让荣誉的，有拾金不昧的，有见义勇为的……总之，人人都有奇可传，人人都堪称楷模，人人都是"活雷锋"。他要把他们的事迹写出来，使他们跃然如见，美名传扬。

思路一旦确立，下笔就快了。闻风雷紧赶慢赶写了十来天，终于拿出了初稿，又耐着性子改了两遍，始觉大功告成。润色的时候，他特意为自己沏了一杯上好的红茶，一边品着茶香，一边琢磨字句，茶水泡着字句在嘴里咀嚼，越嚼越有味，刺激得脑神经兴奋异常。他对自己的文字始终是放心的，任何人从他的文字中都能够感受到一种超常的理解力和组合力，文字在他的笔下就成了意趣盎然和变化无穷的高阶魔方。他知道覃怀良对他不了解，无法想象他曾经经历过的单枪匹马总结报道部队重大典型的辉煌历史，因此也希望覃怀良或是系里的某位领导能早日读到他的文字，并为宣传他的力作当一回义务报道员。他将写好的稿子交给父亲，请其办公室的打字员打印三份寄到学校，至此便安心做起了闻府的逍遥王子。

闻风雷走过之后，萧天雅心里郁闷了好几天。那段时日，学校的天空是阴阴沉沉的，北风呼啸，雨雪交加，挂在屋檐下的冰锥子又粗又长，湖里的水，沟里的水，路面低洼处的积水，全都结成了冰，寒气逼人，百鸟噤声。萧天雅的心里虽然未结冰，但也从头冷到了脚，心里冷，肢体冷，脸色冷，连流出的泪水都冰冰冷。她流泪，是因为想家了。

闻风雷那天离校，只给她留了一个背影。泛白的斜纹布军装，黑胶底解放鞋，军用挎包，而后是挥动的手势，轻快的步伐，还有小平头……闻风雷是从饭堂北端的篮球场向左一拐，拐到莘野路教工楼附近的草坪旁边，再从它西头的停车场出校门的。萧天雅后来到那片草坪上去转悠过多趟，就觉得他的人还在那里，他在笑，在说，在听，草坪周围到处都晃动着他的影子。她的心里会经常想着与他偶遇后的诸种情形，比如他会不会朝自己看，会不会主动跟自己打招呼，会不会问自己一些工作或学习上的事情，而自己要不要先开口，要不要先打招呼，要不要问他原来在部队上是干什么的，要不要请他把女朋友的照片拿出来欣赏一下……反复预演着一个人的心灵对白。

她始终不明白帅亦然为什么要当着所有女同学的面和闻风雷开那样的玩笑，若不是出于嫉妒，那就是别有用心。但闻风雷的反应实在是太快了，什么

“一人一个，人人有份”，还叫帅亦然“耐心等着”，最后引得大家都在笑他。这个帅亦然，哪里是人家的对手，挑衅一次出丑一回，怎么就不长一点记性呐！

一想起闻风雷那副自信得意的样子，萧天雅就恨从中来。“一人一个，人人有份”，说得多轻巧啊，好像他的老婆就是一片雪花或者一滴雨水一样，会从空中掉下来，他就坐等着人家来投怀送抱。她来为他送行，他也看见了她，但就是把头昂得高高的，充耳不闻，视而不见，那种优越感真是强大到了令人窒息的程度！

校园的雨雪天气持续了半个来月才退去，嗣后就艳阳高照，日丽风和。萧天雅的心情随天气转暖了，就想要找点事情干。她想起家中逢年过节，妈妈都要清扫积垢，浆洗衣被，便拉着祝宇安一道洗被子。祝宇安深有同感地说：“我那床盖被简直脏死了，闻着都有股汗酸味，再不洗都没法盖了！”两人趁着一时的兴头就把被子洗了，又从食堂要来满满一盆稀薄的米汤浆被子，干了一件引以为豪的大事。

当晚，萧天雅躺在浆洗过的温暖的被窝里，不知怎么地又想到了闻风雷。她想起有一次去男生寝室检查卫生，看到一张上铺上的被子没叠。被子是军绿色的，不分被面被里，也找不到被头被脚，但边缘却闪着一层油亮油亮的黑光。她问这张铺是谁睡的，几个人都抢着回她是班长的，她这才知道闻风雷其实是一个很邋遢的人。从那次检查到现在，时间又过去了几个月，闻风雷的被子怕是要脏得吓死人了吧？

帮闻风雷洗被子？这可是一桩风险度极高的事情！萧天雅给自己出了一道大难题。突然，灵光一闪，念头落地，她想到了一个好办法。

萧天雅与女生们商量，说男生都是邋遢鬼，被子床单一个学期没洗，恐怕都很脏了。我们能不能做个好事，帮他们洗洗被子呢？萧天雅原来担心大家不一定会赞同她的提议，没想到情况恰恰相反。

“我们班的男生真不错，大的幽默，小的淘气，中不溜秋的也会怜香惜玉，我乐意洗他们的被子！”

“帮男生做事我没意见，我就担心自己洗不干净，惹人家笑话！”

“我要洗，就帮我的几个老乡洗，别的我就不想管了！”

女生们七嘴八舌地议论一番之后，就把这件事给定下来了。

洗被子的劳动，说来简单，其实很烦。因为要洗的被子很多，而且不能弄错了人头，所以需要男生配合。萧天雅把刘远程和谷庆丰找来，请他们协助做一些准备工作，比如收齐要洗的被单床单，在棉胎和被单上做好记号等，两人欣然应允。

洗被子这一天，天也格外地赏脸，随着天气晴稳，气温越来越低，高寒高冷的空气像一个巨大的冰箱，把一切需要或不需要冷藏的东西强行装进它的箱体中，从铸铁管里放出来的自来水也一夜之间变成了锋利的刀片，专门用来切割人体表面的敏感神经，几个来回之后，就蛮横地将它们的通路阻断了。萧天雅带着几位女生一大早就来到了洗衣场，她们手忙脚乱地把洗涤用品以及要洗的东西一股脑儿搬到各自的位置上，然后围着洗衣池一字站开，放水，浸泡，捶打，搓洗，很快就在洗衣场上奏响了一曲声色张扬的浣洗歌。

黎玉红在浸泡被套的时候，一直仰着头，眼睛并不直视手里的被套。祝宇安看着奇怪，便问道："哎，黎玉红，你洗东西怎么会是这般嘴脸？"

"你来闻闻看，到底是什么味道！"黎玉红将手里的被套递到祝宇安的面前。

祝宇安就真的探出鼻子去闻，刚吸一口气，就呜哇呜哇一阵恶心，脸色一下子变得通红，赶紧捂住了鼻子。喘了好几口粗气之后，才憋出一句话："什么味道，真难闻！"

几个人立刻围了过来，人未到跟前，就嗅出了异样的气息。她们屏住呼吸，远远地去翻动那床被套，就见被套上爬满了一片一片的斑迹，有图状的，有块状的，也有条状的，有的斑迹还能看出清晰的霉点。她们或许已经猜到，这些"斑斑劣迹"，正是一种生命的预演，展示的是潜藏在年轻人长期落寞之中的青涩风华。

皇甫涓禁不住就唱了起来："跑马溜溜的山上，一朵溜溜的云哟——"刚开了个头，后面就引出一串夸张且放浪的笑声。

萧天雅不明就里，傻傻地问道："歌唱得挺好的，你们笑什么？"大家就笑得更厉害了。皇甫涓更是笑得前仰后合，边笑边指着萧天雅："你什么都不懂，什么也别问啦！"

众人归位，祝宇安大发感慨："鄙人今天亲自做了一回实验，试图论证肥皂粉在冷水与热水中的差异。现在我宣布，实验证明，闻风雷同学前不久传授的洗涤方法是正确的，也说明该同学是严谨的和值得大家效仿的！"

又是一片哄笑，这回连萧天雅也跟着一起笑了。

几个人正在闷头干活，就听见不远处传来断断续续的咔嚓声。

"大家看，有人照相！"黎玉红第一个发现来了陌生人。

"喂，洗衣服有什么好照的呀！"皇甫涓冲来人表示不满。

萧天雅正在用刷子清洗被单上一块颜色深暗的斑迹，听见皇甫涓的声音，停止了手里的动作，并用手背擦了擦额头上的汗粒。就在她抬头的一瞬，又是一声咔嚓，被这位不速之客抢了一个特写。

"萧天雅，你们辛苦啦！"拍完之后，陌生人才笑呵呵地开口打招呼。

"怎么是你呀，胡干事！"萧天雅一眼就认出了来人，是院团委的宣传干事胡兵。

胡兵习惯性地朝取景框里看了看，说："我今天在学校值班，没事就到后院来溜达，结果看到了难忘的一幕。你们这么多人在洗衣服，估计又是在做好事吧，简直太震撼了！来，给你们合个影！"

胡兵绕着水池走了一圈，见几个池子里洗的都是"庞然大物"，便问她们在洗什么。萧天雅说是我们班男同学的被子和床单，不少人都回家了，正好利用这个空隙帮他们洗一洗。胡兵说那可要花很多时间呀，她们都乐意吗？萧天雅说时间不是问题，大家互相帮助，积极性都很高。

胡兵一走，黎玉红就懊恼地说："今天真倒霉，头都没好好梳一下，就被那个人照了半天相，像个疯婆子一样！"

"我才倒霉呢，"谢晓华深有同感地附和道，"放假这十来天，除了吃就是睡，也不知长了多少肉，人都胖得不愿动了，这会儿拍照还不丑死啦！"

祝宇安听两人一唱一和，忍不住插嘴道："你们在想什么呢，是不是还指望着自己的玉照摆进宣传橱窗里去呀？"

"那可说不准，不把我们往橱窗里放，拍照干什么！"黎、谢两人回了她一句大致同样的话。

上午收工后，祝宇安悄悄跟萧天雅说："喂老大，我怎么没看到你的闻班长的被子啊？他的被子是军绿色的，好像没送过来嘛！"

"你找他的被子做什么？"萧天雅心头一沉。

"好意思的，还问我！你不是想帮他洗被子的吗？"祝宇安一脸坏笑。

"谁说我想帮他洗被子！"萧天雅的耳郭一下子热了。

萧天雅和祝宇安去各寝室收罗遗漏的脏被子，碰见谷庆丰正躺在床上看报纸。祝宇安问："咦，谷庆丰，你的被子怎么没拿去洗呢？"

谷庆丰一骨碌坐了起来，说："我这么一个大活人，哪里好意思劳动你们这帮小姐妹。要洗，我自己会洗，过两天我再洗！"

"我们洗了这么多人，也不差你一个呀！"

"哪里只差我一个？你看看我对面的上铺，还能找得到被子吗？"

萧天雅就趁机打量了一下那张铺，上面铺着一条白床单，床沿还覆盖了一条长毛巾，床铺干干净净，一尘不染。

萧天雅知道这是闻风雷的铺位，顿时备感失落。她故意不再往下问，将一肚子怨气朝谷庆丰撒去："你既然会洗，那明天就来帮我们的忙吧，我们正好人手不够。"

谷庆丰不紧不慢地说："这几天我还真没空，明天要准备茶话会，后天要准备除夕会餐，等过完了年行不行？"

"别废话了，给你两个选择，"萧天雅把辫子一甩，顺手从桌上拿起一个水杯，"要么来帮我们洗被子，要么把你的被子送去给我们洗。若是不从命的话——"

"若是不从命的话，哼哼，就把这杯水浇到你的被子上，看你怎么睡！"最后的话是祝宇安加上去的。

"我的妈呀，遵命，遵命！"谷庆丰第一次领教了萧天雅的霸道，"你这个小辣椒，看你老公以后怎么收拾你！"

刚走出谷庆丰的宿舍，祝宇安就仿着京戏的腔调，摇头晃脑像牙疼一般哼开了："咿呀呀，那个人呐，没有这个福分哪！"

"你这么爱操心，是不是毕业以后想到联合国去当世界警察呀？"萧天雅气得在祝宇安背后狠捶了几下。

闻风雷的稿件送到报社去的这一天，萧天雅的洗衣劳动也快接近了尾声。萧天雅正在和几个人晾被单，被覃怀良喊去了办公室。覃怀良爹拉着头发，穿一件鼓鼓囊囊的棉大衣坐在火盆旁边，两只手围着炭火来回翻动，身子弓着，目光专注，像是在测试炭火的温度。见萧天雅进来，覃怀良立刻直起了身子，说："叫你来，是想让你看一样东西——你别着急，坐下来慢慢看！"言毕，将凳子上的一沓文字材料递给她。

材料是油印的，墨色很浓，散发着一股呛人的气味。萧天雅先看首页的内容，有一个标题：沿着雷锋的足迹前行；再起一行，紧跟着破折号之后又是一个副标题：七九级金融班团支部学雷锋树新风活动系列报道。

萧天雅明白了，覃怀良给她看的东西，应该就是闻风雷为省报撰写的新闻报道稿。但她有些纳闷，闻风雷写的东西怎么成了油印的文字。她接着往下看，读到了一段导语——

新时期的在校大学生应当有着怎样的人文情怀，又应当如何确立符合时代要求的价值追求？七九级金融班团支部以他们的实际行动回答了这个问题。这个班的团支部在支部书记萧天雅带领下，积极探索团员青年的思想行为规律，引导大家坚持从我做起，从小事做起，从现在做起，因地制宜开展学雷锋树新风活动，用生动而丰富的校园实践诠释了人生的目的和意义，展示了新一代大学生助人为乐、无私奉献的优良品质和精神风貌。这篇报道分四个专题，详细介绍了该团支部的具体做法，值得大家学习和借鉴。

看过导语，萧天雅又去看各个专题。四个专题分别都有一个很醒目的标题：

——同窗是我们追梦的战友；

——打造团员青年的时代名片；

——叫响向我看齐的口号；

——让雷锋精神激励我们奋勇前行。

未及看完，覃怀良就急着要萧天雅谈看法。萧天雅稍稍迟疑了片刻，说："这篇报道什么都好，就是有一点不好！"

覃怀良嗬了一声，说："那你先讲讲好在什么地方！"

"好的地方简直太多了，看了以后，不是简单的高兴，而是很激动、很感动，有一种想要哭的感觉！"萧天雅的情绪上来了，"闻风雷的报道把同学们都写活了，就发现我们的同学特别淳朴、特别善良、特别可爱，真的是太好了。闻风雷真会写东西，一些平平常常的凡人琐事，在他的笔下写得那么风趣、幽默；总结出的做法更是一套一套的，不仅有前因，而且有后效，仿佛我们过去一直都在这么做。读了这篇稿子，我自己也有一个收获，原来总担心团支部的活动不知道怎么搞，心里老是没底，经他这么一总结，想法就很清楚了，连下一步的打算好像也要呼之欲出了！"

覃怀良满意地嗯了一声，说："讲得不错，看来你是认真读了。你再说说看，不好的地方在哪里？"

"不好的地方嘛——"萧天雅犹豫了一下，"我不喜欢在报道中老提我的名字。事情是大家做的，我只是尽了一点自己的责任，老提我的名字，把账都记在我的头上，大家会有看法的。再说，我也有很多地方没做好，抬得那么高，会给人一种名不副实的印象，我不愿意被人家说闲话。"

"你的意思是说，这篇报道没能做到实事求是，把其他同学的事情都堆到你头上，存在人为拔高的问题？"覃怀良故作严肃地问。

"没有，没有！我，我，只是一种担心嘛！"萧天雅急忙否认。

"我能理解你的顾虑，但不必太过紧张。下一步，假如报纸一宣传，你们班说不定会出名，你这个团支部书记说不定也会受到大家关注，成为议论的焦点，你要有这方面的思想准备。"覃怀良边宽慰，边提醒，"你知道吗，我也有担心呢，我担心的是你们从此盲目骄傲，满足于浅尝辄止，不再继续前进，慢慢地就开始走下坡路了。果真如此的话，那就事与愿违了！"

“我怕宣传，尤其是不想在学校里被人宣传。”萧天雅愁眉锁眼，“我来学校是读书的，最大的任务就是搞好学习，要是一天到晚陷入政治宣传的活动中，影响和耽误了学习，那就违背了我来上学的初衷了。”

“这——”覃怀良一时语塞，“还是要相信学校嘛，学校会把各方面的问题都考虑周全，不会让你耽误学习的！”

“但愿能这样！”萧天雅顺从地点点头，“闻风雷的学习也不能耽误。下学期还有高等数学课，他的数学基础不好，听陈实说，上次期终考试，他把参考书上的两千多道题全都做了一遍，学得真吃力呀！”

“你放心，我会替你们把好这道关的！”

一想到闻风雷的稿子，覃怀良就感慨系之，不仅亲历了一回校园传奇，还亲自导演了一幕校园喜剧。

一周前，腊月二十三的小年这一天，他收到了闻风雷通过公务机要寄来的稿件，粗看两眼之后就转给了蒋家兴。蒋家兴瞅了瞅标题，心不在焉地说：“挺快的嘛，不会是应付我们的吧？”话未落地，眼神就直了，越看越认真，越看越专注，脸上的表情也随着目光的移动越来越凝重。浏览一阵之后，便告诉覃怀良，让他把稿件先丢下来，有什么意见的话，到时候再告诉他。

覃怀良才走开，蒋家兴就逐字逐句地重新琢磨起那份稿件来，就感觉那份稿件的文字很不一般，写作技法高超，套路娴熟，一看就是和报纸打了多年交道的老手所为。蒋家兴顿时来了兴趣，他想满足自己的某种好奇，便请一位仍在当地军分区工作的老战友提供帮助，尝试找一找军内报纸上的闻风雷的文章，以检验自己的判断或佐证自己的猜测。他打了一个电话给那位老战友，和盘托出了自己的想法，就耐着性子等待对方的回话。大约是通话过后的第三天，老战友派人送来了一张四开大小的东南军区的报纸，报纸的日期是两年前的，在它的第二版上，用整版篇幅登载了一篇署名为“本报特约通讯员闻风雷”的文章。当蒋家兴看到闻风雷名字的那一刹，不禁失声喊叫了起来：“乖乖，典型报道，了不得！”

再请覃怀良来办公室，蒋家兴的脸上就挂满了少有的和气。他先把稿件还给覃怀良，说：“你给我的这份稿子我核实过了，的确是闻风雷写的。我当了多年的宣传处长，像闻风雷这样的报道人才，就是在我老单位的报道员队伍中，那都是凤毛麟角呐！”说着，又抓起那张军区小报，指着闻风雷的名字给他看：“喏，军区的报纸上也有他的文章，两篇报道的行文风格和语言特点都一模一样！”

“书记工作真细！”覃怀良想不到蒋家兴会为了核实一篇稿件的作者而大费周章，一时找不到贴切的表达，只好随嘴说了一句不咸不淡的话。

“我为什么要核实这件事？”覃怀良的心理活动，没能逃出蒋家兴的法眼，“这篇报道是学校的耿书记关注的，我必须把好关，首先要保证报道是他写的，否则就闹笑话了！”

蒋家兴放行之后，覃怀良又去找马中华，同样也是请他审稿。马中华才看完导语，就不住地叫好，说：“你们的政治敏感性很强呐，当前很多高校都在组织在校学生开展人生观和价值观的大讨论，你们这篇报道非常及时非常有力地回应了社会的关切，也对我们的工作起到了很大的推动作用，真要好好感谢你们！”马中华后来告诉覃怀良，那篇报道是他亲自送到报社去的，报社审查后给予了充分肯定，准备安排在新年上班后的第一天见报，每周一个专题，依次登完四个专题。报社的这种来者不拒的态度也是史无前例的，这说明这篇稿子号准了他们的宣传脉搏。

“哦，忘了告诉你，”萧天雅临走的时候，覃怀良又记起一件事来，“马书记还批给了我们二十元钱，说是奖励给报道员的辛苦费，你说这个钱怎么用？”覃怀良眉飞色舞，喜笑颜开，过度的兴奋与激动，加上长时间坐在火盆边上，使他的眼睛变成了两团小火球，猪肝那样的颜色，还闪着水汪汪的光亮。

望着十分开心的覃怀良，萧天雅心里反倒涌起一股惆怅，一点也不高兴。她知道覃怀良开心的原因，盖由一篇报道而起，而始作俑者就是闻风雷。闻风雷在报道中将本班的团支部和她本人作为宣传焦点，就相当于在学校的莘野湖里投放了一个鱼漂，用鱼漂上的鱼饵来吸引鱼儿们的关注。她认定自己就是那个鱼漂，而闻风雷就是收放鱼漂线的人。她不知道闻风雷的用意何在，但她希望自己这个鱼漂不要仅仅被用来吸引其他不相干的人的关注。

从教工楼回宿舍的路上，她的脑子里老是闪现着两个月前闻风雷在教室外面的走廊上向她“借人”的情形。当时她曾提醒自己，今后若与闻风雷接触，还要注意保持必要的矜持和距离，现在看来她的这种戒备的心理纯属多余。张大勇没有休学，学校和系里对班上处理这件事的做法大为赞赏，印证了他的见识和才干；他本人数学过关，老师和同学对他刻苦自律的精神给予高度评价，验证了他的勇气和毅力。她还想考察他什么呢？他还不够优秀吗？她与他的普通同学关系难道不值得进一步突破吗？此刻，她的疑虑消除了，所有的答案都明朗了，她发现了她的目标，坚定了她的追求，她不会再无动于衷了。她庆幸自己当初没有草率嫁人，否则怎么上错花轿的都不知道……萧天雅发觉自己岔了神，脸上一阵热辣，犹如被覃怀良办公室里的炭火追着炙烤一般。

刘远程和谷庆丰两人这个寒假忙得不亦乐乎，刘远程是团支部副书记，留校同学的假期娱乐活动都靠他安排，大伙儿有什么要求他就组织什么活动，忙的是精神享受；谷庆丰是生活委员，留校同学的吃喝拉撒都要他操心，特别是茶话会上的瓜子糖果点心和除夕会餐的鸡鸭鱼肉副食品，更要他具体操办，忙的是嘴里实惠。两人同时操舵一艘寒假游轮，领着大家饱览风光，品尝美食，把个寒假过得风生水起，精彩迭出。

与上述两人相比，帅亦然在寒假中的表现则显得无趣、凌乱甚至是窝囊。整个寒假中，闻风雷并没有交代他什么具体任务，因此他就东一榔头西一棒槌地夹在两人中间“配戏”，时不时地闹点笑话来调剂一下大家的胃口。他本来指望在学校过年，能逮到几回与萧天雅单独接触的机会，再进一步发展两人的友谊，没想到好事叫刘远程搅黄了。刘远程利用自己担任团支部副书记的角色便利，经常与萧天雅在一起，隔三差五陪着她等一帮女生看电影逛公园，每回都玩得乐滋滋的。帅亦然不甘心自己成为她的圈外人，就想着比照刘远程的做法，也邀请她出去玩一回。恰巧城里来了灯展，帅亦然冒雨赶去买票，排了大半天的队把票买来，再兴冲冲告诉她，哪知碰了一个软钉子。萧天雅用一种戏谑的口气说:“这么冷的天，又是晚上，你叫我出去看灯展，想要把我冻成冰棒呀?”找了一个难以否定的理由婉拒了他的邀约。说来也巧，仿佛是为了让她的理由得以成立，当天夜里还真下了一场不大不小的雪。帅亦然记住了她怕冷，就又赶到牛郎星镇去为她买木炭烤火，买了半篓木炭、一个火盆和一把火钳，找人用一辆小推车送到她宿舍。萧天雅一见帅亦然就乐了，手上脏兮兮的不说，额头上、鼻子上都沾了黑炭灰，脸上还被竹篓支出来的篾片划了一道血印子，像个花脸怪。萧天雅看着他难受，却又无可奈何。她递了一条手帕给他擦汗，说："大家都在叫冷，你让我一个人烤火，就不怕其他的人说你偏心？"帅亦然一听，不无道理，自忖又干了一件吃力不讨好的傻事。萧天雅看他一趟一趟地往女生楼上跑，心想这也不是个事，必须找机会挑明自己的心迹，让他不要再瞎忙乎了。

春节说到就到了，除夕这天，覃怀良和沈小健两人一起到食堂来陪留校过年的同学吃年夜饭。大家看到桌上摆满了平日难得吃到的鸡鸭鱼肉和红酒白酒，都纷纷感谢覃、沈两人，就以为是两位老师慷慨解囊，置办了两桌好酒好菜招待大家，内心都过意不去。

覃怀良乐呵呵地说："我可拿不出这么多钱请你们过年，你们要谢就谢闻风雷，是你们班长的报道写得好，才有了学校团委的这笔奖励费。这桌菜一共花了二十元钱，全都是团委给的，谷庆丰采购，学校食堂加工，我们留校的同学加上张大勇的家人，正巧也是二十个人，平均一人一元钱，远远超出了我们平时的伙食费标准。我先和沈老师敬大家一杯酒，再代表你们班长敬大家一杯酒，为大家祝贺新年！"

覃怀良开了头，大家就照着他的样子端着杯子走来走去，帅亦然趁周围的同学离开座位去给覃、沈两位老师敬酒，搛了一块鸡肉到萧天雅碗里。萧天雅看着碗里的鸡肉犯愁，说："我从来不吃鸡的，还是你自己来吧！"夹起鸡块，就想送回他碗里。正在谦让之际，敬完酒的刘远程回到座位上，位置恰好在萧天雅的右手边，萧天雅顺手就把那块鸡肉给了刘远程，气得帅亦然胃肠痉挛，一点食欲也没有了。萧天雅搛给刘远程的那块鸡肉，让他彻底明白了萧天雅的心思。

对于帅亦然的内心感受，萧天雅一清二楚，返回宿舍的路上，她主动找帅亦然讲话，说是想听他解释一下那首诗，诗中的第四句有点晦涩不好理解。帅亦然想了半天也没记起是个什么句子，反过来却要她再念一遍。萧天雅在心里叹了一口气，淡淡地问他："你喜欢写诗呀？诗人都是从感情的瓦砾中陶冶诗意并脱颖而出的！"又说，"民国史上几位有名的诗人，比如郁达夫、徐志摩、戴望舒，还有你所推崇的那位知名诗人，感情生活虽然丰富多彩，但结局可都不是太好哟!”几句话把帅亦然说得哑口无言，脸色红一阵白一阵，像是被谁用力掐了一把。

正月初一这一天，萧天雅找祝宇安商量，想邀请几个同学一道去给覃老师拜年。祝宇安怪笑了一下，问:“要不要叫上帅亦然呢?”——祝宇安知道了帅亦然写诗的事，故有此一问。萧天雅想了想，说:“还是叫上的好，他是副班长，我既然叫了刘远程和谷庆丰去，就理应再叫上他，要不然让闻风雷知道了我厚此薄彼，会有看法的。”

祝宇安想不到萧天雅还有这样的顾虑，不禁夸张地叫了起来:“哎呀，看不出来嘛，你现在就开始怕他了?”

“想想是挺可怕的!”萧天雅闷闷地说，“回家才十来天，就写了两万多字，不仅通过了系里和团委的审查，连报社都一路绿灯，你说可不可怕?”

“你既然知道了人家的能耐，为什么不主动一点呢? 你们一个才子，一个佳人，地地道道的天仙配，你还在等什么呢!”

“你别煽风点火了，什么配不配的!”萧天雅心里高兴，巴不得祝宇安这样说，“你就知道图嘴巴快活，你的胆子呀——比兔子还小!”

这句话被祝宇安听出了破绽，她贴着萧天雅的耳朵轻轻问道:“你除了过过嘴瘾，难道还想别的不成?”

“好哇，你这个死浪蹄子!”萧天雅笑着就要去拧祝宇安。

萧天雅带着刘远程、谷庆丰、帅亦然、祝宇安等人去兰园的教工宿舍给覃、沈两位老师拜年，刚经过传达室门口，就见一个熟悉的身影从左边的玉兰树下一拐，进了一栋红砖房子的中间单元。

“好像是莫跃进!”谷庆丰指了指前面的那个人影。

“我们先别过去，看看他往哪里走。”祝宇安道。

“不用猜，是到蒋书记家里去。他告诉过我的，蒋书记是他爸爸的战友。”帅亦然道。

沈小健一见萧天雅，就夸她的衣服好看。萧天雅穿一件大翻领的风衣款薄棉袄，腰间系一条束带，里面露出高领羊毛衫。棉袄是湖蓝色的，羊毛衫是浅灰色的，搭在一起给人一种清纯的感觉。萧天雅双手插在衣兜里，长辫子盘在头上，腰身因为有系带约束，更显得妩媚和精神。

“来老师家里拜年，大家都穿了新衣服！”萧天雅笑指着其他几个人说。

“别光站着讲话，坐下来尝尝你沈老师做的芝麻糖！”覃怀良招呼道。

覃怀良和沈小健住在一栋老式的筒子楼里，南北各有一间二十几平方米的房间，南面房朝阳，光线充足，用来做卧室；北面房背阴，光照不足，用来做客厅。大家第一次到老师家里来，满眼都是新鲜，这里摸摸，那里瞧瞧，把刷着暗红色油漆到处起皮掉色的地板踩得咯吱咯吱响，从地板缝隙里钻出来的灰尘在光亮处飞舞了半天。

“覃老师，听莫跃进讲，我们班下学期要改选班干部啊？”帅亦然一坐下来就抓了一块芝麻糖塞进嘴里，嚼着芝麻糖问。

“以前是有过这样的想法，当时你们刚来，我也不清楚大家的情况，就先指定了你们几个班干部。我跟蒋书记说过，让你们先干半年试试看，等大家彼此熟悉之后，第二学期再改选。——咦，这个事莫跃进怎么会知道的？”覃怀良一愣。

“莫跃进常去蒋书记家的，”刘远程瞅了瞅帅亦然，“刚才我们还看见他进了蒋书记的那个红房子！”

覃怀良心里一咯噔，他与萧天雅对了个眼神，彼此已明白是谁把闻风雷那句“不睬它”透给了蒋家兴。至于莫跃进是从何处听来的，猜想只能是帅亦然了，他与莫跃进是无话不说的老乡。

闻风雷的这个春节是在乡下度过的，他到先前插队的农村去看了几个人，大凡想看的，都一一走到了。他是从彼处去当兵的，那里留下了他的汗水，脱去了他的青涩，也培育了他的性格。他从市委机关借了一辆吉普车下乡，车上装了不少看望乡亲们的年货，烟酒为主，土特产辅之，他要用车上的年货去给乡亲们拜年，他知道这车年货是流通于乡村的“硬通货”。他刚学过政治经济学，对“一般等价物”现象有了初步的理解。在中国特别是在农村，人情都是有价值的，但是价值并不太高，一般人情之间的往来，无非是一条烟两瓶酒，烟酒就充当了人情交往的一般等价物。闻风雷拎着烟酒去看望那些曾经关心和帮助过他的乡亲们，实际上是将他的行为赋予了一种商品属性，尽管他内心十分抗拒这种做法，却与当下的国情保持了一致。

寒假即将结束的前一天，闻母破例请了一天假在家，为闻风雷收拾返校的行装。闻风雷仍旧端坐在父亲的书房里，手捧一本《东周列国志》，品味着清香怡人的红茶，嘴里念念有词，一副安闲自得的样子。

闻母听见书房里好像有人讲话，过来探个究竟，见闻风雷还在“屡教不改”地看闲书，便有口无心地数落他：“你爸爸总说你是真正的大学生了，意思是要让你这个大龄青年抓紧时间学习。我几次进来，你都在看闲书，就没见你翻过课本，你的学习一点都不顾啦！”

“此言差矣！”闻风雷正读到书中的某段对话，便将书上的这四个字指给母亲看，“一切书籍，都是文字运用的结果和作者思考的结晶，不能简单地以好或坏、有用或无用来划分。只要是书，都是有价值的，因此才有开卷有益一说。书籍是人类进步的阶梯，你儿子现在一本接着一本地看，就是要通过这个阶梯一级一级地朝上跨呀！”

“真拿你没办法！”闻母自知说不过儿子，只好换个话题，“你在学校这小半年，有没有看中哪个女孩子？”

“你以为学校是婚介所啊？”这个话题太俗，闻风雷不愿触及，“既要了解人，还要可意的，哪有那么容易！”

“你还记得有一个叫丹丹的女孩子吗？”

“猴年马月的事了吧？”

“你把邻居都忘了！你小时候老脱人家的裤子，脱了以后她就哭，说你脱了我的裤子，就要负责娶我，你都不记得啦？”

“有点印象，但不深。”

“她如今可有出息啦，人长得漂亮不说，还考上了名牌大学，在上海哪个学校学医。她妈妈年前找过我，要我征求一下你的意见，问你愿不愿意跟丹丹处朋友。”

“当年老爸和你谈恋爱，是不是一天到晚黏着你呀？”闻风雷突来灵感。

“黏倒是不黏，但也挺烦人的，一天一个电话，见不着面，半夜都要跑过来看看。——你问这个干啥?”闻母发觉失言,但为时已晚。

“你希望我现在就去跟人家黏黏糊糊吗?”闻风雷问了一个令母亲左右为难的问题,“学校可是不准谈恋爱的,我刚上学你就叫我谈恋爱,万一我坠入情网,无心向学,最后毕不了业,你恐怕连哭都来不及了!”

“你呀,跟你老子一个样!”闻母用手指戳了一下儿子,恨恨地离开了书房。

8

萧天雅的巨幅照片挂在宣传橱窗里已经好几天了,但闻风雷就是不敢去看。宣传橱窗就在食堂门口,每到开饭时段,周围总是聚满了人,他们手里端着饭碗眼睛盯着橱窗,边吃饭边观览,边议论边打趣,橱窗里清一色的妙龄少女个个都具备刺激味蕾的功能,饭菜吃完之后,仍然盯着橱窗咂嘴。闻风雷早中晚到食堂去吃饭,都要经过那片橱窗,但他从未正眼看过里面的熟人,不是饭堂门口有人进出,就是橱窗近前有人驻足,弄得他提心吊胆,想看而不敢看。其实,橱窗里展示的内容与他关系不大,照片不是他拍的,活动他也没参加,但他就是胆怯,害怕橱窗跟前有一片黑不溜秋的烂泥地,贸然踩踏过去,深陷泥淖,招致污泥溅身的狼狈。他想最近几天没有必要去凑热闹,等大家的新鲜劲过去之后,他再从从容容地去看,反正橱窗里的人又跑不掉。果然,他的图谋很快就实现了,一个星期之后,橱窗附近真的很少有人驻足了,他就逮了个空当,大大方方地将里面的照片仔仔细细地欣赏了个够。

橱窗里展示的是七九级金融班几个女同学洗衣服的照片,一共六幅,每幅都配了文字说明。在六幅照片中,最抢眼的是萧天雅单独洗被子的镜头。画面中的萧天雅穿一件深蓝色的毛衣站在水池旁,两手沾满肥皂泡沫,正打算用手臂去拭汗。就在她的臂膀刚接近前额的时候,快门响了,抬起的胳膊、额头上的汗珠、盘起的发髻、柔美的身段以及羞怯中略带冷傲的眼神,都被定格在瞬间。闻风雷紧盯着萧天雅的照片看,照片里的人就晃动了,就鲜活了。那个影子一脸愁容地向他诉苦道:“这回你都看见了吧,我叫他们整惨喽!被人挂在橱窗里,人不人鬼不鬼的,大家都在议论我,都在看我的洋相,就跟开我的批斗会差不多,那滋味真不好受呢!我哪里是想出风头的人呐,这都是阴差阳错的结果,但是我既不能解释也不能抱屈，因为这一切都是因你而起的呀！你不明白？有机会再告诉你——你赶快走，后面有人来了！”

与闻风雷同样不敢到橱窗跟前去的，还有一个人，就是橱窗外面的萧天雅。萧天雅听黎玉红说，胡干事那天拍的洗被子的照片都挂到宣传橱窗里去“展览示众”了，当场就吓呆了。为了躲避众人的目光，当黎玉红、谢晓华几个人动员她去看自己的“美人照”时，她便进行了坚决的抵制。黎、谢两人最初的担心是怕自己不上相，或因随机抢拍而把自己照丑了，等看过橱窗的照片之后，发现自己的影像很小，又是黑白的，原来担心的头发乱和身体胖的问题完全可以忽略不计，心里的石头才算落了地。不过，谢晓华始终有点耿耿于怀，她比较过几个人的照片之后，灰心丧气地说：“那个臭干事真偏心，同样都是洗衣服，书记的照片放得那么大，差不多把橱窗都占满了，我的只比巴掌大一点点，连人影都看不清楚，这不是欺负人嘛，下次再也不上当了！”

祝宇安听着她的话刺耳，就反驳道：“你才干了多少点活呀，就想跟书记比？书记洗了三天，你才洗了半天；书记洗了二十几床，你只洗了三床。依我看，你根本就没吃亏，仅仅是动了个手，就上了镜头，有什么上当不上当的？”

萧天雅见两人争起来了，就赶紧去和稀泥，说：“改天我去找胡干事把你们的底片都要来，每人都放一张老大的，就挂在我们寝室里，让大家相互欣赏相互臭美！”

萧天雅说完，黎玉红就紧跟着牵起谢晓华的两只手，装模作样地端详了她一会儿，然后笑嘻嘻地说：“谢晓华才不是那个意思呢！她是想在男同胞面前树立一个贤妻良母形象，也让别人来找她洗衣服，你们说是不是？”一句话把谢晓华惹急了，又要去跟黎玉红吵。

萧天雅的照片在宣传橱窗里展示的那些日子，她本人基本上没到过食堂。她与祝宇安进行了分工，祝宇安负责去食堂为她打饭，她负责去开水房为祝宇安打水。祝宇安常常使坏，在两人去开水房或是食堂的路上，不停地与她东拉西扯，分散她的注意力，等过了开水房再拼命拉着她往食堂走，逼得她求饶不迭。

橱窗里展示的照片以及照片加配的文字说明，就像道家做法的符咒，最初是迷惑了男生们的心性，继而又搅乱了女生们的安宁，一些中了邪的男生故意忽略图展的宣传意义，却过分夸大图展的现实功用，在“洗衣”“女生”“男生”等字眼上做文章，公然要求班里的女同胞们为他们洗衣服，甚至把矛头对准班级的团支部，要求团支部出面组织女生开展“献爱心”活动。有一个班的男生还更搞笑，他们见团支部不作为、女生们没反应，就主动将脏衣物送到女生宿舍门口，并在脸盆里放上“爱心一刻，名垂四年”“天下为公，舍我其谁”等留言。女生们被一盆盆脏衣物弄得不知所措，就去找班主任告状，气得班主任直翻白眼。

祝宇安这天和皇甫涓到阅览室去自习，路上被人认出来了。一位矮个子男生主动搭讪道：“你们就是宣传橱窗里的小妹妹吧？能不能也给我们奉献一点爱心，把我们的衣服拿去洗一洗？”

祝宇安一看那男生有点流里流气，就没接他的茬。皇甫涓冷笑了一声，没好气地说：“这怎么行呐，我们替你洗了，你们班的女同学会说我们多管闲事的！”

矮个子喜出望外，说：“怎么会呐，我们班的女同学一个个都懒得要死，你们能帮我们洗衣服，她们高兴还来不及呢！”

皇甫涓又问：“你到底有多少东西要洗？洗多了你能吃得消吗？”

那人糊涂了，说：“你问我吃得消吃不消，是不是要我帮忙一块洗？”

“帮忙倒不需要，只要有钱就行。被子五块钱一床，上衣两块钱一件，裤子一块钱一条，内衣内裤不洗！”

“你们洗衣服还要钱？学校广播里说你们是为同学做好事的嘛，怎么还要钱？”

“学校广播里说得没错，那是对我们本班的同学。外班的一律收费！”

“你们原来都在骗人呐！”

“你到底洗不洗？你不是刚学过政治经济学的吗？连马克思都说劳动是要创造价值的，我们又怎么会白替你洗呢？要是你认为我们在骗人，那就是学校广播里没说清楚，你千万别上当！”

“洗衣服还要钱，你们这是在搞有偿服务嘛！”男生脸色变了。

“洗衣服不给钱，难道不是在剥削别人的劳动吗？”皇甫涓看着眼前这个傻帽儿，心里直想笑，“你一个月才拿几块十几块助学金，凭什么让人家为你洗衣服？洗不起，还不赶紧滚！”

就在学校广播站不停地播报萧天雅她们寒假期间冒着严寒为本班同学洗衣服做好事的时候，通讯员“平凡”采写的长篇通讯也与大家见面了。

首先看到报道的是“三老”之一的薛坤荣。他一进教室，就顺手从门口的报架上抓起一夹报纸，边走边斜眼巡睃报上的文字，慢慢悠悠地朝座位上踱去；坐下来，还是看报纸。他先浏览头版的标题，再翻到二版，突然眼里放光，哑着嗓子喊了起来：“出大事了，出大事了！”

坐在他后排比他年长一岁的钟迎晖立刻凑了过来：“出什么事了？”一目十行地看完，竟也嚷开了，“还真是大事呐，大好事啊！”

“刘远程，祝宇安，赵高潮，皇甫涓，吴学勰，夏子辉……哎呀，快过来呀，都上了报纸呢！”有人看到了大新闻。

“让我看看，有没有我的名字！”陈实挤了过来。

“陈实，在这里！”钟迎晖看到了陈实的名字，“你帮张大勇洗衣服、抄笔记，篇幅还不少呐！”

“真的呃！”陈实第一次见到自己的姓名变成报纸上的铅字，咧着嘴笑了。

“平凡是谁？”薛坤荣问。

“这你都不知道，闻风雷嘛！”一位参加过除夕会餐的同学答道。

转天，全班在西山头劳动，种植带土丘的水杉，要求每人各挖一洞，直径和深度都必须达到八十公分，以确保幼杉的总体成活率在90%以上。“三老”组合在一起挖洞，接着昨日的话题，又展开了热烈议论。

“闻风雷这小子这回玩大了，”薛坤荣一铁锹下去，便铲出一番感慨，“靠一支生花妙笔硬吹出一个先进典型来，真是个人才呀！”

“我注意了一下，报纸上表扬了不少人，团支部、班主任、系里、学校都说到了，就是漏了班委会的干部，不知道是什么意思？”

“意思大着呐，班长吹捧书记，班委会集体作陪，体现的是一种大爱，这种爱既有品位，又有水平，报章传情，含而不露，你说意思大不大？”

“照你的说法，莫非还能整出个夫妻店来？”

一直没开口的丁翔华这时发表了看法："你们看问题的视角最好能调整一下。笔传情也好，报为媒也罢，还是要从正面解读。张大勇闹出这么惊天动地的一出来，最后还是靠了这帮人化解危机，既没休学，也没退学，顺顺利利地闯过了一道难关，这也是在积德行善哪！这帮人今后都是干大事的料，你我可要朝远处看，多悠着点，防止满腹经纶走错道哇！"

几个人正谈着，谷庆丰带着祝宇安和黎玉红由远而近地来检查劳动进度，两位女生手里拿着一截细棍子，看见不放心的洞穴就用它比画一下，于是就引起了有趣的纷争：

"哎，你这个洞太小了吔！"

"我的洞小？你的洞大吗？你的洞还没我的洞大呢，不信咱俩比比？"

"我刚才不是量过了吗？"

"量啥呀，你根本量不准！"

黎玉红腰间绑了件衣服从祝宇安的身后蹿了上来，先比画了一下张三的洞，又比画李四的洞，说："你们两个洞一小一大，都不符合要求！"

李四先不干了："我的洞哪里大啦？是你的棍子短了！"

张三则毫不买账："我的洞一点儿也不小，别说种树，埋人都行！要不你跳下去试试？你们两人跳下去都没问题！"

四月中旬的一个下午，各小组按照团支部的安排开展团日活动，集中学习讨论省报二版登载的平凡的文章。两天前，系列报道的四个专题出齐之后，覃怀良很严肃地来找闻风雷，要他好好考虑一下如何做好宣传报道的后续文章，利用宣传报道的成功造势进一步推动学雷锋树新风活动向纵深发展，并说明这是团委和系里布置给本班的一项重要任务。

"我能想到的一件比较紧迫的事情，就是要加强团支部和同学之间的交流，了解大家的真实想法，比如大家对省报的报道是怎么看的，报道中涉及的人和事该不该报道，能不能宣传，认真听听大家的意见和建议。"

"团委的意思，是要班里重点思考一下如何借势做文章，进一步推动学雷锋树新风活动的开展，最好能拿出一个具体的活动方案，这件事不知你想过没有?”

“我?责有攸归,轮不上我操心呀!”

“轮不上你操心?你什么意思?”

“您不记得马书记是怎么说的?您讲的这些事情,最好能请团支部出面,利用团日活动组织大家开个讨论会,顺便也给大家提供一个沟通和交流的机会嘛!”

“也是哟!你去跟萧天雅说,就让她们团支部办一下这件事!”

“布置工作的事情,最好是老师亲自出马,我去说人家会有想法的!”

“想法?什么想法?”覃怀良眨巴眨巴眼睛,“不对吧,你去跟她商量工作她会不乐意?我就看不明白了,上次我叫她把马书记的意见转告给你,她说她不合适;现在我让你去告诉她组织团日活动的事,你又担心她会有想法。你们两个人一到商量工作的时候就隔空喊话,相互回避,你们在搞什么鬼?我看问题还是出在你这里!你在报道里把她写得那么好,评价那么高,无论是学习上的事还是工作上的事,件件都有鼻子有眼儿的,说明你对她了解得很全面,观察得很仔细。你是不是早就盯上她了?若真是这样的话,那你就不对了,在我面前瞒天过海,把我当外人嘛!”

哐啷一声,瓷盘掉在水泥地上,让闻风雷吃了一大惊。短暂的惊慌过后,他反应过来了,知道覃怀良在试探自己,于是就故意拿话来堵他:“老师要是这么说的话,我以后不写就是了,省得人家怀疑我早就盯上她了!”

覃怀良果然上当,急了:“唉,你可别理解错了我的意思啊!”

各小组讨论的结果很快就汇总上来了。总体而言,大家的认识还是比较端正的,都认为这次报道活动意义重大,不仅客观反映了班上的好人好事,也通过宣传和报道一批典型事例,在团员青年中树立了正确的价值取向,强化了团结友爱的集体主义精神,营造了见好思齐的积极氛围。不过,也有人提了意见,共两条:第一条,萧天雅和团支部占的篇幅过大;第二条,班委会的干部一个都没上。看到这两条意见以后,萧天雅主动来找闻风雷,要他讲讲是出于什么考虑。

“我先讲个道理给你听,”闻风雷拉开了长篇大论的架势,“报道中的例子是用来说明观点的,只有最精当的事例才能进入报道。假如某种类型的事例很典型，就要个顶个地用；假如某种类型的事例很普遍，就要好中选优地用，因此有的例子用上了，有的例子则放弃了。新闻报道不是工作总结，不需要事事兼顾，面面俱到。”讲完一段道理，闻风雷又接着谈想法，“为什么要突出团支部的工作，这要从团支部的功能和作用上来看。团支部是联系青年、服务青年、培养青年的群众组织，为了发挥它的教育引领作用，必须首先重视它的自身建设，完善它的监管功能，而在新闻报道中加大对它的宣传分量，正是为了提高它的影响力和感召力。”

“道理是不错，但是你怎么去说服班里的同学呢？”萧天雅想到背后的议论，有些替他担心。

“我知道他们在议论什么！”闻风雷并不在乎，“我应该是狂风中的树，而不是狂风中的草。狂风一来，树会独然屹立，草则随风伏地。人性的弱点就在于它的盲从性，对于无伤大雅的言论，学校和系里的一句评价，便足以击溃我们周围的一切猜疑和非议！”

“你什么解释也不做，就不怕大家对你有意见？”

“这也顾虑那也顾虑，马书记那里你又怎么交差？”

萧天雅扑哧笑了。闻风雷一句轻飘飘的话，也轻飘飘地拂去了她心头的疑惑。前几天皮阿凡告诉她，班里有人在议论，说闻风雷写报道是在下一盘“花棋”，目的是要通过报为媒、笔传情，来俘获班上某位女生的芳心。尽管她听了很不舒服，认为这帮人无聊至极，却一时找不到合适的理由来反驳他们。听闻风雷提到马书记，马书记就成了一位记忆保管员，为她打开记忆的库房，还原了寒假前夕她和覃老师去团委的经过。闻风雷当时在省报上放了一把火，这把火一不小心烧红了张大勇，是团委马书记嫌这把火烧得不带劲，又把它引向团支部和萧天雅，这才有了闻风雷“救场”的故事。闻风雷是被迫卷入进来的，有点“临危受命”的味道，他的动机不容置疑。其实，她倒宁愿闻风雷“别有用心”，把她作为“猎艳”的标的物，上演一场才子追佳人的戏码。只可惜，宣传报道团支部这件事的的确确是马书记的意思。

“你喜欢搞政治？”萧天雅问了一个没头没脑的问题。

“你看我像搞政治的人？”闻风雷借问答问，“我不喜欢搞政治，但是我无法回避政治，你也一样，我们谁也离不开政治！”

闻风雷觉察到自己的这位女同学在一个重要的认知问题上出现了偏差，便油然生出一种“纠偏”的责任：“高考要考政治，大学里要教政治，什么党史、哲学、政治经济学、科学社会主义原理，国际政治学，社会主义思想史等等，政治无所不在，政治不可或缺。我们为什么要学政治？政治是一种高屋建瓴的思想方法和工作方法，用政治的思维、观点和立场去看待问题、处理问题，才是最正确、最全面、最管用的方法。你说，对于一种方法或者工具，你会排斥吗？”闻风雷咬文嚼字，想在女生面前展示才学并自圆其说，“无论是眼下或者将来，你我都脱离不了政治。眼下，你是团支部书记，应当按照团章的规定，带头学习贯彻党的各项方针政策，抓好团的思想建设和组织建设，协助党组织教育和管理团员青年，从相关的定义看，你已经是一名思想政治工作者了；将来，等我们参加工作以后，就更加离不开政治了，我们从事的工作很可能是经济工作，而一切经济工作都必须以政治上的要求作为它的出发点和生命线，这是毛主席说的。”

“你真能讲，我讲不过你！”萧天雅认可了闻风雷的说辞，但顾虑并未消除，“我也不是要排斥政治，我就是怕被人宣传！”萧天雅旧话重提，“我来学校是读书的，要是一天到晚陷入政治宣传中，很难做到不被影响和耽误学习的！”

“宣传只是舆论为你缝制的一件外衣，你喜欢它，就穿上它，就当穿上一件霓裳羽衣，是妍是媸自我欣赏；你讨厌它，就脱掉它，就当脱去一件夜行锦衣，是得是失无人介意。宣传本身不会影响学习，过度的反应则会适得其反！”闻风雷先发表了一番高深莫测的议论，又回过头来安慰他的同学，“你也不要背什么思想包袱，为了班级的集体荣誉被适当地宣传一下也是理所当然的。你为同学们做了不少好事，都是默默无闻的，也都是值得大家学习的。就拿寒假里的这件事来说吧，你不顾天寒地冻，一气洗了二十几床被子和许多的衣服，纯粹是出于一种对同学的关心，一点功利色彩都没有，我听了以后深受感动，简直快把你当作偶像了！”

“真的呀？”萧天雅眼睛一亮，似乎不相信自己的听觉，咯咯地笑了几声，说，“我哪能当你的偶像哟，你当我的偶像还差不多！”

“偶像——呕吐的对象。对嘛，就让我们成为‘相互呕吐的对象’怎么样？”

闻风雷语出惊人。

“哎呀，多恶心，快别那么说！”萧天雅急忙打断他，又转过身去偷偷地笑了。

萧天雅回到寝室后将闻风雷的这句话学给祝宇安听，祝宇安半天没吭气。萧天雅以为她不感兴趣，旋即又扯起另外一个话题。

“等等——”祝宇安冷不丁伸出一截食指，做了一个噤声的动作，神情严肃地说，“某人的幸福生活很快就要来临了！”

“你在说谁呀？”萧天雅一时反应不过来。

“他难道不是在向你表白吗？”

“你说闻风雷？——哪有这样表白的！”

“假如把那句话里的‘呕’字换作‘倾’字，意思是不是就变了呢？比如他说‘让我们成为相互倾吐的对象吧’，那是什么意思？——倾吐、倾谈、倾诉，都是一个意思，就是毫无保留地、掏心掏肺地、尽情尽欢地交谈！”

“胡扯！——怎么可能？！”萧天雅大惊失色。

团日活动结束后的第二天，闻风雷在食堂吃饭碰到了丁翔华。闻风雷慷慨地表扬丁翔华，说：“老丁，你昨天在小组会上提出的学习团章，按团章要求组织开展团日活动的意见很好哇，可谓抓住了问题的要害！”

“其实我考虑得也并不怎么成熟，只是提出来供支部那几个人参考。”丁翔华谦虚道。

“这体现了你对团支部建设的关心。我们班上的小青年多，大学期间，正是他们蓄志、养气、立德、塑形的关键时期，你们这些当大哥哥的要重视对他们的帮带，多对他们进行一些言传身教，等他们将来参加工作以后，再来回想读书时的情形，会对你们感恩戴德的。”

“闻班长，你看得很准，想得也很远，年龄虽然比我小，但见识却在我之上。你是党员，党领导一切，你怎么说，我就怎么做。”

“我们班的同学，绝大多数都是团员，今后班里开展学雷锋树新风活动，最好是由团支部出面，我这个班长夹在中间不好，容易喧宾夺主。我听说你和薛坤荣几个文笔很好，下一步团支部有什么新闻报道任务找到你们，还请你们不要推辞。”

“哎呀呀，闻班长，使不得，使不得！我从来就没跟报纸打过交道，你要我写报道，这不是让我出洋相嘛！”

两人往回走，见一只麻雀闭着眼睛趴在路边哆嗦。闻风雷伸手要去捉它，它也不跑，只是张了张圆锥形的黑喙，又闭上了眼。闻风雷将它捧在手里，就见它浑身湿透，一腿已折断，身上没有一丝热气。丁翔华摸了摸那只麻雀，怜惜地说：“要给它做个小窝，好让它养伤。”

两人就在草地上捡了一堆干草，又在冬青树下找了一处干爽的地方给它垒窝。闻风雷把鸟放进窝里，再到饭堂门口的泔水桶里捞一些饭粒放在它身旁。丁翔华看鸟儿啄了几粒饭，松了一口气，说：“这下好了，能吃得进去东西，就能慢慢恢复了。”

见此情形，闻风雷似乎想到了什么，脱口而道：“你这也是在积德行善呐！”

“哦——是吧？”一听“积德行善”几个字，丁翔华的脸色都变了。

9

总务处派人到各系去征求后勤保障方面的意见建议，几乎每个班都对食堂的饭菜表示不满，反映米饭里有沙子，猪皮上的毛也刮不干净，青菜叶还经常沾有像草纸一样的碎碎屑屑。闻风雷参加完座谈会之后，来找谷庆丰商量，说：“菜洗不干净，是学校工厂等大食堂的通病。我们部队有一个传统做法，就是安排战士们到伙房帮厨，既能强化战士们当家做主的意识，又能缓解伙房的人手不足。你抽空到食堂去摸摸情况，了解一下有没有用得着我们的地方，回来咱俩再作商议。”

没过多久，谷庆丰就从食堂回来了。他告诉闻风雷，食堂对他们的帮厨意愿很感兴趣，表示热烈欢迎。食堂管理员提供了三个方面的帮厨劳动供他们选择，一是择菜洗菜，二是打扫卫生，三是搬运卸载，每次也用不着太多的人，十人左右为好。

闻风雷笑着说：“这是个美差，告诉大家要好好珍惜。”

七九级金融班的帮厨劳动在各小组轮过几回之后，收到了学校总务处的表扬信，表扬信写在大红纸上，张贴在食堂门口，格外引人注目。信中说：“七九级金融班的同学们，急食堂员工之所急，帮食堂员工之所需，主动放弃宝贵的休息时间，到食堂进行义务劳动，脏活累活抢着干，极大地缓解了食堂人手不足的矛盾。他们充分发挥学校主人翁精神，以实际行动而不是空泛的议论帮助食堂改进工作，提高服务质量，把学雷锋活动带进食堂，把树新风要求延伸到帮厨劳动中，展现了新一代大学生的良好形象……”

星期天的上午，萧天雅带着女生去帮厨，忙完了食堂的活儿又拖上祝宇安到城里去办事，为女同学们买上一堆日常用品，并将她们冬天换下来的呢子外套和羽绒服等送到店里去干洗，等她不慌不忙地回到学校，覃怀良和闻风雷两人已在宿舍楼的门口守候她多时了。

覃怀良的脸上堆了一层灰褐色的烟云，让人一下子从中午看到了傍晚。

“刚才学校保卫处找到我，让我去领人，”见到萧天雅，覃怀良用一种负重过后得到脱卸的口气说，“人我给带回来了，你们看怎么办吧！”

“是不是又有谁闯祸啦?”萧天雅问。

“嗯，乔粤生——”闻风雷一副心神不定或迟疑不决的样子，“他到蛟河机械厂的小酒吧去唱歌，为结账的事和服务员发生纠纷，把人家给打了，学校保卫处喊覃老师去领人，还要班里赶快提出处理意见！”

“不只是这件事，他在保卫处还留了案底呢！”覃怀良没好气地添了一句。

乔粤生自小生长在单亲家庭，母亲在他十岁那年去海外替人帮佣，赚了钱就给乔粤生寄一点生活费来，所以乔粤生在上大学之前并没得到过多少亲情关怀，这也养成了他性格孤僻、脾气暴躁的坏毛病。乔粤生在保卫处所留的“案底”，闻风雷也略知一二，他听班里的同学说过，今年元旦期间，乔粤生邀了几个老乡在学校对外营业的工农兵小吃部聚餐，几个人边喝酒边猜拳，由于声响过大，引起邻桌客人不满。邻桌的客人最初是好言好语地提醒他们小声点，见乔粤生等人根本不理会，便来找他理论。乔粤生扫了来人一眼，二话不说，端起一杯啤酒就朝人家脸上泼过去，结果闹得一塌糊涂。

“这个人怪怪的！”提起乔粤生，萧天雅头痛不已，“上次我叫吴学勰去找他，说我想约他谈谈心。他说我又不想入团，找我谈什么？还讲粗话，说娘儿们还想来管老子!”萧天雅苦笑了一下,“有时看他那副样子,真叫人着急。一天到晚拎着一台收录机,边走边唱,走起路来一蹦一跳,就像扭秧歌或者是喝醉酒一样。穿戴也是另类的,一副蛤蟆镜架在鼻子上,留一头麻雀尾巴一样的长发,上身穿一件花衬衫,下身穿一条喇叭裤,脚下还趿拉着一双拖鞋,不管走到哪里都是噼嗒噼嗒地响,好像满世界就他一个人在走路!”

“不知好歹!”覃怀良仍在气头上,“按照学校的想法,本来早就要处理他了,上次保卫处来跟我商量这个事,我心里软了一下,就为他求了一回情。这次再不处理的话,还真保不定今后会出什么大事呢!”

覃怀良说完,就要闻、萧两人拿意见。不等萧天雅吱声,闻风雷主动把事情揽了过去,说:“乔粤生不是团员,处理他的事就交给我们班委会吧!我先找几个班委们商量一下,有了意见之后再向老师汇报!”

闻风雷“抢人”的时候,萧天雅心态复杂地朝他看了一眼,眼光里充满了五颜六色的心思。闻风雷借口乔粤生不是团员,当仁不让地提出来要由班委会来处理这件事,实际上是想让她与乔粤生“绝缘”,避免两人之间的直接碰撞。乔粤生是个刺头,他的刺不仅长在头上、脸上和嘴上,更长在骨子里、意念里和血液里。他在家乡的荆天棘地里毫无节制地疯长了十八年,过惯了天马行空狂放不羁的日子,在他的观念里没有传统、没有规矩、没有秩序,他熟悉的只有江湖、义气和朋友。现在闻风雷一心要把他往正轨上引、往习套里拉,遇到的抗拒和抵触不可谓不大,劳而无功不说,稍微不得法,还会被他满身的奓刺刺痛或蜇伤。闻风雷对乔粤生想必也是了解的,之所以迎难而上去触碰这个刺头,主要还是怕她对付不了乔粤生的野路子,怕她受气,怕她难堪,从而主动承担起了关心和护卫她的责任,在她面前体现了一种担当精神。闻风雷很在乎她,这使她感到了一种难以言状的幸福——这种幸福在眼下是没有特定含义的,就像风一样飘来飘去,而且程度也不会太深,藏在眼窝或酒窝那样浅浅的地方,一颦一笑之后就溜走了,连她自己都是无法触摸和无从把握的。

闻风雷带着学校颁发的学生违纪处分暂行规定去找乔粤生,告诉他自己受覃怀良老师的委托来找他谈话,给他两条路,请他做出选择。闻风雷态度冰冷,口气严厉，就像和一位素不相识的路人在说话。乔粤生从未见过闻风雷这副神态，想想自己前两天在保卫处的狼狈样子，估摸处理他的决定下了，不由得一阵心虚，忙问哪两条路。

“第一条路，是一条死路。”闻风雷说出一句重话，想要引起乔粤生的高度重视，“鉴于你多次违反学校的纪律，班里对你并不抱太大的指望，你今天同样可以拒绝认错，对班里找你谈话置之不理，那么班委会将按照学校保卫处的要求和相关的违纪处分条款，提出对你的处理意见，轻则留校察看，重则开除学籍。”

“第二条路呢？”乔粤生似懂非懂地望着闻风雷，急于想知道全部的结果。

“这第二条路嘛，”闻风雷故意把声调拖得长长的，“这第二条路，则是一条活路。考虑到你还年轻，又是初犯，班委会希望你能认真反省自己的错误，公开在小组和全班做出深刻的检讨。如果你的检讨能得到全班同学认可，班委会将向学校建议按相关条款较轻的处罚规定给予处分。”

“这有区别吗，不还是要给我处分吗？”

“你还是先把规定弄弄清楚再说吧！”

闻风雷与乔粤生的谈话前后不到十分钟就结束了，但时间越短留给乔粤生的心理压力就越大。乔粤生带着那份文件去找赵高潮，希望这位被自己视为能人又兼着第二小组组长的老乡，能为他出个好主意。

“你还指望这回能像泥鳅一样溜走呀？你都被人网进兜里跑不掉了！”赵高潮看他一副不情不愿的样子，很是替他担忧，“你上次在工农兵小吃部泼人家的酒，定性是酗酒滋事，攻击他人或扰乱公共秩序，按规定起码要给你严重警告或记过处分的；今天的事和上一次又不一样了，你是参与打群架，而且还在别人的胳膊上划了一道很深的伤口，要是认真追究起来，你的学籍恐怕就保不住了！”

“学籍保不住了，是不是就没学上了？”

“知道害怕啦？你不是比别人多长了一个胆子吗？”

“我主要是怕我妈妈难过！”

“事情还没到那一步，关键是要看闻风雷怎么处理你！”

“你吓唬我！他有什么权力来处理我？”

“你只知其一，不知其二。你若是什么过错都没有，那么即便是学院的院长书记来找你，你也用不着害怕，谁也奈何不了你；你打架斗殴，触犯了纪律，对照条条框框哪一条都能套上你，他就有权力来处理你了——代表班委会提出对你的处理意见。你根本就不了解闻风雷，他可是一个敢说敢干的人，他连系里的领导都不放在眼里，还不敢治你？今天如果是覃怀良找你，你还好办点，覃怀良还有些菩萨心肠；今天栽到他手里，你算是一点指望都没有了，他要是真跟你过不去的话，谁也帮不了你！”

“那怎么办？”

“好办，就是老老实实按他的话去做，痛痛快快地做检讨！”

乔粤生抓起文件，在桌上死命地捶了一下：“我做！”

乔粤生的检讨一连三次在闻风雷那里都没通过。第一次没通过的原因，是检讨里没有一句认错的话。闻风雷说你这哪叫检讨，跟写日记差不多，你究竟做错了什么，为什么要检讨，你总得说说清楚吧？乔粤生一听，有道理，赶紧拿回去改了。过了一天，乔粤生又交来了第二遍检讨，闻风雷一看还是不行，说我少提醒了你一句话，你就丢三落四，你虽然承认了错误，但是并没有认识到错误的危害性，你不讲清错误的危害性，就等于认识不到位，大家能通得过吗？乔粤生想了想说那就再加上几句话吧！乔粤生的第三次检讨，是请寝室里的一位同学送来的。闻风雷认认真真地看完，又和那位同学一起商讨了一下，感觉还是过不了关，检讨的最后没有提及今后的打算，猴子进化成人，丢了尾巴。闻风雷让那位同学去给乔粤生传话，必须把整改的措施给添上，乔粤生却无论如何不答应了。

“犯了错误之后要不要改正？”闻风雷这一次避开了同学，单独把乔粤生约到教室里谈话，“要改正的话，总得有个具体的措施吧？”

“你这是在变着法子刁难我。我都接连写了三遍了，你还说不行，你到底想要我怎么样？”

“我不想要你怎么样，是你自己要想清楚，你想要怎么样！”

“反正我不写了，你爱怎么样就怎么样！”

“我看你也不像个做检讨的样子，就是在敷衍了事，一点诚意都没有！既然是这样的话，这个检讨你也别做了，你心里不服气，还是先去一旁稍息稍息再说吧！”

乔粤生在闻风雷这里受了挫，不得已又去找赵高潮，说：“我都快要被闻风雷逼疯了，闻风雷就像是跟我谈生意一样，今天挑一点毛病，明天再加一点价码，我简直都不知道该怎么办了！”

赵高潮根本没理他的茬，一句话就把他冲得老远：“我看闻风雷没毛病，你的检讨写得那么烂，还怪三怪四的，为什么不从自己身上找找原因呢？你总不能一上来就让别人告诉你检讨该怎么写、今后又该怎么办吧？那不成了别人替你做检讨吗？”

乔粤生的检讨写好后，闻风雷找莫跃进谈了一次话。闻风雷先向莫跃进通报了乔粤生的问题，告诉他乔粤生要在组里做检讨，希望小组的每个同学都要对乔粤生进行批评帮助，请他认真组织好小组会。另外，还有一件事也很重要，就是对乔粤生的批评帮助会开过之后，小组要写一个情况小结交给班里，附在班委会的检讨后面上报给学校，以表明小组的基本态度。

莫跃进昂着头，冷冷地看着闻风雷，闻风雷边讲边观察他的反应，他就夹一支笔在几根指间转圈圈，一副爱答不理的样子。

“乔粤生又没和小组的同学打架，为什么非要在组里做检讨？”莫跃进不阴不阳地问。

“谁说非得跟组里的同学打架才要在组里做检讨的？乔粤生这次是跟工厂的工人打架，按照你的逻辑，他要到什么地方去做检讨呢？”

“学校的事我管不着，但我们小组不开他的批斗会！”

“能不能给个理由？”

“谁都不是傻子，你们班委会不愿得罪人，把矛盾转嫁到小组里来让我们得罪人！”

“哦，你怕得罪人是吗？”闻风雷心头微微一震，头脑里在组织反击，“我今天来，可不是来和你讨价还价的，我是代表班委会和覃老师来向你交代工作布置任务的！你这样顶顶抗抗，推三阻四，一点组织纪律观念都没有，根本不像一个团员和小组长的作为！”

“难不成你还想处分我？”

“乔粤生违反学校的纪律和学生守则，公然参与打架斗殴，这件事还有变通的余地吗？没有，一点都没有！”闻风雷心里憋着火，但仍然在努力克制自己，“我希望你不要在这件事上恃强逞能，搞拉帮结伙那一套，这对你没什么好处。明天的小组会要认真组织，乔粤生的检讨要深刻诚恳，人人都要对他进行批评和帮助，会后的情况小结也最好由你来写，因为你不仅是小组长，对乔粤生的情况也最了解。——明天下午两点钟，我会准时来参加你们的小组会！”

“要是我偏不干呢？”

“你实在不愿干，请你提出来，我马上就撤销你的小组长职务，而且用不着向任何人请示报告，这是我作为班长的唯一特权！”闻风雷硬气地回道，“你一旦放弃了自己的组长职责，我自然会越俎代庖，在班委会的报告里加上小组会的内容，同时也会对你一并提出处理意见。乔粤生在工农兵小吃部酗酒滋事你也在场，看见坏人坏事不批评不制止，反而包庇纵容，你的这种毫无原则的行为与一个小组长的要求相去甚远，班委会即使撤掉你的小组长职务，对你也是十分公平的！”

莫跃进一看情形不对，立马就跌软了：“哎呀呀，班长，别这么盛气凌人嘛，大家都是同学，何必呢！”

“少扯那些没用的！全班都在学雷锋做好事，就你们四组拖后腿，你不感到惭愧吗？”闻风雷扔下一句硬邦邦的话走了。

乔粤生所在小组的批评帮助会同样是开了两次才过关。第一次开会，乔粤生先做检讨，检讨做完，大家对他进行批评帮助，莫跃进带头发言，小组里的每个同学都谈了自己的看法。

闻风雷最后进行点评，他模仿蒋家兴来他们学生党支部参加组织生活时的架势和口气，说：“这个小组会呀，依我看不像是批评帮助会，倒像是座谈讨论会。为什么这样说呢？”闻风雷摆事实讲道理，“一是乔粤生的检讨照本宣科，表情轻松，看不出认错悔过的应有态度；二是大家的发言和风细雨，轻描淡写，一点批评与自我批评的火药味都没有。”指出问题之后，又把责任揽到自己身上来，“这次小组会没开好，不怪大家，责任主要在我，是我事先没有交代清楚。我建议你们的小组会再重开一次，力争开出批评的气氛来，开出帮助的诚意来，开出悔恨的泪水来，最后还要开出奋发的斗志来。”

乔粤生在班上做检讨的那一天，闻风雷特意请学校教务处和保卫处各派了一位老师前来旁听。覃怀良原来有点顾虑，说家丑不可外扬，把教务处和保卫处的人请来，万一乔粤生口无遮拦最后扯烂污怎么办？闻风雷说请这两位老师来听听，对乔粤生的处理只有好处没有坏处，乔粤生前几天在小组会上讲得很好，相信他只会越讲越好。事后的结果，还真被闻风雷言中了。乔粤生一开口就说自己对不起学校的老师和班上的同学，简直恨死自己啦！说完还心情沉痛地向大家鞠了几个躬；接着讲他的问题所在，讲他自己忘记了过去，迷失了自我，对不起在海外打工的妈妈，讲到伤心动情处，竟然号啕大哭，伏在讲台上长时间嘤嘤啜泣，引得几位女生也情不自禁地陪着他落泪。乔粤生讲完，莫跃进又登台，向大家报告小组会对乔粤生的批评帮助经过，并将一些精彩的发言复述给大家听，令在座的老师和同学们耳目一新，无不为之动容。

班委会开会研究乔粤生处分意见的时候，闻风雷十分严肃地说：“乔粤生的问题不仅性质严重，影响也不好，不处理难以服众。从违纪处罚的条款上看，乔粤生参与打群架，还动手伤了人，应当给予留校察看或是开除学籍的处分。但是，该处罚条款也预留了可供灵活掌握的上限和下限，适用于不同的具体情节，比如乔粤生虽然打伤了人，伤情却并不严重，影响也不是特别恶劣；未满十八周岁，且不是打群架的首要分子或策划者，这些都能够作为从轻处罚的理由……”

“能轻就轻一点吧！”

“相信乔粤生今后不会再跟人打架了！”

“警告或者严重警告都可以，千万不能往记过或是留校察看上靠！”

这天，蒋家兴在系里同几位老师聊天，看到了七九级金融班班委会为乔粤生一事所报来的检讨报告。蒋家兴先问身旁的老师们对乔粤生这件事是怎么看的，尔后就直截了当地批评这个班，认为这个班的管理有问题，作风不够扎实，喜欢搞些表面文章，学雷锋活动看似搞得热热闹闹，但学生的思想基础不牢，极易发生灯下黑的问题，大家都要引以为戒。

蒋家兴的意见并没有躲藏在覃怀良的身后，而是高调地来到了他的当面。在周三系里的政治学习结束之后，蒋家兴特意请覃怀良迟走一会儿，当着一众老师的面毫不客气地批了他一通:“乔粤生早就出了问题,你们为什么不及时地对他进行批评教育,非要等到事情闹大了才来处分人?你们是否扪心自问过,在乔粤生的问题上,班主任的敏感性到哪里去了?班委会和团支部的责任心又到哪里去了?难道不应该举一反三,好好检讨一下班级管理中存在的这样或那样的问题吗?”

覃怀良没有做任何的解释,蒋家兴是领导,批评他是分内职责,也是为了工作,他应该有这样的觉悟和气量,所以蒋家兴煞有介事地批着,覃怀良就不吭不哈地听着。蒋家兴以为覃怀良接受了他的意见,声调就慢慢和缓了不少,转而与他商量起工作来。

“欸,你原先跟我说过,今年开学以后就改选班委会和团支部的,怎么到现在还没见一点动静呢?”

“改选班干部的事情,我是向您承诺过的,当时他们刚入学,我对他们一个都不了解;现在我又犹豫了,这几个学生干得还真不错,选来选去估计还是这帮人,似乎又没什么必要了!”

“不管干得如何,班干部由老师指定终归有包办代替之嫌,把选择权交给学生自己不是更好吗?”

“唉,我也头疼得很哩!闻风雷一直闹着不想干,要我找个人接替他,我考虑了很长时间都下不了决心,还真找不到合适的人!”

“我看莫跃进就不错,小伙子很机灵,点子多,学习好,协调能力又强,如果给他压点担子,对他也是个培养和锻炼嘛!”

“您说谁?莫跃进?快别提他了!”覃怀良没轻没重地顶了过去,“您大概对莫跃进还不了解,假使让全班的同学都来投票的话,说不定他连组长都当不成。班委会的那份报告您看了吧,后面就附了莫跃进的检讨。莫跃进是乔粤生的组长,平时不管事不说,还一天到晚跟乔粤生混在一起,乔粤生元旦酗酒闹事,莫跃进也在旁边,你叫他怎么去管人管事?这个班就是有一半人当选的话,也轮不上莫跃进哪!”

“好了,好了,你别说了,”蒋家兴不耐烦地挥挥手,“让我安静一会儿!”

覃怀良放心不下乔粤生的事,便去了一趟教务处。教务处长姓苏,长得又矮又胖，脸大眼小，眉心和鼻翼处各生了一个瘊子，一副凶神恶煞的样子。学校师生因为忌惮他，都在背后喊他“苏教头”，对其评价也以负面居多。苏教头见到覃怀良，脸上一如往常的冷峻，说：“七九级金融班的这份检讨写得很好哇，我当教务处长多年，还从未见过班委会给我写检讨，说明这个班很上规矩，讲原则，敢担当，不简单！”顿了顿，又说，“乔粤生的事就按你们的意见办吧，我们其实也不想处分他，但聚众打架确实影响不好，不吓唬他一下也不行。他的处分决定，先不装档案，看他今后的表现再说。总之教育从严，处理从宽，你们在这方面已经考虑得比较周全了。”

乔粤生在紧张和不安中苦挨了半个月之后，终于见到了自己的处分决定。乔粤生一看，只给了个严重警告处分，差一点笑出了声。他将那张处分决定拿给赵高潮看，感觉吃了很大的亏，说：“早知道只给我个警告处分，我就不在班上做检讨了，害得我丢人现眼！”

赵高潮先是愣了一下，然后指着他的鼻子骂道：“你真差劲，怎么好了伤疤就忘了痛呢？你是真傻呀还是假傻？你犯了那么大的事，检讨都不做一个，一点认错的诚意都没有，谁又能帮得了你？就是想帮你也没有理由呀！你做检讨的那天，学校教务处和保卫处都来人了，他们为什么来？是班上做工作请来的！你一把鼻涕一把眼泪骗了人家，人家才饶了你，你怎么就不知道好歹了呢？”

乔粤生翻了翻眼珠子，说：“依你的意思，我还要去感谢教务处和保卫处的人咯？”

赵高潮摇着头点拨道：“你跑那么远干什么，你都岔了几十里地去了。你只要感谢班里就行了，不需要兜那么个大圈子！”

“你不会想要告诉我是闻风雷帮了我的忙吧？”乔粤生一脸懵懂地问。

“看来你是真傻！”赵高潮又好气又好笑，“你不想想，你写检讨做检讨一连返工了无数遍，这都是谁在操弄的？又为什么要这么做？还不都是为了做给学校的人看嘛！不这样做你能过得了关？”

乔粤生把脑袋一拍，说：“早知道闻风雷这么肯帮我，哪怕再叫我改一百遍我也乐意！”

事情过去一个礼拜之后，闻风雷找赵高潮了解情况，向他打听乔粤生为什么老要喝酒。赵高潮嘿嘿一笑，说："他就是喜欢看别人喝醉，只要有人醉他就特别开心。"

"能喝多少？"

"十瓶啤酒没问题吧！"

"白酒呢？白酒喝不喝？"

"也喝，一斤左右。"

"我要跟他打个擂台，比一比到底谁更能喝。"闻风雷出人意料地做了一个决定，"你帮我约他一下，我请他喝酒，只喝白酒不喝啤酒，而且是高度酒。我有一个条件，看他能不能接受，假如他喝得过我，那么今后他喝酒我不管，他想怎么喝就怎么喝；假如喝不过我，那么他就必须听我的，从此以后不许在学校里喝酒。——你去试试看！"

"你告没告诉他我能喝多少酒？"乔粤生想不到闻风雷会来这么一手。

"我哪里知道你能喝多少酒？说多了那是吹牛皮，说少了那是打埋伏，我才不干那样的傻事呢！"赵高潮一句话搪塞了过去。

"我去，我就不相信连酒我也喝不过他！"

"你可要想好哟，万一输了，你就喝不成酒啦！"

闻风雷选了一个周末，就在蛟河机械厂附近的一家私人餐馆与乔粤生打擂台，裁判兼观众就赵高潮一人。

订餐之前，闻风雷曾来这家餐馆踩过点，看中的是它的僻静和整洁。餐馆是刚整修过的，地面刷了暗红色的油漆，墙壁涂了果绿色的涂料，桌子凳子连同包间的门窗都是黄澄澄的，体现了改革开放初期的装饰风格。

三人刚坐下，菜就上齐了，一共是四个菜一个汤。闻风雷的开场白就一句话，说："我不会猜拳，喝酒热闹不起来，只好请你们两位包涵！"

"幸亏你不会猜拳，"乔粤生得意地哼了哼，"要是猜拳喝酒的话，那今天的酒就你一个人喝了！"

"是用碗喝，还是抱着瓶子吹？"闻风雷征求乔粤生的意见。

赵高潮伸了伸舌头，说："还是用碗喝吧，抱着酒瓶吹太恐怖了！"

"那就把酒倒在碗里喝，"闻风雷欣然允从，"先一人来一瓶，喝完之后再接着开!”

“你们两人都要悠着点哟,喝醉了,我可没办法把你们弄回去。”赵高潮心里不踏实。

“哈哈,要醉也是你先醉!”闻、乔两人手里各拿着一瓶酒,一齐冲着他笑了。

酒倒好后,乔粤生端起碗来就要往嘴里灌。闻风雷见状急忙摁住他的手,说:“乔老弟,先吃几口菜垫垫底,喝急酒容易伤胃!”

“喝酒的人哪有那么多讲究,一口菜不吃我也不会醉!”

“那我也跟你一样喝,不能欺负你!”

言毕,两人碰了一下碗,一口气喝干了碗里的酒。

一瓶酒很快见底。赵高潮冷眼观察,乔粤生的话越来越多,两眼猩红,脸上布满了酡颜,便劝两人都不要再喝了。

闻风雷把眼一瞪,说:“谁也不许耍赖,我们两人之间必须先倒一个!”

“想叫我先倒?没门,我绝不会先倒!”乔粤生初生牛犊不怕虎,说完还比画了一个猜拳的动作。

闻风雷也不多啰唆,打开第二瓶,将碗斟满,一口气又喝下了小半碗。乔粤生本来还想把酒倒在碗里喝的,看见闻风雷喝得比他快,索性不用碗了,拿出喝啤酒的架势,直接将瓶口对着嘴里灌,一下子就灌进去了一大截。乔粤生灌酒的生猛形象,让闻风雷暗自吃了一惊,他不清楚乔粤生的酒量到底有多大,担心自己压不住他。他估摸着自己喝下眼前的这一碗是不会有问题的,但假如再继续往下喝的话,事情就很难说了。他打算放慢节奏悠着点喝,防止自己先倒。恰在此时,意外发生了,只听赵高潮急喊一声“乔粤生吐酒了!”再看乔粤生,脸色发青,两眼呆滞,刚灌进嘴里的酒没往肚子里跑,而是从嘴角两旁漫了出来,先是一小口一小口地漫,紧接着大口大口地吐,后来竟然对着墙壁一阵狂喷,呃——呃——,把刚吃下的东西全都吐了出来……

隔天的一大早,谷庆丰第一个起床,刚打开房门要到卫生间去上厕所,却与等候在门口的乔粤生撞个满怀。乔粤生一头闯进来,也不顾大家尚未起床,就径直站到闻风雷床下,两手一抱,合成一拳,高声叫道:“班长——老哥——!小弟就认定你啦!从今往后,我全都听你的,你叫我向东,绝不向西,保证不给你丢人!”

闻风雷此时已醒,见一个大活人就站在床前,赶紧起了身。乔粤生穿一件白底蓝花上衣,黑色的灯笼裤下连着一双塑料拖鞋,一副顾头不顾尾的样子。瞅着乔粤生的一身异样打扮,闻风雷有些忍俊不禁,说:“习武之人哪有穿花衣裳和拖鞋的,把武功都穿蔫了。”

乔粤生低头看了看自己的衣着,再抬起头看了看闻风雷,说:“大哥既然不喜欢,那我马上就把它脱了!”

乔粤生果然就不再穿花衣裳了,不仅如此还把雀尾长发剃成了板寸头,脚下的拖鞋也换成了一双白底蓝面的运动鞋。乔粤生的行头焕然一新,大家都说这是班上学雷锋树新风活动所取得的最伟大成果。

两人斗酒后的次日傍晚,萧天雅急急忙忙买了一瓶蜂蜜来,要祝宇安想办法送给闻风雷。她红着眼圈说:“你知不知道啊,闻风雷为了不让乔粤生乱喝酒,跟乔粤生拼酒,把自己都给喝醉了,躺在床上睡了一天一夜,也不知道现在怎么样了!”

祝宇安突然生气道:“我不去。你怕同学笑话,我就不怕啦?再说,事情也不能这么办呐,闻风雷和乔粤生两人一块喝酒,你只看一个,不看一对,这不合情理呀!”

“那怎么办?”萧天雅意识到所虑不周。

“我帮你再去买一瓶,你自己送给他们好不好?班里有同学醉酒了,团支部书记听说后,亲自送蜂蜜去为他俩醒酒,这难道不是无微不至的关怀吗?”

“你真坏,自己不去,还出馊点子难为人!”

“奇怪了,到底是谁出的馊点子啊?你明明喜欢人家,硬是要装作一个没事的人一样,你怎么就不怕害相思病呀!”

“才不呢!”

“哈哈——露马脚了吧!”

“既然你不肯,那就算了!”

“好了,不逗你了!”祝宇安一副幸灾乐祸的样子,“根据本人刚刚侦察到的情报,你那位闻班长确实是跟乔粤生斗酒了,而且战斗惨烈,双方都喝了一瓶多白酒。所幸的是，乔粤生不胜酒力提前挂了，闻同志则安然无恙，还亲自与赵高潮一道将乔粤生送回寝室。目前的状况是乔粤生仍在床上躺着，闻同志正在教室里跟丁翔华等人打牌。”

“你——坏透了！”萧天雅气得直跺脚。

10

系党总支书记蒋家兴正在办公室思考系里的大事的时候，团总支书记熊秉清拿着刚接到的院团委的通知来向他汇报工作了。

通知上说，根据上级的指示精神，为了充分发挥共青团的先锋模范作用，全面展示共青团建设的最新成果，激励基层团组织和广大共青团员争先创优，决定在今年“五四”前夕表彰一批先进团支部、优秀团干部和优秀共青团员。请各系按照分配的名额和评比标准，自下而上评选推荐表彰对象，上报学院团委批准后予以表彰。

“你有什么考虑吗？”看过通知后，蒋家兴这样问道。

“学校分给我们系的先进团支部的名额就一个，太少了！”熊秉清一开口就是抱怨，“去年因为只有一个年级，矛盾还不大，今年又增加了一个年级，就有些不好办了！”

“欸，不能这么看问题！表彰的名额并不是越多越好，多了反而容易引起攀比。”蒋家兴觉得熊秉清的想法有点偏颇，直接端出了自己的意见，“今年先进团支部的名额，我看还是像去年一样给七八级算了，七九级入学还不到一年，就不一定考虑了。至于其他的表彰名额怎么分，你们不妨根据各班的情况提个方案，报系里研究一下。”

系里的表彰方案刚报到团委，熊秉清就接到了马中华的电话。校团委书记打电话给系团总支书记，对于熊秉清来说，犹如马中华来他的办公室耳提面命一般。

“你们推荐表彰的先进团支部，到底是按什么标准掌握的呀？”马中华一张嘴就是一种质问的口气，“先进团支部你们报了七八级金融班，你能不能告诉我这是为什么？”

“马书记，你就分给我们一个先进集体的名额，我们实在是摆不平哪！这不，七八级金融班是去年刚表彰过的，各方面的基础都不错，我们研究以后，就报了这个班。”

“你搞错了我的意思！我想问的是这个班的团支部究竟有什么地方值得表彰的？”

“这个班——一直都很平稳，没有什么调皮捣蛋的学生，学习空气浓厚，也没听说有什么乱七八糟的事情，报他们比较放心呢！”

“为什么不推荐七九级金融班呢？你们表彰先进难道也要搞论资排辈吗？”马中华不想再兜圈子了。

“书记呀，七九级金融班的情况你可能还不了解，”熊秉清终于弄清了对方的意图，“这个班确实出现了不少好人好事，但问题也很突出哇，前几天他们班有个学生到蛟河机械厂的歌舞厅去唱歌，把人打伤了，刚刚受了处分，这样的班级我们还敢推荐吗？”

“老伙计呀，我的看法正好和你相反！”马中华手里同样掌握了具有说服力的详细情况，“七九级金融班在处理乔粤生的问题上表现出了很强的原则性和战斗性，他们不是回避矛盾明哲保身，而是积极主动地对乔粤生进行思想斗争和行为批判，帮助有过错的同学认识错误改正错误，达到处分一个人教育一大片的效果。不信你再去这个班上看看，乔粤生已经改掉了奇装异服，改掉了不良习气，改掉了散漫形象，简直换了一个人。你说这个班的团支部做得好不好、值不值得表扬和推荐？”

马中华的一通电话，给熊秉清浇了一盆冷水。一头是蒋家兴的意见，一头是马中华的意见，两人的意见都像是一堵无法逾越的高墙，他只能顺着两墙之间的缝隙谨慎穿行。他断定自己想不出一个两全其美的好办法，便把球踢回给了蒋家兴。

“我们推荐表彰的是系里的先进团支部，又不是学院的先进团支部，每个系有每个系的不同情况，他马中华操这份闲心做什么？”

“团口上的事，不按他的意见来，今后恐怕不好办呐！”

“你告诉他，我们的意见不变！七八级金融班团支部是去年表彰的先进，我们也想培养这个典型，典型要慢慢成熟，不能像猴子掰苞米，掰一个扔一个！”

院团委的表彰通报很快就下来了，最后的结果是除了维持系里的意见不变之外，另外增加表彰一个先进团支部和一名优秀团干部，分别是七九级金融班团支部和该班团支部书记萧天雅。特别引人注目的是，增加表彰的这个团支部和优秀团干部，将作为学院推荐的先进典型，上报到团省委表彰，这也是学院推荐上报的唯一一个先进集体和个人。蒋家兴看到通报以后，什么话也没说，他知道这一结果绝不仅仅是马中华一个人的意思，说不定是学院党委的集体决定。他猛然意识到，自己不知从何时何事开始，变成了这个集体的对立面，就像练习四面转法中的新战士弄错了左和右的关系而相互碰到了对方的鼻子。

蒋家兴正在懊恼自己的大意，系主任郭之诚来他办公室了。郭之诚眉开眼笑地对他说：“蒋书记呀，刚才在楼梯口我碰到了耿鸣风书记，他让我告诉你呀，团委树的那个典型呀，那个——那个——七九级金融班团支部哇，对团委的建设意义很大，要我们系里多关心多支持一下，争取把它培养成能够叫得响、走得远、全面过硬和全面优秀的典型哪！”

蒋家兴的笑容还没来得及展开，随即就黯败了，郭之诚的话里有话，一个人说了两个人的话，他有些承受不起话意里的分量，因此就紧张了，笑容便四处逃散了。学校党委的耿书记以这样的方式来批评他，不啻为一种警告，他不知道要如何来为自己申辩，心里一阵发虚。沉静了片刻，他终于想出了一套合理的说辞：“讲到这个事，我等会儿还要去向团委做检讨呐！那天熊秉清来跟我商量表彰的事，说七八级金融班是个老先进，名额又只有一个，还是推荐它吧，没想到把团委的意思搞左了。这个熊秉清也是的，上面的意图都没理解透就来随便提建议，一点也不严谨！”

郭之诚脸上的笑意不易察觉地淡了几分，以他对熊秉清的了解，这里面定然存在重大误解。他不想深究这件事，他对这类事毫无兴趣。他带着一种由来已久的情愫，直截了当地表达自己的看法并毫不吝啬地赞扬自己的学生：“七九金融的这帮学生——哦，其他班也一样——真是不得了哇，一个个能力素质都那么强！过去我们读书呀，只知道死读书读死书，两耳不闻窗外事，一心只读圣贤书；老师的管理方法也很简单，只知道考试，以考试分数作为评价学生的唯一标准。当时的两句话是怎么说的？叫‘考考考，老师的法宝；分分分，学生的命根’。现在的这帮学生年纪不大，但知道关心政治、关心社会、关心同学，比我们那一代人强啊！我看七九金融的这帮同学，里面不少人都很有政治头脑，将来都会成为学校的骄傲的，在他们身上多下点功夫，多投入一点精力，值得呀！”

乔粤生的处分问题尘埃落定之后，闻风雷特意召集丁翔华、钟迎晖、薛坤荣三人开了一个小会，主要意思是鉴于他们三人经历丰富，在同学中有广泛的基础和声望，准备将班上的五个学习不够勤奋、自控能力较差、经常惹是生非的“重点人”托付给他们，并与他们结成帮扶“对子”，确保经过一段不太长的时间之后，能够取得明显的进步。

三位“长老”此时对自己的这位班长早已佩服得五体投地。如果说写报道还只是笔头好的话，那么收服乔粤生一事则让他们见识了闻风雷的胆识和手段。丁翔华上次和闻风雷一起从饭堂出来，路上遇见一只受伤的麻雀，丁翔华为麻雀垒了一个窝，被闻风雷夸奖为“积德行善”。殊不知就是这四个字，把丁翔华吓得半死，因为那四个字是从他嘴里出来的，是他和钟迎晖、薛坤荣背地里议论闻风雷的话。他不清楚闻风雷是如何知晓的，只感到闻风雷手眼通天，无所不能，三个人被吓得再也不敢在一块乱说什么了。

丁翔华率先表态，说：“关心小同学是我们这些当兄长的责任，闻班长这么看得起我们，我们定当不负重托。”

“是呀，班里既然有这个安排，我们责无旁贷。不过——”钟迎晖接着丁翔华后面提出了一个问题，“搞帮带，究竟是‘明帮’，还是‘暗带’，还要请闻班长给我们明示。”

“既明来又暗往如何？”闻风雷与丁翔华等人商量道，“你们接触之前，我会分别找他们谈一次话，指出他们的问题，提出改进的要求，你们只要及时掌握后续情况，针对性地做好相关的疏导工作，就算完成任务了。”

薛坤荣仍然有些顾虑，说：“对于有明显毛病的同学，确实有必要去拉拉袖子提个醒；但有的同学问题并不突出，只是表现不够稳定，我们硬要黏着人家搞帮带，就怕人家反感呐！”

“不见得非要把‘帮带’二字挂在嘴边吧?”闻风雷给他支了个招,“有问题解决问题,没问题切磋问题,只要有沟通和交流就行!”大家都说这样好。

是日,汉语与写作课。一位六十多岁的语文老师正在为同学们讲解龚自珍的《己亥杂诗·其五》。老先生手捧课本,踱着四方步,抑扬顿挫地念出诗文:“浩荡离愁白日斜,吟鞭东指即天涯,落红不是无情物,化作春泥更护花。”念完,再逐字逐句解释,讲得口沫四溅,眉飞色舞。

提问阶段,陈实第一个发言,大意是诗人将“落红”比喻脱离树枝的花,并不准确,存在以偏概全的问题。“落红”首先必须要“红”,但花的颜色除了红色,还有其他多种颜色,赤橙黄绿青蓝紫皆有,比如梨花、菊花、桂花、郁金香、雪莲花等等,其颜色均不是红色,故而用“落红”就远不如用“落英”的好。词典上能查到“落英”,却无“落红”,也说明这个词不够规范。老先生听完,连连点头,说:“诗家之言,或可商榷,或可商榷!”

陈实发言过后,大家议论了一番,接着便冷了场。闻风雷觉察出老先生在寻找提问者,于是及时站起来救场:老师刚才在解释“护花”一词时,将“花”比喻为“国家”,意即体现作者的报国之志,我有不同理解。龚自珍这首诗,是在辞官的路上写的,根据教科书所云,他当时愤然辞去礼部主事,表达的是一种对官场黑暗的深恶痛绝和与旧势力划清界限的坚定决心。但是,这样的解释是站不住脚的。试问,一个对国家官僚制度深深失望和饱受同僚排挤倾轧的人,既然下决心离开了原来的是非之地,怎么会有“浩荡离愁”呢?似乎于情于理都说不过去。我认为,应当采信民间的传说,作者在京城惹上了绯闻,而绯闻的对象是皇族的侧妃,也就是名满京城的女词人顾太清,故不得不辞官返乡。若此种说法能够成立,诗中的“花”指的就是顾太清。有人统计,在《己亥杂诗》的三百余首诗中,十分之一的主题都涉及儿女情事,可见作者的离愁含义明确。总之,我认为,作者辞官的大部分原因恐怕与“丁香花公案”有关,而与家国情怀无关。我们不妨设想一下,假如作者真的是因为厌倦官场、报国无门,会在京城逗留十余年之后才产生“浩荡离愁”吗?我的结论是,在这首诗中,作者抒发了一种对情人的依恋,告诉她今日之离她而去,实属万不得已,非但不是不念旧情,反而是爱到极致的必然选择，道理在于只有彻底地离她而去，才能成全她的幸福生活。为了她能像春花那样绚丽、夏花那样灿烂，他甘愿变成落红提供养分、化作泥土蓄积水源，使之常开不败，芬芳百年。按照如上的理解，我草成了一首七言绝句，也请老师和同学们斧正——

太平湖畔丁香开，
妖娆倾城春色衰。
浩荡愁思为一人，
缤纷落英入怀来。

语文老师原来一直在听闻风雷发言，听到他又要念诗，赶紧从讲台上摸起一支粉笔，面朝黑板写了起来。待闻风雷念完，其诗也一字不落地展示在黑板上。

老师看了一遍自己的板书，问闻风雷有没有写错的地方，闻风雷说没错，便自行坐了下来。

老师拍了拍手上的粉笔灰，又扫视了一下众人，便开始对闻风雷的发言进行点评："这位闻同学的发言刚才大家都听到了，说老实话，大大出乎老夫的意料。闻同学讲的一些理由，比如龚自珍辞官、丁香花公案，以及世人对他的评论，其实并不鲜见，但他能够综合这些史料的观点，将它运用到对其作品的评价上来，不能不说是一种创新。他的很多见解都是独到的，几乎达到了颠覆性的程度。对于他刚才的发言，我虽然并不完全认同，但是我给予高度评价，如若打分的话，至少在九十五分以上。学习贵在思考，贵在质疑，贵在提出独到的见解，在这方面希望大家都能向闻同学学习。"

讲评完闻风雷的发言，语文老师伸手指了指身后的黑板："闻同学的这首诗，也是一首颠覆之作。"语文老师以一种赞许的语气道，"从表面上看，是写龚、顾私情的，但实际上借了一段公案来表达作者的爱情观。何谓颠覆？在龚诗中，'落红'是作者本人的一种自喻；在本诗中，'落英'则有了专门的性别归属。"老先生兴致盎然，"我比较欣赏的是后两句——浩荡愁思为一人，缤纷落英入怀来。字词是信手拈来的，但换了一种搭配，意思就截然不同了，将一种无奈的相思写成了一种浪漫的期待。大家不妨展开你们想象的翅膀，去体验一下四野空寂无声之时，满树落英悄然而至投怀送抱的情形，想必都心潮涌动意马奔腾了吧？哈哈，像吾等老朽已无法进入诗中的意境了，还是留待你们年轻人去细细品味吧！”

“听老师这么一说，这首诗还是有点色的嘛！”坐在前排的某位男生嘀咕了一句。

“这位同学理解得很对，岂止是有点色，简直是色得很！”老先生忽然激动起来，“你们知道‘色’和‘美’是什么关系吗？色美同源，色美同景，这是讲它们的同一性；无色便无美，色淡美便黯，这是讲它们的辩证关系。历史上凡能流传千古的好词好句，无一不是绘色专美、赞色颂美的杰作。诗要写得好，就必须是色美并重、色美兼蓄的，如此方能直击心灵，经久吟味，教化万民。”

下课时，刘远程蹭在人群之后往外走，他见黎玉红一个人坐在座位上没起身，就走过去跟她打招呼：“等谁呢，还不走？”

黎玉红朝身后张望了一下，笑笑，没吱声。

“是不是在‘浩荡愁思为一人’？”刘远程走近黎玉红的课桌，大着胆子追问了一句，显露出挑逗的意思。

“你才是呐，你就想‘缤纷落英入怀来’！”黎玉红狠狠瞪他一眼，起身的时候又用力搡他一把，然后和他一起出了教室。

覃怀良知道闻风雷的诗，是萧天雅告诉他的。听萧天雅念完那几句诗，覃怀良就笑眯眯地说：“没看出来嘛，还是个风流才子！”覃怀良趁着兴头问萧天雅谈没谈过对象，萧天雅脸红了一下，轻声回道“没有”；再问她看没看中班上哪位同学，仍然是一句“没有”。覃怀良看她口气并不爽直，猜她没有说实话，于是半开玩笑地试探道：“你如果挑花了眼拿不定主意的话，要不要我来替你介绍一位？我介绍的这一位呀，包你满意！”

“哎呀，哪有你这样的老师，不教我们学好！”萧天雅的脸庞早已羞成了两片花瓣，花瓣上沾了一层细细的水珠，显得娇艳欲滴，“学校明明规定不准学生谈恋爱，你还鼓励我在学校找！”

覃怀良尴尬地笑了笑，说："学校是有要求不许谈恋爱，但只要没造成太大的影响，一般也不会去为难谁；教育部在这方面则更没有一个统一的规定，比较明确的只有一条，就是假若要结婚的话，必须办理退学手续。我叫你在学校找，又不是让你明火执仗地去谈恋爱，你可以先悄悄地物色好，毕业时再公开嘛！等你都毕业了，谁还去操你的闲心？"

"那我就打着灯笼再找一会儿吧，等我找到了再向你汇报！"受覃怀良鼓动，萧天雅也大胆地和他开起了玩笑。

整整一个晚上，萧天雅都在回想白天与覃怀良的谈话，她在想覃怀良的用意，也在想自己的心事。覃怀良问她看中了谁没有，这个问题问得很直接、很突兀，不符合她庄重谨慎的作风，于是她就本能地躲闪了。她心里当然有了人，这是毋庸置疑的。她之所以不告诉覃怀良，是因为她邀请闻风雷住进她心里的房间来，并没有征求过他的意见，也不知道他究竟有何想法。这么重要的一件事情她心里都没有底，你让她怎么说？

她对他其实一直都是怀有好感的，好感的源头就发端于开学的第一天。

那天，覃怀良通知几位同学晚上到教工楼的金融教研室去开会，她也得到了通知，因为洗头洗澡耽误了时间，所以迟到了几分钟。等她披着湿漉漉的头发走进教研室，屋子里的椅子凳子都被先来的男生们占光了，只有迎面靠墙角的一张长条椅上还留了一块狭小的空当。她思忖自己很难再往那张椅子上挤，就站在门口没动。

正在犹豫间，只听覃怀良在跟她打招呼："萧天雅，来，找个地方坐下来！"

她只好硬着头皮往里走。才走几步，就见坐在老师边上的一位男生起了身。这位男生是背对着她的，他将自己坐的那张凳子朝电风扇方向挪了挪，转过身来说："来这里坐吧，这里有风，把头发吹吹干！"言毕，自己挤到长条椅子上去了。

"哈哈……"看到眼前这一幕，覃怀良不禁开怀大笑，他指指那位男生，又指指萧天雅，"你们看看，我们的班长和书记配合得多么默契！"

听老师这么一说，她不觉朝那位男生看了看，男生上身穿一件白棉布做的制式长袖衬衫，下身是草绿色军裤、解放鞋，衬衫下摆扎进军裤里，显得大气利落，一举一动都透着机敏干练。萧天雅在瞅他的当口，恰听见覃怀良在介绍他："中共党员，退伍军人，上学前在市政府机关工作……"她忍不住第二次把目光转到他身上去，这一回再看他，就看清了一张眉眼周正、清秀俊朗的面孔，随即听见了自己心里响起的一阵乱了节奏的鼓点……

陈实到学生食堂去打饭，刚走出食堂门口，就听到有人在喊自己的名字。

"喂，陈实，等一下！"有人从身后撵了上来。

"唉，张群，是你呀！"打招呼者是陈实的老乡，七九级税收班的学生。

"他们都在传，说食堂偏心，只要是你们七九级金融班的人去打菜，数量和质量都比别人的好。本来我还不大相信，今天正好看见你在我前面打菜，才知道传说都是真的！"张群验证了一个传说，颇有成就感。

"不会吧？"陈实一笑而过。

"你自己看看吧，萝卜烧肉，你打了一份，我也是一份。你数数你碗里有多少块肉，再数数我的！"张群口气笃定，也不管陈实同不同意，主动揭开了他的盒盖。

两人的饭盒里是一模一样的菜：丝瓜烧豆腐和萝卜烧肉。陈实碗里的肉有七块，基本上都是瘦肉；张群碗里只有四块，而且肥肉多精肉少。

"这回你信了吧？"张群一脸得意。

"萝卜和肉的颜色都差不多，一勺子舀下去，多几块肉少几块萝卜，或是多几块萝卜少几块肉，都很正常，没什么大惊小怪的！"陈实依然不认为是个问题。

"那是你的解释。我看见那个打菜的师傅在朝你笑，这难道也是偶然的吗？"

"他朝我笑，是因为他认识我呀！"

"他怎么会认识你的呢？"

"我们经常去食堂帮厨嘛！"

"饭盒里的秘密"披露以后，各班的班委会或是团支部都感受到了来自本班同学的巨大压力，大家纷纷要求响应学校总务处的号召，像七九级金融班那样，组织同学到伙房去帮厨，以解食堂人手不足的燃眉之急。当初总务处将表扬信张贴在食堂门口，应者寥寥，一个月的时间里都没见到任何反应；“饭盒里的秘密”公开以后，各班的态度来了个大转向，纷纷组织人员去食堂帮厨，这不能不说是“民以食为天”的古训起了催化作用。

众多班级和学生在群龙无首、自行其是的情况下，一窝蜂地涌到食堂去帮厨，所起到的作用和效果实在是难以恭维。大多数情形是，几个不同的班级在同一个时间段里不打招呼地拥到食堂去，常常为食堂的接纳顺序发生争执；第一波次的人完成某项劳动之后，第二波次的人又接着重复一遍刚才的劳动；多人抢着干同一件事情，没抢到的人便没事找事惹事生事……

这一天，学校总务处的负责人找到团委的马书记，苦着脸对他说，想请他的人马有计划地休整一下。马书记问明事情的原委后，不觉哈哈大笑。马书记用一种近乎调侃的口吻说：“七九级金融班刚去食堂帮厨的时候，你们多开心啊，又是广播报道，又是写信表扬，高兴得就像农忙季节里迎来了‘双抢’大军；等大家的积极性都调动起来以后，你又嫌人多，要我紧急刹车，担心的是山洪暴发冲破了你自留地里的堤坝。你们总务处哇，真是亲也亲不得疏也疏不得，和你们打交道，我只能是趋利避害喽！”两人最后商定：既要保护同学们的积极性，又要适当地控制人员规模，除了七九级金融班的帮厨计划不变之外，一个班一个月只能帮厨一次，最大限度地利用好全校的帮厨资源。

闻风雷得知讯息后，觉得帮厨这件事出现了一个转折点，需要重新安排一下，便把谷庆丰和帅亦然叫到一块研究应对措施。

“我看用不着去了！”帅亦然的意见直截了当，“原来我们去帮厨，是因为食堂的人手不够，想为食堂减轻一点负担；现在食堂不缺人了，我们再去，就显得多余了。再说，这件事是我们班发起的，无论我们去与不去，名声已经在外，谁也不会说我们什么，不如见好就收，把机会让给别人，不出力，还同样能落好。”

“去还是要去的，事情是我们起的头，现在忽然不去了，算什么？总不能半途而废吧？”谷庆丰提出了异议。

“这是搞形式主义，明明用不着你去帮厨了，还硬要去凑热闹，没必要嘛！”

“我的意见还是要去，不能虎头蛇尾，有始无终！”

“嘁，其他班级是一个月帮厨一次，我们天天去，这么做一点好处都没有，就是在给人家当靶子，让人家来打你！”

“你们两个人说的都有道理，我来折中一下，”闻风雷适时中止了两人的斗嘴，两人虽各说各话，但不乏可取之处，每人的说辞都取上一段，就凑成了他本人的意见，“咱们班也一个月去一次，千万不能把自己放在全校同学的对立面。两个月之前，我们到食堂去种这棵帮厨之树，不仅种活了，而且还开了花结了果；两个月之后，大家也想跟着我们去种树，也想让自己种下的树开花结果，我们应当成全大家的心愿。凡事都要讲究天时地利人和，天时地利我们都先占了，现在要注重人和了。”

第三章
多情的灵犀才能一点就通

11

新学年开学，八〇级新生入学，七九级金融班的同学到车站、码头接了两天新校友，摇身一变就成了学哥学姐了，仿佛这批新生是他们的垫脚石，新生一来他们就比过去高了一截，透过学校的围墙就可以看见更多、更美的墙外风景了。在开学典礼暨迎新大会上，学院团委书记马中华宣读了团省委的表彰通报，七九级金融班团支部被评为全省先进团支部；萧天雅被评为全省优秀团干部，同时授予其“学雷锋树新风标兵”称号。马中华宣读完通报之后，学院党委书记耿鸣风发表讲话，要求全院师生向七九级金融班团支部和萧天雅学习，见好思齐，争先创优，为把学院建设成为精神文明的教育实践高地而奋勇前进。

开学典礼一结束，蒋家兴就十分高兴地召见了覃怀良和萧天雅，告诉他俩系里很看重该班团支部此番获得的荣誉，这既是他们的光荣，也是系里的光荣，凝聚了全院师生的共同努力，希望他们倍加珍惜，在保持荣誉的过程中不断地创新发展，争取新的更大的进步。

“这都是系里关心的结果呀！”覃怀良破天荒地说了一句恭维话。

“欸，不能那么说，什么事情都离不开上下的共同努力嘛！”蒋家兴谦虚地纠正道。

蒋家兴见覃、萧两人表现出一副难得的恭谨顺从的样子，话也就多了起来，问两人工作上有什么困难，有什么要求，以及有什么打算，满满的关怀备至的姿态。覃怀良也不作假，说下一步的打算还没想好，目前也没有什么困难和要求，只是希望蒋书记在今后的工作中多多地给予指教。蒋家兴顿时就来了情绪："那好哇，我倒有件事要和你们商量一下！"

一听说蒋家兴有事情要和他俩商量，覃怀良和萧天雅不禁对了一下眼神，一人眼神中闪着疑虑，一人眼神中则闪着好奇，两种眼神相遇，就叠加出了一种不安的期待。

蒋家兴说："我现在最担心的呀，就是你们几个团干部的工作精力问题。下一步团支部的工作要求会越来越高，对外宣传交流的任务也会更加繁重，就靠你们现有的几个人能应付得过来吗？所以呀，你们还是要重点考虑一下怎么加强团干部的配备问题。"蒋家兴观察了一下两人的反应，表情就像蜡人一样，"我和熊秉清商量了一下，准备给你们增配一个副书记，就叫莫跃进干，你们看看有什么意见？"

"莫跃进啊？莫跃进在同学中的反映不太好吧！"

"都说他什么啦？"

"说他不讲原则，利用小恩小惠拉拢同学，搞哥们儿意气！"

覃怀良没吱声，他知道蒋家兴铁了心要用莫跃进。前不久，蒋家兴曾为乔粤生的事找他谈话，当时就提议要给莫跃进压点担子，也是他直言莫跃进不合格，才把人给顶回去的。蒋家兴今日旧话重提，而且还加了一道系团总支书记熊秉清的附议，巨石从山坡上滚下来，他除了避让毫无办法。

"对于个别同学的不同意见，我们要辩证地看，"蒋家兴面带悦色地说，"莫跃进的性子有点急，说话也很直，容易得罪人。我们当领导的要学会全面地看问题，多看一个人的长处，扬长避短地发挥好每个同学的作用——你们说是不是？"

两人怏怏地离开蒋家兴办公室。路上，覃怀良问萧天雅对莫跃进究竟有没有信心，萧天雅毫不掩饰地说："他呀，根本就是一个刺头，让他来当团支部副书记，这团支部还有安宁日子呀？"

"生米都做成熟饭了，想要改变什么已经不大可能了！"覃怀良也是满心郁闷，生了一会儿气，说，"闻风雷保不定会有什么好办法，你去找他商量一下！"

"算了吧，跟他讲也没用，莫非他还能把事情给扳回来不成？"萧天雅不想让闻风雷卷入到这件事里来,替他拦挡了一下。

“是哟,是哟,他是没什么好办法!”覃怀良想起前面的几回情形,心里一股酸溜溜的味道,“我算是看出来了,你这是在有意回避他。你们两个都不愿意麻烦对方,生分得很呐!”

“才不是呐!”萧天雅被人戳破心事,赶紧把头低了下去。

萧天雅感到计无所出,便硬着头皮去找闻风雷。她来找他,有点黔驴技穷的味道,就想试试他到底能用什么招数来帮她约制住混世魔王般的人物莫跃进。

“他这是来摘桃子的!”两人见面后,闻风雷脱口就说出了这句话,“对莫跃进的管束,主要是防止他成事不足败事有余,”琢磨了片刻,便为她面授机宜,“有两个办法可以确保无虞:一是找一些重活儿压压他,比如把团支部的宣传报道任务交给他,让他无暇顾及其他的事情;二是让大家都对他保持一点警觉,凡需要支委们议决的事,先与大家通好气,而后再上会研究,不要让他左右了支部的议事过程。”

“宣传报道不是很重要吗,把这么重要的工作交给他负责,万一搞砸了怎么办?”

“放心吧,他不敢把自己分内的事搞砸的,搞砸了工作,也就搞砸了他自己!”

闻风雷像个预言家一样,准确说出了莫跃进担任团支部副书记之后的命运轨迹,他走马上任还不到半个月,就落入了闻风雷的彀中,硬生生地把自己的牌子给搞砸了。

这一天,院团委通过系里给七九级金融班下达了一项任务,请他们在全院团支部书记座谈会上介绍开展学雷锋树新风活动的经验做法,指名要萧天雅在会上发言;另外,为了达到齐抓共管的目的,亦请班委会做好补充发言的准备。覃怀良一看兹事体大,忙把闻风雷、萧天雅和莫跃进等人招来,带着他们一起去了熊秉清办公室。

“这还不好办吗,团支部的经验汇报材料就让莫跃进来写,到时候请覃老师把把关就行了;班委会的补充发言团委没作明确要求,不一定非要形成书面文字,你们愿意怎么说就怎么说!”熊秉清三下五除二就把任务交代清楚了。

"莫跃进，你有没有信心啊？"覃怀良当着熊秉清的面问。

"没问题，包在我身上！"莫跃进拍着胸脯表态，"给我一个礼拜的时间，保证完成任务！"

熊秉清把任务交代给莫跃进之后，闻风雷又悄悄找来吴学勰，让他另外再准备一份萧天雅的发言稿。闻风雷向他交底道："莫跃进不知深浅，揽走了写材料的活儿，俗话说答应得快，是个怪，我看他是难担此任的。你现在就着手准备，也别告诉其他人，等莫跃进无法交差了，你的材料自然就派上用场了！"

熊秉清下达任务后的第十天，莫跃进带着自己写好的文稿喜滋滋地去了团总支书记办公室。熊秉清翻了个大概，便蹙着眉头问他："你没写过这类的材料吧？我一看你就没写过！你们去向大家介绍经验做法，你总得把你们的经验做法归纳出个一二三来吧？还有，在开展学雷锋树新风活动中你们是怎么想的，怎么做的，以及遇到问题是怎么处理的，又取得了哪些成绩和进步，这些你都要说一说，要让大家信服并受到教益和启发……"

"好吧，我再改一改！"莫跃进有些不知所措地拿回了那份文稿。

隔了三五日，莫跃进又去，仍未通过；再送第三稿时，熊秉清就急了，稿子依然没法用，但座谈会却迫在眉睫了。熊秉清将稿子拿去给蒋家兴看，就希望自己能从这件事上撇开干系，莫跃进是蒋家兴信任的弟子，涉及对他评价，自己还是少掺和为好。

果然，蒋家兴只看了几页就看不下去了："这种稿子怎么也好意思拿出来？是不会总结呢，还是没东西总结呢？"

"估计还是不会总结吧——材料是莫跃进写的，他好像没写过这类的材料！"

"我就说莫跃进的文笔不错嘛！"蒋家兴立刻就换了一副面孔，"就文字而言，这份材料还是不错的，语句通顺，结构严谨，意思也很清楚，换个场合用也算得上是一篇好文章哩！"大加赞扬之后，旋即又大卸其责，"七九金融的做法看来很成问题，莫跃进没当过班长书记，面上的工作情况也不掌握，叫他来写这种材料，怎么能写得出来呢？"

熊秉清意识到自己闯了祸，吓得一句话也不敢多说，只是在旁边小声嘀咕道还有三天就要开会，重写看来是来不及了。

“重写来不及了？不重写能行吗？”蒋家兴一下子火了，“全校的经验介绍会，连汇报材料都过不了关，这不是闹儿戏吗？”

熊秉清急忙退了出来。一筹莫展之下，他只好带着莫跃进去找覃怀良，把蒋家兴的意思又对覃怀良絮叨了一遍。他原来估摸着覃怀良也会同他一样抓耳挠腮的，没想到覃怀良一脸轻松，瞅了一眼莫跃进，不紧不慢地说：“熊老师你放心，我们班上的笔杆子不少，我让他们突击一下，尽快把材料交给你！”覃怀良说话算话，隔了一日熊秉清就见到了一份高质量的汇报稿，再拿给蒋家兴看，蒋家兴也是惊讶不已，但心里却闷闷不乐起来。

这篇稿子绝不是一篇简单的急就章，总结的经验做法系统全面，列举的典型事例生动翔实，一看就是下了功夫精心打磨出来的东西。令蒋家兴不解的是，这篇稿子究竟是什么时候才有的？覃怀良或者是萧天雅，明明知道莫跃进不会写材料，为什么还硬要安排他写呢？他们的目的难道仅仅是想看莫跃进的笑话，叫他难堪吗？如今莫跃进果真难堪了，他们的目的又是否达到了呢？蒋家兴猜度这其中或许有他不愿意看到的真相。

蒋家兴好像突然想起一件事，吩咐熊秉清道：“明天团委的座谈会，闻风雷就别去了，还是换个班去吧！”

“换个班？闻风雷的补充发言是团委安排的，系里换人不好吧？”熊秉清提醒道。

“团支部书记在会上介绍经验，班长又凑上去发言，没有这个必要！”蒋家兴并不松口。

“临时换人，就怕——”熊秉清欲言又止。

“团委要问的话，你就说系里根据实际情况作了调整。”蒋家兴一句话闷死了熊秉清的小心思。

团委开会的这一天，各系各班的团干部都来了，学院分管宣传和共青团工作的党委副书记方尚武也来了。马中华一脸严肃地陪着方尚武坐在主席台上，见与会人员差不多都到齐了，就叫胡兵清点人数，结果发现少了闻风雷。

“喂，老熊啊，七九金融班的闻风雷怎么没来？”马中华扯着嗓子问熊秉清。

“哦，我们换了一个人来，七八金融的副班长来了！”熊秉清指了指坐在自己身边的一位浓眉阔脸、戴着宽边眼镜的男生回答马中华的问话，他心里因为有蒋家兴的指示垫底，胆气还是很足的，“蒋书记的意思是，萧天雅既然都在会上介绍过经验了，再让闻风雷来发言，说的又是大同小异的话，效果也不见得好，就……”

不等熊秉清说完，马中华就指着他训开了：“你这个老熊啊，怎么就不明白我的意思呐！为什么要安排闻风雷来发言？七九级金融班团支部干得那么好，一个重要的原因就是班委会与团支部协作配合得好，这也是他们班的一大特色。你们随便安排一个人来滥竽充数，老是和我们对着干，你们到底想干什么？”说完，挥挥手，“算了，让你们七八级的那位同学回去吧！”

马中华大手一挥，不仅把熊秉清带到会上准备参加座谈发言的七八级金融班副班长纪小冉撵了回来，而且重重地打在了蒋家兴脸上。平心而论，马中华的考虑不是没有道理的，来开会的不是团总支书记，就是团支部书记，为什么要安排一位班长来发言？肯定是有道理的嘛！正因为马中华占着理，他才敢在开会的现场当着学院领导的面训斥熊秉清，才敢撵人，才让蒋家兴感到了痛。蒋家兴此刻忽然意识到自己的心态有点不端正，处理问题也显得不大气。他弄不明白自己为什么就是看不顺眼覃怀良，看不顺眼七九金融的这帮人。前天，他还在为莫跃进的事生覃怀良等人的气，就认为他们在刁难莫跃进，在出莫跃进的丑，也在借莫跃进的无能嘲笑他的良莠不辨。但事后一想，似乎又不尽然。莫跃进在团支部的分工，覃怀良曾向他报告过，大概的意思是考虑到班上今后对外宣传交流任务比较重，想让莫跃进负责团支部的文字材料工作。既然分工是明确的，团委的经验交流任务来了，汇报材料不叫莫跃进写又让谁来写呢？至于覃怀良他们后来撇开莫跃进另起炉灶，那也是莫跃进自己不争气，赖不得其他人啊……蒋家兴一边暗自猜度，一边掂量着在这场理智与心态的较量中的利弊得失……

当前要赶紧处理的一件事，是要讨回面子上的损失，毕竟自己派去参加会议的弟子被人家撵出了会场，这件事不能到此为止。蒋家兴当着熊秉清的面摆出一副硬汉形象，以一种绝不服输的口气道：“老马凭什么这样说我们？一个系有一个系的具体情况，我总不能一天到晚跟着他的指挥棒转吧？他要是再这样不问青红皂白地批评人的话，到时候我会去找方副书记评理的！”

熊秉清假意附和了几句，复又请示道：“各系在发言中，都提到了要向七九级金融班团支部学习的问题，有的系还提出要在各班的班委会和小组之间开展比学赶帮的竞赛活动。我建议，我们系最好能先行一步，不要弄得别的系轰轰烈烈的，我们系倒死水一潭，墙内开花墙外香，那就难看了。”

“你的考虑是对的。在学习七九级金融班的问题上，确实是要防止墙内开花墙外香的问题。”蒋家兴斟酌着自己的表达，避免在熊秉清面前留下消极印象，“我们系的情况比较特殊，好的班级也多，你比如七八级金融班、七九级税收班都很有特色，假如现在就来个一刀切，号召大家都去向某一个班学习，等于是固化了先进与后进的关系，很不利于各班之间的和谐竞争。”

建议被否，熊秉清的心里凉了半截。他知道蒋家兴一时半会儿听不进他的意见，只好半退半劝地说：“我们老是没有动作，马中华会有想法的！”

“再等一等吧，还不到火候。”蒋家兴仍然不愿意妥协，“对团委的统一部署我们当然要跟；但是要跟，也不能跟得太紧。就像车队行进一样，前后车要保持一个适当的距离，距离太近，万一前面来个急刹车，后面的车非追尾不可！”

七八级金融班副班长纪小冉被马中华从大庭广众之下撵出来的那一刻，心里充满了怨气，这股气憋在他肚子里，就像误吞了一口恶心的浓痰，不吐出来就无法使人消停。这一日，该班团支部和班委会共同召集班干部传达学校的会议精神，当团支部书记提出来，今后若组织开展团日活动，班委会也要积极配合时，纪小冉立刻就逮到了宣泄机会，当场就把那口恶心的浓痰吐了出来：“你们团支部老要拉着我们一起活动，是狐假虎威呢还是虚张声势？你们团委的那个破书记，把我从会场上赶出来，连向你们团支部学习的机会都不给我，这叫什么事？他怎么不拉着我一起活动？”纪小冉口无遮拦地横冲直撞，“你们尽搞些虚头巴脑的东西，翻来倒去就那么几件事，连七九级的一个小丫头片子都比不过，还好意思提这个活动那个活动的，真是丢人！”

邵仕达一听不对头，连忙阻止道：“老纪，你消消气，有话好好说！”

团支部的宣传委员见纪小冉冲自己的书记发火，便也以牙还牙，越过纪小冉，直接朝邵仕达开炮："若是细究起来，七九级金融班能够有今天，你邵仕达也是立了头功的呢！当初要不是你为人作嫁，把班部的钥匙给了那个丫头片子，她到哪里去弄先进？我们团支部可是从来都没沾过你的光，一大帮人倒不如一个丫头片子！谁稀罕拉着你们一起活动呀，团支部和班委会两家相互支持相互配合是上面的要求，你们不愿意参加团支部的活动也别在这里打黑枪放暗箭的，没人吃你们这一套，系里和学校问起来，我们自然有话说。还有，上面要求我们向人家学习，我看也用不着费那个事了，只想拜托你去问问七九金融的人，她的经验是怎么得来的，取了经之后再告诉我们一声就万事大吉了！"

"你们说得不错，有机会的话，是要去好好向人家取取经！"邵仕达强装出一副笑脸，赶紧找了一个台阶下。

萧天雅在学校介绍完经验回到教室，一眼就瞅到了课桌上的一封不知道是谁写来的信。信封上没有署名，也没有贴邮票，但封口却是糊死的，乍一看有点像地下交通员送来的秘密情报。萧天雅纳闷地撕开封口，便读到了一段陌生的文字——

尊敬的萧师妹：

拜读了你在团支部书记座谈会上的发言，我的心情一直无法平静。你在学习任务十分繁重的情况下，还能把团支部书记的职责履行得如此之好，以超凡的人格魅力和行动能力，带领全班同学助人为乐，见好思齐，把雷锋精神融化在血液里，落实在行动上，为系里增了光，为学院添了彩，为全体团员青年树立了学习的榜样。我无法想象你是如何做到这一切的，更难以置信由我亲自送进校园的小师妹，在短短的一年多时间里，就成了我引以为傲的校友；不特如此，甚至成了全校青年学习的楷模。今后我将虚心向你学习，做你坚定而忠实的拥趸者和追随者，为开创我院共青团工作的崭新局面而共同奋斗！

盼能见你一面并不吝指教！

学兄邵仕达顿首

9 月 27 日

拿着邵仕达写来的那页纸头在手里，萧天雅发了半天呆，她在揣想邵仕达的意图，判断他的恭维之下是否包藏了什么花心。去年冬天她在阅览室自习，邵仕达扔给她一张字条，约她去学生党支部活动室碰面，她犹豫了两日最终硬着头皮爽约了；差不多一年之后的今天，邵仕达又如法炮制，仍然写信来约她碰面，她考虑了许久还是打算要再爽约一回。她不知道自己这样做对不对，也怕其他人骂她过河拆桥，故而站在课桌边上发呆。

祝宇安凑过来问她是谁来的信，萧天雅懒得搭话，直接将信给了她看。

“居心不良，别理他！”祝宇安看过信说，“我一看见他那双眯缝眼就烦他，整天躲在两块厚厚的玻璃镜片背面，见谁都眨巴眨巴几下，除了干笑就是傻笑，一直笑到你起鸡皮疙瘩了，才问你一声最近还好吧，简直酸到家了！”祝宇安最后不怀好意地笑了笑，“我给你出个馊主意——我可说过了，是馊主意哟——你把邵仕达的这封信拿去给闻风雷看，看他有什么反应，之后，你就——嘻嘻——”

“嗯哼，这个主意不错！”萧天雅居然没骂她。

两人正在嘀咕，闻风雷一头闯了进来。他把手上的东西往课桌里一塞，掉头就要走。“哎，班长，你等一等！”喊话的是祝宇安。她见萧天雅傻傻地站在原地不动，一点反应都没有，就直接叫住了闻风雷。

“找我有事？”问了一声，人就过来了。

“嘿嘿，她找你有事，我没有！”祝宇安机灵地闪到了一旁。

闻风雷没去接那封信，他溜过萧天雅纤细的手指去看纸上的内容，只扫了一眼，就明白了其中的意思。他装出一副满不在乎的样子说：“被人崇拜是好事啊！邵班长无非是想要了解一下你在发言中讲到的某个细节问题，要么就是想向你讨教一下工作方法，当面沟通容易说得清楚一些，也体现了人家对你的重视。”闻风雷尽可能地说得云淡风轻，“你也别被他的盼能见面和不吝指教几个字吓到了，何时见面、怎么见面，主动权在你手上，你不见得非要按照他的思路走，路上遇到了，开会碰上了，打个招呼，随便聊几句，不拘形式，繁简由人，不也就见了、谈了吗？不要把事情想得太复杂，也不要让人感到你在刻意回避他，我们这两个班挨得这么近，低头不见抬头见，老死不相往来也做不到哇！”

闻风雷三言两语说完，便丢下萧、祝两人跑了。萧天雅拿着那页被他看过的信纸不知如何是好，等他走出教室不见了踪影，才冲着教室门口恨恨地骂了一声“呆子！”

“他呆吗？他一点都不呆！你把邵仕达的信给他看，等于是向他表明了你的心迹，向他抛出了你的绣球，他心里这会儿正偷着乐呢！”

“那他怎么一点都不介意邵仕达呢？”

“他为什么要介意邵仕达？邵仕达是他的情敌吗？或许人家根本就没把邵仕达放在眼里呢！”

“不会是他真有对象了，就把所有的女生都视为路边的野花野草，从眼皮底下统统给薅除掉了吧？”

“哈哈，想不到哇，你也有心里不踏实的时候啊！”

萧天雅果真就感受到自己的心脏战栗了一下，原来那间住了闻风雷的心房现在已踪影杳然，留下一片空白。她不知道闻风雷还会不会再来，但她急着要把他往回拽，有他在自己的心里驻扎，她会感到快乐和安静。她看见闻风雷离开教室后朝运动场方向跑了，思绪便也跟着他一起奔跑，在他身后洇开了一层薄薄的雾花。

闻风雷从教室里抽身出来，心里也是一阵惊慌，就仿佛自己偷窃了人家的东西，虽然未被发现，还是要赶快逃离现场。是的，他是偷窃了人家的东西，他窥见了邵仕达的秘密，也知道了萧天雅的心思，尽管这一切都是偶然得来，可人家并未言喻而被他看到了，所以也算是偷窃了。萧天雅的这一举动，令他觉得极不寻常，用意也格外明显。一个女生将一位追慕者写给自己的信展示给另一位异性看，甚至还想听取他的意见，由他决定她与那位男生的下一步交往，这说明什么？这说明她已经把他当作了真正的朋友、知音或是特殊的同学了，至于特殊到了什么程度、与男女朋友的距离还有多远，尚难给出准确的判断，但两人的关系已然与众不同了。闻风雷一时适应不了这种关系的改变，对他而言，变化来得太快，幸福猝不及防，两人之间上演了一出姑娘爱上傻瓜的戏码，恰如祝宇安所判断的那样，此刻他心里正偷着乐呢！

是的，他只能是偷着乐。在女生面前，他实质上是很保守的，生性也有些腼腆，这很不像他平时的表现。他一直是把自己对萧天雅的喜爱藏在心里的，藏在心里可以,甚至在心里许个什么愿、说几句想她爱她之类的私密话也无妨,两只眼睛却从不敢看她。她太美了,太美的人是不能直视的,一直视就会心慌,就会产生心理反应,尴尬的不是别人而是自己。萧天雅违背常理,将人家的信送给他看,这就打破了他内心的平静,使他不能再把他的喜爱藏在心里,而要以一种适当的方式表达出来。与异性交往的动因可以是原始的和本能的,与异性交往的过程则是需要学习和磨砺的,他没做好这方面的准备,所以就赶紧开溜了。

这一年的金秋十月,学校组织三年级的学生开展社会实践活动,七八级金融班的学生纪小冉、路剑夫两人在完成预定的实践项目之后,向带队老师请了三天假,特意绕到萧天雅入学前的工作单位,对萧天雅的先进事迹进行回溯性调查,作为本次社会实践的补充课题。纪小冉那天从座谈会的现场回来以后,脑袋里也装了一个大问号,就怀疑院团委召开这样一个座谈会,让萧天雅介绍什么经验做法,是人为地宣传造势,根本没有什么实际价值。后来,看了萧天雅的发言材料,又从侧面打听了一下同学们对她的评价,才意识到这个人并不简单,概括起来就是:心中无我,处处利人。纪小冉忽然就对萧天雅的行为动机产生了兴趣,很想剖析其中的深层次原因并给出合理解释。他去请教带队老师这样做是否可行,老师说没问题呀,你调查的课题是"企业管理中的个体行为研究",属于行为科学的范畴;假如能够进一步展开对某些个体行为的深入探讨,不仅能夯实你的调查结论,还能从理论与实际的结合上提出行为管理方面的意见和建议,不是很有意义吗?听老师这么一说,纪小冉信心大增。出发前,他去找邵仕达帮忙开介绍信,邵仕达问明事由后连声叫好,并说用不着找学校,由学生党支部出一张介绍信就行了。又问纪小冉知不知道她原来在哪个单位工作,纪小冉说这还用问吗,谁不知道她入学前是一位大名鼎鼎的讲解员?

萧天雅上大学之前的工作单位,在我国北方某座历史名城的一个小巷子里——我们国家一位受人敬仰的开国领导人的故居就坐落于此城此巷中。

纪小冉和路剑夫两人按照预约的时间来故居管理处接洽采访事宜,里面正在上课。课堂设置在庭院内一棵老榆树下面,几个模样俊俏的女孩子围坐在一圈小凳子上,手里各捧了一本书,呜里哇啦地进行语音训练。指导老师是一位颇具气质的中年女性，剪了一头中性短发，女孩子们在读书的时候，她就不时地用一截小棍子捣捣某人的书本，纠正她们的发音或是提醒她们保持注意力。两人在院子里驻足了片刻，便来到故居管理处的接待室，原以为里面会有人在，结果却空无一人。

接待室不大，布置成了展厅的样式，迎面的墙壁上张挂了一幅这位领导人的大尺寸画像以及多位党和国家领导人的参观留影题词，其他几面墙则张贴了故居分布图、参观路线图、参观须知、故居管理处工作人员一览表等。

在讲解员一栏，排在第一位的就是萧天雅。与其他讲解员不同的是，萧天雅的姓名后面比别人多了一个括弧，括弧内标注了“调学”二字。

正在浏览之际，进来了一位胖墩墩的干部模样的中年男子。看过两人的介绍信后，这位胖墩墩的故居管理处的刘主任马上放松了革命警惕。他说，既然你们是代表学校来对党员发展对象进行政治审查的，那我就跟你们讲几句大实话——

我们故居的讲解员呐，每个人的政历情况都是呱呱叫的，家庭出身，政治面貌，现实表现，一点瑕疵都不能有。就拿萧天雅来说吧，当初挑选她们这批讲解员，市里是作为一项严肃的政治任务下给我们故居管理处的。挑选的过程，要先由每个人所在的单位或学校负责政治审查，父母中没有中共党员的，一般不得推荐；名字报上来之后，第一关就是进行文化考试，成绩优秀的再进行面试。单讲这个面试，它是市里组织的，不仅程序繁多，而且要求严苛，形象气质不好的不要，普通话说得不标准的不要，音色音质不柔美的不要，站没站相坐没坐相的不要，一轮下来，淘汰者差不多就去了九成左右。事情到了这一步还没完，还要再筛选，择优挑出一批人送出去学习普通话和英语口语，只有考试合格的才能录用。当初报名的有六百多人，最后只录用了五人，那真是百里挑一呀！后来有人说我们这是在挑选“市花”，我看比挑选“市花”难多了。当“市花”更多的是凭长相、气质、再加上一点才艺，我们的解说员不仅要漂亮，还要素质全面，关键要本人政治表现好，家庭背景还不能有一丝污点，你说难不难？

“萧天雅原来是不是经常做好事呀？”纪小冉打断了胖主任。

“做好事？好事也做呀，隔壁巷子里有一位军烈属，身边没人照顾，萧天雅她们几个讲解员就经常去她家，帮她洗衣做饭送医送药什么的。萧天雅走后不久，老人听说她上学去了，难过了几个月，到现在还常常念叨她。”胖主任简明扼要地说了几句，并未太在意这个话题，“不过，对于我们的讲解员来说，只知道做好事，那个层次太低了，进了我们的故居，每个人代表的就是党和国家领导人的形象，一言一行都要按照领导人的教导去做，自觉革命，自我完善，努力把自己培养成为一名合格的革命事业的接班人。”

“萧天雅现在是我们学校的学雷锋标兵，能不能请你多介绍一点她助人为乐的事迹?”路剑夫不忘此行的目的。

“呵呵，我恐怕要让你失望了。我们故居对外开放的时间不长，她在这里只工作了大半年，好人好事方面还真说不周全。要不，你们到人民银行去问问，她在那里工作了好几年。”胖主任实事求是地建议道。

两人辞别了故居管理处的胖主任，就沿着一条被树荫覆盖的干净小道回招待所去。此时已临近中午，途经一处饮食店，两人要了两大碗青菜肉丝面和四个肉包子，很实在地填饱了肚子。路剑夫付过账，纪小冉问他花了多少钱，路剑夫说不贵，面条一毛三分钱一碗，肉包子一毛钱一个，一共是六毛六分钱。纪小冉说怎么不贵，一人三毛三，比在学校吃贵多了!

路剑夫剔着牙缝里的碎屑道:“嘿，这位刘主任真逗，我们只跟他说了一下想要了解萧天雅的工作情况，他就把我们当成了是来对党员发展对象进行政审的。”

“你给他看的是学生党支部的介绍信嘛!”

“哎，你觉得上午的收获大不大?”

“蛮好的! 一方面，刘主任介绍的情况本身就很有价值;另一方面，参观故居以后，也让我从源头上找到了萧天雅的行为依据。”

次日上午，两人又如约来到人民银行中山路支行的一家分理处，进入了萧天雅过去的工作场景。分理处的女主任得知是萧天雅的学校来人了，立刻把两人请进自己的办公室，又是让座，又是看茶，让两人有了一种宾至如归的温暖。

谈起萧天雅，女主任滔滔不绝，讲她如何勤快，每天提早来上班，把院子打扫得干干净净;讲她如何刻苦，一天到晚练习点钞和翻打传票，在全市业务比赛中获得技术能手称号；讲她如何友善，真诚地对待每一位客户，默默无闻地为大家做好事。女主任边说，两人就边往本子上记；两人记得越认真，女主任说得就越带劲。隔了一会儿，女主任又从抽屉里翻出几张萧天雅的照片给两人看，有她捧着奖杯证书的，有她被评为先进工作者在大会上发言的，有各级领导接见她的，还有客户到银行来给她送锦旗的……

两人在分理处主任的办公室里一待就是几小时，直到要吃午饭了，才被一位名叫卞月勤的姑娘领着去了食堂。这位卞姑娘长得眉清目秀，端庄大气，说话不紧不慢，留给人的是一种举止得体、踏实稳重的印象。卞月勤带两人吃过午饭，就去萧天雅坐过的柜台观摩业务流程，并介绍他俩认识萧天雅的其他同事，短短的一个下午就和分理处的员工打得火热。

晚饭仍然是分理处请客。分理处主任告知两位同学，银行下班前要轧账，她要晚一会儿才能下班，就让卞月勤带着两人先去饭店等候。饭店地处繁华市口，与银行在同一条街上。临近傍晚，街面经过大半天的沉寂又苏醒过来了，橱窗的灯亮了，摆夜摊的车推上了人行道，招徕顾客的吆喝声也更加喧闹了，街道的各处便道、巷口和拐角同时涌来了大量行色匆忙的人。

令人意想不到的是，请他们吃饭的东道主，除了分理处的那位女主任，还有她的上级领导、人民银行中山路支行的一位副行长。分理处主任带了两位同事来，支行副行长也带了一位助手来，都是清一色的美女，随着美女们的到来，沁人心脾的温馨很快就在餐厅里弥漫开来。

开席前，副行长带着一干下属与两位同学进行了亲切交谈，问他们何方人氏、所学专业、今后志向，夸奖他们是天之骄子、人中翘楚，最后又欢迎他们毕业时来银行工作。两位年轻的后生，何曾见过如此场面，眼馋着满桌的美味佳肴和貌美如花的女孩，根本摸不清水深水浅，端着酒杯开怀畅饮，几个回合下来，早被灌得晕头转向，连东南西北都分不清了。

这一趟回溯性调查，让两人看出一个不争的事实，那就是萧天雅在老单位所拥有的良好口碑、模范形象和广泛的知名度。两人坐在火车上，你一言我一语地闲聊着，聊昨晚的饕餮大餐，女主任的热情，卞月勤的美貌，萧天雅的魅力，最后是他们的调查报告。两人不约而同地想到了学报，欲将此行的所见所闻和所思所想系统而理性地在学报上反映出来，让全校的师生和他们一道感同身受，引以为豪。他们给自己的文章拟了一个颇具学术气息的标题：刍议萧天雅的行为范式及其推广价值；核心论点是：先进的旗帜永远伴随志向高远的人。

定下文章的观点和内容之后，路剑夫感慨地说："看不出来呀，我们学校的这朵校花，原来还是一朵根基深厚和大有来历的著名市花呢！"

"可不是嘛！"纪小冉深以为然，"我看女人哪，最有魅力的还是少女。少女，特别是清纯美丽的少女，就好比一朵含苞待放的花骨朵儿，谁也无法确定她的花期和花容，处处充满了谜一样的悬念，因而值得众人期待。"

三个星期之后，纪小冉和路剑夫合写的《刍议萧天雅的行为范式及其推广价值》一文在本院的学报上发表。由于该文的素材全部来自本院学生的社会实践调查，是学生自主表达学习意愿的生动反映，文中所披露或揭示的有关萧天雅行为的论点论据，在学院各个层面引起巨大反响。七八级金融班利用团日活动，专门安排了一次社会实践调查情况报告会，请纪小冉和路剑夫两位同学专题介绍萧天雅的有关事迹，随后提出向萧天雅学习的口号，就此拉开了全系向萧天雅和七九级金融班团支部学习的活动序幕。

12

今年这个寒假，萧天雅终于决定要回家过年了。期末考试之前，妈妈来信说爸爸身体不大好，想让她回家看看爸爸。她一边复习迎考，一边琢磨如何满足母亲的要求。寒假回家，对于她来说问题其实并不太大，无非是春运期间路上辛苦一点；一时下不了决心的，倒是班里那几位留在学校过年的小姐妹们，她怕她们照顾不好自己，怕她们外出不安全，怕她们相互之间闹意见，还怕她们东游西逛一点书也不看……后来她想到了自己的一件大事——这件事也很急，必须要尽快告诉母亲，以免被她今后说自己"先斩后奏"，又是伤心又是掉泪的——就打定了要回家的主意。上火车的头一天晚上，她召集寝室里的女生们开了一个会，给她们立了几条规矩，还指定了寒假期间的"寝室负责人"，这才依依不舍地离开了大家。

萧天雅的家在市区的老商业街上，是一座四合院子，听其父说是祖父在解放前花了三百块银圆从一个小店主的手上买下来的。院子的鼎盛时期，曾住过十几口人，萧天雅一家五口、叔父一家也是五口，还有爷爷奶奶、太爷爷太奶奶，都住在这个院子里，六个孩子玩在一起，一天到晚东躲西藏、嬉笑打闹，院子里从来就没有过片刻的安静。文化大革命开始后，红卫兵占领了这座院子，他们把自己的“司令部”设置在北面的正房，把参加“武斗”负伤的人员安置在东西两边的厢房，硬是逼着萧家祖孙四代搬进了南面的倒座房。红卫兵们以“破四旧”为名，翻箱倒柜，打砸抢烧，不仅毁坏了房屋设施，也掠走了古玩典藏。父亲因为气恨不过，与红卫兵们据理力争，最后发生扭打，被他们的头儿一棍子戳伤了肺叶。从此以后，这个院子就再也没了昔日的兴旺景象，几位老人一病不起，叔父全家下放，父亲也伤痛频发，四合院成了一口伤心的枯井，把所有与过去有关的欢声笑语统统湮没在这口枯井里。等到落实政策，移走住户，收回房产，院子早已破败不堪，满目疮痍。

萧天雅回到家里的第一件事就是清扫院子。暑假期间，她曾经和自己的哥哥一道打扫过这个院子；这次回来，院子又脏了，到处都是灰尘，到处都是落叶，墙角和廊檐上到处都结满了蜘蛛网。萧天雅找来一根长长的竹竿，将一件旧衣服绑在竹竿的顶端，再戴上一顶草帽，就挥动竹竿一处一处地清扫墙壁上的浮灰或高处的蜘蛛。

萧天雅全身心地投入年前的大扫除，她的计划是先用三五天时间把家里拾掇干净，再利用年前的一点空隙到过去的老同事、老同学家里走动走动，哪知道事情才开了个头，就被一帮不速之客给拖住了后腿。

第一个来访者是她的高中校友，与她不在一个班上，却是他哥哥的同班同学兼部队战友。此君不仅长得仪表堂堂，而且精通乐器，萧天雅当年在学校文艺宣传队演出时，几乎场场都是由他伴奏的，因此两人之间又比其他校友多了一层与众不同的搭档关系。这位校友来萧天雅家，是穿着一身簇新的军装进门的，红五星缀在栽绒帽上，两块长条形的红领章贴在衣领角上，四个兜，提干了。萧天雅把军官校友请进客厅（东面两间小厢房打通以后改成了客厅），脱下草帽、解下围裙，再泡上一杯热茶。这时的客厅，早已被萧天雅弄得不成样子，地上落满了从四壁扫下来的粉尘，桌子椅子也覆盖了一层厚厚的泥灰，一阵风进来，地上的和桌椅上的垃圾碎屑被吹得到处乱窜。萧天雅扔一块抹布给军官校友，说："把椅子擦擦，坐！"两人遂隔着一张八仙桌坐了下来。

军官校友的屁股一落板凳，就带着钦羡的神情说："祝贺你呀，听说你又当先进了！"

"咦，你变了嘛！你过去最反感的就是这个先进那个先进的，怎么现在倒对这类的事情感兴趣了？"

"我并不是对先进感兴趣，而是为你高兴嘛！"

"若要论高兴，应该是我为你高兴才对！你看你都提干了，这身军装穿在你身上真是挺神气的，走在大街上不知要吸引多少女孩子的眼球呢！"

军官校友机敏地接过她的话道："你只说对了一半，假如我和你一起走在大街上，笃定能吸引一大片的眼球！——不信，我们一起走走看？"

"这个嘛——"萧天雅顿时卡了壳，认真想了一下说，"我要给你改个名字或者给你的名字再取个字。"

"改名字？为什么？"军官校友不解。

"我爷爷是个老古董，他用仁、义、礼、智、信几个字给我哥哥弟弟取名字，前面四个字都用过了——我自己的两个兄弟，加上我叔叔家的一个堂兄、一个堂弟——分别叫广仁、广义、广礼、广智，就差一个信字没用。我给你改的这个名字就叫作'广信'，凑齐这五个字——让你来做我的异姓哥哥，你愿不愿意？"萧天雅俏皮地看着对方。

"你这个死丫头，真厉害！行啊，你的意思我明白了。以后有什么事的话，别忘了告诉你哥一声！"军官校友苦笑道。

军官校友前脚刚走，四合院里就飞进了几只喜鹊——萧天雅在人民银行工作时的搭班师姐、现任分理处主任的邓美萍带着卞月勤等一帮姐妹来登门造访了。

一行人刚进院门，就听见东厢房传出一阵古筝的声音，旋律古朴，曲调悠闲，如云飘过，似水流淌，把众人一下子带进了空幽邈远的境界。卞月勤听了一会儿，又哼了几声，说："是《出水莲》，萧天雅弹的！"一看人果然端坐在古筝旁。

老同事见面，你胖我瘦地寒暄了一会儿。萧天雅拉着邓美萍的手，满心欢喜地说:“谢谢你呀,师姐,我们学校来人,劳你费心了!”

“你也别谢我了,倒是月勤要谢你呐!”邓美萍的眼睛瞟着卞月勤说。

萧天雅没听出头绪来,忙问:“她怎么啦,要谢我?”

“你当了先进,我们都跟着你沾光了,不谢你谢谁呀?”卞月勤红着脸,急欲岔开这个话题。

卞月勤说话的时候,萧天雅就朝她看,一眼扫到她身上的红色呢外套,鲜艳、亮丽;再往下瞅,裤子是铁灰色的花格呢子喇叭裤,鞋子是棕色的翻毛皮暖鞋,又是满眼的时尚和洋气。在萧天雅的印象里,卞月勤的穿着一直都很随意,衣服颜色从来都是“工农兵”式的流行色,不是蓝的就是绿的,极少有与众不同的穿戴。卞月勤的装束引起了萧天雅的好奇,不由得又朝她头上望去:羊角辫不扎了,取而代之的是一头齐肩散发,发尾稍微烫了一下,朝内扣了起来;脸庞比过去丰满了,气色也不似以往的那般灰白,白里透红的,就像熟透了的桃子沾上了草莓汁。一番打量过后,萧天雅不禁暗自欢喜,就发觉卞月勤换了一个人,青涩的小姑娘长成了窈窕淑女。

萧母过来给大家送茶,邓美萍接一杯在手里,问阿姨怎么没去上班?萧天雅接过话头,说:“你又不是不知道,我只要一回来,她上班就打游击,迟去早回,中途还要找各种借口回来看看,对我是一百个不放心呐!”

“你真是身在福中不知福,有这么好的妈妈你还不满足!”邓美萍瞅瞅母女俩,两眼双顾地笑了笑。

萧母听两人议论自己,客气地朝大家点点头,拎一只手提包悄悄出了大门。

“你们学校搞得也太过火了吧,听说都把你搬到舞台上去了!”两人坐在沙发上,邓美萍调笑道。

“你是怎么知道的?”萧天雅有点奇怪。

“我有内线嘛!”邓美萍得意地说,“我不仅看了剧本,还看了剧照呢!”

“我知道了,是那两个同学告诉你的!”

“你只知其一不知其二,你的同学马上就是我们行里的女婿了!”邓美萍先透露了一个小秘密,接着又表达了她的赞许之意,“你的那两个校友还是很长情的,回去以后也没断联系,还把学报上发表的文章,以及他们编写的剧本寄过来给我们看。其中一个叫路剑夫的，更是一位多情的种子，一回到学校就给卞月勤写情书，一来二往还真把卞月勤给迷住了，两人如今可是打得火热呢！”

“我说卞月勤越来越漂亮了嘛，原来在谈恋爱！”萧天雅恍然大悟。

“我哪能和你比嘛，找一个凑合着过日子的人就行啦！”卞月勤一副心满意足的样子。

萧天雅这次回来，心态上有了一个重大变化，就是特别关心昔日小姐妹们的婚恋状况，听她们赞扬或埋怨自己的对象，就会作一些类比联想，连走在大马路上，也会对接吻拥抱的男女恋人多看上几眼。她去拜访昔日高中的同学，获知她们一个个都结婚了，有的还成了一大群孩子的妈妈，这令她有了一种因落伍而生出的焦躁感。

这种焦躁感越积越重，慢慢就幻化成一个熟悉的身影，再后来就干脆变成了闻风雷。她在家的这段时日，闻风雷老是与她厮守在一起，她洗衣服，闻风雷就站在水龙头旁，手臂交叉在胸前，提醒她要洗这里要洗那里；她打扫卫生，人又跑到她跟前，一手叉着腰，一手指指点点，逼着她把每一处灰垢清除干净；甚至她去闺蜜家里玩，闻风雷也像跟屁虫一样尾随在她身后，坐在人家家里的沙发上，听大家谈笑风生，还不时地插科打诨，最后又极不礼貌地催促她赶紧回家……她实在是受不了他的干扰，就去找母亲诉苦，告诉她自己在学校看中了一个人，这个人在她心里已经待了很长时间，无论如何都撵不走了。她准备返校以后就去向人家表白，希望母亲能够理解她并为她祝福。

萧母先是笑话她哪有女孩子家主动去追男生的，话未落地自己倒先愣住了，她的夫婿就是自己主动追来的，这件事女儿也知道。沉默了一会儿，母亲叹了一口气，说：“这件事我和你爸早有预料，你在学校四年不谈对象是不现实的。哪个漂亮的女孩子身边没几个人追呢，如果大学四年你都没挑中一个合意的，等毕业以后就嫁不出去喽！我们只是担心一点，你在学校谈了朋友，毕业分配的时候能不能分得回来？分不回来的话，你爸爸身体不好，身边又没个人照顾，万一倒下来了怎么办？”

摸清了家里的态度，萧天雅心里踏实了不少，就觉得闻风雷又回到了她心窝里的那间房间。站在萧天雅的角度看问题，母亲担心父亲，虽说是家里的一件大事，但还没到迫在眉睫的程度；迫在眉睫的事情，是要赶紧向闻风雷表明自己的态度，免得夜长梦多，错失良机。对于闻风雷，她猜他也是喜欢自己的，只要他没谈对象，她就有很大的把握将他拿下，根据就是寒假前他的一个反常举动，那个举动包藏了他的良苦用心，也使她接收到了来自他那头的撩人暖意。

寒假前夕，闻风雷特意去找刘远程，问他寒假回不回家，刘远程说要回的。闻风雷就说萧天雅今年也回去，你们正好结个伴一道走，一道走多好哇，交流交流学习和工作，人也不感到寂寞，遇到情况相互也有个照应。刘远程果然就来找她商量订票的事，而她居然也一口答应了。必须说明的是，她当时之所以爽快地答应刘远程，正是为了要气气闻风雷，气他擅作主张，气他乱拉郎配。她知道闻风雷是在关心自己，怕她一个人回家路上不方便，要为她找个伴。他为什么就不想一想，这样做有多危险，要是刘远程心思复杂一点，误解闻风雷是在撮合他俩，而对她打起了歪主意怎么办呢？那闻风雷岂不是引狼入室，做了蚀本的买卖了吗？一想起这件事，她的心里就隐隐作痛，埋怨他不该如此大意。当然，她对闻风雷有意见，并不是真的生他的气，她的意见是意见反面的那层意思，如同闻风雷鼓动刘远程陪她回家的意思一样。闻风雷是一个很清高的人，平时遇到班里的女同学一句多余的话都没有，有时迎面撞上了也是扭头即走，简直让人无法接近。这么一位大男子主义倾向极为严重的人，现在竟然主动关心起来她的路途安全问题，这说明了什么？说明他重视她，在乎她，也为她好。他就像一只焖烧锅，表面上冷冰冰的，心里头却热乎着呢！

讲到拉郎配，她心里就暗暗感激覃怀良。她动身之前到覃怀良家里去辞行，覃怀良除了叮嘱她路上要注意安全之外，还主动告诉她闻风雷没有女朋友，也没谈过恋爱，口气斩钉截铁，不容置疑。说老实话，当她听到这一消息之后，心里别提有多高兴，在今年的这个春节即将来临的时候，从覃老师那里获悉了一件婚姻大事的真相，无异于覃老师给她送来了一份最珍贵的贺年礼物。这件珍贵的礼物很快就附着了一股神力，化为一股激流，冲开了压在她心坎上的一块巨石；化为一股劲风，驱散了她眼前的一团迷雾。覃怀良仿佛窥破了她的秘密，知道她对闻风雷有好感，总是有意无意地在她和闻风雷之间穿针引线，为她拉郎配。尽管两个男人都在为她拉郎配，覃怀良拉郎配她喜欢，闻风雷拉郎配她则讨厌。

她忽然就觉得自己成了一片“落英”，离开花梗和花托后在空中飘来飘去，不知飘向何方。时至今日，这片“落英”独自飘游二十几年了，却仍未找到理想的归宿，不免令人惆怅。闻风雷前不久作诗云“浩荡愁思为一人，缤纷落英入怀来”，不知道他的“浩荡愁思”是不是因自己而起，自己这片“落英”又会不会落入他的沃壤之中……

春节一过，萧天雅就急着要返校，她告诉母亲打算早点走，好回学校去看书。母亲心酸地说：“你哪里是要看书，你是要看人，心里有了人归心似箭哟！你爸爸就想你在家多待几天，你却天天吵着要回学校，真是翅膀硬了，要远走高飞哩！”母亲的话一针见血，一句就盖过了女儿的万语千言。临近放假前，母亲曾写信告诉她父亲身体不好，要她回家过年，她猜想母亲是在找借口哄她回来，并未予以重视。她心目中的父亲正值盛年，过去常常踢足球，身体十分健硕，怎么会说不好就不好了呢？这次回来才知道，母亲并未哄她，父亲的身体确实出了问题，问题就出在肺部，一到冬天就呼吸不畅，肇因还是拜“文革”期间的那场造反运动所赐。见母亲心里不痛快，萧天雅只好打消念头，暂缓启程。

萧天雅在家期间，先后收到祝宇安、张大勇、帅亦然、陈实、皮阿凡等人的来信，这使她萌发了要给闻风雷写信的念头。她想写信，其实也没什么特别的目的，仅仅是想写信而已。她想告诉他，自己成了“名人”之后，原来的工作单位都跟着“沾光”了，经常会有人去探访或打听她的情况，特别是本校七八级那两个同学来过之后，大家都知道她又当先进了，害得她连老单位也不好意思去了。还有更为离奇的事，就在上个月的下旬，有个高校的学生会干部冒冒失失地到她老单位去实地踏访，欲论证她过去的“事迹”，缘由是这位学生干部读到过她的事迹报道，对她自觉践行“从我做起、从现在做起”的经验体会颇感兴趣，而这两句话据说是他们学校的首创。

萧天雅在给闻风雷写信时，碰到的第一个难题就是抬头的称呼，不知道如何称呼好。她先是称他“闻风雷同学”，刚落笔就划掉了，太公式化了；又叫“班长”，还是不妥，不仅生分，也有点公事公办的味道；再写“风雷”，似乎更糟，像是硬贴上去的亲热，看着都叫人肉麻；最后还想到“小闻”“闻风雷”等叫法，依然不满意，不是与自己的身份不符，就是与两人信中对话的角色不匹配，叫来叫去都很别扭。萧天雅伏在客厅的桌子上，几个小时就在闻风雷的称呼上打转转，始终未找到合适的表达。闻风雷就像是一个会勾魂的精灵，连称呼也是叫不准的。正当她万分沮丧，发誓永远不再给他写信之时，意外接到了陈实的来信，信中说闻风雷让他转告她，本月十三日有一个约会，他邀请到了社会科学院经济学泰斗的一位关门弟子来校做客，就哲学、经济学方面的问题讲授学习方法，如她有兴趣且父母身旁能走得开的话，可提前两日到校，一并参与大家的研讨。一看此信，萧天雅简直喜不自禁，满腹的心事全都聚集到那张返校的火车票上去了。

萧天雅是二月十二日到校的，因寒假于本月十五日结束，十六日正式上课，算算时间也仅提前了三日。到站时，祝宇安和黎玉红两人来接她，都说她养胖了不少。萧天雅说不胖不行啊，家里给她定了体重指标，不达标不让她报到，她只好放开肚皮撑，“天雅”都快成了“填鸭”了，说得两人哈哈大笑。

三人在市区倒了一趟车，仍乘181路车返校。早春二月，春寒料峭，路上行人尚未脱去冬装，满街都是灰暗的人影。途中，两人争先恐后地向萧天雅报告寒假中的趣闻乐事。祝宇安欲讲一个乔粤生的笑话，还未开口自己就先笑了：“嘻嘻，真好玩！乔粤生不让我们女生帮他洗被子，硬要自己洗，想当然地将整床被子一股脑泡进水里，结果谁也洗不动那床被子，棉胎晒了半个月都没干透……”

“还有好玩的呢，”黎玉红接着说莫跃进和赵高潮的事，“年三十那天晚上聚餐，莫跃进和赵高潮两人喝酒摽上了，回宿舍的路上，大家见莫跃进有点多，就问他怎么连赵高潮都喝不过。莫跃进说我喝的是酒，他喝的是水，我当然喝不过他咯。话说到这里，赵高潮拎一瓶喝剩下的酒从后面赶了上来，一把揪住莫跃进的衣领，问他在说谁喝假酒，要是有人不服气的话，马上就和他把这半瓶酒给分了，吓得莫跃进连连求饶……”

萧天雅进入寝室，发现室内十分整洁，床铺上的被子叠得整整齐齐，桌子上的课本文具收拾得利利索索，每个人的外套都挂在床头的衣架上，放置行李的拐角处还请来了一位家喻户晓的电影明星，整个寝室被祝宇安她们打理得温馨且浪漫。萧天雅回到了学校，落单的孤雁融入了群体，心里格外踏实。

趁其他人不在，祝宇安问萧天雅知不知道明天下午的活动。萧天雅回她："知道！不就是有个什么经济学家的研究生要来吗，你问的是不是这件事？"

"是的，这件事陈实在张罗，还找了一处接待的地方，明天下午闻风雷陪他从老家过来，先请他讲讲学习上的事，然后还要吃饭——就我们四个人，你们两个头，再就是我和陈实，让我们一起去陪陪他。"

"那就带个耳朵去呗，听听又没坏处！"

"你还不知道吧？我们这位闻班长的交际蛮广的哩！"

"你说的是明天下午的活动？"

"岂止！寒假期间，我们每天到收发室去拿报纸，经常能看到他的信，而且都是女生的笔迹，也不知道都有哪些人在给他写信！"

"走，去问问陈实的活动地点安排在什么地方！"萧天雅拉起祝宇安就窜出了寝室。

陈实宿舍的门是开着的，里面一个人也没有。靠近门口的桌子上放了两个脏碗，碗里有吃剩的稀饭和馒头，上面还叮了几只恶心的苍蝇。萧天雅看看几个人的床铺，谷庆丰的被子是胡乱拢在一处的，床上扔满了刚看过的报纸；陈实的被子叠得整整齐齐，枕边堆了不少从图书馆、阅览室借来的书籍资料；闻风雷的床上则一片萧然，被子和褥子都清空了，只在床铺的一角堆了不少寒假期间的来信。

"是这些信吧？"萧天雅随手从光溜溜的铺板上抓起几只信封问道。

祝宇安被萧天雅的大胆举动吓了一跳，她走近门口听了一下外面的动静，确定无人走动，才折回来一起看信。

抓在萧天雅手里的信封五花八门，有黄皮信封、白皮信封、套印了邮票和美术图案的纪念信封；有的是中式开口，有的是西式开口；又分平信、航空信、挂号信，种类齐全。从上面的笔迹看，有几封确实像女生的笔体，字形较小，字的结构相对紧凑，笔触软软的，没什么力气；也有笔画工整、字迹秀丽的，但都留下了纤细柔弱的特征。萧天雅很想知道这些信都是谁写来的，她把一沓子信封挨个儿翻了翻，只看到一只信封上写了学号，算是确有其人；其余的，要么一字不留，要么仅写了“内详”或是一个姓氏，根本无法辨识。萧天雅把信放回原处，沉着脸说：“我们等会儿去问问他，这么多信他怎么看得过来，要是看不过来的话，我们来帮他看！”拉着祝宇安又转到小卖部去了。

闻风雷请来的那位研究生，直到临近傍晚才和大家见上面。闻风雷介绍说，他的这位老乡姓曹，今年三十五岁，去年考入社会科学院，读研究生之前，是市委党校的老师，大家不妨称他曹老师，亦可叫他曹大哥。闻风雷征求他老乡的意见，说原来想安排他到湖滨公园去玩一玩的，那里空气清新，碧水连天，不仅能玩，还能品尝湖中的鱼鲜；现在火车晚点了三个多小时，再去公园玩的话，赶下趟火车就来不及了。闻风雷的老乡对逛公园之类的事似乎并不感兴趣，见时候不早了，便说：“玩就算了吧，你们不是想要和我交流交流学习上的事吗，找个地方坐坐，大家说说话就行！”闻风雷就把大家领进火车站附近的一处干净餐馆，找了一间能望见街景的小包厢坐了下来。

闻风雷的老乡生得方头阔脸，五短身材，穿一件黑色的皮夹克，挎一个简易的麻绳网兜，宛似江湖侠士打扮，若不是鼻梁上架了一副方框大眼镜，很难将其与“学问”二字联系在一起。

曹老乡问过各位的姓名，说他其实是很乐意和大家交换学习心得的，只是术业未成，功底尚浅，唯恐不能满足大家的期望，因而底气不足。目光探向萧天雅时，他注视了萧天雅片刻，而后朝闻风雷笑笑，笑中隐藏了暧昧。

陈实首先请教了曹老乡一个问题。他说：“曹老师，我们目前学的政治经济学都是在讲道理，先提出一个概念，再讲它的目的、意义、地位和作用，跟报纸上的文章差不多。我读了萨缪尔森和曼昆的经济学著作，这两位经济学家大量运用数学模型来研究经济现象，并在此基础上建立经济学理论体系，科学的意味十分浓厚。我们的政治经济学读本，为什么不能借鉴萨缪尔森和曼昆的研究方法，来完善自己的理论体系和方法体系呢？”

“你这个问题可是个顶级问题呢！”陈实的困惑，触及经济学界的一个热点，也引起了曹老乡的共鸣，“我们当下接触的政治经济学，实际上是一门含有少量经济元素的政治学，就是从政治的需要出发，用政治的立场、观点和方法，去阐释和分析经济现象和经济问题的应用型学科，国外学者说这是一门不缜密的科学，我本人高度认同这一观点。之所以会出现这种令人遗憾的现象，这还要从我们的国情上去分析，因为现阶段的国情不允许我们脱离政治……”

“那么政治经济学还有没有规律可循呢？”祝宇安问。

“经济学有，但政治经济学没有；经济学必须讲原理或者规律，但政治经济学只能讲国情。当你的人民缺吃少穿的时候，你是讲国情呢，还是讲规律呢？”曹老乡国情在胸，理直气壮。

“我请教曹老师一个问题，”萧天雅注意到闻风雷的这位同乡老在朝她看，出于礼貌，也提了一个应景的话题，“现在理论界正在辩论生产力对生产关系的作用问题，请问曹老师是怎么理解它们之间的辩证关系的？”

“我认为这是一种无谓的争论。为什么这样说？一般而言，生产力和生产关系从来就是一个有机的整体，既不存在脱离生产关系的生产力，也不存在脱离生产力的生产关系。之所以会产生这样的争论，主要还是哲学的不当介入，才有了经济基础与上层建筑、生产力与生产关系这样似是而非的矛盾问题，哲学在其中就充当了由辩证法通向诡辩论的桥梁。”曹老乡发过一通议论之后，又故弄玄虚，“关于这类的问题，你们两位都不需要钻得太深，我看你们都不像是做学问的人，最后不是当官，就是搞管理，学问做深了反而会影响处理问题的视野和灵活性！”

一阵撕心裂肺的火车鸣叫，粗暴地打断了众人的谈兴。闻风雷一看手表，已到了晚饭时间，遂告服务员抓紧上菜。

菜很快上齐了。曹老乡看到桌上摆了几瓶酒，心里犯怵，怕被这几位小弟妹灌多了没法上车，便反客为主地提议道：“今天喝酒要立个规矩，规矩就是女同学也要一起喝。”

“行！”闻风雷爽气地应承道，“你今天是客人，你怎么定规矩，我们就怎么依你的规矩来！”

大家先敬曹老乡，曹老乡也回敬大家；第一轮敬完之后，闻风雷又要启动第二轮，曹老乡就不喝了。曹老乡双手捂着杯口说：“再这样喝下去，我非醉不可。

刚才个人的酒都喝完了，按照男女同工同酬的分配原则，下面只能喝集体的酒了，要喝大家一起喝！”

“这怎么可以？个人和集体还是有区别的嘛，你一个人硬要绑着我们大家一起喝，岂不是把个人等同于集体、凌驾于集体之上了吗？”祝宇安第一个反对。

祝宇安在叫板，闻风雷就看着她笑。祝宇安的酒量比萧天雅大，她带头跳出来否定曹老乡的提议，就是想把曹老乡的注意力吸引到自己身上，既为萧天雅解围，也为接下来的单独较量预留伏笔。闻风雷怕祝宇安乱拼酒，便赶忙出来打圆场：“你老哥一定要坚持大家一起喝的话也没问题，两位女同学的酒由我来代！”

“你代酒我也不喝，在这个酒桌上，我只喝萧同学敬的酒，她是书记，而书记是领导一切的，只有她才是你们的法定代表人！”

“咦，我是班长，行政领导，怎么就不是法定代表人啦？”

“班长怎么啦？班长也要在书记领导下工作，不能踢开党委闹革命！你一个人代表大家来敬酒，上没有书记授权，下没有群众认可，不具备合法性！”

“诡辩！你把诡辩术都用到喝酒上来了！”

“哈哈，你还真说对了，我就是在诡辩。诡辩有什么不好？诡辩产生了哲学，也导致了许许多多理论和学术上的争论，运用到喝酒上，还能抵挡别人的进攻，何乐而不为？”

两人斗嘴，话题都与自己有关，萧天雅就一直在笑。那天她身上穿了一件花青色呢大衣，长发随便绾了个结散在肩上，因为喝了一点酒，满脸的白里透红，显得格外妩媚。或许是看出自己成了别人要挟的对象或是叫价的筹码，她一改低调的做法，斟了一杯满酒就来敬曹老乡。曹老乡一看自己的激将法起了作用，连忙端起杯子来迎战，一来二往，竟也喝了好几杯。萧天雅见曹老乡的脸已成了猪肝色，便再一次把酒斟满，说曹老师今晚你还差我们集体一个酒呐！曹老乡忙不迭地用手一挡：“哎呀，你怎么这么能喝！吃不消，吃不消！”吓得直往后躲。

谈笑间，上了一道稀罕的辣椒炒墨鱼干。陈实尝了一口，皱起眉头悄悄地问祝宇安：“哎，你说，这个木鱼是长在树上的吗？”——陈实没听清楚服务员报的菜名，又没见过墨鱼，故将“墨鱼”听成了“木鱼”。

“你说的是和尚敲的木鱼吧？用木头做的，当然和树有关喽！”祝宇安有点心不在焉，她其实也没听清楚陈实问的是什么，因此答非所问。

“这道菜呀，它不叫木鱼，叫墨鱼，墨鱼晒干之后吃起来有一股特别的香味。”闻风雷听见两人在嘀咕，又想起曹老乡刚才的诡辩，灵机一动就想和大家开个玩笑，“墨鱼既不长在树上，也不长在水里，而是——”

“哦，知道了，像穿山甲一样钻在地里！”陈实的脑筋急忙转了回来。

桌上的几个人，除陈实之外，大都明白墨鱼是怎么回事，忽听闻风雷说它不是长在水里，于是好奇心顿起，都想听听接下来他将如何蒙哄大家。闻风雷抓紧吃了几口饺子，等大家的目光都转向他的时候，才不慌不忙地说：“它是海里的动物，在海里的叫法是——乌贼！”

“哦，这就是乌贼呀！”陈实终于知道了刚吃进嘴里的美味是什么，正打算再夹一筷子尝尝，发现自己上了闻风雷的当，“嘿嘿，不在水里，而在海里，你这不就是诡辩嘛！”

“你应该这么说，”曹老乡忍住笑意，“墨鱼是和我们人类生活在同一个宇宙空间里的智慧生物！”说完，看看萧天雅，又用力在闻风雷的肩胛上猛拍几下，“真没看出来，你的诡辩术比起我来是有过之而无不及呀！”

吃过晚饭，闻风雷送曹老乡去车站候车。春运期间的候车大厅人满为患，座位上和过道上很难找到一处空隙，所有的旮旮旯旯几乎都塞满了人和行李。两人找不到位子坐，就站在茶水炉旁说话，说几句话，让一下道；被人撞了一下之后，再重新挪个地方。

“我今天可是来替你考察对象的哟！”

“鬼扯，我什么时候请你来干这事啦？”

“那个萧天雅是你的对象吧？”

“你从什么地方看出来的？”

“她看你的眼神不一般，她的眼里有你，而且只有你。我是过来人，你瞒不了我！”

“她还真不是我的对象，至少目前还不是！”

“那你还等什么，赶快去追呀，追到手以后我保证你不会吃亏！”

这一天，萧天雅从系里开会回来，看见陈实正戴着一顶西瓜帽在球场上和球友们踢球，几个人手忙脚乱地你抢我夺，积满了雨水的草地上不时溅起兴奋的泥浆，争先恐后地喷抹在每个人的衣服或是面孔上。萧天雅在路边观战了几分钟，等场上的竞争稍微平缓下来，便招招手把陈实喊出了球场。

“昨天晚上你好像很迟才回宿舍，有什么机密大事要忙到那个时候？”萧天雅一改往日温和的态度，口气严肃地问。

“没，没，没什么！”陈实只顾傻笑，抓着一顶帽子不停地擦汗，死活都不说真话。

“好哇，有事瞒着我，问你也不说，以后不理你了！”萧天雅火了。

“哎呀，你别生气，”陈实看出萧天雅很不高兴，顿时左右为难，“不是我要隐瞒你什么，而是班长叮嘱过我，这件事不要告诉别人，怕传出去影响不好！”

“你看看，既然有影响不好的事，你还不告诉我，你这是把我当外人呢！”萧天雅一听就上劲了，陈实的小辫子已经抓在她手里了。

“嘿嘿，都怪我笨嘴笨舌不会说话！”陈实自知说漏了嘴，在她面前露了马脚，只好一五一十地招了，“其实也没什么，只是你别告诉别人。”这句话没区分对象，他自己也感觉有点多余，“那天从火车站回来，班长就看见了堆在床铺上的许多信。他先拆了一封，一看，是学校的一位女同学写给他的，马上就装回了信封。第二天，他买了一沓信封来，说是要想办法将几个女生的来信给人家寄回去，晚上就叫我和他一起去教室了。”

“叫你去，是让你给人家回信的？”

“不是的，不是你想象的那样！我们很小心地把封口揭开，只看个落款，就又粘上了。回信也没写一个字，在人家的信封上再套一只信封，原件退回去。”

“都退回了谁的信？”

“呃——只记得有一个叫柳紫薇的，其他的都忘了！”

“真是岂有此理，信又不是写给你的，为什么要拉着你去给人家粘信封呢？”

“这有什么不好理解的？班长就是不想把自己的笔迹留在信封上嘛！”

“噢，原来是这样啊，我还以为多大的事呢！好吧，你去踢球吧，我才懒得管你们这些破事呐！”萧天雅揭开了陈实的“秘密”的封签，看过之后，再将它依旧封好，然后带着满意走了。

13

进入大二年级的下学期，闻风雷所在的这个班级全面展开了专业课的学习。覃怀良因为又多开了两个班的课，任课老师的分量加重了几分，班主任的分量则减少了几分，除了周三下午的团日活动和周六下午的周末班会来班上露个脸之外，其余时间则很少觅到他的踪影，角色的天平慢慢朝讲师的方向倾斜，亦令该班的班级事务开始向“半自治化”转变。此一时段，萧天雅的外出活动也一天比一天多了起来，不少大专院校都请她去介绍经验，校内校外知道她的人呈几何级数增长，全校都在开展向萧天雅和该班团支部学习的活动，班上的同学在感到骄傲的同时也感到了压力，与外班同学打交道的时候，都被当成了先进集体的一分子，这使他们不得不保持一种表面的矜持，每个人都穿了一双隐形的回力鞋，走起路来都有了一种奇异的被拔高的感觉。

在送走曹老乡的一个多星期里，闻风雷一直在思考一个问题，就是如何把曹老乡那天的谈话内容整理出来，利用周末班会的时间与同学们作个交流，分享曹老乡的真知灼见。寒假期间，他与曹老乡接触过多次，也请教了他不少学习上的问题；此次来校，曹老乡又拓宽了交流的话题，不仅与陈实他们探讨了学术上的观点，还介绍了自己的学习心得，其中讲得最多的就是要处理好专业与兴趣的关系，根据自己的一贯爱好和优于他人的学习特长确定学习的主攻方向，把高涨的求知热情贯穿到底。曹老乡最后大胆预言，我们这一代人，是大有作为的一代人，当我们步入中年，老一辈的人差不多都退出历史舞台了，长征的，抗日的，解放的，甚至土改的，陆续被大自然的规律所轮替，主角只剩下我们。与老一辈不同的是，我们这一代人谁也没有资本，只能凭本事吃饭，因此要提高学习能力、适应能力以及生存能力和改造能力。闻风雷草拟了一个演讲的提纲，打算就其中的内容征求一下覃怀良的意见，以便使自己的演讲更具针对性。

闻风雷正趴在桌子上动脑筋，覃怀良手里抓着一份报纸东张西望地进了教室。他见教室里只有几个男生在，便没头没脑地问闻风雷她到哪里去了。闻风雷明白她指的是谁，就说这大半天的人影都没见到，不知道躲到什么地方偷闲去了。覃怀良说你这个班长也不负责任，自己的兵不见了也不去找一找。话音刚落，徐维平、皮阿凡等人就一齐围了上来，顺着覃怀良的话打趣他，叫他赶快去找人，一时好不热闹。

众人离去，闻风雷向覃怀良报告曹老乡的事，覃怀良对曹老乡的那位导师素来景仰，获悉他的研究生来校与闻风雷他们作学习交流，近在咫尺却错失了这个极好的机会，连声喊道“可惜，可惜！”说完“可惜”之后，又忍不住把闻风雷数落一通：“你眼里可没我这个老师呐！这么好的事情，你也不告诉我，光知道照顾你的几个同学，把老师撇在一边，害我错失了一次参加学术沙龙的机会！”

闻风雷想不到覃怀良会如此看重这件事，自觉考虑不周，心里也是一阵歉疚，正打算要向覃怀良解释或检讨几句，却被他一番言语免去了自己的无心之过，“你讲的时候，我也来听听。你那位老乡的导师可不是一般的人物，全国高校的政治经济学教材就是他编写的，他招收研究生的条件极为苛刻，想必他的弟子也不是等闲之辈。我也想跟同学们一起沾沾光，领略一下站在巨人肩上传道授业的智者的风采……”

覃怀良临走的时候，忽然跟闻风雷开了一个玩笑，他将手里那份折叠起来的报纸往闻风雷面前一扔，说：“送个大活人给你，让她做你的帮手，好为你准备演讲稿！”

“大活人?”闻风雷瞅瞅桌子上的报纸，有点摸不着头脑。

“打开看看嘛，呆！”覃怀良快要走出教室的时候，又回过头来叮嘱道，“把它交给萧天雅，里面有一张她的照片，是熊秉清老师要我带给她的！”

覃怀良一离开教室，闻风雷的心口就狂跳了几跳。他很想去看报纸里的照片，又怕被人发现，就从报纸的某个边角处慢慢地将它掀起，让照片一点一点地显露出来，等到能看清照片的全貌了，才停止掀动，半掩着报纸去细细地观赏。

照片里的萧天雅正拿着发言稿对着话筒讲话，上身穿的靛蓝色卡其布春装把她的脸色映得灰暗。与其他几位面带微笑坐在主席台上的领导不同，她的眉头是微蹙的，表情是僵硬的，让人看出一副极不情愿的样子。闻风雷端详了好半天才合上报纸，把心思重新拽回到他的演讲中。覃怀良刚才提到曹老乡的导师是一位名师，名师必出高徒，这也引起了闻风雷的另一番思考，他认为有必要在介绍曹老乡的学习经历上再加点笔墨。

一股突如其来的劲风窜进教室，把闻风雷桌上的那张报纸吹得窸窣作响。一位男同学进来，见闻风雷一个人在教室，说了声班长在呀，拿了几本书又匆匆跑开了。闻风雷朝那位同学笑笑，目光也尾随着他的身影朝远处望去，一眨眼，男生的背影切换成了萧天雅。

萧天雅进来的时候，头是低着的，脸上的表情有点捉摸不定。她朝窗口走去，忽然发现教室里就闻风雷一个人，问了一声“怎么还不走”，就放慢脚步，拐到了闻风雷的课桌前。

“哦，我在整理曹老乡的讲话，”闻风雷抬头看她，“想在班上讲一讲！”

“这可是一件大事呀，大家知道了肯定会很高兴的。曹老师的不少思想观点确实比较前卫，让大家分享一下很有好处。”

“我先拟个初稿，到时候再请你帮忙提提意见。”

“别的都没什么，就是曹老师在酒桌上说的玩笑话不要讲，那些话登不上大雅之堂！”

闻风雷暗自佩服萧天雅的细心，正待表扬她几句，从门口又窜进来一股风，哗啦一下把报纸吹落在地，夹在报纸里面的小人儿也掀开纸帘子蹿到了萧天雅的脚跟前。闻风雷哎呀一声，伸手就要去捡，一看照片落在一个尴尬的地方，捡也不是不捡也不是，人就半弯在座位上。萧天雅也瞥见了那张照片，她不仅看到了照片，还看到了闻风雷的怪异的表情。她怀疑那张照片是谁寄给闻风雷的，想着终于有机会破解他的秘密了，便也急急忙忙地去捡，等她捡起来一看，立刻泄了气，照片里是一个又黑又丑的自己。她也不问一声照片的来历，极快地把它扔回给闻风雷，说：“哎呀，难看死啦！——你撕掉吧！”说完，径直朝窗口的座位走去。

“什么情况？”闻风雷的思维刹那间被他身体里涌起的一股热流给熔断了，有那么十几秒的时间就处在停滞的状态。隔了一会儿，他清醒过来了；一旦他清醒了，就觉得心里一阵慌乱。上次她将邵仕达的信展示给自己看，这回又要将本人的照片交给自己来处理，两件事之间的逻辑关系是什么？难道真像覃怀良刚才所说的那样是要送一个大活人给自己吗？……他接连做了几个深呼吸，想要把自己的慌乱给压下去。他看着萧天雅一蹦一跳地穿过几排课桌，在座位上坐了下来，才带着一丝不易觉察的激动说："这张照片我看挺好的，一副意气风发的样子，多精神哪！既然你不喜欢，那就留给我做个纪念吧！"

萧天雅眼里露出了惊喜，但嘴上还在言不由衷地坚持着："还是别留了，太难看啦！"稍停片刻，又说，"哎，听你们小组的人讲，你的那位长得很漂亮，还是一个女军官呢，什么时候你也把她的照片拿出来让我们欣赏一下嘛！"

"又是一个新情况！"闻风雷没想到萧天雅会来这么一手，玩出了这么多花头精，大有步步进逼的意味。但是，这一回他没有惊慌失措，在他俩的第一个回合之后他就调整好了精神状态，做好了应对任何挑战的心理准备。他明白对方在试探他，以索要照片为由，向他发出暗示，同时也逼他亮出底牌。是的，一点也不错，信号已经十分明显了，接招吧！他装出一副煞有介事的样子，故意含糊其词地说："哦，那个呀，其他的人感兴趣，你不会感兴趣的！"

"别舍不得拿出来嘛！我走啦！"萧天雅怪怪地笑了笑。

萧天雅一离开，闻风雷就意识到他俩之间的爱情攻防战已然打响。萧天雅朝他笑，他也回以笑，两人的笑显然含义不同：一个是挑逗，一个是装憨；一个是进攻，一个是躲闪。两人都戴着面具，面具后面的真相谁也不肯率先示人。他知道班上在传他有女朋友，他的女朋友就是那位寄来照片给他的女军官，萧天雅要看她的照片，既是摸他的底，也是试他的心，就想看看他究竟如何反应。他警告自己不能再腼腆了，也不能再把对她的喜爱藏在心里继续躲在众人的传言后面任人猜疑了。他要抓住时机主动反击，果断撕去同学们贴在自己身上的标签，并为萧天雅解开难言的心结。萧天雅是一件稀世珍品，他要防备他人觊觎；萧天雅是一株绝美奇葩，他要防备有人采撷。现在双方的攻防态势基本明朗，他必须迅速出手，夺得先机，在萧天雅设定的时间窗口内做好亮出底牌、俘获芳心的临战准备。

讲到同学们给自己贴上的恋爱标签，或是萧天雅的心结，闻风雷就想骂一声寝室里的那几张坏了自己好事的臭嘴。闻风雷入学才几天，就收到了老部队一位叫甜妞的新闻干事寄来的信，因为信封上贴了一枚新发行的纪念邮票，被喜欢集邮的徐维平盯上，就来向他讨要。徐维平亲自去拆那封信，刚剪开信封的封口，甜妞就迫不及待地从里面跑了出来，也就第一次和他的同学们见上了面。徐维平拿着甜妞的照片看了几眼，突然大呼小叫起来，还用嘴去亲那张照片，立刻就把其他同学都吸引过来了。大家像收到婚姻介绍所发来的相亲通知一样，争相传看着甜妞，评头论足，津津乐道。自此，在闻风雷的寝室里便出现了一对好哥俩："小江"和"大江"。"小江"和"大江"，皆系室友们对自己的两位同学的"昵称"。"小江"指的是闻风雷，室友们认为给闻风雷寄来照片的甜妞姓江，用"小江"代称闻风雷，最能体现闻风雷和甜妞的本质关系；"大江"指的是徐维平，徐维平的老家住在江边上，室友们觉得用"大江"代称徐维平，也形象地表达了徐维平的地域特点。在闻风雷他们入学的第一个学期，"小江"和"大江"基本上成了闻、徐两人的别号。

闻风雷和甜妞两人，像两个萍水相逢于某处景点却龃龉横生的应景游人。两人早先都是一个团里的战士，一个在政治处宣传股当新闻报道员，一个在电影放映组当放映员。闻风雷入伍的第二年春天，参加了师里组织的提干考试，团里就去了他和甜妞两人，他考了第一名，却与提干无缘，受累于政审不合格，他的已故的舅舅是国民党的"三青团员"；甜妞考了最后一名，反倒提起来了，得益于她根正苗红，父亲是部队的一位大干部。甜妞提干的命令是下在宣传股的，这样她就成了闻风雷的顶头上司，闻风雷就成了她的直接部属。甜妞走马上任以后，履行的第一项工作职责就是加强对闻风雷的管理，要求他一切行动听指挥，特别是在大小工作上要积极主动，将打扫卫生、端茶递水、接站送站、买东买西等一应琐碎事务统统纳入闻风雷的工作范围，把闻风雷的时间安排得满满当当。为了树立自己的领导权威，甜妞还要求闻风雷早请示晚汇报，外出要请假，归队要销假，连写报道也要拟出写作提纲送她审查。这样一来，闻风雷就写不出好的稿件了，不仅仅是没有写作的时间，关键是写好的稿件被甜妞乱改一通之后根本就无法采用。甜妞负责了两个月的宣传报道，团里的用稿数字直线下降，宣传股长一看情况不对，赶紧找闻风雷了解情况，这才还原了问题的真相，狠批甜妞一通之后，直接接管了闻风雷的工作。

后来发生的一件事，让闻风雷彻底疏离了甜妞。闻风雷照相照得很好，入伍第一年，就被选送到军区去参加新闻摄影培训班，由解放军画报社的资深记者手把手地教了三个月；次年春天，团里要开办照相馆，又派闻风雷到上海去采购照相器材，顺便跟着上海的师傅学会了室内照相的全套技艺。甜妞有段时间迷上了人像拍摄，一有空就要闻风雷教她照相技术，并且要随叫随到，稍微迟到一会儿就批评他不守纪律。有一次她跑到闻风雷的暗房去冲洗照片，临走时忘记将相纸放回原处，结果一开电灯，整盒的相纸都被曝光了。事后闻风雷问她是否知情，她矢口否认，让闻风雷一下子试出了她的不诚实。

甜妞将自己的照片夹在给闻风雷的信里，请他对照片的构图、用光、曝光、冲洗、裁剪等进行"技术指导"。闻风雷知道她的醉翁之意，回信建议她在修磨相片的"底色"上多下点功夫，就算是打发掉了一段糟心的往事。

闻风雷的全部罗曼史，就是他与甜妞的交往史；而作为他们交往的唯一证物，则是甜妞寄给他的信件以及夹在信件中的照片。在此之前，他没有任何与成熟异性交际的经验和心得，和年轻的女性——部队的女兵、儿时的玩伴、中小学的女同学以及父母单位的大姑娘——在一起，他的情感的神经往往显得特别愚钝和麻木，这很可能是由于他当兵多年，本应潇洒浪漫的心灵被棕色的人造革外腰带捆扎得结结实实，从而束缚了他的对外交往。好在这种封闭而滞后的状况很快就被五光十色的校园生活所打破，在遇到萧天雅之后，一切都发生了改变，他的男性的本能恢复了知觉，如惊蛰后的虫豸蠢蠢欲动。

最初的萌动发生在新生入学的第一天晚上。

新生报到的那个下午，覃怀良来男生宿舍找闻风雷，告诉他晚上开个班干部会议，宣布一下班委会和团支部的人员组成和分工，准备让他当班长。闻风雷一听覃怀良的意思，连忙拱手作揖道："覃老师，千万别再叫我当班长了！我从小学到中学一直当班长，在部队也当班长。到大学里来，主要任务是学习，不想搅进婆婆妈妈的事务堆里，这个班长还是请其他同学干吧！"

"你不当叫谁当呢？"覃怀良打定了主意要叫闻风雷干，"班上的同学我一个都不认识，你是党员，又是退伍军人，只有你当最合适。"接着，退一步，给他作了个承诺,“这副担子你先挑起来,等下学期大家都熟悉了再重新改选,说不定到那个时候,你就可以不用操心班里的事务了。”

晚饭过后,闻风雷按照覃怀良的通知,邀了刘远程、吴学勰、谷庆丰、帅亦然等几个人一起来到教工楼的金融教研室。覃怀良此时正独自坐在吊扇下面吹风扇,见闻风雷他们几个进来,便很客气地起身相迎,一边跟大家握手,一边拿花名册对人,问每个人的旅途及安顿情况,一副关怀备至的样子。

大家等了一会儿,仍不见开会的动静,屋子里就有了一些唧唧喳喳的声响。天花板上的吊扇在呼呼地旋转,窗户外面的蚱蝉也在凑热闹似的鸣叫,南方的九月气温高企,使在座的这帮新人感受到了一种既熟悉又陌生的秋日的盛情。

又等了几分钟,终于等来了一位长辫子女生。这位女生的身影刚在门口站定,就被覃怀良的目光锁住了:“来,萧天雅,找个地方坐下来!”

“萧天雅?”覃怀良话音甫落,闻风雷便看了那女生一眼,第一印象是头发很长,一头的乌发顺肩而下,飘过腰际,给人一种素洁柔美的感觉。萧天雅那天穿了一身白色的府绸短衫和墨绿色的涤棉缀花长裙,时尚的夏装覆在白皙的皮肤之上,不仅显出了身材的条线,也更增添了女性的妩媚。闻风雷琢磨“天雅”这个名字的含义,就想到了“天生丽质、柔美典雅”这几个字,再看看人,果然名副其实。

逐个介绍完每位同学之后,覃怀良道:“在你们报到之前,我查阅了你们每个人的简历,为你们选配了班长和书记。班长请闻风雷担任,他是中共党员,退役军人,入学前在政府机关工作;团支部书记这副担子就交给萧天雅,她的经历也很丰富,入学前在人民银行工作,是业务技术标兵,还曾经当过党和国家领导人故居的讲解员……”

覃怀良介绍萧天雅时,闻风雷又朝她看了一眼。闻风雷看萧天雅,萧天雅也在看他,两人目光第一次交集,彼此都看出了对方的局促、忐忑和惊讶。闻风雷第一次发现,自己对眼前的这位女生产生了一种异样的情愫。

闻风雷从不否认自己对萧天雅怀有好感,这种好感就来自那天晚上的第一次会面,换言之是来自见到她的第一眼印象。彼时,他坐在离萧天雅不远的地方,一边听覃怀良讲话,一边用眼角的余光瞟觑她,不仅打量她的容貌,也在观察她的举止；不仅关注她的表情，也在品鉴她的气质。她沉默的时候，你能看到一种淡定的从容；她说话的时候，你能听到一种知性的聪慧；她微笑的时候，你能读到一种成熟的韵味；甚至她生气的时候，你也能感到一种高贵的冷艳。她灵动的眼睛、娇俏的嘴唇、秀丽的脸庞、流畅的身材，再配以得体的谈吐、端庄的神态、清亮的音色和偶尔流露出来的纯真的风情，无不给人以美的享受和心的震撼。家教的熏陶、学识的积淀和生活的素养，早已使她的漂亮外表升华到了一种超凡脱俗的美的境界，成了一幅画，供人临摹；成了一处景，供人欣赏；成了一首诗，供人吟咏；成了一首曲，供人歌唱……如此近距离的接触，很容易让人心生好感进而一见钟情。

总而言之，闻风雷感情的火山从此苏醒了，一股炽热且躁动的岩浆在心底的深处涌动，时而涟漪起伏，时而波涛翻滚，它在积蓄能量、探寻路径、等候最佳的突破时机。碰巧，刚刚刮进教室的一股强劲东风，为他送来了发起战斗的预先号令。

计划中的一个星期六下午，周末班会如期进行。闻风雷讲评完本周工作、安排好下周的集体活动，便接着介绍寒假期间参与曹老乡组织的学术沙龙情况，重点谈到了政治经济学和哲学的学习方法、大学阶段如何处理好专业与学习兴趣的关系以及当前经济学界的学术争鸣等问题，最后还特意花了几分钟时间介绍曹老乡的家庭情况。他说曹老乡的私人生活其实是很不幸的，在他考研的最关键时刻，爱人执意与他离婚，原因竟然是无法忍受他整天看书不做家务。曹老乡的爱人是一位餐饮店的面点师，人前人后总是讥讽他“四体不勤五谷不分”，经常挂在嘴边对他发泄不满的一句话就是：“你一天到晚就知道看书，谁又不会看书呢？你会做包子馒头吗？”曹老乡经常以过来人的身份劝告身边的年轻人，找对象首先要有共同的志趣爱好，起码要能知书达理。过去讲门当户对是有其道理的，就是夫妻双方的家教背景和认知水平要大致相当，这样才能做到彼此尊重和互敬互爱。如果双方的背景和经历差距过大，缺乏共同语言，婚姻早晚要出问题。大家在借鉴曹老乡的学习方法的时候，最好也能吸取他曾经失败的婚姻教训，因为我们今后都将成家立业，拥有个人的生活和学习……

闻风雷转述的曹老乡的这几句话，被班里的几个女同学过度解读出了另外一番意思。皇甫涓起了个话头，问身旁的谢晓华、黎玉红看没看出来班长最近有什么变化，几个人遂热烈地议论起来。

——显而易见，他最近在考虑个人的婚姻大事！

——而且是急不可耐，连找对象的标准都定好了！

——不会吧，他不是早就有对象了吗？

——你只知其一不知其二，有了还可以再换嘛！你难道没听说过今年寒假有许多女生给他写信的事？

——这说明我们的 Monitor 优秀嘛！

此后又过了几天，学院部署召开第五次学生代表大会有关事宜，通知闻风雷和萧天雅两人去开会。会上，萧天雅冷不丁问了闻风雷一个意想不到的问题。她说："最近我看你总是板着一副面孔，是不是有什么事没处理好，惹得自己不开心？"

闻风雷故意叹了一口气，不慌不忙地说："有人给我出了一个难题，我一时不知怎么办好，正在犯愁呢！"

萧天雅就开心地咯咯笑了，说："大家都在传你有美人照，舍不得拿出来。拿出来看看又不碍事的，说不定还能替你把把关呢！"

"你真的想看吗？我的美人照可多哩，每天都不相同！"闻风雷大言不惭地卖着关子，而且语气轻松，表情轻快，"你确实想要的话，我就挑一张最好的送给你！——明天，不是明天就是后天，你会收到一个你自己寄来的包裹，我估计里面肯定有你想要的东西！"

萧天雅一愣，笑容就僵定在那里，心情也随即沉到了井底。

第二天傍晚，萧天雅独自一人去了一趟学校大门口的收发室。萧天雅报出自己的班级和姓名后，看门的师傅就将一个包裹递到了她手里。包裹是从牛郎星镇邮政所寄来的，寄件人是"天雅"。萧天雅请看门师傅帮忙将包裹布拆开，里面就露出了一个精美的纸质盒子。

盒子是黛蓝色的，上面有几行外文，萧天雅粗粗一看，辨出英文、德文、日文三种文字，只有英文"Made in Germany"她是认得的，德国制造几个字。萧天雅一看盒子尚未启封，只好忍住好奇心，将其带回教室慢慢拆看。

学校广播站的喇叭此刻正在播报校园新闻，教室里空无一人。萧天雅打开盒子，面上是一层厚厚的条状纸屑填充物；拿掉填充物，便露出一个碗口大小被一层柔软的绒布包裹着的圆形器物。萧天雅此时已猜到那个圆形的东西很可能是一面镜子，揭开绒布一看，果然猜中了。镜子有两个面，正面是平面镜，背面是放大镜，湖蓝色的镜框镶嵌在边缘，就像一汪清澈的湖水在镜框里荡漾。萧天雅忍不住就要去照镜子，她细看那面镜子，上面没有一丝杂质，人映在里面纤毫毕现，连周围的课桌、墙上的宣传画都看得清清楚楚。萧天雅从未见过如此精美的镜子，她将镜子捧在手里不住地欣赏，既看镜子，更照自己，就瞧见镜子里有了一张极度兴奋且娇娆无比的笑脸，脸上是红扑扑的，前额的发际处呈现一片油灿灿的光亮。她端详着镜子里的自己，不好意思地笑了，她笑自己太不沉稳了，由于紧张或者激动的缘故，额头上早就沁出了一片细密的汗水。

就在她照镜子的时候，她的耳畔突然回响起了闻风雷昨天才说过的话："你确实想要的话，我就挑一张最好的送给你，每天都不相同……"这是在说自己啊！萧天雅完全明白了闻风雷的用意。

男人是理性动物，故而常把情感藏在心底；女人是感性动物，故而总把笑意写在脸上。萧天雅收到闻风雷的礼物之后，有事没事就笑，明明没什么笑料的事她也要笑，她把笑神揣在怀里，笑神就躲在她薄薄的衣衫里兴妖作怪，常把几个女伴们弄得莫名其妙。有一次，她在笑过之后问祝宇安："喂，假如男同学给女同学送镜子，你猜是什么意思？"

"夫以铜为镜，可以正衣冠；以史为镜，可以——"祝宇安张口就摇头晃脑地背了一段课文。

"去去去，别穷酸了！"萧天雅一把将她推开。

"会不会是骂人呢？猪八戒照镜子，还真把自己当成个人物了！"

"你才猪八戒呐！"萧天雅的脑袋被人敲了一下，她没料到祝宇安会这么想。

祝宇安发现萧天雅老在镜子的问题上绕来绕去，就追问她是不是有人送了镜子给她。萧天雅原本就没打算要瞒祝宇安的，见她窥破心事，就将闻风雷送镜子的过程一五一十地吐了出来，而且说得轻描淡写，波澜不惊。

听完萧天雅的"交代"，祝宇安一下子怔住了。她仿佛不认识萧天雅似的，捧着她的脸看了又看，而后一声惊叫："妈呀，看来你很快就要成为我们的班嫂了！他这是在暗示你，他的女朋友就是你啊！"

"暗示可不行，我要他明言！"萧天雅有了新的主意。

还是在教室，还是跟上回一样教室里只剩下他们两个人的时候，萧天雅大胆直视闻风雷，含情脉脉地问他："哎，你什么意思啊，送我镜子！"

"你照了吗？照了就应该明白我的意思呀！"闻风雷以眼还眼，也贪婪地看她。

"我倒是很想弄明白的，可是镜子的寓意那么多——什么镜花水月、磨砖作镜、借镜观形、钗分镜破等等——我知道谁对谁呀！"萧天雅被闻风雷盯得耳根发热，把头别了过去。

"那我问你，你在照镜子的时候会想到谁呢？"闻风雷装出一副老脸皮厚的样子，"当然是我咯！你在镜子里面，我在镜子外面，你看着镜子里面的自己开心，我看着镜子外面的你高兴，这就叫作两情相悦嘛！"

"不害臊，谁跟你两情相悦！"萧天雅把脸转了回来。

"事情如果仅仅到这一步，那还不算完，等于只过了初一，还没到十五。"闻风雷继续饶舌，"再往下，就是你照镜子的时候，我的影子就跟在你身旁，这又叫形影不离嘛！"此言一出，闻风雷不禁想起了曹老乡的诡辩。

"我才不要你跟着我呢！"萧天雅怕闻风雷还要往下说，吓得赶紧截住了他的话。

镜子的歧义之争弄清楚之后，萧天雅与闻风雷的交往就逐渐明朗起来。萧天雅时不时来找闻风雷商量工作，经常当着同学们的面询问班长到哪里去了，没见着人还会吆三喝四地叫人去找，接触越来越频繁。在覃怀良的倡议下，班里成立了诸多的兴趣小组，英语、哲学、经济学以及专业理论和专业技能的学习研究，都有了固定的参与者和牵头人，萧天雅和闻风雷则分别加入其中，在现有的接触渠道之外又开辟了另一条新途径。这一日，两人共同参加英语兴趣小组的学习，请来七八级英语学得好的同学传授记忆单词的方法。两人大大方方地坐在一张凳子上交头接耳。萧天雅悄悄问闻风雷："喂，你说我俩现在是不是在谈恋爱？"

闻风雷眼睛盯着书本，亦用低低的声音回她："谈恋爱这三个字是有确切含义的。第一个字是谈，就是说话，我们经常在一起说话，这一点毫无疑问；第二个字是恋，就是彼此经常想着对方，有事没事老想跟对方在一起，这一点估计也能成立；第三个字是爱，就是要喜欢对方，不是浅浅的淡淡的，而是深深的浓浓的。最后这个爱字是起决定作用的，假若彼此喜欢，就可以说是在谈恋爱了，否则便难以成立。——你是否喜欢我呢？这个问题的答案在你手上，要由你自己来回答！"

"你真坏，说着说着就把我给绕进去了！"萧天雅的脚在底下轻轻踢了闻风雷一下。

"喂，你再说说看，我们这恋爱是怎么谈的？是我追你呢，还是你追我呢？"萧天雅找到一个机会，又问。

"这还用说吗，当然是我追你咯，因为是我先送你定情物的嘛！"闻风雷仍然一本正经地盯着书看，"必须是我追你。你追我，那叫我多没面子呀！"

"你打算怎样追我呢？"萧天雅的脚又在下面捣。

"这还不好办吗？你在前面跑，我在后面追！"闻风雷随便敷衍了她一下，便动手在纸上写，写完以后再拿给她看。萧天雅看那几个字是这样写的："你在前面跑，我在后面追。你带着我先经过感情炼狱的洗礼，尔后步入幸福的伊甸园；在生命行将结束的时候，结伴踏上奈何桥，最终归隐于天堂，直至永生永世……"

"你真这样想？"萧天雅用手帕擦了一下眼睛。

"我真这样想！"闻风雷点了点头。

第四章 招蜂惹蝶的除了花还有草

14

天雅：

我像等候我的大学录取通知书那样，期盼着能有一个恰当而专属的给你写信的机会，现在这个机会竟骤然降临了。你问我，我们是不是在谈恋爱？我很想说，是的，是的，我们的确是在谈恋爱。以我十分迟钝的直觉判断，我对你已经产生了深深的感情。最近一个多月来，我的脑海里无时无刻不在晃动你的身影，你俏皮的眼神，让人愉快欢喜；你优雅的气质，让人心旷神怡；你柔润的声音，让人如沐春风；你娇美的容颜，让人顾盼流连……我发现，我恋爱了，我所恋之人就是天雅你。

从同窗学友到知心恋人，其间有一道漫漫天堑，非用机缘做舟、爱心为桥不可跨越。有缘无爱者，止步岸滩；有爱无缘者，沉落半渡。是故在通往爱情的坦途中，留下多少唏嘘情话、凄美故事、遗憾人生。而今上苍给了我机缘，你又给了我爱心，我才能独享春色，跨过天堑朝你飞奔而来。

我在追求我的幸福，我在寻觅我的爱情。爱情是我精神的支柱、生命的驿站和心灵的驻地，我魂牵梦萦，心向往之。我曾经满怀希望地想过，假使命运能赋予我一个志同道合的人生伴侣，我一定会用自己的全部感情去爱她，用自己的全部心血去疼她，使她惬意畅怀，遂心如愿。如今我有了自己的知心恋人，尔后必然是我的终身伴侣，我将为之倾倒，我将为之奉献，我将为之兑现全部的诺言。

我和你，一个是青山，一个是绿水。山为水傍，水绕山转；山水同欢，两情相悦。在和你相遇之前，我爱情的园地里一片荒芜、寸草未生；是你引来清澈的活水并和我一道耕耘，才有了这一片绿荫、满园风景。事实将表明你的果断选择独具慧眼；历史将记录我们的幸福生活无人能及。

我祈祷，请时间这个公正的月老为我们见证美好的结局！

谢谢你，天雅；谢谢你，开启我爱情之门的美丽天使！

一颗惶恐的心

四月一日零时十分

风雷：

几乎是整整一夜，我都在阅读你的来信，看了又想，想了又看，脑海里晃来晃去都是你英俊而潇洒的身影。以前我也曾收到过异性的来信，但那只是一阵轻风，过眼云烟，从未在我感情的心海里引起半点涟漪。我在等候我的感情宿主和白马王子，这时候读到了你的来信。

你的来信从天边飘来，像春天的柳絮，文采飞扬；像夏天的松针，情思缠绵；像秋天的枫叶，热烈似火；像冬天的梧桐，意境高远。我为你的赞美而羞赧，我为你的真诚而感动，我为你的表白而长泣。我将它视作心灵的召唤、机缘的巧遇和命运的安排，如期赴约，欣然从命。我摸摸这里，掐掐那里，生怕人在梦中，碰上一场空欢喜。

我早已把你当成了心中的偶像。你学识广博、聪明睿智、谦虚稳重、风趣幽默，是上苍赠我的最佳伴侣，对此我坚信不疑。跟你在一起，我就像沐浴在夏日的微风和冬日的阳光里，内心十分舒畅和惬意。我愿跟随你去旅行，装进你的行囊，坠落你的情网，白天陪你去游山水观风景，晚上陪你去数星星看月亮。

爱情不仅仅是我的精神支柱，更是我的生命归宿。我深知，爱情的结局，在很大程度上取决于双方是否有共同的理想和共同的追求，这也成了我选择伴侣的观察重点。我不愿浑浑噩噩，碌碌无为；你志向远大，积极进取，这正是存在于你我之间的感情基础和托付终身的真凭实据。我相信我的目光，我相信我的选择，我相信我们的结局充满了幸福和希望。

我不喜欢山盟海誓，看重的是一诺千金。我俩好比绿水和青山，山水同在，山水一心。我愿化作你的一泓碧水，为你消渴，为你洗尘，为你排忧，为你送爽，为着我的青山长绿而百年流淌。

愿我们的爱情之火生生不息！

天雅

四月四日于教室

星期天一大早，闻风雷就夹了本英语书来到学校刚刚修葺一新的耕莘园，他先绕着园子边上的莘野湖跑了几圈，等身上微微出了汗，再登上莘野亭去晨读。清明前后的时节，气候宜人，春和景明，亭子周围许多叫不上名字的植物都换了新装，花瓣和叶尖上都滞留着昨晚的雨水，鸟儿在亭子上啁啾，鱼儿在湖水里跳跃，到处充满了生机和活力。

闻风雷这几天的心情特别好。他给萧天雅写信，本想要捅破两人之间的恋情窗纸，省得你猜我疑，我犹你豫的。信写好之后，他拿在手里看了又看，一直没有寄走，他主要是担心言语措辞写得太直接，没给她留下多少回旋余地，怕她一时接受不了。信投进牛郎星镇邮政所的邮箱后，他就在观察她的反应。他看她，她就回避他，要么低下头去，要么别过脸去，要么跟人讲话，故意装作没看见的样子，弄得他心里七上八下的。隔了两天，回信来了，居然是直接塞进学校大门口收发室的班级邮箱，跟着报纸一起送来的。闻风雷找了一处没人的地方，一边拆信，一边猜信，心里琢磨着她究竟会如何表态。出乎预料的是，萧天雅的回信与他想象的迥然不同，不仅比照着他的行文思路大加赞扬了他们的恋情，而且意思来得比他更直接、更热烈，简直有一种以身相许、托付终身的味道，这就使他彻底放心了。在他看来，萧天雅这朵艳冠群芳的班花或是校花，已经走完确权程序，非他莫属了。

闻风雷被这不期而至的幸福弄得有点不知所措。萧天雅的回信，像是一道宣言，明白无误地向他告白，自今日开始，她就是他的女朋友了；他们之间的关系发生了质的变化，彼此成了对方的恋人。想到此，他不禁吓了一跳，他有对象了，他长大了，他从此必须担负起男人的责任了！自从萧天雅来过信之后，他就感觉到自己的心态有了某种变化，原来看不见她，一点儿也不会想她，无论她去了哪里或者在干些什么，全都与自己无关，就像一只鸟雀从树梢上经过；现在的情况恰好相反，想她想得很厉害，人一不在跟前，就会想她去了哪里，就希望知道她的信息，又像是在等候一只没回笼的信鸽。面对自己这种扭曲的心理，他不仅匪夷所思，更感到十分焦虑。学校是不允许谈恋爱的，他和她，一个是党员，一个是典型，两人在一起谈恋爱，那就是党员的先锋模范作用与典型的示范引领作用结合在一起，开出了一朵爱情的奇葩。这朵奇葩若是被同学们发现，招来的恐怕不是赞誉而是非议、不是欣赏而是践踏，后果不堪设想。

闻风雷望着莘野亭几个字发呆，他觉得自己眼下的作为与这座亭子的主人所倡导的“眷求一德”有点背道而驰。亭子是一座单檐六角亭，木结构，柱子之间连着长凳，有栏杆倚靠。这座亭子的来历，闻风雷曾听覃怀良讲起过，与商代的名臣伊尹有关。历史上的伊尹并不是此地人，是清朝后期一位山东籍的学政心血来潮从老家引进来的。三年前学校复建，围绕“莘野”二字的废存曾有过一番讨论，因学校实在是没出过什么名人，只好沿用旧例，在增加历史厚重感方面做些文章。伊尹被传是文曲星下凡，贤名远播，但此刻闻风雷并未将伊尹放在心上，他只关心他的恋爱不能出问题。

闻风雷心不在焉地打开了书本，刚念出几个单词，就听见头顶上一阵扑棱扑棱声，歇息在亭子某处的几只鸟儿被他的外国话吓到了，扇动翅膀匆匆飞离了亭子。四周再一次安静下来，闻风雷听到了幼竹的拔节声和杜鹃花的绽放声，他的心里又涌起了先前的喜悦。

闻风雷从亭子里下来，在园子的花房前看见了莫跃进。莫跃进穿一身白色的练功服，正在聚精会神地练习太极拳。莫跃进的练功服肥肥大大的，灯笼袖，灯笼裤，一副长袖善舞的样子。莫跃进在打拳的时候，有两个穿着同样服装的外班学生也在跟着他比画。闻风雷早就听同学说过莫跃进会打拳，什么太极拳、形意拳、武当剑，都有很好的功底，今日目睹果不其然。闻风雷在距离莫跃进两丈远的地方停下脚步，专注地看他打拳，一招一式地欣赏，不觉暗自叫好。

“你打的是陈式啊，还是杨式啊?”闻风雷和他打招呼，“什么时候教教我!”

“哟，班长啊！”莫跃进看到了闻风雷，“我是闹着玩的，班长想学的话，我随叫随到！”莫跃进热情地回应道，“我刚到寝室去找你，想请你参加一个会的，结果你不在！”

“是系里有事吗？”

“不是，是我们自己的会。布置五四青年节文艺汇演的事，想请你参加一下，有些事要你定！”

“文艺汇演？算了，算了，你们自己开吧，文艺汇演的事你们看着办就行了。我又不会唱歌跳舞，去了也帮不上什么忙，假如说了几句不讨喜的话，你们听也不是，不听也不是，碍手碍脚的，反而干扰了你们的工作！”

“嘿嘿，要你来开会是萧天雅的意思，她叫我一定要请你来当这个顾问，哪怕什么事不干，出出主意也好！”

“那就叫上谷庆丰吧！”

那天的会——大家后来把它叫作“五四”文艺汇演协调会——开得很短，前后不到一个小时就结束了。闻风雷那天是怀着一种崭新的心情去开会的，三天前萧天雅成了他的女朋友，今天他便以其男友的身份来与会，看她的视角就多了一层亲近感和归属感。他很想看到萧天雅的那种专属于他的微笑，于是满怀期待和骄傲踏进了教室。

开会的人还没到齐，教室里只有萧天雅和皇甫涓两人在。萧天雅见闻风雷进来，笑了一下，笑容里分明有一种一闪而过的羞涩。

“你这位班长架子可真大呀，我们团支部碰到了困难想向你求援，你就是不肯出面，还叫我们看着办，原来你经常挂在嘴边上要支持我们工作的话都是假的呀！”

“真冤枉啊！”闻风雷知道萧天雅在打情骂俏，连忙装出一副很无辜的样子，“莫跃进叫我来开会，我说我不会唱歌跳舞，就给你们当当后勤部长吧！叫谷庆丰来，也是为了给你们准备夜餐的，我们都这么卖力了，你们还不满意，你们真的是难讲话哩！”

“你来评评理看，”萧天雅把闻风雷晾在一旁，转身去跟皇甫涓说话，“碰上这么大的事，他们自己不主动，算盘珠子拨一下动一下，还说我们要求高，简直不讲道理！”

皇甫涓笑了笑，没接话。两人在斗嘴，皇甫涓就在一旁看西洋景。让她看不明白的是，这两人从来没这么多话的，今天的表现不仅反常而且令人费解。

整个议事过程，闻风雷基本上都处于静默状态，只是在商量出什么节目的时候，他提议应当让刘远程代表班里的男生表演一个节目，刘远程既会唱，又会跳，中学时期就是班上的文艺骨干，经常登台表演。面对闻风雷的大力举荐，刘远程则报以矜持的微笑，事情就这么定下来了。

会议结束后，闻、箫两人留了下来。两人从工作场景切换到恋爱场景，彼此都不大适应，所以一时沉默着。闻风雷也不知道该说些什么好，恋爱才三天，通信才一回，他的同学的角色还没完全转变过来，恋爱的感受仅仅是在一张白纸上写下了几行字。

沉默是萧天雅打破的。她说：“你让刘远程来参加演出，我也拿不准是好是坏。我一直有点怵他，他看人的眼神总是直勾勾的，让人很不舒服。我知道他在文艺方面有些专长，这次汇演，开始也打算让他上个节目的，可一想到他的那对眼神，又犹豫了。”

“我提议刘远程参加演出，主要还是想发挥一下他的一技之长。这次文艺汇演，对于班里来说是件大事，多一个人上台，总是多一种选择。”闻风雷并无萧天雅的顾忌，略带谐谑地解释道，“你说刘远程直勾勾地看你，这其实很正常，爱美之心人皆有之，你长得那么漂亮，还不许别人看你呀？说老实话，我就经常偷偷地看你！”

萧天雅扑哧笑了出来：“我一想起寒假的事就气你，你明明知道我是一个人回家的，还叫他陪我，你就不怕他误解我？”

“不怕，我能读懂你的心。刘远程对你目前还没有什么非分之想，即便有的话，那也是剃头挑子一头热，你这头是无论如何热不起来的！”

“那可不一定，或许哪天我改变了想法呢？”

“你若打定了主意要跟他好，任凭天王老子都是拽不回头的，我只好成全你们；你俩要是真成了一对，也是班上的大好事，生了儿子不喊我叫舅舅，也喊我叫伯伯，肥水又没外流到别的班去，何乐而不为呢？”

“我怎么就没看出来，你可是真坏！”萧天雅咬牙切齿地冲闻风雷挥了挥拳头。

“哎，你怎么会想到用山和水来比喻我们的关系？”萧天雅换了个话题。

“这并不是我的首创，”闻风雷如实相告，“仁者乐山，智者乐水，山水我都喜欢。我从小在山里长大，对山水有一番别样的情怀。我既欣赏稳重如山的气度，又追崇上善若水的境界，山水在我心里永远都是一道无法割裂的风景。”

“相对于山来说，我更喜欢水。小时候爸爸常带我去游泳，我泡在水里玩上大半天都不嫌累。上小学以后，还经常一个人到运河里去玩水，几次都差一点淹死！”

“看来你是智者了——生性好动，思维活跃，懂得变通；不像我老气横秋，脑袋僵化，墨守成法！”

“哪有你这样理解问题的，形而上学，机械教条！”

“是不应该这样生搬硬套，”闻风雷也笑了，“山水其实很难分得开，圣人也都是仁智兼备的。我喜欢山水，主要是感佩其间所蕴含的哲理和智慧：山长则水远，山崩则水竭；水秀则山青，水尽则山穷。用它的哲理和智慧来表达我们之间的感情，我以为是最恰当不过的了。”

要开饭了，两人准备去食堂。萧天雅逗引自己的情郎：“敢不敢跟我一起走出教室？”

“不敢，”闻风雷突然变得阴郁起来，“你太引人注目了，万一被同学们知道我俩在谈恋爱，那还不闹翻天了？”

“不会有人知道的。男同学都见过你女朋友的照片，女同学也听说过我有一个部队的男友，他们根本想象不到我们之间会怎么样！”

“别太大意，还是谨慎点好。我怀疑皇甫涓好像察觉到什么了，刚才看我们的表情也是怪怪的。”

“不可能，她一天到晚连自己的情书都看不过来，哪里还有心思去管别人的闲事！”

闻、萧这对少男少女，在其生命最绚丽的时段懵懵懂懂地踏进了爱情的伊甸园，满眼看到的都是新奇和美好，男生对爱情充满希求，女生对未来寄予厚望，嘴上一遍又一遍地重复海枯石烂爱你万年的铮铮誓言，恨不能袒露胸襟证明彼此的忠诚和决绝。两人看对方，都是打心眼里欢喜的十全十美的璧人，即便用放大镜或显微镜进行审视，也难找出半点瑕疵，完全是天造地设的一对。男生的才华和女生的容貌，像魔镜一样吸引对方，产生了巨大的凝合力，并且引人入胜，难以自拔，到了日思夜念、朝夕不舍的地步。正因为两人对自己的恋爱太过满意，才将对方视为终身至爱，忧恐遭遇变故、受到伤害，不能成其所想、遂其所愿。然而，这场恋爱又是不合礼法的，面对校规校纪的高压和同窗学友的监督，他们不敢声张、不能露馅，只能守口如瓶、人前装假。他们意识到前路漫长、充满凶险，所以不断祈求命运之神眷顾，并在心底里起誓，一定要精心呵护和维系好两人的爱情，不辜负彼此的美意和重托，修成正果，百年好合。

萧天雅在学生饭堂排练节目的那些日子，闻风雷每天下午都会去探望一下。学校当年并没有专门的礼堂或是会场，全校性的所有活动都集中在学生饭堂进行。那间饭堂很大，是由一家拖拉机制造厂的装配车间改造而成的，饭菜窗口设在迎面的一侧，舞台兼主席台搭建在南端，其余两面则为玻璃幕墙，虽是简陋，但采光通风极好。饭堂里没有一张桌椅，空空荡荡的，每逢学校开会、放电影或是文艺演出等，师生们就分别从办公室和宿舍带上椅子或凳子到这里来集中，学生们带来的凳子，其底部都标记了每人的学号，如果谁忘了将凳子带回，下次开会就只好坐在地上了。

闻风雷去饭堂看大家，实际上还是想找机会与萧天雅说话。那段时间，饭堂里很是热闹，来这里排练的班级很多，有练唱的，练舞的，练琴的，甚至练功的，整个饭堂都塞满了嘈杂，尘烟飞扬。

这一天闻风雷又去了饭堂，没见着萧天雅和皇甫涓等人，班上的人只有刘远程和黎玉红在。闻风雷估计萧天雅一会儿就能到，便找了一处人少的地方站定，一边等人，一边看刘、黎两人练习。刘远程原来是安排跟皇甫涓跳双人舞的，两人刚练了三天，皇甫涓就扭伤了脚踝，只好中途换人并调整节目，由黎玉红顶下皇甫涓，并将原来的双人舞改为合唱伴舞，这样黎玉红就成了刘远程的舞伴。预备换人之前，萧天雅还担心黎玉红会有想法，不料她答应得十分爽快，和刘远程两人很快进入了状态。

黎玉红入学前也是跳过舞的，但因长期缺乏锻炼，身体的软开度退化了不少，腿抬不高，腰下不去，跳起舞来既笨拙又僵硬。刘远程很想和黎玉红跳好这个舞蹈，便陪着她从一些基本动作练起，和她一起压腿、开肩、踢腿、劈叉、下腰等。练习时，场地上找不到舞蹈把杆，许多动作都很难做到位，只好两人相互教练。那天下午，两人先练了踢腿，而后又压腿。黎玉红在练习后压腿时，向后伸出的一条腿搭在舞台的边沿，膝盖始终是弯曲的，怎么也绷不直。刘远程就去帮她纠正动作，一只手固定她的脚面，另一只手顶起她的膝盖，还不时地腾出手来下压她的腰部和髋骨，忙得一头大汗。

压了一会儿腿，黎玉红又去做下腰练习。黎玉红本来是想练习站着下腰的，她背对墙壁站立，身体朝后仰，用两手撑住墙壁并不断下移，带动身体向后向下，逐渐与地面形成拱桥状。在她身体下降的过程中，刘远程一直跪在她的侧面，双手托住她的腰身，防止出现意外。练习了几回，黎玉红发现周围有人在注视他们，便说："这里人多，你托着我叫别人看见了不好意思，还是让我来试试跪着下吧，那样简单一点。"说着又双腿跪下，用手抓住自己的脚后跟，慢慢将头、颈、肩、胸渐次向后倒。等黎玉红的头快要触及地面，刘远程又忙不迭地伸手去抱她的腰，黎玉红就更加不自在了。

大约一刻钟过后，萧天雅急匆匆地来了，她告诉闻风雷刚才与祝宇安到音乐学院去录歌带了。她喘着粗气说话，原本清脆的声音被她的喘息磨去了棱角，成了沙哑的锣音。

"刘远程和黎玉红两人练的是什么动作？"

"哦，他俩有一段舞蹈，是少数民族的，需要用到下腰的动作。"

"黎玉红行吗？"

"马马虎虎！和皇甫涓比，她的腿功和腰的软度都要差一些，这才降低了他俩的舞蹈难度。"萧天雅恢复了平静，声音又变得悦耳起来，"你来得正好，还有一个星期就要演出了。最近几天每天晚上都要排练，体力消耗挺大的，你能不能想办法给大家弄一点夜餐来呀？"

“我原来就想到过这件事。上学期学校发给班里的劳动奖励费还没用完，我等会儿告诉谷庆丰，请他来落实！”

闻风雷出了饭堂后，眼睛还在朝刘、黎两人瞟。他边走边问萧天雅：“经常在一起练习舞蹈的人，整天搂搂抱抱，是不是很容易发生点什么故事啊？”

“你真是少见多怪，按照你的逻辑，歌舞团的人岂不是人人都有可能成为夫妻吗？”

“逻辑上是难以成立的，我只是看着那两个人有点眼热！”

“你好意思的！你不是老想着成全别人的好事吗？你自己说的，肥水又没流进外人田，你眼热别人做什么！”

演出这一天，学院团委和学生会联合出了一张大红海报张贴在学生食堂门口，上面公布了当晚演出的节目清单，共十四个班级参演，其中七八级三个班、七九级九个班、八〇级两个班。七九级金融班的节目被排在最后一个，节目名称为经典歌曲联唱。从节目单上看，本次汇演七八级参演的节目不多，原因是有的班级已外出实习，无法再像以往那样充当演出主力，只好放弃了登台亮相的机会。

晚上七点整，演出正式开始。这一天是五四青年节，也是这一年春季的最后一天。聚集在这座简易礼堂里的少男少女们，经过一个春季的雨露滋润后，心底的情感日趋成熟，并伴随气温的明显升高而渐臻佳境。

演出进行到第一百一十分钟的时候，幕布重启，舞台上出现了两排身着“五四青年装”的男女学生的身影。

报幕员从舞台的一侧走近台前报幕：下一个节目，合唱，《在太行山上》，表演者七九级金融班，指挥萧天雅。

萧天雅身穿蓝衫黑裙站在两排人群中间，当报幕员转身之后，她向前跨出一步，面对观众鞠躬，然后回到她的指挥位置。

《在太行山上》是一首十分著名的抗战歌曲，充满了战斗激情和爱国豪情。据史料记载，这首歌在诞生之初即由当时的中共中央军委副主席周恩来试唱过，并作为太行山区游击队的队歌广为流传，一直经久不衰。

萧天雅是背对观众的,聚光灯在她身后裹了一道金边,留下了朦胧光影。闻风雷坐在台下看她指挥,只见她右臂轻轻一扬,一阵舒缓雄浑的旋律便齐声唱响;再划动左臂,第二声部又呼应而来。萧天雅站在舞台的中央,双臂在胸前运动,时上时下,时里时外,时快时慢,起拍、收拍、呼吸、换气,精细入微,时机准确,干净利落。那一刻,她就是舞台的灵魂,她通过自己的手势语言,将情感传导给伙伴,引领他们表现作品、创新作品,诠释出作品的完美风格和最佳意境。

第二首歌是《太阳最红,毛主席最亲》,演唱形式为独唱、合唱,合唱指挥改由乐队指挥兼任。当报幕员报出歌名后,立即引来台下的骚动。这首歌家喻户晓,人人喜爱,几年前海政文工团那位长相甜美的女歌手早已将它演绎得出神入化,吸引了无数的崇拜者。今天,七九级金融班的同学要为大家献上这首歌,她能演唱得好吗?大家的目光聚焦到舞台上,都想看看接下来的精彩。

音乐响起。竖琴起调,萨克斯、长笛、小提琴领奏。在全场关注之下,皇甫涓款步就位,她不慌不忙地拿起话筒,轻启朱唇,唱出歌曲的第一句:"太阳最红,毛主席最亲——"

开头几句刚唱完,台下就响起了一片叫好声。皇甫涓向台下挥了挥手,信心更足了。她用心倾吐对领袖的爱戴之情,整个演唱过程笑意盎然,一往情深,柳叶眉、丹凤眼显得格外迷人,酷似那位原唱的女歌手,给大家留下了美好而深刻的印象。

皇甫涓的歌声给闻风雷带来了不小的震动。他第一次听见这首歌的时候,是一个冬季的夜晚,人也还在部队当战士。他坐在团部的露天操场上,隔着老远的距离观看一位海军女战士在银幕上演唱这首歌,俊俏的模样、甜美的歌声,深深吸引了他,他的眼睛盯着银幕一眨不眨,直到曲终人散,才恋恋不舍地移开了目光。那是他第一次被一个女生所感动,正是在听过这位女生的歌唱之后,才让他明白了人世间还有如此能够令他沉醉其中的美的存在。

闻风雷发现自己开了小差。等他回过神来,就听见舞台幕后传出一阵悠扬的伴着欢快旋律的女声在唱:"啊——啊——"

女声唱过,男声又接着唱:"啊——啊——"

舞台的一侧,刘远程和黎玉红两人身穿色彩鲜丽的少数民族服摆出了一个造型，两人一只手牵着，另一只手朝各自的方向伸展，身体同时向外大幅度倾斜，做出展翅欲飞之状。

衬词唱过之后，萧天雅出场，音乐换成了活泼热情的原汁原味的台湾土著风格，铃鼓和小鼓把人们带进了阿里山的原始部落。萧天雅此时已改了装束，由蓝衫黑裙换成了白衫蓝裙，先前梳好的麻花辫散成了马尾状，由一根发带约束，像一道瀑布飘在身后，又像一群海鸥在白云和蓝水之间翱翔。

只听萧天雅深情唱道："高山青，涧水蓝。阿里山的姑娘美如水呀，阿里山的少年壮如山……"

闻风雷知道今晚最后一个节目是萧天雅的独唱，但唱什么事先并不知道；等到报幕员报幕，才知道唱的是《高山青》。闻风雷听那歌词，都是山啊水啊姑娘少年啊，好像是在唱给他听的，不由想起了前段时间萧天雅问他为什么要用山和水来比喻他们之间的关系，心里一阵释然。萧天雅选唱这首歌，是有意为之，意在宣示他俩的爱情，意在表白自己的心迹，而且是在全校的联欢晚会上，情之真、意之切，几乎到了无以复加的地步。

萧天雅的音质清亮，音域宽广，听她的歌，犹如在听一曲空灵邈远的天籁之音，清纯、飘逸、直抵心扉，很难不被其感染、为其动容。萧天雅的歌声，首先打动的是台上的刘远程和黎玉红，他俩闻歌起舞，围绕着歌词内容和旋律变化，不断展示各种舞姿，为萧天雅的独唱伴舞，力图将萧天雅的唱词形象化。

"高山长青，涧水长蓝，姑娘和那少年永不分呀，碧水长围着青山转……"萧天雅的音调越来越高，歌声越传越远，最后穿过礼堂，飞出窗外，在其周边久久回荡，不绝于耳。

次日傍晚，刘远程在食堂打好饭菜，准备带回宿舍去吃。他隔着马路望见黎玉红进了食堂，便停下脚步在路旁等她。不一会儿，黎玉红从里面出来，两人相互瞅了瞅各自的饭菜，黎玉红用勺子从刘远程的碗里叉了一块芋头，说我喜欢吃芋头；又将自己饭盒里的两块肥肉拨给刘远程，说肥肉给你吃。刘远程问她你的腰还酸不酸，回答说不酸了；又说你昨天的几个动作做得真棒，黎玉红说有机会再练习的话肯定会更好。两人边吃边说，边说边走，不觉穿过宿舍区，进入了耕莘园。

傍晚六点半左右，太阳行将坠落，但天色尚早，景物明亮。两人坐进莘野亭欣赏天边的晚霞，霞光像一盆即将熄灭的炭火，通红的炭心外面堆积了一层厚厚的云灰。黎玉红指着远处的云彩，不停地问刘远程像不像两个人，像不像两匹马，像不像两只小兔子，刘远程就顺着她指的方向频频点头，适时做出各种夸张的表情。安静了一会儿，刘远程悄悄握起了黎玉红的手，问她在想什么。黎玉红将手抽回来，说我没想什么，就是不知道昨天的舞跳得怎么样。

“你跳得很好哇，几个难度很大的动作比如横劈叉、后踢腿、下腰，你都做到位了，简直出乎我的意料！”

“真是没想到呢，几次下腰都很顺当，连我自己都感到不可思议！”

“我昨天在舞台上，老是产生一种错觉，就以为那首《高山青》是为我们唱的，我们两人在舞台上转来转去，就好像是碧水围着青山转呢！”

“我也有你同样的感受，我们两人手拉着手，我就会想到有两座山连在一起，你是玉山，我是阿里山，你本来就比我高嘛！”

天色渐渐暗了下来，一只松鼠从树上爬下来溜达了几步，觉察到有人在，又慌忙爬回树上的某个洞穴。

黎玉红望见校园里的灯都亮了，说：“我们回去吧，天快黑了！”

“再坐一会儿，”刘远程不肯走。他拉住黎玉红的手，一边抚摸那只手，一边痴痴地说，“要是能够像这样一直坐下去那该多好啊！”

“坐在这里你不怕呀？万一来了大灰狼或是野猪怎么办？”

“我才不怕大灰狼和野猪呢，我就怕某人不愿意！”

“我——”黎玉红一时怔在那里。

两人正准备离开亭子，刘远程像是发现了意外，他指着黎玉红的脸说：“哎呀，你看，你脸上爬了一个虫子吔！”

“是吗？”黎玉红吓得赶紧把脸转过来给刘远程看。

刘远程左看看右看看，乘其不备，努起嘴唇就在黎玉红的脸上亲了一口。

“哎呀——”黎玉红一声惊叫，“不带这样的，人家还没准备好哩，你就亲人家！”说完，竟然低下脑袋嘤嘤哭了起来。

刘远程慌了，连喊两声 sorry，掏出手帕就要去替她擦眼泪。

黎玉红将他伸过来的手往外一推，自己掏出手帕擦去泪水，再直起身子对刘远程说："把你的脸转过来，我来替你擦擦！"黎玉红用她的手帕去擦刘远程的脸颊，反复擦拭几遍之后，突然扑过来用双手勾住刘远程的脖子，然后死命地在刘远程的脸颊上亲吻起来。

15

萧天雅宿舍的几个女生近期有点反常，每到中午，就有笑声传出，而且笑得疯疯癫癫，笑得毫无节制，非要等到隔壁的同学来敲门或是她们自己笑够了才停歇下来。她们的笑，并不是相互取笑，也不是笑班上的人，而是笑一些未曾谋过面却对她们充满好感的外班男生，她们手里握有这些人的笑柄。不过，在这几个女生当中，谢晓华是一个例外，她手里没有拿到别人的笑柄，又喜欢跟在大家后面笑，于是她自己就充抵了别人的笑料。

谢晓华和皇甫涓来自同一个地区，两朵鲜花分别开在乡下的泥巴地里和城里的瓷器花瓶里，一个土，一个洋；一个生性胆小，一个个性张扬。两人最大的共同点就是能讲一口只有她俩听得懂的老乡话。由于家庭背景和自身条件均不及皇甫涓，谢晓华在心理上就自觉矮了她一头，干什么事都对她言听计从，甘心情愿地将自己置于她的号令之下，来校还不到半年时间，就将自己混成了她的贴身跟班。

这一天吃过中饭，几个女生都回到了寝室。萧天雅从床底下摸出几件脏衣服去了洗漱间，其他几个人则聚在一起传看上午才收到的信。自从五四青年节的那场晚会之后，她们每天都能收到外班男生写来的信，收到信后，她们就带回寝室里看，让信成为餐后的甜点，甜点再经过大脑的加工便成了寝室里的欢声笑语。

皇甫涓的信通常是由谢晓华代念的。谢晓华一念完，大家就议论开了。祝宇安说："写第一封信的那个人也不动动脑筋，'我愿做你的掌声，永远伴随在你身旁'，这句话是有问题的。假设真有这么一个人整天跟着你鼓掌，你上课他鼓掌，你睡觉他鼓掌，你在前面走他也在后面鼓掌，那不就是神经病一个嘛！"大家哈哈大笑。

黎玉红手上也有一封男生的来信，她一边念着信里的文字，一边评论道："信中有这么一句话，'我愿做一片树叶，任爱情抽走我的灵魂，跟随你四处漂泊，直至飘向你要去的地方'，这个话是靠不住的，这个人也是靠不住的。他倒想图舒服，只知道跟着别人跑，一点奋斗精神都没有，不像个男人。还有，谈了恋爱，魂就叫人给抽走了，又怎么去对女生负责嘛！"大家说有道理，这个人应该枪毙，又是一阵狂笑。

萧天雅洗完东西回来，听见谢晓华还在那里念信——

……你的歌，使人产生了一种亲近感和神圣感。我和你都是生在新社会、长在红旗下的同时代人。我虽然比你大几岁，但我们是一起戴着红领巾，唱着少年先锋队队歌，沐浴在党的阳光下茁壮成长起来的。这种共同的生长环境和成长经历，使我们的人生观和价值观完全一致，也使我们的思想感情和理想追求完全一致。从你的歌声里，可以看出你对毛主席的无限热爱，也可以看出你对劳动人民的深厚感情。一个热爱毛主席和热爱劳动人民的人，一定是积极向上的人，一定是纯洁高尚的人，一定是正直善良的人。我相信，如果我们能够成为朋友，并且在此基础上给予双方一定时间的适应，进一步发展我们的关系，我们不仅会成为很好的生活伴侣，而且亦将成为很好的事业伴侣和精神伴侣……

萧天雅听出这封信写得与众不同，便问谁写的。谢晓华看看最后，读出了落款——邵仕达。

"啊？"萧天雅呆住了。

皇甫涓突然气急败坏地从谢晓华手里夺走那封信："谁让你念这封信的！"

"我，我哪知道这封信不能念呐！"谢晓华的脸一下子涨得通红，顶了她一句，低下头匆忙跑出了宿舍。

萧天雅见谢晓华负气出走，赶紧就去追，结果在三楼的拐弯处截住了她。萧天雅看她眼泪都出来了，就刮了一下她的鼻子，说："你也真是的，为这么一点小事就哭鼻子,也不怕人笑话！皇甫涓是你老乡,过去就是这么个脾气,你又不是不了解她,还真去跟她计较呀?”

“我哪里是生她的气,我是在生我自己的气,气我自己没有用!”

“这又是从何说起?”萧天雅一头雾水,“我看你很能干的,学习成绩好,还会针线活,你哪里没用了?”

没想到这一说,又把谢晓华惹哭了。抽泣了一会儿,说:“你当然体会不到我的心情,学校这么多男同学,从来没有一个人给我写过信,不像你们经常能收到男同学的信,认识的和不认识的都在追你们,为什么我就碰不到这样的事呢?我就是没有用嘛!”

萧天雅一听,哦,原来是这么回事,不觉放了心。她从谢晓华口袋里掏出手帕,为她擦了擦眼泪,然后开导她说:“那些男同学的来信其实说明不了什么问题,也没那么重要。在学校里找对象,靠的不是情书,而是自己的眼睛;要想找一个如意郎君,就要瞪大眼睛去找,只有你看得上的,才是属于你的。很多男同学不知道怎么谈恋爱,就指望靠写情书来追女生,这些人都是谈恋爱的门外汉,成功的概率极低,连瞎猫碰死耗子都不如。你没收到男生的信,不是你没用,而是你没用心。你连想要找一个什么样的人都没想好,又为什么要别人的信呢?皇甫涓、黎玉红她们确实收到过不少男同学的信,那又怎么样？不还是撕了嘛,既没给人家回信,也没跟人家约会,因为那些写信的人没有一个是符合她们心意的,她们只是觉得好玩。你要是也想凑这个热闹,那我明天就叫几个男同学来给你写信,你看好不好?”一席话,把谢晓华说笑了。

自那日起,宿舍里就再也没有人读信了。无论是皇甫涓还是黎玉红,收到信之后都是快速地看完便赶紧处理掉,这使谢晓华的心里得到某种慰藉。说来也怪,有些可遇而不可求的事情,你若不去想它了,它倒会主动找上门来。谢晓华哭过之后,本以为再也收不到男生的情书了,不料隔几日事情却有了转机,三组的男生苗喵咪在教室里当着不少同学的面将一封信放在她的桌子上,同时甩出一句话:“喏,你的信!”谢晓华一看没贴邮票,猜到是本校哪位男生寄来的,便抑制内心的激动,装作满不在乎的样子“哦”了一声,也不正眼去瞧它,就让它孤零零地趴在桌子上四处张望。

回到宿舍之后，几个人都来问她是谁写来的信，这时她才从衣兜里掏出那封信，大大方方地撕开封口，让大家随意传看。皇甫涓也是口无遮拦，才看了几行字，就奚落写信的人吹捧加表白，简直俗不可耐；又给黎玉红看，黎玉红说文字这么粗糙，也好意思写情书；最后转到祝宇安手里，祝宇安找了半天也没看到写信人的尊姓大名，落款只是六位阿拉伯数字的学号，便说像这样连名字都不敢公开的人肯定心不诚，直接就退还了谢晓华。谢晓华一看大家如此不屑，心想这位写信的人可能真的不咋地，也就很惋惜很遗憾地在心里跟他说了声拜拜，将信撕碎再揉成一团，扔进了门边上的字纸篓里。她其实并不是要哪个男生来追她，她只是想在同伴面前争个面子，现在面子有了，她和她的女伴们就平衡了，也就心满意足了。

六月中旬的一天，萧天雅原来在银行工作的同事卞月勤到学校来看她，给她带来了家乡的气息。卞月勤说了很长时间要来学校看萧天雅——这当然只是一个幌子，卞月勤来学校的主要目的还是想看自己的心上人路剑夫——正巧人民银行总行在学校所在的这座省城举办业务培训，名额下达给卞月勤所在的分理处，分理处的主任邓美萍就把这个难得的美差派给了卞月勤。

卞月勤在学校玩了一整天，全天都是路剑夫陪同的。路剑夫带着卞月勤到处转悠，见人就说这是他的女朋友，班里的男生得知这位长得十分漂亮的美女就是路剑夫去年外出社会调查时的意外收获，一个个都羡慕得不得了，不少人都提出来要请她吃饭。

“吃饭？醉翁之意吧？”路剑夫警惕满满，“能让你们瞻仰一下就不错了，饭就免了。你们一个个色眯眯的，人也长得比我帅，假如碰巧吃了你们的饭，被你们插上一杠子，那我就前功尽弃了！”

“哎，我说路剑夫，学校可是规定不许谈恋爱的哟，你带着女朋友到学校来招摇过市，就不怕我们参你一本？”有人这样吓唬他。

“我才不怕呢，学校规定学生在校期间不准谈恋爱，那是指在校学生之间不许谈恋爱，又没说不许在校外找。我的女朋友并不是我的同学，我和她谈恋爱属于规范操作，一点也没违反校规校纪，你们吓唬不了我！”路剑夫理直气壮地顶了回去。

“吝色鬼!”那人气得牙痒痒。

卞月勤来学校，萧天雅自然是要请客的，她去找卞月勤约时间，卞月勤犹犹豫豫的没敢答应，路剑夫却开心地一口应允了。路剑夫其实从未与萧天雅接触过，当初他和纪小冉到萧天雅老单位去搞社会调查，是应纪小冉所邀而去的，起的是配合作用；但是两人回来后在学报上发表了一篇影响很大的调查报告，就双双成了名人。他和纪小冉出了小名，也帮助萧天雅出了大名，所以萧天雅应该感谢他，而请他和卞月勤吃饭便是一种再恰当不过的表达方式了。

晚饭是请祝宇安安排的，地点就在学校的工农兵小吃部。这天是个星期六，餐厅里人不少，包厢都坐满了，几个人绕场转了一圈，才在靠墙角的地方找了一张空桌子坐下。安排座位的时候，萧天雅要卞月勤与路剑夫并排坐在里侧，卞月勤说我要跟你坐一块，路剑夫就和祝宇安坐到里面去了。

仲夏季节，来餐厅就餐的人都已换了夏装，卞月勤穿一件桃红色短袖衬衣，萧天雅穿一件月白色短袖衬衣，两人坐在一起，在餐厅的角落抹了两片云彩，把周围的目光都吸引过来了。

路剑夫与两位美女相对而坐，忍不住悄悄打量起两人的长相：萧天雅生得一副瓜子脸、柳叶眉、仰月唇；自己那位则是鸭蛋脸、一字眉、菱角嘴。两人的五官若是隔开来看，都是美人胚子，但放在一起观赏，一个秀美匀称，含情带水；一个棱角分明，稍显刻板。萧天雅的肤色很好，细腻且白里透红，像是清水里的雨花石；自己的那位皮肤虽然也白，但不够水润，更像河滩上的鹅卵石。两人最大的区别还在于气质，萧天雅满身风韵，仪态万方，举手投足溢动着一种优雅，无不带有与生俱来的烙印；自己那位虽然也矜持稳重，言语得体，但待人接物流露出一种生硬，很难抹去临场拼凑的痕迹。萧天雅是大家闺秀，卞月勤是市井淑女，两人拉下了一段厚重的家族背景，难以同日而语。路剑夫忽然对萧天雅的样貌产生了由衷赞叹，毕竟“市花”的底子摆在那里，一时竟有些想入非非。路剑夫明白自己此刻的心态，大约就是俗话说的吃着碗里的，想着锅里的；文章是自己的好，老婆是别人的好，不由得一阵惭愧。

路剑夫收回心思，回到眼前。他一看桌上没摆酒，就半真半假地说：“哎，无酒不成宴。今天我女朋友来学校看望大家，还是要弄点酒来犒劳她一下吧？”

“真不好意思，是我考虑不周，居然把这么要紧的事给忘了！”萧天雅赶忙向服务员要了两瓶女儿红，“我的小姐妹千里迢迢来看我，哪能不喝酒呢！”

借着酒兴，路剑夫和萧天雅开玩笑，说：“去年到你老单位去搞社会调查，听邓主任讲你谈了一个部队军官，长得一表人才，什么时候把他也带到学校来，我和纪小冉一起请他吃饭！”

萧天雅心里咯噔一下，脸色霎时就变了。隔了一会儿才冲卞月勤笑笑，说：“你以为人人都像她这般命好呀，我的那位从来就没把我放在眼里哩！”

“不是别人不把她放在眼里，而是她不把人家当回事！”卞月勤马上接过萧天雅的话说，“我们行里的人评价她，在儿女之事上她根本就没开窍，什么都不懂！前几年她的老搭班邓美萍谈恋爱，她整天去给人家当电灯泡，差一点把人家的男朋友给赶跑了！”

几个人在交谈，祝宇安就带着耳朵听，听路剑夫讲萧天雅男朋友的事，她就抿着嘴笑，意思是笑萧天雅放的烟幕弹起了作用；听卞月勤说萧天雅当电灯泡，差一点坏了人家的好事，她又立马来了情绪，急着要卞月勤细说原委。卞月勤很高兴成为饭桌上的焦点，也愿意满足祝宇安的好奇，于是献宝似的说起了萧天雅过去的一桩趣事——

萧天雅当年和我们分理处的主任邓美萍搭班干活，两人在一起坐柜台，共用一个保险柜，又都住在银行的单身员工宿舍里，一起上班一起下班，还总在一起玩，几乎形影不离。邓美萍谈了朋友以后，萧天雅还是像过去一样整天跟着她，邓美萍自己也不好说破。有一次萧天雅去邓美萍房间，见到了她的男朋友，萧天雅也不理人家，只顾跟邓美萍讲话，像以往那样待在邓美萍房间不走，海阔天空漫无边际地闲聊，把她男朋友急得够呛。五次三番以后，邓美萍的男朋友改变了战术，将两人约会的时间推迟了几个小时，等萧天雅回房休息以后再来。那时候，银行宿舍和上班的地方在同一个院子，晚上银行关了大门，进出宿舍要通过巷子里的一道小门。萧天雅有一个习惯，每晚睡觉前都要去查看一下进出宿舍的那道小门关没关好，假若没关好的话，就会顺手将插销插上，这样一来就苦了邓美萍的男朋友，再来宿舍与邓美萍约会时，就无法从小门进入，只能提心吊胆地去翻墙头，感觉苦不堪言。

一个雨天的周末，邓美萍的男朋友裹着雨衣又来翻墙头，恰巧被巡夜的银行保卫科长逮住了。保卫科长心想这人肯定是小偷，也不给对方任何解释申辩的机会，上来就是一顿拳打脚踢，还掏出枪来吓唬他，要他承认偷盗的事实，把邓美萍的男朋友整得狼狈至极……

“后来呢？后来怎么样？”祝宇安追着问。

“后来呀，后来她就远走高飞喽！”卞月勤酸酸地说。

卞月勤在揭萧天雅的老底，萧天雅就一脸讶异地看着她，她差不多把自己的往事忘得干干净净了，大家谈笑风生，只有她是安静的。等卞月勤停下，萧天雅给她敬酒，说：“谢谢你来看我，我敬你和路剑夫，祝你们今后幸福！”

卞月勤赶忙拉着路剑夫一起回敬萧天雅。卞月勤以一种过来人的口吻劝说道：“我不是要打你的破嘴，我一直就不赞成你找部队的，你不知道那有多苦哇！学校这么多好同学，都是知根知底的，如果有你看得顺眼的，为什么就不能找一个？我等你，找到以后我们一起办婚礼！”萧天雅一下子被她堵住了嘴，正要找话回她，脑海里突然跑来了闻风雷，于是就学着某人的口气道：“哈哈，不着急，不着急！一人一个，人人有份，你我就耐心等着吧！”

话还没说完，路剑夫就笑喷了：“这话是谁说的呀，这么逗，像是说相声一样！”

“闻风雷的原创！”祝宇安道。

“我就说嘛，萧天雅说不出这样的话来！”路剑夫对自己的判断颇为得意，话头也就越扯越多，“我很佩服你们班上的这帮人，特别是你们班长书记两个当头的，把一个班带得就跟一个人似的，上下啮合得很紧。若论人才，我们班也大有人在，一个不比一个差，但就是捏不到一块去，要怪就怪邵仕达不问事。最近又听说他在活动当辅导员的事，心思就更不在班里了！”

话题涉及邵仕达，萧天雅就留了个心眼。她也不多嘴，与卞月勤碰了一下杯，就听路剑夫继续说他班里的事：“邵仕达心胸不宽阔，爱感情用事，有时还要点小聪明，在班上没有多少人缘。最近他的状态很不好，一天到晚就忙着找对象，今天给这个写信，明天找那个谈话，因为不擅长与女孩子打交道，基本上都是铩羽而归,大失所望。”

“他各方面条件都挺好的,干吗不在班上找一个?”萧天雅问。

“好个啥呀,外面溜溜光,里面一包糠!”路剑夫不以为然,“我们班跟你们班不一样,你们班是九朵金花,我们班只有五个大妈。你可能还不知道吧,邵仕达还打过你的主意呢!去年我们社会实践回来,他悄悄地问我,打没打听到你谈对象的事,我说有哇,听她们分理处的主任讲,她谈了一个部队干部。邵仕达当时就蔫了,连自己刚说过的话都忘掉了!”

送走卞月勤,萧天雅心里许久都无法平静,路剑夫讲了一个校园痴情汉的故事,这个故事了无新意却叫人惆怅和感伤,她因此替邵仕达担心。她想到了谢晓华念的那封信,想到了皇甫涓的傲慢神情,还想到了邵仕达一次次失意的狼狈模样和他在大会小会上端坐时的光鲜身影,她的心在隐隐作痛。她决定要给邵仕达写一封信,透露一点她所知道的皇甫涓的感情真相,希望他别在皇甫涓这里空耗心思。邵仕达对她不错,她来校报到的那一天就是邵仕达接站的,后来又给了她班部的钥匙,她应当感谢他。她不能眼睁睁地看着他在自己的女同学这里吃败仗出洋相而毫无反应。

几天之后,邵仕达收到了一封匿名信,信的全文如下——

> 你最近给七九级金融班的一位会唱歌的女生写了一封信,这件事做得实在是太糟糕。在你没写这封信之前,你是我们心目中一位受人尊敬的好学长;写过这封信之后,你就变成了一个追欢逐乐的普通人。你和她并不在一个班,你既不认识她,也不知道她有没有男朋友,更不知道她平时是如何与人相处的,就盲目地给她写信,还说爱她纯洁高尚和正直善良的灵魂,你的话没有一个人相信。张爱玲曾说,没有一个女子是因为她的灵魂美丽而被爱的;又说,男人憧憬着一个女人身体的时候,就关心到她的灵魂,自己骗自己说是爱上了她的灵魂,唯有占领了她的身体之后,他才能够忘记她的灵魂。我们无心干预你的私生活,无论你是爱她的美德或是爱她的美貌,其实都跟旁人无关;我们在意的是你的特殊身份以及你鲁莽行事所带来的负面影响。作为一名党员和一位班长,下一步还将成为年级辅导员,

你公然破坏校规校纪，明目张胆地找女生谈恋爱，你的做法与学校的教育管理背道而驰，对老师和班干部们的辛勤努力造成巨大冲击。我们衷心地希望你能迷途知返，慎终如始，以实际行动挽回业已造成的不良影响，为在校的师弟师妹们做好榜样。

又及：皇甫涓已有男友，与她进行爱情游戏，触碰她的情网，拨弄她的窗幔，无异于在岩石上凿井，在沙漠里找泉，徒劳而已。

这封信没头没尾，而且口气很不友好，看得邵仕达郁闷至极。他的第一反应是皇甫涓出卖了他。他本想立即去找她，把她痛骂一通，质问她为什么要那样做，向她讨要一个公道。后来冷静下来，将那封信反复看了几遍，就发现事情并不简单。信中有几个疑点令他颇费思量：一是此信的行文风格不像女生，究竟何人所写难以确定；二是知道他要当辅导员的人屈指可数，可见这个人不是一般的学生，甚至也不是一般的学生干部；三是对他的批评直击要害，没有一定政治素养的人是找不准那样的批评视角的。他想来想去，最后竟然想到了闻风雷；想到闻风雷之后，他就彻底没脾气了，他怕的就是闻风雷。

又过了几天，邵仕达给皇甫涓去了一信，信的内容是一道问答题，一题两问：你为什么要公开我的信？公开了我的信之后，为什么还要叫人写信来指责我？

皇甫涓收到邵仕达的信后也是大吃一惊。对于她来说，这两个问题犹如晴天霹雳或是一声断喝，吓得她三魂掉了二魂。为了洗脱自己，她赶紧回了一信给邵仕达，告诉他这一切都不是真的，并发下毒誓从未让任何人看过他的信。邵仕达此时已头皮发麻，他在心里冷笑了两声，便直接将那封没头没尾的信寄给了皇甫涓。他担心自己会陷入迷魂阵，盲目冒进，继续恋战，最终的结果必然是无法抽身。

邵仕达在闷葫芦里憋了一段日子，终于又动起来了。他去系里找蒋家兴汇报工作，蒋家兴告诉他学校准备在七八级学生中物色一批辅导员，系里已经推荐了他。这批辅导员是学校的第一批辅导员，院系都很重视，在遴选对象上反复比较，严格把关，能够被选上是一件很荣幸的事情。系里考虑，等他当了辅导员之后，学生党支部的工作就交给七九级金融班的闻风雷，听听他有什么意见。

“意见啊——没有！”邵仕达犹豫了一下，“闻风雷这个同学各方面表现都不错，组织协调能力更是没话说。但是，支部有些党员对他有意见，说他为人清高，与大家交往喜欢端着架子，从不主动找别人说话，而是等着别人来找他。”

“你的意思是，他在支部活动中表现不积极？”

“那倒不是！”

“平时会不会乱表态、乱议论，犯政治上的自由主义？”

“没有，没有！”

“清高一点也不见得是坏事，也可能是对人对己的标准和要求高一点。”蒋家兴并没往心里去，“对闻风雷，我比你了解他，这个人有头脑，有点子，有胆识，有时候也不大听招呼，”说到此处，蒋家兴皱了一下眉头，“你也知道，上次他们班张大勇那件事，我也是随便提了一嘴，要有个处理意见，他居然去给覃怀良出主意，叫覃怀良别理睬我们。说实在话，一个学生敢这样对待系里，我是有看法的。但是结果他把这件事处理得非常漂亮，不仅上上下下没听到一点杂音，还带出了一个先进集体，你们谁能想得到？事实证明他是对的，倒是我们当初没有把这件事引导好。学生党支部书记我看就叫他干吧，七九级几个班党员本来就少，他又是先进班的班长，你不叫他干，难道还叫八〇级的学生去干？嗯？”

16

丁翔华、钟迎晖、薛坤荣三人聚在饭堂门口吃饭，就发现饭堂门口两侧的宣传橱窗有哪里不对劲。阳光穿过树木的枝叶洒落在橱窗的玻璃上，折射出奇形怪状的图案，将整排橱窗勾勒成了一溜明晃晃的有些刺眼的花墙。丁翔华往橱窗里瞅了半天，终于看清了张贴照片或报纸的杉木底板上空无一物，于是失望地喊了一声：“空窗喽，没东西看喽！”

“怪可惜的，要是放进去几张小姑娘的照片该多好哇，也让我们老丁这位空窗期的大叔养养眼珠子！”薛坤荣打趣道。

“空窗期的大叔？搞笑喽！”丁翔华自嘲道，“老夫年逾三旬，谁看我都不顺眼了，恋爱的窗口期和考察期都已关闭，早进入恋爱的排斥期和反感期了！”

“可现实是残酷的，原始的异性冲动从来都是可以叫人走火入魔的！”钟迎晖不知是在谈体会，还是在讲哲理。

“唉，我和你们不一样，只能在情场之外逗留，欣赏一下里面的风景罢了！”薛坤荣酸酸地说。

“也未必，”丁翔华对薛坤荣的言论并不认同，“在没有边际的风景里，一不留神人就进去喽！”

一番说笑后，钟迎晖眯缝着两眼，指着宣传橱窗问另外两位：“你们还记不记得，萧天雅的照片是什么时候放进去的？”两人都说具体日子记不得了，大概是去年上半年吧，然后就反问他是不是把那次展示当成了某种纪念日了。

“你们别笑，还真有这样的人！”钟迎晖一本正经地说，“我们的苗喵咪同志就挺虔诚的，不知道用了什么办法，居然把橱窗里展示的萧天雅请进了自己的书包里！”

“哦，这么说苗喵咪动了心思了？”薛坤荣听着来劲了，“你没问问他照片是怎么来的？”

“他说是人家更换宣传橱窗，把照片扔在地上，被他看见了捡回来的。”

“苗喵咪的性格相当内向，他这是在闹单相思呐！”丁翔华提醒钟迎晖，“你是他的组长，还要留个心眼，别弄得成不了佳话成笑话！”

三人谈话中所提到的苗喵咪，本名叫苗德发，现在是钟迎晖当组长的第三组的组员。苗德发的英语发音不大好，有一次老师让他读一篇英语课文，其中涉及一个单词 miaow——正确的发音应该是猫叫声“喵”，苗德发将它念成了“喵咪”，老师连着纠正两遍也没纠正过来，因此很荣幸地成了女生们调笑的对象；恰巧他又姓苗，索性就叫他“苗喵咪”，苗喵咪的绰号也就应运而生并且在全班叫开了。

苗喵咪是北方人，却生了一副南方人的身量，个子中不溜，精瘦精瘦的，脸色在正常情况下是土黄色的，但一见女同学立刻就变成了酡红，班里的男同学就嘲笑他一天到晚都处在兴奋期的“充血”状态。苗喵咪的高考分数很高，在班里能排进前十名，正因为有这样的先天优势，导致苗喵咪的眼界也高人一等，基本上没把谁放在眼里。彼时，任课老师为了掌握学生们的学习底子，反复进行相关知识点的摸底测验，几轮测试下来，苗喵咪的成绩基本上都处于垫底水平，从而引起了大家的关注。转入基础课学习以后，苗喵咪的成绩还是毫无起色，第一学期期终考试他的数学不及格，第二学期期终考试他的英语又不及格，接连两门主课都不及格，不仅打击了苗喵咪本人的学习自信心，也在同学心目中留下了"弱智"的印象。有人就开始怀疑他的高考分数，说指不定是哪位粗心的阅卷老师张冠李戴，把别人的分数登在了他的头上，急得苗喵咪四处申辩。后来还是苗喵咪自己说出了实情，说他的高考成绩是真的，但有很大的偶然性，偶然性就在于他的数学老师在考试前两天组织他们反复练习了几道解析几何题，这些题目都很难，但老师要求他们一定要把解题步骤背下来，并且说会不会做这几道题是决定他们今后穿皮鞋还是穿草鞋的分水岭。这位老师还真是个猜题高手，他临时为学生补习的十道数学题中，竟然有两道出现在高考的试卷上，一下子为他的学生争取了二十几分。苗喵咪所在的中学，是"文化大革命"之前的全国"高考红旗"，考前辅导的针对性极强，正是得益于高效的猜题，苗喵咪那批学生的录取率也十分傲人。不可否认的是，临时抱佛脚得来的成绩只是面上的光鲜，根基是不稳的，即便侥幸进了大学的校门，后续学习也难言轻松自如，更不用说毕业以后如何出人头地了。苗喵咪高中的同班同学当年有五人考上大学，这几个人包括苗喵咪在内，在大学毕业之后的数十年间大都庸庸碌碌，鲜有大的作为，不知道这能不能算作"高分低能"的一个典型例子。

苗喵咪有一个特别的嗜好，就是喜欢跟女生们黏在一起。他自己就毫不掩饰地说过，一见到女同学他就会迷失自己，他的世界里就只剩下了爱。他不仅是这么说的，更是这么做的。每次上大课，无论人多人少，在男同学集中的片区基本上是见不到他的身影的，通常他都是选在女生人多的地方坐；星期天或是某个没课的下午，在学校与牛郎星镇之间的公路上，经常会来回走着三三两两的有说有笑的女生，只要她们身后出现一位肩扛手拎的男生，那八成就是苗喵咪；有时女同学之间闹了别扭，当事人不以为意，他却如临大敌一般，不仅串来串去地当和事佬，偶尔还莫名其妙地赔上几滴伤心的泪水。

班里的女生们相隔几个礼拜就有一次打扫教室卫生的小值日，苗喵咪十分重视这一天的到来，不仅主动参加她们的值日，还表现得异乎寻常地积极，两只手各拎着一只铁皮桶，不停地拎水倒水，擦桌子抹凳子，忙得满头大汗。时间久了，女同学就把他当成了“自己人”，如果苗喵咪哪天迟来了，大家就会有意无意地等着他，只有等到他来了，卫生值日的人才算齐了。女同学们都把苗喵咪当作本小组的“公用助手”，这个叫喵咪，帮我把抹布搓一搓；那个叫喵咪，帮我把摇头窗的玻璃擦一擦。苗喵咪和女生们在一起从来不生气，女生们跟他讲话也就毫无禁忌。皇甫涓有一次就问他：“喵咪，你这样不辞辛苦地天天跟着我们搞卫生，难道就没有一点个人的企图在里面？你跟大家说老实话，是不是看中了谁？你如果看中了谁，就告诉我们，我们大家都来帮你做工作。”这时候苗喵咪就会紧张地用两只手护住通红的脸颊，一边低着头，一边害羞地说：“没有，没有！”遇到这种尴尬，萧天雅只好出来和稀泥，既肯定苗喵咪的良好动机，又制止皇甫涓等人的无礼行为，苗喵咪就对萧天雅心存了一份感激。

苗喵咪对萧天雅的感激是有具体表示的，他的表示就是经常地向萧天雅反映同学们的议论，哪怕是明知萧天雅听了会不高兴的闲话，他也要当着萧天雅的面再唠叨一遍。比如，他曾告诉萧天雅，班里有几个小同学经常拿她的两根长辫子开玩笑，说她的两根辫子就像是两根对外发报的天线，一根是事业线，一根是爱情线，这两根线天天在打架，谁也打不赢谁；隔了几天又来她这里絮絮叨叨，说有人在背后叫她“马老太”，要她去批评那些人。萧天雅就假意表现出很生气的样子，说下次再被她听见了，一定找他们算账。萧天雅知道是莫跃进那帮人在背后叫她“马老太”的，而且也明白他们的用意。“马老太”的全称是“马列主义老太太”，是当时流行的一个极具政治色彩的人物符号，专指那些观念陈旧思想僵化的理论说教者，萧天雅既不保守也不教条，关键是她还十分年轻，与“马老太”的典型形象相距甚远，简直风马牛不相及，对此她并不介意。

苗喵咪参加女生值日的企图心终于在一次他与萧天雅的谈话中露出了马脚。他跟着萧天雅一起洒水、扫地、摆放凳子，突然毫无来由地引出了话头：“哎书记，他们都说你的男朋友是部队的连长吧！”

“连长好不好？”萧天雅抑住笑意，很认真地问。

“不好，太危险了。前年中越自卫反击战就牺牲了很多的连长排长！”

“那你说怎么办？”

“我……如果是我的话，我就在班上找。那么多人都喜欢你……我……”

“你……你这是不安好心，想叫我犯错误！”萧天雅急忙终止了两人的对话。

卫生打扫得差不多的时候，皮阿凡满头大汗且兴高采烈地来了。他挥动手里的几张电影票，笑嘻嘻地对萧天雅说：“书记，我请你看电影！”

“请我？”萧天雅一愣，随即明白了他的意思，“好啊，什么电影？”

“《好事多磨》，刚上映的！”

几个女生蜂拥似的围了上来，纷纷去抢皮阿凡手里的票，皮阿凡把票举得高高的，开心地喊着：“别急，别急，挨个来！”大家根本不听他的，一哄而上就把他手里的票抢光了。皇甫涓起初看大家你争我夺还挺高兴的，后来发现皮阿凡手里的票都被抢光了，似乎没自己什么事，哼了一声，气呼呼地离开了教室。皮阿凡一看自己的女神跑了，撇开众人急忙追了出去。

苗喵咪倒完垃圾之后，顾不上到食堂去吃晚饭，就慌里慌张地赶到蛟河机械厂礼堂去买电影票了。皮阿凡买的票虽然没他的份，但这并不影响他想要和女生们一起看电影的心情。他记住了皮阿凡买的那几张票是十一排中间的位子，就问售票员还有没有十一排前后的座位。

“电影还有一个多钟头就开演了，你这个时候来还想要好位子，你是操心我们的电影票卖不出去吧？只剩楼上的了，你要不要？”售票员没好气地说。

“那我就再等一等吧，看看有没有人退票！”苗喵咪心有不甘。

苗喵咪的肚子此时早已咕咕叫了，他本想先回学校吃过饭再来的，但又怕临近开演来来往往的同学多，被皮阿凡他们看见不好意思，于是就打消了念头，耐着性子守在售票厅等票。时间一分一秒地过去，苗喵咪的饥饿感也在一分一秒地增加；苗喵咪的饥饿感虽然令他越来越难受，但一想到接下来的精彩电影和自己心仪的女生，他立刻就不难受了，因为有一股暖流在他的周身奔涌，把他的饥饿感给赶跑了。苗喵咪守在售票窗口等了半个多小时，终于从退票的人那里买到了一张十四排中间的座位，满心欢喜地取得了约会的入场券。

苗喵咪那天晚上的电影票基本上是白买的，他把电影银幕当成了流动的风景和放飞心灵的空域，人就跟着它飘来飘去，一直无法落定。本来他还记得故事的主角叫沈治远、刘方方，电影讲述的就是他们一波三折的爱情故事。但是，在电影放映的过程中，他脑子里晃动的却不是这两个人，而是自己的两位同学闻风雷和萧天雅。他怀疑自己被什么魔力给控制住了，从下午打扫卫生开始到此刻坐在电影场里看电影，脑袋始终是混沌不清的。在买票之前，他明明记得祝宇安从皮阿凡手里抢到了两张电影票，一张是十一排 2 号，另一张是十一排 5 号；他还记得祝宇安明明说过要把 2 号留给萧天雅，自己坐到 5 号去。也许是自己看错了或者听错了，萧天雅看电影的座位并不在十一排的中间，那几个座位上挨个儿坐着皮阿凡、皇甫涓、黎玉红和谢晓华等人，萧天雅不知怎么搞的，和闻风雷坐到一块去了，就在他的前方大约五六排的样子，右侧走道的边上。闻风雷靠走道坐，由外及里依次是刘远程、祝宇安、萧天雅、陈实。苗喵咪立刻就心慌了，不仅是心慌，而且还心痛，一团气堵在胸腔怎么也出不来。萧天雅是无论如何都不能与闻风雷坐在一起看这场电影的，萧天雅若是喜欢上了闻风雷，那就万念俱灰、万劫不复了，他的天就塌了，世界也就毁灭了。苗喵咪无法再继续看下去了，他匆忙离开电影院，带着一个人的独自悲伤而留下满屋子的欢声笑语。他头重脚轻、昏昏沉沉，就像喝醉了酒的酒鬼一样。他觉得自己刚才在路边摊子上吃的那碗面条正在快速发酵，变成一种像酒、像醋或是汽油的东西，烧灼着自己的五脏六腑，而发酵剂就是他自己的绝望心情。

苗喵咪脸色煞白地回到寝室，被钟迎晖看出了问题。钟迎晖躺在床上听收音机，见苗喵咪像一只发瘟的鸡一样，就问道："怎么啦，苗老弟？是不是找人家约会，人家没理你？"

"我没跟谁约会。我看见他们在一起心里就难受！"

"你这是何苦！你把人家的照片藏进书包里，意思意思就行了，你还想得寸进尺呀？"

"你想不到我有多难受，简直就是在受煎熬！"

"这么严重？能不能说来听听！"

苗喵咪扭捏一番之后，终于将事情的经过告诉了钟迎晖。钟迎晖开始还没太在意，听到后来就觉得苗喵咪的所言所行完全不可理喻，气得直骂他"有病"。

"这件事全班人都知道，是刘远程请客，他买票请班长书记一起去看电影，难道不正常吗？"钟迎晖解释了几句之后，突然失去了耐心，"班长和书记在一起碍着你什么事？别说他们没谈恋爱，就是谈了恋爱也和你没关系呀！你一天到晚盯着萧天雅，老是猜疑她和谁在一起，你不是有病吗？不仅有病，而且还无可救药了！”

“我知道自己有问题，也不应该老盯着他俩，但我就是喜欢萧天雅，就怕她跟闻风雷好。”苗喵咪被钟迎晖臭骂一顿，不仅不恼他，反而咧开嘴笑了。

“这种事还真轮不上你操心，你喜欢萧天雅，别人也喜欢萧天雅，如果全班的男同学都喜欢萧天雅，你又该怎么办呢？你难道只有寻死觅活的一条路可以走？天下的女人多的是，谁配你都不差，为什么非要吊死在一棵你攀不上去的树上？”钟迎晖又好气又好笑，想不到他的这位同学没有一点自知之明。

苗喵咪再次来找钟迎晖诉苦，是隔了两个礼拜之后的一个夜晚。那天，外面下着大雨，苗喵咪不知从哪里淋了雨回来，浑身上下被雨浇得湿漉漉的，脚底下的一双胶鞋也灌进了不少水，走起路来咕叽咕叽的。苗喵咪把钟迎晖从阅览室叫出来，神情沮丧地告诉他：“班上传说的萧天雅谈了一个部队的连长，消息可能是假的。我每天到学校收发室去查信，一连几个星期都没见到萧天雅有信来，假如她谈了男朋友的话，怎么会没有书信来往呢？”苗喵咪忽然有了一丝兴奋，头发上的水滴顺着额头和眉眼流下来，像几粒光珠一样挂在脸上，“我还发现一个秘密，就是萧天雅不在教室自习的时候，闻风雷也必定不在。就拿最近这几天来说，闻风雷到教室来自习了两次，每次萧天雅都在；其他的时间闻风雷不在，萧天雅也不在。教室里没人，我就去寝室和阅览室找，结果都扑了空，这说明他们两人确实是一道外出了！”

看着落汤鸡一般的苗喵咪，钟迎晖不禁一阵心寒。疯狂的单相思产生的巨大惯性，将苗喵咪的正常思维推向了偏道，迷失了自我。钟迎晖十分痛惜地摇着头道：“苗德发呀，苗德发，你怎么成了这副模样！你到收发室去查别人的信，到女生宿舍去跟别人的梢，你这是在侵犯人权呀你知不知道？这种事情哪一天让大家知道了，那还得了哇，就是学校不处理你，班上的同学也饶不了你，你还怎么混哪！”

钟迎晖觉得兹事体大，难以等闲视之，遂找来丁翔华和薛坤荣两人一起商量，看看如何处理为好。

“苗德发钻牛角尖了，我一点都不奇怪。”薛坤荣一副料事如神的样子，“要紧的是看住他，防止发生什么意外！”

“这是个隐患，要赶紧排除！”丁翔华倒是有点急了，“苗德发的情况必须告诉萧天雅，解铃还须系铃人，她或许会有办法的！”

钟迎晖带着几个人的意见来找萧天雅，一股脑儿地向她通报了苗喵咪的近期表现，最后更是直言不讳地向她发出了可怕的警讯：“苗德发在闹单相思，已经到了茶饭无心的地步，他不相信你谈了部队的男朋友，发誓一定要弄清真相后才死心，否则死追到底。最近他干了几件蠢事，比如到收发室去查看你的信件，还盯着你和闻风雷的行踪，教室里见不到你就四处找你。他怀疑你在和闻风雷谈恋爱，心里绝望得很。他知道自己无法跟闻风雷比，怕的就是你们俩在一起，这样下去会出大事的！”

“怎么会是这样？”萧天雅一脸错愕，“这样下去还怎么学习呀？”

“他现在的精神状态糟糕透了，一天到晚昏昏沉沉的，整天拉着我讲你的事，没完没了，跟精神病人简直没什么两样！”

萧天雅的心情陡然坏了。她知道苗喵咪对她有意思，为了博取她的好感，低声下气地跟在女生后面打扫卫生，被一帮年龄悬殊的小学妹们使唤来使唤去，一点自尊也不顾。但令萧天雅大感意外的是，苗喵咪的心智又是如此地不成熟，明明知道自己不可能跟他好，还要在这方面动心思，做无用功，不撞南墙不回头。萧天雅意识到自己碰上了一个牛皮糖一样的人，嘴甜，皮厚，黏人。她想断掉苗喵咪的念头，便用一种冷峻且果决的口气对钟迎晖道：“请你告诉苗德发，我绝对有男朋友了，叫他别再胡思乱想了！”为了强化自己的态度，随即又补充道，“退一万步说，即便我没有男朋友，也不会在班上找，更不会和他发生什么啰七八嗦的事！”

听到萧天雅最后的这半句话，钟迎晖立刻松了一口气：“要是这样的话，那就好办了，你不跟班上的人谈，苗德发心里就会好受多了。苗德发就怕你跟闻风雷谈，前几天他还说，假如你真的跟闻风雷谈了，他就要去跳楼了！”

“乱弹琴！”萧天雅急得喊叫了起来，“我的事和他究竟有什么关系嘛！”

萧天雅的第一反应是为苗喵咪着急。说老实话，她还真有点担心苗喵咪会想不开。她虽然并不了解男生的求偶心理在受到意外挫折时会发生怎样的畸变，但她周围确实有人出过问题，她不能掉以轻心。她不希望自己在校学习期间成为某件桃色新闻或情感悲剧的主角。

钟迎晖离开教室后，她还站在原地不动，望着他远去的方向发愣，她不知道接下来应该怎么做。她觉得她的心在哭泣，流了许多眼泪，眼泪越聚越多，多得漫过了喉咙口，最后又反流回去，引起烧心疼痛。这一刻，她的痛不再是为苗喵咪了，而是为她自己，为她和闻风雷的恋爱。

她怨叹自己太倒霉了，她和闻风雷的恋爱才刚起了个头，就被同学看出蛛丝马迹，招来许多麻烦事。她想不明白，大家为什么都容不得她在学校谈恋爱，眼睛都在盯着她，而且看她的眼睛都会喷出一团带钩带爪的绳索，恨不能将她束缚得寸步难行。有一刻她的情绪都快要失控了，她真想什么都不管了，干脆就把她和闻风雷的事告诉大家，让大家去说三道四，看他们能把她怎么样。万一学校待不下去了，她就回老家，回到原来的工作单位，回到爸爸妈妈身边……萧天雅第一次憎恨起自己的班干部身份来，她最近碰到的诸多不顺，都与她的这一身份有关，当初她若不是什么团支部书记的话，学校就不会宣传她，大家的眼睛就不会都盯着她，在和闻风雷接触的过程中，也就用不着找出各种理由苛待自己，一切就会变得轻松自如，自由自在……唉，这倒霉的团支部书记！

改天，皮阿凡趁女生们打扫教室卫生的时候来找萧天雅，要她帮忙撮合他与皇甫涓的事。萧天雅指着正在擦黑板的皇甫涓说："你了解她吗？你是不是看她对你很热情，就以为你俩有戏？你还真不知道，皇甫涓对谁都热情，特别是对你们男生，见面就笑，花枝招展，让你们如沐春风，心花怒放。我要告诉你的是，她的这种热情仅仅是她的一块招牌而已，热情不见得就会移情，你可别想歪了，她不会给你们任何机会的！"

皮阿凡望望皇甫涓再看看萧天雅，恍然大悟道："怪不得呐，我约她玩，给她买东西，她都不拒绝；但一提到处朋友的事，她则死活不接话。我怕她在犹豫，就想请你帮个忙，在我们之间烧把火，让她打定主意！"

"你真是得了健忘症！我以前告诉过你，人家皇甫涓是有对象的，你要我去帮你说好话，实际上就是叫我去给你当红娘，而且还要去挖人家的墙角！你的胆子也够大的了，学校规定不许谈恋爱，你硬要对着干，我不批评你已经不讲原则了，你还要拉着我一道来违反规定，你可真敢想呀！”

皮阿凡恬然道：“皇甫涓又没结婚，怎么就不能追了？你不在学校谈朋友，那是你对自己要求严，我又不是班干部，为什么非得跟你学？大学生谈恋爱是天赐良机，这么多优秀的女生集中在一起任你挑选，机会多好啊！现在机会就在我的眼前，你却不让我找，等毕业了她们都有对象了，你叫我找谁去？”接着，又质疑道，“你说你不在学校找，我既相信又不相信，我相信你的今天，但不相信你的明天。你最终肯定会在学校找的，我可不上你的当！”

皮阿凡一句轻飘飘的话，就把萧天雅的老底给端了出来，这让她内心忐忑了半天。她与皮阿凡的交往其实并不深，皮阿凡留给她的大体印象是聪明、机灵、能言善辩，有时也摆出一副愤世嫉俗或玩世不恭的样子，颇得一群小同学拥趸。有一次皮阿凡在她面前吹牛，提醒她别轻看了他这个小萝卜头，班里的不少同学之所以不敢跟她捣蛋，完全是他的功劳。他若是跟萧天雅同心同德的话，她工作起来就能得心应手顺风顺水；他若是跟萧天雅调皮捣蛋的话，她工作起来就会麻烦不断寸步难行。闻听此言，萧天雅不觉多看了他几眼，发现这个小家伙还真的不容小觑，不仅口气大，还自视甚高，地地道道的不知愁滋味的少年一个！

“你那么确定我会在学校谈朋友，到底有什么根据？”

“你都被别人盯了几个月了，还来问我有什么根据！”

“你别听苗喵咪瞎嚷嚷！”萧天雅不想节外生枝。

“我知道你也有苦恼，”皮阿凡倒是善解人意，“只要你一句话，我保证帮你摆平他！”

“你少来，我的事用不着你管！”

“你不让我管，我偏要管！我就要试试看苗喵咪到底是个什么货色！”

皮阿凡跟梢了一次苗喵咪，很轻易地在学校收发室外面截住了他。苗喵咪从收发室里出来，手上是空空的，收发室的老教工朝他看了看，微微地叹了一口气，眼神里充满了一晃而过的怜悯。

皮阿凡站在离收发室门口不远的地方观察苗喵咪的举动，见他出门，便似笑非笑地迎了上去，带着一种挑衅的口气问道："喵咪，你到底在打什么主意，怎么一天到晚像条癞皮狗似的跟在女生后面转呢？"

皮阿凡的话像是一只馋狗的包子，猝然塞进苗喵咪的嘴里，噎得他说不出话来。等他意识到自己遭到了攻讦，立即就毫不迟疑地进行了回击："你才像癞皮狗呐，你连癞皮狗都不如！你跟骚狐狸差不多，每天都要到女生宿舍去骚一下，碰了一鼻子灰还要往里钻！"

皮阿凡反唇相讥道："你这是在说你自己吧，你不仅碰了一鼻子灰不回头，就是碰得头破血流了也不回头，还摆出一副鱼死网破、霸王硬上弓的架势，非要缠着人家死磕到底，你说我俩谁更像癞皮狗？"

苗喵咪被戳到了痛处，不禁恼羞成怒："你算老几，凭什么来指责我，我喜欢谁就追谁，和你有什么鬼关系！"

皮阿凡把眼珠子一翻，然后又瞪起眼："怎么和我没关系？你纠缠的对象就是我喜欢的人，你说和我有没有关系？"

"你，你胡说！你，你骗人！"苗喵咪顿时结巴了。

皮阿凡缓了缓口气，嬉皮笑脸地掰起手指来跟他理论："我俩来算个账，你比萧天雅大五岁，我比她小四岁。你比她大那么多，还想追她，你是老牛吃嫩草，占人家的便宜；我比她小，我追她，体现的是一种纯洁的爱情，而且我的做法有根有据，根据就是马克思当年追燕妮，也比她小四岁，你说我俩究竟谁是癞皮狗？"

"你到底想干什么！"苗喵咪的眼里冒着火。

"我的意思是萧天雅不想在学校谈，我们谁也别去纠缠她！"皮阿凡采取敲牛皮糖战术，步步紧逼，"你也要现实一点，你要才没才，要貌没貌，女同学看不上你，男同学不看好你，你凭什么去追别人？全班总共才九个女生，就是挨个儿来也轮不上你，这个账你怎么就算不过来呢？"

"你不要乱说，我从来没有纠缠过谁！"

"你整天像个跟屁虫似的跟在人家后面，还说没纠缠人家？"皮阿凡的调门又高了一截，"萧天雅不喜欢你，你偏要黏着人家，你怎么就没有一点自知之明呢？"

“她喜欢你吗？你是她什么人，凭什么要你在这里说三道四？”苗喵咪愤怒了。

“她不喜欢我，但也不会讨厌我；她不喜欢你，而且还讨厌你！我们来打个赌试试看，我和你同时给她写信，看她会给谁回信。她若给你回了信，我就从学校爬到牛郎星镇上去，剩下的事我就不多管了；她若给我回了信，你就从学校爬到牛郎星镇上去，剩下的事你就要听我的了——赌不赌？”

“我为什么要和你赌？”苗喵咪的声音沉下去了，“我喜欢她就是喜欢她，不需要看任何人的脸色行事。我非要弄清楚她的男朋友是谁，只有当我确信她有了男朋友之后，我才会死心的！”

皮阿凡冷笑一声，使出了撒手锏：“既然这样，那就别怪我不客气了。我明人不做暗事，我的办法就是到处散布你的恋爱史，说你喜新厌旧，另觅新欢。我会告诉每一个女生，你是采花大盗，你是当代的陈世美，你是大学生中的败类，把你搞得声名狼藉，看你还怎么混！”

“你，你，你胡说，你这是在造谣毁谤！”苗喵咪气得直打哆嗦。

“哼，我造谣？我毁谤？你原来谈过一个小学老师吧？后来怎么样了？你不否认这码事，我就不算冤枉你，你说对不对？”

“不是你说的那样！呜呜……”苗喵咪竟然捂着脸哭了。

皮阿凡在苗喵咪那里耍了一通唇枪舌剑之后，带着胜利者的喜悦来向萧天雅邀功，说自己帮她搞定了苗喵咪，今后苗喵咪再也不会缠着她不放了。萧天雅怪他多管闲事，气恼地说苗喵咪对她又没怎么样，用不着他多此一举。

“他就像苍蝇一样讨厌，我必须坚决地把他从你身旁赶走！”

“你怎么知道你自己不是那只苍蝇呢？在皇甫涓面前说不定你也像苍蝇那样讨厌呢！”

“皇甫涓的事你帮不帮忙无所谓，反正你欠了我一个大人情！”皮阿凡在萧天雅这里讨了个没趣，心里极度失望，表现在说话的语气上就有了一点作对的意思，“我跟苗喵咪讲，你不想在学校谈朋友，叫他别骚扰你，你可不许骗我。你要是骗了我，就说明你不讲信用，我今后就不理你了；不仅不理你，还要拉上一帮同学和你对着干，让你处处为难，寸步难行！”

皮阿凡的话，让萧天雅一下子感受到了他的现实危险。她小心避开他的约言陷阱，用一种调侃的语气道："咦，你这是在自说自话呀！你不是早就断定过我最终会在学校找的吗？你既然都下结论了，那想必就是真的了，不在学校找反而变成假的了，你又如何检验我说的话算不算数呢？"

皮阿凡"哎呀"一声，挠了挠头，说："被你钻空子了！我更正一下我的说法，在学校找也行，但不许在班上找，你假如在班上找了，我还是要跟你捣蛋的——跟你们两个人都捣蛋！"

在二年级下学期这个溽热难耐的夏季里，闻风雷和萧天雅曾进行过一次色彩沉重的长谈。闻风雷看过《好事多磨》的电影之后，要萧天雅谈谈对男主人公沈治远的看法。

"全部的问题就在于一只王八上！"萧天雅就事论事地说，"男主人公气量狭小，头脑简单，明知那只王八是妻子的情敌故意送来羞辱自己的，居然还就信以为真怀疑妻子的清白了。作为女人，若是嫁给了这样的丈夫，那只能哀其不幸了！"谈过自己的看法，又反问闻风雷，"万一哪一天在我俩的婚礼上出现了电影里的这一幕，你会怎样处理？"

"站在男人的角度看，男女双方都有问题。两人感情出现危机，前情是女主角刘方方没有开诚布公地说清楚与过去男友的感情纠葛，后因是男主角沈治远在婚礼上没有处理好突如其来的人格羞辱，所以女方要负主要责任，男方要负次要责任。"

"我赞同男女双方都有问题的说法，但不赞同女方要负主要责任的理由。沈治远与刘方方的婚姻亮了红灯，关键的问题在于沈治远的疑心太重，得知刘方方婚前谈过恋爱，就怀疑她生活作风有问题；正因为生活作风有问题，才放下身段下嫁他这个普通军官，这样的逻辑思维简直太幼稚了。如果沈治远遇事能够冷静，对刘方方的婚前经历产生疑虑之后，耐心听取刘方方的解释，抱着信任与宽容的态度与对方相处，就不会有后面的一系列误解和风波了。"

"总结两人的问题教训，男女双方若要两情长久，一要信任，信任是破解猜忌的密码；二要交流，交流是直抵心扉的捷径；三要宽容，宽容是增进情感的良药。希望我们今后能比电影的主人公做得更好!”

谈完电影,闻风雷长出了一口怨气,说:“跟你谈恋爱,一点恋人的感觉都找不到,苦哇!”

萧天雅俏皮地问道:“你想要在你的恋人那里找到什么样的感觉呢?”

闻风雷瞪了她一眼,说:“我跟你都谈了半年的恋爱了,到现在连你的手都没牵一下,还问我要找什么感觉!”

“这还不好办吗,就让你牵一下,给!”萧天雅大方地伸出一只手。

闻风雷见一只玉色的柔荑果真伸了过来,不禁喜出望外,赶紧捉住了它。他将鼻尖贴近那只手贪婪地闻吸着,闻了手背又去闻手心;还嫌不够,索性将鼻尖探进衣袖里去闻胳膊肘,最后竟捋起衣袖,将鼻子嘴巴一起贴在胳膊肘上来回磨蹭,始终不愿移开。

萧天雅一开始并不知道闻风雷想要干什么,还以为他是想学外国人的吻手礼来向她献殷勤的。当闻风雷死死抓住她的手不放,又把脸贴在她的衣袖上嗅来嗅去,顿时吓得花容失色,拼命将手往回缩,挣脱了几下才抽回来。

恢复平静后,萧天雅不解地问:“你怎么抓住我的手不放呢? 把我吓死了!”闻风雷并不理她,只顾翕动鼻翼闻她身上飘来的气息。萧天雅见闻风雷的眼神不对,老是盯着自己看,怕他再做出什么出格的举动来,就催他赶快离开。闻风雷恳求她把手再给自己闻一下,萧天雅果断地拒绝道:“你这个人真奇怪,手那么脏,细菌那么多,你干吗老要吻它呢? 今天都让你占便宜了,不给!”

一股夹着暑气的凉风迎面袭来,给闻风雷带来了片刻的舒爽,也扑灭了窝在他心里的炽热的情火;凉风吹过,暑气重新蒸腾上来,又让他从清凉回到了闷热。闻风雷痴痴地看着萧天雅,希望从她眼里能找到自己情爱的光芒,并在它的指引下继续前行,欣赏到恋爱的风景;可是那束光并没出现,有的仅仅是掩藏在张望中的警觉和惊惧。失落和紧张的情绪在闻风雷的心中涌起,通过热浪传送并谱成曲调,变成了一首怅惘的歌。闻风雷知道他们的头上悬挂了一把校规校纪的利剑,正是这把利剑吓到了萧天雅,让他唾手可得的欢乐变得遥不可及。他和她都忌惮被人发觉,正因为如此,他才把约会的地点选在医务室西头的配电房背后,将两人的秘密封存在配电房单薄却结实的铁皮门里。为了今晚的约会，他踩过了好几次点，从医务室到配电房的这条路是一条断头路，白天来的人很少，晚上七点半之后更是罕有人至，又把时间定在了八点钟以后。地点和时间定好后，他特意选了一个日子，就是农历的月初。这一天晚上的月亮是蛾眉月，月亮衬着一缕太阳的光影从西边慢慢爬上来，形成一道弯弯的极细的蛾眉挂在天边，四周的景物统统都浸漫在朦胧的昏黑里，即使偶尔有人经过，也看不清暗夜下的两张面孔，只有皮影戏里的两个影人在交谈。按照约定，今晚的会面必须在一小时之内结束，因此才过了八点三刻，萧天雅就催促他早点回去，两人此时有一段如下的对话。

——每次和你在一起，你总是撵我走，你为什么就不愿意和我多待一会儿呢？

——我们天天上课都见面，这还不够呀？我们在一起说话，时间不长的话，别人不会说什么，还当我们在商量工作；时间若是久了，次数又很频繁，别人就会注意我们了。班上已经有人在怀疑我和你谈恋爱，苗喵咪天天到收发室去查我的信，没查到信，就把目光锁定了你；皮阿凡也不相信我的男朋友在部队，断言我一定会在学校找，目标指向的也是你。我从早到晚就陷在他们的猜疑中，真不知道该怎么来应付他们！

——我知道，皮阿凡对我有意见。自从上学期班里调低了他的助学金以后，他就到处放风说我处事不公，还扬言要给《中国青年报》写信，反映我不坚持原则，对犯了错误的同学一味地袒护。与这类愣头青打交道，真是从头到脚都要谨慎小心呐！

——你明白这个道理就好，我们减少一些接触，别让大家看出什么端倪来，这也是迫不得已的办法，小心终归是没错的！

不知道是什么原因，苗喵咪很长时间都没来教室里参加女同学的卫生值日了。几个平时经常使唤他的女生适应不了这样的变化，在干活的过程中仍然时不时地喊叫“喵咪，喵咪”，就感觉他并未缺席当天的值日。某个人在喊叫“喵咪”的时候，其他的女生就会仿冒苗喵咪尖细的声音应道“来啦，来啦”，结果引得大家笑声不断。

苗喵咪不来教室帮助女生打扫卫生，一个很大的原因就是受到了皮阿凡的惊吓（苗喵咪认为皮阿凡前几天威胁了他），他怕皮阿凡诬陷他还在骚扰萧天雅，所以就不去教室见她，而改为更加频繁地去收发室查看萧天雅的信了。

苗喵咪这一天到收发室去查信，意外看到一封萧天雅的来信，信封是部队的专用信封，有部队的代号和地址，是从很远的地方寄来的。苗喵咪初步判断这封信大概就是传说中的那位部队连长写来的，不由得一阵激动。萧天雅没跟班上的人谈恋爱，这是他的胜利，也是他被迫接受的最后底线，因为在与全班乃至全校的男生争夺萧天雅的战斗中，他与各路精英打了一个平手，这场战斗没分输赢，他和大家一样都是胜利者。过了半个月、又过了一个月，萧天雅都收到了来信，信封上的部队代号和地址与先前都是一致的，苗喵咪就完全相信萧天雅“名花有主”了。苗喵咪兴冲冲地将此事告诉了钟迎晖，钟迎晖心里一阵释然，说：“怪不得她那么沉稳，天天猫在教室里苦用功，根本不想谈对象的事，原来是金丝雀关进笼子里，没法选择了！”

苗喵咪彼时不会想到，萧天雅为了掩人耳目，特地让她在部队当过兵的兄长萧广仁给自己写信，用的是向他人讨要来的信封。萧天雅要求萧广仁每月至少要寄两封信来，其兄虽不情愿，但只能勉为其难。萧广仁前面来的几封信倒也正经，除了在信中谈些家长里短之外，还叮嘱她要注意身体和安全，很有一副兄长的模样；写着写着，就变着法子敷衍她了，一页纸往往就几行字，甚至几个字，到后来更是不像话，只寄几张空白信纸过来，纸上一个字也没有，气得萧天雅骂他“大懒蛋”。萧广仁寄给妹妹的信虽然是无字书，却起到了报平安、慰同窗的作用，与洋洋万言相若，萧天雅在心里苦笑了一下，最后便也默默认可了。

17

自从那日闻过萧天雅的手之后，闻风雷对萧天雅身上的香味便越来越痴迷了。他经常会在晚上睡觉之前把萧天雅写给他的信拿出来看一看，闻一闻信笺上沁人心脾的香味，然后轻松愉悦地枕着她的影子进入梦境。他闻到这种香味已经有些时日了，在萧天雅给他的第一封信上，就散发着这种香味。他开始以为这种香味是印刷厂加在信纸上的香料，但随即就被他否定了，萧天雅用的信纸很普通，是学校小卖部出售的那种薄薄的暗黄色稿纸，毫无香味可言；又想到是钢笔墨水的气味，便找了几种常用的纯蓝和蓝黑墨水分别在纸上写字，发现这些墨水在书写过后几乎闻不到气味，于是又被他否定了。萧天雅继续来信，每封信照例都带着同样的香味，这使他想到了萧天雅本人，猜测这种奇异的香味说不定是源自她的身上，是她的体香。他知道历史上是曾有过自带体香的人的，比如乾隆时期的香妃。萧天雅会不会也自带体香呢？这个念头一蹦出来，他身上的汗毛孔就全都惊醒了，一种跃跃欲试的冲动在他的意念里上蹿下跳，恨不得立刻就把萧天雅搂在怀里仔细查验，破解她身上的所有秘密。

"我想闻你！"

"不让你吻！"

"要是我非闻不可呢？"

"那就买一只布娃娃给你！"

闻风雷的小心思终于在前几天约会的时候实现了。他闻着萧天雅伸过来的一只手，就想找到她身上的香味来自何处：手背上是若有若无的，更多的则像是从衣袖里跑出来的；衣袖里的香气随着手臂的摆动，一鼓一鼓地朝他鼻子里扇。闻风雷忽然就认定了她的香味就是来自她的身体，是一种体香！闻风雷窃喜自己也找到了一个"香妃"，不由得心花怒放，就感到有一股氤氲的香气兜头盖脸地扑来，整个人都陶醉了。

闻风雷和萧天雅互通款曲，引起了一个人的怀疑，这个人就是与闻风雷同寝室、睡觉时头顶着头的陈实。陈实清早起来和闻风雷一起去操场跑步，途中神秘兮兮地扯出一截出人意料的话题："嘿嘿，我知道，你和书记在搞阴谋诡计！"

闻风雷一听此言，脚下像是被什么障碍物给绊了一下，身子朝前一冲，脚步不由自主停了下来。

陈实是他最信任的几位小同学之一，经常被他抓差，平时他忙七忙八误了饭点，都是陈实为他打好饭菜，并且慷慨地替他垫付饭菜票而不计细账，他早就把陈实当成了"自己人"。陈实的假意批评，实质上是一种爆料，是出于两人的友谊向他发出的提醒；陈实的消息来源主要是班上的议论，又有关他和萧天雅，他不敢掉以轻心。

“你听说了什么?”

“你们班干部找外班的男同学给谢晓华写信,让她误以为别人在追求她,有没有这回事?”

闻风雷哑然失笑,警报解除。

短暂的惊慌过后,闻风雷便反过来引逗陈实,问:“这么机密的事情,你是怎么知道的?”

“写信的人是七九级贸易经济班的包道明,他最要好的同学就是我老乡,差一点我老乡也给谢晓华写信了。”

“因此你就断定我们在搞阴谋诡计?”

“当然不止这件事!乔粤生和皮阿凡争风吃醋,外班都传开了,你们班干部其实早就知道了,就是瞒着大家不说。”陈实竹筒倒豆子,倒完之后还带出一股气。

“还有这样的事?”闻风雷无法淡定了。

与陈实的一次偶然交谈,牵出一长串闻所未闻的风月情事,令闻风雷生出一种“礼崩乐坏”的悲哀。学校规定不许谈恋爱,但现在似乎人人都在谈恋爱,男生毫无顾忌地追逐女生,女生津津乐道地传看情书,谈情说爱之风日益炽盛。他想到自己的班长身份,似乎有责任去管管这些事,可他实在是开不了口,因为他自己也在谈恋爱。

他踌躇了半天,想想还是有必要先把情况摸清楚,便决定要找乔粤生谈一谈,听听他究竟有什么说道。他去宿舍找人,有人告诉他乔粤生背着吉他、拎着收录机外出了。他断定乔粤生又去了蛟河机械厂的小酒吧,便很不情愿地走出校园,朝那间简陋的飘着酒香溢着喧闹的建筑物奔去。

乔粤生去的那间小酒吧位于蛟河机械厂招待所的小卖部边上,原来是一处吊酒的小作坊,后来吊出来的土烧酒没人喝了,小作坊就改成了小酒吧,不仅卖酒,还能喝酒和唱歌,慢慢就变成了如今的卡拉 OK 厅。不过在乔粤生当学生的那个年代,唱歌的地方还不叫卡拉 OK 厅,既没有影音设备,更没有伴奏乐队,顶多是放一台四喇叭的收录机,外加一个话筒,用磁带代替伴奏,供流浪歌手们串场演唱。酒吧里也备有二胡、竖笛、小号、小提琴和吉他等乐器，它们就倚在墙边上，谁用谁拿，但要收点小费，所以学生们到这里来一般都自带乐器，既省钱也顺手。多数学生来这里是为了喝酒的，邀几个谈得来的人边喝酒边说话，顺带欣赏一下站在台子上的人唱几首流行歌曲，打发课后的无聊时光；乔粤生来这里则主要是唱歌的，他带了一把很高级的吉他，边弹边唱，弹累了就跟着收录机唱，唱累了便回到座位上喝，然后又是如此这般，要的就是那种麦霸式的拉风的派头。

乔粤生汗涔涔地从歌台上下来，回到他固定的靠近吧台的小方桌旁，那里已经坐了一位男生和两位女生，都是外班的。外班的那位男生正在和一位皮肤白皙、梳着两只羊角辫的女生说话；另一位胖一点、剪了一头日式流行短发的女生则独自喝着手里的啤酒，闪跳的灯影缠绕在她的身上，融进她杯子里的琥珀色的液体里，不停地翻腾起伏和变换色彩，犹如她的捉摸不定的心思。乔粤生一落座，两位女生就来和他碰杯，夸他的吉他弹得好，歌也唱得好，大有美国的猫王风范。男生取笑道："等你哪天当上了中国的猫王之后，我就陪着两位美女天天跟着你赶场去！"

胖女生似乎不感冒乔粤生能不能当猫王的问题，冷不丁从嘴里冒出了一句话："你刚才唱的要是邓丽君的歌就好了！"

"唱邓丽君的歌？唱给谁听？我在这里唱情歌，传到班上去，还以为我在和谁谈情说爱呢！"乔粤生说。

"酒吧里是不适合唱情歌的，即便是唱了情歌，它的爱也是当不得真的！"外班的那位男生说。

"你们两个人的话都相当偏激，酒吧里没有爱情就不能唱爱情的歌呀？"一直没开口的羊角辫女生忍不住发表意见，"酒吧里没有爱情，至少还有姐妹情、兄弟情、同学情和朋友情吧？假如连这些都没有的话，那我们几个坐在这里算什么？"

"你这个话逻辑混乱，跑题了！"两位男生一齐指着她笑。

"你们两个大男人真没劲，不过就是几支被人唱滥了的歌曲，哪里用得着那么矫情？"胖女生说罢，起身朝歌台走去，"我马上就唱给你们听，唱歌之前我要告诉这里的人，我的歌是献给我的几个老乡的，让你们看看我是不是在像你们一样逢场作戏！”

闻风雷在酒吧的入口处驻足了一会儿，看清了乔粤生那张桌子上的几张面孔，并非陈实所言的某班某人。那几个人厮混在一起，似乎有一种天然的合理性，他此时若贸然闯进去盘问乔粤生，得不到想要的答案不说，还会破坏这里的和谐氛围，在静静的水流里搅起一片沉淀的污浊。闻风雷犹豫了片刻，掉头就走了。他在绕着歌房走出招待所大门的时候，听见了身后传来的一阵单薄且低沉的女孩子的歌声——

我只在乎你/心甘情愿感染你的气息/人生几何能够得到知己/失去生命的力量也不可惜/所以我求求你/别让我离开你/除了你我不能感到/一丝丝情意/任时光匆匆流去/我只在乎你……

是那位胖女生在唱，唱的是邓丽君的《我只在乎你》。女生的嗓音通常都是尖细和清脆的，但那位胖女生的声音有点嘶哑，声带里明显透露出几许失意和歇斯底里的成分，闻风雷猜她今晚肯定给自己灌了不少劣质的黄汤。

闻风雷后来还是设法弄清楚了这件事的来龙去脉：莫跃进在七九级贸易经济班谈了一个女朋友，便穿针引线将女朋友的室友介绍给皮阿凡，没想到皮阿凡情感短路；莫跃进见好事未成，复将其介绍给乔粤生，被乔粤生一眼相中，很快来了兴致。皮阿凡也是一个醋罐子，得知两人好上了，好马照吃回头草，三天两头给人家写信，约人家郊游，还买好早点送到人家寝室里去，所有拍马屁的本事都施展了一遍，硬是诱得女生回心转意了。乔粤生没防备皮阿凡会插进来，也怕被人笑话，就主动和人家说拜拜，他这边一退，皮阿凡那边又不理人家了，把乔粤生再外加一个莫跃进气得贼死。这位女生的班上也有一位暗恋她的男同学，获悉自己心仪的女孩被外班的两个混蛋男生骗来骗去的，就替她打抱不平，逢人就说七九级金融班的男生不是个东西，还添油加醋编派了乔粤生和皮阿凡的许多不堪情节，给两人同时贴上了“争风吃醋”的标签。

事情才搞清楚几天，覃怀良就为一件突发的相类似的事情来找闻风雷和萧天雅了。覃怀良那天从别的班级上完课回来，腋下夹着一本讲义，两只手都沾上了粉笔灰，怕把衣服弄脏，就将胳膊夹紧贴在腰际，直到进入教室找了块抹布擦去粉尘之后，才松开两臂。覃怀良在教室里转了一圈，便要闻风雷和萧天雅两人跟他一起到课间休息室去说事情，他的眉上、发上和外衣的护袖上都沾了星星点点的白粉，鼻子和脸上也涂抹了一两处白，怎么看都酷似戏台上鼻颊之间抹了白的“三花脸”。

“找你们来，有一件事情要让你们知道一下，”覃怀良抖了抖手里的几页油印纸，“学校最近有个处分通报要公布，是关于学生恋爱方面的，动静闹得挺大。七九级物价专业的团支部书记和他们班的一位女生到牛郎星镇附近的山上玩，做出一些伤风败俗之事，被联防队员扭送到学校；七八级两个学生，在学校附近的旅馆开房，被查户口的民警逮住了，通知学校到派出所去领人。学校已作出决定，这几个学生都要严肃处理，相关情况要传达到每个人，各个班级也要开展摸底自查，及时刹住乱谈恋爱的不良风气！”

“咱们班上的情况不知你俩掌不掌握，有没有同学之间相互谈恋爱的？”覃怀良换了一副随意的表情，问闻、萧两人。

萧天雅不接话，只顾朝闻风雷瞅。闻风雷装出一副毫不知情的样子答曰可能有，也可能没有，具体情况不掌握。说完，瞪了萧天雅一眼，心想你以为我不敢把我们两人的事告诉覃老师？

萧天雅假装被什么东西呛到了，突然地咳了起来。她一边咳，一边用手绢捂着嘴朝外走，经过闻风雷身边的时候，低下头瞥了他一眼，眼角挂了几丝明显的笑意。

周六下午，七九级金融班利用班会时间传达了学校关于几起违规违纪典型事例的情况通报，而后又召开小组会，组织大家对照通报要求查摆问题，进行自查自纠。会前，覃怀良征求闻风雷的意见，说他也想去哪个小组听一听，让闻风雷给推荐一个。闻风雷说覃老师果真想要听的话，就去四组吧，莫跃进那个组思想比较活跃，能听到一点真实的反应。

覃怀良到第四组去参加小组会，果然感受到了一种别开生面的会风。人刚坐定，莫跃进就问覃怀良：“覃老师，七九物价班的两个人到底做了什么伤风败俗的事，学校的通报没讲，老师能不能给我们讲一讲？”

覃怀良皱着眉头说：“学校的通报中没有披露违规违纪的具体细节，主要是为了给当事人留点面子。大家不要热衷于打探这种个人隐私，而要把讨论的重点放在对照检查上！”

莫跃进讪讪一笑，随即提出异议：“这里面有个是非界限问题。我的看法是，学校对男女同学的正常交往不应该过多干预，比如写个信，散个步，约个会，看个电影，有什么大惊小怪的呢？男同学和女同学，首先都是同学。男同学可以跟男同学交朋友，女同学可以跟女同学交朋友，男女同学之间为什么就不能交朋友呢？学校要把管理的重点，放在如何防范男女之间有伤风化的问题上，比如未婚同居、未婚先孕、在公开场合做出不雅之事，等等。恰恰是这类问题通报中没讲清楚，只是笼统地扣了一顶‘违反校规校纪’的帽子，所以我们无法对它进行判断和发表意见。”

“这件事我知道，”莫跃进刚讲完，乔粤生就积极地附和道，“这两个人经常到牛郎星镇的山上去玩，巡山的民兵其实也早就发现了他俩的行踪。两人开始只是亲亲嘴，搂搂抱抱，巡山的人就没管他们；后来的那一次，男生压到女生身上，解开她的衣服拉下她的裤子，两只手到处乱摸，巡山的人就把他们当流氓抓起来了。”

说到此处，乔粤生瞟了一眼覃怀良，见覃怀良没什么反应，又进一步爆出猛料：“嘿嘿，男生趴在女生身上的时候，几个巡山的人一起用脚去踢男生的屁股，踢了几脚之后又把他掀翻在地，压在他身下的女生也就全部暴露了……”

“这就对了嘛，只有这样的伤风败俗的事才能通报嘛！”莫跃进一下子找到了事实依据，“男女同学只要一不上山、二不开房，学校就不应该过多干涉，否则就管得太宽了，大家也不会服气呀！”

“要我说，这两个人的问题根本算不上什么大问题！”皮阿凡语出惊人，把莫跃进的意见也否了，“这两个人在山上干什么啦？搂搂抱抱、抠抠摸摸又怎么啦？两人又没发生性关系，犯法啦？婚姻法规定，男的二十二岁、女的二十岁，就到了法定的结婚年龄了，他们的年纪早超过了这条规定，到外面去亲热一下有什么大不了的？我们学校的规定真是奇怪得很，结过婚的人可以来学校上大学，但是没有对象的人却不许在学校谈恋爱，什么逻辑！”

覃怀良听了一肚子气回来，就火冒冒地去找闻风雷算账。

“你叫我到四组去是成心的吧，是不是怕我不了解莫跃进的德行呀？”

“莫跃进其实也是一个重点人。他自己谈恋爱不说，还替班里的同学当红娘，把工作都做到外班去了，老师今天听到的，说不定都是他内心的真实想法。”

“莫跃进的真实想法，还有皮阿凡的真实想法，一个个都那么偏激，差不多是在搞公然对抗了！”覃怀良乜了闻风雷一眼，“莫跃进和皮阿凡的情况你事先都是知道的，你既不制止他们，也不告诉我一声，这可不像是你的作为嘛！”

“正要向老师做检讨呐！”闻风雷有苦难言，“事情我虽然听说了一二，但并不完全清楚，所以才没向老师汇报！”

“唉，你就是告诉了我，我也没什么好办法。你们班上的情况有些复杂，有的结了婚，有的在家谈了对象，还有一帮老大不小的跟在别人后面招蜂惹蝶，你不管前也不管后，就盯着这些中不溜秋的人管，他们能服气吗？照这样管下去终归不是个办法！”

“覃老师是不是认为莫跃进他们的意见也有几分是对的？”听覃怀良把话又说回来了，闻风雷问。

“对的？对什么对！就冲他那副什么都不放在眼里的狂劲，我也饶不了他！”覃怀良的火气又上来了。

处分通报的冲击波大约持续了两个礼拜，一切又恢复了平静。学校为了加强偷情学生的管理，联合周围的村镇旅店建立了共同巡逻制度，对学校附近的山头、林地、湖滨和公园进行严密监控，这种做法的确成功地吓阻了部分学生，成双结对溜出校园的鸳鸯大为减少。

外出的鸳鸯少了，校园的比翼鸟却明显多了起来，草坪上、道路旁、树林里、拐角处，时不时能看到成双成对的男女学生，或在一处看书，或在一处吃饭，或在一处打球，谈笑风生，旁若无人。众人的心理或许正如莫跃进他们所揣测的那样，男同学和女同学是不妨交朋友的，只要不上山不开房，该追则追，该谈则谈，一切依例照旧。七八级金融班有两位年近三十的男女同学，早已为人父母，每天早上锻炼、中午吃饭、晚上散步都在一起，给人的印象是亲密无间、情谊笃深。对于他们的同学友情，本班没反映，外班没议论，就连老师们也欣然接受，习以为常。他们就像一对萍水相逢的朋友，起于投缘，止于友谊，交往适度，进退有据。他们的相处模式，开创了异性同学做朋友的范例，也为莫跃进之流难以直视的心灵之窗，拉起了一道漂亮的窗帘。

期终考试结束前的最后一个晚上，黎玉红到男生宿舍来找刘远程，问他想不想去看电影。刘远程说明天还要考试，等考完试再看好不好？黎玉红说不就是剩了一门中国近代经济史嘛，内容简单得很，我不看书也能考及格。刘远程说那我就陪你去转转吧，两人遂去了莘野亭。

坐下来，刘远程就急不可待地亲她，黎玉红也不躲闪，只是任他亲。热乎一阵之后，黎玉红笑嘻嘻地说："哎，我告诉你一个好玩的事情。昨天教务处的苏教头专门召集我们女生开了会，要我们今后别再跟你们男生黏黏糊糊，说你们男生是苍蝇，我们女生是有缝的蛋，苍蝇专叮有缝的蛋。苏教头还凶巴巴地指着坐在前面的几个同学说，你们看看你们自己，一个个穿得那么薄，奶子那么大，衬衣里面的武装带都看得一清二楚，你叫哪个男生看了不动心？当场就有人被他气跑了。"黎玉红边说边往刘远程身上靠，"你看见我穿短袖衬衣和裙子会不会也心动？"

刘远程便伸手去摸她胸前那对乳鸽，激得她不停地笑。两人说了一会儿话，黎玉红察觉到刘远程心事重重的，就问他为什么不开心。

"学校抓得这么紧，我心里不踏实，就怕被人发现。"刘远程郁悒地说。

"我们就这样坐一坐、玩一玩，又没做什么坏事，你怕什么？你还是个男的，胆子那么小，今后遇到事情怎么保护我？"

"我主要是担心影响不好，毕业时不让咱俩分到一起，叫你天南地北，劳燕分飞。"

"这有什么可怕的？"黎玉红并不介意，"我爸爸妈妈当年也在同一所大学读书，大学毕业就被拆散了，一个去了山西，一个去了广西，最后不还是调到一块儿来了吗？只要你不嫌弃我，到哪里我都不怕！"

刘远程听了，连连点头，一把搂住了黎玉红。

两人正在互诉衷肠，一道强烈的光束突然从黎玉红的右前方射了过来。光束从黑暗中奔来，撕开黎玉红周围的黑暗之后，又迅速生成了一片更加深重的黑暗，使黎玉红在刹那间迷失了自我。

迎着光束，黎玉红镇定地对刘远程说："你别吱声，让我来对付他们！"说着站起来，将刘远程的脸贴在自己胸前。

"你们是哪个班的？"一位戴着眼镜的中年男子厉声问道。

黎玉红直直地站在那里，沉默着。

"教务处的张老师问你们话，怎么不吭气！"另一个矮个子男人在一旁帮腔。

"我是七九金融的。"黎玉红冷冷地回了一句。

"你叫什么名字？"

"黎玉红。"

"他呢？"

"他不是我们学校的！"

"这么晚了，你还不回宿舍，知道你们这是在干什么吗？"

"我们没干什么！"

"没干什么？到现在你们两个还抱在一起，还说没干什么！"

"你用手电筒照我们，我挡住他，不想让你们照！"

矮个子用手电筒在黎玉红和刘远程身上又照了照，然后对那位姓张的老师说："她是叫黎玉红不错，五四青年节那天在台上跳过舞的。男的也是我们学校的，我看背影像是她的舞伴！"

教务处的人走了以后，刘远程和黎玉红两人仍然呆坐在那里。刘远程埋着头，两只手不停地在膝盖上来回搓动，嘴里也不住地喃喃自语。黎玉红则俯下身去安慰他，抚摸他的头发，劝他别顾虑太多，还讲了一则笑话逗他笑。黎玉红在刘远程面前尽量装出一副若无其事的样子，可一回到教室躺到铺位上，便用毛巾被盖住自己，悄悄地流了一个晚上的眼泪。第二天下午，她和男生约会的事情就在学校传开了，学校"纠风办"在当天下发的第九期纠风简报上指名道姓地批评了黎玉红，指称她在期末考试的紧张时刻，不是全身心地投入复习迎考，而是沉湎于儿女私情，在莘野亭与男生约会，违反了在校学生不许谈恋爱的规定，她的这种做法是极其错误的，也是与大学生的行为规范完全相悖的。本期纠风简报上只通报批评了黎玉红这件事，因为当晚是期末考试结束之前的最后一晚，同学们都在复习迎考，几乎没人外出，所以不少人都侥幸躲过一劫，只有黎玉红撞在了枪口上。一期简报就批评了黎玉红一人，不仅凸显了她的问题的严重性和紧迫性，也让当事人体验到了孤立无援的悲壮。令众人难以理解的是，本应拿贼拿赃、捉奸捉双的，但另一位男主角却无故缺席，女的挨了批，男的却保全了名节，显然不合常理。又过了两天，迷雾慢慢散去，原来是黎玉红誓死护卫那位男生，坚决不肯说出他的姓名，才给那期简报带来了硬伤。直到这一刻，议论才正式热烈起来，不过焦点并不是黎玉红与谁偷情，而是聚焦在她的烈女个性和侠女风范上，都说她是一位舍生取义如秋瑾般的人物，那位男生能找到她，不知是哪一辈子修来的福分，值了！

"纠风办"的简报刚发到系里，蒋家兴就把覃怀良叫去问话了。他问黎玉红是不是那个在台上跳舞的女孩子，覃怀良颓然地点了点头，又补充道："是的！"

蒋家兴长叹一声，随即大发感慨："你们这个班呐，做起好事来声势浩大，犯起错误来也轰轰烈烈。就拿黎玉红这件事来说吧，人长得漂亮，舞也跳得很好，更为难得的是还有一副侠肝义胆，真是少见哪！"刚露出一丝罕见的笑容，又愤愤不平起来，"简报上虽然只点了她一个人的名，但事情不能叫她一个人背。男女之间谈恋爱，主要责任要由男生来负，他不能老是躲在后面不出来。教务处的人跟我说，和黎玉红在一起的男生，很像是她的那个舞伴，你们要核实清楚，既要对学生负责，也不能糊弄人家教务处，他们可是代表学校党委来纠风执纪的！"

"学校说没说要怎么处理呀？"覃怀良紧张地问道。

蒋家兴阴阴地笑笑，说："处不处理的话，我可是不敢乱说了，要不然你们又会想个什么歪招来对付我，我算是领教过了。你先把情况摸摸清楚再说，教务处还等着我们回话呢！"

议论汹汹之际，刘远程的心里其实也不好过。在他看来，大家赞赏黎玉红、敬佩黎玉红，就是在讽刺他刘远程、恶心他刘远程。刘远程其实并不是一个生性胆小的人，他对自己那天晚上的表现一直都在懊悔，内心自咎不该让黎玉红来保护自己，让她独自承担两个人的共同过失。他理解黎玉红的苦心，是想维护他“班干部”的颜面，但是她忽视了一个基本的常识，就是“捉奸捉双”，他一直不站出来，事情就一直定不了性，大家的猜疑就始终不会消释，他的内心也就始终得不到安宁。果然，几天后的事实证明，他的预感是准确的。覃怀良来找他，转达了蒋家兴的意思，问他那天晚上是不是跟黎玉红在一起，如果是的话，就应该大胆承认，做一个有血性、有骨气的男子汉。刘远程本来是准备好了要向覃怀良坦承一切的，一听说是蒋家兴的意思，马上想到闻风雷、萧天雅和自己这个副书记身份，脑子一转就改了主意。他翻了翻死鱼一样的青灰且布满血丝的眼珠，说：“覃老师希望那个男生是我，我就是那个男生，黎玉红就是和我在一起；覃老师不希望那个男生是我，我就不是那个男生，黎玉红就没和我在一起。”

覃怀良点了点头，明白刘远程实际上是间接承认了那天晚上的事，但把处理问题的决定权留给了他，潜台词是要他看着办。覃怀良琢磨了一下，感到这件事十分棘手，转身便将它甩给了闻风雷，要闻风雷一道来帮他出出主意。

“教务处的人怀疑那个男生像刘远程，是不能作数的，因为毕竟没有实证。我们只能按照黎玉红的口径去回话，一则黎玉红绝不会再改口，二则我们也没有理由硬逼着刘远程去认这个账。”

“教务处非要黎玉红交出那个人来怎么办?”

“他们的目的何在？难道还想再炒一遍这件事，再发一期简报不成?”

覃怀良抱着试试看的心态去向蒋家兴汇报，蒋家兴才听到一半就笑了，说：“我早猜到了会是这么个结果！你的那帮学生，不跟我说实话，也不见得就一定会跟你说实话，你是问不出什么名堂来的。人家教务处会乱讲吗？我看那个男生很大的可能就是刘远程，这笔账记在他头上错不了。不管他承认不承认，下学期把他换下来，团支部的副书记不能再让他干了!”

第五章
恋爱进行曲插入了变奏符

18

黎玉红那天晚上约会回来，教室里的灯早就熄了；教室里的灯熄了，就意味着萧天雅她们都睡了。六月下旬以来，女生们的晚寝都从宿舍移到教室里来了，因为她们的宿舍在五楼，五楼是顶层，又是平顶，所以室内像个蒸笼一样，别说是睡觉，就是在里面多待一会儿，身上都会汗湿。覃怀良体察到女生们的苦处，就让她们卷一条凉席到教室里来睡觉，并严令男生们晚上九点半以后必须离开教室，确保此处成为一块凡间净土。

黎玉红的异常，在早上起床的时候还是被萧天雅看出来了。萧天雅看她眼泡是肿的，眼球是红的，就问她哪里不舒服，她低声回她没什么，萧天雅也就不再问了。上午还有一门课要考，大家的心思都在考试上，并未过多地注意她。考试一结束，覃怀良就来了，他把萧天雅和闻风雷叫到一旁，拿出学校纠风办的那份简报给两人看，萧天雅这才知道黎玉红昨晚乐极生悲，上演了一场"校园绝恋"。萧天雅看着简报上的字句，就怀疑简报上的批评都是针对她的，羞的是黎玉红的脸，戳的却是她的心，她们俩是表与里、唇与齿的关系，犹如她在舞台上为她伴舞一样。她去找黎玉红，想要宽慰她的孤独，图书馆、阅览室、医务室、小卖部，找了一圈也没见到人，最后有人提醒她会不会是去了莘野湖，结果还真在那里碰到了她。黎玉红一个人坐在湖边上，目光呆滞，无精打采，面部的表情就像塑造过后还来不及涂抹金粉颜料的泥胎。

"你不会笑我傻吧？"

“你想到哪里去了，我此刻的心情和你一模一样！”

黎玉红心事重重，不思茶饭，急坏了同寝室的几个女生。获悉她买好了次日回家的火车票，萧天雅连夜去车站换票，选了一趟和她同行的车次回家。萧天雅回家的路线与黎玉红一致，但比黎玉红远，要先经过黎玉红的家乡才能抵达自己的站点，正好可以一路送她。

萧天雅的临时决定，苦坏了闻风雷。两人原来说好暂时不回家的，他们想去庐山，接续庐山恋；想去黄河，体验黄河情。闻风雷本来还有一个不可告人的企图，就是要利用暑假期间单独与萧天雅在一起的机会，彻彻底底地找到她体香的源头，现在计划变了，萧天雅要陪黎玉红回家，他的所有心愿就被扼杀在萌芽之中了。这个暑假他只能一个人过，没人陪他，也不会发生什么激动人心的事，与以往他单着的日子一模一样。闻风雷邀了陈实一道去车站为黎玉红送行，大家都认为班长是怕黎玉红想不开而去安慰她，殊不知他的用心在萧而不在黎。

闻风雷收到萧天雅的信，是在他回到家里的一周之后。妹妹从报箱里取出他的来信，第一时间并未给他，而是直接交到母亲手里。闻母戴上老花眼镜，反复研究信封上的文字，边看边评论道：“字体娟秀飘逸，表示长相漂亮，聪明灵活；字块大小适中，表示性格稳重，办事踏实；字形方正圆润，表示重诺守信，善于自控；字迹清晰有力，表示思维敏捷，情感丰富……”

“还不知道是不是你家的媳妇呢，瞧你那副开心得意的样子！”妹妹不无醋意地说。

“字如其人，这点是保险错不了的，不信你们以后试试看……”闻母依旧笑嘻嘻地说。

闻母满脸堆笑地去跟儿子谈条件，说：“雷雷，我把今天的信给你，你能不能再找一封她过去写的信让我看看，我来帮你分析一下她的性格，看我说得对不对？”

闻风雷一把抢过那封信，说：“我的老娘哎，那可是女同学写给我的情书吔，你会把自己的情书给别人看吗？”一句话把他的老娘噎得半天出不了声。

闻风雷撵走母亲后，立刻去看萧天雅的来信，信封是暗黄色牛皮纸印的，上面有萧天雅母亲单位的名称和地址，闻风雷想今后他和萧天雅通信，大概是要通过她的母亲转交了。

那天在车站和你分别，你不知道我的心里有多么难过！列车开动后，我趴在窗口朝身后的方向足足看了四十分钟，就仿佛远处有你的身影，那个身影正在拼命追赶我的火车，我们近在咫尺却无法牵手，眼泪就不知不觉地流了出来。我并不是非要送黎玉红不可的。在学校我就知道，她这次回家是有人做伴的，她的一个乡邻将与她同行。我之所以要送她回家，是因为我不敢继续待在学校，我怕周围的窥探，我怕自己的冒失，我怕你兴奋起来的冲动。我知道我是一个中看不中用的花瓶，我不想过早地把自己砸碎，以至于今后无法为你奉献美丽，装点风景。

到家有好几天了，我一直都处于失重的状态，思维停滞，身心萎靡，和你分别之后的一个明显恶果，就是失去了你的引力，情绪波动，心烦意乱。我不知道自己想干些什么，却知道干什么都百无聊赖，兴味索然。妈妈看出了我的异常，说你这样下去会得精神病的。是的，我已经得了精神病——我得的是相思病。我每天靠想心事、看小说、睡懒觉打发时光，我的暑假变得魂不守舍、无所适从、毫无意义。

黎玉红的窘况，让我感受到了环境的凶险。坐在车上我在想：那天晚上若是我和你在一起，我会怎么样、你会怎么样、学校的老师和同学们又会怎么样？我们两人都是学校的“风云人物”，身上有荣誉的光环，周围有舆论的宣传，头顶有院系的关爱，身后有同学的期待，若是我俩出了事，那就是多米诺骨牌的倒塌，荣誉被羞辱，宣传被嘲讽，院系被质疑，同学被伤害……倒塌的多米诺骨牌是无法再立起来的，除非重新洗牌。这样想着，就感觉心里发慌，脊背发凉。

我的心里一直是充满矛盾的。我想给你更多的快乐和幸福，但我顾虑太多，有心无胆，故而痛苦不安。自从四月四日给你写了第一封信之后，我就将你视作了我最亲近的人。我很想和你在一起，听你滔滔不绝的讲话，闻你阳刚勃发的气息，看你眉飞色舞的样子。和你在一起，我的心情是欢愉的，心态是亢奋的，心底是踏实的。可是，一想到黎玉红，我万念俱灰、一筹莫展，我只能克制欲望、锁紧心扉、收敛感情，就像任何一种胆小的动物一样。

下学期开学，黎玉红的事说不定还会进一步发酵，并在同学中引起连锁反应，我们要有这样的思想准备。从道理上说，为了永远避免那难堪的局面，我们之间的接触一定要慎之又慎，碰面要减少，外出要限制，书信往来也要重新约定，以免不慎出错而授人以柄、贻人口实。但是，掂掂我自己的情形，我估摸自己很难做到。风雷，请来信告诉我，我们该怎么办？

夏天，我把辫子剪掉好吗？

吻你！

看过萧天雅的来信之后，闻风雷沉默了一整天。黎玉红出事，对萧天雅的打击是不言而喻的，眼看自己朝夕相处的室友，因一件“发乎于情”的自然而然的男女交往而搞得灰头土脸，心理上便产生了一种兔死狐悲的效应，恐惧的阴影挥之不去，连空气里都弥漫着无可奈何或是爱莫能助的伤感。早在三个月以前他第一次给萧天雅写信，就曾想到过学校的环境，想到过他们的身份，想到过两人的交往有可能遇到的沟沟坎坎。当时两人约定，他们的恋爱决不能大张旗鼓，而必须悄悄进行，他以为两人当时都是清醒而理智的。此番离校，他去覃怀良家里坐了很长时间。在讲到黎玉红的问题时，覃怀良仍然坚持自己的看法，即校园发生的恋情，并不是非禁不可的，关键是不能产生负面影响。按照覃怀良的意思，他与萧天雅谈恋爱，只要稍微注意一下两人接触的方式就行了，是不会引起过多非议或是带来什么名誉风险的。但萧天雅显然被黎玉红吓坏了，一放暑假立即溜之大吉，不仅什么地方都不敢去，还给自己施加了那么大的压力，几乎走到了精神崩溃的边缘。萧天雅的这种过度反应，令闻风雷深感不安，也使他想到了问题的另一个方面，即担心她迫于自己的身份和环境压力，而在两人的关系上打退堂鼓，使两人的恋爱无疾而终。

现在摆在他面前的当务之急，就是要打消她的顾虑，给她以足够的安全和信心，这就必须理解她的心态，顺从她的意愿，与她换位思考。他相信萧天雅是爱他的，之所以不敢大胆地同他接触，归根结底还是环境不允许。有一次他拽着萧天雅的手想要拖她去散步，把萧天雅吓得急忙躲闪，他就气恼她是冷血动物，一点都不浪漫。萧天雅不在意地笑笑，说："女人心海底针，你根本就不懂人家是怎么想的。等我们毕业以后，我自然会让自己热起来，天天黏着你缠着你，夏天也要搂着你抱着你，非把你热死不可！"

闻风雷很快就给萧天雅去了信，信中倾诉了对她的思念，说自己在家里也是天天想她，干什么事都提不起精神，也被母亲讥笑像是得了精神病；父亲要他辅导妹妹的作业，他一点心思都没有，有空就是看信写信，被父亲批评为"应付差事"。讲到两人今后相处的问题，闻风雷请萧天雅放心，不要考虑太多，她愿意怎样接触就怎样接触，若是环境不允许，不接触亦无妨，总之一切都听凭她的安排。

信发出去以后，闻风雷的心里又空落了许久，他想到开学以后两人的接触将更加困难，不由得一阵惆怅。为了安慰萧天雅，他在信里提出，今后两人的交往一切都听凭她的安排，他担心萧天雅带着压力与他交往，压力过大会把她击垮，这是他无法承受的感情之殇。但是，他知道，他跟自己开了一个玩笑，他所说的话根本无法做到。他与萧天雅谈了三个多月的恋爱，情浓意烈，几乎到了难舍难分的地步。每次两人在一起，他都会死死地盯着她看，美貌的吸引加上本能的冲动，促使他想要拥抱她，亲吻她，恨不得将她搂在怀里百般抚弄。这时萧天雅就会惊呼一声"哎呀，你的眼睛怎么红啦！"目前，他与她的接触还只是停留在"止乎于礼"的程度，但内心的渴望与日俱增，他每天都在冲动与克制中度过，他无法保证自己能坚持多久。面对自己心爱的女生，天天见面却不敢多言，明明欢喜却不能表达，他感觉这是一种煎熬。学校的要求与他的期望反差太大，现实的环境对他的恋爱起着分离与促退作用，他为此感到郁闷和忧愁。

两人的暑假就靠写信打发掉了。在五十多天的假期里，闻风雷给萧天雅写了十六封信，共一百二十八页纸；萧天雅给闻风雷写了十八封信，共七十二页纸。书信成了一个囊，装着他们的奇思妙想；书信成了一条船，载着他们东游西逛；书信成了他们真正的情侣，他们就面对着它彻夜长谈。

大三学年一开学，蒋家兴就盯上了刘远程。他认定教务处怀疑的那个男生就是刘远程，故而他说过的要把刘远程的团支部副书记换下来的话必须兑现。七九级金融班曾经轻忽过他一次，张大勇那件事让他在这帮学生面前丢了大面子，他一直耿耿于怀。他的权威经不起第二次漠视，而挽回面子和震慑学生的抓手就是刘远程。

“刘远程怎么啦，没他什么事呀！”覃怀良眨巴眨巴眼睛，欲要故伎重演。

“你是真的不了解情况，还是在跟我打马虎眼？整个班上都知道那天晚上刘远程也出去了，怎么就你一个人被蒙在鼓里呢？”

“既然整个班级都知道了，那看来是我官僚，我马上再去了解一下！”

“还用得着你了解吗？刘远程是不是在一组？一组的对门是不是四组？那天晚上黎玉红到男生宿舍去找刘远程，很多人都在，四组的人都看到了！”

四组是莫跃进所在的组，四组的人都看到了，那就说明莫跃进也看到了。覃怀良断定是莫跃进向蒋家兴打了小报告，一则他有“前科”，二则只有他能够得上。覃怀良自知难以掩饰，只好顺风转舵，悉听教诲。

蒋家兴见覃怀良一副洗耳恭听的样子，立刻也换了口气：“教务处没盯着刘远程，主要还是想照顾一下你们班的面子。人家给了你面子，你也要给人家面子，你不把人交出来，就是不给人家面子嘛！”

“蒋书记的意思是——”覃怀良故意留了半截话。

“也不要把事情闹得太大，副书记别干了就行了！”蒋家兴终于给了覃怀良一个明确的答复。

一周以后，七九级金融班进行班干部改选，系里派团总支书记熊秉清莅临指导。蒋家兴原来的意思是把刘远程换掉就行了，团支部和班委会的其他人员可以维持不变。熊秉清按照蒋家兴的旨意，来班上和覃怀良、闻风雷、萧天雅等人一道研究刘远程的接替人选，没想到闻风雷公开地唱起了反调：“我不赞成这样的安排！仅仅把刘远程一人拿掉，一是做得太难看了，二是换他的理由也不充分。另外，我早就跟覃老师说过，我只干一个学期的，现在都干了两年了，‘超期服役’了一年半。我希望班委会能全面改选，最好不要指定候选人，充分尊重大家的意愿，让大家重新选出一位新班长。”

萧天雅紧跟在闻风雷后面，表达了与他相类似的看法："刘远程与黎玉红约会，只是一种推测，放暑假之前我问黎玉红那天晚上是不是跟刘远程在一起的，她死活不说，这件事还不能完全落实。四组的同学我也问过，他们并没有看到刘远程与黎玉红一起出去，说四组的人都看到了他俩是不准确的。"

熊秉清和覃怀良两人就去蒋家兴那里，把大家商量的结果告诉了他。蒋家兴对闻风雷超期服役的说法很感兴趣，但无法排除刘远程重新当选的可能，于是用一种并不确定的口气说："重新改选也不是没道理，关键是要摸清情况，合理引导，不能让表现好的同学落选了，而不该选上的同学当选了。"

蒋家兴让熊、覃两人对班干部的改选结果进行预测，看谁当选或落选的可能性大，以便做到心中有数。覃怀良很有把握地说："假如不出大的意外，当选的恐怕还是那几个人吧；落选嘛，大概率会在刘远程那儿，他不落选谁落选？"

蒋家兴琢磨了一下，觉得覃怀良的分析还是比较靠谱的，便最后拍板道："那就让大家直选，班委会、团支部和小组长一并改选，班委会、团支部各推举五人，小组长也是五人；团支部继续超配一名副书记，以保持骨干队伍的稳定。"

班干部改选的这天中午，莫跃进陪同他的女朋友到城里去买东西了，等他满头热汗地赶到教室门口，熊秉清、覃怀良已端坐在教室里面，正在听闻风雷代表本届班委会进行工作总结。莫跃进从后门溜进人群，顺便找了一个靠门口的空位子坐了下来。

……在我担任班长的两年时间里，得到了大家的全力支持和真诚帮助，也从大家身上学到了宽容大度和团结友爱，我内心充满了感激。班上存在问题和不足，是我们每个同学成长进步所必须付出的代价，也是我们这个集体成长进步所必须经历的阵痛，完全符合哲学中的扬弃的观点。不过，话又要说回来，既然是问题和不足，我们就应该重视并警惕，尽最大的努力去纠正和克服。需要指出的是，班上的所有问题都与我有关，有的和我有直接关系，有的和我有间接关系，责任主要在我，账只能记在我的头上，因为我是班级事务的牵头人和协调者。我要感谢各位班委的辛勤努力和积极配合，也衷心期待大家能选出一个高度负责和乐于奉献的班委会集体，带领并陪伴大家继续前行……

闻风雷讲完，萧天雅接着发言。她讲了五个方面的成绩和三个方面的不足，还重点强调了团支部与班委会责任共担的问题。对于闻风雷和萧天雅的发言，覃怀良给予了高度评价，直言不讳地表示他对这届班委会和团支部的工作极为认可，并为自己在入学之初人员不熟的情况下指定这批班干部感到十分满意，甚至引以为豪。关于为什么要改选，覃怀良讲了两点：一是目前的几位班干部还是他两年前指定的，有必要履行一下民主选举的程序；二是经过两年的学习生活，同学之间有了更加全面的了解，把优秀的同学选出来充实到班干部队伍中，不仅是大家的共同责任，也更加有利于班级的管理和建设。

大家在填写选票，覃怀良忽然开起玩笑来，说："我们班一共有四十六位同学，班委会、团支部和几个小组长，要选十五个人，三人当中就有一个当官的，希望大家都能弄个一官半职干干。哈哈！"

写票、唱票，休息一刻钟之后，黑板上出现了一大溜熟悉的名字，按得票多少，闻风雷、萧天雅同为四十五票；吴学勰三十九票；谷庆丰三十八票；赵高潮三十五票；帅亦然三十一票；刘远程二十九票。老班子成员中仅莫跃进一人落选，得二十一票；乔粤生以高票当选为第四小组组长。

对于这样的选举结果，覃怀良和熊秉清两人都十分惊讶，覃怀良没想到刘远程会当选，熊秉清没想到莫跃进会落选，两人都不知道该如何去向蒋家兴交差。

蒋家兴获悉改选的结果之后，当场就气坏了，黑着脸说："你们这是在唱对台戏！我说刘远程不能再干了，你们偏要选他；该下的不下，倒把个莫跃进选下去了。你们还有没有一点原则性啊，嗯？"

蒋家兴后来也单独找过莫跃进了解情况，问他为什么会落选。莫跃进垂头丧气地说："覃怀良一直不喜欢我，他找了不少同学谈话，说是我跟系里打了小报告，反映刘远程的事，大家对我有意见，就都不选我了！"

"不会吧？覃怀良没必要这么做呀！他也知道没有不透风的墙，他去找同学做工作，万一事情传开了，那不是阳奉阴违跟上面对着干吗？依我看，主要还是你自己有问题，选那么多人都没你的份，说明你的群众基础并不好，在同学中没有威信嘛！”

选举的当天晚上，覃怀良特意请新当选的几位班干部到金融教研室去开会，内容就一项，进行人员分工。根据覃怀良的提议，帅亦然和吴学勰两人任团支部副书记，第二小组组长赵高潮接替帅亦然任副班长，刘远程由团支部副书记改任班委会的劳动委员，其余人员分工不变。

那天晚上，覃怀良一直都很开心。他之所以开心，是因为大家投票的结果与他内心的期望一模一样；不仅如此，还得到了一个意外收获——他所厌恶的莫跃进硬是被同学们公正而负责任地清除出了班干部队伍，从而为他正了名、出了气、增了光。此次选举，证明了他的远见卓识和人格魅力，也无可辩驳地强化了以下事实：其一，两年前他指定的这批班干部，个个都是好样儿的，他慧眼识珠，功不可没；其二，莫跃进口碑不好，难堪大用，他仗义建言和公正处事，维护了领导权威和班级荣誉；其三，全班同学都与他同心同德，在大是大非问题上深明大义，立场坚定，他两年来的教化心血没有白费。他想起曾经在这间办公室开过的第一次班干部会议，当初的远景规划和理想蓝图，如今都开花结果，见到了成效，内心充盈着感动。他觉得自己应该感谢在座的每个学生，是他们给了自己舞台和动力，逼着自己顶着压力，一路前行，不断创造辉煌和迎来佳绩，能够与他们结下一段师生情谊，是他命定的缘分和最大的幸事。他用喜悦的目光在每个人的脸上扫了一遍，最后竟开怀大笑，乐呵呵地要求闻风雷和萧天雅带头谈点获选的感言。

闻风雷与萧天雅对视了一下，说：“我想起了两年前开学的那个夜晚，也是九月份，也是这么热的天，也是我们这一帮人，坐在这里听覃老师讲话，给我的印象就像是在昨天；但是，这一天很长，发生了很多事，有些事让我终生难忘……”

萧天雅低头笑笑，说：“两年前来这里和大家初次见面，听到覃老师要我当团支部书记，我大吃了一惊，担心自己干不好，很想打退堂鼓；今天，我又听到覃老师叫我当团支部书记，虽然不再吃惊了，可心里并没有踏实多少，只能是义无反顾地往前走了……”

会议结束,大家一起回宿舍,闻风雷与萧天雅两人放慢脚步走在最后。闻风雷低语道:“喂,请讲讲你的‘义无反顾’!”

萧天雅把辫子一甩,低声回他:“哼,我倒想先听听你的‘终生难忘’!”

闻风雷沉默了片刻,说:“我不知道‘终生难忘’与‘义无反顾’孰因孰果,我只知道你的‘义无反顾’就是我的‘终生难忘’!”

“今天改选,你的票数差了一票,你知道是少了谁的一票?”闻风雷问。

“少了我自己的一票!我想,要是我得满票的话,大家一看就知道我投了自己一票,那多难为情啊!”

“看来你比我更得人心,我自己投了自己一票,才和你拉平。我本来是不打算给自己投的,转念一想,若是不当这个班长,又有什么理由和你接触呢?这个恋爱谈起来就不方便了嘛!少我的那一票,八成是莫跃进干的。他没投我,我也没投他,我俩隔着一座大山,彼此有心灵感应。”

“你也投了刘远程的票吧?”

“那是当然的!谈恋爱与选班干部没什么必然联系,你不也在谈恋爱嘛,我也投了你,咱们要一把尺子量长短!”

“厚脸皮!”

“同学们可不这么看!”

“我原来还以为刘远程会落选,没想到他居然能够咸鱼翻身,东山再起,”闻风雷开心且戏谑地说,“他和黎玉红的事在同学中间并未引起太多的责难,大家的胸襟看来要比我们想象的开阔多了!”

“讲到这两个人,我又想起一件事来,”萧天雅知道闻风雷还想往下说什么,便赶忙岔开他的话,“前几天覃老师跟我说,上学期期末,班委会和团支部给刘远程、黎玉红两人写的学年鉴定太软了,没有体现学校纠风简报的精神,他在班主任意见栏里,给两人各加上了‘希望更好地遵守学校各项规章制度’几个字,他让我把这件事告诉你。”

闻风雷猛然一惊:“不能这么写,这句话的分量很重!”

“重么?他说系里已经签过字,都送到教务处去存档了。”

“这件事没处理好,说不定今后会给我们惹出什么乱子来的!”

在萧天雅外出开会的这个晚上，女生宿舍上演了一场闹剧，起因是皮阿凡来找皇甫涓玩，皇甫涓怪他与外班的女生勾勾搭搭，直接对他下了逐客令。皇甫涓阴死不阳地说："皮阿凡，你都有了女朋友了，怎么还到处东拉西扯的？这个寝室里既没有你的旧好，也没有你的新欢，你还是别再往这里跑了，天天跑来跑去，弄得我们不好做人！"

"我哪里有什么女朋友哟，充其量只是和外班的一个女同学在一起玩过几回，还没到谈朋友的程度嘛！"皮阿凡委屈地申辩道。

皇甫涓哼了一声，说："别以为我不知道，你挖乔粤生的墙脚，闹得满城风雨，还假装自己清白得很！"

"你千万别听别人瞎传，没有的事！"皮阿凡听皇甫涓说得如此难听，就有些急眼了，"我并没有去挖乔粤生的墙角！我跟乔粤生打赌，我退出来，让他去追，看他能不能追得上。最后是那个女孩子不喜欢他，怎么能怪我呢？"

皇甫涓冷笑道："你哪里是发扬什么风格，只不过是没看上人家，找了个借口金蝉脱壳罢了！"

皮阿凡忽然就认账了："我就喜欢看漂亮的女孩子，她人长得一般，和她在一起我确实没什么心动的感觉。"

一句大实话，又把皇甫涓惹恼了。她指着皮阿凡的鼻子骂道："瞧你那副德行，就知道以貌取人！喜欢看漂亮的，干吗不去找电影明星？"

"电影明星可不敢乱找，找来以后天天演戏给你看，谁能吃得消哇！"

"少来！你没看上人家，还要去撩拨人家，你这不就是始乱终弃吗——滚！"

"女人是使人流泪的动物！"皮阿凡被皇甫涓赶出寝室时这样说。

"那恰好说明你的泪不值钱！"皇甫涓毫不心软。

赶走了皮阿凡之后，皇甫涓心里也是一阵后悔，直怨自己做得太过分了，遂想到要找个时间去向皮阿凡赔礼道歉。她的交际圈里，容不得三心二意的人，但皮阿凡是个例外。皮阿凡是拈花惹草的蝶儿，是采花酿蜜的蜂儿，是猎艳掠美的偷儿，但对她百般呵护，孜孜矻矻，多情的目光从未离开过她的左右，她应该原谅他的偶然犯错。

皇甫涓到四组宿舍去找皮阿凡，皮阿凡不在，宿舍门口只站着新晋组长乔粤生。

“哟,恭喜你呀老乡,当组长了,要请客哟!”

“请客有什么难的,那还不是小菜一碟吗?关键是跟你们女的在一起吃饭忒没劲,酒又不喝,肉又不吃,还不如送一盘邓丽君的新歌带给你们省事!”

“你送磁带给我当然好啰,可是我们寝室的其他女生你送不送呢?她们当时都投了你的票吔!”

“送,每个人都送——咦,不对呀,你怎么知道她们都投了我的票?”

“骗你小狗,我们女生谁都没投莫跃进的票!”

皇甫涓的这句话,不知被谁传到了莫跃进的耳朵里,引起了莫跃进对萧天雅的极度不满,他断定正是因为萧天雅的唆使,女生们才集体收回了对他的好感,于是在心里埋下了怨恨的种子。

自从七九级金融班班干部改选之后,蒋家兴就不再信任覃怀良了;他不信任覃怀良,一大半的原因是听进了莫跃进的话。蒋家兴本来对莫跃进的话还是信疑参半的,估摸覃怀良不至于去做莫跃进的反面工作而导致他落选。后来他反复回味了自己与覃怀良的几次接触,对比了覃怀良的前言后语,就认定莫跃进讲的都是实情。记得还是在去年年初,他当着覃怀良的面表扬莫跃进,说莫跃进不错,覃怀良马上就说莫跃进不行;再让覃怀良多给莫跃进压点担子,覃怀良又说莫跃进根本不能用,连当小组长的资格都没有。细想一下,覃怀良对莫跃进大概是一点好感都没有呐,既然如此,又怎么会真心实意地重用莫跃进呢?蒋家兴立刻就有了一种被人欺骗的感觉。

19

邵仕达被聘任为年级辅导员不久,闻风雷就接替他当上了系学生党支部书记。闻风雷和邵仕达交接的这一天,系党总支书记蒋家兴和组织委员熊秉清都来了。两人被请到教工楼底层那间简陋的学生党支部活动室,就挤在一张破旧的沙发上,为这间活动室的新主人举行了同样简陋的加冕仪式。天气有点闷热,天花板上被锈斑染过色的吊扇在缓慢转动,从地面上、窗台上、墙壁上扇起的尘灰,高调任性地随风起舞,执意要加入这场清冷的盛典。蒋家兴首先代表系里高度评价邵仕达的工作，表扬他在担任学生党支部书记期间，认真贯彻落实上级党组织的指示决定，团结带领支部全体党员履职尽责，在勤奋学习、遵规守纪、服务同学、严于律己等方面，发挥了突出的表率作用，赢得了老师和同学的广泛好评；又对闻风雷提出要求，希望他能发扬过去的良好传统，根据新时期高校管理的特点规律，认真研究和探索学生党建工作的思路方法，积极作为，大胆管理，全面开创系学生党支部工作的新局面。

蒋家兴滔滔不绝地讲了半个多钟头，等他停歇下来，嘴角周围已堆积了一层薄薄的唾沫。

对于蒋家兴的高谈阔论，听得最认真的当属邵仕达。他手里抓着一支笔，身子坐得板板正正，目光始终在蒋家兴的脸上打转，蒋家兴讲一句，他就低下头记一句，镜片背后的眼珠子像门洞里的猫眼一样熠熠闪亮。邵仕达的目光也是善变的，在蒋家兴面对其他人讲话的时候，他的目光是张扬和发散的，两只眼睛矜持地在其他几个人身上来回巡睃；等到蒋家兴再看向他，原先自信的目光就沉落了，眼珠缩在眼窝里面，专注于膝盖上的本子，样子十分虔诚。

两人交接过后，蒋家兴的兴致依然很高，他要闻风雷再留一会儿，讲讲工作上的想法和打算。

闻风雷脑子转了一下，意识到这是书记在考他，于是欣然领命，不无自信地谈起了他的施政纲领。在上个学期的放假之前，闻风雷就知道自己要当系学生党支部的书记了，对于走马上任以后如何开展工作，早已做足了功课，可谓成竹在胸。

“我没当过书记，上任的第一件事主要就是学习，吃准悟透上级的精神，当好系党总支的二传手。

“组织上把这副担子交给我，对于我来说，既是荣誉，也是责任。站在系里的角度看待这件事，核心的一条还是希望我能切实担负起这份责任来。过去的几年，学生党支部先后组织入党积极分子上过一次党课，完成了七份重点培养对象教育考察报告，吸收了五名发展对象入党，工作虽然可圈可点，但改进的余地也是显而易见的。

“接过这副担子以后，我一不能当撞钟的和尚应付差事，二不能当云游的道士沽名钓誉，要干就要干出点章法来，干出点品位来，干出点名气来。详细的支部工作计划还没来得及制订，但粗线条的东西差不多成型了，就是要在党课教育质量、发展对象筛选、培养考察方法、民主推荐程序等方面来一番大的改革，夯实学生党支部的功能作用，使之成为党总支领导和管理学生工作的有力触角和得力助手。

“交任务，就要给条件。我想向系里要几项特殊政策：一是为学生党支部的组成人员提供更好的学习机会，吸纳他们参加系党总支的学习教育活动，以便原原本本地聆听上级的指示精神；二是增加学生党员的发展指标，每个班级每年至少应该分得一个发展名额；三是赋予学生支部对教职员工入党对象的推荐评议权，使学生支部成为校园民主的有力代言人。”

不待闻风雷说完，蒋家兴就指着闻风雷对熊秉清说：“怎么样，这家伙能整事吧，买卖还没开张，就先吆喝起来了，你根本跟不上他的趟儿！”接着又收起笑容问闻风雷，“如果让你来给我们当参谋，在我们现有的老师中遴选发展对象，你看谁最符合条件呢？”

“我？我没考虑过这个问题！”闻风雷有点猝不及防，“蒋书记一定要叫我讲，我看覃怀良老师就不错。覃老师的入党申请书都写了好几年了，按我的想法，下一步假如他能够作为入党积极分子进入到我们学生党支部的民主测评阶段，并且经过评议，得到同学们的高度认可之后，我们学生党支部就可以向系里推荐他了！”

“欸，闻风雷，你可不能只推荐你自己的班主任哟！”蒋家兴一听到覃怀良几个字，便和熊秉清交换了一下眼神，失望的表情从他眼眶里溢出来，在面部停留了片刻，又不露声色地隐遁了。

“闻风雷也不是非要推荐他们班的覃老师，他只是举覃老师这个例子，来说明他下一步的工作方法，是吧？”熊秉清赶忙打圆场。

“讲到你们覃老师，有个事我要提前给你吹吹风，”蒋家兴没去接熊秉清的话，愀然作色道，“学校最近从大四的学生中选拔了一批辅导员，准备让这批辅导员承担起班主任的工作职责，换句话说，就是逐步将学生管理的任务交由他们去负责。正好，你们班的覃怀良老师这个学期的课时任务比较重，我和系里的郭主任商量了一下，期中考试过后，覃老师就不再担任你们班的班主任了。这件事先给你通个气，你要有点思想准备，主动把班级上的事情管起来！”

“覃老师不当我们的班主任啦？”事发突然，闻风雷吃了一惊，“那系里是不是准备给我们派辅导员来呢？”

“辅导员的事还没最后定，一步一步来吧！”熊秉清说。

闻风雷离开后，蒋、熊两人继续商量工作。熊秉清请示蒋家兴：“四季度的党员发展计划中，原来是排上了覃怀良的。如果计划不变的话，那就要抓紧进行政治审查，还要为他指定入党介绍人，要不然就来不及了。”

“覃怀良的组织问题，我一直放在心上，把他安排在四季度发展，也是我原来的意见。”蒋家兴先认可了熊秉清的动议，然后急转话锋，对自己过去的意见作了一番退缩性的修正，“现在回过头来看，这个同志还不够成熟，骄傲自满，行事偏激，听不进不同意见，处理问题也不够冷静，总之毛病不少。有一件事，我对他是很有看法的，上次他们班上的班干部改选，我的意图早就当着你的面向他交代清楚了，听说他在背后做反面工作，硬是把莫跃进给选下来了！”

“还有这种事？”熊秉清闻所未闻。

覃怀良辞任班主任的消息，隔了一天就在班上传开了。闻风雷原来估计大家听到这个消息之后，会和他一样感到震惊和惋惜的，不料情况正好相反，一个个都表情淡定，漠不关心，倒显得是他自己小题大做，自作多情。他猜不透个中的缘由，就去找丁翔华打听，问：“老丁，你能不能告诉我，大伙儿听到覃老师不当咱们班的班主任之后，为什么一点反应都没有，就跟没这回事一样？”

丁翔华一听就笑了：“闻班长哎，你这回可是神机失算了，大家都知道的事，居然就把你给蒙在鼓里！覃老师不当我们的班主任，大家不是没反应，而是早就反应过了，反应得还很充分、还很激烈。同学们或许不敢告诉你，莫跃进在暑假之前就放出风来，说学校和系里的领导都不喜欢覃怀良，认为他德不配位，不适合担任先进班的班主任，新学年一开学就会叫他下岗的。莫跃进说这个话都过去好几个月了，你说大家还要怎么反应呢？”

丁翔华透露的情况，引起了闻风雷的警觉。他想起前几日蒋家兴和熊秉清找他谈话的情形，他刚提到覃怀良几个字，蒋家兴的脸色就变了，可见这其中的蹊跷。接下来的几天，他暗中观察各班的情况，发现其他班级的班主任统统都还在岗，并未传出要离职的消息；再一打听，新选拔的这批辅导员也没正式接替班主任，只是大致明确了某几个方面的辅助性工作，分配到低年级各班协助班主任履行部分管理职责。这批辅导员目前还是学生，还有最后一年的课业要完成，不可能将整个精力投入到学生的管理上。

闻风雷的心头涌起了一丝伤感，他为覃怀良的遭际感到深深的不平。覃怀良对自己所带的这个班感情很深，付出了旁人难以想象的心血和热忱。现在忽然要让他离开这个班，并强行割断他与这个班的所有联系，这就等于否定了他先前的付出，也一笔勾销了他为这个班所创建的一切荣耀，使他又回到了两年前出发时的原点，内心的失意和难舍是可想而知的。闻风雷猜测这件事说不定又是蒋家兴玩的什么把戏，肇因则与班级的一些人和事有关。他有心帮他，但一时无从下手，从而陷入了苦苦的思索。

对同学们的反应同样大惑不解的，还有一个人，那就是萧天雅。萧天雅不仅为覃怀良的去职感到难过，更为同学们的麻木感到失望。当两人商议到今后要怎么办的时候，她说："覃老师不当我们的班主任了，我总感到是我们班亏欠了他。我想为他开个欢送会，表达一下我们的惜别之情。"

"不急，就是要走的话，也是期中考试以后的事！"闻风雷心里在想着某种转圜的可能。

"那我们去他家看看他？"

"今晚就去！"

两人前后脚来到覃怀良家里，一家人刚好吃过晚饭。为两人开门的是沈小健，她手里抓着一块抹布，看样子正在收拾餐桌。覃怀良猫在厨房里洗碗，腰间系着围裙，袖子撸在胳膊上，站在餐桌旁看他，只能望见埋在水池中央的脑袋和弓着身子的侧影。

闻风雷一进门，就扯着嗓子喊道："覃老师，你不想带我们玩啦！"

"别人不了解覃怀良，你们还不了解他呀！他怎么会带到半截子就不带了呢，是有人不想让他带，怕他沾了你们班的光！"沈小健快人快语。

覃怀良赶忙停下手里的活，擦擦水，倒了两杯茶走出来。

“你们都听说啦?”覃怀良放下水杯，拉过一张椅子坐在萧天雅旁边，“没来得及告诉你们，我也是这个礼拜才知道的!”言毕，脸上露出讪色。

“你也才知道?”萧天雅愣住了。

“覃老师这个学期是不是加了很多课呀?”闻风雷想证实一下蒋家兴的说法，“上星期我和邵仕达交接学生支部的工作，蒋书记告诉我期中考试过后，你可能就不再当我们的班主任了，原因是你这个学期的教学任务重，顾不过来。”

“鬼话!”沈小健一口否定，“这个学期每周才增加了两个课时，怎么会顾不过来呢!”

“那是台面上的说法吧!”覃怀良无奈地叹了一口气，“我们教研室的于主任找我谈，要我把主要精力用在教学上，七九金融班的事不用我管了，系里会有安排。——这就是我得到的说法!”覃怀良道。

见覃怀良一副不在状态的样子，闻风雷心里也很不是滋味。通过刚才的对话，他大致弄清了事情的原委，与他之前的判断基本吻合。闻风雷心里霎时就产生了一种逆反心理，他不愿意看见覃怀良的班主任命运就这么平白无故地断送在蒋家兴的一念之间，他想作出某种改变。他知道自己的想法不切实际，也有点螳臂当车的味道，但他就是想按照自己的主意来。他建议覃怀良不要太在意外面的议论，在新班主任到任之前，继续履行自己的职责，该干什么就干什么，比如本周的周末班会，覃老师就应该到班上去强调一下期中考试的事，最近大家的学习都有些松劲，强调这个问题恰逢其时。

“这不好吧？我——系里都说过了不要我管的，我不方便去嘛!”覃怀良底气不足。

“新的班主任又没来，有什么不能去的!”沈小健在一旁打气。

“沈老师说得对！覃老师就是真要走的话，也必须和大家道个别呀!”萧天雅总想着要开欢送会的事。

“事情还没到那一步，”闻风雷想给覃怀良些许宽慰，“蒋书记那天之所以会提到这件事，还有一个重要的前提在里面，就是准备让邵仕达这批辅导员去各班当班主任。现在邵仕达他们都没去接班主任的活，各班的班主任一个个都干得好好的，覃老师的事情说不准也是一场虚惊呢！”

隔天，闻风雷为覃怀良的事专门去找了一趟团委的马中华，恳请他高度重视覃怀良的去留问题。萧天雅原本也想跟闻风雷一道去的，闻风雷不让她去，说两个人一道去，有点大动干戈，万一被蒋家兴知道了，会对她有看法，所以闻风雷就一个人去了。见到马中华之后，闻风雷是这样对他说的：“马书记，我们这个班的团支部是您亲手树立起来的典型，您和团委的其他老师，在这个班的教育管理和宣传引导上花费了很大心血。当前这个班的人员思想比较活跃，支部建设也处在爬坡阶段，请马书记于百忙之中关心一下覃老师的事，这件事不仅仅是他个人的事，还关系到这个班的下一步发展呢！”

马中华对覃怀良素有好感，听闻风雷说系里不让他再管七九级金融班的事了，感情上一时也接受不了，当即就表示：“这件事我要管，覃老师不能走！”看闻风雷一副焦急的样子，又开玩笑道，“这么大的事，萧天雅自己怎么不来而让你来？看来你俩配合得很默契，一个主外，一个主内，还真像一家人！”

马中华当着闻风雷的面打电话给郭之诚，问系里出于什么考虑要换掉七九级金融班的班主任。

“哎呀，马书记呀，覃怀良是个好老师，但是管理班级的能力可能有点弱呀。最近大半年来，他们班上老是冒泡，如果不赶紧采取一点措施，加强管理，下一步很可能会出大问题呀！”

“据我所知，覃怀良的管理能力还是挺强的，七九级金融班的发展势头也一直都不错。团省委已经定了，准备将这个班的团支部推荐给团中央表彰，在这个节骨眼上，最好不要换什么班主任。你换了一个新人上来，情况又不熟悉，怎么保持这个班的发展势头呢？”

“哎呀，马书记，我们系里的事情也是很复杂的呀！”

“郭主任，这件事不仅仅是你们系里的事，也是我们团委的事。你们若是觉得我说话的分量不够的话，我就请学校的方副书记或是其他哪位领导来做你们的工作，你看行不行？”

原以为马中华的电话打过之后，事情很快就会有眉目的，但事实证明，大家都把问题简单化了。在这期间，系里没给七九级金融班调配新的班主任，闻风雷等人也没主动去向系里讨要班主任，“班主任”就被悬在空中，成了谁都不愿触碰的难题。直到有一天，覃、沈两位老师在系里参加政治学习时，突然集中火力向蒋家兴开炮，把蒋家兴轰得晕头转向，引起学校党委的强力介入，才使问题出现了转机。蒋家兴心里憋了一口气，老想着要在覃怀良这里一吐为快，但这口气很长，出了一两个学期也没出完，最后在覃、沈两人的合力夹击下化作空气里的一股青烟。覃怀良是做学问的老实人，只认理不畏权，蒋家兴想要从他那里打开缺口，通过驯服他展示自己说一不二的长官形象，结果遇到了一个木头人，没等到他树好自己的形象，其政治气数也差不多消耗殆尽了，这当然是后话。

那天晚上，闻风雷和萧天雅在覃怀良家里坐了很长时间，临近要熄灯了，才与覃、沈两人告别。走出院门，道路上黑黢黢的，一阵寒风迎面扑来，两人都不由自主地打了个冷战。闻风雷提议道：“咱俩一块走吧！”说着就要去牵她的手。

萧天雅急忙避闪，说：“你走你的，我走我的，我先走，你后走！”走了两步，又停下来，“都这么晚了，两人一起回去，被同学们看到，那还不成了头号绯闻哪！”闻风雷只好在原地待着，看着萧天雅一人先回了。

下一个周末，覃怀良经过权衡之后，终于把班干部们召到金融教研室去开会了。覃怀良知道马中华已经找过郭之诚了，估摸自己一时半会儿还不会卷铺盖走人，所以心情大好。在向大家布置任务事项的过程中，覃怀良的脸上始终洋溢着笑容，说远说近说上说下，语意轻松，诙谐幽默，一点都看不出要走的迹象。

说完正事，师生们便聚在一起闲聊。刚接任副班长的赵高潮见覃怀良很开心，就冒冒失失地问了他一个问题：“覃老师，大家都在说你就要不当我们的班主任了，有没有这回事啊？”

冷不丁冒出的这个话题，就像是从球场意外飞进教室的一只足球，突如其来，把大家都吓了一跳。面对如此直白的提问，覃怀良显然没做好回答的准备，只好打着哈哈道：“你的消息很灵通嘛！你先说说看，你是从哪里听到这个消息的？”

“我，我，班上的人都知道！今天上午莫跃进还跟我说，系里已找覃老师谈过话了，我不知道是真是假，就，就问老师了！”赵高潮照实禀告。

“莫跃进！”覃怀良和闻风雷两人同时朝对方点了点头。

“这个问题还是让我来回答吧！”闻风雷终于找到了一个恰当的机会来堂而皇之地为覃怀良正名，“前些日子蒋书记找我谈话，要我转告大家，覃老师有可能不当我们的班主任了，原因是学校最近从大四的学生中选拔了一批辅导员，准备让这批辅导员承担起班主任的工作职责。我理解蒋书记的意思是，如果学校实行辅导员制度，学生管理的任务就交给辅导员负责，各班的班主任老师自然就得让位，覃老师也就不再当我们的班主任了；反过来说，辅导员不来各班当班主任，各班的班主任就还要继续留任，覃老师就依然还是我们的班主任。赵高潮，你听到的情况和我说的是不是一回事？”

闻风雷的这番话，照例传到了蒋家兴耳里，他仔细琢磨了每一处字句，发现其中的不少话都是他的原话，但由于前后顺序作了改动，最后表达出来的意思与他的本意南辕北辙，他有心反驳，却难以启口，只好违心认可。不过，通过这件事，他又一次见识了闻风雷的诡诈。

班会结束以后，众人唧唧喳喳地拥着覃怀良下楼来，刚到楼梯口就看见了沈小健。沈小健站在门厅处，手里拿了一本杂志，两眼不住地朝楼道口这边张望，就像是在等着和谁约会。覃怀良乘着兴头和沈小健开玩笑，说：“等我做什么呀，你还怕我认不识家呀！”

沈小健把眼一瞪，指着外面湿漉漉的地面说：“谁等你呀，下雨了，我在等雨呢！”接着就责备覃怀良，“什么会要开这么长时间，你也是一点时间观念都没有，他们可不像你，时间那么金贵，哪能耗得过你哟！”说话间，眼光落在了萧天雅身上，萧天雅跟在众人后面，慢腾腾地走过来，脸色一片苍白。沈小健察觉出她不对劲，问了一声：“你没事吧？”撇开众人便迎了过去。两人嘀咕了几句，沈小健笑着说：“你们先回吧，我和她随后就来！”说完搀着萧天雅去了女生宿舍。

闻风雷在当天晚上一直都没睡安稳。其实，在众人的议事过程中，他就看出萧天雅的情绪不高，还以为是班上的什么事惹她不高兴了，并未想到她的身体不舒服。他暗自责怪自己粗心大意，没及早提议结束会议，让萧天雅忍着腹痛陪了大家几个小时。似乎是为了将功补过，一吃过早饭，他就跑到女生宿舍来了，他找了一个理由，要请祝宇安和黎玉红等人为他的学生党支部布置宣传专栏，他认为这个理由足以掩人耳目。

如今的女生宿舍早已不是蜷缩在男生楼里的几间陋室，而是两幢并排矗立在一片灰不溜秋的低矮建筑群里且有着自己专属领地的漂亮高楼，高楼的两侧各栽了一排冬青，楼前空地上植了草坪种了花木，在新旧楼房的相邻区域还辟出了一长溜专用的晒衣场，俨如有边有界的独立王国。对于七九级金融班的全体女生而言，大三学年发生的一件具有划时代意义的大事，就是成功而开心地告别了与男生混住的历史，搬进了女生独享的9号宿舍楼，开启了她们正规而神秘的女生生活。女生们搬进了新大楼，从此再也不用从男生宿舍的过道里穿行，不再受制于人，不再寄人篱下，心理上立刻就有了一种扬眉吐气的轻松感和自豪感，碰到男生来新大楼找人的时候，心态就傲了，目光就刁了，就仿若成了一只金凤凰，栖在了一处高枝上，只等着不同林子里的鸟儿来朝会，身价也噌噌地上了好几个台阶。

搬家的那天，闻风雷带了十几个男生过去帮忙，需要搬运的大小物件全都集中堆放在走廊上，也分不清谁是谁的。闻风雷一马当先，仗着自己有一把蛮力，专挑那些大件的物品搬，手里拎着东西，肩上扛着东西，来来回回地跑了好几趟，累得脸色煞白，两腿打飘，最后像散了骨架一般瘫坐在草地上。闻风雷的惨相被徐维平看出来了，就取笑他说："老闻今天帮女同胞们搬家最卖力了，干起活来恨不得一个人抵三个人用，他自己累得半死不好意思说，倒是把某个人给急坏了，看得心里都疼死了。"萧天雅从皮阿凡那里听说了这一段，气得在背后直骂徐维平"毒舌"。

闻风雷踏着女生楼的水磨石台阶往上走，每一脚都像是踩在自己的心坎上，踩一脚，心里就扑通一声，再踩一脚，扑通声就连成了串，等到快要走近萧天雅的寝室门口时，他的心里便敲起了有力的鼓点，这鼓点越来越急越来越响越来越乱，倏忽间就掀起了一股心慌的狂潮，毫无征兆地淹没了他的完全没有了节奏的心跳。

萧天雅寝室的门是关着的。走廊上偶尔会蹿出几个衣冠不整或披头散发的女生，一见男士过来，几乎都会先愣愣神，再用警惕的眼光扫他一下，提醒他来到了一处不该踏足的禁地。闻风雷顾不上这些尴尬，他在意的是如何尽快平息自己的慌乱，以一种惯常的面貌出现在自己的同学面前。他最后一次调整了自己的呼吸，屈起指节就准备往门上叩，恰在此时他抬起的臂膀忽然僵硬了，因为他清晰地听到了从里面传出的哭诉声。

“呜呜——呜呜——你们就知道欺负人，拿了人家的东西还不承认，这跟小偷有什么两样嘛！你们要做好事，尽管去做好了，你们拿自己的东西送人，谁也没意见，干吗非要拿我的东西！呜呜——呜呜——我早就看出来了，你们嘴上说得比什么都好，心里想的根本不是那么回事，把我的伞弄丢了，还来假装做好人帮我找，就是要我来感激你们。你们一天到晚想的就是怎么抬高自己贬低别人，真虚伪啊！你们骗大家做好事，我们跟着你们忙，到头来狗屁都没得到，好处全被你们自己捞去了，什么三好学生，积极分子，学习标兵，这个优秀、那个先进的，都是你们班干部在轮流坐庄，哪里还有别人的份嘛！呜呜——呜呜——骗子，骗子，我再也不上你们的当了！”

闻风雷紧紧张张地在门口站了几分钟，听出是谢晓华在哭闹，心里就犯疑了，正在犹豫要不要进去，隔壁寝室的门却无声地开了，紧接着斜对面的门也开了，吓得他赶紧折了回来。

翌日，闻风雷到图书馆去查阅资料，路遇祝宇安。闻风雷好奇地问她：“昨天你们寝室里出了什么大事，把谢晓华搞得那么伤心？说出来的话都像是在苦水里泡过了三年似的！”

祝宇安神情错愕地问：“你是怎么知道的？是不是黎玉红告诉了刘远程，刘远程告诉你的？”又说，“我们寝室的萧书记要大家谁也别声张，现在事情都传开了，她又要难过死了。”

“哦，别紧张，是我偷听来的！”

“看把我吓的！好事不出门，丑事传千里，这件事要是传出去，我们女生的脸面就没地方搁了。”祝宇安拍了拍胸口，喘了一口粗气，然后道出了实情——

事情的起因是一把雨伞。昨天一大早，谢晓华拎着两个热水瓶到锅炉房去打开水，走到楼下看见外面在下雨，便返回来拿伞，不料伞不见了。她问寝室里的人有谁拿了她的伞，都说不知道，她就发急了。皇甫涓想起刘远程好像是借过伞的，就问黎玉红是不是他拿了，黎玉红说他来宿舍帮我们上搁板，临走时拿的是我的伞，跟谢晓华没关系；祝宇安也想起一件事，说那天下雨乔粤生来送磁带，临走时手里拿了一把伞，会不会是谢晓华的？皇甫涓连忙申明，乔粤生拿走的伞早就还回来了，他才不稀罕那把破伞呢！谢晓华本来只是急，还没气，一听皇甫涓说她的伞是破伞，就气了，而且气哭了。哭开以后，越想越委屈，越想越伤心，最后就借题发挥，胡言乱语了。

“借题发挥倒有可能，胡言乱语我看未必。”闻风雷看到了这件事背后的一种逆反情绪，心里一阵不安。

20

萧天雅躲在蚊帐里给闻风雷写信，刚开了个头，祝宇安就钻进来了。祝宇安凑过脸来看，抬头上没有称呼，便压着嗓子问她在给谁写信，萧天雅笑而不语，祝宇安就知道又是在给“那个人”写信了。祝宇安不以为然地说：“你们两个人写来写去的，有什么意思啊，不如找个没人的地方好好亲热亲热去！”

“亲你个头哇！”萧天雅发现这信没法写了，索性停下笔来，“怎么亲？你教教我！”

祝宇安嬉皮笑脸地说：“这还用得着我教吗，你两眼一闭，把自己交给你的那位闻同学任他摆布，不就完事啦！”

“死相，我看你是巴不得马上就有人来摆布你呢！”

祝宇安仿佛想起了一件什么事，一本正经地问道：“喂，你和我们闻班长在一起的时候，他会不会像一块木疙瘩那样？”

萧天雅咴咴一笑，说：“你的想象力简直太丰富了，他就是一截长了两只眼睛的木疙瘩，站在那里死死地盯着你看，眼睛红红的，恨不得把你给吃了！”

祝宇安被她的话给逗乐了，说：“奇怪呀，他平时见到我们女生连正眼都不给一个的，怎么会那样看你呢？”

萧天雅有些害羞地说：“可不是嘛，有老师或是同学在，他就老实多了，看谁都是一副淡淡的样子，谁能想得到人前人后的反差那么大！”

祝宇安沉默了片刻，忽然笑了起来，说："你傻呀，他那是对你动情了，想和你亲热呢！"

"我也猜到了这层原因，但实在不敢让他再盯了！"萧天雅的脸上一阵燥热，"我越来越不知道该怎么谈这个恋爱了，周围那么多双眼睛在看你，整天都暴露在众目睽睽之下，真是不敢越雷池一步啊！"又叹了一口气，"他也知道我的顾虑，就央求我多给他写信，每个礼拜不得少于两封信，每封信不得少于三页纸。白天哪有机会写？周围的人来来往往，看见我在写东西，谁都要睃上几眼，你又不能遮着掩着不让人看，只好回寝室后再来苦自己了。"

见萧天雅一副苦不堪言的样子，祝宇安就去劝她，说："你也别把自己限得太死，什么雷池不雷池的，一个书记，一个班长，时不时地聚在一块儿说说话谈谈心，有什么见不得人的啊？即便接触频繁了一点，在一起的时间长了一点，谁又能嚼你们的舌根呢？依我看，你所有的苦恼或烦恼，统统都不是个事，充其量只是一种'幸福的阵痛'！"祝宇安并不认可萧天雅的谨慎有其必要性，对于她与闻风雷的交往方式亦有微词，所以接着开导她，"你跟闻同学两人一点也不像谈恋爱的样子，两人接触非但不多，就是到了一起，也是生分得很，这样下去会影响感情的。你们两人，你动心在先，他动情在后，谈了半年多，还像一锅温吞水一样，热度一点都没上去，你叫谁能受得了哇？亏得我们闻班长大度，能够理解你，换作其他男生保不住还以为你在要弄人呢！"

"才不会呐，我俩暑假就说好了，开学以后要尽量少接触，他说完全按我的意思办，怎么会有意见呢?"萧天雅听不进祝宇安的话，反而大诉其苦，"你是没处在我这样的境地，根本体会不到我的难处。眼下你知道我有多难，学校把我捧得高高的，给了一大堆荣誉，今天到这里发言，明天又去那里讲话，把人都搞得烦死了。我要是不知好歹，传出什么风言风语，拂逆了上面的美意，到时候影响的恐怕不仅仅是我本人，还有我们这个班，包括你们的闻班长，这种后果你想过没有？另外，我也必须正视我们寝室里的这个小环境，上次黎玉红的事处理得那么狠，实际上把大家的路都给堵死了。假如我的事被黎玉红她们几个知道了，那还不闹翻天了，她们会怎么想怎么看？不在背后戳我的脊梁骨才怪呢！"

祝宇安噘着嘴道："你这人也真是的，什么事净往坏处想绝处想，从来都不往好处想，把自己搞得苦兮兮的。你看人家黎玉红，教务处的电闪雷鸣都劈到头上来了，也不后退半步，你真应该向她学学。”

“若论黎玉红这件事，我还真的佩服她。不过一人一个秉性，她的过人之处我可学不来。”说到此处，萧天雅亦是五味杂陈，“哎，这个月的月底她过生日，我们还像去年那样，到馆子店里去为她庆贺一下怎么样？”

“全寝室的人都去？你能请得动？”祝宇安面露惊讶，“你没看见皇甫涓那副死样子，不知道谁得罪了她，见谁都拉脸子，那双漂亮的丹凤眼早变成斗鸡眼了，我可不想在她那里触霉头！”

“你没问问什么事吗？”萧天雅的某处神经抽缩了一下。

“我也是才听来的，最近一段时间她正在和七八级金融班的哪位男生打笔墨官司，那男生怪她把自己写给她的情书捅了出去，她不认账，发誓一定要找出真相，还他一个公道。也不知道她是如何查找真相的，一天到晚疑神疑鬼，把寝室的每一个人都当成了嫌犯，见谁都是恨恨的，好像是我们让她惹上官司的。”

祝宇安刚爬回自己的床铺，皇甫涓和谢晓华两人就回来了，她俩最近迷上了女子排球，刚才是去找地方观看中美女子排球队在日本大阪举行的排球比赛实况转播了。

皇甫涓、谢晓华两人也是上个礼拜才和好的。前不久谢晓华的伞丢了，皇甫涓一番“破伞”的言论，惹恼了谢晓华。谢晓华恼她太不把自己当回事了，就和她“绝交”了。两人冷了半个多月，互不理睬，最后还是在祝宇安、黎玉红等人的劝解下才重新讲话的。谢晓华那天耍小性子，说了不少出格的话，比如抬高自己贬低别人啦，骗大家做好事啦，轮流坐庄捞好处啦，话里话外都是冲着萧天雅来的。这些话被闻风雷听到了，就利用班里集中开展的谈心交心活动，请覃怀良找她谈话，及时帮她解开了心结。此后不久，她的伞也找到了，是她自己借给老乡用，闹了一回乌龙，也就不好意思再提那天的丑事了。

除了与谢晓华之间的龃龉外，皇甫涓还有另外一本难念的经。上学期期中考试不久，邵仕达给她寄来了一封掐头去尾的信，她一看完，顿时就呆住了。那封信不知是班上的哪位同学写的，从头到尾都在揭她的老底，不仅向邵仕达透露了她有男朋友的秘密，还借张爱玲的一段话否定了她在邵仕达眼里的完美形象，字里行间都在提醒邵仕达别上她的当。更加可恶的是，揭了她的短之后，还反过来指责邵仕达，说他“鲁莽行事”“公然破坏校规校纪”，对邵仕达的行为上纲上线，并拿邵仕达的党员和辅导员身份说事，非要逼得邵仕达和她断绝来往。皇甫涓开始是又气又急，她想不明白是什么人和她过不去，要来出她的洋相，坏她的名声。那几天，她天天拿着那封信发呆，辨析信里的笔迹，琢磨信里的口气，猜测这背后的坏人姓甚名谁，是何居心。她思来想去，就怀疑萧天雅是第一个难脱干系的人。萧天雅不仅对她的情况知根知底，知道邵仕达给她写过信和她在老家谈过男朋友，关键还爱管闲事，遇上自己看不惯的事，极有可能会忍不住站出来肆意干涉横加指责。但是，仅凭这两条，似乎又下不了定论，因为她的这些烂事全寝室的女生都知道，而且这封信的笔迹也和萧天雅对不上号。皇甫涓的脑袋转啊转啊，又转了好几天，居然想到了闻风雷，笔迹虽然不是他的，但措辞的口气却像他，只有他这样经常咬文嚼字的人才能把话说得那么狠毒。皇甫涓认定了信是闻风雷写的，就把他当成假想敌，整天在心里骂他，骂他王八蛋，骂他假正经，骂他不是人，甚至诅咒他不得好死。在期中考试的那几天，皇甫涓的詈骂一刻也没有停，看见他的背影要骂他，听见他的声音要骂他，读了几页书或做了几道题之后想想还是要骂他，有时候还边哭边骂，舔着咸咸的泪水骂他。有一天皇甫涓哭着骂着，冷不丁打了个激灵，她问自己闻风雷为什么要那样使坏，不择手段地阻止邵仕达与自己接近，是不是他看上了自己，怕自己这朵鲜花插进了邵仕达那滩粪水里？这样一想，不觉心口狂跳，面红耳赤。女人恨女人，仇恨的种子是妒忌；女人恨男人，仇恨本源是痴情。皇甫涓理出了事情的由头，也就找到了打开心结的钥匙，她断定闻风雷对她有了意思，于是立刻停止了咒骂，居然不再生闻风雷的气了。

一个艳阳高照的下午，萧天雅接到系里通知，请各班团支部书记到教学楼四楼的大课教室去参加学院团委召集的一个座谈会，并就如何加强和改善校园民主问题作交流发言。萧天雅赶到大课教室的时候，与会者差不多都到齐了，她一看教室里黑压压的一片，便低着头直往里钻，想找个空位子坐下来。才进门，就被讲台上的团委书记马中华叫住了：“喂，萧天雅，你往哪里走，你的位子在前面!”话音刚落,团委的宣传干事胡兵就迎了过来,指了指讲台对面第一排中间的一个贴了姓名条的座位,很客气地说:“萧书记,你的座位在这里!”说着,把萧天雅引导到座位上。萧天雅第一次听团委的人喊她“萧书记”,感觉怪不好意思的;又听见胡兵喊她之后,周围响起了一片嘈杂声,知道是众人在议论她,脸上立刻羞得通红。她顾不上跟任何人打招呼,赶紧低着头坐了下来。

萧天雅在发言中,围绕如何充分调动团员青年参与校园事务管理的积极性,当好校风培育和建设的生力军问题,畅谈了自己的想法,基本观点是要处理好校园民主与遵章守纪、尊师重教、广开言路、合理奖惩的辩证关系,通过强化教师和学生的互动,营造氛围,蔚成风气,把体现精神文明、代表时代进步的民主意识根植于日常的学习生活中,促进校园民主的健康和谐发展。萧天雅在发言的最后,还结合自己的工作实际,重点剖析了当前在团员青年中普遍存在的一些倾向性问题,例如反映意见不按正常渠道,动辄就给报纸写人民来信;对老师的劳动成果不尊重,合意的课就上,不合意的课就逃,随意行使否决权;同学之间有了意见或矛盾,很少开展谈心交心,而是意气用事,剑走偏锋……上述问题不仅不符合民主建设的基本要求,也与学校教书育人的宗旨和教育管理的初衷背道而驰,应当大力克服和纠正。

萧天雅从大课教室出来,身后跟了一大帮与会的团支部书记,众人围着她唧唧喳喳,有恭维她发言讲得好的,有向她请教工作方法的,也有向她打听班上情况的,从大课教室外溢出来的旺盛人气一直在她头顶上盘旋。

和大家道过别之后,萧天雅就准备回自己的教室去,不料从走廊的柱子后面转出一个人来,把她给截住了:“萧书记,请等等!”萧天雅一回头,居然是邵仕达,轻松的表情瞬间就僵硬了。

“你自己都当辅导员了,还来取笑我!”

“我可不敢取笑你,团委的人都叫你萧书记,我这么叫也是有根据的。”

“瞎叫罢了——咦,在会上怎么没见到你?”

“一点也不奇怪!你本来就是朝前、朝上看的嘛,我在你身后,你又如何能看得见我呢?”

邵仕达表扬萧天雅,说她今天下午发言的质量很高,问题思考得很深,提出的意见建议针对性也很强，完全符合上面的指示要求。表达完这层意思之后，又乘兴问了萧天雅一个敏感问题：上学期她是不是写过一封信给他？然后解释道，他收到了一封未署名的来信，信里讲了七九级金融班的事，还对他提了几条中肯的意见，他看不出这封信出自何人之手，故而有此一问。

“谁给你写的信，你不知道吗？那是什么信？我没写！”萧天雅摇着脑袋，断然否认。

“哦，那就是我猜错了！”邵仕达意味深长地笑了笑，“你在发言中强调，当前校园民主存在的种种问题，与学校的教育管理是背道而驰的，这样的话你或许不只说过一次，我好像也在什么地方听到或是看到过，不知道你自己有没有印象？”

“哦，可能吧。我经常讲这样的话吗？”萧天雅故意装傻。

邵仕达离去之后，萧天雅的心口怦怦直跳。她回到教室，从课堂笔记本里找出那封匿名信的底稿，还真看见了邵仕达提及的“与学校教育管理背道而驰”那几个字。萧天雅当初写信给邵仕达，就曾预料到事情最终会被他知道的，但没想到这么快就露馅了，而且还是在一个公开场合下当着邵仕达的面自然而然地暴露的，这让她觉得滑稽可笑，无异于有一种“走光”的难堪。她猜想邵仕达接下来还会再玩什么新花招，果然没隔几天就收到了他的来信。

邵仕达的信写得有点长，开头就说他对萧天雅一直都很仰慕，始终以一种欣赏的眼光注视着萧天雅的一举一动，无论是听到她的声音，还是看到她的身影，抑或是获悉她的活动踪迹，甚至只要回想起一些与她有关的往事，内心都会起起伏伏激动不已。最近他每天都要花不少时间去浏览学校和省市团委的报纸杂志，就希望能在其中看到她的事迹报道或是她去各高校介绍经验做法的工作动态。他的心早已被萧天雅给占据了，一点都容不进与她无关的人和事，包括他自己的学习，也由于心不在焉而亮起了黄灯。邵仕达在信中坦言，他本该早就要写这封信的，不知从何时起，听说她谈了一位部队的男朋友，怕惹上破坏“军婚”的嫌疑，只好忍痛割爱，独自一人躲在暗夜的角落舔舐失意的伤口；最近无意中了解到此前的传闻并不确实，又急忙唤醒沉睡的欲念，鼓起追逐的勇气，斗胆写信向她表达素来已久的爱慕之意。邵仕达特意说明，他今天给她写信的日子，是二十四节气的立冬，他对冬天充满了憧憬，他相信经过一个冬季的雨雪浸润，他心中那颗爱情的种子必定会萌芽抽枝，逐渐长成茁壮的株苗，在来年的春天开花结果。邵仕达满怀信心地写道："冬天是宁静的，万物都在休眠潜藏；冬天又是悸动的，万物都在蓄势待发。我热爱春天，思念春天，更渴望你能给我带来爱情的春天。冬天既已来临，春天还会远吗？在冬季到来的时刻，我要把自己的命运连同那颗多情的种子一并交给你，完全听凭你的安排。我相信你会怜惜它，呵护它，给它一片爱的沃土，使它重获新生，欢快惬意地沐浴在你温柔而灿烂的春光里……"

萧天雅看完邵仕达的信，倒吸了一口凉气，她想不到自己那封不乏告诫意味的短信竟然会起到媒介的作用，把邵仕达的注意力吸引过来，使他"调转枪口"盯上自己。她意识到邵仕达曲解了她的本意，而她也画蛇添足干了一件蠢事。她本想将邵仕达给她写信的事告诉闻风雷的，但又怕闻风雷误解或是生疑，便决定由自己来单独应对。她迅速地给邵仕达回了一封信，明确告诉他自己已有男友，不会也不该再来考虑他的要求，请他理解并体谅。为了让邵仕达彻底死心，萧天雅还借题发挥，说南方的春天淫雨连绵，湿气沉重，就像一个深宫怨妇终日以泪洗面，郁郁寡欢，她不喜欢。在她的感情世界里，一切美好的东西都与春天无关，她注定给不了他什么爱情的春天或是惬意的春光，能够给予的，只有凄风、冷雨、阴潮、苍凉，倘若他喜欢，尽管拿去好了。萧天雅在信中尽说些冷漠无情的话，以断绝他的非分之想，也有不愿再与他继续交往的意思。

回过邵仕达的信后，萧天雅就开始数日子，准备迎接邵仕达的下一波纠缠。她等了几天，没见到邵仕达的动静，就认为是自己的回信起了效果，心情一下子松弛了下来。大约又过了半个月左右，萧天雅接到母亲的来信，信中说："你们学校前一段时间给我们单位来了公函，来函的部门是系学生党支部，欲调查我们家的人员情况，比如家里有几个人，是否党团员，有哪些社会关系，现实表现如何，等等，这都比较正常；不同寻常的是，还要说明你有没有男朋友，姓甚名谁，年龄多大，干什么工作的，都要我们一一填报。我们单位的同事无法回答学校的问题，便把调查表交给我来填，我也不知道你有没有男朋友呀，怎么填？你们学校这是要干什么，你自己清不清楚是怎么回事？"

直到此刻，萧天雅才如梦方醒，原来邵仕达佯装溃退，避开了正面进攻，绕到她身后去搞偷袭了。萧天雅绝不相信那封公函是组织的行为，她没有向组织上提出过结婚申请，组织上应当不会去调查她的婚恋情况。她觉得这件事既无聊又可笑，她想不到邵仕达的胆子会这么大，为了弄清楚一件儿女情事，竟然煞费周章地干出一件如此荒腔走板的傻事。面对从天而降的棘手难题，萧天雅一时不知如何是好。她想，纵然自己有一百个理由气他，有一千个理由骂他，但是无论如何都不会去恨他，因为归根结底他没有伤害她；他不管做了什么蠢事和错事，他的心都是好的，爱美之心人皆有之，她长得好看，各方面又很优秀，男生们喜欢她是再自然不过的，她没有理由不让人家喜欢、不让人家追求、不让人家在她面前表达爱意。萧天雅一会儿站在理智的角度谴责他，一会儿又站在情感的角度原宥他，渐渐就为他的行为找到了一种合理解释。萧天雅后来想到，要把这件事告诉闻风雷，毕竟邵仕达是盗用学生党支部的名义去调查她的。一想到闻风雷，萧天雅就打了一个愣，她不知道闻风雷会怎样看待这件事，担心他不能宽容邵仕达，并在心里记恨邵仕达，最终两人产生矛盾，结下梁子，走向明里或暗里的对抗。她不希望这两人成为情敌，使她陷入两难的境地中。

21

学院团委的宣传干事胡兵来找闻风雷，一脸喜气地告诉他，他这回要出名了，而且是出大名！

闻风雷知道胡兵在忽悠他，但心里还是微微震动了一下，就像坐在车上被坑坑洼洼的路面颠簸了一下。

“团省委准备推荐萧天雅去参加共青团中央的表彰，这表彰会一开，萧天雅就成了重大典型，七九级金融班岂不也跟着出名了？”胡兵没有等到闻风雷的惊喜表情，只好自揭谜底。

“集体换成个人啦？”闻风雷有些纳闷，“前一段时间不是预告要表彰团支部的吗？是不是分量不够，取消啦？”

“你想多了，对个人的表彰把关更严！”胡兵颇为得意地说，“团中央最近研究了各省市团委上报的表彰方案，认为萧天雅的事迹非常突出，体现的时代精神和教育意义也十分鲜明，所以建议团省委作出了调整！”

“你找我，可是为材料的事？”

“是的！——不是我找你，是马书记要找你！”

“这马上就要期中考试了，你叫我上哪儿去找时间写啊？”

胡兵并未注意到闻风雷的情绪变化，依旧是一副喜滋滋的样子：“时间问题你就别操心了，我们马书记什么都想到了，准备到教务处去为你们请假，期中考试免考。你列个名单出来，我去替你们办手续！”

“要免就免三个人吧，吴学勰、刘远程、闻风雷。”

胡兵走后，闻风雷难过了半天。他先是倚在路边的一棵香樟树旁想了半天心事，而后又沿着运动场的跑道来回溜达；人在溜达，脑袋里想的还是化不开的心事。按理说，萧天雅被推荐到团中央去表彰，无论站在哪个角度看，他都应该为她高兴并向她祝贺才是，可他一点也高兴不起来。他知道自己的心态有问题，思来想去，还是跟自己的恋爱有关。萧天雅一旦被团中央表彰了，就是全国的典型了，就是学校的名人了，一举一动都是表率，一言一行都是影响，整个人都将被荣誉的光环束缚得无法动弹，到那个时候她的胆子将越来越小，和他的交往将越来越困难，这恋爱也就很难再谈下去了。他断定，他和萧天雅两个人很快就会变成玻璃缸里面的两条金鱼，他们在里面游，大家就在外面看，而且看得清清楚楚，纤毫毕露。他俩就整天生活在众目睽睽之下，任凭众人评说，一刻也不得安生和自在。

闻风雷把吴学勰和刘远程两人招来，三人一块商量写材料的事。刘远程听说团中央马上就要表彰萧天雅了，羡慕得直咂舌：“乖乖，我的这位老乡可真不简单，她就像我们老家的长春花，栽在哪里，就在哪里生根开花，而且四季不败，长盛不衰！”

“你要这么说的话，我也有一比，”吴学勰接过他的话，“书记这朵花之所以能够绚丽地绽放，那都是我们班长浇水施肥的结果！”说完，两人哈哈一笑。

闻风雷想笑但怎么也笑不出来，脸上的肌肉被几根丝线给牵住了，失去了活动的张力。最近几天，一想到宣传萧天雅，他的脑子里就会想起谢晓华的伞和谢晓华的话，就仿佛听到了散布在七九级金融班教室内外的各种牢骚、闲话，甚至腹诽的声音。他问吴学勰和刘远程，萧天雅的材料要怎么写，两人都回他听班长的。

闻风雷苦笑了一下，摇着头道："这份材料可不是闹着玩的，它是要向全国的青年团员介绍萧天雅的先进事迹的，字字句句都要能经得起时间的检验和舆论的评议，难度太大了！我们三个臭皮匠还是谦虚一点好，不要先入为主，敞开耳朵听听大家的意见之后再说！"

闻风雷不敢贸然行事，他去向覃怀良求助，为了完成团委布置的任务，欲请覃老师出面组织召开一次本班学生恳谈会，就宣传和学习萧天雅的先进事迹充分听取大家的意见，进一步夯实典型宣传的群众基础。覃怀良听罢，二话没说，跟着闻风雷就来了班上。

一周之后，一份由吴学勰起草的《关于宣传七九级金融班团支部和萧天雅同学的情况反映》，摆在了学院团委书记马中华的案头，文中介绍了该班团支部近期为了撰写萧天雅同学的事迹材料，大兴校园民主，广开同学言路，采取集体座谈、上团课、个别谈心等方式，组织全班同学为萧天雅画像，集中回答了为什么要学习萧天雅以及学习什么、怎么学习等一系列问题，为宣传报道活动提供了客观依据……

马中华盯着手里的稿子看了半天，他怎么也想不到，因一篇上报的典型材料，竟然引发了一连串缜密而扎实的铺垫活动，可谓未雨绸缪，曲突徙薪。这篇文字的格调很高，不仅重点勾画了萧天雅的事迹脉络，全面梳理了同班同学的客观评价，还对上级的宣传报道工作提出了很有价值的意见建议，读后令人耳目一新，思绪大开，同时产生一种洞穿其底的淋漓快感。马中华惊讶于闻风雷等人的政治敏感性和驾驭思想局面的前瞻能力，边读边用指节叩击桌面，嘴里不住地喃喃自语："人才呀，人才！少年老成，后生可畏，这帮小鬼到底是从哪里修炼来的本事！"

闻风雷把自己和吴学勰、刘远程关在学生党支部活动室写材料，一泡就是十来天，满脑子都是材料上的事，哪一个事例不生动，哪一个观点不新颖，哪一段文字不精彩，哪几个字词不准确，都要反复琢磨反复推敲，一刻也不得消停。

这段时间，他不是没有想过萧天雅，每次想她的时候，就强迫自己想一些发生在她身上的人和事，并把这些人和事拆分成一个个跳动的文字，将她摁进文字里与她进行交谈，感觉中一天到晚都和她在一起。这一天，初稿出来了，闻风雷又想起了萧天雅。他把材料交给吴学勰，说："送给你那位书记看看吧，也请她提提意见。我们是为她打工的，雇主不满意我们就白忙了！"

吴学勰送材料走后，闻风雷就赶紧收拾学生党支部活动室的卫生，萧天雅马上就要来了，他要给她留下一个整洁干净的印象。他相信萧天雅一定会来，吴学勰给她送去的那份材料，就是他传递出去的约会信号，她应当能读懂其中的含义，凭的就是一种心灵的感应。情侣之间的心灵感应是一种很奇妙的心理现象，它产生于两人情深意浓之际，衰减于两人情乏意倦之时，终结于两人情断意绝之日，周而复始，概莫能外。

闻风雷拎了一桶水来，先洗净两只茶杯，那两只茶杯还是上次蒋家兴和熊秉清来宣布他的任命，临时从总务处借来的，他要洗干净给萧天雅倒水喝；又把那张旧沙发认认真真地抹了一遍，怕萧天雅坐在上面嫌脏；最后还要整理一下自己的衣装……自从他当了系学生党支部书记以后，萧天雅的足迹还没踏进过这间活动室，他相信萧天雅会对这间活动室感兴趣的。萧天雅其实也来过这间活动室，两年前为张大勇养伤的事，她来这里找邵仕达借班部的钥匙，原以为事情很简单，无非是借与不借，没想到邵仕达黏黏糊糊，手里拿着那把钥匙，眼睛只顾盯着她看，既不说借，也不说不借，看架势是要用那把钥匙直捣她的心门，吓得她出了一身冷汗。今天她不会再紧张了，她是来和自己的恋人约会的，巴不得能在这间活动室多待一会儿——也说不准，兴许她将更加紧张，谁知道呐！这间活动室是他从邵仕达那里得到的意外收获，邵仕达为他谈情说爱打开了方便之门，提供了一个虽然简陋却很难得的约会场所，就冲这一点他也要感谢邵仕达。

萧天雅来见闻风雷，先在门上轻叩了两下。闻风雷此时已收拾停当，正在装模作样地看着手里的稿子，尽管他知道萧天雅要来，可是当门被叩响、萧天雅果真出现在他的跟前，他的心口还是狂跳了几下，所有的伪装都在那一刹被剥得精光。

萧天雅穿一件蓝灰色的春秋衫飘然而至，两根长辫子躲在身后，红扑扑的脸庞带着三分羞涩，恰似一朵芙蓉开在盛季。

闻风雷喜不自禁地迎了上去，压着嗓门说："想死我啦！"说着就要去拉她的手。

萧天雅本能地一闪，指指背后："嘘！邵仕达也来了！"

闻风雷赶紧跑到门口去看，走廊上一个人也没有。再进屋，就攥着两个拳头要来找萧天雅算账，吓得萧天雅慌忙躲避。

萧天雅鼻子里哼了一声，说："你早把我丢在脑后了吧？我看你待在这里乐不思蜀，都不想回去上课了！"

"你真是冤枉人哪，我都快被这篇稿子逼疯了！"闻风雷竭力否认，忙不迭地诉苦道，"初稿上个礼拜就出来了，送到宣传部、团委和系里去审查，前两家都没提什么意见，算是一遍通过；系里却死活不表态，催了几回，说调子太高，要降调，来来回回折腾了好几遍，才放了行。要不是马书记钦点的差事，我早就撂挑子了！"

"马书记钦点的差事？不对，不对，你没讲真话！"萧天雅笑着摇摇头，"你是因为干私活心里发虚，才没撂挑子的吧？"

闻风雷的小心思被她戳破，便涎着脸说："既然你都懂这个道理，为什么还不来犒劳犒劳我呢？"

"我确实想犒劳犒劳你，但你要我怎么表示呢，你敢吗？"萧天雅认真地看了他一眼，不等他接话，马上又泼他的冷水，"我还没说你呐，你胆子也真大，居然敢把我约到这里来，刚才邵仕达就在我前面走，上楼了，你就不怕他心血来潮拐过来看看你？还有，你的这间活动室，隔一扇门就是总务处的财务室，结算报账的人来来往往，万一有人摸错了门，闯到你这里来报账怎么办？"

"扫兴！"闻风雷立刻就泄了气。

闻风雷请萧天雅谈谈对材料的看法，萧天雅不自然地笑笑，然后颇为不屑地说："哪有叫我提意见的道理，我才懒得操那份闲心呐！"说着，掏出一封信给闻风雷，"我今天来，有我自己的事，我带了一样东西让你欣赏，你保险会感兴趣的。"

信封是暗黄色牛皮纸印制的，上面有地址，是萧天雅母亲单位的地址。闻风雷把那封信拿在手里，左瞧瞧，右瞅瞅，看了半天忽然惊叫起来："哎呀，你妈妈的字写得很漂亮吔！"

"你别光顾着欣赏她的字了，还是仔细看看里面的内容吧！"萧天雅的心一直悬着。

闻风雷看过萧母的信，又去看附在其后的一张表格，眉头就渐渐地皱了起来。那张表并非本校入党积极分子所填写的《建党对象报告表》，而是在它的基础之上改头换面另外设计了一种样式，名称叫《建党对象调查表》；表格的栏目大同小异，荒唐之处在于要向组织上说明是否有恋爱对象，以及恋爱对象的姓名、年龄、单位、政治面貌，一看就是为特定调查对象量身定制的。闻风雷已经注意到了盖在那张表格上的系学生党支部印章，因此也就猜到了这桩公案的始作俑者。他初始的反应自然是很生气的，想不到表面上格格正正的一个人，居然也干起了偷鸡摸狗的勾当，心中不免生出一种看笑话的讽意——一个在大马路上走得好好的人，一不留神被自己的后脚跟绊了一跤，跌落在路边的阴沟里，栽了！

短暂的沉默之后，闻风雷问了萧天雅一个敏感问题："他追过你的，对吗？"

"给我写过信。我明确告诉过他，我有对象了！"

"如此说来，他也算图谋已久了！"闻风雷讥讽道，"真是大爱无疆啊，连假公济私这样的事，都能让它充满爱心！不过，他也够鲁莽的，若是穿帮了，组织原则这一关他还真过不去！"

"你不会去为难他吧？"

"为难他？不！我倒想听听你的意见！"

"我？我怕你去找他！"

"胜利者从来都是仁慈的。在他和我的竞争中，他是失败者，我是胜利者，而胜利者是从来不会去和失败者计较胜利果实以外的枝节问题的！"

"你就那么自信？你怎么知道你的胜利果实不会变成别人的胜利果实？"

"有这种可能吗？"

"不知道！"

“敢——我想闻你!”

“给——一只手!”

看着闻风雷贪婪地嗅着自己的手，萧天雅心里一阵暗笑，心想男生真好玩，一只手就能满足他的要求，简直太容易哄了！她原来还担心闻风雷会忌恨邵仕达的，结果他“顾全大局”，以胜利者的心态睥睨一切，根本没把这件事放在眼里，她也就放心了。

萧天雅从党支部活动室出来，便直接上了二楼，覃怀良找她有事，她要去一趟他的教研室。她走在过道上，忽然想到了邵仕达，邵仕达的辅导员办公室就在几个教研室的斜对面，最好别在这里遇见他。

“萧天雅——”

萧天雅的心里正想着要赶快穿过邵仕达的办公室，却冷不丁地听见了一个讨厌的声音在背后喊她。

“恭喜你呀!”话音未落，邵仕达就到了跟前，“听说你的组织问题很快就要解决了!”

“没听说嘛——谢谢你!”萧天雅面无表情地看了看他。

“我一直有个心愿，”邵仕达依然很热情地说，“最好能在我的手上解决你的组织问题，但遗憾的是功亏一篑，还是留下了尾巴。我走之前，实质性的工作都做得差不多了，把你的发展问题排进了工作计划，列入了议事日程，也算是尽了一点绵薄之力吧。”仿佛不经意间又想起一件事，“欸，系里不久前发函到你母亲单位，了解你的家庭成员情况，不知回信了没有?”

“听闻风雷说，有一张什么表格是吧，具体情况我不清楚!”萧天雅直视着邵仕达，淡淡地回了他一句。

“闻风雷？哦，那就好，那就好!”邵仕达的脸色刹那间变得土灰。

坐在自己的办公室里，邵仕达的注意力很长时间都无法集中，满脑子想的都是那份信函的事。他寄到萧天雅母亲单位的函件，明明写清楚了请他们把表格填好，寄回系里的辅导员办公室，怎么会鬼使神差地转到了闻风雷的手上呢？暑假期间，他也是闲得无聊，心血来潮地想要弄清楚萧天雅究竟有没有男朋友，为的是日后好向她展开爱情攻势。他找出一张《建党对象报告表》，模仿上面的格式，另外设计了一张自己所需要的表格，请熟人在打字机上处理之后，便加盖系学生党支部的印章寄了出去。当时他还心存幻念，以为他和萧天雅之间还有戏，碰撞出一点爱情火花或是感情的浪花也大有可能。但是后来的事情则始料不及，萧天雅明确拒绝了他的美意，给了他当头一棒，也断了他的非分之想。直到此时，他才意识到自己在暑假里的所作所为是多么地荒唐和愚蠢。眼下的问题是，他暑假里的癫狂之作落到了闻风雷的手里，成了败坏自己名誉和葬送自己前程的有力证据，他不得不考虑东窗事发的后果。

此后的某一日，萧天雅再一次收到了邵仕达的来信，信中责备她不该将他俩交往的情况告诉闻风雷，因为闻风雷向蒋家兴报告了此事，蒋家兴专门找他谈话，对他提出了严肃批评。邵仕达表示，此事缘他而起，所有的过错均系其一人所为，责任完全在他。他请萧天雅放心，今后他不会再来打扰她了，过两天他会托人将一些与她有关的私人物品还给她，希望两人之间仍能保持一种纯洁的友谊，继续发展良好的同学或同事关系。

萧天雅看到这封信后，一下子急了起来，她没料到闻风雷会捅开这件事。那天在学生党支部活动室，她曾问过闻风雷会不会为难邵仕达，闻风雷作了否定的表示，怎么事情才过去几天就风云突变，并且还惊动了蒋家兴呢？以她对闻风雷的了解，一般不会这么草率行事，这期间说不定发生过什么意想不到的事情，两人相互争执且无法调和，才导致矛盾激化大动干戈的。闻风雷现在和邵仕达成了情敌，情敌之间的任何过激言行，都是可以找到充分的根据和合理的动机的。这件事很快就会闹开，而且尽人皆知，对她、对邵仕达，包括对闻风雷，影响都不会好，她要马上找到闻风雷，搞清事情真相，控制事态发展。萧天雅心急火燎地找人，一气跑了大半个钟头，教室、阅览室、图书馆、寝室、学生党支部活动室，凡是闻风雷常去的主要场所，统统找了个遍，最终连个人影也没见到，急得她七窍生烟六神无主，一筹莫展之下又回到了教室。

教室里自习的人比刚才又少了些许，留下来的人大都三三两两地聚在一块窃窃私语，也有人在收拾自己的书包或课桌，终日嘈杂的教室有了一股打烊的氛围。乔粤生正坐在皇甫涓的座位上，两人贴在一起欣赏桌子上的一台收录机。见萧天雅走近，皇甫涓努了努嘴："把那玩意儿给她！"说完起身离去。

“喏，给你的！”乔粤生顺手从收录机边上抓起一盒磁带递给萧天雅。

“磁带？”萧天雅没反应过来，“给我磁带做什么？”

“你自己的东西不认识呀？装蒜！”皇甫涓掉过头来极不友好地怼了她一句。

“咦，这人怎么啦？”一股凉意迎面袭来，令萧天雅不寒而栗。

“里面录了你的歌，我们刚才都听过一遍了。”乔粤生的眼里闪着同情。

乔粤生离开教室后，萧天雅用自己的收录机播放了那盘磁带，确实是她在五四青年节文艺汇演时唱的《高山青》。听完这首歌，她立刻就明白了这盘磁带大概就是邵仕达玩的鬼花招。萧天雅从来没给自己录过歌，那盘磁带无疑是邵仕达录制的，录下之后又堂而皇之地托皇甫涓转交给她，目的就是要告诉皇甫涓、抑或通过皇甫涓告诉其他人，她曾经送过一盘磁带给他，这盘磁带录了她的歌，她想把自己的歌献给邵仕达；如今邵仕达退还了她的磁带，就等于退还了她的“私人物品”和她的感情，他们两人之间就再也没有任何瓜葛了。至于为什么要让皇甫涓来做这件事，答案只有一个，就是邵仕达已经认定了六月中旬的那封信系她所写，并且把这一结论告诉了皇甫涓，两位受害者结成了同盟军，联合起来共同讨伐他俩一致的敌人。

萧天雅听着磁带里的歌声，就感觉那歌声一点欢快的曲调都没有了，全部都是充满伤感的哭腔。她想，磁带的问题是无伤大雅的，终归只是她与邵仕达两人的官司，她录没录、送没送，早晚会有人知道，不需要她去刻意解释；难以启齿的是匿名信的事，虽然那也是她与邵仕达之间的事，但由于扯上了皇甫涓，就变成三个人的混战了。

在三个人的混战中，她是势单力薄的一方，原因是皇甫涓站在了邵仕达一边，无论她再怎么解释，皇甫涓都是不会相信的，所以她的对立面就由一个人变成了两个人。这一刻，她终于看出了邵仕达的虚伪和怯懦，但虚伪在哪里、怯懦又在何处，却一时说不上来，只好在心里暗恨他。她现在只有一个愿望，就是皇甫涓千万不要和她公开吵，一吵就成了桃色事件，大家就都没面子了。这件事诚然会暂时地损害她与皇甫涓的关系，但是她并不害怕，她相信随着时间的推移，皇甫涓会慢慢理解她的，毕竟她对她没有坏心。至于邵仕达，她既然拒绝了他，总是要允许他发泄一点怨气的，她惹事在前，他反击在后，两人扯平了。

闻风雷担任学生党支部书记之后主持召开的第一次支委会，地点就选在了教工楼东面的一处草坪上。小雪节气的草坪，虽然褪去了青绿换上了冬装，但依然清香沁人，蜂飞蝶舞，每一丛草、每一棵树都使出了浑身解数，向踏足其间的学子们卖弄着最后的温情。邵仕达离任以后，支委们进行了改选，人虽是旧的，但各人的角色却是新的，新的角色带来了新的欲念和心态，大家坐在一起，只讲新语，而无旧话。会前，闻风雷去向熊秉清报告支委会的活动计划，熊秉清一字不落地听完，说："你的考虑很周到，抓的都是大事，我都同意。蒋书记前天交代我，请学生支部近期研究一下萧天雅的入党事宜，以配合团中央的表彰，你们开会的时候，正好把这项议程补充进去！"与会的几个支委一听，都说是"好事"。萧天雅的组织问题原拟明年初解决的，现在调整计划，安排在年内发展，明年的指标就可以用来发展其他的对象了。支委们席地而坐，冬日的阳光铺洒在青黄色的草地上，给草地上的生命带来了暖意和活力，和谐中氤氲着浪漫，一如这几个人初次聚会时的情形。

支委会结束的时候，已近开饭时间。闻风雷和大家打过招呼，就想到教室去找萧天雅，尽快把会议的有关情况告诉她，刚穿过教工楼，忽听身后传来一声呼喊："班头——"

"这两天你的眼皮是不是一直在跳哇？"

"你是想问我的耳根子发没发热吧？"

"看来你都听说了！"

徐维平告诉闻风雷，班里这几天开始有他的传言了，传他在追萧天雅，萧天雅又在追邵仕达，三位顶级的学生干部在玩三角恋，真是好戏连台呀！传言说，皇甫涓最近和萧天雅闹矛盾，闹得还很凶，起因皆与七八级金融班的班长邵仕达有关。当初邵仕达追皇甫涓，写了信给她，萧天雅知道以后，就背着皇甫涓给邵仕达写信，在信里说皇甫涓的坏话，还威胁邵仕达要到学校去告他，吓得他落荒而逃。徐维平絮絮叨叨地说，闻风雷就皱着眉头听，听到末了就有点不耐烦了，问他依据何在。徐维平言之凿凿地说："邵仕达写信给皇甫涓，女生们都知道，谢晓华还当着大家的面读过他的信；邵仕达前天托皇甫涓把一盒磁带还给了萧天雅，里面录了萧天雅的歌，据说是萧天雅送给邵仕达的，被邵仕达退了回来。"怕闻风雷不信，又旧事重提，"张大勇养伤的那阵子，萧天雅去找邵仕达要七八级金融班班部的钥匙，邵仕达不顾班里的反对，说给就给了，这不就说明了问题嘛！"

莫名其妙地被徐维平灌了这么多糟心的事，闻风雷的头皮都发麻了。在一箩筐鸡零狗碎中，他感兴趣的只有一样，那就是萧天雅是否真的给邵仕达写过信，而且还是为了皇甫涓的事。他觉得弄清楚这件事的动机很重要，动机清楚了，其他的事情就好理解了。他提醒自己要稳住情绪，不要先入为主，要耐心听萧天雅解释，千万不能误解或伤害了她。

闻风雷见到萧天雅，是在第二天教务处召开的班风班纪讲评会上。会议一结束，就被萧天雅埋怨了一通："你昨天死到哪里去了，找遍了整个学校也没见到你的鬼影子，把人急得都要发疯了！"

"你没找到我，是你不想找到我。"闻风雷不紧不慢地说，"我们几个人在东草坪开会，目标那么大，你几次经过教工楼都看不见人，我们在你眼里都成了草坪上的草呐！"

"你为什么要去捅邵仕达的事？邵仕达给我妈妈单位发函，讲好了到此为止的，你怎么又去告诉蒋家兴呢？"萧天雅没好气地问。

"你在胡扯些什么呀，捅这个告那个的，把我都搞糊涂了！"闻风雷不知所以。

"胡扯？"萧天雅狐疑地看看闻风雷，然后掏出邵仕达的信，"你自己看看吧，是邵仕达在信里说的，没有影子的事他干吗要乱说？"

看过邵仕达的信之后，闻风雷即刻明白了他的用意。邵仕达之所以要写这么一封信给萧天雅，目的很简单，就是要提前引爆落在闻、萧手里的定时炸弹，让两人以为手里的把柄失去了牵制作用，不再对他构成威胁。闻风雷将上述分析结果告诉萧天雅，并表示自己从没对外透露过此事，更不可能到蒋家兴那里去搬弄是非。萧天雅反应过来之后，忍不住骂了他一声"可恶！"

闻风雷想到班里的传言，便问她："你是不是写过什么信给邵仕达，劝阻他和皇甫涓的事？"

"是的，我是怕他影响不好！"萧天雅的脸一下子变得胭红。最不堪的一幕裸露在自己的恋人面前，坦然中依旧免不了几分羞惭。她将信里的内容毫无保留地口述了一遍，自咎此事做得草率，对后续的负面影响预计不足，亦令寝室里的几位女生感情生隙。

弄清事情的原委之后，闻风雷的心里反而充满了不安和愧疚。他最看不得萧天雅的那双眼睛，一对乌黑的眼珠子藏在大大的眼眶里，就像两个受了委屈的瓷娃娃躲藏在一汪秋水中兀自张皇。她看这个世界太美好了，从小到大都生活在阳光、鲜花和掌声里，陪伴她的是家庭的温暖、学校的关爱、单位的褒奖和社会的赞誉，她的世界到处充满了欢歌、笑语、友谊和真诚，她天天看着美好的东西，沐浴着人性的光辉，汲取着世间的精华，眼里就慢慢变得晶莹透亮、清澈如洗、纯真无邪，看人看事，只有真诚和美好。但是，进入大学以后，特别是当她进入自己的恋爱季节以后，情况却发生了变化，她的眼里有了云翳、霾雾和烟尘，看向他的目光也比之前多了几分无奈、怅惘和彷徨。他是她的同学、兄长和爱人，他要为她释疑解惑、排忧解难，还她以过去的安闲、自信和优雅，这是他的责任和义务。

"你给邵仕达写信，本意是劝诫，但在旁人看来此举多余，犹如防着鸭子下水、防着猫儿偷腥一样，有违事理。

"不要把事情想得太过复杂。生活中所能遇到的问题本无简单与复杂之分，关键在于你能不能解决它，以及用什么办法去解决它。你若用简单的办法解决它，它就是简单的问题；你若用复杂的办法解决它，它就是复杂的问题，任何事情概莫能外。

"皇甫涓对你意见很大，你要做的事，就是要注意缓和与她的矛盾。她的嘴就是一个出风口，一定要设法堵住她的这张嘴，防止她对外传播不和谐的声音。我准备找皇甫涓谈谈，告诉她信是我写的，说不定她会相信的。她假如想骂我，就让她骂好了，骂过之后她的气也就消了。你马上就要入党了，这个党一入，团中央再一表彰，你就是货真价实的模范人物了。模范人物最怕声誉受损，声誉上的事再小也是大事，自己的后院千万不能起火！”

就在闻风雷绞尽脑汁准备去找皇甫涓谈话的当口，一位不速之客意外闯进了他与皇甫涓的博弈中，此人即是闻风雷的同乡、七八级金融班的体育委员钱文康。钱文康是一位天生的社会活动家，他听说闻风雷的父亲下个礼拜要来省里开会，就想让闻风雷出面引见一下，请闻父为自己即将从部队转业的家兄安排工作，并且说这件事关乎其家兄一家老小未来的前途命运。

闻风雷知道钱文康的话有很大的煽情成分，且这件事的政策性很强，主观操作的空间有限，便提醒他说：“见个面不难，但老爷子的脾气你是知道的，对走后门之类的事油盐不进，成不成你都不能太在意。”

“呵呵，你只知其一不知其二。你家老爷子对军人格外讲感情，而且据我所知，你完全能当你父亲半个家，我对此充满信心。”钱文康像牛皮糖样的变着法子黏着闻风雷，说完自己的事情后，又接着打趣他，“你老弟真是生得好命啊，这边官运气势如虹，那头恋爱风生水起，多少人都在羡慕你！”

“你莫不是听到了什么议论，来探我口风的吧？”

“我才不需要探什么口风呐，很多校园新闻的当事人就是我们寝室里那几个高情商的男同学，你如果感兴趣的话，我就讲几件和你们班有关的事让你开开眼界。”钱文康生怕闻风雷小看了他，恨不得将自己知道的全部趣闻秘事都端出来，“邵仕达给皇甫涓写信，信写好以后，草稿纸丢在桌上忘记收起来，被我们寝室的老黄拿去当手纸，意外发现了新大陆，老黄就在厕所里和班上的几位同学传看了那封信的草稿，秘密就提前泄露了……邵仕达还有一个怪毛病，就是喜欢给女孩子录音，凡是他中意的女孩子都录，人家讲话他要录，人家唱歌他也要录，录下来以后就找机会放给人家听，用这样的小伎俩去勾引人家。五四青年节那天晚上，你们班的几个女生在台上唱歌，他就坐在台下录音，咔嚓咔嚓地倒来倒去录了好几盒磁带……”

“那他要花不少钱在磁带上咯？”

“他一分钱都没花！我们班上的袁大姐被选派到美国留学，去年圣诞节回国，给班上带了一大包英语教学磁带来，邵仕达分掉了一部分，比如给了英语教研室，还给了几个要好的同学和老师，剩下的就被他留了下来。他给这个录音、那个录音，用的就是这批带子。”

“你说我在谈恋爱，听谁说的？”

“邵仕达人前人后说过好几次，说你在追你们班上的女同学，我姑妄听之，不发表任何评论！”

闻风雷挑了一个星期天的下午去找皇甫涓谈话，谈话的由头就是向她了解班上风言风语的来龙去脉。谈及那封匿名信，皇甫涓毫不隐瞒地说：“我刚看到那封信，还以为是你的杰作呢，气得我在心里骂你骂了好几天，什么难听的话都骂遍了，你的眼皮没跳吧？”

闻风雷假装很开心的样子说：“你现在仍然可以这么以为呀，能被班里的女同学在心里时时刻刻地念叨，那可是一件值得骄傲的事哟！”

“骄傲什么呀，不是你写的！”皇甫涓习惯性地撇了撇嘴。

闻风雷在谈话中，提醒皇甫涓注意三件事：其一，邵仕达写给她的信，早在她收到之前就在七八级金融班公开了，原因是那封信的草稿被他的室友拿去擦屁股，抢在完成使命之前，在几个如厕的人中间进行了传阅。有一位同学看过信后，还去找邵仕达“切磋”了一番，直言他不该破坏校风校纪，利用班长的职务之便招引涉世未深的女孩。由此推断，邵仕达后来收到的那封匿名信，极有可能是他本班同学所为，与我班同学无任何瓜葛。其二，五四青年节晚上，我们班的女生在台上唱歌，邵仕达就在台下录音。他用来录音的磁带，是他们班上一位出国留学的同学用自己的奖学金购买的英语教学磁带，地地道道的美国货，邵仕达请她带给萧天雅的磁带，正是源自这批美国货。萧天雅既没有录音，更没有送什么磁带给邵仕达，邵仕达之所以要请人将磁带“退还”萧天雅，目的就是为了制造一种被人追逐的假象。其三，无论是她还是萧天雅，在与邵仕达的来往中都是被动的，当她们拒绝了邵仕达的追求之后，两人就成了邵仕达心中的病和痛。萧天雅不是她的情敌，邵仕达也不是她的朋友，她和萧天雅是七九级金融班这棵荣誉之树上的两朵耀眼的奇葩，萧天雅需要她的关心，她也需要萧天雅的友谊，她们两人只有相守相护，同心协力，才能成就今年“五四”文艺汇演那样的一台好戏。

皇甫涓一回到寝室，就热情地邀请萧天雅一起去食堂打饭，刚转过楼梯口就开始数落她:“别人冤枉了你,你干吗不解释呢?你倒是好脾气,随人家怎么说你,除了装聋作哑,就是忍气吞声,一点斗争精神都没有!你自己背黑锅不要紧,害得我们班都跟着你一起背黑锅,你这口气怎么忍得下去嘛!”

第六章 疯长的相思里疑多爱少

22

进入冬天不久，黎玉红就病了。黎玉红的病来得很突然，与她同寝室的女生谁也没料到，还是刘远程憋不住了，来悄悄告诉萧天雅，说黎玉红得了肝炎病，马上要休学，众人才大吃一惊，再仔细看她，脸也黄了，眼也黄了，连裸露在衣服外面的皮肤也浮肿了，一朵艳丽的鲜花眨眼间就蔫萎了，真是叫人心疼呀！

黎玉红在省城的传染病医院住了大半个月，便被接回学校医务室的临时病房调养休息，顺便等待学校的休学手续。关于是否休学的问题，七九级金融班的班干部们曾找过系里和学校的教务处，希望能比照两年前张大勇的做法，找一间屋子让她留下来养病，由班里的同学负责她的学习和生活，假如学习成绩好的话，就继续跟班学习。教务处的老师听到他们无知的诉求后，脸色丕变，责怪他们乱出主意，问他们是不是也想和黎玉红一道休学，口气冷漠得跟莘野湖里的冰碴儿一样。

临到黎玉红要回家了，闻风雷把萧天雅、赵高潮、刘远程几个人召到一块，一起合计怎样为她送行的事。闻风雷端出了两个方案让大家选择：方案一是由刘远程和陈实两人送，这一方案事先已征得刘远程和陈实的同意；方案二是由男女生各派一个代表送，男生仍然是陈实，女生倾向于让谢晓华去。“为什么两个方案里面都有陈实？”闻风雷解释说，“主要是考虑陈实与黎玉红是同一个地方的人，由他去送减少了许多人生地不熟的麻烦。”

闻风雷说完，特意征求萧天雅的意见，问她这么安排行不行。萧天雅一张嘴就投反对票，说："你这两个方案，要么是应付差事的方案，要么是纯粹完成任务的方案，根本没有考虑黎玉红的感受！"说完，亦细述了她的道理，"你让刘远程去送，黎玉红本人不会有什么意见，但班上的同学就不舒服了，一件公事硬让你们办成了私事。还有，刘远程若是不去的话，陈实或者谢晓华就更不合适了，一个班干部都不去，系里会怎么看、同学们会怎么看、黎玉红的家人又会怎么看？所以——"说到此处，停顿了一下，又笑了，"我的意见是，你们谁也别去了，就我一个人去。黎玉红生病回家是班上的一件大事，我是团支部书记，又是和她同寝室的小姐妹，上可代表系里，下可代表班里，是最合适的人选！"

听萧天雅说由她本人去送，而且是一个人去，闻风雷暗自吃了一惊，直怨她不知轻重。黎玉红此番回去不同以往，她本人的身体就是一大累赘，沿路所有的服务事项，都要依赖随行的同学，萧天雅一人如何顾得过来？还有，黎玉红的家乡在一个偏僻的小县城，火车无法直达，下车后还要倒换长途汽车，那么多的行李又岂是萧天雅一人能搬得动的？当然，最最令他不放心的还是萧天雅的安全问题，这山长水远的，路上万一出点什么事……想到此，闻风雷一头恼火，恨不得找一块抹布或是别的什么东西把她的嘴巴给堵上。情急之下，他忽然想到了一个堵她的办法。他假意迎合她，说："你考虑问题还真比我周到，班上是应该去一个主要干部。这样吧，我去，刘远程、谢晓华再去一个，这件事就这么定了！"

"不行，不行，这件事你别跟我争了，必须是我去，而且就我一个人去！"萧天雅也急了，一急，该说的没说，却扯出另外一个站不住脚的理由，"送黎玉红一趟，光路费和住宿费就要花十几块钱，你让同学们花这个钱干什么！我都跟黎玉红讲好了，她也很乐意我去送！"

"单就送女同学这件事来讲，你肯定比我有优势，这我承认。但是若论完成任务，把黎玉红安全稳妥地送到家，你就不如我了。"闻风雷此时比萧天雅还要着急，为了阻止她去，故意摆出一副咄咄逼人的架势，并且极尽贬低之能事，"车上那么多人，你能挤得上去吗？行李那么多，你能拎得动吗？遇到不怀好意的人，你有办法对付吗？再说，这件事归根结底还是班委会的事，团支部还要尊重班委会的意见才对呀，是不是？"

“黎玉红是团员，书记送她，也是说得过去的！”赵高潮的胳膊朝外拐了一下。

萧天雅喜出望外：“就是嘛，就这么定了啊，我去！”

“欸，别乱来，我和陈实去。我们去谁也没话说！”闻风雷寸步不让。

“你——”萧天雅气得掉头就跑了。

萧天雅带着满肚子的不快和委屈跑回宿舍，一见到黎玉红眼泪就扑簌扑簌地落了下来。黎玉红正在拾掇自己的行李，抬头看见一张梨花带雨的面孔，以为萧天雅在替自己休学难过，心里不禁一阵酸楚。她停下手里的拾掇，没话找话地去宽慰萧天雅：“你也别把休学当作一件多大的事，无非是晚一年毕业罢了！我在班上算是年龄小的，就是迟一年毕业，参加工作的岁数仍然不算大，而且还能多拿一年助学金，什么亏也没吃，你真不要为我难过哩！”

“我哪里是为你休学的事难过嘛，”萧天雅抹了一把眼泪，“我是难过后天没办法送你了！”

“你看你，这算什么事！你如果忙的话，换一个人就是了！”

“我没什么要忙的，是他们不让我去！”

“谁不让你去？闻风雷吗？”

“他们几个男生想自己送你去，我争了半天也没争得过，气死我啦！”

“闻风雷要送我？哈，他是不放心你呀！我要是猜得不错的话，过两天送我回家的肯定还是你，不信咱俩打赌！”

萧天雅当然不信。她正想问黎玉红缘由，刘远程门也不敲就闯了进来。刘远程像一只报喜鸟一样，进了门就叽里呱啦地嚷开了：“萧天雅，你赢啦！黎玉红回家的事，全由你说了算，什么时候走，哪几个人送她，一切都听你的，闻风雷不管啦！”

萧天雅从错愕中反应过来，冲黎玉红做了个鬼脸，佯装很生气的样子道：“你们搞的什么鬼啊，刚才还在说送黎玉红是班委会的事，不让我管，怎么转眼间就变卦了？”

“想不到吧？”刘远程颇为得意，“你走以后，我和赵高潮两人就拼命地劝闻风雷，叫他不要太顶真，书记既然执意要去送，自然有她的道理，我们不应该阻拦她。闻风雷看我们两人都是一个态度，就不再固执己见了！”

“知错能改，善莫大焉。”萧天雅高兴得一下子从床上蹦了起来。

黎玉红回家前夕，七九级金融班班委会、团支部为她举行了一连串隆重而简朴的送别活动。先是为她开了一个茶话会，全班四十六位同学，除她本人之外，每人都给她写了一条临别赠言，并请夏子辉同学认认真真地誊在一个精美的日记本上，作为班里赠送给她的特别礼物；接着照了一个集体合影，众人席地而坐，围成一个心形，让她手捧鲜花居于心尖的突出位置，寓意牵挂在心；最后又组织大家捐款，要求每人将爱心藏匿在一个信封里，由谷庆丰收齐后统一转交给黎玉红。

启程的那天，大家都自发地来到学校大门口为她送行，帅亦然从学校演出队借来一副锣鼓，等黎玉红一进入众人的视野里，锣鼓就惊天动地地响开了。黎玉红始终是一副依依不舍的样子，和男同学告别的时候，脸上虽然挂着笑容，但眼泪已蓄在眼眶里；等走到几个姐妹跟前，情绪就失控了，抱一个哭一个，最后几个人搂在一起号啕大哭，任凭锣鼓怎么敲打，就是不肯走。大家只好停下来哄她，待她哭声小了一些，再簇拥着她一步一挪地朝外走。几个敲锣打鼓的男生面色一律是凝重的，他们默不作声地尾随在女生后面，女生们啜泣的时候，他们就轻轻地间歇地敲打几下；哭声渐起或是响亮了，就用劲地密集地敲打一通，好像要借助手里的锣鼓展示一下自己的兔死狐悲的心情。锣鼓一紧一慢一轻一重地敲打着，不知不觉就送到了牛郎星镇。

中午时分，闻风雷在饭堂里碰到了从火车站回来的陈实，见他衣服上有些泥灰，就问他上午托运行李累不累。“累倒不累，只是把一个大活人给托运走了！”陈实憨憨地笑笑，“我去火车站之前，没料到刘远程会跟黎玉红一道走，等办好托运手续，刘远程才说他也要上车了，还央告我回去以后千万别多嘴。”

“糟了，这小子坏了我的大事！”闻风雷一听大惊失色。

萧天雅手里拎了两只旅行袋，陪黎玉红上了一节硬卧车厢。车厢里气味浑浊，拥挤不堪，行李架上塞满了行李，铺位上也几乎塞满了人。两人对号入座，找到了自己的铺位，一个下铺，一个上铺。萧天雅将黎玉红随身携带的一个小提包放在下铺上，说：“你睡下铺，我睡上铺！”言毕，就要把自己的外套扔到上铺去。突然，她的心口像是被人猛搡了一把，一个粗壮的中年汉子侧卧在她对面的上铺上，那汉子嘴角叼着一支烟，正在朝她瞅，吓得她赶紧抓起外套又坐回到下铺来了。

火车在哐啷哐啷地运行，萧、黎两人坐在一起看信。那封信是陈实早上来女生宿舍交给萧天雅的，她当时因急着处理几件出发前的琐事，所以尚未来得及看。陈实告诉她，信里有一张草图和他哥哥的联系方式，到达目的地之后，可以按图索骥，得到相应的帮助。

陈实在信里依次说了三件事：先说行李托运，黎玉红的三件行李明日将随车运走，行李票贴在那只装有书籍的纸箱上，到站后凭学生证领取；接着又说接站，他已于昨日分别给自己的哥哥和黎玉红的父亲发了一封电报，将黎玉红乘坐的车次告诉了他们，电报是否收到、又会否有人接站，并不确定，请她留意此事；最后说到了钱，班里为黎玉红申请了十五元钱的困难补助、为萧天雅本人申请了十元钱的差旅费，这两笔钱均由闻风雷垫付，等上面的经费下来后再自行抵扣。

萧天雅看到接站的安排时，心里咯噔了一下。要是陈实的哥哥来接站，那自然是好事，不仅搬运行李省了自己的力气，送黎玉红到长途汽车站也有人帮衬了；或者黎玉红的父亲也能来接站，那就更妙了，将她交给家人之后，自己就可以直接返校了。只是这样一来，去黎玉红家里的理由就不充分了，这与自己当初的计划有些落差，也留下了一点小小的遗憾。

萧天雅按照陈实的意思，将十五元钱给了黎玉红，告诉她这是班里为她申请来的困难补助，其实也就是为她解决的差旅费。黎玉红接过钱，夸张地努起嘴亲吻了它一下，连声称赞班里想得周到。

萧天雅正要将陈实的信塞回信封，不料从信封里接二连三地滑出几张大额钞票，似乎并不完全是她的差旅费，于是又回过头去看信，原来漏看了信中的一行文字。陈实说得很清楚，另外还有二十元钱，是闻风雷让他转交的，如不清楚情由，可待返程后当面询问。

看完文字，两人又去研究那张草图。那张图画得极为详细，以火车站为原点，画出了从火车站到汽车站、火车站到陈实家里，以及火车站到周围旅店的行走路线，不仅给出了每处地址的门牌号码，还注明了沿途经过的标志性景物，连红绿灯、邮亭、甚至目的地附近的老槐树都标示出来了。黎玉红边看边感叹，说："真细呀，长途汽车站我是去过几回的，老槐树一过就到了，从老槐树到车站大概也就是一里路左右，他把距离都写出来了，亏他想得到！"

萧天雅拿着那张草图没说话，脑子里一片空白。自从三天前和闻风雷、赵高潮等人碰过面以后，她一直都没捞到机会跟闻风雷讲话，她忙，闻风雷比她更忙。为了热热闹闹地送好黎玉红，闻风雷一连安排了那么多活动，方方面面考虑得都很周到，真是用了大心思。陈实的这张"路线图"，估计也是他"干预"的结果，否则陈实不会这么大费周章。还有钱，一下子垫付了四五十块，他一个月的工资才三十几块，指不定是向哪位同学借来的呢！他这么做，既有为黎玉红考虑的一面，更多的还是怕自己没带够，路上急用时不方便。闻风雷开始是反对她一个人来送黎玉红的，反对的理由也不难理解，就是担心她出意外。但是，后来又为什么不再坚持了呢？难道真如刘远程所说的那样，是他和赵高潮做了工作？萧天雅在心里骄傲了一下，随即又从心里否定了这一说法。那天她生气了，她生气的样子一定吓着他了，他虽然担心她路上不安全，但更在意她心里受委屈，因此改变了主意。唉，主意是改了，可也玩了不少小花招，真是难为了他，也难为了他的忠实小跟班陈实。

"妻管严"？萧天雅忽然想到了这个新词。闻风雷会是"妻管严"吗？萧天雅不觉笑了，她实在是无法将闻风雷与"妻管严"联系在一起。萧天雅的笑，引起了黎玉红的好奇，问道："你坐在那里好好的，怎么一下子就笑起来了？"萧天雅机巧地把话题转到黎玉红身上，说："我在笑你呐！那天我跟你说，我不能送你了，你当时是怎么猜到事情会发生变化的呢？"

黎玉红淡然一笑，随即陷入了沉思。她观察闻、萧两人的交往，其实有一段时间了，起因还是上半年发生在学校饭堂里的一件旧事。

五四青年节文艺汇演的时候，她和刘远程要出一个节目，两人便每天下午来饭堂练习舞蹈动作。某日，闻风雷很罕见地来"探班"了，他进了饭堂，并不同两人打招呼，而是站在远处面无表情地有一眼没一眼地斜视着他们。没过多久，萧天雅来了；萧天雅一来，闻风雷马上就跟换了一个人似的，在萧天雅面前没完没了地说，无拘无束地笑，所表现出来的那副主动、热情、温顺和喜悦的样子，与他以往留在女生眼里的形象，简直云泥之别，这不仅令她费解，也引起了她的注意……想到此，黎玉红便率直地说出了一番久藏在心里的话——

最近这大半年，闻风雷的变化很大，过去他看我们女生，眼皮子都不抬的，不管是谁，在他的眼里都留不下一寸一缕的影子。如今看他，则明显变了，跟女生打交道，满眼都是笑，特别是看你，那眼神都是直勾勾的，盯着你还在往回拽你，就怕你跑了似的。你自己觉察不到，他看你呀，那眼里就跟有一潭水一样，恨不得把你给淹掉；又跟有一团火一样，恨不得把你给化掉。他对你肯定是有那种意思的，把你看得很重，宠你，让你，护着你，你若想要干个什么事的话，他会无条件地顺着你的，个中缘由就是他看不得你受委屈。这次送我，他心里也是一百个不放心的，他不放心你一个人送我回老家去，怕的就是你路上出状况。他不放心，他就拦你；拦不住了，就去想别的法子，叫陈实家里出面，千方百计地保护你。我听刘远程讲，这几天闻风雷天天拉着陈实，要他干这干那的，班里的同学都感到奇怪，班长怎么一夜之间变得婆婆妈妈了，不就是送个人回家嘛，好像天都要塌下来了，简直太不可思议啦！你说，这一切是不是都因为你的缘故？

黎玉红的一席话听得萧天雅心惊肉跳。在黎玉红回家这件事上，闻风雷的表现简直是太露骨了，几乎到了不管不顾的程度，班里的同学恐怕都看出了异常，只是不捅破而已。黎玉红今天当着她的面说开了这件事，不仅是提醒，恐怕也在试探，她和闻风雷都要警觉了，该避要避，该藏要藏，不能再冒着风险往前走了。萧天雅把黎玉红的话又回味了一遍，发现她对闻风雷的观察比自己还要细致几分，不觉暗自称奇，佩服不已。萧天雅藏好心事后，便来和黎玉红聊天："哎，我说黎玉红，你可真是过来人啊！你怎么会对男同学的眼光研究得这么透？你和刘远程在一起的时候，刘远程是不是也那样看你的？"

"唉！"黎玉红一声叹息，立刻抹去了脸上的笑意，"我跟刘远程也就那么回事了！你喜不喜欢闻风雷我不知道，你俩到了哪一步我也不知道，但是我希望你们两人能成。你今后保险比我幸福，这一点我深信不疑。"

火车在一处小站点临时停了车。车厢的走道上，有人推着小车走来走去，兜售水果、饮料、糕点、土特产或是纪念品，叫卖声不绝于耳。列车员捧着一个大票夹过来给乘客换票，很客气地打断了两人的交谈。换过票后，萧天雅看了看表，说："我们去吃饭吧，到点了！"两人遂往餐车去。

刚进入餐车，萧天雅就看到了一个熟悉的身影。她紧张地拍了拍黎玉红，指着餐车角落一个正在吃饭的男生悄悄地问道："喂，你看那儿，是不是刘远程？"

"哎呀，是他！他怎么也在车上？"黎玉红兴奋地喊了起来，惊喜中透着几分激动。

"我正准备去找你们呢！"刘远程嘴里拖着面条，看见两人走近，慌忙嚼咽了几下，好不容易挤出一句话来。

刘远程把自己的椅子朝车窗口挪了挪，招呼两人坐下，又请服务员点了餐，便结束了他的会面仪式。三人坐到一块，黎玉红的话匣子就自然而然地打开了。她问刘远程什么时候上的车，买的是硬卧还是硬座，为什么不和她们一起走，这半天怎么不来找她；刘远程就一问一答地解释说，他是临时上的车，他和陈实两人一起来车站托运行李，陈实回去了，他就买了一张硬座票上车，这么长时间没去找她们，主要是在忙着补票，今天的运气真不错，等到了一张硬卧票，还是个下铺，就在她们隔壁的车厢。黎玉红说你能买到下铺真是太好了，我正愁今晚没法睡呢，萧天雅把下铺让给了我，但是她又爬不上去那张上铺，正好你们换一下，问题就全解决了。两人一唱一和，旁若无人，萧天雅根本插不上嘴，只好闷着头吃饭。她的心情坏透了，她想不到刘远程会在火车上冒出来，又和黎玉红黏到一块去了。本来她是此行的主角，刘远程来了以后，她就成了"第三者"，连配角也当不上了。她像一个小门童，打着一只红灯笼，为他俩照明引路，挑灯夜话。

萧天雅躺在刘远程让给她的那张下铺上，一点睡意都没有，她的平静的心绪完全被刘远程打乱了。晚上吃饭的时候她问刘远程，他来送黎玉红，闻风雷知不知道。刘远程吞吞吐吐地说："我跟他说过了，他是知道的；我不跟他说，我怎么敢来呀？"萧天雅一听这话，心就凉了，就有了一种深深的失望。她记得，刘远程曾经告诉过她，在送黎玉红回家这件事情上，闻风雷是答应过要让她做主的，她让刘远程买两张火车票，闻风雷也没说什么，现在却派他来做扈从，不仅说话不算数，更是对她的极大的不尊重。在她送黎玉红这件事上，闻风雷的做法确实是过分了，画草图、拍电报、请陈实家人接站、还通知黎玉红父母，无处不在的关心，就像冬天加盖在她身上的一床厚重的棉絮，虽能抵御寒冷，但把人压得喘不过气来，连肢体的伸展都受到了外力的掣肘。她本来是有一个小小的心愿的，就是想要一个人送黎玉红回家。她和黎玉红做了两年半的同学，平时很少关心她，更没给予过她什么特殊的照顾，黎玉红被学校通报，身心受到很大打击，因精神刺激，情志抑郁，导致疾病上身，一步步走到今天。对于黎玉红今番的休学，她心里是不安的，不管是从团支部书记的角度，还是从同寝室姐妹的角度，她都有愧于名，有亏于情。她单独去送她，就是想要独自弥补自己的过失，独自表示自己的歉意，也独自承担自己的责任。她的这个想法只告诉过祝宇安，连闻风雷也没说过，怕的就是遭人误会，也有点难以启口。可是，刘远程来了，刘远程强行加入了她的心理历程，使她这个小小的心愿定格在行进的半道上，永远无法兑现。

火车在疯狂地奔跑，车轮把铁轨碾压得痛苦不堪，发出一长串低沉的吼声。萧天雅在铺位上辗转，又想到了闻风雷。刘远程来送黎玉红，是跟闻风雷说过的，也就是说闻风雷是知道的。闻风雷是怎么表态的呢？赞成？反对？抑或不置可否，听之任之？不管怎么样，刘远程还是来了；刘远程来了，那就说明闻风雷没有明确表示反对，没有反对就是默许，没有反对就是赞同。说不定闻风雷正巴不得刘远程能来呐，主要的问题还是出在他身上……

一点睡意都没有了，萧天雅索性穿好衣服下了床。对面铺位上，一位少妇正在给襁褓中的婴儿喂奶，硕大的乳房将婴儿的口鼻堵得严严实实的，令人一阵窒息。萧天雅想起黎玉红服药的事，就朝她的铺位走去，朦胧中就觉得白天自己躺过的那张下铺变宽了许多，再定睛一看，不由得腮红耳热，目瞪口呆，那铺位上躺了两个人，一男一女面对面相拥在一起，身躯裹在一条被子里，只露出两个睡死过去的脑袋。萧天雅被眼前的情形吓得神摇魂荡，她像一个被窥破行踪的小偷一样，仓皇逃离了现场。

黎玉红回家后的第三天中午，闻风雷在寝室里见到了刘远程。趁周围没人，闻风雷问他此行是否顺利，刘远程告诉他出乎意料地顺利，一出车站，就见到了黎玉红的父母和她的舅舅。黎玉红的舅舅是开车的，专门从县医院开了一辆救护车来接她。他把黎玉红的行李装上车，萧天雅又和黎玉红的父母说了一会儿话，黎玉红就跟着车一道回去了。陈实的哥哥那天也来了，听说我们急着要往回赶，就买了两笼小笼包给我们带在路上吃，推了几次也没推得掉……

"你这个劳动委员怎么想起来到火车上去劳动啦？而且往返一趟就耽搁了五十几个小时？"闻风雷调侃的语气中透着不满。

"嘿嘿，我主要是不放心她们两个女生，怕她们路上应付不过来！"

"那也不能偷偷地溜走哇！"

"我——我向班长做检讨！"

"你的胆子也确实够大的了！"

"嘿嘿，当时一急，也没顾得上那么多！"

"别再捅娄子了——管好你的嘴！"

闻风雷知道萧天雅平安地回来后，就想立刻去见她。她走之前，两人都在忙黎玉红的事，谁也没顾得上给对方写信，原来讲好的每周两封信，一封都没落实，让闻风雷像丢了魂似的难受。闻风雷到教室去找萧天雅，教室里没几个人，闻风雷这才想起来本周开始停课了，因为天寒地冻，同学们都躲到寝室的被窝里或是其他比较暖和的地方看书复习，准备迎接下周的期末考试。闻风雷每天上下午都去教室里待一会儿，一连几天都没见到萧天雅的人影，心里就发急了，就意识到萧天雅是在刻意躲避他。可是萧天雅又为什么要躲着他呢？难道是为了要让他集中精力好好迎考？

闻风雷坐在教室里想心事，窗外飘着雪花，雪花裹着雪子，雪子打在窗户的玻璃上，发出细密的嚓嚓声，让他的思绪也随着雪糁一起跳跃，欢快却无法安定。他盯着窗外出神，目光里冷不丁飞进一团白色的物体，直向他袭来，隔着一段距离落在窗户的玻璃上，发出一声闷钝的声响；接着，又是同样的东西砸在同样的地方，并同时传出一阵尖锐嚎叫和夹杂其间的清脆欢笑。闻风雷听出是女生们在打雪仗，便走近窗户去观战，果然看到了祝宇安和谢晓华几个人在离窗户不远的草坪上嬉闹。

不一会儿，祝宇安进来，穿着羽绒服，戴着毛线帽和棉手套，一副冷飕飕的扮相。闻风雷像遇见救星一样迎了过去，就指望他思绪的扣子能在她那里得到开解。

“你很勇敢嘛，一个人对付几个人，还把别人砸得嗷嗷叫！”

“哪里是勇敢，嘻嘻，是我脚下的雪多！”

“人呢？怎么没来？”

“两个理由，一真一假，你猜！”祝宇安诡秘地笑笑，“一个是天冷，不愿到教室里来，想见她，就赶紧去找火盆生火；另一个是生你的气，不愿跟你讲话，想见她，就赶紧去做检讨。哈哈——”

闻风雷此刻已猜到了是怎么回事，但是他不能去捅破它，要是他透露了刘远程偷偷去送黎玉红的事，刘远程说不定就又要倒大霉了。闻风雷假装一无所知的样子，说：“她应该不是生我的气，我认认真真地反省了三天，确实没犯什么惹她不高兴的错误。依我猜呀，她是怕冷才不愿到教室里来的，对不对？不来就不来吧，让她好好复习应考，争取进入前三名！”

萧天雅后来就一直没来教室复习，两人都在怄气，看谁先跌软。萧天雅告诉祝宇安，她不理闻风雷，一是气他自食其言，说好由她去送黎玉红的，还派个人来监视她；二是气他不讲真话，只字不提刘远程的事，明明知道她生气了，还是跟她打马虎眼，想从她这里蒙混过关。萧天雅心里打定主意，只要闻风雷不来向她解释刘远程的事，她就坚决不理他。刘远程幽灵般地出现在火车上，闻风雷无论如何都是脱不了干系的，正是由于刘远程的出现，害得她送黎玉红的义举变成了一桩无法言说的风月情事，不仅如此，连她的动机也蒙上了一层暧昧的色彩，可谓前功尽弃，这么严重的问题难道也可以装聋作哑一笔勾销吗？萧天雅这边在打肚皮官司，就希望闻风雷那边能有个积极的态度，一个度量大些，一个姿态高些，双方都能顺着台阶下。期终考试结束的那天，闻风雷找了一个和萧天雅说话的机会，告诉她家父来省里开会，命他跟车回去，希望她能与自己一道去周边的几处著名景点上转转，三五天之后再送她回来。萧天雅从鼻孔里哼了一声，气呼呼地说：“刘远程的账我还没跟你算呐！”又瞪他一眼，“哪有现在就去见公爹的道理？”闻风雷知道她心里的疙瘩还没解开，也不跟她计较，留下一封信交给祝宇安，便跟着老父亲去游览祖国的大好河山了。

23

黎玉红休学的这个冬天，天气格外寒冷；比天气还要寒冷的，是萧天雅所在的女生宿舍的氛围。寝室里少了一个人，空出了一张床，空出来的那张床就成了寒冷的源头，谁看它一眼，谁就会生出一股冷意，从心底腾起，传导至周身，波及每一根神经。但是，与女生宿舍里截然相反的情形是，班级之中的其他宿舍、整个系，甚至整个学校的氛围，都被一条突如其来的有关萧天雅马上就要到北京去开会的消息引燃了，又经过口口相传，立刻升高了热度，成了校园里的火热话题。在这个难忘的冬天，人们对火产生了浓烈的兴趣，炉火、篝火、明火、暗火、家火、野火、凡火、圣火，都成了大家抵御严寒的不二选择，大家对火充满了期待，热烈地传唱着《冬天里的一把火》，这把火也就借助众人的声威气焰，烧得很大、很猛、很远，不仅满足了众人的心理需求和精神寄托，同时把萧天雅烧得人气高涨，声名大噪，火进了北京的人民大会堂。

萧天雅被团中央、教育部联合表彰为全国三好学生的消息，是学院团委书记马中华来班上宣布的。那天是除夕，马中华在覃怀良的陪同下，来班上参加七九级金融班留校人员的春节团拜会，并留下来和大家一道吃年夜饭。马中华环视左右，没见到闻风雷，喧闹的武场戏缺了板鼓，锣齐鼓不齐，犹如阵仗里少了要角。

“闻风雷到哪里去了？这么大的事也不露个面，我看他根本没把萧天雅放在眼里嘛！”马中华当着萧天雅的面说。

“他一直都在当无名英雄哩！”覃怀良凑趣道，“他只顾耕耘不问收获，树结果了，鸡生蛋了，好像都是别人的事，简直傻得可爱！”

“这不好吗？”马中华边说，边用眼睛找人，“希望他能一如既往，继续当好无名英雄，也为我们团委的建设再做点贡献！——呃，萧天雅，你怎么不吭气呀？”

“我在哩！”萧天雅从人群中来到马中华跟前。

“你们的团支部书记真不简单呐，”马中华笑着对众人说，“全省一共选出全国三好学生十名、优秀学生干部两名和先进学生集体两个，但是能上北京去开会的代表名额总共就只有四个，其中一个就给了萧天雅，并且是唯一的一个大学生代表，多么了不起啊！”又转过脸去悄悄对覃怀良说，“等她从北京开会回来，团委准备再给她加一副担子，让她进入团委的领导班子，这一想法已经向学院的耿书记报告过了，只要履行个程序就行了！”

“你这个伯乐当得好哇！”

“你不也一样吗？”

“她这一辈子都要感谢你，不是你的话，她绝对不会有这样的荣誉！”

“谢啥呀，她今后的工作压力可不比我小——你问没问过她愿意留校啵？”

“够呛！我试探过几次，她态度都很坚决，就是不愿留校，怎么劝都不行！”

“先别把话说死。毕业还早，说不定她会改变主意的！”

“那就等等看吧，只要有一线希望我都会帮你做工作的！”

会餐的时候，萧天雅就坐在陈实边上。萧天雅刚要坐下，陈实就急忙将自己的凳子朝边上挪了挪，拉开了两人之间的距离。萧天雅看着别扭，就问他“此举何意”，陈实俏皮地说：“冬天衣服穿得多，怕挤到你！”随即又添了一句，“你太火了，我怕热！”萧天雅笑骂了他一声“油腔滑调”，毫不犹豫地将自己的凳子靠了过去。

“你的图画得真不错呃，把火车站到你家的路线画得丝毫不差，这一手从哪里学来的？”萧天雅好奇地问，“老话说纸上得来终觉浅，我看你这纸上的功夫也很深呢！”

“那张图画得好吧？嘿嘿，是班长的杰作！”

“他去过你们家？”

“那倒没有！他原来在部队就学会了看地图，他在阅览室查到了我们家的市区图，就选定了几条线路让我把沿途的重要景物标注出来，是我太笨了，花了很长时间都没记全！”

两人吃了几口菜，萧天雅又假意生气地说：“你和闻风雷两人联合起来骗我，刘远程去送黎玉红，你们事先都是知道的，但把我一个人蒙在鼓里，是吧？”

“乱讲！”一听此话，陈实差一点被噎住了，“要是知道刘远程也去的话，我们干吗还要忙一个通宵画图？也不会拍电报告诉家里接站呀！”

“我问过刘远程了，他说他去送黎玉红，闻风雷是知道的，不告诉闻风雷，他也不敢去呀！”

陈实的脸上忽然就有了怪模怪样的表情，说：“噢，你绕来绕去，原来是想要栽赃班长啊？——哎，班长做了那么多事，不都是为了你嘛，你怎么还怀疑他？”陈实的语气突然加重了，“班长本来倒是想让刘远程去送的，因为是你不同意，就叫他别去了。临走的那天早上，刘远程还在找班长磨嘴皮子，说是想跟黎玉红一道走，班长说接站的事都请人安排好了，你去了也帮不上忙，反而容易让人说闲话，就没理他的茬。刘远程上车之前，要我回来别吭声，我告诉班长后，班长气得把他骂了一顿，说这小子色胆包天，坏了他的大事！”陈实意犹未尽，越说越来气，“再讲一件事给你听，我和刘远程去托运行李，担心包裹票没法给你们，就把包裹票贴在了黎玉红的行李上，这也是班长出的主意，我在信里都告诉过你的。哪知道行李托运完后，刘远程却跟你们一块走了，早知道他要这个小心眼，我们又何必费那么大的周折！”

萧天雅一字不落地听陈实讲完，脸上立马就笑开了花。她错怪了闻风雷，连陈实也跟着受了几日不白之冤，她的心里是不安的；可是眨眼之间情形就变了，闻风雷和陈实的冤枉换来了她的踏实和开心，她心里的石头落了地，顿时就有了一种想要飞起来的冲动。今天的会餐她是唯一的主角，她即将就要上北京去开会，大家都来为她祝贺，好话是说给她听的，笑脸是留给她看的，无论她是否愿意，她都必须知道轻重，陪伴大家吃好喝好，而没有任何理由让大家扫兴。想到这一层道理，她的兴致立刻就上来了，她主动去给马书记敬酒，给覃怀良敬酒，给邻桌的同学们敬酒，每个人都喝了她敬的酒，刘远程、莫跃进、帅亦然、苗喵咪、乔粤生等人谁也没有遗漏。邵仕达那天也来了，他是以系团总支部书记的身份陪着马中华一起来的，萧天雅在给马中华敬酒的时候，邵仕达也在边上站着，她就顺便敬了邵仕达。萧天雅对邵仕达说了一句“恭喜”，意思是祝贺他当了系里的团总支书记，邵仕达没想到萧天雅会主动来敬他的酒，以酒报怨，借酒续情，顿时受宠若惊，喜不自禁，一张口就把杯子里的酒喝光了。除夕之夜，大家都感受到了她的热情、大度和坦诚，看见了她笑起来像一朵花儿一样的妩媚、娇艳、撩人，已然陶醉在她所煽动起来的欢愉和疯狂之中。回到桌上，她就把全部的热情倾注在陈实一人身上，也不管陈实愿不愿意、明不明白，拼命往陈实碗里夹菜，夹了一筷子再来一筷子；往他杯子里添酒，添了一下再添一下，然后端着杯子说："没看出来嘛，你对闻风雷还真是忠心耿耿！来，敬你这个死党一杯！"

会餐结束后，萧天雅和祝宇安两人一起沿着运动场散步，学校外面在过年，不时传来激越或稀疏的鞭炮声，空中也会冷不丁地蹿起呼啸着一闪而过的焰火，为两位有家没回的少女送上新年的祝福。

"你今晚跟陈实谈得那么投机，收获一定不小吧？"

"气死我了，差一点又上了刘远程的当，闻风雷根本就没让他去！"

"有人说，恋爱中的女人，就是个感情动物，此话一点不假。你的逻辑思维和判断能力全都被自己的情绪左右了，真是叫人不敢恭维。闻风雷走的那天，你居然还说不想再理他了，你应该明白自己有多差劲了吧？"

"我这不是想给他泼泼冷水嘛！你不知道上次他做的有多过分，听说我要去送黎玉红，这也不放心、那也不放心，好像天都要塌下来一样，连黎玉红都看出了问题，这样下去怎么得了！"

"依我看，他是正常的，不正常的倒是你！说来说去，你还是把那些虚名看得太重了，就怕他跟你接触影响了你的形象。你要知道哇，你那位闻班长也是一位可遇而不可求的人物，尽管你现在的名气比他要大，但他的内里可比你强，找到他也是你的造化，你只赚不赔，而且赚大发了。和你的如意郎君相比，你的那些虚名简直就不值得一提，你就是丢了全部的虚名，你的郎君还在，你的未来还在，毫发无损！"

"道理是不错，但我做不到。我这个人天生就胆小，我怕人家说我的闲话，一天到晚在我背后指指戳戳！"

闻风雷搭了父亲的"吉姆"卧车离开学校，一路游山玩水，元月十七日从学校出发，二十一日到家，到家那天是阴历腊月的二十七，隔两日就是除夕了。闻母见儿子形单影只地回来，就问小萧怎么没来，得知是顾忌影响而未同行，不禁眉开眼笑："这就对了，我这几天眼皮跳个不停，就怕你们俩在一起会出事！"

“我也在边上，怎么会出事呢?”

“你马大哈一个，往床上一倒，把你抬出去卖了都不知道!”

“你们真是瞎操心！我俩能出什么事？大不了让你们早一点抱上孙子，怎么就担心死啦?”

夫妇俩先是面面相觑，随即不约而同地骂道:“厚脸皮!”

闻风雷在游览的路上，先后给萧天雅写了三封信，信中都夹寄了几张自拍的旅游照片。回到家中，原以为能看到萧天雅的来信的，结果只言片语都没有，心里便骤然地冷寂了。萧天雅的书信，对于闻风雷来说，如毒力式微的精神鸦片，毒力何时发作，完全取决于情绪的调节状态。闻风雷一回到家，就忙得天昏地暗，走亲访友，呼朋引伴，很快就适应了无信的日子。正月初四这一天，闻父下班回家，从包里掏出一沓子信给他，一看，五封，全是萧天雅的。拿着几封信在手，闻风雷的第一反应不是高兴、激动，而是疑惑、不安，猜想自己遇到了一个感情怪物。

闻风雷看那几封信的日期，首封信写于黎玉红返乡的前夜，主要说明自己为什么要独自去送黎玉红;第二封信写于送黎玉红的火车上，对刘远程跟车送行的做法表示了不满;第三封信写于闻风雷离校的当天，侧重解释自己不敢与他一道出游的几点顾虑;第四封信写于收到闻风雷的照片之时，对照片中所展示的风景名胜表达了赞美及向往之意;最后一封信则写于除夕之夜，告诉闻风雷她将于一月三十一日出发去北京开会，希望他能提前返校为自己送行。

闻风雷屈指一算，正月初四为元月二十八日，再过三日，萧天雅就要动身上北京了，他必须赶在元月三十日之前返回学校。

闻母获悉儿子要走，心病又犯了，抹着泪说:“你才回来一个礼拜，就急着要走，为了给你女朋友送个行，提前八九天返校，你心里哪里还有老娘哟!”

闻父就在一边和稀泥，说:“留得住他的人，留不住他的心，还是随他去吧!”

闻母一看拦不住了，只好默默地为儿子收拾行装，将儿子的换洗衣物和几样爱吃的零食小心翼翼地装进旅行袋，然后坐在行李边上叮三嘱四，唉声叹气。闻风雷是不难体悟到母亲的心思的，母亲的所思所想同普天之下的父母心一样，都是为了儿女好。闻风雷今后也会有一颗那样的父母心，那颗父母心是一对精美的龙凤玉环，他手里握了一半，另一半还在琢磨之中。将来他会和自己的另一半共同拥有那颗父母心，并且用心去关爱和庇佑他们的后世子孙。

闻风雷紧赶慢赶地去为萧天雅送行，虽然提前一日到了学校，可还是迟了一步。萧天雅在信中说她一月三十一日出发，那是指乘坐火车的日子，实际上团省委还定了一个与会人员集中报到的时间，要比乘车的时间提早一天，等闻风雷一月三十日傍晚赶到学校，萧天雅人已离去两个多小时了。萧天雅去团省委报到，乘坐的是学院党委书记耿鸣风的专车。听陈实讲，送行的人很多，除了许多看热闹的学生以外，学院组织部、宣传部和团委的领导都去了，系里的蒋书记、郭主任以及熊秉清、覃怀良等人也去了，那阵势搞得就跟党和国家领导人出访一样。

没见着心上人，闻风雷的情绪顿时就萎靡了，连整个身体都软了下来。吃过晚饭，他到隔壁的几个寝室逛了一圈，将家里带来的年货分送了出去，便哈欠连天地钻进了被窝。这一夜，他睡得很沉，睡梦中他和萧天雅一道乘坐父亲的"吉姆"轿车回了老家，轿车开得很快，一路风驰电掣，但是跑着跑着就耗尽了油。他只好和萧天雅两人推着车行走，天空下着雨，周围一团漆黑，一阵狂风刮来，冷得他直打哆嗦……他翻了个身，醒了。

清早，闻风雷躺在被窝里赖床，冷不丁想到了一件事：萧天雅没能等到他回来就走了，估计会有书信留下来；书信很可能交给了祝宇安，他应该去祝宇安那里看一下。洗漱过后，他怀揣一只小兔子，就去了女生宿舍 9 号楼。从旧楼往新楼去，路面都结了冰，冰膜覆盖在灰褐色的水泥路上，产生一股逼人的寒气。新楼周围一个人也没有，晒衣场几件忘记收回的内衣内裤被冻得硬邦邦的，兀自在铁丝上摇曳起舞，像是在漫不经心地呼应着闻风雷的到来。

进了楼，闻风雷的心里反而意外地平静了，萧天雅不在宿舍，他是用不着紧张的。他搓热两只手掌，在自己的脸颊、额头和耳根处来回摩挲了几下，僵冷的肌肤顿时就感到了温暖。

闻风雷一口气奔上四楼，在祝宇安所在的 403 门口停了下来。门是关着的，但隔壁和对面不停地有人进出。闻风雷一看表，八点一刻，应该过了洗漱时间。他在门上轻叩了两下，希望能得到里面的回应，但是没有；又用力敲了两下，还是没有。他的耳畔此刻就隐隐飘过一股“男女有别”“男士回避”的风言。闻风雷被走道上的目光盯得难受，索性放开胆子，喊起了祝宇安的名字，一声，又一声，毫无反应。闻风雷猜想房间里的人也许去打水吃饭了，便下意识地转动了一下门的把手，居然推开了一道缝。正当他期待门能进一步开启的时候，却又悄悄合上了，好像背后躲了人在跟他捉迷藏。闻风雷立马就警觉了，生怕里面有什么情况。到了这个时候，他也顾不得许多了，用力一推，直接推开了门。在门被打开的一刹那，他还是吃了一惊，他看到一个背影从门背后倒向地面，像沙袋一样悄无声息并且很快露出了头和脸，她就是谢晓华。

有那么几秒钟的时间，闻风雷被吓得乱了方寸，一时不知如何是好。他在惊魂未定之际，第一反应就是谢晓华出事了，要赶紧救人。他先冲进隔壁寝室，朝屋子里的人喊道：“快来帮个忙，谢晓华出事了！”又站在走廊上对着过往的人求援，“403出事了，请帮忙打个电话！”不少女生都是认识闻风雷的，见他如此神色慌张，一定是出了大事，便纷纷围了过来。众人一看，谢晓华披头散发横卧在门框处，像是从床上起身没站稳而意外跌倒的；屋子的中央还歪倒着一个人，是祝宇安。祝宇安穿一身蓝色的球衣球裤，屁股坐在水泥地上，脑袋耷拉着倚在一只桌脚旁。闻风雷先呼喊两人的名字，没听到应答，就去试探两人的鼻息，谢晓华呼吸急促，祝宇安呼吸微弱，两人都昏睡了过去。此时，在屋子的一角，一盆炭火即将化为灰烬，散发着淡淡的炭烟味。闻风雷对木炭燃烧过后的气味是很熟悉的，他老家的冬天就是靠木炭取暖的。闻风雷看祝宇安的脸色，灰里透红，尤其是嘴唇红得像樱桃一般，仿佛口腔里正燃着火，便想到一氧化碳中毒的事。他急忙打开所有的窗户，请几位看似面熟的女生帮两人穿好衣服、喂些热水，然后飞也似的跑到楼下去迎接校医了。

事情的结果正如闻风雷判断的那样，两人都是一氧化碳中毒，谢晓华的症状较轻，祝宇安的症状较重，两人的差别在于谢晓华是倒在门口的，可能吸到了一点从走廊上窜进室内的空气，从而降低了中毒的程度。两人被同时送往市区医院去抢救，谢晓华在途中就清醒过来了，一醒来就喊头疼，到医院简单吸了一会儿氧气，基本上就康复了；祝宇安则长时间昏睡不醒，除了吸氧外，又是打针又是吃药，一直到中午过后才苏醒过来，让守在她身边的闻风雷等人担心了半天。

闻风雷于无意之中干了一件英雄救美的大事，自然又引起了众人的热议。大家觉得充满玄机的地方在于：女生宿舍烤了一个寒假的炭火都没出事，萧天雅一离开就出事了，萧天雅按照团省委的报到时间离开学校，闻风雷紧赶慢赶还是与之擦肩而过，但谢、祝两人一出事，他就替代萧天雅出现在了事发现场；更为奇异的是，闻风雷去敲女生宿舍的门的时候，时间是一月三十一日上午的八点一刻，恰在同日同时，萧天雅去北京的火车也开动了，时间分秒不差，宛若事先商定好了一般。闻风雷返校的那个晚上，带着一大堆年货去慰问了几个宿舍的男生，却未趁便到女生宿舍来转一转，假设当晚他也去看望了谢、祝两人，那么第二天的故事就要改写了，因为他绝不会没来由地反复去造访女生宿舍；可事情就是这么神奇，他为了避人口舌，选择了第二天的早上才去，因此救下了两位同学，如若不是这样的话，两人的小命说不定就报销了。出了人命关天的大事，这个班就倒霉了，萧天雅在北京出席全国的先进表彰大会也就黯然失色，甚至成了笑话了，你说这件事的影响大不大？在平时的工作中，两人配合默契，相互补台；想不到危机骤临时，也衔接得天衣无缝，首尾相济。通过这件事，大家都深切地认识到闻风雷和萧天雅真的是一对好搭档，两人不仅与这个班有缘，而且两人之间也有缘，就像一对悲天悯人的校园天使一样，关注着这个班，护卫着这个班，而且时时留意，处处用心。

祝宇安隔天出院，闻风雷带着陈实、张大勇两人去接她。见到闻风雷，祝宇安怪不好意思地说："真丢人，什么丑样子都被你看到了！"注视了他一会儿，又说，"真奇怪呀，搬了新楼之后你还没来过我们女生宿舍的，怎么萧天雅一走你就来了，好像冥冥之中有人叫你来的。我这条命是你捡来的，今后你想什么时候要回去，我随时奉还！"

萧天雅去北京开会，用她自己的话说，虽然开了眼界，但也付出了代价，喉咙生火，皮肤瘙痒，感冒，闹肚子，就感觉北京不欢迎她。赴京前，她本以为此行的任务仅仅就是开个会的，哪晓得会议日程安排得十分丰富，除了开会、座谈和领导人接见等一些惯常的事项之外，亦安排了不少参观、游览和学习交流活动；

白天紧张，晚上充实，看戏、看电影、看文艺演出，时间都被排得满满的。在京期间，她和各位代表一道，先去了天安门、中南海、毛主席纪念堂、中国革命历史博物馆，又去了故宫、天坛、颐和园、十三陵水库、八达岭长城，凡是全国人民心向往之的游览名胜或人文景观，该去的都去了。不仅如此，还参加了北京火车站的公益劳动，到几所大专院校与莘莘学子交流互动，在大开眼界的同时，享受到了无与伦比的殊荣和尊崇。

别人的世界很精彩，但萧天雅的世界却很无奈。萧天雅的心情就是在那天下午参加座谈讨论时，听了兄弟省市某位团委领导的发言之后而变坏的。这位仁兄在发言中，大讲特讲加强风气建设与开展三好活动的关系，强调高校开展三好活动，必须从净化校园环境入手，坚持思想品德领先，并举例介绍该省各高校在狠刹校园歪风方面的成功做法，其中就包括对于学生干部中的恋爱问题是如何痛下杀手的。在发言的最后，这位团委领导人表示，今后要是发现学生干部带头谈恋爱，绝不姑息迁就，有一个处理一个，有两个处理一双，不然被人知道了，会笑话我们评选出来的三好学生尽是些歪瓜裂枣，不是思想品德好，而是谈情说爱好，那就彻底偏离了三好活动的正确方向了。

自从参加过那次座谈讨论之后，萧天雅的情绪就低落了，无论是在开会还是在游览，无论是坐在车里还是走在路上，总怀疑这位团委的仁兄在嘲笑她，他的意有所指的高谈阔论始终在她身后萦回，使她如芒在背，心灰意冷。在她刚刚加入的这支光荣的队伍里，人人都形象完美品德高尚，每个人的故事都足以垂范后人和光耀史册，而且精彩绝伦，毫无矫饰。与这些人在一起，她感到心虚、惭愧和自责，她正是那位仁兄鄙视和抨击的歪瓜裂枣，是这支队伍里的不合格分子，是乔装改扮混进这支队伍里来的冒牌货。她担心自己的伪装会被揭穿，荣誉会被褫夺，早晚会被这支队伍无情地抛弃。她带着沉重的心理负担默默地跟着队伍行走，一句多余的说笑都没有，她与大家格格不入，也陷进了孤独和自闭的状态。游览八达岭长城的时候，与会代表差不多全上去了，但她却站在登城入口处当旁观者，顾影自怜地烦恼着。整个与会期间，她被动参观或游览了不少景点，她的心情自始至终都是郁闷的，任何新奇的成就和著名的风景都无法勾起她的兴头，所有的参观或游览都成了她一个人的孤旅。她安慰自己今后肯定还会再来北京的，她将跟一个男人一起来爬长城、游北海、看故宫，欣赏北京的美景，留下难忘的印象，那该多好哇！那个男人谅必就是闻风雷，也只有闻风雷才值得她翘首以待，寄予厚望。未来固然是美好的，可是眼下她又该如何来维系、发展和管束两人的情感呢？在今年春天这个乍暖还寒的二月，在到处充满了庄严感和仪式感的北京城，萧天雅的心里有了某种系挂在心头上的沉甸甸的东西。

萧天雅在北京待了七天零三个小时之后，终于又坐上了像来时一样的绿皮火车。从北京到学校所在的省城，铁路距离一千四百四十九公里，计划运行三十五小时四十五分钟，旅程漫长而孤寂。萧天雅一坐上火车就开始想闻风雷，想他的笑容，想他的幽默，想他向自己讨要情书的霸道行径，还有红着眼拉着自己的手疯狂亲吻的馋样，用他来抵抗车上的嘈杂和内心的无聊。整个寒假都没见到他的影子，算来快一个月了。人不在身边，记挂是难免的，这种记挂在人闲下来的日子里往往就成了想念。那天她在王府井百货大楼给同学们买蜜饯——祝宇安说是他的意思——无意中看到了一块图案精美的塑料台布，一对栩栩欲飞的金凤凰中间，若隐若现地印了一个大红囍字，不知怎么搞的她就立刻把它买下来了。她无法确定什么时候能派上用场，但就是看着喜欢，一喜欢就买了它。她想，她家里今后用的东西不仅要好看的，而且还要别具一格的，她不喜欢随大流，把自己的生活过成别人的翻版。见到闻风雷之后，她最想给他看的东西，就是会上发给她的三好学生证书。那本证书她前后悄悄看了好几次，每次看它，心里都会涌起一种神圣感，当然还会有一些其他的感觉。证书大小跟一本日记本差不多，但比日记本要窄，宽头只有十公分左右。证书的封皮是红色的，上面烫了“三好学生证书”六个大金字，又有“中国共产主义青年团中央委员会”“中华人民共和国教育部”“一九八二年颁发”几行小金字。她特别喜欢印在封皮中央的一枚金色会徽，由书本、石阶、火炬、光环等元素组成，长方形，就像一摞书的投影。会徽中的火炬动感强烈，熠熠生辉，发出夺目的光芒。萧天雅过去经常听人说起“光环”这个词，但并无具体的感性认识，如今看看自己的证书，终于知道什么叫作光环了。现在她自己也有光环了，证书上的那枚会徽不停地向外喷出道道金光，她的光环就源自那本证书上。

她给闻风雷看自己的三好学生证书，绝不仅仅是为了向他展示自己的光环，如果有谁这么看待问题，那他就太浅薄了。她要告诉他，她经过反复地揣摩，看出证书上那枚会徽其实并不像书本，而像一块形制规整分量很重的砖块。是的，就是砖块！不仅那枚会徽像砖块，而且整个证书都像砖块！她来北京开会的这些天，特别是自从拿到那本三好学生证书以后，心情一直都很沉重，荣誉加身并没给她带来多少欢乐，而是如砖石压在心坎上，给她带来重负和压力，并处于一种矛盾、自责和担忧的焦虑中。幸福要分享，压力也要分担，她要把这种感受告诉闻风雷，让他理解自己，分解压力。

火车进入夜间模式，行驶的速度越来越快。一路上，萧天雅的脑袋就像车轱辘一样转个不停。早在会议快要结束的时候，马中华就打电话到招待所来，要她认真准备一下，争取在回校后的第一时间将团中央的会议精神原原本本地向学院党委做个汇报，并待团省委的会议结束之后，向全校的师生员工作一次报告，她人还没到家，就提前被架在火上烤了。马中华的电话，一下子又绷紧了她的神经，逼得她老要惦记回去以后的事——十号中午抵达省城，下午在团省委活动半天；十一号上午回校，先去马中华那里坐坐，而后请他带着自己去进见耿鸣风书记并到组织部、宣传部等有关部门走一趟。团省委的会议是十二号下午报到，上午她还有一点时间，应该去和蒋家兴、郭之诚两位领导见一面……

回去以后的事也是一大箩啊！她的脑袋越来越膨大了，人虽疲乏，但毫无睡意。几个同去北京开会的小代表，一人拿着一个日记本来找她写临别赠言，她推却不过，只好强打精神与之周旋。不知过了多久，她从瞌睡中醒来了，人还在迷糊之际，耳旁又响起了那位团中央领导的声音："……受到表彰的同学们不要辜负党和人民给予的荣誉，要把荣誉看作是新的起点，谦虚谨慎，戒骄戒躁，百尺竿头，更进一步，让荣誉对今后的进步起鞭策和鼓舞的作用。要当好广大同学的表率，带动更多的同学争当三好学生，努力成为祖国现代化事业的合格建设者……"她明白，在她的周围，已经形成了一种舆论，一种观念，一种压力场，要求她保持荣誉、当好表率，这比那方砖块所带来的压力更大，排山倒海，势不可挡，她只能顺势而为，知难而上。

在萧天雅即将返回学校的前两天，第三学年下半学期开学了，空寂了二十余日的教室又有了欢声笑语，四处游荡的同学友谊也找到了久违的归属。报到当天，闻风雷主持召开了一次临时班会，布置开展植树造林和文明礼貌月活动事宜。班会一结束，一伙男生就围住他要他请客。闻风雷不知就里，就问请什么客。众人皆笑，说他明知故问。然后就有人说，我们班出了个全国的三好学生，你这个当班长的不感到脸上有光吗？又有人说，你为她写材料，先是把她吹到省里，这次又把她吹到北京去了，你难道不感到骄傲吗？还有人说，萧天雅是在你手上发展起来的新党员，如今能有这样的成就，你不为她感到自豪吗？闻风雷一听，好家伙，这帮人是有备而来的，赶紧撤吧，连说几个“此言差矣”，急急忙忙溜出了教室。

闻风雷每天都在关注各大报纸对于这次会议的动态报道，最早是在报纸上看到了全国三好学生、优秀学生干部和先进学生集体事迹选登，萧天雅的事迹排在该版头条位置并占了很大篇幅；接着又在报纸刊登的几百位全国三好学生名单中找到了萧天雅的名字；在萧天雅与其他会议代表一道参观中南海和毛主席故居这一天，又看到了她的新闻照片。闻风雷翻阅着一份份报纸，在密密麻麻的铅字里找寻萧天雅的踪迹，就觉得报纸的油墨香格外好闻，差不多和她的体香一样迷人。闻风雷几乎快要忘掉了萧天雅的体香了，他一直想要破解萧天雅身上的这个谜，几次要闻她，她都不让；想问她，又开不了口，心里就一直纠结着，不断生出种种挫败感。萧天雅这次回来，身份又不一样了，和她接触需要顾忌的地方将会更多，想要闻到她的体香，几乎是难上加难了。闻风雷边看报纸边想入非非，就哀叹自己失去了他和萧天雅的恋爱主导权——他回到了母系氏族社会的时代，除了臣服别无选择。

这天上午，闻风雷又读到一则令人振奋的消息：党和国家领导人昨日接见了出席团中央、教育部先进表彰会议的全体代表。闻风雷凭常识判断，他的这位日思夜想的特殊同学很快就要回来了。

24

萧天雅去参加省里的三好学生表彰会议之前，利用晚上的时间到男生宿舍坐了一会儿，给每个寝室带去了两袋北京果脯，好让大家品味果脯，说出跟果脯一样的甜言蜜语。萧天雅来寝室看大家，闻风雷也在。闻风雷拆开一袋果脯，递到萧天雅跟前，客客气气地说："你在北京开会，辛苦了，先尝一尝！"

萧天雅既不看他，也不说话，拿过那袋果脯，逐一分给众人。萧天雅抓一把给陈实，又给谷庆丰，正要给闻风雷时，徐维平突然挤了过来，说："这里面的品种很多，我来替你挑一个！"

徐维平将那袋果脯颠来倒去地抖了抖，拣了两样琥珀色的东西各给闻风雷和萧天雅一个，又问两人知不知道是用什么水果做的。萧天雅一放进嘴里就品出了滋味，说"杏脯"；闻风雷尝了尝，摇摇头说"不知道"。

徐维平假装没听清楚，让她再重复一遍。闻风雷反应过来了，急忙说："我吃的不是杏脯而是梅子，酸溜溜的！"

徐维平就得意地笑了，说："我给你们两人都是同样的东西，一个说幸福，一个说不幸福，看来你们两人对幸福的理解差别很大呀！"

"好哇，你这个徐维平，挖了个坑让人跳！"萧天雅发现上了当，一把夺过徐维平手里的果脯，"给你吃都堵不住你的嘴，不给啦！"转手将它交给了陈实。

闻风雷陪萧天雅转完寝室，就急着要找个地方和她说说话，两人选在门厅的出口处站了下来。

"徐维平到底是什么意思，不会在怀疑我们吧？"

"别太敏感，充其量也就是怀疑吧！"

"今后我来男生宿舍，你就别再陪我了，你老是陪我，大家就看出来我俩不正常了！"萧天雅有些心神不定，一边说着，一边从口袋里掏出一封信给他，"快回去吧！"

"你怎么老是撵我走嘛！"这句话一出口，闻风雷的火气就上来了，"这么长时间没见面，也不愿和我多待一会儿，只知道催我走！我今天偏不走，不仅我不走，你也不许走！"

"好吧，我就再待十分钟，有什么话你就赶快讲吧！"

一句或明或暗的催促，又把闻风雷惹恼了，憋着气，一句话也说不出来了。

萧天雅朝两旁看看，苦笑道："这里也不是谈话的地方呀！不如就去我们宿舍怎么样？你做了一桩天大的好事，也该去看看她们恢复得怎么样了，她们正犯愁不知道要如何还你的情呢!”

闻风雷无可奈何地挥了挥手:“请回吧!”

萧天雅走后,闻风雷到教室去看信,信是片段式的,写了厚厚一沓,主要谈北京的见闻和思念的心情,当然也有不少是关于两人今后如何接触的话题。在一张单独的纸片上,萧天雅向闻风雷通报了未来几天团省委表彰会议的有关情况,告诉他自己的任务主要是陪会,假如他愿意的话,不妨来宾馆找她,两人一块坐坐,她还有一样东西要给他看。她住省委招待所北楼 209 房间。

这无疑是个好消息。闻风雷的精神为之一振,下了二十几天的阴雨,终于等来了艳阳高照。萧天雅的会期是三天,二月十三日开始,十五日结束,中间这一天二月十四日,星期日,又是西方的情人节,就这天去!

会面的日子定了,闻风雷的心就定了。省城的宾馆里不会有人认识他,即使是本校团委那几个去开会的人,也不需要刻意提防,他们都有自己的休息处所,不可能去萧天雅那里串门。闻风雷觉得此次约会的意义重大,是他和萧天雅交流感情的极好机会。很长时间他都没和萧天雅说过悄悄话了,留在他脑子里的萧天雅似乎越来越模糊,人是扁平的人,静止的人,定格在某个时点的某幅画面上。闻风雷前几日还想到了她的体香,那种香味似乎也越来越淡,渐渐地飘散了。这次去见她,要想方设法破解她身上的这个谜,他要大胆地说出自己的诉求,让萧天雅允许他闻一闻自己的体香,这要作为爱情的试金石,忠不忠看行动,说不定萧天雅能体悟他的苦心进而奉献爱心,让他闻到她的体香。他还有很多心里话要和她交流,比如他想约她到附近的公园里去玩一回,最好能两人在一起合个影,四月初他们相恋就满一周年了,照个相留个纪念,难道不应该吗?

星期天一大早,闻风雷就往省城赶了,他先步行到牛郎星镇,再从那里乘公共汽车,大约九点半就到达了省委招待所。闻风雷记住了萧天雅告诉他的房间号码,一上二楼,就请服务员开门。服务员很认真地打量了他一下:“开门?你住在这里吗?我们这层楼住的都是女同志,你一个老大不小的小伙子跑来这里做什么?”他只好乖乖地找了一张凳子,守在 209 房间的旁边坐了下来。

仿佛两人通过电话似的,不一会儿,萧天雅就来了。会议中途休息,她回房间喝水，一眼望见了自己的惊喜。

闻风雷尾随萧天雅溜进了房间，刚关上房门就不顾一切地从身后搂住了萧天雅。萧天雅惊叫一声，便拼命挣脱；越挣脱，闻风雷搂得就越紧，两人就在门背后缠斗起来。相持了一会儿，萧天雅先放弃了抵抗，闻风雷就急不可待地吻她的颈项和耳郭，又把鼻尖探进她的衣领里嗅她的气息，来来回回地重复着。萧天雅被自己的衣领勒得喘不过气来，又怕闻风雷做出什么出格的举动，便加大了抗拒的力度。萧天雅压着嗓子吼道："闻风雷，你快住手，不然我要喊人了！"闻风雷这时就把手松开了，但是不等她做出反应，又极快地扳过她的身子，对着她的嘴唇就亲了上去……

萧天雅死命地推开闻风雷，闻风雷就看见了她眼眶里的泪水在打转。她喘着粗气，神情沮丧地说："我没想到你这么粗鲁，亏你还是当过兵的，一点自制力都没有！这是什么地方，要是被别人发现了，怎么得了哇！"说完，便呆呆地望着窗外，哭了。

闻风雷一看萧天雅真的生气了，知道她确实不喜欢自己这样亲密的举动，心里也是懊悔不迭。他掏出自己的手帕要去给她擦眼泪，被她用手推开；又倒了一杯热水递过去，也未睬他。闻风雷无计可施，心也完全软了下来："你别哭了，你再哭的话，我都想哭了。我今天做得不对，不该不经过你的同意就来亲你，我保证下次再也不这样做了！"

"你走吧，我怕你了！"萧天雅站在窗口没动。

"我不走，我还有很多话要跟你说呢！"

"马中华、蒋家兴今天都来了，说不定一会儿就来找我，你想让他们都看见你吗？"

闻风雷在返校的路上不停地痛责自己，心里充满了犯罪感。他怀着满腔的热望去见自己的恋人，原本是想要给她带去爱的问候，与她共享一段温馨的时光的，岂料操之失当，事与愿违，反倒让她经历了难堪的一幕，担惊受怕，失望之至。"我怕你了！"——多么直接而沉重的表白啊！一想到萧天雅那副梨花带雨的怨艾模样，他就心痛不已。他不明白萧天雅所说的"我怕你了"这几个字的确切含义。"怕"这个字的含义很多，恐惧、担心、忧虑，都是；如果"怕"再加上"你走吧”，那就有了讨厌、不喜欢、受不了的意思，进一步解读也就有了滚蛋、死开、拜拜的意思。他预感情况不妙，女人的心思无法捉摸，爱情帆船的舵盘上已然看不清前行的方位了。

周一下午下课后，闻风雷特意邀请祝宇安和他一道去散步，两人出了校门，向西走了一段路，进入了农学院的校区。

农学院的校区很大，是在原来省里的“五七干校”基础上恢复建设的，去年秋季第一次招生，三个专业共招了一百五十人。闻风雷邀请祝宇安来这里散步，主要是看中了这里的秀丽景色，还有它的田园气息。闻风雷昨天从省城回来，一个晚上都没睡好，脑子里老是回放着萧天雅含着眼泪说的那句话，心情也被她的那句话弄得紧张兮兮的。他摸不透女生的真实想法，又担心来自恋人的“断交”危险，不得已把祝宇安请了出来。祝宇安与萧天雅两人无话不说，对他和萧天雅的恋爱情况也知根知底，假如祝宇安能为他“献计献策”的话，对于改进他与萧天雅的交往方式或将大有裨益。

“我昨天去城里看了萧同学……”闻风雷犹豫了好大一会儿，才开口说出这么一句话，“省委招待所那个壁垒森严、众目睽睽的环境，真叫人提心吊胆，想见她一面可难呢！”

闻风雷急于想要倒出心里的苦水，但忌于自己的身份和对方的女性角色，又不便把他在女朋友那里吃瘪的实情抖搂出来，只能是绕着弯子，有选择地释放出一点信息，一步一步地将两人的谈话引向自己关心的话题。

“她去北京开会之前，我就有一种担心，就怕她回来之后，满身都是荣誉的光环，名气越来越大，胆子却越来越小，对你们两人的接触倒是越来越不利呢！”祝宇安仿佛站在他的感情世界的边缘来回应他的关切，说了一句理性且不无预见性的话。

“她说，她怕我了！”闻风雷终于袒露了心事。

“怕你？”祝宇安一时理解不过来，“怕你什么？”

“我正想请教你呢！”

“你惹她生气了？”

“也许吧——我不这样认为！”闻风雷的语调突然变得不那么平和，“她撵我走，还哭了！”

“是那种很伤心的哭吗?”祝宇安问这句话的时候，脸上浮现了一种调笑的表情。

“她平时会不会把怕他怕你的话吊在嘴上?”

“不会——”祝宇安沉吟道，“她是出了名的‘小辣椒’，平时只有人家怕她让她，哪有反过来的道理！”

“那你解读一下，她为什么要说怕我这样的话?”

“她怕你才是正常的呢！”祝宇安并不认为这句话有什么费解之处，“依照我的理解，她说怕你，无非是怕被学校的人看见你俩在一起，怕你生她的气，还有，怕你乱来……没有什么特别的意思！”

“哭又作何解释?”

“用不着解释！女孩子的哭，不过是一种情绪的发泄，为一道错题可以哭，为一把雨伞可以哭，为几句闲话也可以哭，你可别当真。她和你在一起，被你误解了，被你错怪了，受了委屈没地方申辩，可不就哭了吗?”祝宇安想当然地宽慰着闻风雷，也有替萧天雅圆场的意思，“今天几号了？噢，二月十五号，如果我没记错的话，这几天她大概就要来例假了，处在生理周期的女生特别爱哭，这差不多是一个常识呀！”

“常识?”闻风雷获悉了一个意外情况，心里顿时轻松了不少，“但愿她……来例假了……”

两人往回走，路上遇到一群学生在果树林里上实验课，有的人手里拿着玻璃瓶子，有的人手里拿着手电筒，绕着果树穿来穿去，像是在查看果树的虫害情况。他们一个个神情专注，根本没发现有两位外校的学生从身旁经过。

“我还有个事要请教你，你可不许笑话我，”临近分手，闻风雷又有些不好意思地问了一个自己关心的问题，“她身上是不是有一种什么香味?”

“你闻到她身上什么香味了?”祝宇安的两眼突然瞪圆了。

“她以前给我写信，信纸上老有一股香味，什么味道也说不上来，就是感觉很好闻；跟她在一起讲话的时候，如果靠得近，也能闻到那种香味，好像是从她的衣服领子里或者袖子里散发出来的——你没闻到过吗?”

“是不是你们男生的嗅觉都特别灵敏，能够闻到女生身上的不同气味？”祝宇安在心里暗笑了一下，直觉告诉她闻风雷很可能被什么东西给蒙骗了，“我就从来没闻到过她身上有什么香味，还真答不上来你问的问题！”

隔日，萧天雅回校，祝宇安将这一段学给她听。“该死，这种事他也好意思问你！”萧天雅先表示不满，继而豁然大悟，“怪不得他老要闻我，拽着我的衣袖闻来闻去，我还以为他想干什么坏事呢！他有这个心思，为什么不问我？简简单单的事情，硬是让他给弄复杂了！”言毕，拉开抽屉，将一本信纸递给祝宇安，“你闻闻看，这上面是不是有什么气味？”

祝宇安嗅了嗅，说：“这不就是逍遥丸的味道嘛，难道是这种气味骗了他？”

“不是这种气味，莫非我还有别的什么气味？——别告诉他，让他瞎猜去！”

“我当然要告诉他，我不许你捉弄他！”

“好啊，看来我是真要当心了，你都成了他的死党了！”

萧天雅从省里开会回来，先后在学院和系里作了两场报告，主要是按照上面的传达提纲介绍会议的基本概况和有关精神，同时代表学院团委提出下一阶段的工作任务。直到这个时候，大家才注意到她的身份有了新变化，在原来七九级金融班团支部书记一职的基础上，又加了一个炫人眼目的官衔：学院团委副书记。

第一个来向萧天雅表示祝贺的自然是马中华。马中华宣布完学校的决定之后，首先代表学院党委耿书记和他本人向萧天雅表示祝贺，并非玩笑地说：“真希望能长期和你共事，不知你意下如何？”萧天雅没听出话里的意思，傻乎乎地问道：“马书记是不是想现在就让我去上班？”

第二个向萧天雅表示祝贺的人是蒋家兴。萧天雅按照学院的要求到系团总支作报告，蒋家兴带头鼓掌欢迎她，说：“院团委和我们系是平级的，萧天雅是团委的副书记，那就相当于是系里的领导了。她能取得这样的进步，既是她个人的光荣，也是我们系里的骄傲，我们要向她学习并向她表示祝贺！”

第三个向萧天雅表示祝贺的人则是覃怀良。听完两场报告之后，覃怀良当着萧天雅和闻风雷的面，一本正经地说：“你们一个红花一个绿叶，我应该祝贺谁呀?”又对萧天雅说,“你还没毕业就当官了,真是可喜可贺呀!”闻风雷此时就接了一句话,说:“红花只有一朵,但绿叶却不止一片,一朵红花是需要很多绿叶来衬托的,团支部书记既然是红花,那么支部的委员们自然就是大大小小的绿叶了。我嘛,我和覃老师一样,是我们班这棵树上的另一个枝杈。”覃怀良就笑着对萧天雅说,“闻风雷不愿当绿叶,说他是树上的一股枝杈,这个说法对不对?”萧天雅偏着脑袋,咬着嘴唇说:“不知道,你们俩说得太深奥了!”

此外还有一个人也来向萧天雅表示了祝贺,他的祝贺很特别,既没照面,也没说话,而是通过学校收发室送来了一封信,信里只有一页纸,纸上只有一首诗。那首诗虽然写得不伦不类,老气、呆板,甚至有些做作,但是流露出了某种真挚的情感,她看过之后心里很不好受。她把那首诗念给祝宇安听,问她有何感受。祝宇安冷冷地说:“你问的不应该是我而是闻风雷,只有他的感受才是最准确的和你最需要了解的感受!”

“你不发表意见就算了,就当我没问过你,改日我要当面退还给那个人!”萧天雅及时中断了关于那首诗的讨论。

无论是闻风雷还是萧天雅,自那日宾馆分开之后,彼此都感觉到了自己心态的变化,尴尬,难堪,生分。闻风雷自知理亏,被萧天雅一句“我怕你了”,弄得左右为难,两人偶尔碰到一起,还在忌惮萧天雅的眼泪,生怕自己吊高了胃口;萧天雅则一日被蛇咬,十年怕井绳,事情虽然过去数日,仍然心有余悸,也担心闻风雷得陇望蜀,或者给点甜头就上瘾,故而不敢主动交往。两人憋了一段时间,到底闻风雷先低头,他给萧天雅写了一封信,寥寥数语,还是检讨自己的过失,希望她原谅自己的鲁莽并多多地给他写信。在那封信里,他提了一个蓄念已久的要求,就是希望萧天雅在今年的清明节来临之前能和他一起合个影,理由就是纪念相恋一周年。信写好后,他请祝宇安送给萧天雅。他和萧天雅谈恋爱,祝宇安是他们的见证人,传递情书用不着回避她。但是知情是一回事,充当信使又是一回事,关键在于萧天雅能否接纳这种做法。两人目前处在“冷战”期,沟通交流不正常,他只能打破常规另辟蹊径了。他想这是一次尝试,只要萧天雅不提出异议,他就成功地开辟了一条两人传递情书的新通道。

闻风雷这天在教室里自习,祝宇安乘人不备,扔了一个纸团给他。他揭开纸团，里面包了一颗黑乎乎的像是药丸一样的东西，大约两分钱硬币那么大，软软的，油油亮亮的，捏在手里温温润润的。闻风雷把那枚丸子拿在手里，左看看，右瞧瞧，甚为眼生得很；再放在鼻孔下面嗅，便嗅出一股十分熟悉的香气，居然和萧天雅身上的香气一样。闻风雷愣住了，想不通这颗丸子的气味和萧天雅身上的香气有什么关联。他又展开那张小纸头，细看上面的字，是一张逍遥丸说明书，功效作用为疏肝健脾，养血调经。闻风雷自此认识了逍遥丸，并且断定萧天雅是由于服用了这味中药，身上才有了香气的。

祝宇安送逍遥丸给闻风雷的事，很快就被萧天雅知道了，闻风雷给她写信，信纸上同样有一股她熟悉的逍遥丸的味道，也就自动揭开了祝宇安的一番殷勤苦心。祝宇安向萧天雅透露闻风雷的“科研成果”，说：“我给了他一颗逍遥丸，他研究了一番之后得出一个结论：某人之所以会有体香，是因为她服用了这种药丸。”说罢，两人一齐大笑。

“那天他去和你约会，你怎么把他给赶跑了？”

“没赶他。他待了一会儿才走的！”

“怎么还哭了呢？”

“紧张呗！”

“所以就伤心地哭了？不会吧？是不是怕他一下子来了激情，犯错误？”

“才不是呐，就是怕人看到！”

“那你们这样人前一出人后一出的，多痛苦呀！”

“我正愁这个事呐，慢慢凉下来吧！”

萧天雅说凉就凉，她凉的办法一是少接触，二是少写信，准确地说就是“晾”。比如少接触的问题，以往班委会和团支部在一起研究工作，她比谁都积极，从未迟到或缺席过；现在则不一样了，能不参加就尽量推脱，几次研究争创文明教室和文明寝室的活动方案，都是帅亦然或吴学緦代她来参加的，无形之中让闻风雷矬了一截。少写信的问题就更明显了，原来约定每个星期写两封，本学期开学以来，总共才写了三封，硬是叫闻风雷萌生出一种“家书抵万金”的感喟。

闻风雷一个多礼拜都没收到萧天雅的信，就去找祝宇安打听她最近在忙什么。

“她的时间还真不够用，学习上的事就不用说了，工作上不是班里和系里有事，就是团委有事，还要经常外出作报告，有时忙得连口热饭都吃不上！”

“吃饭老误点可不是小事，弄不好会把身体搞坏的！”闻风雷心疼地说，“哎，给她买点奶粉、麦乳精或是饼干之类的东西，以备不时之需好不好？”

“奶粉和麦乳精？”祝宇安叹着气，掏出一张从练习本上撕下来的皱巴巴的纸，指着上面的文字说，“你先看看纸上写了什么东西再说吧，是不是比你的奶粉和麦乳精更能让人感到精神饱满和心情舒畅？”

闻风雷好奇地接过祝宇安手里的那张纸，于是就读到了那首通过学校收发室寄给萧天雅的诗作《读你》。

你的装帧
是那样的鲜艳
形貌昳丽
格调端严
里面的文字，想必也
跌宕起伏，扣人心弦
读到你
是我当下的心愿
上苍垂爱，命运眷顾
这说明，我们有缘
面对无与伦比的高贵
我渴望的双眼
只敢浮光掠影
窥视你的封底，当然还有封面
我想进入你的世界
让余生化作心灵的祭奠
成为你的插图

充当你的书签
丰富你的内涵
守护你的娇妍
千百遍地重复
朝思暮盼，直到永远

“这是你写给人家的，还是人家写给你的？”

“人家写给我的，我哪好意思给你看啊？”

“这么说是你写给人家的？”

“你看不出来是女生写给男生的，还是男生写给女生的呀！”

“这上面不是你的字吗？”

“我看了人家的诗，再默下来给你看不行吗？”

“是邵仕达或者哪个男生写给萧天雅的？”

“猜对了一半，去掉‘或者’两个字！”

闻风雷借着汇报学生党支部工作的机会，到系里去找了一趟蒋家兴，想在蒋家兴面前充当说客，为覃怀良“名分不正”的班主任角色捅破他俩之间的那层窗户纸。闻风雷当着蒋家兴的面表扬覃怀良，说他工作责任心强，对班级很关心，同学们都很欢迎他。蒋家兴一听闻风雷在为覃怀良评功摆好，赶紧岔开话题：“欸，你别跟我讲你们覃老师的事了，我们系领导从来就没否定过他的工作。不当你们的班主任，是他自己提出来的，说他教学任务重，班里的事照顾不过来，系里就让教研室的于主任去征求意见，听听他究竟有什么想法，结果他的态度又不明朗，弄得我们领导也很为难呢！”

闻风雷假意装出一副对覃怀良不满的样子，说：“人还是直率一点的好，做事不干脆的话，容易引起不必要的误会。”接着，又顺风吹火道，“如果是覃老师自己的意见那就好办了，我们去做工作，请他再辛苦一年，把这个班带到毕业！”

蒋家兴眨了眨眼珠子：“也好，那你们就去做做他的工作吧，看他愿不愿意带你们！”

从蒋家兴办公室出来，闻风雷突然有了一丝小得意，他今天到蒋家兴那里去，原本是做好了挨批的准备的，他怕蒋家兴说他多管闲事，扣他一个“学生干政”的帽子，没想到情况并非如此，蒋家兴不仅没批评他，还允许他去做“慰留”的工作，也算是给足了他的面子。他要趁热打铁赶快将此事告诉覃怀良，并且建议他尽快去找蒋家兴或是教研室的于主任表明自己的态度，以澄清关于他的一些似是而非的议论和传言。

闻风雷今天去找蒋家兴，目的并不都是为了覃怀良，还有他个人的小九九。他这个小九九是受萧天雅的启发而来的，也可以说是为了与萧天雅保持行动上的一致而采取的对等做法。萧天雅害怕见他，他也不愿意继续增加她的心理负担，而要为她留一点回避自己的空间。他提醒自己应该急流勇退了，他的急流勇退就是辞去他的班长职务。当初他曾与覃怀良约定，这个班长只干半年的，结果差不多干了三整年，几乎与他服兵役的时间一样长。在辞任之前，他必须把覃怀良请回来，只有覃怀良回来了，他才能辞得踏实，辞得心安理得。他相信覃怀良那里不会有问题，他的华丽转身指日可待。

闻风雷迈着轻快的碎步朝楼梯口走去，走道两侧的办公室不时有学生进出，亦不时传出愉快的欢笑，师生的情谊就酿化在那一波接一波的欢声笑语里。闻风雷边走边看门框上的标牌，有一块刚挂上去的“辅导员办公室”的牌子引起了他的兴趣，那是邵仕达的办公室，他感兴趣的是邵仕达现在的办公室与他之前的学生党支部活动室有什么两样。他的眼睛从门框上往下扫，很快就扫到了邵仕达，邵仕达并没注意到他。邵仕达面带笑容，正襟危坐，两眼直视前方，似乎正在和某位重要人物交谈。闻风雷决定不打搅他，就让他集中精力演好此刻的角色。忽然，闻风雷的脚步被一串音符给勾住了，那串音符从邵仕达的对面传出，亲切、悦耳、抓人，但也有些低沉、迟疑、干涩，不可抗拒地钻进闻风雷的耳朵里。闻风雷抑制内心的慌张，屏住呼吸，放轻脚步，就想一步跨过那道敞开的门洞，以免被室内的目光捕捉到自己的行踪。也许是他的反应迟钝了，步伐也不够坚定，在行进的时候，还是发生了意外。邵仕达随意扭过脸来朝屋外瞥了一眼，恰巧看到了一位行色仓促的过往者；紧接着他的僵硬的表情又传递给了他对面的客人，顺着邵仕达的目光向外探望，结果她也看到了一个稔熟却倏然离去的老朋友。闻风雷没能潇洒地迈过那一步之距，严重地干扰了一场气氛热烈的谈话，随着他的身影一闪而过，那串银铃般的音符也戛然而止。

闻风雷没有期待萧天雅的解释，在他看来，所有的解释都是多余的。熊秉清担任系党总支组织委员以后，将系团总支书记的职务移交给了邵仕达。邵仕达既然是团总支的书记，那么萧天雅与他的接触就是一个自然而合理的过程。萧天雅不仅是七九级金融班的团支部书记，还是学院团委的副书记，不论从哪个角度看，她的工作都绕不过邵仕达这个节点，他没有理由对他俩的接触说三道四，正如班里的同学没有理由去猜忌他与萧天雅的接触一样。其实，就算是萧天雅来向他解释那天的事情，他也不会说她什么，至多是提醒她注意与邵仕达的接触方式，保持必要的警觉，她是上过他的当的，不要好了伤疤忘了痛，给自己带来新的麻烦。

进入新学期，学校加大了对萧天雅的宣传力度，学院宣传部决定在当年“五四”期间以萧天雅的事迹为素材创作并上演一部情景话剧，演员遴选工作委托学校演出队负责，最后确定由八〇级贸易经济班的柳紫薇出演萧天雅一角，排练事宜正在紧锣密鼓地筹划中。

这一天，莫跃进来找闻风雷，说是有件事要请他帮忙。闻风雷平时跟莫跃进打交道不多，乍一见莫跃进来找他，觉得稀罕，忙问什么事。

莫跃进的脸上堆出一副生硬的热络，说：“八〇级贸易经济班的柳紫薇想见见你，向你讨教一下对舞台角色的理解和不易把握的几个问题。”

“她找错人了吧？”闻风雷本能地拒绝道，“她去向萧天雅本人请教，不是来得更直接一点吗？”

莫跃进尴尬地笑笑：“不光为这件事，她还想顺便了解一下帅亦然的事！”

“帅亦然？”闻风雷觉得新鲜，“好事还是坏事？”

“好事，好事！是成人之美和积德行善的大好事！”

“既然是好事，那我就勉为其难了。不过你一定要给我保密，出了丑，我丢不起人！”

莫跃进把会面的时间、地点告诉了闻风雷，说声多谢，然后双手一抱，就准备走人。闻风雷急忙喊住他，说："你行的什么破礼，心不诚！行抱拳礼必须规范，你手掌的大拇指是叉开的，那是要向人家挑战的意思，重来！"

"连这个你也懂？受教啦！"

闻风雷按照约定的时间地点在学校图书馆的一楼休息室见到了柳紫薇，柳紫薇穿一件紫红色的立领皮夹克，夹克的下摆收束在腰际，不仅凸出了身材的曲线，而且显得精神干练，穿出了一种"飒爽英姿"的模样。在柳紫薇伸出手来的一瞬间，闻风雷倒吸了一口凉气，他想象不出人与人之间竟然会有如此之高的相似度。与萧天雅相比，柳紫薇的眉毛似乎更曲细些，嘴唇也更小巧些，若仅凭印象猜度，性格或许会更加外向些。当然，也有一个显著差别，就是柳紫薇的头发不如萧天雅茂密，也不如萧天雅乌黑。闻风雷握着她的手，认真地打量她，足足看了几秒钟才过足眼瘾，惊呼一声："真像啊！"

"我们两个，谁更能入你的法眼呢？"柳紫薇双目传情。

"有可比性吗？"闻风雷听出挑逗意味。

"我给你写过信的，信没拆就被你退了回来！"柳紫薇的口气不乏揶揄。

"当真？"闻风雷大吃一惊。

柳紫薇告诉闻风雷：今天的会面是莫跃进安排的。莫跃进去年年底介绍她认识了帅亦然，后来就一直盯着她，要她表态。她说自己年纪不大，还想等等再说，莫跃进和蒋艳两人就来劝她，说帅亦然很优秀，要她认真考虑一下。有一天，蒋艳跟柳紫薇闲聊，无意中说到莫跃进的几位同学。柳紫薇说七九级金融班的人，她只知道闻风雷和萧天雅，那真的是很优秀，其他的班干部就不熟悉了。蒋艳便提议让闻风雷或是萧天雅来跟她说说帅亦然的情况，并征求她的意见。柳紫薇自忖此事过于荒唐，两人不可能为这种事来做她的工作，于是开玩笑地说她并不反对，没想到还真把闻风雷给请来了。

闻风雷听柳紫薇几次提到蒋艳，就问蒋艳是谁，柳紫薇这才发现自己丢掉了一个对话的前提。她介绍说蒋艳就是蒋家兴的女儿，和她是一个班的同学，目前也是莫跃进的女朋友。闻风雷听到了一个新闻，心里暗暗吃惊。

"你真的想为帅亦然的事来说项吗？"柳紫薇开门见山地问。

"不，我只是你的一个借口。在我来之前，不仅你给我定好了位置，我自己也找准了位置。”闻风雷还了她一个淡定的微笑。

闻风雷解释道，他来主要还是为剧本上的事。莫跃进讲她扮演萧天雅，在角色的理解和把握上想找人探讨一下，因此他就来了。他说，对剧情的基本线索和重点事件，自己可以提供一点背景情况，但对人物的思想情感和心理活动，建议她还是直接找当事人聊聊。

“你让我去找萧天雅？”柳紫薇含着笑问，问毕，又问，“你见过有两位长相酷似的女生同时出现在同学们视野的情形吗？那可不是什么养眼的风景，而是一种干扰视觉的错乱！”柳紫薇像蚕蛹般的嘴唇向下微撇着，换了一种自以为然的神态，“为了在舞台上诠释好萧天雅，就必须与现实中的萧天雅保持一定的距离，适度的陌生感和距离感不仅是产生美的必要条件，而且更有利于走进角色的内心世界，能动地理解并欣赏角色的思想、情感以及言行，这也是从古人所说的‘久居兰室不闻其香’中得来的辩证法。其实，关于对角色的理解和把握，也是见仁见智的，‘一千个观众眼中有一千个哈姆雷特’，各有各的看法，仅就塑造萧天雅的舞台形象而言，我并不存在无法逾越的障碍，只要看看你的文章就足够了，即便有点困难也是微不足道的！”说完，昂起头盯着闻风雷，就想观察他的反应，“你可能不知道，我不仅佩服萧天雅，还更敬慕你。你撰写的每篇报道和事迹材料我都拜读过，字里行间透出一股引人向上的力量，有信仰，有哲理，有担当，男人的优秀特质体现得很充分，你才是我要学的榜样！”

闻风雷是第一次和柳紫薇接触，也是第一次领教她的直率和健谈，对于她刚才的一番滔滔宏论，他不仅不反对，甚或极为认可，就看出她的素养和才识很不一般，一个娇美而柔弱的女生竟然有如此见地，眼前这位“巾帼”不知比下了多少“须眉”，顿时刮目相看，生出相见恨晚之意。听柳紫薇说得过于认真，闻风雷赶紧截住她的话，说：“你别光顾给我戴高帽子，你很快就是一个响当当的名人了，下次遇到你，我也要低着头走，以免被你闪到了眼睛！”

“你今天来，有人对你寄予了厚望，回去以后你怎么办呢？”柳紫薇问。

闻风雷狡黠地笑笑：“我当然要给自己评功摆好啰，我就告诉他们，我好话全都说尽了！”

“你就不能给我来一点具体的建议吗？”

“我的建议就四个字：从心所欲！”

“从心所欲?”柳紫薇大方地伸出一只手，“我懂啦，常联系！”

柳紫薇临走的时候，嘴唇翕动了一下，似乎欲言又止。才走出几步，又突然掉过身来，停在原地注视着闻风雷。闻风雷以为她还有什么话要说，结果没猜透，她只是笑了笑，挥挥手，就头也不回地走了。望着柳紫薇线条分明的背影，闻风雷一句话也说不出来，那一刻，他毫无来由地想起了邵仕达写给萧天雅的《读你》。

25

闻风雷最近一段时间一直都在留意萧天雅的心情是好是坏，他想等萧天雅有了一个好心情之后再与她商量两人合影的事。闻风雷观察萧天雅的心情变化，参照的是当天的天气预报，他发现天气假如是风和日丽的，萧天雅就显得特别忙，不是这里开会就是那里有事，从早到晚见不到她的人影，心情想必好不到哪里去；假如是刮风下雨的，情况就完全不同了，人差不多都窝在教室里，与周围的同学也有说有笑，心情看上去轻松愉悦。闻风雷瞧着萧天雅很开心，就去和她谈照相的事，她不慌不忙地指指外面说下雨呢，闻风雷就看到了窗户上果然有不少成串的水珠子在像蚯蚓一样滚动；等到天晴了，再去找她，她就有点不耐烦了，说今天系里有个会，明天还要到马书记那里去一下，忙得像陀螺一样，哪有时间照相哟！闻风雷就只好失望地走开了。

晴天忙没时间去，雨天闲又不方便去，闻风雷就专门拣了个不晴不雨的阴天去找萧天雅，试试她阴天的心情究竟好不好、愿不愿意照相、又能找什么借口来搪塞，这一试还真试出了结果。萧天雅没防备闻风雷会在这种进退两可的日子来找她，看了看天，苦着脸说：“哪有现在就去合影的嘛，在我们老家只有订婚或是结婚的人才合影，刚谈恋爱就合影，还不把人家的大牙都笑掉了呀！再说，照了相以后，相片往哪里放？大家一看就知道是怎么回事了，等于是在做广告嘛！”

这种低级的论调根本不值得一驳，闻风雷的说辞比起它来要高级得多，他说：“我并不是不尊重你们家乡的风俗习惯，也不是没考虑过如何保存照片的问题。电影《好事多磨》里，沈治远和刘方方第一次正式见面就合影了，这就说明恋人合影，是不需要什么理由和挑选黄道吉日的。心上人的合影，是两颗心合着一个节拍跳动的真实写照，我想和你合影，我想和你永远在一起，这就是最好的理由！”

萧天雅见抵挡不住了，就使出了最后一张挡箭牌，说：“其实还有一个问题，就是怕我妈妈讲我。我妈妈对我看得特别重，她的眼里除了我就没其他人，从小到大皆是如此。我和你谈恋爱，还没告诉她，主要是怕她不同意，因为我们两家相隔太远了。如果她看见我俩的合影，而我事先又未征求她的意见，她会很伤心的，以为我在终身大事上不把她放在眼里。这件事无论是对她还是对我关系都挺大的，我想等等再说！”

“好吧，我不逼你！”闻风雷像瘪了气的皮球一样，没精打采地说，“既然你有这么多顾虑，看来这个相是照不成了！”

柳紫薇那日见过闻风雷之后，隔天就将闻风雷来找她的事告诉了蒋艳，大致的意思是闻风雷对帅亦然的评价极高，从闻风雷嘴里了解到的那么优秀的一个男生并不是她所能企及或驾驭得了的，她对自己有自知之明，两人之间的差距过大，并不合适；七九级金融班的几位女生都很优秀，萧天雅更是鹤立鸡群，与她相比自愧不如，帅亦然应当把关注的目光和追求的方向放在萧天雅等人身上，她祝他早日成功。蒋艳将柳紫薇的话转告给了莫跃进，莫跃进就知道两人彻底没戏了。

本来一桩很隐秘的事，不知道为什么忽然就传开了。祝宇安担心这件事会给闻风雷带来麻烦，就悄悄去学生党支部办公室找他，问他半个月以前是不是见了柳紫薇。

“是的——有什么不妥吗？”闻风雷有些惊讶，他没料到祝宇安也知道了这件事，“柳紫薇准备出演萧天雅，她通过莫跃进带话，想向我请教一下剧本上的事。”

“除了讲剧本，就没谈论别的什么事？”祝宇安鬼精地笑笑。

“还有撮合她与帅亦然的事，我也说了！”

“你还不知道吧，正是因为这件事，你那位同学把帅亦然批得够呛，气得连中饭都没吃！”

“哦，这么严重？”

“你那位呀，真是一位‘马老太’，说起话来像是站在山腰上，不高不低的。她批帅亦然不该去追柳紫薇，他作为七九级金融班的团支部副书记，明明知道学校不让谈恋爱，还要拧着来，传到系里和学校，会说我们的班干部对自己要求不严，带头破坏学校的规章制度，影响坏透了！”

“有道理——这件事传开了吗？”

“早就不是什么秘密啦！大家都知道莫跃进在为帅亦然当红娘，就想让他俩谈起来；柳紫薇信不过莫跃进，莫跃进就把你搬出来，最后还是功亏一篑！”

“啊——”闻风雷感觉被人贩子卖了一回。

再碰到莫跃进，闻风雷就很不客气地把他骂了一通，说他不够意思，这边答应替他保密，那边却将他找柳紫薇的事给捅了出去，让他一夜之间变成了违反学校纪律的坏分子，搞得声名狼藉。

莫跃进缄默不语，情知事态严重，只好任凭闻风雷肆意发泄。等疾风骤雨过后，才赔着小心道：“这件事真不是我捅出去的，萧天雅昨天也找过我，叫我别再去给人当红娘了，传出去影响不好，我当时还在猜是你告诉她的呢！”

“我这个人你还不了解吗？我从来都是说话算数的！”莫跃进急于洗白自己，“你去找柳紫薇，只有我和帅亦然知道，我没告诉过别人，那肯定就是帅亦然干的，他出卖了我们！”莫跃进的火气腾地冒起来了，“回头我就去找他算账！”

闻风雷跺着脚道：“算什么鸟账？你拉倒吧！”

四月份的第一个周日，学校来人对各班级推荐的文明寝室进行检查验收，团委的胡兵干事在闻风雷和赵高潮的陪同下，挨个地把几个寝室都转了一遍，始终没见到萧天雅。胡兵半开玩笑地问闻风雷：“我的那位领导上哪儿去了，怎么也不出来接见我一下？”闻风雷就叫人去找，一问才知道她带着团支部的几个支委去清风山烈士陵园扫墓了。当地有一位著名的红军将领，在第二次国内革命战争时期牺牲于此，每到清明时节各界人士都来祭奠他，逐渐就演变成了党团活动的一项重要内容。闻风雷一算日子，今天是四月四日，明日是清明节，团支部利用星期天去祭扫烈士陵墓，还真是恰逢其时。获悉萧天雅外出，闻风雷不免心生落寞，四月四日是他与萧天雅结恋的日子，一年前的今日，萧天雅写信给他，说好了绿水围着青山转的；今年的这一天，她忘记了他们相恋的日子，带了一帮人去祭扫革命先烈，顾大义，舍小我，令他百感而无语。

萧天雅那天的活动情况，数日之后便通过一组 120 相机拍摄的 6×6 厘米的画面清晰完整地展示出来了。在安放着革命先辈巨大雕像的陵园广场上，萧天雅、帅亦然、吴学勰、夏子辉等几个团支部成员轮番拍照，有四人的合影、三人的合影、两人的合影；每一处场景又有站着的、坐着的，以及摆出各种姿势相互吸引眼球的。在夏子辉冲印的这组照片中，有几个萧天雅与帅亦然合照的镜头引起了闻风雷的关注，一个是萧天雅与帅亦然在雕像前的合影，两人面带微笑，分别举起自己的双手，打出 V 的手势；还有一张两人背靠背坐在草地上的合影，萧天雅正在侧身含笑吃着饼干或是面包，帅亦然则闭着眼睛含一根狗尾巴草在嘴里，细细的茎秆和长长的锥形花序被他的嘴角断开，狗尾巴一样的茸茸的穗头，在他的嘴角边得意地摇晃……夏子辉告诉闻风雷，那天他们在烈士陵园进行了一次别开生面的团日活动，几名支委面对面地开展了批评与自我批评，萧天雅旧事重提，对帅亦然与外班女生约会的事再次表示不满，并借了一个学习不专心的由头，当场收缴了他的借书证，不许他到阅览室去看小说。帅亦然那天的姿态很高，不仅心悦诚服地接受了萧天雅的批评，还态度坚决地做出保证，从下个礼拜起，每天都到教室去自习，期末考试一定给大家一个惊喜，欢迎大家督促检查。萧天雅最后明确了一件事，就是鉴于她社会活动越来越多，今后班上团支部的活动或是系里团总支的一般性会议，请帅亦然代她主持或参加，以便于她集中精力做好学校团委的相关工作。闻风雷心不在焉地夸奖了他们本次别开生面的团日活动，一转脸，独自到一旁生闷气去了。他的脑子里不断回放萧天雅与帅亦然的合影，又想到自己与萧天雅合影的要求屡屡被拒，心里一阵绞痛。

清明节气体现在气候上的最大特点，就是促进大气环流从冬到春的转变；这个节气的到来，也帮助帅亦然实现了与萧天雅关系的升温，意想不到地满足了他的心理预期。帅亦然在替代萧天雅参加各种院系活动的同时，也加大了与萧天雅的接触频度，这种变化，不仅被闻风雷捕捉到了，也被班里的其他同学观察到了，大家发现帅亦然更积极主动、也更自信自如了。人们往往可以看到这样的情形：两人出双入对去开会，长时间在教室里或是教室外面的走廊上讨论工作，还经常一起走出校门去散步、吃饭、看电影，镜头里的两个人影走进了生活的场景里来了。

"我想要一张清风山的照片！"夏子辉的照片洗出来之后，闻风雷写了一张字条给萧天雅。

萧天雅抿着嘴笑了笑。闻风雷大概是听说她在清风山照了不少相，因此想要一张她的照片，这个要求合情合理，应当尽量满足。她请夏子辉将洗出来的照片拿给她看看，预备挑一张自己满意的风景照留下来给闻风雷。照片很快拿来了，但没她的单人照。除了她与几个支委的集体合影，剩下的就是与帅亦然的合影，并且帅亦然的镜头反复出现，不同的场景、不同的视角和表情五花八门，仿佛那天的活动只有她和帅亦然是主角，她和帅亦然的演出被人包了场。萧天雅顿时就明白了闻风雷的用意，闻风雷醉翁之意不在酒，他根本就不是想要她的什么照片，而是想听她叙述照片背后的揪心的故事。

萧天雅的心里开始自责了，她没想到自己和帅亦然一下子照了那么多照片！清风山的团日活动，事先也是有活动方案的，总的要求是内容要积极向上，形式要丰富多样，到烈士陵园敬谒、宣誓、谈心、拍照，以及聚餐，都是上述要求的具体体现。整个活动过程，大家拍照的兴致都很高，每当大家邀她合影，她就采取开放姿态，来者不拒，当好道具，顺遂各位的心意。可是，看到眼前的照片，她还是大吃了一惊，眼皮也跳个不停，她责备自己不该与某位特定的男生拍那么多的照片，这些照片无疑会成为大家的谈资和话柄。帅亦然与她的关系其实并不纯粹了，给她写过信，也向她表过白，尽管她多次申明自己有了对象，对方也知趣地没有再来干扰她，但山溪的水易落易涨、盆中的炭可灭可燃，她要保持足够的清醒，防止事态的逆转。这些照片说不准已在班上传开了，团支部的一帮人过组织生活，将一次挺严肃的教育活动变成了野外派对，负面的影响要比照片扩散得更快，大家的观感普遍都不会太好……闻风雷曾跟她说过多次，想要在清明节到来之前与她合个影，以纪念他俩相恋一周年，她因为怕人知道就没同意，如今他看见了眼前的这一大堆照片，心里岂能好受？指不定正在暗自生气呐！——“我想要一张清风山的照片！”闻风雷写的那几个字现在变成了一道不容抗拒的指令。闻风雷在逼她合影，想看她如何反应。她跟其他同学尚且能毫无顾忌地照来照去，对自己的恋人反而严防死守，这有点说不过去。可是，跟他合影，又上哪里去合呢？他想去照相馆，要的是那种中规中矩的仪式感，这在她的老家不就等于是订婚吗？唉，真是难办得很！该死的帅亦然！该死的夏子辉！该死的清风山！几个小时的活动，竟然给她整出那么多的麻烦来！

闻风雷没要到萧天雅在清风山的照片，却见到了自己写给萧天雅的那张字条，反面同样也写了几个字：“清风山的照片是与他们几个一起照的，你要吗？”闻风雷哼了一声，一气之下将那张字条撕得粉碎。

照相的事成了闻风雷的心病，低落的情绪就成了该病的一个典型症状。对于跟萧天雅合影一事，闻风雷最初也是通情达理的，他完全能够体谅萧天雅的顾虑并尊重她的感受，他不强求她。令他心生芥蒂的是，萧天雅在这件事上跟他打马虎眼，明明知道他索要照片的真实意图，却避重就轻，王顾左右而言他，用一张小纸条来堵他的嘴，所以在看见小纸条之后，他的心态就立刻起了变化，就觉得这个相非照不可了，这里面起作用的是一种攀比、较劲、甚至刁难、惩罚的心理，他一定要争个你低我高。他真的会介意她与班里的同学在一块合影吗？是的，他介意。他介意的是那些照片的外在形式，而不是它的实质内涵；他与萧天雅合影，看重的是它的内涵而不是它的形式，这与她和班里其他人的合影恰好相反。他自信在这个班上，乃至在这所学校，目前还没有哪位男生敢来向他挑战，争夺与萧天雅合影的资格，但这需要萧天雅的确认。萧天雅曾经表过态，她是属于他的；在清风山合影事件发生之后，他对她的期求就更明确更具体了，他希望她能将这种内心的表白外化为一种直观的行为，就像自己当年在农村天天要进行的效忠活动一样。他对她的感情是神圣而真挚的，容不得任何人轻视、亵渎和戏弄，这是他的原则也是他的底线。

闻风雷的“原则”和“底线”坚守了一个礼拜，在这个礼拜之内，他刻意与萧天雅保持距离，走路绕过她，上课避开她，见面不理她，不断地向她施放感情上的冷高压，使两人同时遭受到了寒潮的侵袭，回过头来再抱团取暖。率先心疼对方的是萧天雅，她获知闻风雷吃不好睡不着，急得团团转，一见到他的人，就赶紧举起了白旗："快别生我的气了，你实在想要照的话，那就去吧！"

"要去就去照相馆！"

"随你！"

"真的？"

"骗你是小狗！"

闻风雷喜出望外，他略施小计，美人就妥协了。既然是心甘情愿的，事情就好办了，时间、地点、出行方式等一应事务就交给他好了。两人一道外出，讲究的是隐秘行事，为了确保安全稳当，闻风雷特意花了两个下午去踩点，闹市区不能去，交通不便的地方不能去，本校同学有可能踏足的地方不能去，一切都要做到滴水不漏、万无一失。闻风雷向心上人建议：时间定在星期四或星期五的下午，那两日下雨，撑伞外出有利于避人耳目；地点选在城郊接合部的牯岭街照相馆，从牛郎星镇乘 181 路公交车，坐四站路之后下车，那个站点在进城的途中，不易被人发现。闻风雷特别强调，本周四或本周五是最为合适的日子，七八级同学从本周开始进行专业考试，嗣后便转入实习，人员播撒在省城的四面八方，对他们的外出极为不利。

约定出行的那一天，闻风雷特意找了一处没人的地方剪掉了胡子。天色阴沉沉的，看样子很快就有雨来。闻风雷举目四望，不停地在心里念叨：老天爷赶快下雨吧，雨下得越大才越好哩！

萧天雅一吃过午饭，便朝牛郎星镇奔去，她要从那里坐车去牯岭街与闻风雷会合，以完成他俩之间的第一次壮举。

天下着小雨，雨丝斜飘着，萧天雅撑一把黄色的油布伞赶路，风雨中不知从何处飞来了一只金色的花蝴蝶。马路上一个行人也没有，周围一片静谧，她把伞朝身后斜了斜，就想看看雨中的景致。四月下旬的郊野，满眼清朗，稻田里的禾苗、马路旁的植物像是油画板上堆叠的层层墨绿，在雨天灰白的空蒙里显得格外醒目，生机勃勃却承受着天际间的云翳的压力。她放缓了脚步，逆着风雨前行，脚底踩踏着沙石路面，发出嚓嚓的声响。她侧耳谛听，除了伞上的雨滴声，稻田里也是有声音的，禾苗吮吸养分，昆虫呢喃交配，清水汩汩流淌，自然界的交响乐远比舞台上的音符组合要丰富和复杂得多。猛然蹿来一股风，差一点吹掉她手中的伞，她慌忙握紧伞柄，将它抵在胸前，遮挡着迎面打来的雨滴。这时她想起了闻风雷，闻风雷要是在身边那该多好啊，雨天有人打伞，为她撑起三尺晴天，她就一切都满足了。

说实话，她对闻风雷非要选在近期去照相其实是很排斥的，不仅仅是害羞，也不仅仅是她解释过的那些原因，更多的是一些说不上来的不适感。她拿捏不准闻风雷为什么要坚持这么干，所能揣测的心理似乎只有一点，就是他对她仍不放心，怕她移情别恋，欲借一种古老的习俗来固化他们的关系，用合影来代替一种类似婚约的东西。果真如此的话，那就搞笑了，几张照片是拴不住人心的，恋人的感情与照片无关，照了不见得就感情深，不照亦未必就感情浅。她相信她的爱人不至于如此浅薄，真实的原因或许正如他自己所表示的那样是为了两人能“永远在一起”，而合影不过是一种表白心迹的简捷方法。

雨中的牛郎星镇有些冷清，沿街的店铺照常营业，门前或有猫在打盹、雀在啄食、鸡在交配，公交站牌下还有三三两两的人在等车。萧天雅观察周围似乎没有熟人，便将伞柄举直，露出了自己的面孔。远处驶过来一辆老长的公交车，是 181 路，车身裹挟着风向她扑来，使她打了个冷战。她将那件半新不旧的蓝灰色春秋衫往下抻了抻，低头看看脚下，裤腿已经潮湿，鞋面上沾了不少细碎的沙砾。

萧天雅收拢伞准备上车，她抬头看看天，天还下着雨，她不想让头发淋湿，所以将伞半撑着，半个脑袋躲进伞里，半个脑袋露在外面，就像戴斗笠一样。上了车，她便忙着找位子，车上的人不算多，空位子想必是有的，但是要找。就在她找到位子准备坐下来的时候，她听见了一声呼喊，喊叫的是她的名字。她的身子不由自主地晃动了一下，她听着这声音有点恍惚，以为出现了幻觉，便立在原地没动。她抑制着内心的惶恐，想再听一遍那人的喊声，以判断是不是她的幻觉，结果喊声消失了，却走近了一个大活人，高个子，一副白面书生的样子，竟然是帅亦然。刹那间她呆住了，也吓傻了，不知如何是好。帅亦然喘着粗气当仁不让地说：“我来镇上的邮局取钱，老远看见你在上车，下这么大的雨，你一个人去城里买东西，没个帮手怎么行？我和你一块去，路上好帮你拎东西！”

直到汽车驶出了老远一段距离，萧天雅才意识到事态的严重性。她望着车外绵绵的细雨和飞驰的景物，心里头在绝望地哭喊道：“闻风雷，你今天真不能怪我！我碰到了一个最不应该碰到的人，发生了一件最不可思议的事，我就是再多长几张嘴，恐怕也说不清楚啦！”

五四青年节这天，由学院宣传部推出的五幕情景话剧《明天的希望》在学院礼堂上演，柳紫薇扮演的萧天雅获得了全校上下的一致认可，其本人也迅速成了男女同学热议的话题。闻风雷从学生党支部活动室开完会回来，路上见到了柳紫薇。闻风雷站在一棵香樟树下，见柳紫薇走近，假装看看头顶上的太阳，然后自言自语道：“今天的太阳真耀眼啊！”

柳紫薇扑哧一声笑了，回他道：“今天是大晴天，所以你能见到阳光；等明天下雨了，你就只能见到阴霾了。你是七九金融班的太阳，在你面前别人根本不敢闪耀，因为所有的光都是从你那里来的，即使还有星星和月亮的话，那也是沾了你的光的缘故啊！”

“萧天雅是不是给你带来了什么麻烦？”

“还好吧，我采取的办法就是把自己封闭起来，几乎没受到什么干扰！”

“帅亦然的事就权当从未发生过吧！他自己引火烧身，主动告诉了萧天雅，被萧天雅狠批了一通！”

“他这是何苦！就是做贼心虚，也要等人拿住贼赃以后再去投案自首呀，哪有不打自招的道理！”

“你现在可以越过这艘‘沉舟’，集中精力去应付其他更加有力的竞争者了。”

“我的场域从未对其他人开放过，你绝不会遇见任何的竞争者！”

“我一直喜欢当旁观者，追求的是把生活当棋局的意境。如有可能，还是让我当你舞台风光的欣赏者吧，为你鼓掌，为你祝福，并且就像今天这般地存在于你的视线中，那也算是我的一大造化了！”

第七章
神谕钻进了课桌里

26

“为什么又是帅亦然?”

“为什么他不缠别人而专门缠你?”

“为什么在他面前你总是畏首畏尾黏黏糊糊?”

闻风雷在晚上将近七点钟的时候见到萧天雅,一开口就是一通质问,三个问题尖刻而犀利,每个字眼都充满了失望、指责、激愤和直逼要害而毫不妥协的霸气。

是的,他当然是有理由发火的,而且发再大的火都是合乎情理的。他在牯岭街的公交站牌下一等就是五个小时,从中午十二点半到下午五点半,打着一把伞,守候在泥浆四溅的道路旁,望眼欲穿。他不知晓对方所因何事而耽误了约会,亦不清楚她的车次将在何时抵达,所以只能是傻等,两只眼睛一眨不眨地盯在路上,来一辆车清点一遍下车的人数,生怕眼神不济漏掉了人,最后把自己看得眼睛发胀、脖子发酸,拖着被小镇的绵绵细雨洗礼过的疲惫身躯返回了学校。

萧天雅就站在学校大门外等他。雨停了,但她还打着一把伞,用伞遮着脸,只留出一个刁钻的角度扫视路人,好让闻风雷进入她的眼帘。她的头发、衣服和裤子都被雨淋湿了,一个下午在风雨里奔波,身心早已冰凉。尽管如此,望见闻风雷走来她还是露出了笑容,那副笑容有些虚怯、沮丧和勉强,借着路边的灯光,闻风雷可以明显看出她脸上的泪痕。不错,是泪痕! 泪水里有盐分,会在眼角或脸上留下淡淡的白色的印迹，雨水则不会。

萧天雅没有直接回答闻风雷的三个蛮不讲理的问题，而是重点解释了她与帅亦然的交往。她说，她完全能够理解闻风雷的顾虑，这种顾虑恰恰体现了他对她的感情。自从帅亦然来团支部工作以后，和她一直都配合得很好，大小工作主动冲在第一线，不计得失，任劳任怨，令她常怀感动。工作是大家干的，但荣誉最后却落在了她一人身上，她感到心中有愧，无以回报。大概是出于一种报偿的心理，她很想为团支部的这一帮人做点什么，包括与他们在一起多待一会儿。她与帅亦然的接触，近期确实有点多，祝宇安等人也提醒过她，对此她心中有数。她最近比较忙，涉及团支部的事情基本上都甩给了吴学勰和帅亦然两人，而帅亦然比起吴学勰来则更加主动。每次她外出回来，帅亦然都会来找她报告情况，故而两人之间的接触比平时要频密一些，希望他能理解并释怀。时至今日，她与帅亦然的关系并没有发生任何改变，除了同学关系，就是工作关系，不可能再有其他别的什么关系，请他务必放心。萧天雅表示，她对闻风雷的感情依然如旧，她还是原来的她，并没有忘记四月四日那个值得纪念的日子。假如在照相这件事上她有什么地方没做好的话，今年暑假或是明年清明一定找机会来将功补过，保证让他满意。闻风雷听进了她的话，她的话里含有浓度很高的多巴胺成分，有效激活了闻风雷的爱怜之心和愧疚之意，使他集聚了大半天的冲冲火气，随着一股清新柔和的凉风吹来，很快就烟消云散了。

覃怀良去找教研室的于主任，追问当初是哪位领导说的，七九级金融班的事不用他管了，系里会有安排的。覃怀良说话的时候，脸色灰暗，声音嘶哑，大有一种破釜沉舟的决绝。

于主任翻翻眼白，说："事情都过去这么久了，还提它做什么？"

"事情虽然过去了，但它的影响还在，对当事人的伤害还在，怎么能不管呢？"覃怀良以眼还眼道，"我最近听到一个传言，传我由于课时任务重，自己提出来不当七九级金融班的班主任，我就想问问于主任，这种话是从什么地方冒出来的，于主任是否也听说过？"

于主任一看覃怀良顶真了，就赶忙打岔，说："覃老师，传言终归是传言，也不是什么大不了的事，千万别往心里去！”

“不是我要认这个死理，而是要讨一个公道！”覃怀良一句话劈了过去。

周三下午系里政治学习，蒋家兴组织大家讨论如何在教学实践中贯穿德育要求的问题。几位老师发言过后，沈小健一改往常的知性形象，张口就向蒋家兴开炮。沈小健说：“德育工作说到底还是要靠言传身教来实施的。为师者，要注重师表；为尊者，要以身作则。今天我要问一问我们系的蒋书记，你作为我们系的最高领导人，究竟是怎样为人师表、以身作则的？”最后这几个字一说出来，会场立刻就安静了，她注意到周围气氛的变化，但是并不理会，继续用她语言的梭镖投向她既定的目标，“你台上一套台下一套，人前一套人后一套，完全不像一个心底无私的共产党人和坦坦荡荡的正人君子。你台上说不插手班主任的工作，台下却干预学生干部的选举；你公开场合表扬七九金融班，私底下却说这个班不怎么样。覃怀良明明没讲过不当班主任的话，你硬要编派他课时忙自己不想干。你当书记的都是这副德行，还指望我们系的德育工作能够搞得有多好？”

在沈小健发言的过程中，熊秉清的两只眼睛一直都在四处张望，看蒋家兴，看郭之诚，看覃怀良，还看沈小健。他发现蒋家兴的表情开始还是很轻松的，听着听着脸就变色了，由红变白，由白变青，最后成了青灰色；覃怀良则显然没有预料到沈小健会突然放炮，脸上的表情依次经历了惊讶、不满、担心和歉疚，两条剑一样的浓眉始终是紧蹙着的。熊秉清耐着性子听完沈小健发言，不等下一位接上，马上就反驳道：“沈老师，据我所知，你刚才讲的话并没有实事求是。七九金融班是先进班不错，但先进班不等于没有问题。蒋书记作为系里的领导，了解到这个班存在这样或那样的问题之后，要不要批评？批评了几句，就说他当面一套背后一套，你让领导今后还怎么讲话？”

沈小健一看熊秉清出来护主了，冷笑一声，说：“是我不实事求是，还是你掩盖事实？七九金融班班干部改选，蒋书记派你去督战，刘远程是怎么当选的，莫跃进又是怎么落选的，事情的经过你比谁都清楚。你回来以后是怎么汇报的？蒋书记对覃怀良有误解，会不会是你在里面搬弄是非，说了覃怀良的很多坏话？”

“这，这，这跟我有什么关系！”熊秉清不适应这样的直接对垒，一时卡了壳。

周三下午的这场风波，不知通过哪根管道，传到了学院党委耿鸣风书记的耳里。他请组织部派人到该系去做个调查，弄清楚事情的来龙去脉，然后给他回话。组织部的王部长与团委马中华的关系素来很好，行动之前与他通了个气，问他知不知道这里面的具体情况。马中华为覃怀良的事已经憋闷了好长一段时间，见有人来关心这件事，立刻就找到了宣泄的对象，毫不迟疑地就把心里话倒了出来：“这件事的根子估计还在蒋家兴那里，上个学期七九级金融班的班干部来向我反映覃怀良的事，要我出面跟系里说说，让覃怀良继续担任他们的班主任。我认为他们反映的意见是很有道理的，就去找了郭之诚，请他关心一下这件事，哪想到他不主事，一推六二五，结果害得我在一帮学生面前丢了大面子。”

和马中华交谈过后，王部长心里就有谱了，他给蒋家兴去电话，提醒他在处理与覃怀良的关系问题上，要注意知识分子的工作特点和领导干部的示范效应，蒋家兴一听就明白了。蒋家兴向王部长表态，他会稳妥慎重地处理好这件事，请组织上放心。

覃怀良于期中考试前夕回到了班上，回来之前，蒋家兴曾征求过闻、萧两人的意见，究竟以何种方式欢迎覃怀良为好。闻风雷并不以为这是一件难事，就说：“根本用不着刻意欢迎，因为覃老师压根儿就没正式离开过。最好是不露痕迹地自动归位，比如周末开班会的时候，请系领导和覃老师一起到场，覃老师布置一下近期的工作，系领导再提提要求，覃老师也就自然而然地归位了。”蒋家兴说这个主意好。

覃怀良一回来，闻风雷就去找他辞职，并且还提出了三条理由。覃怀良故作不悦地说：“我一来你就闹着要甩耙子，你安的什么心？你这不是拆台吗？了解情况的人，知道你是为了集中精力考研究生；不了解情况的人，还以为你对我有意见，不愿意我当你的班主任呢！”闻风雷就反复做工作，说不管自己当不当这个班长，人还在班里，遇到什么事情大家一起干，保险影响不了工作。覃怀良见闻风雷去意已决，只好让步，但要求他站好最后一班岗，下学期开学再找人来接替他。

萧天雅得知闻风雷要撂挑子，急得直跺脚。她问闻风雷为什么要辞职，闻风雷先叹了一口气，便面带忧郁地说："我当班长其实只有一个目的，就是为了方便和你接触，咱俩借着班长、书记的身份，在一块儿说说话，不仅交流工作，更重要的是让我每天都能欣赏到你的美貌。可你倒好，既不愿意跟我讲话，也不愿意跟我见面，连开会也派替身来了，对我是扎紧篱笆，严防死守，一点机会都不给。我想，既然当班长一点便宜都占不到，那我还当它干什么？"

"哼，没谈恋爱之前你不也干得好好的嘛！"萧天雅知道他在借题发挥。

"要我干也行，"闻风雷嬉皮笑脸道，"我就向覃老师提个要求，让我和帅亦然对调一下，他来当班长，我去当你的副手，你看怎么样？"

"不行，不行！你只要一提出来，别人就知道你的意图了，那还不笑死人呀！"萧天雅清楚闻风雷的能耐，急得大惊失色。

"别人能笑我什么？就看你愿不愿意！给学院团委副书记当助手，减轻她的工作压力，无论从哪个角度讲，道理上都是说得通的呢！"

"你真要这么干的话，我只好让你了。我辞职，你来干我这个团支部书记，正好帮我解脱出来，让我一门心思地去应付团委那一摊子事！"

"你看你，露馅了吧？"闻风雷的话语中带了一丝得意，"我就知道你害怕跟我在一起，无论我当不当这个班长，你都是忌惮跟我接触的。与其这样，不如我辞了它，好让你放开手脚干，省得你整天提心吊胆的！"

萧天雅出了一会儿神，陷入了一种莫名的惆怅。少顷，白了他一眼，说："话一到你嘴里就变了味，根本不是你想象的那样！我们两人都约定好了的，要尽量减少接触，以免被别人抓了小辫子，带来不利的后果。这个学期以来，我们的接触是少了一些，但信照写，话照讲，感情一点都没受影响，这么做不也挺好的嘛！"

"你的感觉当然挺好的，我和你相比却是冰火两重天呢！"闻风雷抓住萧天雅的话做文章，"你如今是名人，名人的光环和名人的效应铺天盖地，追求你的人是一打一打的，你的朋友遍校园；我则一天到晚被同学们当作竞争的对手，或者被视作你的替补情人，我的情敌遍校园。有时和同学们在一起，他们会半真半假地试探我，问我喜不喜欢你，若是喜欢，他们就避退三舍，拱手相让；若是不喜欢，就让我保持中立，看他们公平竞争，龙争虎斗。面对这样的挑衅和羞辱，我能说什么呐，这不就是当着我的面抢人嘛！”说到此处，闻风雷的情绪突然激动起来，“更为可气的是，明明知道他们在垂涎我的女朋友，我还得装出一副与己无关的样子，赔着笑脸去附和他们，那种欲怒不能、欲避不忍的尴尬真叫人难堪啊！你是无法瞧见，我当时假装出来的笑容绝对比哭还要难看！”

“我真想象不出来，你还有那么狼狈的心结！”萧天雅咯咯笑了起来，“我发现，你跟我谈了一年恋爱，胆子倒变得越来越小了，就跟小孩子一样！我是一个大活人，我喜欢谁才会跟谁好，哪里是别人几句话就能够抢得走的？我知道你现在很不开心，替我受了不少委屈，但是请你相信我，这种状况持续的时间不会太久，以后一定会好起来的！”

“你老是说以后、以后，我最恨的就是这‘以后’二字！”闻风雷的调调忽然沉了下去，目光里充满了怨艾，“以后到底是什么时候？是的，我是在盼望以后，一想到以后，我的心都要醉了。可是醉人的酒此刻就在你的手里，你都端出来了，就是不给我，你说那酒还不醇厚，还要让它再酿一酿。在我的周围，很多人都在盯着你的酒，都想和你把酒言欢，一醉方休。我担心的是，面对一群饕餮之徒，恐怕等不到以后，我的心爱的美酒就一滴不剩，叫人瓜分完了……”

闻风雷的一顿牢骚，令萧天雅深感意外，也引起她的一番沉思。闻风雷对自己的恋爱充满了期待，她亦如是；闻风雷对自己的恋爱表达了不满，她亦感知。闻风雷是一个情感张扬的人，自然难以接受眼前这温吞水似的恋爱方式，按照他内心的想法，相恋的两人就应该整天卿卿我我、厮混在一块的，人为地压抑个性，无异于泯灭天趣。但是，她能这么做吗？不能！她可以在无人的地方跟他说说话，也可以在得便的时候给他写写信，除此之外便难有它为了。他们这对恋人，与其他的校园恋人不同的是，背负的虚荣太多，尤其是她本人，浑身上下堆满了荣誉，早已不堪重负，哪怕再沾上一点批评的唾沫，对她来说都是一种难以承受之重。萧天雅想，无论闻风雷的主观感受如何，有一根底线是绝对不能突破的，那就是任何时候都不能公开他们的恋情，否则就会声名狼藉，一败涂地。想到此，萧天雅狠了狠心肠，轻描淡写道：“忍一忍吧，小不忍则乱大谋。

实在想找我说话了，就给我写信，我也会给你写的！”

不料一提到信，又戳到了闻风雷的痛处。闻风雷长吁了一口气，说：“快别提你的信了，开学以来都四个多月了，你一共给我写了几封？总共才八封，平均半个月一封，逼得我差一点想去找杜甫交流‘家书抵万金’的体会了！”

“不至于吧？我们不是天天都能见面吗？”

“看来我俩的感受还真不在一个频率上！”闻风雷忍不住揶揄道，“我早说过的，就喜欢你多多地给我写信，你既不跟我玩，又不跟我谈，写信就成了咱俩恋爱的唯一方式。看不到你的信，感情找不到寄托的方向，我会胡思乱想的！”

想到在写信的问题上总是向她被动索求，闻风雷又极为情绪化地抱起屈来：“我把写信作为与你的交谈，我是在用心向你倾诉，用情向你表白，所以我的身心就愉悦其中；你没有我这样的心境，写信就成了负担，就在应付差事，这样的信自然是无关情感，味同嚼蜡了。坦率地说，有时候读到你极不情愿写来的信，特别是信里那些冰冷的字句，我都能想见另一个我在你身后举着鞭子的样子，即使身处盛夏，也会感到心寒意冷的！”

萧天雅第一次听闻风雷说这样的重话，既否定了她与他的书信往来，更否定了她对他的真挚情感，基本上是全盘否定了他们一年多来的交往。她体悟不到闻风雷的感受为何如此不堪，对她们恋爱的看法又为何如此负面，心里一阵难受。她有些陌生地看了看他，叹了一口气并幽幽地说：“想不到我们的恋爱给你带来的不是快乐而是痛苦！”

萧天雅心事重重地回到寝室，被祝宇安看出了端倪。祝宇安见她眉头紧锁，脸色蜡黄，就问她是不是“好东西”来了，萧天雅点了点头。祝宇安赶紧到抽屉去找逍遥丸，从盒子里摸出一丸让她服下，又将毛巾温热，给她擦了一把汗，然后扶她在床上靠好，自己则坐在她身旁看起书来。

才翻了几页，耳边就传来一串低低的抽泣声，忧伤，悱恻，无助，令人动容。祝宇安听出她的哭声并不像是痛经，于是小心地问她是不是碰到了不如意的事，比如跟闻风雷怄气什么的，这一问，又引来了一波更剧烈的抽泣。

萧天雅边哭边诉，她跟闻风雷的恋爱谈不下去了。最近一个时期以来，她和闻风雷谈了几次话，也写了几回信，为两人的交往问题，闻风雷表示了诸多的不满。尽管她能理解或体谅他的想法或心情，也想为了他去改变自己，但她就是无法做到，两人的分歧越来越大，不和谐的声音越来越多，沟通和交流也越来越平淡，照这个趋势发展下去，分手是早晚的事。说完这一段，又接着说她的学习。期末考试马上就要来临了，她也知道这是一场硬仗，一点都马虎不得，可是坐在教室里精力就是无法集中，手里捧了一本书，一个字也看不进。十天前，《货币银行学》老师布置了一篇小论文，大家都按时交差了，她却连提纲还没拟好，这样下去怎么得了呀！说完，忍不住又哭了。

萧天雅带着无所适从的精神状态去参加期末考试，果然把自己的成绩搞砸了。期末考试刚结束，覃怀良就阴着脸来找闻风雷，一张口就把萧天雅狠批了一通："怎么搞的，这个萧天雅！全班都考得不错，怎么就她没考好呢？均分不到七十，有一门课差一点不及格，这样下去怎么得了！"闻风雷看着覃怀良一副茫无头绪的样子，心里暗暗叫苦，断定萧天雅八成是因为心情不好，对复习备考造成了干扰，进而影响到考试成绩，罪魁祸首大概就是几天前自己与她的那场谈话。他心急火燎地去找萧天雅，就想安慰她，和她一起分析考试失利的原因，问题要是出在他身上，他就向她做检讨，并接受她的任何批评。他要当面告诉她，那天晚上的许多话，都不是他的心里话，气头上的话原本是作不得数的，千万别往心里去；她写给他的信，他都喜欢，假设今后她能再多写一点，他就更喜欢了；他假装生她的气，其实是在玩一种"矫情"的小伎俩，目的是多和她接触，他从未真正生过她的气，一见到她心里就软得像熟透了的柿子一样，哪里还能硬得起来呢？

闻风雷跑到教室去找萧天雅，教室里一个人也没有；又跑到宿舍去找，宿舍里也没有人，他这才想到，今天是学校规定的暑假放假开始离校的日子，大多数人都归心似箭地回家了。

萧天雅不辞而别，连祝宇安也没事先跟他打声招呼，这让闻风雷心神不定，坐立不安。谁见过恋人离校悄悄溜走的吗？暑假是长假，从七月十二日放假到八月三十一日结束，前后长达五十余日，如此漫长的假期，居然等不及一个眼神、留不下一个身影、说不上一句情话，这正常吗？闻风雷忽然想起最近几个月来发生的一系列闹心或不愉快的事情，宾馆接吻时的尴尬，邵仕达办公室的笑声，清风山的合影，牯岭街的爽约……他们两人的交往疙疙瘩瘩，其中一个重要的原因，就是囿于校园的特殊环境，出了状况以后处理不及时、交流不充分，使感情的管涌逐渐加大，不知不觉形成了溃口。闻风雷从女生宿舍出来，顶着盛夏的酷暑，独自绕着运动场踏圈圈，用脚步细数自己的过失。萧天雅不理他，归根结底是他的错，细想起来，他的最大的问题就是遇事不够冷静，对待两人之间的矛盾分歧缺乏礼让精神，经常无端地指责对方不懂感情，令对方无所适从；沉湎于恋爱的自我陶醉中，不注意站在对方的角度换位思考，经常提一些不切实际的无理要求，给对方造成不必要的心理负担……萧天雅会否忌于上述缘故而对自己产生不满，继而失望，灰心，厌倦，最后做出了某种符合情感规律的新选择？

面对眼前的情形，闻风雷不知如何是好，他根本号不准萧天雅的心理脉搏，既担心她会离他而去，又不相信她真的会离他而去，在对自己行为的评价和两人关系的判断上，表现出了一个恋爱生手的盲目和幼稚。萧天雅反常的离校方式，被闻风雷解读为是对自己的不满，所以拼命地反思和检讨自己，运用逻辑推理的方法，由此及彼，举一反三，得出了许多偏颇的结论，殊不知这种过度的反应会产生叠加的效应，最终加重他的自责，摧毁他的自信，引导他在与事实相悖的道路上越走越远。闻风雷陷入了绝望，立刻就引发了一系列的担忧，萧天雅要抛弃他了，今后再也闻不到她的体香了，欣赏不到她的美貌了，也听不到她的《高山青》了，她就像一阵风一样，卷走了他的喜爱，抹掉了他的期盼，刮跑了他的牵挂，让他变得也像风儿一样地飘忽不定、一无所有了。

他忧愁吗？他悲伤吗？他的天塌下来了吗？奇怪，并没有。他的绝望的情绪大约只持续了一周时间，就一切如常了，今天的心情与昨日大同小异，今天的感觉与昨日并无二致。但是，他不开心，也不快乐，他的看似正常的表象恰恰是一种失望过度的反应，因为没有念想，所以才释然；因为没有指望，所以才平静。他开始以为是自己的理智太强压抑了感情的奔放，接着又怀疑是两人的情意太浅降低了痛苦的程度，最后才想明白统统都不是，他的矛盾的心情和分裂的感觉完全拜校园所赐，是校园环境的高压锻造了他的扭曲的心态，使他变得既敏感多疑又刻板迟钝。说来可笑得很，他和萧天雅的恋爱，其实是很不完整的恋爱，是半拉子、也是低水平的恋爱。两人相恋以来，在这座偌大的校园里，他还从来没有和萧天雅散过一次步，拥过一次抱，接过一次吻；唯一的一次吻，还是他在萧天雅开会的招待所里强行索来的，强扭的瓜并不甜，所以那个吻也不甜，留在他嘴唇上的体验一直是火辣辣的和麻酥酥的。学校是禁止谈恋爱的，严苛的校规校纪，就像一道紧箍咒一样，勒在他的头上，禁锢了他的神经，让他触摸不到恋人的温馨，品尝不到恋情的滋味，体味不到恋爱的幸福，触觉、味觉和嗅觉全都失灵了。这种有名无实的恋爱也在客观上帮助他侥幸避免了一般失恋者容易出现的感情失控问题，用一个形象的比喻来描述，他满怀期待地沿着恋爱的九十九级台阶向婚姻的殿堂走去，才跨出半步、至多是一小步，便因故止步了，再原路返回，自然也不会有多大的落差，就跟下了一级台阶一样。他绝望的心情只持续了短暂的一周而不是更久，道理正在于此。

在做出要不要给萧天雅写信的决定之前，闻风雷犹豫了半天。最后，他决定按兵不动，静观其变。以往在寻觅自己意中人的时候，他是将姜太公的“直钩钓鱼，愿者上钩”做法奉为圭臬的。这种做法虽然不合常理，而且还有一点待价而沽的意味，但他就是想这么别出心裁，他要试试古人的范例能否为今人所用。后来他遇见了萧天雅，为了表示自己的爱慕之意，他曾颔首屈膝主动示爱，就像西方人行屈膝礼表示自己的虔诚一样。但是，如果萧天雅对他产生了反感，或有了他念，或有了新欢，他则不会去做无谓的努力，更不会双膝跪下，死乞白赖地去纠缠人家，大学生不作兴这个，他不会为了恋爱而突破原则的底线和男人的尊严。

十日之后，闻风雷在且恼且盼的状态中，收到了萧天雅的来信，这与他先前的预想大不相同。他在嘲笑自己不懂得恋人心思的同时，也暗自庆幸事情得到了转圜，萧天雅还是原来的萧天雅，并没有因为他的急躁脾气和几句气话而改变什么，在此过程中他也只是自虐了一把，还有，虚惊了一场。

风雷：

这几天没少念叨我吧？我估计我的不辞而别让你生气了，说不定还引起了你的胡思乱想，正在绞尽脑汁要找我算账呢，我没猜错吧？果真如此的话，那也很正常，是我失礼在先，咎由自取。我原定十四日启程的，因感冒发烧，身体不适，又有许多换洗衣物要带，便提前两日与刘远程一道回来了。出发前，我到教室和宿舍去找你，有人说你去覃老师办公室了，我只好失望而归。提前回来，没和你打声招呼，让你记挂（骂我？）多日，十分抱歉。

我离校的时候，就从覃老师那里知道自己的考试成绩了，不瞒你说，当场我就流泪了。我是全国、全省的三好学生，学习成绩一塌糊涂，这叫我如何面对自己的同学、老师和领导？成绩一垮，我就不再是三好学生了，至少不再是一个合格的三好学生了。回顾自己本学期的表现，我对自己失望之至，学习成绩的滑坡，暴露了我在处理学习与工作关系上的问题与不足，表面上是学习出了问题，实则是思想观念和自制能力出了问题，学习不合格，恋爱不遂意，心情不舒畅，方方面面都呈现无法遏制的大踏步后退的趋势。尤其让我感到痛心的是，面对着你的炽热目光和赤诚爱意，我畏首畏尾，投鼠忌器，纵有千般欲念，万般柔情，也不敢放宽约束，蹚涉雷池。恋爱这一年，我把自己装进了一个螺蛳壳里，除了偶尔出来感受一下爱情的气氛，接收一点爱情的讯息之外，剩下的时日则无所事事，在感情的苦海里观潮逐浪，起落沉浮，让自己的感情沉潜水底，让自己的真爱无法触摸。我欠你一个深情的拥抱和火热的吻。

我爱你，但爱得不是时候，爱得不是地方。在壁垒森严的校规校纪面前，我负罪的心理日渐加重，如影随形，它使我情绪低落，郁郁寡欢。我深知，放逐理性的约束，通常会损害恋爱的美感；放纵感性的疯狂，也必然会葬送恋爱的前途。我是一个把名誉看得比生命更重的人，为了不负初心，守身如玉，我宁愿放弃快乐，独吞苦果。我害怕，害怕我的恋爱给自己带来羞辱，给他人带来非议；我担心，担心我的不慎给自己带来懊悔，给他人带来伤害。我的心力已经难以应对眼前的局面，我常怀恐惧，如履薄冰，生怕一不小心，坠入万劫不复的深渊。

面对特殊身份，我们必须保持清醒；面对繁重学业，我们必须专心致志；面对校园议论，我们必须谨言慎行。为了确保我们的学习不受干扰，为了确保我们的恋爱圆满顺利，为了确保我们的将来风平浪静，我恳切地提议，从第四学年起，将我们的恋爱“冷冻”起来，期限暂定六个月，等到毕业实习时，再视情回归常态。在“冷冻”期间，我们不写信、不交谈、不约会，彻底消除同学们的猜疑和议论，也为我们自己建立起一道遮风挡雨的安全屏障。放弃接触并不意味感情的淡化，暂时的退却是为了更好的前行，不知你是否赞同？

我心惶然，我心依旧，我心永远属于你。

天雅

七月二十日

“冷冻恋爱？”闻风雷被这几个字雷倒了。他提醒自己要稳住心绪，切实弄清萧天雅的真实意图，即她的来信是不是一封“绝交信”。他颠来倒去地解读信里的文字，似乎并无“绝交”的意思，“冷冻”的目的大概还是出于她的担忧，于是噩梦醒来，复见霞光。不过，有一点他是很清楚的，接下来他的日子将会很难过，两人同在一个班上，低头不见抬头见，明明眼前一个大活人就是不理不睬，硬要给自己找别扭，相互之间的关系又该如何处理呢？闻风雷心里有些茫然，他有一百个不踏实、一千个不乐意。他爱萧天雅，任何时候都会把她捧在手掌心里而不会主动放弃她，因此不可能去强扭她、硬拗她。既然萧天雅提出来要“冷冻”他俩的关系，那就让她“冷冻”好了，“冷冻”毕竟不是“绝交”。在“冷冻”期间，正好可以让彼此的情绪去去火，以更加从容的心态去审视两人的交往，再顺带总结一些经验教训，说不定失之东隅收之桑榆，不见得全是坏事。他想，他找了一个美女，是“蛇精”，需要休眠的，尽管现在是夏天的小暑节气。

27

闻风雷辞了班长以后，就跟换了一个人似的，每天听完课以后就夹着书本跑了，不是去阅览室就是去图书馆，其他地方几乎见不到他的人影。闻风雷不当班长了，脑子里也就不想班上的事了，他找了几个预备考研的同学，成立起了考研攻关学习小组，几个人每天趴在一大堆考研复习资料上，研究习题，交流心得，忙得不亦乐乎。

对于闻风雷这种一门心思钻研学问的做法，萧天雅不适应，覃怀良有微词，班上的很多同学都看着新奇。闻风雷就像是一个老号手，每天都吹着同一支集结的曲子，一吹就是三年，大伙儿都听习惯了、听麻木了，忽然没来由地换了一个人来吹，原先熟悉悦耳的曲调就变成一种生硬刺耳的杂音了。

萧天雅不适应的地方，是闻风雷毅然决绝地从她的视野中任性地逃脱了。以往她手里有个遥控器，想见闻风雷时，就揿揿按钮，某人接到指令后就屁颠屁颠地跑来了；如今接收指令的装置出了故障，发出的信号遭到屏蔽，闻风雷就成了断线的风筝。闻风雷不来教室自习，萧天雅就不用担心同学们会说她和闻风雷的闲话，心里便没了紧张感；但是闻风雷久久不露面，神龙见首不见尾，她又开始惦记他，心里就有了失落感，像一盏大红的灯笼被高高地挂了起来。

祝宇安刚得知萧天雅要“冷冻”两人的关系时，感到不可思议，直言她神经过敏和做得太绝，还警告她不要弄巧成拙，将自己的情人推到别人的怀抱里去。萧天雅并不认同她的看法，说：“我相信他有这样的定力，就算我不这么做的话，我们也要控制不必要的接触。假如我命中有他，他跑不掉；我命中无他，也只好听天由命。”祝宇安摇着脑袋说：“我算是看出来了，在这件事上，你根本就是抱着无所谓的态度的，你自己都不担心，其他人又何必去瞎操心！”

覃怀良不便言明的微词，主要还是他对闻风雷的接任者不满意。暑假期间，闻风雷写信给覃怀良，向他推荐帅亦然来接替自己，覃怀良欣然应允。开学才半个月，覃怀良就后悔了，他不知不觉地将帅亦然与闻风雷作对比，这位新班长不仅说话办事粗粗拉拉，提的意见建议也与自己的思路和想法格格不入，一点也起不到“左膀右臂”的作用，于是对闻风雷推荐他来当班长抱怨不迭。他去找萧天雅了解帅亦然的情况，萧天雅苦笑道：“我也不知道闻风雷为什么要推荐他，我只知道他是一个称职的团支部副书记，但无法推测他会不会成为一位合格的班长。”萧天雅其实心知肚明，闻风雷之所以要推荐帅亦然当班长，并不是看中了他的能力和素质，而是忌讳他目前所处的副书记位子，要将他从自己身边撵跑，是一种小心眼式的防范措施。她心里暗自发笑，却无法对覃怀良说破。覃怀良最后用一种无可奈何的口气说：“班上的事看来是指望不上帅亦然了，你如果有什么事想找人商量的话，那就去找闻风雷吧，我当时是留过话的，他不会不管!”

在推荐自己继任者的问题上,闻风雷的确是有私心的。他向覃怀良推荐帅亦然的目的,就是不想给帅亦然留下一个合理的借口,整天借工作的名义腻在萧天雅身边。他要远行了,要去放飞自己的理想了,必须轻装上阵,把自己牵挂的事情安顿好,防止一不小心让帅亦然成了他恋爱的备胎。萧天雅前不久和他约法三章——不写信、不交谈、不约会,他不仅会认真践诺,而且还要做得更干净更彻底,一点也不拖泥带水,保证让自己成为与她坐在同一间教室里的陌生人。他要让萧天雅明白,他很在乎她,但不会为难她。

闻风雷的考研攻关学习小组运转到第三个星期的时候,多了一位成员祝宇安。祝宇安是在吴学勰的撺掇下加入进来的,她去向吴学勰请教考研的事,吴学勰说:“我们有一个现成的复习小组,除我以外,还有闻风雷、张大勇、陈实和夏子辉。我们每个礼拜天都要活动一次,要么在学校找一处僻静的地方,要么就去牛郎星镇的织女谷,无论在校内校外,都是早上去傍晚回,午饭就在外面解决。你不知道哇,我们的活动真是丰富多彩呀,几个人都有些才艺,吟诗、作画、吹笛子、拉提琴、弹吉他,热闹得很,你来了就知道了。”祝宇安参加了一两回活动之后,发现这几人个个了得,夏子辉能书擅画,张大勇琴棋两通,陈实说唱皆会,吴学勰诗文俱佳,不仅如此,每个人还会一两样乐器,可谓八仙过海各显神力。祝宇安听大家谈论考研的复习重点、解题思路和答题技巧,每次都有新的收获和体验,参与的热情就更高了。

祝宇安每次回来都要向萧天雅通报当天的活动情况,萧天雅就从祝宇安的嘴里知道了那几个人今天在外野餐,吃了鸡翅、鸭肫和猪蹄,还喝了啤酒;吃过饭后,闻风雷又拉了一曲《二泉映月》,拉得如醉如痴如泣如诉;陈实因为喝了一点啤酒而得意忘形,大谈他入学摸底考试时得了全班第一,差一点就收到了一位女生写给他的情书……

萧天雅感慨道:“这几个人是学习累了就吹拉弹唱,肚子饿了就胡吃海喝,心里空了就吟诗作赋,退回到一百年前,说不定个个都是风流雅士呢!”接着又不无遗憾地说,“倘若他早点动这个心思,我们的恋爱也不至于谈得如此乏味!”

对于萧天雅所说的这句话,闻风雷深以为然。自从参加了考研攻关学习小组的活动之后，他体验到了一种前所未有的淋漓快感。这个学习小组是由他发起的，最初的目的也仅仅是为几个准备考研的同学提供一个交流互动的平台。但是经过一段时间的运行之后，“考研复习”的成分逐渐淡了，“思想沙龙”的色彩却愈益浓了，天文地理、宗教哲学、时事政治、诗词歌赋、校园新闻、男女爱情，都纳入了交流范围，见仁见智，直抒胸臆，民主精神和同学友谊融进了小组活动之中，每个人都在繁重紧张的课业之外找到了一个怡悦心情、厚积学养的好去处。在大家相处的过程中，闻风雷对自己的这几位同窗，在才艺之外又有了新的认识和发现，吴学翾人品端正，见闻广博，为人笃诚，中规中矩；张大勇天资聪慧，思维敏捷，大智若愚，善解人意；陈实性情温和，踏实本分，勤奋好学，重情重义；夏子辉少年老成，心思细腻，乐于助人，深得人望。这帮同学在一起，互补互益，相惜相敬，大有一种义结金兰的意趣。闻风雷过去在与萧天雅燕约莺期之时，一直都是处在紧张的顾盼当中的，想见她的人，想要她的信，想闻她的香，一天到晚就困于苦苦的煎熬和焦躁中；如今与这几个学友在一起，他似乎忘记了过去的种种不适，进入了一种自由自在的境界，心情也随之轻松和快乐起来。爱情的甜蜜是将来的，友情的惬意却是当下的。闻风雷在自己的恋爱被无奈地冷冻之后，找到了一种弥补情爱失衡的同学友谊，心理上得到了莫大的慰藉和平衡。

在这几个人当中，祝宇安要算是最务实和最清醒的一个，她志向高远，但绝不好高骛远；心气博大，但绝不骄傲自大。吴学翾发现她英语口语很好，就鼓动她在英语学习上加把劲，争取有机会出国深造。她把小嘴一噘，说：“出国的春秋大梦还是留给别人去做吧，学校每年的出国留学指标少得可怜，还要通过会考选拔，大家都想出去，哪能轮得到我？远的不说，就说陈实和夏子辉吧，两人都在铆着劲攻英语，夏子辉甚至在背《英汉大词典》，听说差不多都要背完了，你叫我去跟他们打擂台？”一句话听出了她的洒脱与智慧。

几个人也偶尔明目张胆、津津有味地议论班上的女生，说到高兴处，也不顾忌闻风雷和祝宇安在场，有时还特意把两人拉进对话的情境中。

比如有人起个头：“喂，你们说，我们班的女生谁最漂亮？”

“这还用说嘛，当然是书记！”

“那么书记配谁好呢?”

“要讲郎才女貌嘛,只有我们的老班长闻书记啰!”

这时候闻风雷就会自谦地插上一句:“人家是校花,我可是这织女谷的野草,花和草配不起来哟!”

“书记是校花,老班长是园丁,园丁种花、养花、护花、爱花,种瓜得瓜种花得花,不仅般配还受之无愧呐!”这是吴学勰一直以来的观点。

“再说说看,除了书记以外,第二漂亮的是谁?”又有人拽出话题。

“按理说,皇甫涓和黎玉红倒是可以争一争的,但是她们都有了各自的归属,一个是入学的时候被人武装押送来的,另一个已经情定在本校的莘野亭,所以都失去了排序的意义了。剩下的嘛……”说话者用眼瞟了瞟祝宇安,停顿了一下,“祝宇安我看就免了吧!”

“难道她不漂亮吗?”

“不是不漂亮,而是班上根本就没谁能配得上她——谁能管得了她?”

男生这边还在疯笑,祝宇安的脸早就气红了,气势汹汹地朝闻风雷吼道:“闻风雷,你到底管不管他们,让他们欺负我们女同学!”

闻风雷就装模作样地来训那几个人:“哎,我说你们这几位男士,人家祝宇安是女生,女生的脸皮都是挺薄的,你们这样肆无忌惮地议论人家,她是会害羞的。你们如果有什么心里话要对她说,最好是私底下去说,可以个别征求意见,还可以找个没人的地方单独交谈,也可以写信或者是什么的,千万不能在这里公开议论或当众表态嘛!”话音未落,祝宇安攥着拳头又要来找闻风雷算账了。

歌德云:“哪个少年不钟情,哪个少女不怀春?”这位德国最伟大的情圣对青年男女与异性交往的心理分析具有洞见肺腑的透彻。是的,少男少女长时间厮混在一起,没有不产生情爱的可能。在这几个男生当中,最先对祝宇安动情的便是比她年长两岁的夏子辉。夏子辉向祝宇安表明心迹的方法,也体现了他的书法爱好者的特点,他用蝇头小楷在方格信笺上工工整整地抄录了歌德《爱在身边》的起头几句诗:“当晨曦染红了大海时,我想起了你;当月夜穿透了流泉时,我又想起了你……”

祝宇安看见这首诗之后,大有一种似曾相识的感觉,除了写在纸上的毛笔字确实令人赏心悦目之外，其余的都俗不可耐，于是哈哈一笑，将那页纸折起来，小心翼翼地夹在某本书里，等下次见到夏子辉本人的时候，笑吟吟地说了一句“你的字写得真漂亮”，就没了下文。她心里看中的其实是与自己同龄的吴学勰，等了他许久，这呆子始终没任何表示，此事也就不了了之，最后烂在祝宇安的肚子里，成了一桩永远无法言说的“人性中的至洁至纯”的秘密。

闻风雷去几个寝室串门，正好看见“三老”聚在一块打牌。丁翔华见闻风雷来了，忙把手里的牌交给一位观战的室友，拉着闻风雷就到一旁去讲悄悄话了。丁翔华首先给闻风雷戴高帽子，说他卸掉班长一职是英明之举，进入第四学年，人心浮动，矛盾凸显，闻班长此时抽身事外，急流勇退，可谓审时度势，未雨绸缪。吹捧完之后，又神秘兮兮地问道：“闻班长，你把班长的位子让出来叫别人干，是不是埋了什么伏笔呀？班里有那么多精明强干的同学你不交，干嘛非要交给帅亦然？你是不是想成就一段同学佳话啊？”

“有话不妨直说！”闻风雷的脑袋被丁翔华电了一下，顿时起了一身鸡皮疙瘩，鸡皮疙瘩里有电流通过，到处都是刺痛的感觉。

丁翔华犹豫了一下，然后小心翼翼地说：“我也是瞎操心，只是怕你的接班人不知轻重，对你开创出来的大好局面和好不容易建树起来的集体荣誉一点也不珍惜，以其昏昏，使人昭昭，让你的三年努力前功尽弃，亦令吾等老朽跟着蒙羞。与其等到那个时候你来骂我，不如提前给你报个早信，也省得你今后怪我言之不预哟！”

丁翔华所谓的“报信”，说的是帅亦然公开追求萧天雅的事。他说帅亦然当班长差不多有一个月了吧，这一个月来，他和萧天雅两人每天下午都待在教室里，不是你找我说话，就是我找你说话，好像总有说不完的话。晚上自习，两人也不离开教室，教室里人多的话，他们就出去散一会儿步，等到快熄灯的时候再进来，还是在一块儿说话。起先大伙儿也没在意这件事，以为班长和书记在一起无非是谈谈工作说说学习，就像你闻班长过去经常和书记在一起一样，没什么好嚼舌的。但是最近有风声传出来，说班上的女同学看见了帅亦然写给萧天雅的信，帅亦然在信中公开向萧天雅求爱，这样一来问题就严重了，两人之间的关系就不再是单纯的工作关系了。有一个现象你或许没在意，自从大家知道了帅亦然在追萧天雅，都不好意思进教室自习了，只要碰到这两人在教室里，大家就纷纷避让，生怕败坏了他俩的雅兴。在两人的关系上，我相信萧天雅是无辜的，以她的身份，不可能主动去跟帅亦然谈恋爱，帅亦然不过是剃头挑子一头热。我告诉你这件事，是想让你去敲打敲打帅亦然，不能这么明火执仗地追女生，班长追书记，更何况追的还是全国的典型人物，传出去可不是闹着玩的。你去劝他，他会听你的，你是他的伯乐嘛。

从丁翔华寝室出来，闻风雷就自觉有一腔苦水在肚子里翻滚，肝脏脾胃心肺都在苦水里浸泡了一遍，到处都是苦兮兮的味道。他哀叹自己又一次失算，偷鸡不成蚀把米，枉费心机成全了帅亦然的意愿。

这一日闻风雷逮了一个空当，要祝宇安说说班上的传闻究竟是怎么回事。祝宇安开口就骂帅亦然无聊，帅亦然曾问过萧天雅有没有男朋友，萧天雅告诉他有了；他不相信，又四处打听，居然写信去问在家养病的黎玉红。帅亦然从黎玉红那里获悉萧天雅没有男朋友，就开始给萧天雅写信，没完没了地写，最多的一天写了五封，把萧天雅折腾得难受。面对帅亦然的死缠烂打，萧天雅的心态是听之任之，既不得罪他，也不刺激他，就让他当一堵挡风的墙，来为她阻挡四面八方的流言蜚语，他的出发点并不坏，犯不着弄得跟个仇人似的。萧天雅也知道同学们有看法，但她坦然得很，压根儿就没把帅亦然当回事。

"帅亦然给萧天雅写信的事，怎么会被大家知道的呢?"

"说起来，那就是一个意外——又要扯上黎玉红了!"

黎玉红在家休养了大半年，身体完全康复了。某日，她写了一封信给萧天雅，请她到教务处去帮忙打听一下如何办理复学手续的事。开学那几天，萧天雅的事特别多，收到黎玉红的信后，也没及时去问教务处，事情就耽搁下来了。黎玉红那头没等到萧天雅的回音，还以为她没收到自己的信，便将此事改托给了皇甫涓。皇甫涓受领任务后，很快弄清了复学的程序，听教务处的老师讲，要看到黎玉红的医院诊断意见和出院报告之后才能决定她的复学事宜，便来找萧天雅要黎玉红的就诊资料，黎玉红在信中提及过此事。皇甫涓去找萧天雅的时候，她正在团委开会，她让皇甫涓到寝室的抽屉里或是她的书包里去找，皇甫涓就拉上谢晓华去了。两人仔仔细细地把萧天雅的抽屉和书包搜了个遍，结果没找到黎玉红的东西，却无意中翻出了一封帅亦然写给萧天雅的求爱信。

两人一看是新晋班长写给书记的信，同时惊叫了一声，也不找黎玉红的病历了，就你一句我一句地念起了那封信。念了一遍之后，仍不过瘾，又从头到尾看了数遍，最后将信折好，放回原处。两人都沉浸在一种无名的兴奋之中，两人共享着一桩天大的秘密，这桩秘密就成了她们的消遣话题、逗趣对象、快乐源泉。

在将近一个礼拜的时间里，两人只要凑在一起，就会扯起这封信，复述其中的内容，解析其中的语义，再逐字评点，调笑一番。

皇甫涓先学一句："我要大胆地说出来我爱你，这是生命赋予我的权利；我要抓住一切机会向你表白，决不犹豫，决不彷徨！"

谢晓华就接着学下一句："自从爱上你以后，我便毫不犹豫地把自己往爱情的海洋里驱赶，从未想过要给自己留下一条后退的扁舟。"

皇甫涓又学："没有谁真心希望别人的恋爱取得成功，除非他已经击败了所有的竞争者。"

谢晓华再学："爱情不是追求平等，而是创造平等。患得患失的人永远只配当爱情游戏里的旁观者！"

皇甫涓和谢晓华两人迎着秋风念出的句子，很快就随风飘进了同学们的耳朵里。

帅亦然刚当班长不久，就碰上系学生会和团总支的年度改选，原因是七八级学生毕业了，先前由他们担任的各种职位都需要吐故纳新，重新物色人选，七九级金融班自然就分到了一个任职名额。覃怀良接到系里的通知后来找帅亦然，想听听他有什么建议，没想到他不假思索地就举荐了莫跃进。

"为什么要推荐莫跃进呢？"覃怀良既反感又不解。

"莫跃进是我们班上少有的几个最能干的同学，推荐他到学生会去，肯定会干得很好！"帅亦然实话实说。

"他连班干部都不是，推荐他去不是和系里较劲吗？"

“咦，”这回轮到帅亦然纳闷了，“推荐莫跃进到学生会去，系里不见得会不同意吧?”

覃怀良在帅亦然这里碰了一鼻子灰，便怀着满肚子的怨气和心事来找闻风雷。他把事情的经过告诉了闻风雷，并对帅亦然表示不满，直言他的建议令人失望。

“这件事若是放在上学期，我也会建议您推荐莫跃进的，把他推到学生会去，说明我们对他没有另眼相看，有利于消除某些人对我们的误会和成见。但是，现在的情形不同了，”闻风雷首先表达了与帅亦然类似的观点，然后急速地拐了个弯，“我的建议是，推荐帅亦然去学生会，让赵高潮接替他当班长!”

“你早就应该提这个建议嘛，和我想到一块去了!”说完这句话，覃怀良的脸上露出了开心的笑容，“帅亦然其实就不是什么班长的料子，因为是你推荐的，我才让他试试看的。你既然开了口，我就没什么顾虑了，就让赵高潮来干，相信他一定会比帅亦然干得好!”

“赵高潮的副班长谁来接?”

“钟迎晖怎么样?”

隔天，覃怀良到班里来宣布帅亦然和赵高潮的职务调整决定，班上没有一个同学不感到意外和震惊，都说覃怀良决策果断英明伟大。萧天雅心里有数，知道这又是闻风雷暗中操弄的结果。闻风雷利用了覃怀良对帅亦然的不满，借着系学生会干部改选的契机，把帅亦然挤出了班级的领导圈子。推荐帅亦然当班长的是闻风雷，建议撤换他的还是闻风雷，闻风雷之所以会盯上帅亦然，归根结底还是帅亦然与自己走得太近了。萧天雅看到帅亦然的遭际，心想闻风雷对她算是看牢盯死了，任何时候都是不容他人染指的，假如有谁打上了她的主意，闻风雷必定会对他怀恨在心的，两人自然也就成了“天敌”。

闻风雷这里在想着法子要隔绝帅亦然与萧天雅的接触，岂料人算不如天算，帅亦然一去系里，就走出了柳暗花明，大有吉人天相的意味。班里原来是推荐他当系学生会副主席的，但系里有人不喜欢他，便临时改任团总支宣传委员，成了邵仕达的麾下。帅亦然的新职位让他重新回到了团口，照样有许多的机会与萧天雅频密接触，而且接触的理由比过去更加充分：从团委对系里的关系看，萧天雅是帅亦然的上级；从系里对班级的关系看，帅亦然是萧天雅的上级。两人的关系虽然用一句话说不清楚，但“上下级”是确凿无疑的，既然是上下级，那么你来我往便顺理成章，一切都不在话下了。

黎玉红在这一年的国庆节后病体痊愈转入下一个年级复学了。她休学之前，没来得及参加第三学年上学期的期末考试，因此必须提前到校跟班学习，补上该期的考试成绩。黎玉红去新班级报到的第一天，班主任涂老师找她谈了一次话，除了勉励她要认真学习之外，还特别要求她加强组织纪律观念，与过去的自己彻底划清界限，尽快融入新的集体并跟上大家的步伐。黎玉红听完涂老师的一番说教，心里很不是滋味，也有点摸不着头脑，就问：“涂老师，您说的是啥意思?”涂老师看看她，叹了口气，冷冷地说：“你自己去消化理解吧，我说的可都是你自己学年鉴定上的话，什么意思你应该比我清楚!”

黎玉红羞愤交加地去找刘远程，问他知不知道大二学年的鉴定是怎么做的，刘远程摸着后脑勺想了半天，说一点印象都没有了；再去问萧天雅，萧天雅说她也记不得了，当时赵高潮是你的小组长，班委会、团支部一起通过的鉴定，刘远程也参加了，你不妨去问问他们。黎玉红没得到想要的结果，只好闷闷不乐地走了。

赵高潮走马上任第一次主持班会，就被莫跃进搅了场子。赵高潮刚准备讲评本周班上的植树劳动情况，不料莫跃进把桌子一拍：“赵高潮，先把你的破事放一放，回答我一个问题!”不等赵高潮反应过来，人就腾地站了起来，“你当黎玉红的小组长，是怎么给她写鉴定的？你说她组织纪律观念差，完全是夸大事实，乱上纲上线，我今天要为她讨个说法，你必须当着全班同学的面说清楚这件事!”

赵高潮正在斟词酌句地动脑子，没防备莫跃进会来捣蛋，既莫名其妙又恼怒不已，一口气早已蹿上了脑门，遂以牙还牙地指着莫跃进道：“姓莫的，你别欺人太甚血口喷人！你凭什么污蔑我？你是看到了我写呢，还是抓住了我什么把柄？我今天也要向你讨个说法，你说我写的鉴定有问题，那么请你把证据拿出来，上面有你说的那句话，我围着学校爬三圈；上面没你说的那句话，你围着学校爬三圈，边爬还要边学狗叫，你敢不敢?”赵高潮的话引来了一阵哄笑，一个堂堂的班长居然用如此不入流的搞笑方式来应对他人的攻击，简直是个另类，当然也不乏新意。

莫跃进显然被赵高潮的决绝口气和高调声势吓到了，他拿不准黎玉红的鉴定里有没有这句话。两天前他去学校医务室拿药，碰到黎玉红在那里抽血化验。黎玉红不无伤感地对他说，自己遇到了一件很委屈的事，学年鉴定上有一句极不负责任的评语，让她在新的班级里抬不起头来，就像自己的辫子叫人拽住了，又像身上意外长出一截尾巴叫人夹住了，老也脱不了身。莫跃进说你别担心，等我找过他们之后，再来还你一个公道。他原以为赵高潮会做贼心虚的，这样他就能够乘胜追击，顺藤摸瓜，一举找出这桩公案的始作俑者，为黎玉红伸张一回正义，也为自己出一口恶气。他没想到赵高潮不吃他这一套，还要摆出一副打擂台的架势逼他认尿，不仅脸上挂不住了，连台阶也下不来了。他色厉内荏地硬撑道:“走，乌龟不敢，马上就去系里查鉴定!”

两人在斗嘴，却急坏了一个人，那就是坐在座位上的萧天雅。黎玉红鉴定的内情萧天雅是清楚的，前几天黎玉红来找她，她没说实话，怕的就是给覃怀良找麻烦;现在事情闹得不可开交了，她就在紧张地关注事态的发展，暗自祷告不要冒出什么无法收拾的乱子来。眼见莫、赵两人的争吵一句狠过一句，又闹着要去查鉴定，她就急上加急了。萧天雅习惯性地朝闻风雷的座位看了看，没见到其本尊，心里暗暗叫苦，情急之下只好硬着头皮挺身喝道:“你们还顾不顾影响啊?这一路吵到系里去，丢的是谁的脸呀?大家都坐在这里开会，你们这样大吵大闹，这个会还开不开啦?今天你们哪里都不许去，有什么话等开过会以后再说!”

莫跃进在赵高潮那里吃了瘪，正愁无法挽回面子，眼见萧天雅出来指责自己，便调转枪口，对着她就是一通乱扫:“你就知道唱高调!你敢说你没见过黎玉红的鉴定?说不定就是按照你的意见写出来的!我们去查鉴定丢谁的脸啦?你不想让我们查，是你做了什么亏心事，只有做了亏心事的人，才怕事情败露之后丢人现眼!你心里哪有什么同学友谊，你看重的不过是自己的面子和荣誉罢了!”莫跃进在歇斯底里的过程中，忽然想到一年前的班干部改选，就是萧天雅唆使女生不投他的票，才致使他不幸落选，于是咬牙切齿地追加了一句詈骂，“你当面一套背后一套，覃怀良怎么说你就怎么做，你就是覃怀良的一条狗！”

此言一出，全班哗然，当即就有人惊呼七九金融出了个“莫大胆”。

“你——”萧天雅指着莫跃进，脸色煞白，一句话也说不出来。

“莫老弟，你太过分了！你这是在进行人身攻击你知不知道？”副班长钟迎晖看不下去了，带头对莫跃进提出了批评，“在我们七九金融班这个大雅之堂，你竟然讲出如此出格的话，实在是有辱斯文，你必须向人家作检讨！”

钟迎晖之后，接着便是帅亦然，他一反过去紧跟在莫跃进后面亦步亦趋的做派，以一种庄话谐说的口吻道：“什么狗啊猫啊的哟，都是同学，这样讲话不好！你骂别人是狗，骂来骂去不还是在骂你自己嘛！”

“你帮什么腔？”见帅亦然也跳出来与自己作对，莫跃进深感诧异，帅亦然是他老乡，两人一直相处不错，关键时刻要好的老乡突然反水，这使他更加愤怒，脱口就反击道，“我看你就快要成为她的一条狗了！”

赵高潮这边应付完莫跃进，就赶紧去找闻风雷，将莫跃进大闹班会的事说了一遍。彼时闻风雷正在系里参加党总支组织的集体学习，听说后院起火，也不敢怠慢，陪着赵高潮一起就来找覃怀良了。

“这个兔崽子，一天到晚惹是生非，看我怎么收拾他！”覃怀良听罢，马上就要到班上来找莫跃进算账。

“现在不能去！”闻风雷赶紧把覃怀良拉住了，“莫跃进闯了祸是跑不掉的，当务之急是要找出黎玉红的鉴定，看看上面有什么不妥之处，防止莫跃进把事情闹大。若是鉴定上没什么可顾忌的，再回过头来狠狠收拾他也不迟！”覃怀良想想有道理，就依了闻风雷，带着闻、赵两人去了教务处调看黎玉红的鉴定。

黎玉红的鉴定上，小组意见栏的基本评价都是正面的表述，缺点就一条，本学期学习成绩有所退步，希望予以重视，继续努力；班委会意见栏是同意小组意见，团支部也在该栏签了字表示认可。几人又往下看，就看到班主任意见栏里覃怀良加写的一句话：希望更好地遵守学校各项规章制度，做一个德智体全面合格的大学生。

“这句话是我加的，”覃怀良指了指自己写的那句话，“学校纠风办的简报点了黎玉红的名，班里要有个基本态度，我就加写了这句话。”

“这句话本身没错，黎玉红的通报在先，给她这么一句评语也算事出有因。现在的问题并不在黎玉红身上，而是在刘远程那里，刘远程的鉴定里面也有一句与黎玉红一模一样的话，这很容易授人以柄，用它来做文章。”

“做什么文章？”

“学校的纠风简报上并没点刘远程的名，系里要我们交人我们也没有交。刘、黎两人的鉴定雷同，这意味着什么？这意味着刘远程就是那个当事人了。假如刘远程不满意自己的鉴定而来找我们要说法，我们该怎么解释？又怎么去向系里交代？系里就会说我们打埋伏，矛头最后就会指向你，道理很简单，这句话是你加上的，你肯定是知情人。”

“对呀，还真是这么回事！”覃怀良突然被惊醒了，“有什么好办法吗？”

“能不能跟教务处的老师协商一下，给他俩重新写一份鉴定？”

教务处分管学生档案的老师是一个极通情达理的人，她说当初的纠风简报上并没给黎玉红下什么结论，只是批评她在期末考试的紧张时刻，不是全身心地投入复习迎考，而是沉湎于儿女私情，在莘野亭与男生约会，违反了大学生的行为规范。其实对于黎玉红的问题，通报批评一下，也就达到了教育警示的目的，不见得非要在她的档案里留下痕迹。两位同学的鉴定要不要改，你们拿意见，只要班级和系里没意见，教务处就不会有意见。覃怀良说了声“打扰”，就去系里找郭之诚商量改鉴定的事了。

鉴定改好后，赵高潮利用课间操的时间，将几个小组长召集起来通报了黎玉红的事，又让大家传看了她的鉴定。鉴定是一份手抄件，小组意见是赵高潮写的，均是肯定或鼓励的话；班委会意见是同意小组意见，班主任意见则同意班委会意见，分别署上闻风雷和覃怀良的名字，最后还有系主任郭之诚的签字。小组长们传阅过后，赵高潮特意就此举作了强调，说：“请大家看看这份鉴定，主要是想表明班委会和各小组对每个同学都是认真负责的，不存在像外面传说的那样乱写鉴定挟嫌报复的问题。这件事就控制在班里，不要外传，以免引起不必要的议论。”

覃怀良窝了一肚子火来学生宿舍找莫跃进，一见面就是一通劈头盖脸的训斥:“好你个莫跃进,你都快成混世魔王了！你那天是怎么骂人的,能不能学给我听一听?”

覃怀良的脸上滤掉了所有表情,眼神透着一丝冷气,令莫跃进感到非比寻常。莫跃进知道覃怀良是专门来找他算账的,心里一阵发虚。支吾了片刻,说:“当时在气头上,彼此都不冷静,说了一些过头话,还要请老师包涵!”

覃怀良冷笑道:“你真行啊,很懂得怎样为自己开脱嘛！赵高潮在主持班会,你主动跳出来要向人家讨说法,这可不是冷静不冷静的问题,而是你故意找碴寻衅滋事！对于你昨天说的每一句话,同学们都给你记录下来了,我也会去向系里报告,让系里知道你是怎么在班上横行霸道胡作非为的;我还要把你讲过的话一字不改地写进你的毕业鉴定里去,让它跟着你一辈子,就是你分配到了工作单位以后,也要让你单位的领导和同事知道,你过去是怎么目无领导欺负同学的!”覃怀良瞪眼看着莫跃进,眼里的冷光立刻就成了一团火,直向他扑去,“你是一个聪明人,你自己做错了什么事,又应该怎么改,相信用不着我教你。我再给你最后一次机会,你如果不抓住这个机会的话,可别怪我不客气!”

一周之后的班会上,赵高潮特意换了一件流行的青年装帅气亮相。他站在讲台上,伸出下巴颏儿朝座位上的莫跃进斜了斜脑袋,问道:“怎么样,你先来吧?”莫跃进就讪讪地、慢慢吞吞地上了讲台。在莫跃进做检讨的过程中,教室里异常地安静,大家搞不清楚为什么会出现这种戏剧性的变化,都在猜测莫跃进究竟是迫于何种压力而变得如此驯顺的。当莫跃进讲到沉痛之处,并且向着萧天雅所在方向低头鞠躬的时候,萧天雅谨慎地回头朝闻风雷的座位上望了望,他正趴在桌上写什么东西,他的周围寂静无声,一片祥和,一只苍蝇在他头顶上飞来飞去,根本没有影响到他的遐思神游。

28

这年的十一月,覃怀良等来了一个重要的进修机会,学校选送十位教员到外国语学院去参加英语培训,以便为将来的出国深造奠定外语基础,覃怀良毫无征兆地成了其中的幸运儿。在准备出发的那几天,覃怀良还在犹豫着,他心里放不下七九级金融班,就担心在最后的几个月里会发生什么难以预料的事。

郭之诚知道了他的心思，就来做他的工作，说："这次进修，是学校专门为你们这批年轻老师安排的，机会难得。不管你今后是否出国，提高自己的外语水平总是很有必要的，教学也好，评定职称也好，都能用得上，还是下决心去吧！"

郭之诚说服了覃怀良之后，便来到蒋家兴办公室，和他商量覃怀良进修期间班级的管理问题。蒋家兴知道郭之诚已征求过覃怀良的意见，便顺着他的意思表态说："走就走吧，七九级金融班的情况我还是比较放心的，我让邵仕达去兼顾一下，毕业班人员思想活跃，这方面他算是过来人，应该能发挥一点作用。"郭之诚一连说了几个好，满意地走了。

邵仕达意外地接到这个差事，心里竟有些怦怦然。七九级金融班是他心向往之的地方，那里有他的追求和梦想，当然也有他的失落和伤感。毕业快半年了，他一直都没忘掉萧天雅，在个人问题上也没取得任何进展。他这里正在为如何接续前缘烦心，蒋家兴却突然下给他一道指令，赋予他一个绝妙的身份和绝佳的机会，让他可以随心所欲地出现在萧天雅面前，找她谈话，向她表白，继续编写过去的故事。老话说"形势比人强"，他如今有了深切体会。他以为，这是上天在垂怜他，眼见他年届而立还孑然一身，要给他一次最后的机会。他对自己说，一定要抓住这最后的机会，过了这个村就没这个店了；又说，萧天雅，老天爷都如此眷顾我，看你还往哪里躲！

覃怀良走后的第二天，邵仕达就忸怩作态地出现在了大伙儿的面前。他站在教室门外，先把萧天雅喊出教室，告诉她系里的蒋书记要他临时来接替覃怀良的工作，他想先找同学们谈谈话，算是和大家见个面，等熟悉人头之后再开展工作，这样才能做到有的放矢。萧天雅不咸不淡地说了一声"欢迎啊"，就算代表班里接纳了他。

邵仕达找同学谈话，礼仪十分周到，他请每个谈话的同学到他的办公室去，先倒上一杯白开水，又拿起烟盒来敬烟，详细询问他们的成长经历和家庭情况，还征求他们对毕业分配的意见或想法，一系列的举动让一帮涉世未深的学弟学妹们感受到了来自邵大哥的温暖，很快就赢得了众人的好感。邵仕达接触的第一个谈话对象是莫跃进，谈完莫跃进之后，又根据他开列的名单谈了一圈人。莫跃进在讲到班里的现状时，直言班里的风气不好，根源在于覃怀良的工作指导思想有问题,好大喜功,文过饰非。

邵仕达乍一听莫跃进反映班上的问题,有些不可思议,加上又事涉覃怀良,便很严肃地问道:“你说班上的风气不好,有什么具体的事例吗?”

“有哇,”莫跃进理直气壮,“谷庆丰考试作弊,杜星光夜不归宿,吴学勰扰乱课堂纪律,不都是嘛!”

邵仕达一对花名册,发现莫跃进所举的几个事例中有两起都牵涉到班干部,心想这几件事都不可等闲视之,必须抓住不放,将其作为整治班风班纪的突破口。他郑重其事地请几位当事人来他办公室说明情况,吴学勰和谷庆丰两人便很荣幸地享受到了敬烟看茶的待遇。

听完邵仕达说明事由之后,吴学勰忍着笑意说:“这是谁吃饱了撑的,简直是别有用心!那天上党史课,朱老师忽然说自己肚子痛,叫夏子辉到讲台来帮她抄讲义。我看见朱老师坐在那里冒虚汗,就拿了一瓶风油精去问她要不要,风油精是可以止痛的嘛!没想到我刚问完,课堂上就笑了,几个女同学笑得最厉害,有的眼泪都笑出来了,朱老师也笑了。下课后,同学们就跟我开玩笑,说我扰乱课堂纪律,你说我冤不冤!”

在吴学勰这里闹了一个乌龙,邵仕达并未意识到有什么问题,他继续按部就班地找谷庆丰核实情况,结果碰了一个大钉子。谷庆丰刚听到“考试作弊”这几个字就炸了,不仅不承认这回事,还扬言要追究造谣者的诽谤罪。谷庆丰火冒冒地说:“小邵老师,你能不能先告诉我是谁在你面前造我的谣的?我如果考试作弊的话,教务处自然饶不过我,考试成绩也就不作数了。我想不到班上还有人在我背后捅刀子,我想请你告诉我他是谁,我一定要跟他干到底!”邵仕达讨了个没趣,就怀疑莫跃进是在耍弄他,再也不敢往下问了。

邵仕达来了一个多礼拜,差不多跟每个人都谈了一遍,唯独漏掉了闻、萧二人。周六班会,闻风雷去跟邵仕达打招呼,说下午党支部有活动,班会就请假了。邵仕达忙不迭地说“你去,你去”,客气得差不多就剩点头哈腰了,大有一种嫌他碍眼且避之不及的意味。萧天雅也曾客气地邀请他来指导团支部的工作,他就打着哈哈说“用不着,用不着,你是团委的副书记,你怎么做都是有道理的”,很聪明地给双方留下了空间。闻风雷和萧天雅两个人都对他知根知底,手里都掌握着令他忌惮的秘密武器，他知道什么事该进、什么事该退。邵仕达将主要精力放在对各种秩序的管控上，从上课考勤到班会讲评，从人员外出到规律作息，事必躬亲，无一遗漏，将过去当班长的能耐发挥得淋漓尽致。

邵仕达经常来班里转悠，慢慢就看出一点异常来，帅亦然和萧天雅接触过多，无论有事没事两人都泡在一起，完全超过了正常同学的距离。有一次，他走进教室，碰巧看见帅亦然两手撑着下巴，和萧天雅面对面地趴在一张桌子上窃窃私语，这令他像吃了苍蝇一样难受。他过去还以为闻风雷会和萧天雅发生一点什么故事，经过自己的观察之后，便得出判断有误的结论，从而解除了对闻风雷的戒备心理。但是，闻风雷的嫌疑排除了，帅亦然的威胁又来了，此威胁不仅是现实的，而且迫在眉睫，他必须断然出手，斩草除根，把这种威胁扼杀在萌芽之中。

邵仕达在追逐女生方面，也是一个敢作敢为的人，他的敢作敢为并不像一个车技拙劣的鲁莽司机，无视交规，漠视生命，开着汽车不顾一切地横冲直撞，结果伤了路人，毁了自己；而是像一位懂得自我保护的拳击爱好者，戴着厚厚的防护手套，摆出格斗的架势，挥拳冲击沙袋，表面上气势吓人，实际上发泄一番，折腾自己而已。由于是这样的敢作敢为，他去找萧天雅接续前缘，不是直来直去地表明心迹，而是脱了几层护具之后才露出面貌。他说："我要向你作检讨，"这是他唱词的过门或前奏，"我曾怀疑过，你在和闻风雷谈恋爱，看来这是一种误判。根据我最近一个月来的观察，闻风雷和祝宇安的关系不错，他们每个礼拜天都外出活动，不少同学都说他俩有情况，我也感到很高兴。"这段话的意思是说，只有闻风雷的警报解除了，他才可以放开手脚去接近萧天雅，而不至于惹下夺人所爱的骂名或者使当事者左右为难陷入尴尬，这符合他的个性特征。果然，接下来他就说出了憋在心里的大实话，"我想请你重新考虑一下我的请求，在寒冷的冬天即将来临之际，赐予我爱情的阳光，因为我诚心实意地爱你！"

萧天雅并没有他那样的细腻和那么多的弯弯绕，也没有什么过门或前奏的意识，直截了当就断了他的奢想："我都跟你说过多少次了，我有男朋友了，有男朋友了，你怎么就不相信呢？你难道非要看见我的结婚证才相信我的话吗？"

"我知道你的男朋友是谁，大约就在我们班上。假设你的对象就是你班上的同学的话，那我就要公平竞争了！”

这话有点不怀好意，也有点夹枪弄棒步步进逼的意味，萧天雅一听就火了：“我清楚你在想什么，你是在怀疑我和帅亦然谈恋爱是吧？我们两个团干部，敢公然违反校规校纪谈恋爱吗？你也把我们看得太低级太轻浮了吧？”邵仕达一听萧天雅的口气不对，赶紧把想要说的话咽了回去。

邵仕达心有不甘，又去找帅亦然谈话，指望从他那里找到一些破绽或是得到某种佐证。邵仕达装出一副与他很贴心的样子，告诉他班里有人反映他和某位女同学接触过多，希望他注意自己的行为规范，不要让大家说闲话。邵仕达这几句官样文章的话戳到了帅亦然的痛处，他的脸一下子变了色，也不管邵仕达爱不爱听，没轻没重地就把自己的不满甩了出去：“你拐弯抹角做什么，你明说我在追萧天雅不就得了！我就是喜欢她，就是在追她，怎么啦？我和她在一起工作学习，有什么心里话在一块聊聊，违反了校规校纪吗？我喜欢人家，那也要人家喜欢我才行呀，人家不喜欢我，我霸王硬上弓，那叫谈恋爱吗？你们班上当年有好几对男女同学经常玩在一起，一起散步、打球，连吃饭都是你帮我打我帮你打，你说过他们管过他们吗？现在你到我们班上来，放着正经事不干，专门盯着张长李短刨根问底，恨不得把人家的隐私全都收罗起来，这哪像个辅导员干的事！”说完，竟拂袖而去。遭到帅亦然的这番抢白，邵仕达也是恼羞成怒，本来要拿出团总支书记的威严，狠狠教训他一番的，但又怕在萧天雅那里投鼠忌器，只好忍气吞声。邵仕达思忖自己无法搞定七九金融这帮人，更难以施展什么“治班育人”的宏伟抱负，一腔热情也就慢慢凉了下来。

在邵仕达充当“临时班主任”期间，萧天雅一直觉得很别扭，甚至可以说是左右为难，尴尬异常。按理说，面对邵仕达的班主任角色，她应当积极支持，主动配合；但是面对邵仕达的追慕者角色，她又必须保持警觉，敬而远之。因此在很长一段时间里，她的心态都很矛盾，既不能太冷落他，又不能太关注他；既不能太疏离他，又不能太靠近他。那段时间她也观察过闻风雷的态度，发现他根本就没把邵仕达当回事，除了上课，连教室都不进，没给邵仕达留下一点碰面的机会。她暗自佩服闻风雷的沉着和镇定，但也气恼他一点都不替自己分忧解愁，把应付邵仕达的难题全推给她一人，自己去过闲云野鹤的日子。让她聊以自慰的是，她和闻风雷的约法三章骗过了所有人，不仅班上的同学没看出他们在谈恋爱，连邵仕达也公开说他俩没情况，这使她暗怀得意。

又到十一月了，十一月是她的多事之月。去年的十一月，邵仕达写信给她，向她祈求爱情的春天；今年的十一月，邵仕达又故态复萌，向她祈求冬日的阳光。她不知道邵仕达接下来还会玩出什么新花样，只能是步步为营，处处小心，等过几个月她毕业了，一切就不在话下了。

萧天雅心猿意马地想着心事，耳朵里忽然钻进了任课老师的声音："……学校决定，从本学期开始，取消期中考试，所有课程考试集中到期末进行，开几门考几门，为向学分制过渡预做准备。大家不要以为减少了一次考试，学习的压力就减轻了，就有时间看小说、打扑克、写情书了，NO……"听到老师讲写情书几个字，萧天雅又下意识地朝身后望了望，就想看看闻风雷的反应，不料座位上没人。闻风雷正课时间不在教室，不仅绝无仅有，而且异乎寻常。她不知道他遇到了什么情况，心里像是被人挖去了一块，空空荡荡的。老师又在提示什么自习重点了，她端正坐姿，取出课本，摆好文具盒。虽然近期不考试了，笔记还是要认真记的；虽然闻风雷不在教室里了，老师的课还是要认真听的。

她打开文具盒，发现了一种异样，一张对折起来的粉红色的纸头静卧在几支钢笔和圆珠笔上，勾住了她的视线。她展开那张纸，就看见几行含义隐晦且有些故弄玄虚的文字。

神 谕 第 一

杜星光因情生变，痛不欲生，已买好今晚 T38 次火车票回家。若车站截人遇阻，可派人跟随，相机处置。谷庆丰出面，或可转圜。

莫问来由，莫当儿戏，莫泄天机。

神人

"神人？哄鬼呐！"萧天雅猜想又是闻风雷在跟她开玩笑。闻风雷最近没写过什么东西给她，陡然见到他的字条，不禁有了一种久违的亲切。一个个端庄灵秀的字体在粉红的地毯上跳跃，挤眉弄眼，搔首弄姿，像是在跟她调情。突然她的目光僵定了，她发现那些文字不是闻风雷写的！她又去搜寻周围的同学，闻风雷不在，杜星光也不在！她意识到纸上的文字不像是恶作剧，背脊一片冰凉。

课间休息时，萧天雅问赵高潮，闻、杜二人怎么没来上课，赵高潮告诉她，系里通知闻风雷去参加党支部书记集训，昨天就走了；杜星光则因身体不舒服，今天一大早去市里看病了。

“杜星光请假看病也许是个幌子，”萧天雅有些担忧地说，“他家里出了一点问题，恋爱对象要跟他吹灯，今夜说不定会私自跑回家！”

“怪不得，我看他一副魂不守舍的样子，原来是火烧眉毛了！”赵高潮困惑的链环终于衔接上了。

萧、赵两人商定，若晚饭前还见不到杜星光的人影，就拉上谷庆丰一道去火车站截人。

事情果然在朝最坏的方向发展，直到吃过晚饭，杜星光也没露面，几个人不敢耽搁，在校门口拦下一辆三轮摩托，便径直朝火车站奔去。傍晚时分，正是火车站出行的小高峰，客流量比白天的某些时段明显增加了不少，候车厅里人声鼎沸，到处都是攒动的人头。三人在T38次候车区来回找了几圈，并没有见到杜星光的人影。赵高潮看了看表，脸上出现焦灼且失望的表情。

趁萧天雅去查看车次信息，赵高潮与谷庆丰二人讲起了悄悄话。

——我就想不明白，女人不过就是个瓜嘛，哪里就值得去为她寻死觅活的！

——你在胡说些什么呀，明明是个大活人，干吗非要说人家是个瓜呢？

——男女恋爱中，通常都说强扭的瓜不甜，这个瓜指的是什么？

——有那么点意味，但侧重在说理而不是指人。

——其实，将女人和瓜联系在一起的，是古人的一大心得。女人到了十六岁，古人就说她到了“破瓜年纪”；女人失了身，又以“破瓜”喻之，在古人眼里“瓜”是可以用来代指女生的。《情人碧玉歌》里就写道：“碧玉破瓜时，郎为情颠倒”，诗里不仅描写了情窦初开的男女心态，也为这种说法提供了实据。

——这与杜星光有关吗？

——有哇！杜星光若是也能够像古人那样，将自己的女朋友视作瓜一样的常物——比如甜瓜、苦瓜、冬瓜、西瓜、笨瓜、傻瓜，还有泥瓜、木瓜，他就不会患得患失，为情所困了！

两人正聊着，就见候车厅的入口处急匆匆地蹿进一个熟悉的身影，不是别人，正是杜星光。

“喂，杜星光，看这里！”赵高潮挥动手臂朝远处的人影喊了一声，声音里充满着兴奋。

杜星光被自己的名字搡了一把，其时他正顺着人流往前走，听见有人喊他，急忙停下脚步，却被后面的一位莽汉撞了个趔趄。他显然没料到会在车站遇见自己的同学，看见赵高潮的一刹那，脸上充满了惊慌和尴尬，拎在手里的帆布包微微抖了几抖。

片刻之际，三人先后走近了他的身旁。萧天雅笑着问道：“你这是要到哪里去呀？”

“回家。有急事！”

“就是有急事也要先请假呀，哪能不打招呼就走人呢？”萧天雅仍然面带微笑。

“回学校吧，你就这么跑掉不合适！”赵高潮劝道。

“回学校？我女朋友跑了，你帮我找呀？”

赵高潮见他蛮不讲理，也有点恼了：“欸，你不请假就回家，这叫擅自离校，你知道吗？”

“我电报都拍了，约好明天见面的。你们不让我回去，这不是在为难我吗？”杜星光大声嚷道，“我今天必须要走，就是给我处分，开除我的学籍，我也要回去。我人都不想活了，还要学籍干什么！”

“你真要铁了心走，我们也没办法。我们只能把话说到，你的这种行为是错误的！”面对一个油盐不进的家伙，赵高潮不得不端出班长的架子，“你既然把所有的后果都考虑清楚了，并且什么样的处分都不怕了，我们也无话可说，关键是你自己不要后悔！”

“后悔？后什么悔？”

“杜星光，你要把事情想得复杂点，开弓没有回头箭，不要弄得最后无法收拾。”萧天雅也换了一副正颜厉色的面孔，“大家对你很关心，该说的都说了，能做的也都做了。你这次回去，一定要冷静地处理问题，不要鲁莽行事，不要激化矛盾，任何时候都不要丢失一个大学生的自尊与自信！”

“能不能替我保密？”

“为什么要保密？”萧天雅反问道，“班里请谷庆丰陪你一道去，也是想为你提供一点帮助，你要对得起谷庆丰，对得起你自己！”

“谷庆丰也去？”杜星光诧然地看了看谷庆丰，脸上泛起了活色。

返校途中，萧天雅和赵高潮两人又扯起了杜星光。

赵高潮说打死我也想不通，杜星光的女朋友长得既不好看，学历也不高，怎么就把他迷住了呢？萧天雅就要赵高潮说说杜星光和他女朋友的事，让她也一起来分享一下。赵高潮说这里面的故事都是鸡零狗碎，角色不多，但关系复杂，想要说清楚它的来龙去脉，还真要费点口舌——

杜星光的故事涉及他本人、女友、一位王姓同学和谷庆平。杜星光和他的女友是高中的同班同学，两人在高二就确定了朋友关系。这位女同学除了看中杜星光以外，还同时看中了班上的另一位王姓同学，王同学长得人高马大，仪表堂堂，相貌上可以全面碾压杜星光。在决定究竟跟谁好的过程中，女同学是有过犹豫的，王同学各方面并不输杜星光，只是性格内向，不敢主动向异性示爱，才让杜星光占了先机。杜星光考上大学后，他的女友也考上了本省的财经学校，王同学则考上了本省的师范学院，两人都进了省城读书，成了陌生城市里的两个老熟人。王同学起初并不知道自己心仪的女生正在与杜星光处朋友，刚到省城就主动向她表白，书信明志，约会传情，女生一见如此景象，心里也是后悔不迭，在对方强有力的爱情攻势下，防线节节失守，出现左右摇摆心神不定的状态，居然写信给杜星光让他另觅佳偶。杜星光何等聪明，对女友的心思洞若观火，马上请谷庆平给王同学传话，说明自己与女友已恋爱三年，请王同学停止干扰，玉成好事。谷庆平传过话后，王同学如梦方醒，紧急避让，全面终止了两人的来往，令女生大失所望，郁郁不乐。谷庆平为什么能够传话？就因为她与三位当事者皆熟，她不仅是杜星光女友的闺蜜，还是杜星光现在的同学谷庆丰的妹妹。说起谷庆平此人，那也不是一般的人物，要模样有模样，要才艺有才艺，高中时期就是学校的一朵校花。她与杜星光的女友从同一所县中去市里读书，彼此相互关照；高考时又双双考入省城的财经学校，更是志趣相投。杜星光与谷庆丰成了大学的同学之后，谷庆平就认识了闺蜜的恋人，时常受杜星光所托在其与女友之间巧言斡旋，春风化雨，消解了不少误会。今年国庆期间，杜星光的女友与王姓同学相约回了一趟家乡，两人在县城的餐馆吃饭，被杜家亲戚撞见，便写信告诉杜星光，引发两人争吵。女友忍受不了杜星光的指责，几番书信往来之后，提出分手，愁得杜星光茶饭不思，身心崩溃。

说完这一节，赵高潮便大发感慨，直言杜星光应该审时度势，主动放弃这段毫无希望亦毫无价值的低级感情，成全他人，解脱自己，一放两宽。

“你真大方，一段感情谈了四五年，哪能说放就放啦？”萧天雅不以为然，“你肯定没谈过恋爱，对恋爱的精神依赖作用一点体会都没有，所以才这么没心没肺，毫不在乎！”

赵高潮辩解道：“这跟是否谈过恋爱无关。行动要有理论指导，杜星光的恋爱缺的就是没有自己的理论指导，因此才在女方身上空耗心血，劳神焦思，作无谓的牺牲！”

萧天雅听着新鲜，便问：“想必你也有自己的恋爱理论咯？是什么？能不能说来听听？”

“岂不闻姜太公钓鱼，直钩钓鱼，愿者上钩？”赵高潮脱口即来，“男人找对象，也要具备姜太公钓鱼那样的‘负命者上钩来’的气魄，要找就找一个志同道合、甘愿上钩、死心塌地的伴侣，其精髓透着知己知彼的智慧和舍我其谁的自信。”

“你也太自信了吧！”萧天雅无法苟同。

“不是我自信，我还没达到这样的程度。这种理论是闻风雷首创的，如今已成了班上绝大多数男生的共识。”赵高潮不无得意地说，“我们班上的男生极少有人去追班里班外的女生，你知道这是为什么吗？因为他们对未来和自己充满了信心，都在蓄养内涵，积累能量，只等东风劲吹，美人徐来。”

“闻风雷的理论？哈哈！”萧天雅忍不住笑了，“你们都被他误导了，也被他带坏了。他自己的女朋友还不知道在哪里呢，凭什么叫你们‘直钩钓鱼’？按他的这套逻辑找对象，我保证你们个个都要打光棍，不讲百分之百，至少百分之八十，道理就在于女孩子都喜欢主动的男生。”

“姜太公钓鱼肯定是称不上什么理论的，”萧天雅继续反驳，“你们不过是拣了一个感兴趣的历史传说来为自己找借口罢了，无论如何上升不到理论依据的高度。姑且不论直钩钓鱼是否实际存在过，单讲愿者上钩的择偶态度，男生可以取，女生也可以取，并不能作为你们男生单方面的恋爱理论。”

赵高潮忽然意识到眼前的谈话对象是一位异性，与他是一种“对立统一”关系，而且永远是先对立后统一的，于是赶紧申明这套理论只适合男生而不适合女生，并用经济学的观点解释其中的道理：“女生在恋爱中的地位，相当于商品交换中的一般等价物；商品要通过一般等价物的交换才能实现其价值认可，故而女生在恋爱中永远处于被追求的地位。与男生不同的是，假若哪位女生说她的择偶态度也是愿者上钩的，那就等于说了一句废话，在这个世界上想要上女生的钩的人简直太多了，会排着队来找她。所以说，女生抱持这种观点不稀罕，男生才稀罕！”

“奇谈怪论，歪理邪说！”

这个晚上，萧天雅失眠了。她躺在床上翻来覆去，脑子里老是有一张粉红的纸头飘来飘去，像电影的幕布一样，不停地回放着白天的一个个镜头。

那张小小的纸片包含了多少信息啊！杜星光的恋爱，他与谷庆丰的关系，火车的时刻，应急处置的方案，每一件事都交代得明明白白，丝毫不差，他是如何知道的？杜星光通常是不会将自己的恋爱细节告诉给其他人的，也更不会将自己擅自回家的秘密计划透露给其他同学的，那么字条上的信息又是通过什么途径获得的呢？还有更要命的一点，那张红色的纸片又是如何钻进她的文具盒里来的呢？昨天晚上她是熄灯之后才离开教室的，难道有人在暗中盯守她的行踪，乘她回寝室睡觉的空当潜入教室放了那张字条？是谁？闻风雷吗？邵仕达吗？班上的其他同学吗？动机是什么？目的又何在？

明天早上她必须与赵高潮一起到系里去为杜星光和谷庆丰两人请假，还要向系里解释为什么要安排谷庆丰陪同杜星光回家的理由，并准备接受系里的任何批评。这件事关系到班级的形象，杜星光的冒失行为在班级光鲜的外表上撕破了一个口子，露出了其中并不完美的絮花，她必须及时修补好这个破绽，以免让外人窥见瑕疵，搬弄是非。

帅亦然听说萧天雅到车站去“截人”，便主动来打听杜星光的情况。萧天雅拿出那张粉红色的字条给他看，要他猜猜这到底是谁的杰作。帅亦然认真看了几眼，说：“简单！这个人应该就在班里，对对笔迹就知道了！”他把每个人的自我鉴定找出来，先大致翻了一遍，剔除了许多不相干的笔体，又选了几份字写得比较好的鉴定反复进行比对，最后却一无所获，纸片上的文字不是班里的同学所写。尽管如此，他仍然叫萧天雅放心，“这件事没什么大不了的，只要他敢再来，我保证让他原形毕露！”

帅亦然揽下了这件差事之后，心里也是一阵躁动，这件事当属“机密事项”，字条上也注有“莫泄天机”字样，可萧天雅却不管这些，还是将此事告诉了他，这表明萧天雅对他很信任，他俩之间的确存在一种与众不同的关系，那种关系也是粉红色的，温馨但有些暧昧。

帅亦然自此对教室的门窗产生了兴趣，他断定神人是晚上翻越窗户进入教室的，因此每晚熄灯以后，他都要在教室里多待一会儿，关好窗户，扣好插销，细致到连门上的摇头窗也不放过。更有甚者，他还把教室的钥匙带在身上，每天提前来开门开窗，使教室一直处于自己的监控之下。

周五的清晨，萧天雅一大早就来到教室自习，这两天她心里有事，每天晚上都和睡神失之交臂，所以总是失眠。上午第一堂课是《统计学原理》，她虽然不喜欢这门课，但还是想强迫自己预习一下，防止老师讲课她听天书。她头昏脑涨地翻开课本，一段文字还没看完，就几乎支持不住了，抽象的定义，烦琐的公式，像是施了魔法一样重新勾起了她的睡意。她低下头半合着眼皮，眼皮频繁地眨动，目光也绕着课本迷离地游走，使她沉浸在困倦带来的惬意中。就在她一恍一惚打着眯盹儿的当口，她的眼睛瞥见了一张小纸片。那张纸片夹在课本里，一个边角从书中露出来，粉红色的，质地与前面的字条一模一样。她的心里不由得惊慌起来，困意没了，捧着课本的手也开始颤抖，她像是听见某种召唤，急忙从书中将那张纸片抽了出来。

神谕第二

杜星光之事已发酵，系领导拟于周六来班里召开一次专题班会，批评杜星光做法，宣布纪律处分决定。请急速召开支委会和小组会，责令本人检讨，上报处理意见，周六上午上课之前务必落实到位。

莫问来由，莫当儿戏，莫泄天机。

神人

“又是神人？”萧天雅的脑袋嗡了一声，纸片上的文字忽然快速地蠕动，变成了一堆乱跑乱窜的蚂蚁，爬上她的手背，钻进她的衣袖、衣领，吓得她赶紧将那张纸片扔进了抽斗里。

29

在萧天雅有限的人生经历中，她还从未遇到过如此离奇且类似于天降祥瑞的事情，内心的感受已从当初的恐惧与不屑转化为信任与敬畏。她大胆地猜测有人在暗中帮助她，这个人应该不是班里的同学，但绝对是对学校各方面情况了如指掌的人。她决定按照“神谕”的提示连夜召开会议，研究提出对杜星光的处理意见，并请吴学飔加班加点赶写出团支部的检讨报告，先呈报给系团总支，同时给团委和教务处各抄送一份。

第二天上午，上课铃声刚响过，邵仕达就心情复杂地拿着七九级金融班报来的检讨报告，出现在了蒋家兴的办公室。

“你搞的什么鬼？”蒋家兴勃然不悦，“讲好今天下午去参加他们班会的，你又让他们整出这么个玩意来，检讨有了，处理意见也有了，你让我去讲什么？”

“蒋书记，您误会了！这份检讨报告不是我让他们报的，我这两天根本就没到他们班上去！我是感到不好办，才来向您请示的，就想听听您的指示！”

“不是你让他们报的？事情这么巧？”蒋家兴一脸狐疑，反复看了看手上的材料，“算了吧，人家的认识这么高，对当事人的处理这么果断，你还好意思说什么呢？下午的班会也别去了，你们团总支就针对他们报来的意见，研究一个处理方案吧！”想了想，又说，“这件事影响也不大，这个杜星光，呃，马上就要毕业了，不一定非要处分吧？”

帅亦然见到神人的第二道指令，也是惊诧不已，血脉偾张。他得出的结论是此人肯定掌握了教室的钥匙，是乘他回寝室睡觉的空当溜进教室来“作案”的。他决定改变蹲守办法，也不用每天检查门窗了，索性将被子抱进教室，拉开几张课桌拼起一张小床，然后将自己埋进教室的暗夜，等着与神人邂逅。

帅亦然在教室里睡觉，前后值守了一个星期，原以为神人会知难而退的，孰料就在这段时间里，萧天雅又收到了神人的两道“神谕”，内容均是告知性的，分别涉及蒋家兴对邵仕达和萧天雅的工作评价。

“神谕”告诉萧天雅：蒋家兴对邵仕达担任七九级金融班临时班主任以来处理的几件事情很不满意，说他工作不够细致，作风不够扎实，对班上存在的考试舞弊、学生恋爱、不假外出等问题，一点都不掌握，即便有同学向他反映了此类问题，也是虎头蛇尾，草草了事；在杜星光这件事上，更是见事迟反应慢，班委会团支部的检讨报告和处理意见都报给他了，他还在那里拿不定主意，犹豫要不要告诉系里。蒋家兴提醒他，与七九金融这帮人打交道，千万不要掉以轻心，他们并非你想象的那么单纯可爱，在处置杜星光的问题上，他们的反应多快啊，我们才商量好要去参加他们的班会，准备在班会上就杜星光的问题好好说道说道，没想到他们连夜开会，提前布局，打了你一个措手不及。他们在和你斗智斗勇，展示出来的却是积极的态度和到位的工作，让你不得不接受现实，承认现状，你能小看他们吗？蒋家兴最后要求他大事要报告，小事不干扰，估计邵仕达又要犯愁了，七九级金融班究竟什么是大事、什么是小事，他还真拎不清楚。

关于对萧天雅本人的看法，蒋家兴是这么说的：萧天雅是一个好人，但不是一个能人。她过去靠做好事赢得好感，现在则靠做好人维持好感。她的特点是谨慎有余，魄力不足，作为班级的主要负责人，作风还不够泼辣，工作还不够大胆，听说她平时很少去男生宿舍，整天就围着几个女生转，就知道管几个女同学，男同学基本上都不听他的，这样的缺陷和不足发生在她身上，是不是令人遗憾？“神谕”还宽慰萧天雅，对于蒋家兴的评价，知道有此一说便可，班里的议论本身有一个辩证取舍的问题，蒋家兴的看法并不能完全代表系里的看法，更不能代表学校的看法，大可不必当真。

萧天雅将上述内容透露给帅亦然，帅亦然恍然大悟道："怪不得呢，我这几天去系里，就发现邵仕达兴致不高，原来是挨了蒋书记的批。这个神人究竟是何方神圣，班上的情况、系里的情况、说不定还有学校的情况，没有他不知道的，'一切在我都不陌生'，我都快被他整晕了！"萧天雅劝他："你也别在教室里睡了，他既然无所不能，那么也清楚你在盯他，他不会上你的当的。"帅亦然犹豫片刻，应了声"喏"。

连续收到几道"神谕"，萧天雅对神人不仅不排斥了，相反还有了一种热切的期待。每天早上来教室，她都会在书包里认真查找一番，看看有没有神人留下的粉色纸片，给她带来意外的惊喜。她把神人视作自己的同学、老师、朋友，渐渐便生出一种对话的渴望。她觉得她不能老是被动地等着神人莅临，而要主动地与他互动，提一些自己感兴趣的问题来请他回答，让神人跟着自己思考，陪着自己哭或笑。

学校总务处星期六上午组织全校卫生大检查，七九级金融班的教室卫生被评为不合格。结果公布之后，班上的男同学都感到不可思议，本周教室的卫生是女生们打扫的，而女生历来是以勤快、干净和细心著称的，怎么会在卫生值日的细枝末节上大失水准，挣来一个"不干净"的评价呢？事后女生们也分析了原因，内因是少了两个人，黎玉红休学减员，萧天雅经常请假；外因是援助中断，苗喵咪热情大减，消极怠工，致使不少卫生死角难以清扫。女生们讲起苗喵咪，大有一种爱恨交加的无奈，原来他心情好的时候，只要是女生值日，他都踊跃参与，拎水拖地擦黑板擦门窗，脏活累活抢着干；现在心情不好了，见到女生值日就躲，甚至面对公开的邀约，也会充耳不闻熟视无睹。有人提出一个问题：苗喵咪的心情为什么会变坏的？一个个都摇头表示不知道，要问就问他自己吧！

苗喵咪的心情确实很不好，他自己认为根源还在于萧天雅。萧天雅和帅亦然照了许多相，每一张都被苗喵咪看到了，那些照片丑陋不堪，上面沾满了米吐尔、几奴尼和亚硫酸钠等显影液，散发出来的一股怪味刺得他眼睛生疼，令他有一种想要作呕的感觉。这个学期开学以后，帅亦然更加肆无忌惮了，不管有人无人都黏着萧天雅不走，还装出一副泼皮无赖的样子败坏她的名声，心里就燃起了对他的万丈怒火。邵仕达按照莫跃进提供的名单来找他谈话，他毫不留情地揭发了帅亦然的不齿行为，强烈要求系里遣责帅亦然的错误做法，并撤销他担任的团总支委员职务。在邵仕达那里告了一通状之后，他就在安心等待帅亦然被处理的消息，丢官，处分，或者是作检讨什么的，但是令他失望和不解的是，邵仕达雄心勃勃地来，一事无成地走，居然连帅亦然的一根毫毛都没伤到，他的心里就像大冷天吃冰棒，一下子凉透了。

苗喵咪实在是咽不下这口气，就去找莫跃进发牢骚；他之所以找莫跃进发牢骚，是因为他看出来莫、帅两人的关系不仅大不如前，更在上次班会上公开反目了。他当着莫跃进的面骂帅亦然不是个东西，屈指历数他的种种恶行：一入学就追女生，食堂打饭插队，寒假回家在火车站抢座位和人打架，值日偷懒，贪污团费，干了这么多坏事怎么还能当干部呢？

对于苗喵咪的投怀送抱，莫跃进自然是热情接纳的，尽管有些突如其来的讶异，却也带来一种正中下怀的惊喜。帅亦然是他的老乡，他对其一直不薄，但这位老乡不知好歹，硬是跟几个他讨厌的人搅到一起去了，成了他的对立面，在感情上伤害了他；尤其是在前不久黎玉红的事情上，竟然不顾廉耻地跳出来为萧天雅张目，含沙射影地骂他是狗，堂而皇之地背叛他，这样的老乡已成了无情的陌路。莫跃进一边听苗喵咪叨叨，一边在心里盘算，别的事情他都没听进去，单单对团费的问题有了兴趣，于是很认真地问他从哪儿打听来的情况。

“这件事你应该是清楚的呀！”如此一桩著名的公案，莫跃进居然闻所未闻，这令苗喵咪有了一种被轻视的感觉，“上学期，班上有人提议，要团支部公布团费的开支账目，帅亦然交不出账来，就怪人家乱提意见，这件事覃老师也知道，你怎么会没听说呢？”

莫跃进听着不像是那么回事，就掰着指头和他算了一笔账：“团费每人每月才交五分钱，全班三十七名团员，每月收一块八毛五分钱，一年十二个月，共计二十二块二毛钱。你说他贪污团费，他拿什么贪污？又能贪污多少？”

“这根本就不是钱的事，贪污团费是什么性质的问题？只要他贪污了，哪怕一分钱，那也是大是大非的问题！”

“嘿，你很有政治头脑嘛！经你这么一掰扯，帅亦然还真的有问题。找个机会到系里去告他一状，也让他知道我们的厉害！”

莫跃进的话是说给苗喵咪听的。告不告帅亦然，对于他来说其实无关紧要。他心里的小九九是对着萧天雅来的，借帅亦然贪污团费或者两人不清不楚的关系说事，戳戳萧天雅的蹩脚，给她一个警告，让她别再那么春风得意趾高气扬，从此安分守己低调做人。帅亦然起到的只是一个引子、一个由头、一个突破口的作用。当然，帅亦然当过萧天雅的副手，反映他的问题，对萧天雅也极具象征意义，实质上是等于告了萧天雅，并且一告就是两个人，所产生的杀伤力和破坏力绝对不容小觑。

莫跃进对萧天雅素无好感，就认为萧天雅与他格格不入，处处抵牾，表现出来的就是另眼相待，百般刁难。刚入学不久，他带着寝室的同学整理卫生，将清理出来的杂物临时放置在走道上，被路过的萧天雅看见，就不问青红皂白地批评他们，让他第一次在同学面前丢了面子；大一暑假期间，萧天雅又莫名其妙地写信给他，要他注意跟班委会和团支部保持一致，不要在同学中标新立异另搞一套，气得他在信里把萧天雅骂了一通，用尖刻的语言为她画像，对她的先进表示质疑，并直指她的做法、意图和目的是为自己沽名钓誉，奉劝她好自为之别乱管别人的闲事；大三改选班干部，他本来是极有希望当选的，正因为她在女生当中做反面工作，与覃怀良遥相呼应沆瀣一气，让大家集体不投他的票，才使他意外落选了。至于说到萧天雅的为人，他更是不敢恭维。听苗喵咪讲，萧天雅一天到晚都在处理男同学的来信，给她写信的人极多，她一个人的信件就把班上的邮箱塞满了，心思根本没用在学习和工作上。邵仕达追她，帅亦然追她，尽管男生主动，女生被动，但她也是心旌摇曳半推半就的，因此也是难逃干系难辞其咎的。黎玉红的老乡还透露了一个不为人知的秘密，萧天雅对黎玉红其实并不友好，就嫌她娇生惯养，性格孤僻，叫女同胞尽量少搭理她；等黎玉红生病了，又嘘寒问暖，百般呵护，可谓精神上给压力，物质上给小利，先把人家的名声搞坏，然后又捡便宜又卖乖。杜星光此次回家，也暴露了团支部工作的薄弱环节，平时不注重思想教育，出了事以后又简单粗暴地处理人，还是他到蒋家兴那里为杜星光求了情，系里才放了杜星光一马，这样的团支部书记哪里还有什么先进性和感召力可言！

回到眼下，苗喵咪说帅亦然贪污团费，此事未必确凿，但团支部没把团费管好恐怕是事实。莫跃进以为，在大多数同学都敢怒不敢言的情况下，他应该挺身而出，负责任地向学校和系里反映萧天雅的问题，让上面了解萧天雅的真实情况，也还萧天雅其人其事以本来面目，尽好自己作为一名学生的最后责任。

在杜星光事件闹得沸沸扬扬的时候，闻风雷到本院设在市区的在职干部培训中心参加了三天的党支部书记集训，等他回到班上，一切与杜星光有关的人和事都风平浪静了。集训期间，闻风雷花了不少时间与系里带队的老师熊秉清促膝长谈，讲班里的趣事，讲支部的工作，讲学校的新闻，也讲覃怀良的烦恼，很快拉近了两人的距离。在与熊秉清交谈的过程中，闻风雷也从他那里了解到了不少学校和系里的秘辛轶事，比如学校的耿书记和组织部的王部长、团委的马书记，都是部队的转业干部，而且还是来自同一个省军区，故此关系很好；教务处的苏教头与本系的郭主任是患难之交，两人“文革”期间一起蹲过牛棚，苏教头还救过郭主任的命，最后成了儿女亲家；学校的彭副院长与社科院的丁副院长在学生时代就是情敌，一直斗来斗去，几十年从未停歇过，现在则由“情敌”演变成了“论敌”，各自拉了一帮人在学术上形成两大对立门派……闻风雷乘着熊秉清高兴，直言自己有一桩心事，就是覃怀良的组织问题还悬在空中，希望熊老师能帮他一把，在蒋书记那里替他美言几句，以满足他的多年夙愿。

“别别别，这件事我可帮不上忙！”熊秉清一口回绝，“蒋书记那一关他能过吗？过不了！”熊秉清直言要害，“蒋书记对覃怀良还算不错吧？但覃怀良是怎么做的？一再得罪他，最可恨的是上次系里学习，覃怀良的老婆沈小健公然跳出来挑战蒋书记的权威，说出的话简直大逆不道，一个堂堂的系书记呀，你叫他这口气往哪里咽？”

“能不能到蒋书记那里去做做工作呢？”

“晚啦！覃怀良本来的机会多好啊，他只要在莫跃进的问题上别跟书记对着干，一切就顺风顺水了。可是他偏要拧着来，非要卡住莫跃进不放，书记交代他办的事或者授意他办的事，没有一件让书记满意的，简直冥顽不化！”

“莫跃进怎么会有那么重要？”

“不是莫跃进重要，而是他老爹重要——告诉你也无妨！”熊秉清一句话没憋得住，泄露了底牌，“莫跃进的父亲我也认识，来过学校多次，他与蒋家兴两人曾经在一个团里工作过，一个是政治处的主任，另一个是宣传股的股长，论起来也算是蒋家兴的老领导了。后来莫跃进父亲当了军里的宣传处长，又把蒋书记调到军里，最终把宣传处长的位子交给了他。你说，两人之间是这么一种关系，孩子又碰巧在他这里上学，请他顺嘴说几句好话，这不都是人之常情的事吗？”

“哦，难怪！”

熊秉清把话堵死以后，闻风雷一时无计可施，他想起熊秉清说过的团委马中华与学校耿书记的关系很好，就打算去找马中华帮忙。想不到马中华也是直挠头，坦言这件事与班主任那件事不一样：“覃怀良的班主任当得好好的，没来由地就把他免了，上面要来过问一下，这个很自然，系里必须要给个说法；入党这件事并不完全是工作上的事，它与个人的表现有很大关系，蒋家兴如果不愿意的话，就会说覃怀良的群众基础不行，老师们都不认可他，你能怎么办？一点办法都没有！”马中华像一位知心大哥一样启发闻风雷，“干什么事，都要有抓手。恢复覃怀良的班主任是有抓手的，他原来就是班主任，你不叫他干，总要有个说法，这个说法就是抓手；解决覃怀良的组织问题目前还找不到抓手，他入党是要靠大家说话的，抓手就是群众评议，群众评议给不了力，学校即使想出面做工作，也没办法一竿子插到底！”

“我接手学生党支部书记的时候，曾经向蒋书记要了一个条件，”受马中华的启发，闻风雷忽然想起了自己的“抓手”，“为了配合校园民主的建设，学生党支部可以对教职员工中的入党积极分子行使推荐评议权，比如在各班开展问卷调查，然后将调查结果反馈给系党总支，作为发展党员的依据之一。”

“这不就是抓手吗？你怎么不早说！”马中华发现自己小瞧了闻风雷，“你赶快行动，越快越好，假使你们覃老师的评议结果不错的话，推荐他入党就很有说服力了！”

莫跃进打定了告状的主意之后，就着手准备付诸实施了。告状说起来容易，真正要做的话还是挺难的。比如，是书面告，还是口头告；是实名告，还是匿名告，都需要考虑清楚。莫跃进在精心布局自己的告状勾当中，就想到了一个人，这个人就是皮阿凡，因为皮阿凡曾经告过闻风雷的状。

“你当时为什么要到系里去告闻风雷的?”莫跃进问皮阿凡。

“不到系里去告，难道找你告呀?”皮阿凡毫无顾忌，“我在班里提他的意见，他睬都不睬我，我只好行使我的民主权利了——呃，你问这个干吗?”皮阿凡一头雾水。

“我也想告状!”莫跃进直来直去，接着又是一问，“帅亦然这人怎么样?”

“嗯哼，他是你老乡，问我?”皮阿凡害怕掉进沟里。

莫跃进干笑了一下，继而气愤地说：“你听说了吧，帅亦然贪污团费，我想写信给学校，列他十条罪状，让学校处分他!”

“你想告帅亦然？那就告呗，多大事啊?”皮阿凡顺风转舵，“苗喵咪最近到处放风，说帅亦然贪污团费，我琢磨了一下，或许确有其事。他追这个追那个，看电影、下馆子、买胶卷、洗照片，哪来的钱呀，说不定还真是羊毛出在羊身上呢!”在列举了诸多事例之后，皮阿凡才端出自己的结论，“我看这个人不咋地!”

“是的，赞同!”莫跃进遇到了知音，情绪瞬时膨胀，“帅亦然的信请你来写如何？——呃，你别误会，主要是你对他的情况掌握得比我要多一些!”

皮阿凡婉拒道：“还是你亲自来吧，你的文笔好，一定会笔下生花的。你写好以后我签名，算是我们俩的联名信!”

女生们负责打扫的教室卫生没通过学校的大检查，这让萧天雅感到脸上无光。她从大家的眼神和话语里可以察觉出一种明显的消极情绪，因此内心自责不已。大家对她有意见，却不说破，只是当她的面奚落苗喵咪，说卫生没搞好，全怪苗喵咪，苗喵咪参加女生值日，三天打鱼两天晒网，某人来他就下河打鱼，某人不来他就上岸晒网，听得萧天雅很不是滋味。女生们的一句毫无根据的话，居然在下一次的卫生值日中得到了验证，萧天雅“痛改前非”或“将功补过”地来参加卫生值日，苗喵咪也难得地跟来了，女生们一见到那张久违的面孔，立即活跃起来，这个叫喵咪来帮我搓抹布，那个叫喵咪来帮我擦窗户，但苗喵咪只是敷衍地笑笑，不吭不哈地站在原地不动。女生们这才看出来苗喵咪好像变了，变得像隔壁班上来本班观望风景的人。苗喵咪在教室门口站了片刻，就进了教室，他站在离众人很远的地方，一只手叉着腰，一只手招向萧天雅，用一种居高临下的口气道："萧天雅，你出来一下，我有个事跟你说！"

女生们从来没见过苗喵咪如此神气过，听他直呼萧天雅大名，一个个都愣住了，每个人的样子都定格在自己的最后一个动作上。等萧天雅出了教室，大家才活了过来，就模仿苗喵咪的叉腰动作，用手招招这个，又招招那个，再学着他的腔调：皇甫涓你过来一下，我有个事跟你说；谢晓华你过来一下，我有个事跟你说，教室里又笑成了一团。

苗喵咪将手放在胸前搓了几下，目光一躲一闪地说："其实也没什么事，就是想告诉你莫跃进的事。莫跃进要给系里和学校写信，反映我们班团支部的问题，列了十大罪状，也讲到了你和帅亦然。你要赶快想办法，叫他不要胡闹了，事情传出去不好听！"

萧天雅根本没听进苗喵咪的话，满脸不屑地说："你乱讲！他能告我什么？他要想告状的话，天天都可以告，我今天制止了他，他明天告；明天制止了他，他后天告。我不怕他告，如果他讲的都是真话，我还要感谢他呢！"

"你千万不能大意，莫跃进这回可是来真的！"苗喵咪忧心忡忡地说，"他不仅要给学校写信，还要向《中国青年报》投稿，报纸一登出来，那就不得了啦，影响的不是我们一个班，连学校也要跟着背黑锅呐！"

"他要告我，怎么会让你知道的？"

"前几天莫跃进来问我团费开支上的事，我问他打听这个做什么，他就把他的想法告诉了我。"

"团费的事？"萧天雅扑哧一笑，"让他告好啦，团费都上交了，有什么好怕的？"

"不光是团费的事，还有……还有……帅亦然追你的事……"苗喵咪被萧天雅的淡定逼急了，迫不得已说出了难以启齿的话。

"无聊！"萧天雅的瞳人一下子长大了，看进她眼里的苗喵咪也顷刻脱了原形。

事发突然，萧天雅于一筹莫展之际想到了闻风雷，就想与闻风雷通个气，或是将这件事交给他去处理。本学期开学以来，她与闻风雷约好了尽量不当同学面讲话的，但这件事比较棘手，她实在无能为力，只好动用一次“例外条款”，把闻风雷这块“好钢”用在刀刃上。萧天雅知道闻风雷难找，就问赵高潮见没见到他，赵高潮说他去市里了，他母亲来省城参加一个农贸产品订货会，他去看她了。萧天雅只好快快地回了宿舍。

次日清早，萧天雅来教室自习，又看见了一张粉红色的小纸片。那张纸片是折叠起来的，就跟饭菜票一样大小，毫不起眼地躲在书本旁边，像是被人随意扔在抽斗里的垃圾。

神谕第六

莫跃进蠢蠢欲动，居心不良，务必及时遏止，还以颜色。莫与一女生周六或周日晚固定到教工楼514室（进修教师办公室）约会，派人蹲守，握其把柄，因势利导，化危为机。教工楼经常停电，请备好电筒。

神人

十二月底的这个周六的傍晚，赵高潮、吴学勰、帅亦然三位男生破天荒地约在一起到食堂去打饭，吃过饭以后又把手里的餐具放回到教室，再结伴走出校园，选了一处僻静的小道散步。三个人边走边谈，谈话的主题就一个，如何把晚上的行动方案考虑得再细点。他们对接下来所要做的事情都十分期待，也清楚它的意义所在：赵高潮历来看不惯莫跃进那副飞扬跋扈目中无人的嘴脸，今晚要是能逮他一个现行的话，自然就灭了他的狂劲；吴学勰始终认为莫跃进是班里的一个消极因素，如今这个消极因素正在危害班里的集体荣誉，必须果断出手清除这匹害群之马；帅亦然则明显感到莫跃进是败坏萧天雅名声的重大威胁，单凭这一点，他就必须毫不客气地予以痛击。几个人在天光收尽之后躲进了五楼的系会议室，它的对面恰好是那间教师进修办公室。整栋楼静悄悄的，四周黑得一丝光影都没有，没有老鼠，没有蚊子，也没有风，所能听见的，只有他们彼此的心脏跳动。他们有点紧张，也有点激动；他们别的都不怕，唯一的担心就是萧天雅的情报不准确。

左等右等，大约等了一个钟头，楼梯口那边终于响起一串似有若无的脚步声，轻盈，绵软，如风飘过。来人在对面停住，开门，开灯，随后现出一个身材微胖、披肩发、圆脸的女生。几个人都没见过那女生，但觉得她有点面熟，酷似系里的某位老师。

几个人正在注意观察那位女生，走廊上又来了一个人，脚步比刚才要重，啪嗒啪嗒，率性，随意，在黑暗和静谧的环境里显得突兀和夸张。

脚步声停在了门口，人影欲进门的时候，警觉地转过身来朝对面瞅了瞅，让大家看清了他的面目，果真是莫跃进。莫跃进的衣着打扮没变，灰色夹克衫，藏青色喇叭裤，头发抹了油，皮鞋也擦得锃亮，一副油头粉面的样子。门并没关死，莫跃进径直闯入，伫立在门旁说了一句什么话，随即传出咔嚓一声，灯光同时也熄灭了。

帅亦然立刻就想去敲门，赵高潮拦了他一下，说："不急，让他们先快活快活！"

"快活？快活到什么时候？"帅亦然不知所以。

"过去看古人的小说，你难道没读到'正待入港时'这样的说法吗？就是那个时候！"赵高潮暗笑了一下。

"下流！"帅亦然在赵高潮膀子上使劲地拧了一把。

一眨眼，过去了十几分钟，几个人都有些按捺不住了。吴学勰担心莫跃进会提前结束，害他们白跑一趟，便提议快点行动。赵高潮说"开始吧"，便叫帅亦然去敲门，自己跟吴学勰到窗口去逮人。他叮嘱吴学勰先把相机的焦距调好，等他打开手电筒之后，就顺着他的光线按动快门，能摁几下就摁几下，办公室里的两个人只要看见闪光灯亮，保管会吓个半死。

帅亦然显然是来成心捣蛋的，他去敲门，不是轻轻地敲，一下一下地敲，而是用两只手掌对着门板猛拍，快速地，使劲地，狂风骤雨般地拍，不仅频率达到了最快，声量也达到了最大，嘭嘭嘭的拍门声震落了墙壁上的石灰，赶跑了旮旯角的精灵，把屋子里的一对情人也吓得魂飞魄散，不知所措。在赵高潮打开手电筒的一瞬间，吴学勰看到女生正伏在莫跃进身上瑟瑟发抖，她背对着门窗，披头散发，和莫跃进挤在同一张椅子上。

惊魂过后，室内和室外形成了相持局面，无论外面的人怎么喊叫，里面就是不开门。室内的两人此时已经分开，莫跃进坐在原处没动，女生已走到对面的墙根处整理头发，在两支电筒的交叉照射下，室内的凌乱被凸显了出来。帅亦然还想继续敲门，这时从走廊中间的楼道口意外冒出两个人来，走在前面的那个人边走边嚷道："到处黑咕隆咚的，怎么不开灯呢？"说着打开了走道上的照明灯，走几步开一盏，等来人走近跟前，几个人都傻眼了，原来是覃怀良带着闻风雷来了。

"你们这是在干什么？里面是有小偷哇还是有怪物？刚才那阵子乒铃乓啷的响声就是你们几个整出来的吧？"覃怀良半嗔半笑地问大家。几个人一言不发，站在窗户边上等着挨训。覃怀良看到赵高潮和帅亦然手里有电筒，吴学勰还抓着一部相机，便也好奇地贴着玻璃窗朝里边瞅，一圈扫过去，便明白了刚才所发生的一切……

帅亦然带着一脸的兴奋来向萧天雅汇报几个人的战斗经过，把萧天雅听得瞠目结舌。听完故事，她关注的重点就由事情的本身转向了神人，她觉得神人真神，不仅对她的所思所虑了如指掌，也将她周围关系人的一举一动尽收眼底，通报的信息准确无误，提供的方法具体管用，如同在面对面手把手地教她怎么做。莫跃进经此一击，必定偃旗息鼓一蹶不振，她的后顾之忧已不复存在。但是，神人为什么要帮助她？信息究竟从何而来？又怎样塞进她的抽斗的？这一系列的问题犹如考试中的附加题，给她平添了新的负担和压力。

蒋艳回家以后，声泪俱下地将当晚发生的事情原原本本告诉了蒋家兴，听得他怒火中烧，垂头丧气。蒋家兴感觉自己遇到了一件无厘头的事，他预设了多种可能，但就是断定不了是谁策划或组织了这次构陷活动——覃怀良没时间，闻风雷没动机，萧天雅没坏心，吴学勰没仇怨，赵高潮和帅亦然两人也没有充足的理由。据他所知，赵高潮和帅亦然这两人平时与莫跃进的关系还算不错，不至于没来由地联合起来捣莫跃进的蛋，甚至要置他于死地。

"还有一件事，"蒋艳吞吞吐吐地说，"覃怀良也去了！"

"你看见他啦？"

"我本来是一直背对着门的，当我听见门口有老师的声音，就回过头来望了一下，正巧和他打了个照面。”

闻风雷在组织各班级的同学对本系的几位教职员工入党积极分子进行民主评议之前，特意征求了熊秉清的意见。闻风雷设计了五个评议项目，分别是政治表现、敬业精神、授课水平、教学贡献、师生关系，每个项目又分优秀、良好和一般三个等级，让同学们任意勾选。

“你要搞就搞吧，搞不搞其实都一样，最后还是要看书记怎么定！”熊秉清看过测评表之后，不以为意地说。

“熊老师，你一定要支持我们的工作呀！”闻风雷看出熊秉清不大上心，就怕他今后不认账，“对于我们学生党支部来说，搞不搞大不一样，搞了就是创新，也兑现了我们的承诺；不搞就是守旧，说明我们讲话不算数！”

“放心吧，跟你开玩笑呐！”熊秉清意识到自己的态度有些消极。

得到熊秉清的首肯之后，闻风雷便开始到各班去宣传造势，他特意交代各班的党员，要把评议和推荐教职员工入党积极分子，作为一件大事难事来抓，千方百计地动员每个同学参与投票，要搞就搞出动静来、搞出声势来、搞出影响来，兑现我们对系党总支和同学们的承诺。

“哈，你这不就是典型的‘三搞运动’吗？”一位长得黑乎乎的云南籍八〇税收班的女党员一句话就为这次评议活动定了性。

各班的评议结果出炉以后，很快就排出了每位老师的测评名次：八〇级金融班的涂老师排名第一，覃怀良位列第二。看到这个结果，闻风雷大喜过望，涂老师是一位老先进，其组织问题早就列入了年度发展计划，年底前即可解决，覃怀良表面上排在第二，实则排在第一，个中意义不言而喻。闻风雷向系里上报了一份《关于对教职员工入党积极分子进行民主评议的情况报告》，并且抄送给了学院组织部和团委，便静下心来观察各个层面的反应。

第一个来找他的人是熊秉清。熊秉清拿着那份报告在手里，好半天才憋出一句话来：“闻风雷，我上你的当了，你给我出了一个天大的难题！”熊秉清说完这句话，脸上竟然有了些许恼怒之色，“覃怀良的名次这么靠前，蒋书记又死活不同意他入党，你叫我怎么办嘛！”

“组织民主评议，蒋书记也同意过的，我们也是按照他的指示办的呀！”

“问题是你的这个结果出了差错嘛！”

“你尽管报吧，我相信蒋书记不会责怪你的！”

“唉，看来你是铁了心呢！”

熊秉清到蒋家兴那里去汇报情况，是做好了挨训的准备的。蒋家兴的眼睛一眨不眨地盯着文字看，熊秉清的眼睛就一眨不眨地盯着蒋家兴看；当蒋家兴的目光带着冷火转到熊秉清身上并且和他的目光相遇的时候，熊秉清就知道蒋家兴有话要说了。

“你自己是个什么看法?”蒋家兴皱着眉头问。

“我一直不大赞同闻风雷他们去搞什么测评，可他说是你答应过的，我只好同意了。我想不管评议结果如何，顶多也就起个参考作用，最后发展谁还是要听书记的。按我个人的想法，像覃怀良这样的人根本就不能入党，你对他那么好，他知道感恩吗？这个人做人有问题！”

蒋家兴边听边点头，脸上露出赞许的笑容。很快，笑容褪去，表情和语意也随之发生变化：“欸，话不能这么讲！闻风雷搞的这个民主评议我看很有新意，至少在学校是个首创。让学生来评议入党积极分子，替我们把一把党员发展关，这不很好吗?”蒋家兴点燃一支烟，吸了一口，随着烟圈又带出一番话，“覃怀良在学生中的评价那么高，口碑那么好，我们有什么理由不吸收他入党呢？这件事要马上做出反应，不能再被动了！请你代表我去找他谈一次话，叫他谦虚谨慎，再接再厉，党总支准备近期对他进行组织考核，争取明年一季度解决他的组织问题！”

熊秉清怕自己听错了，瞅瞅蒋家兴，又望望他嘴里吐出的烟圈，不无困惑地问道：“书记，您说的这些都是真的吗?”

第八章
掰开爱心就见到了真情

30

熊秉清去找覃怀良谈话，没想到在他那里触了霉头。覃怀良弄清楚了熊秉清的来意之后，怪模怪样地笑了笑，然后将憋在自己心里的话一股脑儿地倒了出来，那些话由于在他心里憋闷的时间太久，都长了霉刺，扎眼，逆耳，气味呛人。覃怀良的原话大致是这么说的：蒋书记要发展我入党？你得了吧！我入党申请书都打了好几年，思想汇报更是写了无数，结果呢，我不好意思问，你们也不好意思说，和我同时期写申请书的人，还有在我后面写申请书的人都入了党，连我的几个学生都入了党，你们到现在都没有给我一个解释！你们把入党这件事当作一种福利，说得难听一点，当作一种诱饵，看谁顺眼就赏赐给谁，而且毫不遮掩，明目张胆，你们这样做像一个党员、一级组织的作为吗？说老实话，我一个教书匠入不入党无所谓，入也是教书，不入也是教书，反正凭本事吃饭，等哪一天蒋家兴不当书记了，或者党组织真正看上我了，再入也不迟！

覃怀良被列入党员发展计划的消息在系里传开以后，几乎没有一个人相信，大家的议论不是集中在他够不够格的问题上，而是说蒋家兴根本看不上他，散出这样的言论无疑是为了稳住他。这些议论传到蒋家兴耳里，引起他的很大不安，让他看到了自己留给教职员工的印象——人格缺失和信任危机。

教职员工们的议论同样刺激了熊秉清，他是党总支的组织委员，党员发展的事也有他的份，当他听到大家的议论之后，便疑团满腹地来问蒋家兴："您为什么又同意覃怀良入党了？"

“为什么？你应该先问问你自己！”蒋家兴厉声厉色地说，“学生党支部搞的那个评议报告最先是报给你的，后来也报给了组织部。组织部的王部长很重视，打电话来说这件事的影响很大，学校耿书记看了这份报告之后，还作了批示要在全校推广。动静弄得这么大，你说我们能无动于衷，等着别人在后面撵我们么？”转而又批评他，“对学生党支部上报的东西，你也不认真把把关，一份文字材料多头报送，报了组织部，还要再报团委，搞得系里那么被动！”

“这件事的确是我疏忽了，我要作检讨！”熊秉清连声诺诺，自咎不迭，“我想闻风雷这么做是为了支部的建设，比如营造工作氛围，扩大宣传效果，争取学校支持等等，就同意他上报了。”怕蒋家兴不高兴，又解释道，“推荐覃怀良入党的事，闻风雷是征求过我的意见的，我说没这个可能，蒋书记那道关他过不了。闻风雷要我设法做做你的工作，我也一口回绝了他，让他别再枉费心机了！”

“你怎么到处讲我不同意呢？”蒋家兴急了，“传来传去，别人还以为我和覃怀良有多大仇似的，没事也有事了！”

“闻风雷是不是跟马中华和王部长很熟呀？”沉默了片刻，蒋家兴问，“怎么动不动就给团委和组织部报送材料呢？”

“多熟也谈不上，恐怕还是有一种亲近感吧，都是从部队下来的，或多或少总有一些共同语言。”

“胡说！我也是一个老兵呀，怎么和我就没有亲近感呢？”

“那是因为你们之间原本就没有距离，他离你太近了！”

“你真会说话！”

莫跃进自从那天晚上在教工楼出丑以后，很长时间都处在郁闷和烦躁之中，他想发火，却找不到由头；他想骂人，又找不到对象，一天到晚就独自地生着闷气。表面上他装出一副若无其事的样子，但内心却害怕得要命，就担心有人会把他这件事捅到学校去，那样一来他不仅名声搞臭了，而且还会受到严厉的处分，后果殊难预料。最初几天，他的神经绷得紧紧的，他仔细观察班上的每一个人，看他们的脸上是否有讥讽嘲笑之色；他侧耳谛听教室里的每一处动静，看周围会否传来异常的议论和反应，精神紧张已经到了崩溃的边缘。他每天晚上都要做噩梦，梦到学校通报他，梦到班里的同学都在讥笑他，梦到蒋艳跟他分手，一觉醒来浑身都是汗。他不明白这几个人为什么要跟他过不去，更不明白他们又是从哪里截获他与蒋艳约会的信息的，想破了脑袋也没有理出一点头绪来。在度过了十来天的像犯罪嫌疑人般的痛苦时日之后，他的心情终于放松了，他发现学校没有人来找他，几个当事的班干部见到他之后仍然像往常一样和他打招呼，天还是高高蓝蓝的，人还是笨笨傻傻的，那天晚上的事情根本就没发生过。他忽然明白了这帮人的用意，目的并不是要害他、坏他、出他的洋相，而是要羞他、吓他、挫他的狂劲，事态的演变就取决于双方接下来的"互动"或者"博弈"：他静，则对方静；他动，则对方动。既然如此，那就好办了，不动就是了。想想那天晚上的情形，莫跃进无论如何都不敢再轻举妄动了。

皮阿凡等了几日，没见到莫跃进告状的下文，就来问他"十大罪状"还搞不搞了。皮阿凡说话的时候不住地环顾左右，嗓子也压得低低的，充满了窟室密谋的味道。

"你还当真了，我不过是哄你玩儿的！"

"不对吧，你前几天可是一副咬牙切齿的样子，说某人贪污团费，要到学校去告他，怎么一夜之间就尿了呢？"

"你可别冤枉人啊，我从来没在背后说过谁的坏话，要说也是你们说的，千万别赖在我头上！"

"是吗？"皮阿凡上下打量了他一番，"活见鬼！"

大四学年的上半学期，毕业班的圈子里纷纷传出选拔留学生出国的消息，教室里、寝室里或者来往于饭堂的道路上，到处都在议论这件事，消息灵通人士甚至提前锁定了一群跃跃欲试者，谁谁谁在教室挑灯夜战，谁谁谁从国外买来了复习资料，谁谁谁早晨梳头对着镜子练习口语，校园里的天空和天空下面的树木、草地、建筑，都在传送着出国留学的诱人讯息。

萧天雅获悉这件事，是邵仕达来告诉她的。邵仕达带了两本书来找她，向她透露今年的出国留学生选拔工作马上就要开始了，名额有五个，三名学生、两名老师，希望她能争取一下。

“竞争那么激烈，我可不想名落孙山！”

“怎么会呢！考试的难度虽然不小，但首要的条件还是政治上过硬，要经过各级推荐，而在这方面任何人都无法和你相比。只要你提出申请，十拿九稳是能够胜出的！”

“不见得吧？考试成绩过不了关，学校难道也会推荐我？”萧天雅一副姑妄听之的神情。

“成绩固然重要，但毕竟不是全国高考，不能唯分数论！”邵仕达试图打消萧天雅的顾虑，“你对自己的优势或许体会不深，你是全国的三好学生，那可是万里挑一的优秀分子，学校不推荐你还推荐谁呢？我敢保证，只要你提出申请，学校必定会一路绿灯的，说不定还会为你制定特殊的选拔政策呐！”邵仕达热情地鼓励道，言毕，递上手里的两本书，“这是我们班出国留学的同学送给我的考试复习资料，你要是感兴趣的话，不妨看看！”

萧天雅接过那两本书，感觉沉甸甸的，那两本书在当下的校园是极为稀罕的，不知有多少人想要它，邵仕达很慷慨地送给了她，这说明在邵仕达眼里，她的分量比他的书要重。她内心油然涌起一股歉意，就觉得自己有些对不住他。这两本书她是铁定用不上的，她不想出国留学，她不是做学问的料子。闻风雷的曹老乡早就断言她不是这条道上的人，今后的发展趋势要么从政，要么从事具体的业务工作，用不着到国外去镀金，钻研高深的经济学理论。这两本书倒是可以转给闻风雷，他有做学问的志向和潜质，要让他去试试。萧天雅此前并没有与闻风雷交谈过出国留学的事，她不知道闻风雷是否有这方面的打算。闻风雷入学时的高考成绩并不突出，五门课考了三百三十几分，在班上属于“门槛级”的名次。但是经过这几年的刻苦学习，他的成绩有了很大进步，截止到上个学期末，所开二十六门课的考试总分排在全班第二，与第一名吴学韆仅差一点五分，这样的成绩即使放在整个毕业班来衡量也是名列前茅的。闻风雷若去参加选拔考试，说不定还真能考上，倒应了那句“无心插柳柳成荫”的老话。

在准备送书的时候，萧天雅却犯难了，万一闻风雷通过了选拔考试而要出国留学怎么办？他们两人一个在国内一个在国外，这恋爱还能谈得下去吗？这两个问题、以及诸如此类的问题困扰着萧天雅，使她烦躁不安，心口怦怦直跳。

她忽然觉得自己与闻风雷已经连在一起了，想问题做决定都会首先考虑到对方的因素，自觉或不自觉地将对方纳入自己的未来选项以及人生规划中，并且充满了担忧和期待。她明白这也许就是一种叫作恋情、爱情或者亲情的东西，比单纯的同学友谊又进了一步。

萧天雅思考了几天之后，下决心给闻风雷写了一封信，告诉他学校马上就要进行出国留学的选拔考试了，以他在校的优异表现，完全有可能争取到学校的提名，建议他抓紧时间积极备考，努力把握住这一宝贵的出国机会。萧天雅直言出国深造对于闻风雷来说是一件大好事，无论是开阔视野和厚积功力都意义重大，特别是当他立下志向，要在经济理论的研究方面独步前人、独树一帜之后更是如此。萧天雅最后劝勉他不要犹豫，不要彷徨，更不要为她考虑，机会千载难逢，机会稍纵即逝，好男儿应该放眼未来，放手一搏，切莫被优柔寡断、儿女私情所干扰。信写好后，萧天雅又踌躇了一番，她看了看自己写的东西，痛苦地摇了摇头，她的文字并非她的真实想法，真情留在心里，假意写在纸上，纸上写的不过是心里想的障眼物，就像小时候做错了事情受到大人责罚，会害羞地用一条手绢来蒙住自己的眼睛一样。她将那封信和邵仕达的两本书交到祝宇安手里，请她带给闻风雷，自己则心事重重地出了一口粗气。

闻风雷的回信杀伐果决，当机立断，令萧天雅的担忧和不安烟消云散，亦令她为自己的牵肠挂肚和患得患失惭愧不已。闻风雷在信中客观分析了萧天雅的具体情况，认为全班真正有资格谈论留学的，其实正是她本人。她是学校的金字招牌，倘若她有这方面的意愿，一切都是顺理成章的事情，考试对她来说只不过是一个象征性的步骤，与最终的人选确定关系不大，希望她定下决心积极争取。闻风雷说自己并不打算出国留学，因为国外的经济理论解决不了国内的经济问题。我们的国家是一个很特殊的经济体，人口众多，一穷二白，要想发展国民经济，实现社会主义四个现代化，就必须从解决现实的国计民生问题入手，蹚开一条符合我国国情的经济发展路子，在此基础上创立经济学说，创建发展模式。从这个意义上讲，出国是学不到真功夫的，国外的月亮并不比国内的圆。同学们过去都在说我国的经济学理论是一门不缜密的科学，此话不无道理。目前存在于我国的经济体制是计划经济，计划经济的实质是权力经济、政府经济和垄断经济，它要走向完全自由的市场经济，几乎是不可能的，所以任何一种自由经济的理论模型和运行规律，对它而言都是苍白无力的，也是毫无意义的。关于是否参加学校的出国留学考试，闻风雷最后留了一句活话，该考试若在研考之前进行，他可能会去体验一下；若在研考之后进行，他说不定会放弃。

获悉闻风雷的真实想法后，萧天雅一阵狂喜，立刻就想到要赶紧将邵仕达的两本书还给其人，以免欠他一笔感情债。闻风雷不愿出国留学，对她而言绝对是一件好事，一个留在国内的恋人犹如拴在她书包上的布娃娃，令她安心和踏实。闻风雷的见解是独到的，作为一个学经济的文科生，到国外去求学深造实在是意义不大，学成归国以后又能怎么样？难道还能运用国外的经济理论去指导政府的经济工作？国情不同，理念迥异，西学中用，格格不入。萧天雅知道闻风雷的小心思，最怕的一件事就是留校当老师，为了不当老师，经常放出口风说自己不是那块料子，有时还故意把自己的考试成绩搞砸，给人留下学习吃力的印象。出国留学看来真的不是他的选项，他曾多次说过，他不喜欢躲在象牙塔里做学问，那无异于在螺蛳壳里做道场。

萧天雅内心的轻松感被祝宇安窥破，就问她闻风雷回没回信，萧天雅笑吟吟地点点头。祝宇安并没顾及她的心情，直言不讳地说："闻风雷从来就没想过出国的事，你让我给他去送书，我就猜到了后面的结果。闻风雷的一位堂兄目前就在美国，是一家律师事务所的合伙人，时常给他来信劝他在国内发展，千万别出国，所以他想得很通透，根本就不会走他堂兄的老路子！"

"要死！这么大的事你怎么早不告诉我？"萧天雅睁大了眼睛看着祝宇安，眼神里充满了意外和不解，"你不说，害得我花那么多时间给他写信，七上八下的！"

"为什么要告诉你？别说我不知道他心里的想法，就是知道了也不告诉你！"祝宇安白了她一眼，又想到她叫自己去给闻风雷送书的事，"噢，原来你动员他去参加考试是假的呀！我就感到好奇怪哟，你跟人家谈恋爱，自己不去问他，还怪人家不告诉你，真是不讲理呐！再说，你都一个学期不跟他讲话了，外人哪里敢多嘴啊，你心里有没有我们闻班长，我还琢磨不过来呢！你自己扪心问问，你是在和他谈恋爱吗？你像他的恋人吗？你和他的交往跟其他同学相比有什么不同吗？你们两人除了写过几封信之外，几乎没有什么互动，依我看连一般的同学都不如！”

“这倒叫人费解了，谈恋爱不就是两人之间的一种表白或者约定嘛，难道还需要什么特别的仪式不成？”

“仪式就算啦，但必要的形式和内容还是需要的。我原先讲过的，恋爱的形式就是情侣之间的交往，恋爱的内容则是情侣之间的亲热，这些你们都有吗？让我冒昧地揣测一下，你们既然能够做到半年不接触，就一定能做到一年不接触；既然能坚持一年不接触，就一定能坚持长期不接触。其中的逻辑就在于你们之间的关系还是一种松散的、肤浅的、可有可无的，尚未将对方视作自己的另一半或者须臾不可离开的精神寄托，过不了多久，思念就减退了，视觉就疲劳了，感情就淡漠了，恋爱就岌岌乎殆哉了！”

“你别说得那么玄乎，我相信我们的恋爱不会按照你逻辑走下去！你的逻辑要是能成立的话，那我们俩不就等着散伙了吗？”

“我玄乎？急死我啦！”祝宇安跺着脚道，“你看不到这样的危机，还自我感觉良好，认为自己的做法很高明，瞒过了班里的所有同学。我倒想问问你，你们究竟瞒了大家什么了？你们从来就没有认真地谈过恋爱，你们所谓的恋爱充其量不过是停留在概念上的空洞约定和书写在信笺上的甜言蜜语，这根本就不值得瞒嘛！”祝宇安突然放开了嗓门，“有一件事我是不赞同的，就是你跟闻风雷的‘约法三章’，你跟张三打球，跟李四散步，还跟王五吃饭，有人说过你什么吗？为什么对闻风雷你就那么薄情寡义，应付他，冷落他，苛求他，还怕这怕那，我看主要还是心里没他，至少缺乏一种发乎内心的感情依恋。像你这般谈恋爱，换作我是闻风雷的话，早就跟你拜拜了！”

“你是这样看我的？”萧天雅目瞪口呆。

“你再这样下去，没有谁会理你的！”祝宇安用手指着萧天雅，向她发出最严重的警告，“上个学期你让他冷下来不容易，下个学期你若想让他再热起来恐怕就更困难了。等毕业了，他考到另外一个地方去上学了，你们两个估计也就差不多熄火喽！——我不是说他眼界高了会变心，而是说你们两人冷却的时间太长，彼此都麻木了，很难再找回原来的感觉了……”

祝宇安喋喋不休的话语，像是从四面八方飞来的乱石，一股脑儿地砸向萧天雅，不仅把她砸疼了，也把她砸晕了，这些石子最后全都堆积在她的身上，把她压迫得喘不过气来，人只好软绵绵地坐在床边上，一动也不愿动。祝宇安的话无疑是有道理的，祝宇安不仅了解她，也了解闻风雷，是他俩这段感情从头至尾的唯一见证者，说出来的话不偏不倚，一针见血，直捣心坎，让人不得不反复掂量，思虑再三。祝宇安的话又是有杀伤力的，她和闻风雷谈了一年多的恋爱——祝宇安不同意这样的认定——其实什么也没给过他，恋爱的快乐，情人的温存，异性的亲热，统统都没有，连仅有的一次索吻，也被她生拉硬扯地扣上了鲁莽的帽子，让他背负了不该有的心理压力，实在是做得太过分了。祝宇安问她为什么在与张三李四接触的时候放得那么开，而偏偏在闻风雷面前缩手缩脚，她实在是解释不了这样刁钻尖刻的问题，她不知道自己心里有没有闻风雷，因为她的心里从来没有进驻过任何男生，所以下不了这方面的结论。

她承认，她对闻风雷是有所亏欠的，亏在事理上，欠在情分上。关于这一点，祝宇安看出来了，她自己也意识到了。由于得不到正常的感情宣泄，闻风雷经常责怪她，也曾以闹别扭的方式来表达对她的抗争，因而受了不少委屈。她认为自己是爱他的，不是浅浅的那种，而是爱到骨子里的那种，但是她无法表白和证明。祝宇安的观点或许是对的，感情的冷却要把握好一个度，千万不能等到彼此的视觉疲劳和感觉麻木之后再来恢复两人的交往，那样一来很可能就积羽沉舟，回天乏术了。萧天雅的心情忽然焦急起来，她想立即见到闻风雷，向他检讨自己的失误，向他表示自己的歉意，向他宣泄自己的感情，要是周围没有任何人的话，她会一头扎进他的怀里，任他抚摸，任他亲吻，任他细看，她保证不会害怕，不会躲闪，不会拒绝，就像一头温顺的小绵羊一样。她早就想通了，和自己的恋人在一起，其实是用不着顾虑的，他想干什么就让他干什么好了，反正马上就要毕业了，而她迟早都是要和他亲热的。

当然，眼下她只能是这么空想着，干耗着，即使撇开学校环境和自身身份的因素，她也不可能毫无顾忌地与他厮混在一起，向他袒露隐藏在心底而无法示人的热情奔放的一面。在任何异性面前，她都是矜持的、保守而被动的，这是她的个性使然。她唯一能够做的事情，就是提笔给他写信，靠书信来表达自己的情意，安慰恋人，也安慰自己。

风雷：

时间过得真快呀，一眨眼又到了大雪纷飞的时节。

我坐在教室里看外面下雪，密密挨挨的雪花从远处飘来，铺天盖地，一望无际，在空中形成天幕、云海、诗画，把我的思绪也带进了空蒙的境界。爱是无尽的思念和缠绵的萦绕，就像我眼里的雪花，多愁善感，意味隽永。我一动不动地盯着窗外，在静默中守候另一瓣知我懂我的雪花，陪我一起欢喜，一起哭泣，一起接受命运的选择，一起化作冬日的绝唱。

气温越来越低，哈出的水汽凝集在玻璃表面一会儿就结了冰。我穿着棉衣、棉鞋坐在教室里，依旧感到寒冷，因为我的周围没有你。从七月二十日到今天，我一直都在孤寂中煎熬，没有书信的假期星辰黯淡，没有约会的节日风月无趣，没有交谈的周末时空停滞。我常想，假如岁月可以倒流那该多好啊，我一定会珍惜光阴，抓住机会，陪着自己的恋人同游情海，共浴爱河，践诺当日的约定，不负彼此的心意。我后悔“约法三章”，我后悔作茧自缚，我后悔画地为牢，我的心结太重，顾忌太多，白白辜负了这窗外雪景和大好心情，我心怀愧怍深感不安。

雪下得越来越急越来越密，排山倒海，气势磅礴，我能理解它们的用意，这是在与风雨竞速滋养山河，这是在与阳光争时亲吻大地。面对此情此景，我不能再犹犹豫豫了，我要抓紧时间精心打扮，重整容妆，以崭新的姿颜出现在我的恋人面前，执子之手，解子之忧，遂子之愿，把烦恼留在昨日，把快意留在今天。

我爱你，是我的需要，为着我的需要才爱你，如同每一朵欣然起舞的雪花都是成双成对的，一团团，一簇簇，相拥在一起，朝着一个方向飞奔雀跃，结伴前行。

寒假送我回家好吗？我已经两年没在家过年了，很想回去看看父母。到了我家以后你就留在那里过年，顺便体验一下市井小民的别样年俗。我的父母兄弟都很期盼能和你见上一面，假如你肯屈就满足他们愿望的话，那么今年的这个春节，对于他们来说将是一个非比寻常的春节。

天雅

闻风雷和吴学鑂等人正在商讨研究生考试的答题技巧的时候，祝宇安悄悄塞了一封信给他。闻风雷草草看完，便笑着对祝宇安说："我的那位女朋友要我送她回家，你以为如何？"祝宇安看出了他得意，就白了他一眼，说："我看你就是炫弄，大功告成，好事将至，还来问我怎么办！"

闻风雷收住笑，将信放进了兜里，说："见丈母娘这个事还是慎重一点好，万一看我不顺眼，把我扫地出门了怎么办？"

几个人刚结束，邵仕达就派人来打招呼，请闻风雷课后去系里一趟，有事与他商量。闻风雷嘴上应得挺快，但料定邵仕达不会有什么大事找他，便拖了一日，直到第二天下午下课以后才去教工楼见了邵仕达。邵仕达找闻风雷果然有事，七九级金融班的毕业实习很快就要开始了，他想请闻风雷担任某个实习点上的负责人，找他来，就是为了征求他的意见。

闻风雷一听说是这种婆婆妈妈的事，心里就老大的不愿意，他借口要参加研究生的招生考试，没办法蹲在实习点上，婉转地回拒了邵仕达。邵仕达就跟他叫苦，说班上的这几位干部，实在是承担不起独当一面的责任，派谁去都不放心；假如他要去外地参加考试的话，必定会安排人去顶替他，保险不会耽误他的大事。闻风雷见推不掉，只好应承了。邵仕达接着征求他的意见，问省城、庐城和柑州三个实习点，他愿意去哪里？闻风雷说全省各地他都去过，没有特别的讲究，他选的论文课题是信贷资金在市政公用事业建设中的有偿使用问题，最好是去市政建设项目集中的地区，论文资料收集得会更加充分一些，邵仕达就帮他选定了省城。

"欸，帅亦然是怎么回事？"两人商议完实习的事，邵仕达又急切地提起了另外一件烦心事，"为实习分组的事，帅亦然改了好几次主意，老是追着萧天雅跑，萧天雅上哪儿，他就上哪儿，萧天雅换了地方，他也要换地方，弄得排计划的人都不知怎么办好！"

"这是好事啊！"闻风雷心里被刺扎了一下，"帅亦然既然有这个要求，你作为班主任成全他一下也未尝不可！”闻风雷拔出那枚刺，将它回扎到邵仕达的心上。

“成全他？”邵仕达的眼里充满了厌恶，“班上对帅亦然早就有了议论，我可不能装聋作哑。如果实习又把他安排在萧天雅那个组，惹出麻烦之后，你叫我怎么去向系里交代？”

邵仕达的话没轻没重，本意是发泄对帅亦然的不满，但客观上却伤及了萧天雅，这使闻风雷很不舒服。一股无名的怒火突然从闻风雷心底腾起，旋即又被他强压下去，硬是挤出一句冷冰冰的且带有明显反击或指责意味的话来：“你多虑了，事情没你想得那么糟！”

闻风雷在邵仕达那里受到了触动，瞬间便定下了给萧天雅回信的基调，就是不能按照萧天雅的心血来潮马上解禁他俩的接触，而必须继续采取“隔离”的做法，维护目前的交往态势，这无疑是他俩共同的正确选择。萧天雅的角色定位历来比较复杂，在学校这方小天地里，她既是关注的焦点，又是议论的中心；既是追逐的目标，又是攻讦的对象，他要竭尽全力保护她。此外，他还有一个奇怪的想法，就是为了证明自己的自信，应该给那几位自己的竞争者留下足够的时间，让他们在临近毕业之时放飞各自的天性，也借以考验自己的爱情，试试它的忠诚度有多高。

他在给萧天雅的回信中写道：事实证明“约法三章”带来的效果是显而易见的。首先，不写信、不交谈、不约会，节省了大量的时间，这些时间被用于学习上，促进了学习成绩的提高；其次，两人不接触，有力消除了周围不必要的猜疑和议论，成功地保护了自己；再次，不需要考虑约会和防范的问题，彻底放松了心情，卸掉了相互交往的心理负担。行百里九十为半，从目前的情势看，坚持这一做法仍然具有现实意义，不仅对我们个人，对班级、对学校，都能起到保持荣誉、维护形象、增强团结、促进稳定的作用。不要以为目前的校园风清月朗，太平无事，说不定在它的背面正暗流涌动，山雨欲来。一个学期很长，什么事情都有可能发生。要特别关注那些受到过我们批评并长期与我们意见不合的人，学会站在他们的立场上对我们品头论足，吹毛求疵，保持头脑的清醒。临近毕业，琐事繁杂，要多想想学业，多陪陪同学，多看看老师，拾遗补阙，不留悔憾。关于去萧天雅家里过年一事，闻风雷表示了歉意，他说春节期间他仍然要去原来下放的地方看望几位“五保户”，这些人曾在他人生最艰困的阶段给予过他热心帮助，目前又都进入了风烛残年，他不敢忘却他们。

萧天雅将闻风雷的信捧在手里翻来覆去地看，信里的文字很快就沾上了细密的水珠，洇化开了一片湛蓝。雪停了，太阳还未露脸，北风透过玻璃窗的缝隙钻进教室，在她的周身织起了一张冰冷的网。她感觉出闻风雷变了，变得有点生分，有点淡漠，就像这教室里的冷空气一样。闻风雷的信写得很冷静、很理智，把情感滤得干干的，全然找不到情侣之间的柔情蜜意。

她和闻风雷的心境，现在可以用一个词来形容，就是“冰火两重天”。这个词，闻风雷曾经对她用过，如今她再还给他。她给他写信，心里是燃着火的，由于心里很热，将每个发自内心的文字都烤得滚烫。她本想在这个寒冷的冬天，要与闻风雷以热换热相拥取暖的，没想到闻风雷却给了她一番冰冷的说教，她只好咽下这滚烫的文字，从而伤到了自己。这时候，她想起了祝宇安提醒过她的冷下来不易热起来更难的话，明白问题还是出在“约法三章”上。她心里十分难过，就担心闻风雷是在疏远她。

萧天雅的心绪糟透了，她一点书都看不进，有人的时候就捏一支笔写写画画，没人的时候就趴在课桌上想心事。她把闻风雷的信看了又看，然后默念着信里的文字取笑他，什么保持荣誉、维护形象，搞得跟个政治家一样；再把信纸翻过来，在文字的背面乱涂鸦。她先写下“可恨”两个字，接着写“为什么？为什么？”写着，写着，居然想起了神人，便去向他诉苦：“喂，神人大哥，你在吗，你看见了吗，你知道是怎么回事吗？哈哈，我被人抛弃了，他不理我了，你知道是谁吗，你知道究竟是为什么吗？你怎么会知道！你以为你真的是神呀！我恨你，恨你，恨你！！！”

过了一夜，一件奇怪的事发生了：闻风雷写给她的那封信不见了。她搜索了整个课桌，每本书也翻了一遍，就是没找到那封信。她发现自己闯了大祸，那封信上有闻风雷的名字，反面还有她的涂鸦，若是落到哪个好事的同学手里，不仅是曝光恋情的问题，连她的笑料也一并凑齐了。

萧天雅愁眉苦脸地把这件事告诉了祝宇安，吓得她半晌没说出话来。她反复地问萧天雅是不是记错了，萧天雅十分肯定地说："保险错不了！昨晚离开教室，我把那封信夹进了《国家预算》里边，打算把书带回宿舍去看的，后来一看表，都快十点了，带回去也看不成，便把它丢下来了，信还是夹在那本书里。"

"我确信，绝对不会有人盯着你的信做文章。那封信估计还是被你弄丢了，从书里掉出来，落在地上，被风刮跑了！"祝宇安沉吟了一会儿，宽慰她道，"事情既然发生了，你也不用急，索性等两日再说，只要不被人捅出来，就算是过去了。"

"只好这样了！"萧天雅一筹莫展。

萧天雅六神无主的状态只持续了三日，便等来了一个令她毛骨悚然细思恐极的结果。这天上午，《国家预算》刚考完，萧天雅就在对答案的过程中，从课本里找到了失踪多日的闻风雷的那封信，更为诡谲的是，与闻风雷的信夹在一起的竟然还有神人写给她的信。萧天雅乍一瞥见那张粉红色的纸头，心里就慌乱了，就觉得自己遭到了神人的偷袭，不仅被他知道了自己的恋情，还在他面前走了光，简直无地自容。萧天雅心里像是被虫子蜇了一口，又像吃进了一只苍蝇，刺痛、慌张、恶心、想吐。那一刻，她倒宁愿他是神而不是人。

听到你的呼唤，我来了。我在你的座位旁边看到了两页文字，我捡起它，仔细地研读它，便读懂了它的与众不同，以文诲人，善诱善导，审时度势，登高望远，好一副学哥风范！你问我知不知道他是谁，我只能冒昧地揣测一下，他是你的男朋友，你爱他，他也爱你，你们是同一个层次上的追梦者。你为何失望，又为何伤心？莫不是他言辞冷峻，没对你满怀深情说出善解人意的知心话语？又抑或是他生性清高，没与你耳鬓厮磨欣赏花前月下的浪漫风景？你的感觉不准，判断失灵，误解了他的本心。依照我的理解，对其人其文或可作如下推断：其一，他是谨慎的，他在信中提出的建议只是重复你们过去的约定。你是学校的名人，应当珍视名节，远离风险，舍弃暂时的欢愉，求得长久的安稳，他的做法可圈可点。其二，他是爱你的，他的爱隐藏在他的文字里，非用心揣摩不可领会。你心里有他，他自然有你；你心里没他，他抑或有你。在你个人的问题上，你就是自己的上帝，没有任何人可以替你帮你。其三，他是孤傲的，他待人接物坦荡笃诚，特立独行，表现在情感上必定是唯爱至上，追求完美。此种理念，非尔侪辈，难以共守。校园恋情的建立与维系，与君王治国理政的规律极为相似，“其兴也悖焉，其亡也忽焉”，这都是无可奈何的事情。望早做区处，好自为之。

萧天雅被神人信中的一个说法所吸引，便重新去看闻风雷的来信，信尾的落款处仅有“即日”两字，并未署闻风雷的名字，心情立刻轻松了不少。她又回过头来看神人的来信，专挑末尾那几句话细品，就怪神人信口雌黄，连写信的人都不认识，就断言“非尔侪辈，难以共守”，还要她“早做区处，好自为之”，岂非无稽之谈？早做区处是何意？难道叫她主动宣布两人不谈了，或者再去物色一个？一时被他恼得不行。她相信闻风雷终归是喜欢她的，而且也不是那种朝秦暮楚，见异思迁的人。她前几日涂鸦时写下的几个字，不过是一闪而过的念头，要讲有多少真实性，连她自己都未必相信。

寒假来临的时候，萧天雅和同寝室的几个女生商量，想请苗喵咪吃个饭。大家一听就笑了，都说理应如此，他帮我们打扫了两年多的卫生，请一顿饭值当。几个人说干就干，洗好两只脸盆和一大堆碗筷，将饭菜从食堂打回来，又从小卖部买了一瓶白酒，就叫苗喵咪到寝室里来吃饭。苗喵咪鬼精得很，听说女同胞们要请他吃饭，而且专请他一个，尽管心里很激动，却不敢贸然钻进美人堆里独享这份从天而降的秀色大餐，一声不吭就把黎玉红和刘远程两人一并哄了过来，拆开了女生们精心设下的圈套。

黎玉红和刘远程一来，话题就多了，尽管苗喵咪还是喝酒的中心，但话题的中心则明显转到了黎玉红身上，连刘远程也沾了不少光。萧天雅回忆和刘远程一同来学校报到的情形，感慨时间过得真快，四个寒假她只回去了一次，今年一定要回家过个年，万一毕业分配到边疆，又不知何年何月才能回去了。

“今年在哪里过年，定下来了没有？”萧天雅问刘远程。

刘远程朝黎玉红努努嘴，说：“可能要上她家吧！”说完，不自然地笑了笑。

众人一听，眼睛都亮了，纷纷端起杯子来向他俩祝贺。

苗喵咪猩红着两眼说："我早就知道你和黎玉红好上了，就看你跟不跟我说。黎玉红休学十个月，寒假暑假不算，一共给你写了三十二封信，差不多一个星期一封，看你有这么多来信，我都眼馋死了！"

刘远程哈哈大笑，说："你到底坦白了，皮阿凡告诉过我，你天天到收发室去查信，我也没戳破你，就看你自己交不交代！你去收发室的目的，其实大家都知道，绝对不会是去查我的信的，你能不能告诉大家，你的主要目的究竟是为了什么？"

苗喵咪突然哑了，他脸上又成了一片酡红，就是不正面回答问题。大家就以罚酒威吓他，非要他老实交代不可，他窘在那里苦于应对，便下意识地朝萧天雅看了看，一下子倒把萧天雅的脸给臊红了。

萧天雅临走的那天早上，帅亦然和苗喵咪都来为她送行。萧天雅先支走帅亦然，让他别添乱，然后请苗喵咪送她到牛郎星镇去乘公共汽车，讲明仅限于牛郎星镇为止。苗喵咪手里拎着萧天雅的旅行袋，两人并肩朝公交车站走去。隆冬腊月，天寒地冻，从牛郎星镇的织女谷刮来的风像是某种史前动物的呜咽，放大了郊野孤寂的氛围。萧天雅主动引出话题，说："我知道你的心意，也感谢你这几年来一直对我的关心。学校因为女生少，所以班上的几个女同学都比较引人注目，这里面起作用的其实是一种不平衡的比例关系，并不能完全说明她们就是真的值得同学们追求。等你毕业了，遇到的女孩子多了，就会发现班上的这几个人不过尔尔，原因是你的视野开阔了，选择的余地也大了。你应该忽略这几个同学，放下包袱，轻装前行，去追求属于自己的那份幸福。"正在此时，从身后驶来一辆公交车，两人在路边避让了一下，萧天雅又开玩笑地说，"你就把班上的女同学都当作一辆辆公共汽车好了，前面的开走了，你没赶上，怎么办呢？等下一趟不就得了嘛！——哎呀，这个比喻有问题！"

一缕游丝一样的声音从苗喵咪的嘴里吐出来，字句间夹着无奈、绝望、甚或几许悲壮，仿佛在与自己心仪的女生做着最后诀别："无论我怎么想……结果都是一样的……心里早就死了……"游丝飘忽不定，字句却越来越清楚，"对于我来说，你就是一个美的存在，我会把你永远藏在心里的！我明白你不属于我，你应该属于比我更优秀的男人，他能够给你带来更大的幸福和更大的满足，而我是渺小的和无能为力的，我有这样的自知之明。”苗喵咪脸上的肌肉紧张地抽搐着，无数条细微的蚯蚓在他脸上蠕动，他想装出一副平静或释然的样子，但沙哑和哭丧的腔调出卖了他，“今后我肯定还要去找对象，但无论找到谁，已经没有真爱了，我的真爱被你剥夺了，被你带走了，我只能让自己遗忘，于遗忘中重建记忆；让自己麻木，从麻木中得到解脱……”说完，已是泪流满面。

31

直到上了去庐城的火车，萧天雅的心情才完全松弛下来，觉得自己终于从一团乱麻中钻了出来。

这团乱麻其实是能够找到端头的，端头就在她自己的家里，在她母亲的眼睛里。母亲两眼直直地瞅着她，什么话也不说，只要与她的目光一相遇，就默默地流眼泪，那眼泪像是地下的泉水一样，止不住地往外流，流淌在院子里、客厅里、厢房里，不小心还滴进水池里、锅碗里、饭菜里，把她家里的环境、氛围和她的整个感觉、味觉都弄得苦苦涩涩的和酸酸咸咸的，最后把她的眼泪也吸引出来了，母女俩索性就各搬了一张凳子坐下来，四目相对，泪眼婆娑，各说各话。

“你是学校的先进，只要你提出要求分回来，学校会认真考虑的。我和你爸年纪都大了，你爸身体不好，一年到头都要人照顾，我也有高血压和糖尿病，你不回来叫我怎么办？你可别指望你弟弟，他大学毕业分到县中去了，市里有好几个单位想要他，但学校就是不放他，想调也调不上来；你哥哥就更靠不住了，去年刚考上研究生，又在学校谈了对象，他自己说等研究生毕业了还想考博士，还想出国，反正横竖是打定主意不回来了。家里的这些困难都是看得见摸得着的，榫头插在卯眼里，最后都要落到实处的，眼下虽说还不太急，但今后会越来越突出，你为什么就不能跟学校说一声，请他们照顾你一下呢？”

“为这种事去向学校提要求，多难为情啊！你们以前总是跟我说不要向组织上提要求，更不要给组织上出难题，现在又让我去找组织上的麻烦，叫我怎么开得了口哇！”

“亏你还是读过大学的，这么机械教条！我们原来不让你跟组织上提要求，那都是小事，都是我们自己能克服的事。毕业分配是多大的事？那可是第二次投胎呀，这胎如果投错了，从米箩里投到糠箩里，你一辈子就完了，你就在苦海里挣扎，永世都翻不了身啦！”

“我想回来，别人也想回来，都跟组织上提要求，这毕业分配还怎么搞呀？”

“你别拿这个话来堵我，我在单位大小也算个领导，手底下也管了几个人，组织上的要求也要尽量地兼顾到个人的实际情况，而不是事事处处都和大家过不去。任何人向组织上反映自己的实际困难都是符合组织原则的，也都是合情合理的，你自己家里有了困难，不向组织上反映，还想当然地认为会给组织上带来麻烦，让组织上为难，你这不是机械教条又是什么？唉，算啦，我也不指望你了！你不提，我来提，要么给你们学校写信，要么我和你爸爸到学校去一趟，就是豁出这张老脸也要把你给弄回来！”

“你要是不管不顾地到学校去闹，我也没脸再见大家了，我就从教室的楼上跳下去，让你把我的尸体抬回来！”

萧母显然被女儿吓坏了。她倔，女儿比她更倔，她俩是同一个人，同一个秉性，同一个心肠，一个屋檐下觅食的两只鸟儿或是一汪清水中伴游的两条鱼儿。再说，女儿毕竟大了，为娘的也老了，该让步要让步，该认输要认输，到头来不还是为了儿女嘛！萧母无奈地叹了一口气：“我也就是随嘴一说，你哪里就犯得着寻死觅活的！儿子都靠不住，还能指望女儿吗？只是你将来不要后悔，你的苦日子还在后头哩！”

母亲的话虽然咽了回去，但话里话外的担忧和伤感都留在了萧天雅的心里，酸酸的，刺刺的，像犯了胃病似的。说老实话，她不是没考虑过毕业分配的问题，只是这个问题还比较模糊，她一时还看不太透；又比较沉重，她一个人还扛不起来。以她自己的判断，她毕业分配的去向，要么是北京，要么就是家乡的省会，留校她不愿意，其他的小地方还真轮不上她。听前面几届校友说，每年最吸引人的分配去向，其实还是回各自家乡的省会城市，北京的国家机关反倒竞争不激烈，也许是北京的城市太大，层级太高，人才太多，日子也不好混，吓阻了不少人。外地人到了北京之后的感觉，萧天雅是有体会的，上次去参加共青团中央的表彰会，她坐在车上兜兜转转了好几天，最后连东南西北都没搞清楚。人陷在那座城里，就像一只蚂蚁在路边爬行一样，根本找不到任何存在感和代入感，连渺小都是一种夸张的比喻。对于她来说，能分回自己的家乡，也是一种不错的选择，至少是符合她的父母心愿的。可是她能下这个决心吗？一旦她分配回去了，闻风雷怎么办？会和她一道去吗？还记得在两人的通信里，她曾问过他毕业以后去哪里，他嬉皮笑脸地说他愿意做她头上的一片云彩，就跟着她跑，她的人在哪里，他就飘向哪里。闻风雷的话是一年前说的，留在她记忆中的印象越来越不真切了。前不久闻风雷去参加了研究生的招生考试，他报考的是上海一所著名的综合性大学，要是有幸被录取了，过去的话就要反过来讲，那就是她要做他头上的一片云彩，他考到哪里，她就要准备奔向哪里。

她眼下最纠结的地方，并不在于谁跟谁走，而是他与她的感情究竟怎么样。年前在给他的信中，她其实早就亮明了态度，该说的话不仅都说了，而且说得还很直白，都是情深意浓的话。按常理，面对她的热情表白，他应当给以积极响应，表达他的思念之情和顺随之意，但他却以“人言可畏”之类的说辞回了一封冷冰冰的信，通篇都是“正确的废话”，叫人看后心灰意懒无言以对。闻风雷究竟在想什么呢？他信中所写的那番说辞，是他真实的意思表示吗？以她的直觉来判断，她与闻风雷的关系已经陷入了一种若即若离、忽近忽远的状态，在此情状之下来谈论谁跟谁走的问题，显然充满了很大的不确定性，她不能盲目乐观。

火车突然减速，机车紧急制动发出一阵刺耳的噪声，同时从走道里窜进一股冷风。萧天雅下意识地拢了拢额前的头发，正要把手放下来，悬空的那只手却好像得了痹症，引起刺骨的疼痛。那种痛很奇特，痛点是不确定的，会游走，一会儿停在手上，一会儿又游到心口，几乎可以断定正是刚才闻风雷送行留下的后遗症。早上她们这个组离开学校，班里不少同学都到校门口去送行，闻风雷也去了。闻风雷摆出一副领导干部的模样，很热情地和每一个即将登车的同学握手，边握手还边送上一两句祝福或是鼓励的话，就像将军送士兵出征一样。萧天雅当时正走在队列的后面，有说有笑地和每个同学告别，冷不丁听见前面传来一声杀猪般的嚎叫，抬头一看是祝宇安。祝宇安和闻风雷站在一起，一边喊疼，一边抚摸自己的手，眼眶里噙着泪水，脸上还装着笑容，一副尴尬不已的样子。萧天雅猜测十之八九是闻风雷刚才和她握手故意使了坏，把她的手捏疼了。祝宇安的叫唤引来了大家的关注，看出是闻风雷在调情，男同学全都兴奋了起来，嘴里喊道："妹妹坚强，妹妹不哭！"羞得祝宇安满脸通红，攥紧两只拳头对着众人乱舞一气。闻风雷带着笑容继续和大家握手，等走近萧天雅跟前时，却极快地转了身，只留下一个背影对着她暗笑。

男女握手是很敏感的，两只手握在一起，两只眼也注视着对方，那目光是带电的，故而也是可以穿透到心底的。闻风雷和祝宇安的手握在一起，两人的眼神是不是也在对视，也能体会到一种触电的感觉呢？闻风雷不和自己握手，却要拼命地去握祝宇安的手，这让她想起了闻风雷曾经拽着她的衣袖，要去闻她的香味，而她却拼命躲闪的情形。她现在很想闻风雷来吻她，他的吻细腻、温馨、充满激情，可惜被她拒绝了。她那天不仅生气了，而且还很伤心地哭了，真是滑稽可笑得很！祝宇安说得对，她一直都在应付他、冷落他、苛求他，恋爱的快乐、情人的温存、异性的亲热，统统都没给过他，一点也不像他的恋人，因此导致了今日的被动和隔膜。闻风雷和祝宇安之间是没有隔膜的，你看他和她握手的样子，那么用劲，恨不能把她的手揉成一粒香丸吞进肚子里去；或者把她的手摁进自己的手掌心里，让两人的手叠在一起。回想刚才的那一幕，萧天雅的手又疼了。

刚才看见闻风雷过来，她是很想跟他拉拉手说说话的，毕竟一别就是两个月，有很多话都挤到嗓子眼儿上了。为了能在他面前倒一倒肚子里的苦水，开学前夕她硬是逆着母亲提前两日到了学校，可他却一味装憨，居然踩着时间节点，拖到二月二十四日晚上九点才露面，比学校规定的最后报到时间还迟了三小时，活生生地把一次充满期待的会面拖成了叫人伤感的恨别！开学那几天，大家都格外忙，先是忙实习分组，分组过后就是组内活动，由带队老师介绍实习地区的经济地理概况以及实习单位的机构编设情况，说得最多的还是实习纪律以及有关的注意事项，等各项准备工作都做得差不多了，出发的日子也就到了。出发意味着什么？出发就意味着两人天各一方，就意味着两人整整六十天都处于隔绝状态。闻风雷怎么会不理解她的心情呢？又怎么会不知道临行前的时间宝贵呢？他在刻意回避和存心怄气！他还没从过去的埋怨或不满中走出来，他想用自己的行为证明某种抽象的东西，比如自己的自律和清高，以及"约法三章"的无情和过分，顺便在同学中制造一种从不与她来往的印象，以维护自己的威信或名声。“约法三章”错了吗？显然没有！原来他俩约好了不写信、不交谈、不约会的，如今看来还不够，还要再加上一条：不理睬！哼，不睬就不睬，谁稀罕谁呀！

她们这个实习组共有十六位同学，祝宇安、吴学勰、帅亦然、乔粤生、薛坤荣等人都在其中，由金融教研室的于主任带队，实习单位选在庐城市的财政局和人民银行。于主任是一个瘦瘦高高的半老头，五十大几，戴一副宽边眼镜，梳一款大背头，头发还朝两旁侧分着，一看就是一个严谨实在的斯文人。帅亦然到萧天雅这个组来，正是找了于主任。帅亦然去跟于主任套近乎，说：“我的毕业论文选了您的题，很想跟着您一块实习，便于早晚向您请教。”于主任还从未见过如此崇拜自己的学生，当即答应了他的要求，看到实习名单上帅亦然被分到了其他老师的组里，就去找邵仕达要人，最终遂了帅亦然的愿。分组名单甫定，帅亦然就开心地去找萧天雅报喜，萧天雅哭笑不得，没好气地说：“你这是何苦呢，你听别人的闲话还没听够呀！”

从省城到庐城，全程一百三十五公里，火车跑了三小时十一分钟。庐城市是庐阳地区行政公署的所在地，城市不大，人口不多，但历史悠长，人文丰富。萧天雅她们一出站，就被繁华的街市所吸引，铺着青石板的街道清清爽爽，两旁店铺密密麻麻，大街小巷人来人往，叫卖声吆喝声混在一片嘈杂里，空气中弥漫着浓郁的商贾气息。一行人先被拉到地区银行干部培训中心吃了午饭，然后分成两拨，一拨由萧天雅领着上了人民银行的车，另一拨由吴学勰领着上了财政局的车，抵达各自的实习单位后，实习生活就算正式拉开了序幕。

于主任陪萧天雅这个组在人民银行活动了一天，听完面上的情况介绍，就去了吴学勰那个组，把人民银行这边的事情统统甩给了萧天雅。来单位之前，萧天雅征求帅亦然的意见，问他能不能到吴学勰那个组去，帅亦然不愿意，说你这里没其他的班干部，还是让我和你搭把手吧；等到下科室，萧天雅又跟他商量，请他带着乔粤生轮转。帅亦然说我只愿意和你在一起，我调整到庐城来实习就是想多陪陪你的，怎么能狠心撵我走呢？萧天雅没辙了，也不能让大家看出破绽，只好装作不管不问的样子，把人员分工的事交给帅亦然去处理，满足了他的暧昧的心愿。

实习生活是充实而快乐的，萧天雅所带的这半队人马，每天按部就班地到实习单位各个科室去熟悉情况，跟在各位临时指定的老师后面学徒，熟悉业务流程和操作技能，体验课堂教学与工作实践之间存在的不同要求、逻辑关联和历史渊源，为自己的书本知识找到了活水源头和客观依据。刚开始实习的那段时间，大家的所有感觉都是新鲜的，每天实习回来，都要交流工作中的见闻和收获，争先恐后地发表自己的独到见解，往往为自己的观察结果和重大发现没有得到大家的认可而争论不休，甚至相互贬损和讥讽，吵得面红耳赤。每当这个时候，于主任就出现了，他笑眯眯地看着这群似懂非懂的学生，既说公有理，又说婆正确，屁股坐在一堵墙上或者双脚踩在两只船上，双方都不得罪。

不过，也有糊弄不过去的时候。祝宇安在实习过程中，发现所在银行的资金头寸管理办法与教科书上讲的出入较大，就拿着书本来问于主任，要他表态孰是孰非。于主任被揪住了尾巴，滑脱不掉了，只好端出自己的见解："理论是稳定而刻板的，实践是活跃而生动的，理论与实践的关系并不完全是指导和应用的关系，而是学校与社会的关系、江河与大海的关系。你们现在还仅仅是江河里的小鱼小虾，你们很快就要毕业了，从江河游向大海。等你们若干年之后混成了海豚或鲨鱼，再游回到江河里来，你们就会认识到江河的渺小和孤陋寡闻，也就明白了理论与实践究竟是一种怎样的关系。"

祝宇安听着新鲜，又不完全认同他的说法，就抓住一句他没说周严的话提问道："按照实践论的观点，理论是实践的总结，理论产生于实践。如果这个观点能成立的话，就可以说先有实践后有理论、先有大海后有江河；我们又说千条江河归大海，大海之所以浩渺无垠，是因为吸纳了万千细流，江河汇聚大海，江河又成了大海的活水源头，古代帝王的祭祀活动也是先祭黄河、后祭大海，以河为海的本源。我想请教于主任的是，究竟先有江河呢，还是先有大海呢？"

"不能这么类比，不能这么类比！"老学究发现自己快要被绕进去了，赶紧退出辩论，回到自己的房间备课去了。

人民银行的这拨人马在机关业务科室和部分营业网点轮转了一圈之后，便跟随单位安排的指导老师到各企业去了解信贷资金管理使用情况，接触企业账目、核实投资规模、分析投资效益，履行起了金融监管的具体责任。原以为一线的业务都是枯燥乏味的，很难调动大家的参与热情，没想到去了企业之后，安排的活动十分丰富，不仅工作上对他们放心放手，而且接待上也礼仪周全，有的单位还请他们下馆子，派专人陪他们逛街兜风，很快改变了最初的片面印象。

有一日，他们去了庐城市化肥厂，接待他们的是厂里的财务科长，女性，姓张，三十多岁，长得娇小玲珑人见人爱。张科长有两大特长：喝酒和跳舞，凡是跟她打过交道的人，都会因她的这两大特长而留下难忘印象。中午吃饭的时候，张科长把大家领到单位食堂，在一张靠门口的大圆桌旁坐下。圆桌上铺了白色的塑料台布，两瓶开了封的白酒摆在桌子中央，每个人的饭菜盛在各自的碗碟里，围着桌子边缘排了一圈。张科长指着桌上的酒实实在在地说："中午的酒是做做样子的，不想喝的就不喝，吃饱饭就行。会喝酒的同学也不要客气，你们谁想喝的话，我陪你们喝。"

"咱俩喝一点怎么样？"乔粤生舔着嘴唇问帅亦然。

"哼，就你那点酒量还想在这里显摆？你没听人说张科长是海量呀？不是我瞧不起你，今晚你若是能跑出张科长的手掌心，那才叫本事呐！"帅亦然蔑视中带着挑逗。

"看你吹的！我们打个赌，我要是喝过了她，你给我洗一个礼拜的短裤怎么样？"

"我有毛病啊？跟你打赌！"

下午下班后，张科长很豪气地把大家拉到市中心一处刚开张的酒店去吃饭。酒店坐落在一条热闹的街区上，门脸阔大，装饰新潮，还没进门，就看见一群身着盛装的迎宾小姐伫立在门厅两侧。

"喂——"祝宇安捣捣萧天雅的胳膊，又指指那几位迎宾小姐，"那身衣服让给你穿的话，肯定比她们招引人！"

"想什么呢，肚子饿得咕咕叫，还想着怎么招引人！"

"嘿嘿，我可没被人惦记过，不像你！"

晚上是正式宴请，但属于正式宴请中比较随意的那种。厂里的考虑是，招待的对象仅仅是一帮学生，身份模糊且分量不重，所以厂领导一个都没来，全由财务科的张科长代表单位出面张罗，订餐，结账，致辞，加上喝酒。张科长招呼大家入座后，满脸喜气地端着杯子给大家敬酒，说："同学们到厂里来实习调查，帮厂里找出了不少问题，也提出了很好的改进意见，我要代表厂里的九位厂长和三百四十五名职工感谢大家；感谢大家的最好的表示，就是陪大家把酒喝好。我从来没和大学生在一起喝过酒，今天是新媳妇生娃头一遭，希望大家不要见外，该怎么吃就怎么吃，该怎么喝就怎么吃喝，留下一个难忘的带着饱嗝的回忆……"

张科长先和大家喝了几杯共同酒，然后就一个一个地敬，转到乔粤生这里，特意将他的杯子斟满，说："我一看小乔就挺能喝的，中午你和小帅讲的悄悄话我都听见了，没劝你俩喝，是怕影响下午的工作。今晚咱姐弟俩可要好好地过把酒瘾，你说咋整就咋整！"说完，一杯接一杯地和他干开了。两人在喝酒，帅亦然就朝乔粤生做鬼脸，心想今晚他百分百死定了。果不其然，几个来回之后，张科长忽然嫌杯子小了，叫服务员换大杯，两人一来二去又下去了数杯。张科长边喝边忽悠，说："小乔真爽气，酒量大，酒风好，对酒有一种天生的适应力。你这个小乔和《三国演义》里的小乔可不是一回事，她掩着樱桃小嘴抿，你却是张着四方阔口饮，假如当年你也生在东吴的话，哪里还有周郎什么事！"大家正在调笑乔粤生，就听他哇的一声，嘴里喷出一股狂飙，把刚喝下去的酒全都吐在了座位上。

"哈哈，我的内衣内裤这回有人洗咯！"帅亦然幸灾乐祸地嚷道。

"乱说，你没跟我赌！"乔粤生急得直摇手。

张科长知道他俩赌的是什么，也不捅破，只是会心一笑。她看看乔粤生，眼球猩红，脸色青灰，嘴角上还沾着没揩干净的呕吐物，心里既畅快又内疚，暗自责备自己对他下手狠了一点。

乔粤生的呕吐物，不仅气味难闻，而且看着恶心，黑不黑黄不黄的，稀稀糊糊，喷得到处都是，望上一眼都会叫人毛骨悚然，硬生出一种急欲逃离的紧迫感。张科长看出了大家的心思，问道："我带你们去溜冰场滑冰好不好？"不等大家回应，又说，"地点就在你们住宿的银行干部培训中心附近！"

"我看还是算了吧！"萧天雅急忙制止道，"您白天那么忙，下了班还捞不着回家，时间都耗在我们身上，真叫人过意不去！再说，大家都没溜过冰，去了也是看热闹，意思不大，不如早点回去，把明天要干的活儿提前做个准备！”

“你这个人真没劲，张科长那么盛情，你怎么好意思拒绝的呢？”乔粤生抬起一直耷拉着的脑袋，半醒半醉地看着萧天雅，“你自己不愿意去，就找借口推辞，我们今晚喝了这么多酒，总要找个地方醒醒酒吧？”

“你有没有地方醒酒跟我们有什么关系？”帅亦然不满意乔粤生的口无遮拦，不客气地怼了他一句，接着又换上笑脸来劝萧天雅，“去玩玩吧，这会儿回去也是瞎混掉了，倒不如看看新奇！”

“拿个主意，去吧！你这个当书记的，也要和大伙儿打成一片嘛！”张科长笑着把萧天雅从凳子上拽了起来。

一行人跟在张科长身后鱼贯而行。晚风清冽，人车喧嚣，灯光强烈地铺洒在街面、行道树和行人身上，成为暗夜的主角，为这座城的丰富而多欲的市井繁华注入了灵魂和活力。

张科长边走边说，我们要去的溜冰场，实际上是一处旱冰场，最早是化肥厂的灯光球场，化肥厂搬到郊区之后，地块就交给了市文化局，由文化局投资改造，为市民添建了一处休闲和娱乐的场所。

说笑之间，溜冰场到了。张科长在售票处的窗口探了个头，又朝里面喊了一声，里面就跑出来一个敦实健硕的小伙子。小伙子理一个小平头，穿一身黑底白条纹的运动服，手里捏了一沓门票，一见张科长就喊了她一声“张姐”，显然两人是老熟人。

小伙子把众人领进更衣室，给每个人发了一套护具和溜冰鞋，让大家自行穿戴。有几个男生看着溜冰鞋新鲜，穿上它就要行走，结果没等身子站直，便摔了个四脚朝天。

“他们是不是没溜过啊？”小伙子颇感意外。

“没溜过怎么啦？不是还有你这位教练吗？”张科长替各位回道。

“您饶了我吧，在您面前我可不敢充什么教练！”

“别介，你可是货真价实的教练，必须得是你教！”

客套归客套，职责还是要履行的。小伙子按照教练规范，先演示溜冰鞋和护具的穿戴，把手腕、肘、膝盖等部位保护好；接着讲动作要领，让大家在橡胶垫上体会溜冰鞋的感觉，再扶着练习杆慢慢滑动并找到自己的重心……众人正在唧唧喳喳，只见张科长换了一身雪白的运动服从大门口方向滑过来，尽管是晚上，她的一身亮丽还是给大家带来了不小的视觉冲击。

“哎呀，真是个大美女吔！”祝宇安一声惊呼。

萧天雅认真打量了一番，说：“张科长皮肤白，再穿一身白色的运动服，确实好看！”

“张科长一来，溜冰场上的灯都打瞌睡了！”乔粤生笨嘴笨舌地恭维了一句。

“在我们庐城市，要论花样滑冰，可以说没有一个人能比得过张科长。她当过东北的女子花样滑冰冠军，五年前随军来庐城才退的役！”一直冷在一旁的小教练忍不住加入了大家的议论，“你们为什么不请张科长露一手呢？她如果肯教你们的话，那才是你们的运气呢！”

“你扯那犊子干啥？都是过去的事了，现在啥花样也玩不转咧！”张科长斜了小教练一眼，嘴里冒出了东北话，“来，我先转几圈给你们看看！”一抬腿就来了个跳跃，紧跟着又快速旋转，边旋转边向前奔，两腿轮流着地，上肢不断变换动作，一会儿就绕场转了两圈。令人难以置信的是，当她最后滑到大家跟前，两条腿居然劈成了一条竖线，身子侧向地面与两腿垂直，这时再张开双臂，就宛如一只燕子在贴着地面飞翔。

众人被她这种随心所欲、出神入化的灵动步法、优雅姿势和高超技巧所倾倒，一时竟不知身在何处。张科长说学溜冰其实也很简单，就和骑自行车差不多，刚开始总是要讲一点动作要领的，时间长了车子就听人的了，心里怎么想，轮子就怎么转，人车也就合一了。你们要是怕摔跤的话，我教你们一个诀窍，只要降低重心，始终保持上身前倾，就不会摔大跤。

几个男同学就离开护栏，小心翼翼地慢慢滑动或在原地做下蹲动作。萧天雅抓着护栏才走了几步，就不敢挪步了。她有些困惑地问祝宇安：“我怎么老觉得脚底下的轮子转来转去的，一点也站不住？”

“你死命地抓住护栏不放，两只手那么用劲，重心都没沉下去，脚底下是打飘的，当然站不住咯！”

两人的对话被张科长听见，就朝小教练努努嘴："怎么样，把这位大美女交给你，你来给她开开小灶行不行？"

"我来！"一个兴奋的声音从人群里冒出来，是帅亦然。他手忙脚乱地脱去滑冰鞋，光着脚跑了过来。

"你不滑了？"张科长问。

"我差不多会了！"帅亦然心不在焉，抱住萧天雅的一只胳膊就摇摇晃晃地往前冲，吓得她花容失色，大呼小叫。

于主任在庐城待了大半个月就回学校了，上火车的那一天，萧天雅和帅亦然两人去送他，发现他满脸通红，手心手背都是热乎乎的，才知道他发烧了。于主任交代两人，他回去的这段时间，系里会派邵仕达来，希望他们能和小邵老师配合好，协助他管好同学，圆满完成实习任务。

从火车站回驻地的路上，萧天雅时不时地看着帅亦然笑。帅亦然问她笑什么，她不语；忽而又咯咯地笑出了声，仍然不语。

"说不说？"帅亦然说着就去拽她的衣摆。

"我说，我说——"女生急忙闪到一旁，但笑容仍挂在脸上，"你削尖脑袋来庐城，千算万算，就是没算到你的宿敌也会来！"

"宿敌？"帅亦然怔了怔，而后油滑一笑，"不对吧？是情敌！"

"你好意思的！"女生笑着白了男生一眼。

于主任返校的第二天下午，邵仕达就到了庐城。半个月不见，留给众人的印象瘦了一点，也白了一点，看上去平添了几分斯文和虚弱。此时已是三月中旬，春暖花开，气候宜人，但邵仕达的装束似乎还停留在几个月之前的隆冬腊月，身上裹一件厚重的铁灰色呢大衣，脖子上还系着一条咖啡色围巾，不仅将自己置身于时令的变化之外，还把省城残余的寒气带入了庐城。邵仕达径自抵达地区银行干部培训中心，没有一个同学得到消息，乍一见人，表情很不自然，目光散漫在厚厚的镜片里，老是聚不成焦点，说话的神情显得迟疑，连握手的姿态也是僵硬的。

"嘿嘿，又见面了！"邵仕达舔着干裂得起了皮的嘴唇和大家打招呼，"原来没打算来庐城的，是蒋书记要我来换于主任回去治病，我就来了。我在庐城逗留的时间目前还说不准，是一个不确定的代数 T，这个 T 就是于主任的康复时间，于主任的病什么时候好了，我就什么时候回去，要由于主任的身体说了算！”

邵仕达在于主任曾经睡过的那间客房里住了一个晚上，感觉冷冷清清的，实习的同学住在楼层的西头，他一个人住在东头，东西两头的距离简直比楚河汉界还要远。他把吴学勰喊到房间里来问话，问他同学们的房间是谁安排的，吴学勰告诉他是帅亦然，他二话没说就去找楼层服务员了。

服务员听闻他要从东头的 301 房间调换到西头的 334 房间，脸上露出惊讶且不屑的表情，说：“最西头那间客房是整个楼层最差的一间房，又小，又暗，还有霉味，你干吗放着敞亮的大房间不住而偏偏喜欢上了它？”

“301 房间靠楼梯口太近，我怕吵，所以想调换一下！”

“你真是搞笑！”服务员依然无法理解，“你要换可以，不好的话，可别怪我哟！”

“我反正是一个人睡，小点没关系，只要安静就好！”邵仕达嘴角挂着笑意，一副“大人不见小人怪”的样子。

邵仕达选定的那间 334 房间同样紧挨着一处人行通道，隔壁 332 住着萧天雅，再隔壁 330 又住着帅亦然；邵仕达住的是单人间，萧天雅和祝宇安住一起，帅亦然和薛坤荣住一起，住的都是双人间。邵仕达住进 334 房间的当天晚上，特意跑到萧天雅房间里来和她打招呼，说自己一不小心成了她的邻居，真是巧合得很呢！

“放着老师的待遇你不享受，非得要和学生们同甘共苦，你真是品德高尚啊！”

“嘿嘿，我也就是想图个清静！”

“图清静？鬼扯！”祝宇安的嘴角挂着一丝不屑，根本不相信邵仕达的说法。她警告萧天雅道，“你少搭理他，当心他又在动什么歪心思！当初帅亦然住在你隔壁，我叫你换个房间，你说不想做得太明显；现在又来了一个邵仕达，左一个青龙，右一个白虎，就盯着你这块风水宝地，生怕被对方占了什么便宜！哼，这件事早晚会传到学校去的，到时候我看你怎么去向闻班长交代！”

“瞎说什么呀，我能有什么便宜让人家占的？”

邵仕达睡在萧天雅隔壁，一连几个晚上都没睡着。人躺在床上，就觉得隔壁有窸窸窣窣的声响传来，不是在洗漱，就是在说话，或者就是有人在进出，侧耳谛听了一会儿，又听不出任何明显的动静，便七猜八想，辗转反侧，迟迟难以入睡。说来也怪，他越是睡不着，隔壁的声响就越大，就越是往他耳朵里钻，直搅得他心猿意马，精神亢奋。他一心想找出声响的源头，于是干脆打开房门，四下搜寻，结果声响没找到，却闻到一股从走廊上窜进房间里来的香气，那种香气不仅好闻，而且还很奇特，温馨的，淡淡的，是他从未闻过的气味。他猜想那香气肯定是从隔壁传来的，或许就来自萧天雅的身上，是她身体里的雌激素或女性荷尔蒙的气味。邵仕达贪婪地品吸着那股奇香，也不再关门了，而是将它虚掩着，让随风而来的香气沁入体内，舒爽心脾……后来他睡着了，睡得还很沉，等他醒来时，太阳已经照在窗台上，周围的人一个都不见了。

邵仕达并不像于主任那样有课要备，带队实习是扎扎实实地跟班作业，一点都没安排自己的私活。萧天雅她们在人民银行的实习结束以后，就和吴学勰那半队人马进行了轮换，他来人民银行，她去财政局，转入了实习阶段的后半程。吴学勰他们来人民银行那天，邵仕达也跟来了，他代表校方感谢了行里的领导，又对实习同学作了交代，便带萧天雅她们去了第二家实习单位。邵仕达把萧天雅和祝宇安安排在预算科，把帅亦然和乔粤生安排在企业科，另外四个人也分别安排去了其他的科室。邵仕达每天跟着萧天雅到科室里去熟悉情况，科室的指导老师给学生们讲解业务，他也跟着旁听，不时地提出问题参与讨论，一副高度重视的样子。

邵仕达看到萧天雅走路一瘸一瘸的，就当着众人面问她是不是哪里不舒服。萧天雅随嘴应道没什么，走路摔了一跤。身旁的乔粤生马上就来揭她的老底，说她是溜冰摔倒的，帅亦然当她的教练，也不知道是怎么教的，经常弄得她摔跤，这里青一块，那里紫一块，连觉都没办法睡。邵仕达哎哟了一声，脸上出现痛苦的表情，仿佛萧天雅的伤痛传递到了他身上。

邵仕达跟班实习了几日，发现大家的业余生活很是单调，每天下班之后都窝在房间里不出来，既无生气，又无情趣，就公开撺掇大家晚上都出去活动，看戏、看电影、溜冰或是遛弯儿，只要能达到劳逸结合的效果他都赞成。邵仕达邀请萧天雅去看电影，萧天雅客气地婉拒道："哪有心思看电影哟，论文还不知道在哪里呢！"怕邵仕达不信，又解释道，"我想抓紧时间再修改一下论文的提纲，尽快把它定下来，要不然收集资料就来不及了！"

萧天雅在房间里写东西，邵仕达就在她的门口转悠，隔一会儿探个头进来，问她写没写完，需要帮什么忙，借机与她聊上几句。萧天雅被他纠缠得头疼，只好请祝宇安找几个人来她房间里打牌，打牌的人还在走廊上磨蹭，邵仕达倒捷足先登，来她房间里摆好了牌桌，开开心心地坐在那里吆三喝四起来。萧天雅一看这也不是个办法，还是干脆到溜冰场去玩儿吧，邵仕达若不会滑的话，她就可以离他远远的，计策就算成功了。萧天雅叫了几个人一起去，没想到邵仕达又不请自来，并且还反客为主，指使这个，差遣那个，把大家搞得团团转。有人看他一副在行的样子，就假意请教他几个常识性问题，他便趁机吹嘘道："我原来是学过滑冰的，几年没滑，有点生疏了，但老底子还在，一般的人不如我！"看着邵仕达洋洋自得的样子，萧天雅叫苦不迭，心想到底没斗得过他，一点招数也没有了。

邵仕达一来，溜冰场上就没帅亦然多少事了，邵仕达几乎承包了萧天雅的所有陪练事宜，连她的溜冰鞋也是邵仕达亲自挑选的。邵仕达先让萧天雅走了两步，说你的姿势不对，很容易摔跤，就拉着她的手面对面进行示范："来，像我这样，两脚站成V字。"萧天雅跟着他做，脚就站稳了。滑动的时候，邵仕达又教她："来，先把重心放在左脚上，右脚慢慢侧出，用脚内沿触地滑行。"萧天雅就小心地伸出右脚，照他的样子做了一遍，"收回右脚，把重心移到右脚上，再伸出左脚，向后侧滑。"邵仕达一步一动地纠正萧天雅的动作，萧天雅也很大方地跟着他学，走了几圈之后，两条腿的动作就有些协调了。练习了几日，萧天雅可以独立地滑动了，邵仕达便拉着她的手一起溜行，一圈接着一圈，越来越自如，越来越轻松，越来越像模像样了。在整个练习过程中，萧天雅一共出过五次险情，每一次都被邵仕达化险为夷，或护住她的头，或勾住她的腰，来不及的话干脆就直接抱住她的身子，所有的肢体接触在刹那间都变得极为必要和极为合理，美好且充满欢笑。帅亦然去溜冰场看了两日，第三日便再也不去了，他眼里看到的全是令人痛心的丑态。

财政局和人民银行的实习结束以后，来庐城实习的同学们转入了社会调查阶段，邵仕达将十六位同学按照调查课题重新分组，萧天雅和吴学韙等人去了市政公用事业单位，帅亦然和乔粤生等人去了二轻系统的企业单位。两组人员白天出去，夜晚归来，各人忙着自己的调查课题，集体活动的机会就越来越少了。帅亦然跑企业，几乎每天都能受到企业单位的热情接待，常常喝得酩酊大醉昏天黑地。邵仕达看他不顺眼，就公开批评他，指责他不注意大学生的社会形象。帅亦然不睬他，理直气壮地反驳道："去企业调研还有不喝酒的？去年你们班的同学到这家企业去搞调研，不也都被他们灌醉了？"铁板钉钉的事实，砸得邵仕达脑袋发晕，哑口无言。

四月上旬，邵仕达接到学校教务处的电话，告知吴学韙参加硕士研究生招生考试已取得复试资格，招生单位的老师预计四月中旬或是下旬来省城组织复试，请他届时参加；另外该班的闻风雷、张大勇也已达线，亦请做好前往招生学校复试和面试的准备。

"喂，你知道自己的考试成绩吗？"萧天雅问祝宇安。

"今年肯定没戏喽！"祝宇安满不在乎地说，"我本来就是去陪烤的嘛，今年是串烤，明年再翻烤，后年就成了烧烤啰！"

"哎，闻风雷如果继续上学的话，你会申请去上海吗？"祝宇安问。

"不知道！"萧天雅的表情倏然阴郁了。

32

闻风雷一觉醒来，就感到浑身无力，两腿酸胀，整个人像是散了架一样。他在迷瞪之中记起昨天爬山的事情，眼前立刻布满了层层翠绿，耳畔也鼓起了习习微风，思绪一下子清爽了。他和陈实到城市建设局去进行社会调查，碰巧第二天就是清明节，局里要组织机关干部去西郊烈士陵园谒陵，两人一商量就报了名。西郊烈士陵园坐落在九阳河畔的清风山下，去年清明节前，萧天雅和帅亦然等人曾去清风山开展团日活动，当时说好下一个清明节她要再陪他来的，结果她的话落了空，她和帅亦然两人转去了庐城，他却一个人来到了此处——

不，还有陈实和一大帮素不相识的人。既然来了，就算是还愿了，就算是他帮萧天雅兑现了去年的承诺了。

“呜——呜——”江边的汽笛响了，浑厚，粗犷，邈远，又有客轮起航了。闻风雷住在实习单位为他们安排的招待所里，每天早晚都能听到汽笛的鸣叫，这笛声叫了一个多月，已经由一串极有规律的噪声变成了起床号、集合号或是熄灯号，成了他的生活知音和朋友。省城对实习学生有一种天然的大气，基本上是同学们提要求、定项目，老师们做计划、定时间，想去哪里就去哪里。果然，到了单位以后，人家客气得很，见面的第一句话就是有什么要求就提出来吧，只要是实习同学们提的要求，我们都尽量满足。实习单位开放式的安排，使闻风雷他们有了一种如鱼得水的感觉，既可以自由自在地到实习单位的每个科室去跟班作业，又能够无拘无束地到相关的企业和事业单位去实地调研，参加他们组织的各种活动，每天都有一种崭新的感受，紧张而兴奋，忙碌而快乐。闻风雷在两个单位实习，上午集中学习业务或搞调查，下午回招待所写实习小结、调查报告或是准备自己的毕业论文，晚上还要看书自习，准备研究生的招生复试，就感觉时间比之实习前更不够用了。由于作息有规律，伙食油水又足，一个月下来竟然长胖了五斤，精瘦的皮囊里塞进了一圈脂肪，更像个成熟的男子汉了。

闻风雷的时间虽然很金贵，但与祝宇安的通信却一点也没减少，两人约定每周一信，雷打不动，相互报告各自的实习动态、趣闻乐事和心得体会，信就寄到招待所的服务台，转实习学生某某收。

闻风雷去信说：省城的实习做法与另外两地有所不同，并未区分工作实践与社会调查两阶段，而是将二者合在一起统筹安排，最后的社会调查也不再预留专门时间。最近他在收集论文资料，他选择的课题涉及市政建设系统的多家单位，由于头绪庞杂，范围广泛，资料收集了一大摞，下一步的写作不想长篇大论都不行了。闻风雷告诉祝宇安，他们的住宿条件很好，住在车水马龙的滨江路上，每天都能看到长江、轮船和许许多多的过往旅客，就想哪一天也能坐上“东方红”号长江客轮，到长江沿岸的几座城市去看看，比如南京、武汉、重庆，还有三峡、鬼城等等，当然不是一个人去，最好能和另一半结伴同行。又说，昨天他为杜星光的事回了一趟学校，杜星光挤公共汽车弄丢了钱包，这个月的生活费没了，他去学校主要是请系里解决杜星光的补助问题，系里昨天盖过章了，就等教务处批复。本月同学们的助学金还没发下来，他也一并去催了，很快就能寄达各个实习点上。

祝宇安来信说：她和萧天雅去单位实习，在公交车上碰到了几个地痞流氓，其中有个人就贴在萧天雅身后使坏，把她俩吓得不轻。萧天雅最近吃了不少苦头，刚来时水土不服，全身过敏，还发低烧，身上出了许多疙瘩，疼了两夜无法入睡，眼皮都肿了，后来到医院去看急诊，医生说是急性麻疹，吃了几天药才好转。前几日庐城下了一场大暴雨，山洪暴发，街边的许多大树都被连根拔起，自来水管也压坏了，马路上到处都是水，她和萧天雅蹚着水去上班，萧天雅把鞋都走丢了，只好赤着脚返回招待所。清明节人民银行组织机关干部去公园劳动，她俩也参加了，她和萧天雅挖沟，种马尾松，萧天雅的左手起了好几个大血泡，红红的，鼓鼓的，看得人心里瘆瘆的，那几天正好赶上她来月经，又忘了带逍遥丸，结果疼得死去活来。萧天雅学溜冰，更是自找苦吃，每回去玩都要摔上几跤，而且老是朝后摔，屁股摔得青一块紫一块的，连睡觉都成了问题，不能仰卧或侧卧，只能趴在枕头上，真是惨不忍睹！乔粤生坏死了，只要萧天雅上场，就故意吓唬她，做出危险动作要往她身上撞，气得我们跟他吵。最近她摔跤的情况得到了很大改善，因为来了一个"邵教练"，每次滑冰邵就扶着她，算是有了专门的保镖。邵仕达对萧天雅依然很上心，在庐城的时间主要都用来陪她了，白天陪她去单位，晚上和她在一起滑冰、打牌或是聊天，有时在她们房间里坐到夜深还不肯走，一点也不顾及别人的感受。邵仕达来了一段时间以后，观察到了一个有意思的现象：班上的很多同学都给萧天雅来信了，就是没见到你的信；蒋书记也给每个同学写信了，唯独没给帅亦然写。有的同学议论你追萧天雅没有追到手，就由爱生恨，不再与她多啰唆了。邵仕达不认可这种说法，说你很忙，又要实习，又要准备复试，还要到学校去处理班上的事情，没写信也是符合常理的，只是你那位听见大家的议论后一直愁眉不展。

收到祝宇安的信，闻风雷心里吃了一惊，他急忙回信过去，提醒祝宇安下回坐公交车，务必要注意安全，除了流氓痞子之外，还要注意扁担伞尖之类的锐物，防止戳到眼睛和头部；日常饮食也要注意食物卫生，隔夜的生冷之物和路边摊贩的东西尽量不要吃；横穿马路不要闯红灯，路上行走要瞻前顾后，机动车、三轮车、牛车、马车都极易闯祸，要注意避让，宁停三分不抢一秒；城市小偷很多，已形成帮派，触动其一，得罪一伙，应保持警惕，加强防范，千万不能让窃贼轻易得手。近段时间，省城的报纸广播整天都在“抓坏人”，说明形势严峻，犯罪猖獗，千万不要掉以轻心。

说完“严打”之后，闻风雷接着讲了皮阿凡最近遇到的一段险情——

皮阿凡在实习期间结识了一位银行姑娘，两年前刚从一所中专学校分配进银行系统，年纪与皮阿凡相仿。这位姑娘长得很像皇甫涓，故而被皮阿凡一眼看中。星期六的晚上，皮阿凡邀请女孩去迪斯科舞厅跳舞，结束时已是午夜时分。皮阿凡送女孩回家，两人边走边聊，交谈甚欢，不知不觉来到了长江路与青山路的交叉路口，拐过路口，转上青山路，女孩的家就快到了。

青山路是一条狭窄的步行街，街面比较背，行人早没了，路边上有一伙男女围成一团，点着一盏煤气灯，正在乱哄哄地玩着劈甘蔗的游戏。皮阿凡看那几个人不大正经，便有了警觉，牵着女孩的手，就想赶快通过这段是非之地。此时，从人群中钻出一个蓄着八字胡穿着花纹衫的男人，流里流气地问皮阿凡要不要一块来玩玩，还拿一把劈甘蔗的砍刀在他眼前晃了几晃。皮阿凡本能地闪了一下身子，意欲躲避他的纠缠，不料却被花纹衫一下子拦住了去路。皮阿凡顷刻就紧张了，他担心这帮人对身旁的姑娘使坏，自己无力保护人家，脑袋里便在急速地琢磨应对的办法。也是吉人天相，关键的时刻花纹衫无意识地朝身后望了一眼，皮阿凡瞅准时机断然出击，一把抓住对方握刀的那只手，同时夺下他的砍刀，再用脚尖对准他的腘窝猛踹过去，迅速将其踢翻在地。皮阿凡拿着那把砍刀在花纹衫跟前比画了一下，问他还玩不玩了，不等他的同伙赶到，就牵起女孩的手并带着那把砍刀撤离了现场。

讲完这一段，闻风雷又叮嘱祝宇安，要从皮阿凡的这件事中吸取教训，晚上一般不要外出，不要以为有了警察天下就太平了，在这个世界上，警察管不到的地方也太多太多了！

看过闻风雷的信，祝宇安便及时地向萧天雅“剧透”了皮阿凡的新恋情，并且大发感慨地说：“乖乖，还真看不出来嘛，一个在大家眼里并不那么安分守己的人，也会在关键时刻为一个小姑娘去夺歹徒手里的刀！”祝宇安摇着头，咂着嘴，做出一副不可思议的样子，“听省城实习的同学说，皮阿凡现在像是换了一个人，嘴里一天到晚都哼着小曲，见人总是笑，话还特别多，跟周围的人打交道也变得谦虚和主动了。过去那个自命不凡、爱发牢骚、火暴脾气的皮阿凡统统都不见了！有人说爱情改变起一个人来是不留任何痕迹的，我真信了！”

“他的眼里不会再有皇甫涓了，”祝宇安最后得出结论，“不知皇甫涓听到这个消息之后会作何感想？”

“最失落的人是皇甫涓，最高兴的人应该也是皇甫涓！”萧天雅难得地像哲学家一样发表了看法，“她不仅成就了一个女人的美好姻缘，也催化了一个男人的脱胎蜕变！”

闻风雷在省城实习，感觉并未离开学校，而是换了一个课堂，系里的老师们隔三差五地来看他们，凡来的都要给他们上一课，老师们带着课堂来，又带着课堂走，他们就轮换着课堂，轮换着听讲。

最早来看闻风雷的是蒋家兴。那天是星期天，下着大雨，蒋家兴穿一身洗白了的旧军装，坐着一辆破旧的吉普车，带着系里的秘书彭新华一块来看大家，衣着整洁干净的蒋家兴与溅满了黑褐色泥巴浆的吉普车，形成了鲜明反差。蒋家兴手里抓着一只半新半旧的军用水壶，由闻风雷陪着，到各个房间去和大家见面，过程中照例要问问每个人的情况，问他们的实习感受，问他们有什么困难，问他们毕业分配的想法，轮到皮阿凡时，还特意要他重复一遍那天晚上的惊险故事，把学生与书记的距离拉近到了不超过一张床铺大小的咫尺之间。

蒋家兴看过众人之后，进了闻风雷的房间，室内铺成简单，光线充足。床上的被子是一床洗得花白的军用棉被，叠得方方正正，棱角分明；桌上有台灯、书籍、圆规、尺子，虽然归置得井井有条，但仍可见用功的痕迹。

“你怎么搞特殊化呢？一个人住一间？”

“这间客房是邵仕达住的，他去庐城之后，就叫我搬进来了，说是照顾我复习考试！”

“我原来啊，还动过你的心思，想劝你留下来当老师的！学校缺师资，特别是缺像你这样的各方面素质都比较全面的人。当然啰，现在说这个话没有任何意义了，你马上就要去读研，也不存在毕业分配的问题了！”

“谢谢书记关心，我就是留下来当了老师，恐怕也是一个不合格的老师！”

“遗憾呐！”蒋家兴忽然长叹一声，“你们班这么多优秀的男女同学，在一起同窗四年，也没成上一对，便宜都叫外人占了！”

“书记是希望我们班里有人谈恋爱？”闻风雷以为自己听错了。

“你们班有吗？有不是好事吗？”蒋家兴好像并没开玩笑。

闻风雷把头摇得跟拨浪鼓似的：“学校天天在拉警报，每次开会都要念紧箍咒，谁还有那个胆量敢往高压线上撞啊！”

“你是聪明一世糊涂一时！”蒋家兴亦摇着头道，“聪明的人谈恋爱，根本不让人知道，同学没议论，学校不知情，等到毕业分配的时候再向领导提出来，神不知鬼不觉的，事情不就成了吗？假如一开始就大张旗鼓地谈，整天花前月下，卿卿我我，同学看不惯，领导也为难，你叫领导怎么办？能把两个人分配到一起？这恋爱当然就谈不成了嘛！”

闻风雷假装一副吃了亏的样子，说：“早知道书记是这么个态度，我就在学校找了！蒋书记，我要是在学校找了一个，你会不会照顾我们分在一起呢？”

蒋家兴的眼睛滴溜溜地转了一圈，脸上布满了狐疑：“你莫不是物色好了谁吧，要不然怎么说找就找了呢？你给我说老实话，你到底看上谁了，你说出来，我保险照顾你；你不说的话，嘿嘿，我就不知道该照顾谁啰！”

“那就等毕业以后再找吧，省得书记乱怀疑！”闻风雷赶紧刹车，“书记若是疑心哪位女生在和我谈恋爱，那就糟了，明明能够分到‘天南海北’的，结果硬是去了‘新西兰’，那就害了我的女同学啦！”

趁蒋家兴上厕所的空当，闻风雷问彭新华刚才蒋家兴讲的那番话到底是什么意思。彭新华是七八级金融班的学生，去年毕业以后留在系里当了秘书，因为是系里唯一的一位秘书，所以被戏称为“一秘”。彭新华对自己的“一秘”角色很看重，也十分乐意利用自己在领导身边的有利条件为同学们提供各种帮助，听见闻风雷问他，便热心地解释道：“蒋书记刚才的那番话并不是随便说的，是上面的新精神。”讲到“上面的新精神”这几个字，彭新华的表情立马变得严肃起来,“最近国内一位著名的教育学家上书教育部,对目前各高校禁止大学生谈恋爱的做法提出了不同意见,主张应当从规范教育管理制度入手,充分激发大学生的学习热情,鼓励他们把最美好的青春年华用于求知进取上,对于大学生的恋爱问题,坚持一不提倡、二不禁止、三要引导的原则,使之成为促进学习的积极因素而不是消极因素。这位教育家的意见和建议引起了教育部的高度重视,他的书面发言也被印发会议讨论,估计很快就会出台相关的管理规定或措施办法了。”

“这样看来,当初因谈恋爱受到处分的那几个人,岂不冤枉了吗?”闻风雷有些惋惜地说。

彭新华点点头道:“我也请教过蒋书记类似的问题,蒋书记说政策规定的一个显著特点,就是有它的时效性。过去认为是错的,现在不一定错;过去认为是对的,现在不一定对。总的讲,在这个问题上,蒋书记还算是比较开明的,你们班的帅亦然在追萧天雅,都到了不讲场合不顾影响的地步,蒋书记其实是知道的,但是他并没干预,这就很能说明问题嘛!”

“这——怎么还扯上了萧天雅呢?帅亦然追萧天雅,仅仅是他一厢情愿的事,跟萧天雅有什么关系?”闻风雷急忙辩白。

“都是团干部,影响总归是不好的嘛!”

送走蒋、彭二人,闻风雷在心里长出了一口气。他和萧天雅的恋爱真是生不逢时,套用一句现成的话说,是在错误的时间、错误的地点,谈了一场错误的恋爱。之所以称之为“错误”,是因为它逾越规制,不合礼法,逼得他人前装假,自筑心牢,苦不堪言。如今喜讯传来,他们的恋爱合规了,禁锢解除了,苦熬到头了,怎不叫人浮想联翩、心旌摇曳、跃跃欲试呢?是的,一切都要解禁了,过去刻意隐瞒的恋情,现在可以公开宣示了;过去藏藏掖掖的活动,现在可以正常进行了;过去不可言说的秘密,现在也可以坦然相告了。他的心情变得愉悦和轻松,满眼都是幸福的期待。

且慢——闻风雷心里突然冒出几个很大的问号。

解禁了?解禁了又能怎样呢?难道真的就可以高调张扬地向同学们宣布他和萧天雅的关系了吗?难道真的就可以无所顾忌地在学校、系里和老师的面前袒露他们的恋情了吗？难道真的就可以人前人后大大方方地和萧天雅在一起散步、牵手、亲热了吗？

非也！错也！

他们两人在同学面前都说过绝话，公开申明过是不可能谈恋爱的。假如大家一觉醒来看到他俩在一起了，会不会颠覆认知、摧毁好感，说他们欺上瞒下、愚弄大家、不讲诚信？还有，萧天雅是全国的先进典型，当她的恋情公开以后，学校会怎么看？领导会怎么看？会不会说她沽名钓誉、表里不一、人品不正？会的，一定会的。轮船在大海里航行，舵盘不能转得太快、太急，否则就会方向失控，发生险情的。过去两年的自我约束并没有做错，他也没受到什么委屈，假设不是当初的相互约束和自我克制，也就难以顺风顺水地走到今天，说不定早就遭人唾骂、身败名裂了。要切记，无论藩篱会否拆除，但红灯还在闪烁，千万不可疏忽大意啊！

闻风雷去上海复试的准确日期，是邵仕达来通知他的。邵仕达在庐城待了一个月，一直等于主任的感冒好利索之后来替换他，才离开那里。邵仕达告诉闻风雷，系里对他去上海参加复试的事很重视，招生学校明确的考试时间是四月二十二日，系里的意思从现在起他就可以返回学校去做相关准备了。

“帅亦然最后是不是也去庐城实习了？”闻风雷问。

“别提他了，说起他来，我就一肚子气！”邵仕达突然炸毛了。

邵仕达从鼻腔里回吸了一口浓痰并用力吐在地上，又转动脚底板将其踝抹掉，就喋喋不休地说起了帅亦然的坏话。他告诉闻风雷，所有去庐城实习的同学，表现最差劲的就是帅亦然。帅亦然在实习期间，整个人就跟丢了魂一样，每天晚上都要外出活动，溜冰、划船、打牌、跳舞，忙得不亦乐乎；到企业去查账或是搞社会调查，毫无节制地喝酒，逢请必喝，每喝必醉，实习两个月，一大半的时间差不多都用在吃喝玩乐上，实习学生的形象全都叫他搞坏了！邵仕达讲得痛心疾首，闻风雷听得津津有味，他估计这两人又为什么事杠上了，帅亦然显然不至于表现得那么差劲，但小辫子抓在邵仕达手里，到处放他的坏水，也够他喝一壶了——不是请他喝酒，而是让他难堪。

闻风雷按照系里的意思，提前几日回到了学校。对于复试一事，他是胸有成竹的，无非是笔试加面试，笔试的难度通常不会超过初试，面试主要是考他的临场发挥，都不会有任何问题。话虽这么说，但他还是不敢掉以轻心，把自己关在寝室里扎扎实实看了几天书，叫作“战略上藐视，战术上重视”。出发的前一天，他按照惯例，给仍在庐城的祝宇安写了一封信，告诉她自己将于明日去上海，近期就不要再来信了，若有要事相告的话，直接写信到学校，等他从上海回来再一并处理。他刚把信送到大门口传达室，就看见了陈实的身影，陈实从实习点上回校，给他带来了祝宇安的信。

祝宇安写来的信整个调子都很低沉，篇幅也仅有两页纸，似乎在赶着某个时点。信中说她们前不久选了一个旅游经济方面的调查课题，上了一趟百旋山，在山顶上的牯岭镇住了一个礼拜，顺便游览了附近的几处著名景点。临近实习尾声，大家都不滑冰了，也不外出活动了，除少数几个人还在跑单位补充收集调查数据之外，其余的人都待在招待所里瞎混，打牌、下棋、看书、闲聊，各取所需，消磨时光。萧天雅最近很不开心，父亲在上海华山医院住院，母亲也请假去陪护了，因为无法获悉治疗的进展情况，心里极度不安，就急着想到上海去看父亲。

“华山医院？”闻风雷想起了一个暌离多年的邻居。

闻风雷的复试进行得十分顺利，整场考试仅有六位考生参加，五男一女，考的全是专业理论和实务，难度并不太大。考试结束后，负责招生的老师在学校食堂请他们吃饭，当场宣布大家的笔试成绩都不错，就耐心等待着好消息吧！有位考生问，复试是不是全部结束了，招生老师说还有最后一个环节，各位的导师想和同学们交流一下，见过面之后就可以回去了。又有人问面试的时间定没定，答曰初步安排在明天上午，但是闻风雷和方小慧两人要等到后天下午，原因是他们的导师还在医院住院呐！

应付完学校的考试之后，闻风雷就急忙赶到华山医院去找一个人，这个人姓杨，名丹，儿时的小名叫丹丹。丹丹是闻风雷小时候的邻居，大概有十多年没见面了，两人在一个保育院里长大，又在同一个小学和初中上学，他下放的时候丹丹正在读高中，等他当兵、退伍，再参加高考，丹丹也高中毕业、招工进厂、参加高考，踏上了自己的人生旅途。大一年级的那个寒假，丹丹的妈妈曾有意撮合两人，通过闻母来征求闻风雷的意见，没想到闻风雷心气高傲，情商低劣，不问青红皂白就拒人于千里之外，事情也就不了了之。闻风雷后来也曾多次回味过这件事，特别是每每忆起丹丹那张圆圆的小脸时，就嘲讽自己有点不识好歹，旱苗躲雨，饿汉挑食，狂妄得不着边际了。今年春节回家，听妹妹说丹丹前不久结婚了，找了一位本院的同事，也是科班出身，闻风雷这才稍微心安了一点。

闻风雷先去医院的住院部核实了萧天雅父亲的有关信息，又去问讯处查到了丹丹的工作部门，便带着一种碰运气的心态去了神经内科病区，丹丹是该病区的住院医师。

闻风雷到达病区的时候，时间已经不早了，正要去问讯，一个穿着白大褂的年轻女医生打着哈欠，手里拿一本病历夹，从走道的拐弯处朝他迎面走来。那白大褂个头高挑、皮肤白皙，戴一副金丝眼镜，尽管是从闻风雷的面前一闪而过，还是让他感觉出了她的优雅气质和出众样貌。闻风雷观察了片刻，似乎并不像记忆中的丹丹，便尾随她一前一后来到护士站。闻风雷先向一位戴着白色护士帽的小护士道了声好，便问她在哪里能够找到杨丹医生。

"啊——"小护士偷看了白大褂一眼，继而把手背贴在鼻尖上，做了一个吃惊的动作，也不说话，只顾对着另外一位护士傻笑。

白大褂这时冷冷地扭过脸来看闻风雷，一抬眼竟愣住了，随即不由自主地大喊起来："哎呀，雷雷？"

"你——丹丹？你好像长高了很多嘛，我怎么没认出来？"闻风雷为自己的眼拙感到愧窘。

丹丹瞥了闻风雷一眼，见他还是一副学生装束，立领蓝上装，黑色直筒裤，白色回力鞋，顿时产生了疑虑："你还没毕业吧？你来上海干什么？"

"听说你在这里工作，特意来看看你！"闻风雷一本正经。

"看我？得了吧！"丹丹斜了闻风雷一眼，"跟我来，有话到办公室说！"

医生办公室空无一人，丹丹让闻风雷随便找个地方坐下，就趴在桌上忙开了，闻风雷看她写的内容，无非是什么查房意见、病程记录、出院小结、医生嘱咐等等，写了一大堆。丹丹在忙，闻风雷就目不转睛地盯着她看，丹丹写东西，他就看她的侧影；丹丹去放病历夹，他就看她的背影；丹丹抬起头来接电话，他就看她的脸庞，眼里充满了欣赏和惊羡。

处理完手头上的几件事之后，丹丹打开柜子，从里面找出一个小纸杯给闻风雷倒了一杯白开水，然后两手抱在胸前，直视着这位不速之客："说吧，你来这里做什么？"

闻风雷许久都没回她的话，他也冷静地直视着丹丹，两人目光对峙，心灵碰撞，像两束火花意外地交缠在一起，迅速绽放成一片熟悉而陌生、炽热而冰冷的火焰，强烈却节制地燃烧着彼此的情感。闻风雷的身体被这股突如其来的心火烤得痛苦不堪，他无可奈何地避开丹丹的目光，情绪失控地嚷叫道："你怎么这样猴急，我到现在连你的一张照片都没见过！"

丹丹陪着闻风雷去呼吸科病区，在那里他第一次见到了萧父和萧母。

萧父的病床在二楼三病区，二十七床。病房不大，摆了四张床位，进门的左手就是二十七床。床上躺着一个中年男子，五十出头的年纪，体胖，戴着氧气面罩。一位年纪相仿的中年妇女坐在床边上，眼睛盯着氧气机的仪表盘，神情肃然。

在向萧母作自我介绍之前，闻风雷有过一番犹豫，他既不想让丹丹知道他与萧天雅的关系，又不想在萧天雅的父母面前暴露自己的身份，于是假称自己是萧天雅哥哥萧广仁的战友，到上海出差，得知伯父住院，来医院看他。萧母对这番说辞自然是挑不出破绽的，加上陪同而来的还有一位本院的美女医生，也就深信不疑了。闻风雷问萧父的病情，萧母说他早年得过肺结核和肺气肿，常年咳嗽不断，这次肺部又感染了，胸片有一大块阴影，当地医院无法确诊是不是肺部肿瘤，于是建议他们来上海做个气管镜检查。来了以后，医生说他感染很厉害，最好是先消炎，等用过药以后，再视情决定下一步的检查。萧母说完，看看丹丹，估计是想在她那里得到某种验证。

"呃，这样处理是有它的道理的，"丹丹立刻换上了专业人士的角色，"做支气管纤维镜检查，可以直观地看到肺部组织的病变，搞清楚感染的原因，但是也存在一定的风险，像叔叔这样的身体状况慎重一点也好。肺部阴影无非是两种情况，要么是炎症，要么是肿瘤。如果是炎症的话，经过用药治疗，会慢慢吸收，在影像上阴影就会变小或变淡；如果是肿瘤的话，阴影的大小则不会有任何改变，那时候就要靠支气管纤维镜来判断肿瘤的性质了！”

萧母点点头，又笑了笑，以她的诚挚而友好的微笑表达了自己的谢意。

萧母在说话或是微笑的时候，露出一排精致而齐整的牙齿，在红唇白齿之间审慎地展示着自己的中年风韵。闻风雷悄悄地打量她，见她剪了一头齐耳短发，头发乌黑，一丝不乱，给人一种精明干练的印象；眼睛也是和萧天雅一样的浓眉大眼，皮肤细腻，光滑润泽，说话不紧不慢，柔声细气，颦笑之间透着大户人家的遗风家传；再看她的衣着，大众化的装束，蓝灰黑的色调，但搭配妥帖，视觉舒适，简单中藏着精巧，朴素中透着别致，完全是一副知性妇女的修为。闻风雷越看萧母，就越觉得她与萧天雅是一个模子刻出来的，她在生出萧天雅的同时，也把另一个自己生出来了。今日的萧天雅其实就是昨日的萧母，今日的萧母又分明是未来的萧天雅，两人是母女、姐妹、朋友或上一辈子的亲人。闻风雷忽然想到，大约从两年前开始，这一对母女之间的因缘福报、因果轮回便与他有了某种关联，娶其之一，便要迎纳一双，他要做好加入其中并与之和谐共处的准备。

病房里啪嗒啪嗒进来一群白大褂，步履匆匆，神情紧张，原来是靠里侧那张床的病人出了险情。闻风雷环顾病房，发现里面塞得满满的，每张床位旁边都摆了一台叫不上名称的仪器，四周坐了不少人，咳嗽声呻吟声此起彼伏，乱成一片。闻风雷和萧母说了一会儿话，就感到病房里有一种无法言说的压抑，空气中充满了痰液、病毒、药水和其他污染物，堵得口鼻无法喘气，人就始终焦闷在一片污浊里。

白大褂们一进来，丹丹便赶紧溜出了病房。见闻风雷一副不放心的样子，就问他还有什么事情需要帮忙。

“能不能想办法调换一间病房？四个病人窝在一个房间里，简直惨不忍睹！”

“嘁，你以为你是谁呀？上海可是个讲规矩的地方，不像小地方——比如我们老家——拉拉关系就把事情搞定了，这里可没人睬你！”

“我怎么不讲规矩啦？医院安排病人住院，总要尽可能地将病人分分类吧？二十七床的病情并不重，你把他和几个重症病人放在一起，对他的康复很不利，就是好人住在这里也会吓出一身病的！”

“嗯，好像说得通，我试试看吧！”

“别急着走——还想请你帮他找个好大夫，专家或是教授什么的，看看他的病究竟要怎么治，免得在这里干等。”

“你高抬我了，我一个刚毕业的住院医哪能帮得了这个忙！”

“我这个难题不是出给你的，而是出给我妹夫的，他应该没问题！”

“你妹夫？”丹丹一时没转过弯来，等明白过来说的正是自己的丈夫时，不觉羞嗔交加，“哈，你还真不把自己当外人哪！”

送走丹丹后，闻风雷去了一趟医生办公室，向管床医生了解二十七床的治疗情况。管床医生正在翻阅患者的病历，连眼皮也没抬一下，说你问的是二十七床吧，还好，肺部感染、慢性支气管炎、肺气肿，毛病不少，但问题都不算太大。又问他要不要做支气管镜，他就有些不耐烦了，模棱两可地回了一句也许做，也许不做。闻风雷回到病房，将问来的信息转述给萧母听，并表示自己打算留下来与她一道照顾萧父几天。闻风雷提议他和萧母两人分个工，白天由萧母照看，晚上他过来陪护，换萧母回旅社休息。

“没有这个道理的！”萧母一口回绝。

“您就别跟我客气了！您在这里肯定是睡不好觉的，休息不好，就照顾不好病人，这也是为了叔叔考虑。”闻风雷极力劝说，并使出了撒手锏，“您总要回去洗洗澡换换衣服吧？客房我都订好了，就三个晚上，您不去住的话，钱也就白交了！”

萧母诧愕地看着闻风雷，不知道该如何表态。

闻风雷主动进入角色，拎起开水瓶就去打开水，接着又倒痰盂、扫地、擦灰尘、收拾床头柜上的杂物，没几分钟就把病床的周围归置得清清爽爽。见萧母也坐了下来，闻风雷削了一个苹果给她，继续做她的工作：“其实我也帮不上什么大忙，只能是打打下手，临时替换您一下。您一个人在上海照顾叔叔，广仁他们又不在身边，连个帮手都找不到，真不要再跟我客气了！”

萧母接过苹果，感激地说：“那就劳你费心了！”

闻风雷并没有在医院陪过床，萧母走后，他专门去向护士请教陪护病人的方法，一个晚上下来，对萧父的照顾十分细致殷勤，深得萧父赞许。那天晚上萧父咳得很厉害，一咳嗽就气喘吁吁满头冒汗，喉咙里老是发出咕噜咕噜的痰鸣音。闻风雷就端着茶杯不停地给他喂水，轻拍他的背部帮他排痰，把梨削成块状让他吃，还将毛巾温好替他擦汗，一个通宵都没停歇。第二天晚上，萧父的病情有了一点变化，咳嗽减轻了，但痰液似乎增多了。半夜时分，闻风雷坐在床边看书，忽听萧父嘴里发出一阵"嗬嗬"的声音，扭头一看，萧父张着大嘴，面色绛紫，正在用手往口腔里掏东西。闻风雷知道他是被痰堵住了喉咙管，便赶紧去摁病床上方的呼叫铃，摁了几遍都不见人来，一时无计可施。犹豫间，萧父的脸色又添了几分紫色，想说话又说不出来，不住地用手去指床头柜上的一个像喷水壶一样的东西，那玩意儿前面接了一截细细的管子，后面拖了一个像球囊一样的尾巴。闻风雷听萧母说过那是吸痰器，就慌忙拿起它来给萧父吸痰。他将管子伸进萧父的嘴里，然后去挤压后面的球囊，不料怎么用劲都吸不出痰来。闻风雷这时也急出了一身冷汗，他定下神来，仔细观察吸痰器的构造，发现它的管子是套在壶嘴上的，接口的地方可以活动，于是干脆将它从上面拔下来，直接用嘴对着管子吮吸。这一招还真灵，痰竟然被他一口一口地吸了出来，而且吸得干净彻底，酣畅淋漓。随着危机的解除，萧父的脸色也由绛紫转成土黄，逐渐恢复了平静。

闻风雷的研究生面试有些别开生面，因为导师生病住院，学校通知他和另一位考生方小慧到医院去和导师见面。导师约莫六十岁年纪，身形消瘦，体单力孱，但精神矍铄，气宇不凡。导师先问闻风雷为什么要报考他的研究生，闻风雷说崇拜使然，他在《经济研究》上经常看到他的文章，为他的理论折服，为他的观点叫好，还为他的文笔倾倒，说罢不假思索地背出了导师的几段精彩论述。导师问闻风雷上大学以前做过什么工作，闻风雷说下过放，当过兵，还在政府机关当过秘书。导师很开心地说："难得，难得！那就让我们相互学习吧！"

闻风雷离开上海时去向丹丹辞行，丹丹告诉他为萧父调换病房和请专家会诊两件事都有了眉目，病房明天就可以落实，会诊则要等到星期五科主任大查房后安排。

“我欠了你一个大人情，怎么还你呢？”

“你这个人忒没意思，是个现实主义者，我以后不想见你了！”

“我现实？你这个理想主义者早就享受到了美好幸福的生活，可我至今还在为稻粱谋呢！既然你说我现实，那我就现实好了，等九月份开学我来上海，如果学校的伙食不好的话，我就上你家去蹭饭吃，小时候我们玩过家家，你总是喜欢当妈妈，要给我做饭吃，你不能说话不算数！”

闻风雷离开上海的时候，忽然对“命运天定”的说法有了进一步的理解，他人生中的两场大考——入学面试和选婿面试——都是在医院进行的，主考官都是躺在病床上的老人，这难道不是一种命运的安排吗？考试的结果，对于他来说已经没有任何的悬念了，但是由这两次面试所引起的某种人生规划却是摆在他眼前的现实问题。他想，在条件没有成熟、问题没有明朗的情况下，有些选择他是无法作出的，他唯一能采取的行动就是顺天意、尽人事而已。

萧天雅在庐城实习期间收到的最后一封信，是其母寄自家乡的来信。信中说乃父已于本月二十九日出院，昨日回到家乡，医院最后的诊断结果仍然是慢性支气管炎伴肺气肿，无法根治，只能调养。又说这回之所以能够如此顺利，多亏了广仁的一位战友，小伙子请人帮忙为我们调换病房，从四人间的病房调换到两人间的病房；又找专家会诊，及时确定了病因，调整了治疗方案，减少了在医院等待的时间。小伙子很懂得体贴人，夜里照顾你爸，细心周到，不嫌脏累，用嘴去为你爸吸痰，帮他渡过了难关。更令我们过意不去的是，他在护士站看到我们的欠费单后，竟然悄悄地去住院处垫付了二百元钱，临走还买了十天的饭菜票留给我们，这些花费相当于我和你爸三个月的工资啊！你爸最近这些天来，一直在念叨这位小伙子，就说他人好，有爱心，能吃苦，看起来一个斯斯文文的人，却有一副侠肝义胆，真是不多见……看到母亲的来信后，萧天雅也是感动不已，心想广仁能交上这样的好朋友，这三年兵也没白当了。

第九章 天意并不在天上

33

闻风雷从上海复试回来，就赶到实习点上去收摊子了。他和谷庆丰两人给每个同学写了实习鉴定，然后拿到实习单位去找指导老师签字；又连夜加班写好感谢信，请夏子辉用毛笔抄到红纸上，再和同学们一道送到实习的两个单位去。闻风雷他们在两个单位实习的时间虽然不长，但给大家留下了不错的印象，这种好印象就反映在两个单位准备的礼品上。财政局送每人一个日记本，扉页上写着“同学共进”四个字，并加盖了单位的大红印章；人民银行送每人一支英雄牌铱金笔，笔管上请篆刻师傅刻了一句勉励的话，又把金粉涂抹在上面，寓意“流金岁月”。闻风雷也曾建议过要回赠一面锦旗给实习单位的，邵仕达请示过系里之后回话说系里没钱，锦旗就不要送了，要送就送一封感谢信吧！

几个人从财政局办公楼出来，正好碰上有人在宣传栏里张贴他们的感谢信。四周围拢了不少人，唧唧喳喳的就像一群麻雀扎堆在晒谷场或是树底下。

“啧啧，这帮学生的字真好，写得跟书法一样，比我们综合科的老李头强多了！”

“我看内容更好，文笔老到，情真意切，有水平！”

“还是字好，越看越舒服！”

“你连形式和内容的关系都没搞清楚，还在这里乱讲！”

“形式怎么啦？不用毛笔字抄写出来，你看得清楚吗？毛笔字不是简单的形式，它是放大镜、幻灯机，是一种艺术和享受，你懂不懂？”

“要是这么说的话，那大家都去抄报纸好了，何必一天到晚待在办公室里爬格子咬文嚼字呢?”

“嘁，你这是在抬杠嘛!”

萧天雅结束实习的返校之旅，一如她的出发，充满了失意和忧虑。坐在开往省城的火车上，她一直闷闷不乐，满脑子都是乱七八糟的事：离开了两个月的寝室，到处都结满了蜘蛛网，春季雨多，室内想必也是潮湿的，被子说不定都霉了，回学校的第一件事就是洗被子，要不然没法睡了；家里想她毕业分配回老家，父亲为这件事在省城找了一位熟人帮忙，这位熟人写信来约她见一面，时间定在三天以后，她心里虽然不情愿但还是要去的，不然拂了人家面子；还有闻风雷，也成了她的一块心病，实习两个月没通一封信，到上海去复试，明明知道自己的爸爸躺在医院里也不去看一看，不仅不近情理，也有点不可理喻。昨天她还和祝宇安谈起过这件事，她告诉祝宇安，她爸爸住院期间，哥哥的一位战友去看了他，帮他解了燃眉之急。祝宇安逗她开心，说你的心上人也去了吧? 我写信告诉过他的，他肯定也去了! 得知闻风雷没去，祝宇安就为他打圆场，说他如果没去，原因不是别的，那就是怕见你家里的人。

“我不相信他的胆子这么小，这点台面都应付不下来，还能干什么大事?”萧天雅一下子恼了，“他不去看我爸爸，只有一个原因，那就是不愿委屈自己，目中无人!”说到此处，萧天雅不禁哭了起来，“这么长时间不写信来，春节也不到我家里去，他根本就没把我当回事! 过去说要减少接触注意影响的话，都是借口，都是假话，完全就是在骗人!”

“你还讲不讲理? ‘三不’的要求，不是你硬加给他的吗? 你把别人想得那么坏，却不愿意主动去解决问题，你这是在自寻烦恼嘛!”祝宇安不仅不安慰她，还感到滑稽可笑。

实习人员才返校，熊秉清就来打闻风雷的招呼，要他好好物色一位学生党支部书记的接替人选，另外拟议中的几个党员发展对象也要抓紧走程序了。

“系里有什么意向或是具体的人选吗?”闻风雷想探探熊秉清的口风。

“系里是谁? 不就是我和你吗?”熊秉清感觉此问多余，“大胆推荐吧，你推荐的人我放心！”

闻风雷召集几个支委研究了近期工作，就逐个找党员们谈话，希望集中大家的智慧推荐出一位让系里满意的接替者。谈完一圈人之后，他突然想到还漏了一个萧天雅没谈，于是在心里感慨道，他的恋人不知从何时开始，成了他人生舞台的压轴戏。

他确实很想萧天雅了。两个月没见到人，也不知是瘦了还是黑了，她的辫子是不是剪短了，她滑冰留下的淤青是不是消退了，他都想知道，也都想看到。他还想和她谈论她的爸爸妈妈，谈他对他们的印象，谈她爸爸那天晚上的痛苦，谈她即将面临的毕业分配，总之有很多话要跟她说。他沿着草坪边缘的道路回宿舍去，发现草坪上有了一些异样的景象，一些低年级的学弟学妹们成双结对地聚在草坪的各个角落，漂亮的花裙子、粉红色的油纸伞、亲昵的身影和充满活力的嬉笑追闹，飘散在草坪上，叫人看得眼馋耳热好不羡慕！闻风雷很想走过去和他们打声招呼问声好，恭喜他们赶上了教育改革的好时光，一切都在改，一切都在变，今后会越改越顺，越变越好，祝愿他们开心快乐，万事如意。闻风雷忽然觉得自己很惭愧，他和萧天雅的恋爱讲起来谈了两年多，但两人待在一起的时间还不如这群刚入学的小弟小妹多，而且没有欢声，只有沉默；没有笑语，只有叹息。他相信萧天雅的感受也和他差不多，一定也在苦挨光阴，翘首未来。他想告诉她，他们的冰雪已经消融，他们的禁令已经解除，“轻舟已过万重山”，四年苦旅一结束，他们的好日子就要来临了。

走进宿舍楼，老远就听见皇甫涓和谢晓华两人站在过道上吆喝，问大家有没有要洗的被子，要是有的话赶紧送到女生楼去，书记她们正在为大家做好事。

“你们都回来啦?”闻风雷很认真地看了看两人，“皇甫涓白了，谢晓华胖了，你们都变漂亮了！”

“你讲的可不是你的心里话，我们谁都没变！”皇甫涓冲谢晓华眨了眨眼，“若说有谁变了，那就是祝宇安，她变得更漂亮更洋气了！”

闻风雷一听皇甫涓当着他的面夸奖祝宇安，心想坏了，她俩已不由分说地把他和祝宇安拉扯到一块去了，说不定是两个月以前的那次握手，引起了大家的误会，便想当然地拉郎配了。闻风雷假装没听明白的样子，笑着问道：“怎么赶在这个时候洗被子，回来了也不休息休息?”谢晓华噘着嘴说:“还不是书记的主意！她一回来就洗这洗那，都洗两天了还没洗完!”

“又在洗?”闻风雷心里咯噔了一下。

眼里总有事，老也做不完，这大概就是萧天雅操持班上事务时留给同学们的印象。其实，萧天雅的行为早已超越了简单地为同学服务的范畴，她将这个班视作一个大家庭，自觉自愿地为这个“家”付出，对于她来说，这个大家庭的事，比她个人的事重要;为大家忙碌，比给闻风雷写信或与他约会重要。在校的四年中，她乐此不疲地为大家服务，并将其固化为一种责任、一种习惯，或者是一种理念、一种原则，深印在她的脑海里，顽强而低调地坚守着。她每天都在用自己的行为向众人验证一个朴素道理：女人的勤劳是干出来的，女人的坚强是爱出来的，女人的美德是赞出来的。闻风雷早先曾问过她这样做累不累，她说:“我一想到班上许多事情没人管，心里就不舒服，就觉得要做些什么才好!”对于她的这种急公好义的品德，闻风雷表面上是认可和赞赏的，但在全盘接受和躬行仿效上却是打了折扣的。

萧天雅的爱心不仅无私而且多元，她作为学校的公众人物，其爱心自然也是属于公众的。因此，她在爱闻风雷的同时，也爱着这个班，甚至在处理两人的爱情关系的时候，也要以班里同学的看法、意见或议论为参照，唯恐受到大家的批评指责或其他负面的评价。正因为她把自己的公众属性看得过重，所以自觉或不自觉地轻忽了与闻风雷的关系，换句话说，不恰当地夸大了与他恋爱不利的一面，而没有兼顾到他的实际感受和心理需求。萧天雅对自己的恋爱确实存在一种惧怕心理，矛盾之处在于，她在闻风雷这边畏畏缩缩，在帅亦然那边却大大方方，包括由此带来的诸多非议也毫不顾忌，这就给闻风雷留下了难以言说的失落和困惑。关于这一点，萧天雅是有所察觉的，她一直在意的是班上同学们的看法而不是闻风雷的想法，闻风雷的想法一是不足为虑，二是爱莫能助，只好请其正确对待、自行消化了。幸亏闻风雷对自己的恋爱是极为自信的，对萧天雅也是十分包容的，萧、帅二人频繁接触，他既不吃醋，也不怪怨，还从未进行过任何干预，把一个“局外人”的角色表演得滴水不漏，炉火纯青，这不是他演技好，也不是他没办法，而是出于他对萧天雅的理解和尊重，还有他的大度和大气。

闻风雷从谢晓华嘴里获知萧天雅又在忙着为大家洗衣服、洗被子，便打消了去找她的念头。他带上自己的毕业论文去了教工楼二楼的金融教研室，于主任是他毕业论文的指导老师，他想试试看他的论文能否在于主任那里顺利过关。

实习结束以后，学校专门安排了一周时间给大家写毕业论文，论文完成以后再上两门课，四年的教学任务就全部完成了。在写论文的这一周里，真正劳神费力的不是学生而是老师，学生的论文早在实习期间就写得差不多了，此时只要充实一些数据、调整部分文字就可以交差了；老师则不然，面对众多学生，每篇论文都要细审一遍，审阅量大不说，还要有精准贴切的指导意见，以彰显老师的学问，何其难哉！

闻风雷将自己的论文送去给于主任审阅，于主任并未接那几页纸，而是把手摇了摇，说："我不看了，你的论文我改不动了，改不改都是优秀，你直接交稿吧！"三言两语，三五分钟，就算通过了。

闻风雷一连几天待在寝室里与大家闲聊，听大家聊实习见闻，聊同学趣事，聊得津津有味，聊得热火朝天。他发现经过两个月的社会实践，大家都成熟了不少，见面知道问好了，争论不再锋芒戳人了，商量事情也有板有眼了，看人的眼神也更加柔和自信了，有时稍不注意，还仿出了哪位领导的口气，声调拉得长长的，嗯欸吧啊等语气助词统统都用上了，给人一种平地升官的错觉。

皮阿凡再一次成了闲谈的焦点，大家问他那天晚上当"护花使者"的细节，他也只是就事论事地敷衍了几句，并无卖弄和夸耀之词，他的行事风格的改变，使人心生敬意感慨不已。皇甫涓带着谢晓华到皮阿凡寝室来收洗被子，他客气地跟人家笑笑，招呼一声"你们辛苦了"，就掉过身去忙别的了。时光倘若回流到几个月以前，他笃定会像一只哈巴狗儿那样围着皇甫涓上蹿下跳，摇尾乞欢，绝不可能故作矜持，假装冷傲的。皮阿凡的此番变化，不仅让同学们刮目相看，更让皇甫涓本人伤心和落寞了。

在两个月的实习中，像猫偷腥鼠打洞一样，没有发生任何改变的人是苗喵咪。苗喵咪和皮阿凡套近乎，仍旧改不掉过去张长李短的毛病，在闲聊校园趣闻的时候，没话找话地说："刘远程闷骚得很，几次从实习点上溜回学校与黎玉红约会，两人头天晚上出去，第二天一大早回来，恐怕早成其好事了！"

皮阿凡第一次没喊他的绰号，而是平心静气地劝导他："德发大哥，这些野路子听来的消息是不能当真的，不管刘远程闷不闷骚，你我都不要去管人家的闲事，你自己年纪也不小了，可不能老是操着别人的闲心，误了自己的正事啊！"

覃怀良经过半年的脱产学习，也在五月上旬的某一天回到了班上。辛苦紧张的学习生活，没有在他身上留下什么痕迹，反倒让他变得更加结实和健硕，一副百害不侵的样子。邵仕达与他交接情况，反映班上的学习风气成问题，学习动力不足，钻研氛围不浓，特别是帅亦然在实习期间表现很不好，到单位不认真跟学，一天到晚喝酒，喝酒以后就胡言乱语，惹是生非，实习单位的人一提到他都不约而同地直摇头……覃怀良听闻邵仕达如此不堪地评价他的班级和学生，不由得火冒三丈，不仅怪他不懂事，也气帅亦然不争气，当即就把帅亦然找来训斥一通，批评他不注意自己的形象、不检点自己的行为，给班级抹了黑，也给学校丢了脸，并要他认真地反省自己的错误，在班上做出深刻的检讨。

"我不检讨，我没做错什么！"帅亦然任性地拒绝了覃怀良的要求，"我实习期间到底表现得怎么样，我说了不算，他邵仕达也说了不算，你只要看看我的实习鉴定，再问问带队的于主任，事情就都清楚了！我马上就去找邵仕达，和他当面对质，你也别拦我，我要让他收回他自己说的话！"

帅亦然气呼呼地闯进邵仕达的办公室，令邵仕达吃了一惊，他知道一场风暴就要来临了。他清楚帅亦然所为何事而来，也清楚自己有什么样的底牌。他很想阻止或迟滞这场风暴的到来，或者降低它的量级、改变它的方向，不过，当他看见帅亦然那副气势汹汹且充满恶意的面相时，他放弃了努力。

"姓邵的，你什么东西！"帅亦然恶言恶语地指着邵仕达的鼻子道，"你泼我的脏水，说我的坏话，你到底安的什么心?"帅亦然抓起桌上的书本用力一掼，"我警告你，你必须老老实实给我把话收回来，讲了几个人就收回几个人！你要敢不收回，可别怪我翻脸不认人，到时候肯定要你的好看！"

面对帅亦然一副泼皮无赖的样子，邵仕达既震惊又气愤，依他的性子很想跟这个浑小子大干一场，拍桌子，骂娘，然后请他滚蛋。可是，看看周围的办公环境，他忍住了。他努力克制自己的情绪，压着嗓子诘问道："你在威胁我吗？说出去的话怎么收回？为什么要收回？你没喝酒吗？你没喝醉吗？你没酒后失态吗？这些都是事实，谁也抹不掉！你假如不服气的话，我们到蒋书记那里去说，到耿书记那里去说，让领导来评评理，你敢不敢？"

"有什么不敢的？我怕你？"帅亦然斗志昂扬，毫无畏惧，"你那点小心思谁不知道，还在我面前假正经！你凭什么追萧天雅？你也不撒泡尿照照自己，在她面前你就是个老大叔，合适吗？你配吗？"

邵仕达冷笑了一声，反唇相讥道："我也警告你，你不要给脸不要脸，自取其辱，自断后路，最后闹得无法收拾！你大概还不知道你喝过酒以后有多丑陋吧？就你那副德行也敢去追萧天雅？合适吗？你配吗？你要我好看，我还真比你好看，我的形象比你好，气质比你好，名声也比你好，你不服气行吗？"

帅亦然挨了班主任的批，又在邵仕达那里吃了瘪，越想越窝囊，越想越气愤，就决定要向学院党委写信，检举揭发教师队伍中的害群之马邵仕达。告他什么呢？帅亦然坐在阅览室的一个角落里苦思冥想，心里的怨气越积越多，狼奔鼠窜，横冲直撞，终于形成了火山爆发的燎原之势，挟着满腔怒火喷涌而出。他义愤填膺气正辞严地写道："邵仕达带头破坏校规校纪，在大三期间就疯狂追求七九级金融班女生皇甫涓，四处打听她有没有男朋友，遭到拒绝后就到处造谣中伤，说她品行不端，作风不正，严重干扰了皇甫涓的学习和身心健康。担任辅导员以后，仍然恶习不改，把追逐的目光转向了萧天雅，百般干扰，反复纠缠。今年三四月间，邵仕达到庐城带学生实习，不认真履行带队老师的工作职责，对实习单位不理不睬，对其他同学不管不问，利用身份上的便利条件，强行介入萧天雅的实习事务和感情生活，在实习单位和同学中留下了轻浮和虚伪的极坏印象……"

几天以后，一封落款为"知名不具"的检举信由学院党办转到了蒋家兴手上。蒋家兴板着脸、背着手、踱着步，走到邵仕达面前，将手里的信往他桌子上一扔："你还有个好朋友叫'知名不具'的？你的交际蛮广的嘛——看过以后跟我说说想法！"

“知名不具”很快又到了覃怀良手里。覃怀良一时猜不透是谁写的，就拿着那封信来找闻风雷，抓着信纸的手不住地颤抖，眼里布满了血丝，白头发似乎也多了几根。

瞧着两个可恶的“情敌”在打架，闻风雷多少有点幸灾乐祸。帅亦然轻狂，邵仕达痴妒，风花雪月之中既情景乏味，还充满了醋熏火燎的痕迹。闻风雷默念着信里腥气的文字，只担心萧天雅的名誉被玷污。他想了想，说：“系里既然将这封信交给您处理，那就认定了这封信是我们班的人所为。是的，他们没猜错，这封信是帅亦然写的，信里反映的几件事都是事实，帅亦然并没说假话！”

“没说假话，也不能采用这么极端的办法来处理问题呀！”

“其实大家都清楚，帅亦然这件事做得并不道德，动机不纯，完全是为了泄私愤。告状的结果不见得会伤害到邵仕达，但肯定对帅亦然本人不利，也会影响到萧天雅和我们班的集体声誉。”

“能不能去跟蒋家兴讲，就说是帅亦然写的？——帅亦然不承认，我也没根据呀！”

“不可！熊秉清都找您谈过话了，明确告诉您马上就要发展您入党了，在这个节骨眼上冒出匿名告状的事，就想看看您是站在谁的角度上来考虑和处理问题的，这也是蒋书记刻意要检验您的地方。”

“那我总不能老是把这封信抓在手里头吧？”

“交不交出帅亦然，对系里来说其实都是一件两难的事情。这件事不妨冷处理一下，就向系里报告‘查无此人，此事存疑’，等试探过蒋家兴的态度以后再说！”

“蒋家兴鬼精得很，糊弄他可不容易！”

覃怀良心里没藏得住事，刚和闻风雷谈完，就把萧天雅叫到办公室来，要她解释与邵仕达、帅亦然两人是怎么回事。

萧天雅难过地望望覃怀良，老师的表情十分严肃，往日挂在脸上的一团和气不见了踪影，乌云翻滚，山雨欲来。萧天雅觉得有些话实在是说不出口，便忐忑不安地站在桌旁一声不吭。

见萧天雅不接腔，覃怀良的脸色又凝重了几分，他想狠狠骂她一通，又怕她脸皮薄受不了，心里一软，骂人的话就换成了一番规劝和训诫："不是我要来干涉你的个人问题，干涉也不顶用。比如我过去暗示过你多次，闻风雷这个同学不错，希望你们俩能成就一段佳话。可是结果呢，不知是你没看上闻风雷，还是你俩没对上眼，总之你俩八成是没谈，要是谈了的话，你不至于会长时间在这两个人当中盘来盘去而不顾及闻风雷的感受。你看你，都把自己折腾成什么样儿了，折腾成了两个男生的争风吃醋，折腾成了告状信，折腾成了你们这个毕业班的最后的笑话。告状信这件事跟你没关系吗？当然有！正是你态度暧昧、患得患失、优柔寡断，才造成了人家的错觉，给自己带来了被动。不是我说你，你的品位也太低了，这两个人我就没看出来好在哪里，两人合在一块，也抵不上闻风雷的一个脚指头，你还当成宝贝了！行了，我今天不跟你讲这个事了，就要求你一点，你要快刀斩乱麻，赶快去给人家表明态度，是跟张三好还是跟李四谈，都要跟人家说清楚，不能再把人家吊在那儿了。据我所知，两个人已经吵过架了，如果再打起来，闹出什么丑闻或是人命案子，你自己就全毁了！"

走出覃怀良办公室，萧天雅的心情沮丧到了极点，她第一次见覃怀良拉下脸来说她，讲的话不仅刺耳、难听，而且冷淡、生硬，可见其内心愤懑，失望之至。覃怀良话粗理不糙，造成这一切的原因，都与她不会处理感情问题有关，她虽然对邵仕达表示过她已有男朋友，但并未中断与他的联系，两人照样你来我往；也明告过帅亦然让其打消非分念头，但并未重视与他的疏离，两人依旧过从甚密。她做不来那种冷面怒对、狠心决裂的事情，即使成不了男女朋友，也还可以做同窗学友，为什么非要彼此隔断、形同陌路？在同学与朋友之间，她始终没能找到一种准确的关系定位和恰当的交流方式，这或许正是她的失策和失败之处。帅亦然如此粗鄙，一点委屈都受不了，竟然不知轻重，毫无操守和底线，采取告状的方式解决问题，把事情弄得一团糟，不仅坏了邵仕达的名声，也坏了她的名声，简直十恶不赦。覃怀良还间接提到她男朋友的感受问题，细细想来，她的确是很不应该，总以为自己行为坦荡，闻风雷也未明确反对，所以无所顾忌地与他人接触，以至于遭大家非议还浑然不觉。闻风雷为什么冷落她？难道与这两人没有关系吗？她的心头涌起了一股歉意，她的做法可能伤害了闻风雷。他没明说，但她都感觉到了。

在受到覃怀良批评的这个下午，萧天雅带着几个女生在教室里帮同学们缝被子，她们把课桌拼成乒乓球桌大小的台子，几个人则同时散在几张台子上作业，教室里欢声笑语，春心荡漾。

“那天在男生宿舍，闻风雷说皇甫涓白了，我胖了，我们女生都变漂亮了。你们猜，我和皇甫涓是怎么回他的?”谢晓华别有用心地扯起了话题。

“我猜，你们说‘你变得更可爱了’是不是?”一个女生说。

“你们问他‘你想我们啦?’对不对?”另一个女生说。

“不对！你们太肤浅了!”谢晓华一脸得意。

“我们说他没讲真话，只有祝宇安变了，祝宇安变得更漂亮更洋气了!”皇甫涓边说边瞟了祝宇安一眼。

“无聊!”祝宇安气得就要用针去扎皇甫涓。

“哈哈哈哈——”几个人笑成一团。

萧天雅突然咧了咧嘴，祝宇安的针仿佛借着神力戳到了她的手指上，血珠子一下子涌了出来。

女生们回宿舍以后，萧天雅独自留了下来。她借口要修改毕业论文，把自己关在教室里给神人写信，有一个问题困扰了她很长时间，她想向神人讨教，得到他的帮助，走出眼前的困境。

她向神人请教的问题是：临近毕业了，她尚未考虑好分配去向。本来她的分配去向是很好选定的，男朋友最近考上了某个大城市的研究生，按理她也应当选择到他读书的那座城市去工作，而她一旦这么做的话，将给她今后的生活带来很大的便利。但是，令她焦愁的是，她不知道她的男朋友是否还像以前那样爱她，最近两个多月他没给她写过一封信，前不久他去参加研究生复试，她的爸爸就在他报考的那座城市住院，他知道情况后无动于衷，连照面也没打一个。她对这段感情无从把握，也拿不定主意要不要跟男朋友一块走，希望神人能给她一个具体的合理化建议。

信写好后，萧天雅郑重其事地找了一个信封来，将信装进去，用浆糊粘死封口，又在信封上工工整整地写下“神人大哥启”几个字，就盼望他能及时将信取走。很长时间都没联系过他了，她想试试这一联络的管道还在不在。临走的时候，她把书桌里杂乱的课本重新整理了一遍，将那封信特意放在课本的最上面，然后带上教室的门，不大放心地离开了那里。

神人很快来信了，相隔四个月再见到那种熟悉的笔迹和粉红色的纸头，令萧天雅感到格外亲切。收到神人的回信，萧天雅并无太大的惊疑，比如神人是如何知道她会写信的，又如何将信件取走送回的，这些都无须赘言，她早就领教过了神人的通天本领，要是没有这样的本领，她又怎么会对他佩服得五体投地呢？神人来信了，就说明她与神人的交流管道是畅通的，这使她感到了莫大的安慰。

神人告诉她，在选择自己的分配去向时，一定要审时度势，要有志向、要有远见、要有定力。神人建议她将北京选为自己的第一志愿，而且是唯一的志愿，坚决地去那儿工作！北京是全国的政治、文化和经济中心，是一切有志青年建功立业的首选之地，那里的空间比天大、比海深，是成就有志青年人生梦想的首选之地。国家机关当前人才缺乏，青黄不接，十年“文革”中断了人才培养，各项事业百废待兴，这为新时期的大学生提供了极好的发展机遇，她的基础好、才情高，到北京工作，成功的概率极大。千万不要留恋家乡的安逸生活，更不要舍不得离开父母，一个地区、一座省城，若要与北京相比，起点仍然太低，格局仍然太小，很难有大的作为，即使付出百分之百的努力，也难比肩分配到北京的同学，这种先天不足所导致的发展劣势，少则三年五载、多则十年八年就会凸显出来，最后是两极分化，云泥之差。神人不赞同她将男朋友上学的那座城市作为自己的工作地点，那样只会限制两人今后的发展空间。神人进一步分析道，她去北京工作，三年以后她的男朋友也能去北京发展，毕业分配的去向就多了一个选择；她不去北京而是将自己锁定在某个城市，今后两人就只能待在那座城市，一动也不能动了。另外，还有一个灵活选择是，万一今后她不愿在北京待了，再调回老家或是哪座城市也十分容易，从国家机关调往省市政府机关的对口部门，就像乘坐电梯下楼一样，根本没有任何障碍！

关于她耿耿于怀的男朋友没能去医院看望她生病住院的父亲一事，神人认为这件事与感情无关，根本无须在意。男朋友去参加考试，首要的关注点是集中精力处理与考试有关的一应事务，其中的情况千变万化，复杂纷繁，谁都不能凭想象臆断。至于有了空闲，要不要去看她的父亲，这里面还是大有讲究的，关键要看她与他的关系到了哪一步，是不是具备了翁婿相见的条件。火候不到，不去也是一种聪明的做法——去了，彼此尴尬；不去，一避两宽。她和男朋友的感情，要以她的直觉来判断，而不要掺杂父母的因素，否则容易舍本逐末造成误判。讲到这个问题，神人说，他不得不讲一下邵仕达与帅亦然的事情。这两个人因她反目，因她争斗，不可能不影响到她与男朋友的关系。在她与男朋友的情感产生了隔阂的状况下，毫不避讳地与某一两个男生频繁接触，这种做法是不妥当的，一方面让她的男友费心猜度她的真实意图，另一方面又不可避免地勾起他人的非分之念，两头失当。帅亦然与邵仕达争风吃醋，伤害的其实是他本人，系里准备以“查无此人，此事存疑”的调查结论上报学校，事态估计很快平息，两人的矛盾也不至于进一步激化。这件事的正面意义在于让大家见识了帅亦然其人，生性鲁莽、头脑简单、只可驭用、不可重倚，不适合成为她的朋友。

在信的末尾，神人做了一个大胆推测，断言她的男朋友就是闻风雷。神人说，以他对萧天雅的观察，此人应该与她在同一个班上，而班上考取研究生的，除了吴学勰和张大勇，就是闻风雷；吴学勰和张大勇年纪尚小，进不了她的恋爱圈子，能幸运入围的只剩闻风雷。讲到她的恋爱圈子，神人建议她重点关注一下邵仕达，邵、闻二人有不少共同特点，但不同之处更加明显：邵仕达出身农家，为人热情、性格温和、能屈能伸、颇有人缘，选他做朋友，繁简皆可，进退皆安；闻风雷出身官宦，为人坦诚、性情急躁、冷傲矜持、自视甚高，选他做朋友，顺逆皆累，俯仰皆苦。神人还旧话重提，问萧天雅是否还记得上次信中要她“早做区处，好自为之”的话，并说明这话是专门针对闻风雷的，在闻风雷对她几乎关上交流的大门的时候，为什么不试图做些改变呢？

“改变？怎么改变？还能回得去吗？”萧天雅仍然不赞同神人的这个提议，她第一次发现神人不喜欢闻风雷。

告状风波平息过后的一个傍晚，萧天雅主动邀请帅亦然陪她一块散步，两人走出校门，朝西拐到农学院附近，沿着火车轨道伸展的方向徐徐而行。天气明显热了，轨道上留着光照的余温，路基上的机油味、枕木上的柏油味和铁轨上的金属味，交串在晚霞映照的空气里，给即将沉寂的四周增添了一股既熟悉又说不出所以来的混乱气息。

帅亦然自从告过状以后，就觉得周围一切都变了，时空凝固了，氛围冷漠了，连看向他的目光也变得诡谲了，没有谁来找他聊天，也没有谁来跟他谈论告状的事，更没有谁来关心他和安慰他。大家仿佛都商量好了似的，当着他的面一律不问他、不谈他、不理他。于是乎，在大家的眼里，他就成了一个影子、一个符号、一个笑话。直到这个时候，他才回过神来，他告状的结果并没给邵仕达造成伤害，倒是给他自己带来了灾难，他不仅得罪了邵仕达，也得罪了系里，甚至连他一直想要保护的女生和想要维护的团支部的荣誉，也因他的鲁莽和冲动而受到羞辱或玷污。渐渐地，他就明白了一个道理，在我们这个有着五千年璀璨文明的国度里，在我们这个被“四海之内皆兄弟”理念长期教化的礼仪之邦，他的告状的行为实在是难登大雅之堂，也是大逆不道和愚不可及的。他意识到自己犯了一个巨大错误，他已经完全清醒并后悔了。

萧天雅邀请他出来散步，这使他既惭愧，又受宠若惊。他喜欢萧天雅多年，从入学开始就对她暗生情愫，后来更是主动给她写信，向她示爱，将内心的爱慕外化为公开的追求，就像玉兰花开脱去了苞片一样。他真心地爱萧天雅，在追求她的过程中，将她作为自己的女神来对待，她貌美如花，高贵纯洁，心地善良，温厚大度，和她在一起的每时每刻，他都能感受到一种踏实、平和、愉悦和轻松，当然还有美好。他曾经暗暗发誓，无论能否得到她，他都会将她视为最真挚的朋友，追随她的左右，为她分忧，为她解难，为了留住她的欢声和笑语而竭尽心力。

他判断并意识到，他并不是她的理想男友，他追她，完全就是一场实力悬殊的心理博弈，也是一场找不到合适等价物的情感交易。班上和系里有不少男生都比他优秀，他既然真诚地为她好，就应该给她留下足够空间，把选择权交由她支配，而不是夺其所爱，逼其就范，令其难堪。从这个角度讲，他追她，不妨将出自情爱或性爱的角度，改换为一种心理需求或同学友谊。

对于与萧天雅频繁接触的男生，他始终怀有一种排他心理，充满了警惕和防范，他不允许自己看不上的人和自己不放心的人去追求萧天雅，甚而成为她的恋人。他得不到萧天雅事小，但必须确保萧天雅遇人贤良，无忧无虑。当他发现闻风雷少年老成、才华出众，并且断定闻、萧之间肯定会演绎一段校园恋情，他既心生妒忌，且又乐见其成，表现在日常接触中，总看闻不顺眼，说闻的风凉话，工作上也不大配合；后来发现闻、萧两人并无确切的恋情，他痛骂了自己一顿，并为萧天雅扼腕叹息。对于邵仕达的出现，他是反感的，甚至是愤怒的，他认为邵仕达根本就是个混子，不仅配不上萧天雅，连他的非分之念都是有污于萧天雅名节的，他不能袖手旁观，坐视不管……俱往矣，人之将死其言也善，人之将离唯有祝福，‘良辰美景奈何天，赏心乐事谁家院’……

帅亦然正在腹思神游之际，耳边忽然传来萧天雅低沉的话语——

我有一个和你一样大的弟弟，小时候十分调皮，不听我爸爸妈妈的话，但和我最合得来。我哥哥欺负我，弟弟就会去跟哥哥干架，打不赢也要打，吓得哥哥再也不敢惹我了。大学四年，我一直是把你作为弟弟看待的，和你在一起，就有一种与众不同的亲近感。我们在一个团支部工作，你为这个支部、也为我做了许多事，为我分忧解愁，也为我得罪了不少人，大事小事都冲在前面，全力以赴地支持我的工作，最后和我一起带领团支部取得了令人瞩目的集体荣誉。在男女情事上，我并不愚钝，也能体会到你对我的好感，这种好感不是一天两天了，而是一连持续了几年。我唯一对不起你的地方就是无法接受你的这份好感，我的爱已经给了其他人，无法再为你腾出位置，只能抱着“欲恋恨晚”那样的心情与你惜别，希望你能理解。马上要毕业了，天底下没有不散的宴席，我们两人今后天各一方，还望多加珍重……

听到此处，帅亦然悲从中来，他明白他的初恋结束了，而且是一去不复返了。此时，从他的心底深处情不自禁地冒出了一声惊天动地的呼喊：“再见了，我的心上的、梦中的、纸上的情人！”

“能告诉我他是谁吗？”沉默了几分钟，帅亦然凄然地问。

“现在还不行，因为我们的关系出现了一些反复。我保证，不管这段感情结果如何，将来一定会在第一时间告诉你！”

覃怀良提醒得对，她是要作个了断了，不仅是与帅亦然，而且是与她的整个四年的学习生活。一切就要彻底结束了，一切又要重新开始了。

34

闻风雷最近几天老想找萧天雅说话，结果找了几天也没逮到一次机会，有时明明看见她在教室里上课，可是一眨眼就不见了人影。他问祝宇安人去了哪里，答曰到阅览室去看书了，最近开的两门课很烦人，教室干扰又大，学不进，只好开溜了。为了能说上话，闻风雷就改变战术，再下课时，就让吴学勰在门口截她，等两人碰上面以后，他才不慌不忙地走出教室，见猎心喜般地去会自己的心上人。

就在等人的片刻工夫，萧天雅已经从吴学勰那里知道了闻风雷所为何事找她，不待他走近，就直截了当地说她不同意八〇级税收班的人选，而主张推荐八一级金融班的人选，理由是为了避免频繁换人。

"Yes，我正有此意，我俩算是想到一块去了！"

"谁和你想到一块啦？还有别的事吗？你是用不着考试了，我还得去看书呢！"

"今晚我约了几个人去覃老师家，你去吗？"

"不去，"萧天雅口气坚决，"我昨天才见过他！"

闻风雷瞪了她一眼，知道她前几日挨了老师的训，心里不痛快，于是不动声色道："既然刚见过那就算了吧，你的那份心意我们代劳了！"

站在教室外的走廊上，闻风雷认真看了萧天雅几眼，就发现她明显瘦了，脸色发黄，眼圈发黑，整个人憔悴了不少，连那两根骄傲的长辫子也是一副无精打采的样子，他的心爱的白牡丹变成了野山栀。

闻风雷心里涌起一股酸楚，自从他与萧天雅结恋以来，还从未见过她如此一副嗒然若丧的样子。相由心生，貌为心表，她的心情一定出了问题。问题出在什么地方？是邵、帅两人的事没处理好？是毕业分配的问题困扰了她？抑或是自己没去医院探望她的父亲？有一个事实恐怕是确凿无疑的，那就是他们的恋爱没给她带来快乐，倒给她带来了烦恼，成了她的负担。他记得，类似的话，是萧天雅先说的，当时她意指的是闻风雷而非她自己。自从她提出"冷冻"两人的交往以来，他确实做到了"不写信、不交谈、不约会"，甚至在实习期间也没给她写过一封信，这样做的结果虽然避免了众人的口舌之害，但也干扰了她的心绪、影响了她的判断。按照他的理解，形式上的交流暂时中断了，不等于感情就淡了，恋爱就停滞了，相反爱意应当更浓、思念应当更烈。他担心的是，在这个问题上，萧天雅的认识没合上他的节奏，将做给旁人看的假象当成了感情生隙的例证，人为地搅乱了自己的心情。最近一个时期，他对萧天雅的思念与日俱增，几乎到了无法遏制的程度。两个多月前，她离校去庐城，他到校门口为她送行，他没和她握手，却一脸凝重地使劲握了祝宇安的手，疼得祝宇安鬼叫鬼叫，眼泪都快掉出来了。他用劲握祝宇安的手，不是要和祝宇安调情，而是欲借握手传递一种托付的意思，用力越重，心情和心事也就越重，托付的分量和力度也就越重，这个用意只有祝宇安明白。他爱萧天雅，这是毋庸置疑的，有必要检讨的是他的爱并不透明、并不直接、并不决绝，说不定正是这种不伦不类的爱的方式引起了她的失望和担忧，使她产生了误解和感情波动。男人的爱应该像水那样奔腾或宁静，像山那样博大或稳重。他从不怀疑萧天雅的感情，也从不害怕她会从他的掌心里溜掉，他始终掌握着自己恋爱的主动权。他之所以要认真坚守“三不”的承诺，除了环境使然，也想给自己的恋爱加大一点韧性和风险，顺带借临近毕业的最后机会来检验一下萧天雅在任性的路上究竟能走多远。其实，最终的结果早就有了答案，答案是现成的，答案就在他手里。他希望萧天雅能够自己发现并证实答案，这样的答案才有说服力，才会直击心灵、刻骨铭心。看到她眼前的状态似乎不是太好，他的硬汉的心情又一次软化了，他真想对她说：“亲爱的，再忍耐几天吧，马上就解禁了，一切都会好起来的；又说，亲爱的，笑一笑吧，我喜欢看你笑，或许你自己都不知道，你只有在笑的时候才是最美的啊！”

闻风雷带着吴学勰、赵高潮两人去覃怀良家，受到了两位老师的热情接待。刚进门，沈小健就直喊“稀客、稀客”，覃怀良也笑盈盈地招呼大家坐，兴奋之情溢于言表。

闻风雷看两人忙颠颠的，就说：“老师别客气，学生来看老师那还不是应该的嘛！”

沈小健撇着嘴道：“你就嘴上说得好，覃老师外出学习这半年，你也不来看我，你心里压根儿就没你这个沈老师！”

“不来你家就是心里没你呀？你这个话不辩证！”覃怀良急忙过来拉弯子。

“我可没乱说！自从我在会上提了蒋家兴的意见之后，很多同学都不来我家了，见了我，就像见了瘟神一样，躲都躲不赢！”

“你是任课老师，上完课就下课了，大家跟你又不熟，没事跑到你家里来做什么？”

“照你这么说，你当班主任的，大家跟你都很熟，就一定会来看你咯？可事实上呢，来了吗？有几个？”

“你这个人真有意思，老要别人来看你干吗！”

“这哪里是你要不要的问题，而是根本就没有。现在这帮学生，一个比一个精，都在想着毕业分配的事，你手上又没权，管不了人家的分配，谁还会到你家来烧冷灶啊！”沈小健哪壶不开提哪壶，专挑覃怀良的痛处戳。

闻风雷听明白了，沈小健实际上是借着他们几个来访，影射班里的同学跑门子拉关系，发泄对蒋家兴的不满，为覃怀良鸣冤叫屈。

沈小健想表达的意思，闻风雷都清楚。实习一回来，他就听说班上的不少人都在给蒋家兴写信，实习期间蒋家兴去看望大家，曾表示有什么问题都可以直接向他反映，所以给他写信就成了一件顺理成章的事；最近他又听说许多同学三天两头往蒋家兴家里跑，去的人无一例外手里都拎了东西，名烟名酒、家乡特产、营养补品，拎着心意去，带着温暖回。前天他请赵高潮去联络几个班干部，约好周末一起去覃怀良家里坐坐，结果没几个响应的，连谷庆丰都找了一个借口婉拒了他，个中缘由就是怕被蒋家兴知道引起误解，最后坏了自己毕业分配的大事。沈小健刚带其他班的学生实习回来，对学生们的心理活动了如指掌，在学校这潭总体清澈但会随着季节变化而时清时浊的池水里，她就是那只试水的鸭子，对周遭环境的变化有着天生的敏感、好奇、先觉先知。

气氛有些尴尬，闻风雷绕开原来的话题，和自己的老师逗趣道：“覃老师，你们当年大学毕业是怎么分配的呀？”

“我们呀，我们那时候简单！”覃怀良来了情绪，“我们那时候也是全国分配，五湖四海，分配计划张榜公布，大家自愿报名，遇到矛盾再由系里协调。那时候，大家的觉悟高哇，党员团员都带头到最艰苦的地方去，到祖国最需要的地方去，分配过程中，没有多少叽叽歪歪的事情！”

“可不可以在学校谈恋爱呢？”赵高潮问。

“可以呀，不仅不反对，而且还鼓励。如果谈成了，两人一起分配到边疆去，分到三线去，全班都感谢这两个人！”说完，自己先笑了。

从覃怀良家里出来，家属区的大门已经关闭。午夜时分，星月昏沉，树影幢幢，惨淡的夜光渗入到一片薄雾里，在几个人的视野里漫开，道路缩成了一条灰色的飘带，延伸到天际，最后拐进迷雾的黑幕之中。

闻风雷走在两人中间，双手分别搭着两人的肩膀，三人继续议论着毕业的话题。

“喂，马上要毕业了，”闻风雷拢了拢两人的肩，“我想在离开学校之前再放一个小小的气球！”

“放气球？”“什么气球？”两人问。

“我想呀，现在是改革的年代，我们的毕业分配方式还停留在过去的年代，难道不应该改一改吗？”

“怎么改？”

“就我们？”

“我想以我们四位党员的名义——我们三个，再加上萧天雅——给系党总支和学校党委写封公开信，倡议改进毕业分配办法，在毕业分配中采用民主评议的方法，将同学们的分配交给班级或学生自己来处理，拓宽校园民主的路子。”

闻风雷的几句话，像田间的一声蛙叫，引起了同类共鸣，三人围绕着这一话题展开了热烈的讨论。

“把毕业分配交给学生自己来做，那还不打破头？”

“不完全是学生在做，班主任要全程组织，还有班委会、团支部要集体把关。每年的三好学生、优秀学生干部和奖学金的评定，不都是这么办的吗？”

“学校估计没问题，关键是系里不会同意！”

“还权于班级，还权于学生，杜绝分配工作中的不正之风，是各级的一贯要求，只要我们的评议方法公正合理、公开透明，同学们又一致拥护，系里是不会公开反对的。再说，班级只是提出初步的分配方案，最后还要报系里审查和学校审批，出不了大乱子。”

“校园民主的建设，范围是很广泛的。上学期学生党支部就组织过同学们对老师中的入党积极分子进行民主评议，如今再把这一做法引入到同学们的毕业分配上，相信一定会取得成功的！”

“你这可不是放气球，而是放卫星！我没有意见，关键是高潮兄，还有萧天雅，这件事与他俩有直接关系，最好还是多听听他俩的意见。”

“我没问题，我学习成绩那么靠前，我怕啥？老大，你吩咐，你说怎么干就怎么干！”

四组宿舍最近一段时间显得有些神秘，老组长莫跃进身旁总是聚集了一帮人在听他吹牛，不谈天文，不聊地理，不侃新闻，不测八卦，专讲毕业分配的内幕消息。听讲的人有本组的、本班的，还有外班的、外系的，每天轮换着不同对象。但是人来人往，总有两个“常客”是固定不变的，一个是乔粤生，另一个就是苗喵咪，他们是莫跃进的忠实的“粉丝”。莫跃进盘腿坐在床铺上，手里端着一只黑不溜秋的小茶壶，嘴里叼着一支香烟，吐几口烟雾，喝一口茶水，乔粤生就在一旁拿把蒲扇给他打扇子，苗喵咪则时不时地拎着热水瓶往他的小茶壶里加水，宿舍里一下子就有了黑老大的气势，莫跃进的风光时刻和以他为主讲的宿舍讲座，也就在那个时点上正式开始了。

“老莫，你说去北京好不好？”

“那要看你去的是什么单位！假如能进国家部委这个司那个局的，当然是好事；要是不巧分到其他赖兮兮的单位，比如建筑总公司呀，报社呀，免税商店呀，甚至某个仪器厂、某所中学校呀，叫你去当会计搞财务，那就完蛋了，你就永世不得翻身了！”

“分回去的可能性大不大？”

“名额很少。主要的去向，一是留校，二是北京，三是各招生省份，去年的分配情况就是这样的！”

说到此处，乔粤生把扇子往腋下一夹，向大家拱手作揖道："列位，鄙人很想分回老家去，我已在老莫这里挂了号，请他为我斡旋打点，将来如果和哪位仁兄撞了车，还请大家慈悲为怀，放我通行则个！"

苗喵咪乘机插了进来："老莫，我的事跟你讲过好几回了，你可别忙忘了呀！"

莫跃进翻了他一眼："忘我倒是没忘，就是办不了。班里有那么几个人，就是像你这类的，成绩那么差，表现又不突出，想照顾你们都开不了口呀！"

苗喵咪的脸一下子红了，赔着笑脸道："成绩我虽然不是很突出，但其他方面我也没啥毛病呀！能不能请你到你的丈人老子那里替我说几句好话？你的话到底要比我管用多了！"

"这你就不懂规矩了！你又不是不认识系里的领导，有什么话你自己不去说，还要我去转，我能干这个傻事吗？我不给你带话，你自己找系里说去！"

乔粤生看苗喵咪窘在一旁干笑，赶紧转移了话题："哎，我怎么听说刘远程和谢晓华想留校啊？好像都定得差不多了嘛！"

莫跃进淡淡一笑："你的消息还真灵通，岂止是刘远程和谢晓华，还有陈实和马老太哩！刘远程本来是想分回老家的，他留校还是为了黎玉红；陈实就不一样了，他今年没考上研究生，想明年再考，当老师的好处就是复习的时间多，所以就打起了留校的主意。"

"马老太？"苗喵咪的脑子里扑闪了一下，脱口就问道："你们说萧天雅想留校？她留校干什么？她什么地方都是可以去的呀！"

莫跃进讨厌地打断了他的话："什么地方都能去？这是你说的？那你叫她去呀！——你管女人的事做什么！"

关于萧天雅留校的事情，还真不是空穴来风。星期六的下午，萧天雅到团委去开会，马中华专门找她谈话，动员她留下来和他一道工作。

"留校？不不不，我还没考虑过这件事呢！"

"你没考虑过这件事，但组织上都替你考虑过了！你是全国的先进，也是学校的典型，学校希望你毕业以后能留在团委工作，把你过去的优良作风传承下去，发扬光大。当然，留下来对你个人的发展也是很有利的，保留你的团委副书记职务，这个起点可不低呀！”

“我——真没想过要留校！”

闻风雷去找萧天雅商量公开信的事，没见到她本人，却遇到了祝宇安。祝宇安劝他最近一段时间还是少接触他的女朋友为好，原因是她心里的怨气还没得到消释，贸然去找她，说不定会遭到扫帚的迎头痛击。

“这也太任性了吧？就因为我没去看她的父亲？”闻风雷觉得不可思议，“不行，哪一天我非得找个机会好好和她理论一下，要让她明白一个道理，是她一个人在和我谈恋爱，可不能把家人的感受或看法捆绑在一块来和我谈恋爱！”

“挺执拗的吧？别说你没看出来，连我都没看出来。没在一起生活过的人，谁也看不清楚谁！”祝宇安红着脸看了一眼闻风雷，“以后有时间你就慢慢看吧，女生都是经不起细看的，只要能把她的粗线条和大致轮廓看清楚，你就是当之无愧的‘探花郎’了！”

“探花郎？你真幽默！”闻风雷不喜欢这样的说法，“女孩子是不能看得太透的，看透了，她的美色就大打折扣了！”

“没看出来嘛，你还蛮在行的！”祝宇安由衷地表扬他，“最近学校在找她，动员她毕业留校，你听说没有？”

“我知道，覃老师也找过她了。她其实用不着那么紧张，这也就是她，扛了一个全国三好学生的牌子，换作第二个人，不管他有什么来头，也不可能摊上这种好事！”

“你赞成她留校？她留校意味着什么你知道吗？你是不是单身生活还没过够，想再来一段异地恋？”祝宇安对闻风雷的反应很不理解，“你为什么不做做她的工作，让她分到上海去呢？你恐怕还不知道吧，她妈妈就是上海人，她从小跟外婆一起生活，直到快上小学了，才离开上海去她父亲的老家的。她的外公外婆和舅舅姨妈们现在还在上海呢！”

闻风雷想了一想，说：“这件事看来还得靠你，如果她能听进你的话，还是多劝劝她去北京。她若去了北京，三年以后等我毕业了，我们就有机会一起在北京打拼了！”

“想得倒美!”祝宇安撇了撇嘴,“你的算盘可别打得太满,没煮熟的鸭子,终归不是你盘中的菜。你让她去北京,万一她看上了比你更优秀的同事怎么办?你不就成了为人作嫁的大傻瓜嘛!”

“我才不担心呢!在找对象的问题上,我的态度是直钩钓鱼、愿者上钩,只要跟我谈,就必须死心塌地和义无反顾地跟定我。假若她情不在我,我就是把她拴在裤腰带上,那也是人在心不在,早晚还得劳燕分飞!——你们女生都是这样的心态吗?”

“呵呵,谁也说不准!”

闻风雷听了祝宇安的话,就请吴学翹当“传令兵”,去找萧天雅征求对公开信的意见。萧天雅起初的态度有点消极,担心此举会受到系里的批评;后来一琢磨,认为很有意义,便补充了一条意见,就是发起公开信的党员不要仅限于本班,而要扩大到本系的其他毕业班,防止产生鹤立鸡群的招风效应。闻风雷说这个主意好,如果毕业班的全体党员都加入到这个倡议里来,说不定还真能引起学校的高度重视,推动这项改革的顺利启动。

公开信送出去的下一个周六,覃怀良到系里去参加了一个临时召集的班主任会议,主要内容是学习传达上级有关做好大学生毕业分配工作的指示精神,布置本届学生毕业分配的前期工作,系里的郭之诚、蒋家兴等头头脑脑们悉数到场,体现了前所未有的重视程度。会议由郭之诚主持,他戴着一副圆框眼镜,看一下稿子,说一两句话,脸上自始至终荡漾着笑意,眼镜的镜片像两块银圆一样熠熠闪亮,把班主任的目光一股脑地锁定在自己的光源里。郭之诚强调要以改革创新的精神加强对本届毕业生分配工作的组织领导,坚持公平公正的分配原则,以学生的在校表现和用人单位的选拔条件作为毕业分配的唯一标准,把计划交给学生、把政策交给学生、把分配交给学生,切实走开民主分配的路子。郭之诚最后强调,各班的班主任要认真把好关尽好责,当好分配工作的第一责任人,引导学生正确行使民主权利,科学合理地拟制评分项目和标准,严肃认真地开展评议活动,确保毕业生分配工作规范严谨并健康有序地进行。

会议开过之后,熊秉清跟着蒋家兴去了他办公室。办公桌和茶几上的烟灰缸里堆满了烟头,地板上散落了几团纸屑和些许烟灰,一切都表明它的主人似乎刚经历过一场长久的徘徊、困扰和思考。

“今天的会议，应该你去讲的。你让郭主任讲，他又讲不好，讲一句，看一下，听得人都要打瞌睡。”

蒋家兴点了一支烟，吸一口，吐出话来：“哪里是我要他讲的，学校开会是院长讲话，到了系里就只能是主任讲嘛。我去讲，人家不是又要说我揽权了吗？”

“这些人都是不知好歹的！我还真没想到，一封公开信也能引起这么大的动静，又是书记批示，又是院长讲话，好像我们过去都做错了，非要来个彻底的拨乱反正不可！”

熊秉清的话引来了蒋家兴的共鸣，他赞许地点点头，说：“学校那帮人在想什么，我也猜不透。问题并不在于公开信本身，主要还在于它的时机。学校估计是听到了什么反映，对各系的做法有点不放心，正好公开信讲到了校园的民主问题，被有关部门做了文章。”

“这件事说起来又出在我们系，大家肯定在看我们的笑话。当初我就想劝闻风雷别给学校送什么公开信了，后来看到公开信的抬头写着‘系党总支并报院党委’，就知道拦不住了，果然被他招来了一场风雨！”

“你也不要有太多的顾虑，班级只是提一个初步的方案，遴选到国家部委办的人选、推荐到军队的人选以及留校的人选，最后的决定权还是在系里和学校嘛！班级的方案要是能避免矛盾，受到大家的欢迎，我们又何乐而不为呢？”

“话虽这么说，怕就怕放了鸭子呀！”熊秉清不无担忧，“这帮人很有些造反精神，我真怕他们闹出乱子来！”

“你是说对闻风雷不放心？”

“他还真不像个学生！”

“欸，你对学生的认识不完整！他不但是学生，而且还是一个十分难得的学生。当然，幸亏他只是一个学生！”

熊秉清和蒋家兴两人在办公室里谈天说地的时候，覃怀良也被系主任郭之诚叫到一旁去进行个别交谈了。郭之诚对闻风雷他们写的那份公开信大加赞赏，说这几个年轻人活学活用党中央的精神，注重向改革要公平、要民主、要办法，令人骄傲地成为此次毕业生分配办法改革的倡导者和先行者，为学校的教育改革事业作出了积极贡献，并将这一功劳记在覃怀良头上，表扬他的班主任工作取得了可喜的成绩。一回到家，沈小健就对郭之诚的言论发表了颠覆性的意见，说我们家才是这次校园改革的发祥地和策源地呐，要不是那天晚上我给闻风雷他们灌输了那么多的先进理念，对他们进行具体的点拨和指导，哪里会有今天的这个会议嘛！一番话说得覃怀良哑口无言，惭愧不已。

覃怀良采纳了闻风雷的建议，将拟制本班人员考评办法的任务交给了丁翔华、钟迎晖、薛坤荣三人。受领任务后，三人没精打采地来找闻风雷，要他"明示"班里的分配怎么搞。

"哇，'三人团'来啦！"闻风雷开心地和几位打招呼，"中国革命每到重大的历史关头，总会有'三人团'应运而生，而且屡次三番，屡建奇勋！覃老师把这么重要的任务交给你们，正是指望着你们首开先河，给他来个一鸣惊人呢！"

"闻老弟，莫要取笑我们哟，"丁翔华苦着脸说，"覃老师都给我们交底了，这份差事是你老弟塞给我们的。你就开个尊口，给兄弟们指一条明路吧！"

闻风雷忍住笑，问："如果让我们来评价一下自己的同学，大家一般会从哪几个方面入手？"

"无非就是鉴定评语上的那些内容吧？"

"个人鉴定简单，跟我们这个考评办法不是一回事，我们这是要打分的！"

"每次写鉴定评语，总有些固定的表述，比如学习怎么样，政治表现怎么样，遵纪守法、团结友爱怎么样，等等。在这些评价中，一般的同学和班干部还有各自的考评重点。但是，我们这个评分标准是为班里的每个人设置的，需要有一个统一的尺度呀！"

"不管怎么打分，总要体现到具体的评分项目上来，也就是要对它进行量化设计。这里面要做的事情，就是要把定性评价的评语转化为定量评价的指标，不仅要确定每个方面的评价内容究竟包含了哪些具体的评价项目，还要依据每个项目的重要程度确定相应的分值比重，并形成方便比较的量化的指标体系，难度不可谓不大！"

"正因为有难度，才要请我们足智多谋的'三老'集体出山啊！"闻风雷和大家议出了个眉目，又往细节上引，“讲到难，有些评价指标，还涉及许多政策规定呢，比如评为全国全省先进的，获得校内校外荣誉的，参加各种竞赛比赛获奖的，受到校规校纪处分的，怎么进入考评项目？又怎么设置恰当的分值？这些都是我们无法回避的问题。我的想法是，我们不搞神秘主义，发动大家来献计献策，每个人的意见我们都听，哪怕是反对的意见我们也欢迎。我们天天泡在同学堆里，还怕拿不出好的方案来吗？”

丁翔华等人衔命草拟毕业分配考评办法一事，最初并没有引起同学们的重视，“三老”到各小组去征求意见，很少有人配合，就以为是班委会和团支部要为大家做毕业鉴定之类的事。后来风声逐渐传开，是系里开了会，要求各班提供毕业分配的初步方案，这才想到丁翔华他们搞的这个东西，或许与大家的毕业去向有关，于是又一个个重新找过来说这说那，就像是做了一场大梦，梦醒之后，就急着要还原梦中的路径，生怕错过了偶遇的仙人。大家都看明白了，这几个人虽然不是在拿分配方案，却是在为分配方案规划路径、设置门槛、制定规则，它比分配方案更关键、更厉害、也更管用。

六月上旬的一天，丁翔华等人经过半个来月的紧赶慢赶，终于完成了《七九级金融班毕业学员行为规范考评细则》。覃怀良反反复复看了几遍，感觉不错，似乎可以交差了，就叫人抄写了两份，一份送给郭之诚，一份送给教务处，心想不管好坏，等他们看过以后再说。过了一天，又过了两天，覃怀良想要的反馈意见始终没露踪影，无论是系里还是教务处一点反应都没有，心里就急了，他怕报上去的东西搞得不对路子，被人家给枪毙了，前功尽弃不说，重起炉灶也没了时间。

他把闻风雷找来问他怎么办，闻风雷也有点吃不准，只好猜测道：“学校和系里没给我们回话，也许是他们认为各班有各班的具体情况，不好做面上的统一要求，于是乎就不反馈了。”想了想，又建议道，“不管上面表不表态，我们自己先来模拟一下，根据这个考评细则把每个同学的得分情况排个序，再参照去年七八级金融班的分配名额进行预分配，届时就知道这套办法好不好用了。”

两人正说着，教务处的苏教头拿着那份考评细则来找覃怀良了。苏教头脸上本来是毫无表情的，见闻风雷也在场，马上换了一副笑脸和他打招呼，说：“闻风雷，你考得很好哇，你为学校增了光，向外校展示了我们学校的教学水平，我这个教务处长要感谢你哩！”掉过脸来，又恢复原来的面孔，对着覃怀良说，“你们搞的这个办法我看很好，可以先在班上运行一下，看看同学们都有些什么反映，没有大的问题的话，就以学校的名义转发下去，让各个系也借鉴一下！”

赵高潮在组织班委会人员给同学们打分排序的过程中，遇到了小麻烦，磁带卡了壳转不动，发出刺耳的噪声，卡壳的带子就莫跃进。

莫跃进曾在教工楼与本校女生约会，被赵高潮等人逮个正着，在给他打分的时候，班委会内部就形成了两种意见，一种意见是扣十分，将“遵规守纪”这一项的分值全扣掉，理由是他违反了校规校纪；一种意见是扣五分，即扣去该项目的一半分值，理由是他违反校规校纪的行为是本班同学发现的，学校并没有通报处理他。两种意见相持不下之际，赵高潮紧急请示覃怀良，最后覃怀良表态还是扣五分吧，此事毕竟没有造成太大影响，应当有别于全校通报批评的情形。赵高潮原来是主张扣他十分的，见覃怀良表了态，只好收回自己的意见，但心里却打了个结。

每位同学的打分排序情况出来以后，赵高潮特意请夏子辉用彩色粉笔抄录到教室后面的黑板上，按程序张榜公布。夏子辉一边抄写，同学们就一边念出黑板上的文字：

“萧天雅一百一十五分！”

“夏子辉九十二点三五分！”

“陈实八十九分！”

“祝宇安八十六点五分！”

“哎，总共才一百分，萧天雅怎么得了一百一十五分呢？”

“你没看备注，全国三好学生加了二十分嘛！”

“夏子辉获全省书法比赛一等奖也加了五分！”

“这是怎么回事，谁扣了老子的分！”一个声音在众人耳旁骤然炸响，突兀、粗鲁、与周围的气氛格格不入。

大家一看，是莫跃进。莫跃进从人群后面挤到黑板跟前，指着黑板上的内容质问夏子辉，面色煞白，满眼睥睨。

“上面写得很清楚，在校谈恋爱，违反校规校纪，扣五分！——不该扣吗？”赵高潮接过莫跃进的话，冷冷地回道。

“谈恋爱？”莫跃进愣住了。瞬间缓过神来，口气更冲了，“哪一家的王法规定谈恋爱要扣分的？你们这是在自立规矩，独断专行！你们扣了我的分没关系，但你们要一碗水端平，刘远程扣不扣？帅亦然一天到晚黏着女生要不要扣？是扣一个人还是扣两个人？皮阿凡和实习单位的女青年勾勾搭搭，要不要扣？还有，杜星光为女朋友的事擅自跑回家，要不要扣？”莫跃进越说越起劲，嗓门越来越大，整个教室到处都是他的声音。好不容易停顿下来，边上就有人提醒他：“老莫，你看，你说的这几件事都扣了，刘远程扣了三分，杜星光扣了一分。”

莫跃进的气焰又高了一截：“为什么没扣帅亦然的？他一天到晚跟萧天雅勾三搭四，造成了那么坏的影响，为什么不扣他的分？刘远程也违反了学校的纪律，你们只扣他三分，这不是官官相护看人下菜碟又是什么？”

赵高潮原以为自己的菩萨心肠会感化莫跃进的，没想到他不仅不知好歹，反而还胡搅蛮缠，横攀竖比，心里的火早已蹿起了三尺高。他鄙视地斜了莫跃进一眼，毫不客气地回击道：“莫跃进，不是我看不起你，我还真不怕你像狗一样地乱咬乱叫！你问我，是哪条王法规定谈恋爱要扣分的，我告诉你，这一条是我们的发明创造，事先征求过大家意见，也报到系里和学校去了，你如果有意见的话，可以去找上面理论。”见莫跃进还想反驳，又连珠炮一样扫了过去，“你问我，为什么不扣刘远程五分，亏你问得出来！你在教工楼干了什么，你自己心里没数吗？刘远程和黎玉红在莘野亭坐了几个小时，被扣了三分；你在教工楼是不是也简单地坐了一会儿呀？你想把自己的丑事捅到学校去吗？扣帅亦然的分，为什么？他和萧天雅是经常在一起，散步，谈话，也写过信给人家，但是他们谈恋爱了吗？你看见了什么，抓住了什么？帅亦然和你的性质截然不同，他们还是正常的同学关系，扣什么扣！我本来是坚持要把你的‘遵规守纪’这一项全扣掉的，你再闹，我就加扣你五分，看你怎么办！”

自从莫跃进被扣分以后，由他主持的“宿舍讲座”便偃旗息鼓无疾而终了。苗喵咪心里有事，就拉着乔粤生到蛟河机械厂的小酒吧去喝酒，想让乔粤生为他排忧解难。

周日的上午，酒吧里人不多。乔粤生一进酒吧，就快步朝歌台走去，抱着他的吉他，边弹边唱，唱起了邓丽君的《我只在乎你》。他对这首歌情有独钟，唱得声嘶力竭，十分投入，这首歌曾助他在这个酒吧里一夜成名，他应该反复地传唱。乔粤生现在唱歌无须再拎着他的收录机了，酒吧去年进行改造，购置了点唱机和音响设备，乔粤生只要一站在歌台上，就能够在一个小屏幕里看到歌词，里面有人唱，也有伴奏音乐，把伴奏旋钮拧到静音上，听到的就是乔粤生最熟悉的他自己的声音。

乔粤生唱出了汗，就下到座位上来喝酒。一人一扎啤酒，倒进杯子里，杯子里就开出了小米或绿豆大小的洁白细腻的花，像肥皂泡沫一样颤颤巍巍地耸立在酒杯的口沿上。两人喝酒说话，嘴里也不停地溅出飞沫，这些飞沫和着啤酒花一起下到肚子里，就将话匣子全都冲开了。

"都是你出的馊主意，叫我去给人家送礼，钱倒是花了，有用吗？最后保准是竹篮子打水一场空！"

"嘁，你不过就是买了两瓶酒，那也叫送礼？连我的零头都不够！我叫你去看人家，也是为了你好，你成绩这么差，平时表现又一般化，你不请人家帮忙，又哪能回得了老家呢！"乔粤生漫不经意地听着苗喵咪抱怨，用手里的杯子和他轻轻碰了一下，"真正的馊主意，是班上搞的这个毕业打分，也不知道是谁想出来的，发动群众斗群众，真他妈损！"

"两瓶酒？那是莫跃进的说法！"苗喵咪端着杯子僵在那里，眼里全是疑惑，"我给他的是现金，预付了十五块钱，请他买营养补品的。当时讲好了，他要开发票给我的，差了零头的话，我还要再补钱给他。"

"发票给你了吗？"

"还没呢，过几天我再找他要去！"

七九级金融班的测评打分情况报到系里去的当天下午，熊秉清就叩响了覃怀良所在教研室的门。熊秉清表情尴尬，似笑非笑，手里拿着几页纸，碎步，心急火燎的样子。熊秉清来找覃怀良，这出乎他的意料。上个学期末熊秉清为入党的事来找过他，被他狠狠地奚落了一通，此后两人就再也没有单独说过话，算算时间都过去大半年了。覃怀良当时之所以说那么难听的话，就是因为他知道蒋家兴和熊秉清都在忽悠他，他们许诺今年一季度解决他的组织问题，他压根儿就不信。事情果然让他猜对了，现在都二季度了，也没见到任何动静，能信吗？前面的事还没给个说法，他又来了，他来干什么？覃怀良怀着满满的警惕，冷冷地看着来人，只等他先开口。

“覃老师，你们搞的这个测评结果可不能随便发呀，一旦公开之后，会引起许多矛盾的，系里也就被动了！”

“都公布过了，没听到有什么不好的反映嘛！”

“你按照打分的情况，把每个学生的分配顺序都固定了，系里就一点机动的余地都没有了，兄弟院校的领导和地方上的头头脑脑有什么人需要关照的话，你叫系里怎么办？”

“咦，不是说好了分配指标和评议情况都要公开的吗？现在学生们的劲头这么大，自己搞出了一套考评办法和结果来，你让我怎么去改呀？”

“唉，真是个死脑筋！你把事情做得这么绝，叫领导怎么说你好？你不替领导考虑，也该为自己想想吧？”

莫跃进被几个同学追着还钱，整天东躲西藏，不敢在寝室里待，这件事很蹊跷地传到了蒋家兴耳里。蒋家兴半信半疑地把女儿叫过来，问她是否清楚这件事。

“知道！”蒋艳有些不耐烦，“莫跃进的同学请他帮忙分配的事，送钱给他，他把钱花掉了，正在想办法到处筹钱呢！”

“分配的事？送钱？他想干什么？”

“还不是为了孝敬你才收别人钱的！他一心想着要给你买东西呢！”

“胡说！他给我买什么啦？”

“钱都用到我身上了，给我买了手表、项链、照相机和衣服。他买的那件浅灰色的呢子外套，我妈还说买得好呢！”

“你——你们真是胆大妄为，无法无天！你知道这是什么性质的问题吗？这是犯罪！这件事如果被人告发的话，不开除他的学籍才怪呢！他收了人家多少钱?”

“都还得差不多了——还差一百来块钱。昨天他又打电话叫家里寄钱来，估计要不了几天就能收到汇款了。”

“我马上把钱给你,你让他把同学的账全都清掉,收多少就退多少,一分钱也不许少!”蒋家兴情绪激动,气急败坏,“告诉他,叫他今后不要跟你来往了,所有的事情都到此为止,就说这是我和你妈妈的意思!”

蒋艳哇地一声就哭了,伤心地抽噎道:“就为这两三百块钱,你叫我跟他断了,你也太不通情理了。他的钱都用在我身上了,他自己一分都没花,他对我的好处你怎么就看不见呢? 四年前你把他带到家里来,你是怎么说的? 你说他聪明、机灵、有头脑,也很有生活经验,还说我们两个是一个院子长大的,从小青梅竹马,叫我多向他学习,叫他多关心我,多照顾我……我们谈了这么多年,你早不叫我断、晚不叫我断,这都什么时候了,我能断得了吗? 我早就是他的人了! 呜呜……我不要你们的钱,我马上就参加工作了,我第一个月的工资就交给他还账! 呜呜……”

夏至这一天的上午,夏子辉和陈实两位同学被请到学校的外宾接待室,在那里与两位来自北京的军人见面。来人一老一少,都穿了四个兜,院长办公室的秘书介绍他俩分别是解放军总后勤部机关的处长和干事,并特意补充说明,处长是正师级,干事是正团级。老者笑眯眯地问两人籍贯是哪里,今年多大了,学的是什么专业,父母是干什么的,愿不愿意去北京的部队工作;还好奇地问他俩毕业打分一个是九十二点三五分、一个是八十九分,都是怎么得来的。两位同学都是第一次和军人打交道,面对着自己从小就崇拜的偶像,内心都十分激动,恨不得马上穿上军装,打起背包就出发。老者最后亦庄亦谐地说:“你们两个都是属兔的,我也是一只老兔子,兔子不吃窝边草。希望你们不要有家乡观念,更不要有临时打算,你们是本校恢复高考后第一批到部队工作的大学毕业生,一定要胸怀祖国,心系天下,立足在部队这所大学校里建功立业,你们能做得到吗?”

对于测评打分所带来的戏剧性效果,萧天雅也是感慨不已,暗自佩服闻风雷的心思细密和未雨绸缪。莫跃进那天在教室里吵吵闹闹，指责她和帅亦然勾三搭四——这话真恶心——并坚决要扣两人的分，她后来也听说了，她的第一反应就是幸亏她和闻风雷的恋情没有暴露，否则就成了五彩缤纷的毕业季里最不堪的灰色幽默。事实证明闻风雷在处理与她的关系方面所采取的许多做法都是对的，她很可能误解了他。她心里越来越不踏实，就不停地找祝宇安讲闻风雷的事，讲他的坏话，讲他的笑话，甚至还想去找他吵架。

萧天雅的心情其实正如当年毕业季里的天气一样，说雨就雨，说风就风的。尽管她在高兴的时候，也会不停地反思自己的问题，也想去找闻风雷解释什么、澄清什么，但是一转过脸去，又开始气他的种种不是，想找他的念头一下子就不翼而飞了。她整天处在上述矛盾的状态下，怎么也跳不出自己用臆想编织的且专门用来折磨自己的罗网，所以终日郁郁寡欢，无法排遣。

“喂，打定主意没有？”趁她高兴，祝宇安问她毕业分配的事。

“没有什么好想的，”萧天雅不愿多谈，“不去北京就回老家，其他地方不考虑！”

“我劝你还是下决心去上海吧，那里才有你的好日子呢！”

“要去你去，我不！”

35

专业课考试，萧天雅闹了一个乌龙，试题是“明确财政的本质有何现实意义？”萧天雅很自信地从财政参与国民收入再分配的角度，大谈如何处理好国家、集体、个人的三者关系，结果被扣了分。萧天雅认为自己不该丢分，便去找任课老师理论。

“我出的题目是什么呀？”老师笑眯眯地看着她。

“财政的本质就是以国家为主体的分配关系呀，我从处理好分配关系的角度来回答这道题，难道没答对吗？”萧天雅不知道自己错在何处。

“班上有几位同学这道题答得不错，你不妨去和他们交流一下。”老师笑眯眯地走了。

萧天雅忽然动了心思，她给神人写信，将自己向老师请教的结果告诉神人，希望他能代老师解答自己的疑问。神人很快来信，说这道题的本意是希望同学们说出财政的本质对于财政政策的决定机制或影响方式，她将简单的问题复杂化了，所以老师扣了她的分。假如老师出的题目是“明确财政是以国家为主体的分配关系有何现实意义”，那么她原来的答题思路就对了，但现在显然跑题了。

看到神人的来信，萧天雅心里紧张得怦怦直跳，她用一个小小的伎俩，就甄别出了神人的身份，这使她有了一种“踏破铁鞋无觅处，得来全不费工夫”的欣喜。这门课是她们的专业课，能回答此类问题的人，不是本班的学生就是本校的老师，而老师的概率是极低的，没有哪位老师愿意与一个学生来玩这种无聊的游戏。神人就在本班，神人就是班上的同学！这个结论把萧天雅吓倒了，她无论如何想象不出班里还有这么一位奇人，不显山、不露水，热心、超俗、睿智，无论做事还是做人都堪称完美，足以令她折服和膜拜。萧天雅急于想知道这位同学究竟姓甚名谁，她跑去找任课老师继续请教那道题，问他到底是哪几位同学答得好。老师说有那么五六位吧，吴学勰，陈实，张大勇，闻风雷，钟迎晖，印象深的就这些。萧天雅就在心里筛选，选一个，排除一个；再选，再排除，最后就剩下了闻风雷和钟迎晖。萧天雅毫不犹豫地又把闻风雷排除掉了，神人是说过闻风雷的坏话的，如果他就是闻风雷，那么从逻辑上就说不通。最后一个钟迎晖，萧天雅也琢磨了很长时间，她把钟迎晖锁在脑子里不让他出来，想他的过去，想他的现在，想他说过的每一句话和做过的每一件事，就觉得他与神人相差太远，好奇心就更加强烈了。

萧天雅对神人越来越感兴趣了，不管有事没事，脑子里总在想他，就想知道他是谁，长什么样子，眼睛大不大，脾气好不好，穿什么衣服，留什么发型，所有的一切她都想知道。她甚至想过，要是闻风雷不要她了，她就去大胆地追神人，她相信神人没有对象，也更没有结婚。她说不清楚这是一种什么样的心态在作祟，她也问过自己，她对闻风雷的感情是不是发生了某种变化。她回答自己，也许是，也许不是——她连神人的面都没见过，怎么会喜欢上他呢？这是否认的理由；但是，倘若不喜欢他，为什么又老是想着他呢？这又是肯定的理由。她的心里开始变得相互矛盾了。祝宇安多次劝她去找闻风雷谈谈，她倔犟地说：“我不去，要谈的话，也应该是他来找我。我这么主动地去找他，惯出了他的坏毛病，今后怎么办？他喜欢我，自然会来；若不喜欢，请他来也是白忙，我又何必那么主动呢？”

进入六月下旬，七九级金融班的同学们全都忙开了，他们的忙，不是忙在教室、阅览室和图书馆，而是忙在饭馆、酒吧、影院和所有方便聚会交谈的地方。从不外出的人，喜欢与同学轧马路了；从不串门的人，重视与同学套近乎了；从不交友的人，也热衷与同学聚会了。大家在一起，都忙着打探消息、规划去向、兑现承诺、了却心愿，寝室里人进人出，灯火通明，要想关上门睡个囫囵觉，无异于一种奢念。学校通知：毕业生的分配工作，从七月十日开始，结业典礼预定于七月二十日举行。

结束学业的最后一门必考课目是《中国金融史》。一位两鬓苍白的老讲师，大约是浸淫在考古堆里年深月久，人也快干瘦成了考古的标本。他嘶哑着嗓子说：“我明白教务处把我的课程安排在最后上，就是为了要给你们的毕业活动让路。你们既然来听课了，我就要想办法让你们都及格，但是要想人人都得高分，那就不容易了，历史这个东西进得来出不去，你们根本就无须想着进来……”

覃怀良提议，由他本人担任毕业典礼筹备组的顾问，萧天雅任组长，赵高潮任副组长，再由吴学勰、皇甫涓、谷庆丰、闻风雷等人分别负责毕业座谈、毕业舞会、毕业聚餐、毕业照相等事宜。庆典内容一确定，就等于奏响了别离的序曲。毕业的别离，其实就是一场加冕，他们需要一种仪式，把集体的别离办成像加冕那样的盛会，让每个人都记住人生中第一次没有眼泪只有欢笑、没有悲伤只有快乐、没有牵挂只有憧憬的离别，让自己的欢笑见证友谊，让自己的快乐诠释幸福，让自己的憧憬变成现实。

闻风雷为同学们的照片可谓花了大工夫，他选了老班部作为他冲洗照片的暗房，用床单和被褥将它的窗户遮死，灯泡也用红绸布裹严，又上街买了显影定影用的粉剂，再从团委胡兵干事那里借来了照片放大机、相纸烘干机和裁纸刀，就把自己关在暗房里冲洗照片。照片的底片都是由吴学勰统一提供的，他给每个同学照了一张标准照，准备用在班里的毕业纪念册上。

班里的毕业纪念册是闻风雷亲自设计的，标准的十六开大小，封面上蒙了一层墨绿色的绸缎，绸缎的底纹是团团簇簇的盛开着的牡丹，“毕业纪念”四个烫金草书由夏子辉手书，印在墨绿色的花案中，显得格外夺目。为了体现对每位同学的良好祝愿，封底上还加印了一艘轮船，挂满风帆的样子，也是烫金的，寓意离校后的人生一帆风顺。闻风雷当初去找学校印刷厂商谈印制纪念册的事，印刷厂的厂长完全不睬他，理由是印量太小，成本太高，厂里会亏钱。闻风雷就去跟厂长谈条件，说我找一位书法家来替你的厂子写几个字，算是为你打招牌，你把我的这单业务接下来。厂长说你那几个字值不了几个钱，这件事没法谈。闻风雷也不管厂长愿不愿意，硬是叫夏子辉按厂名写了几个字送去给他看，没想到那位厂长还挺慧眼识珠的，见过字后连声说好，居然爽快地同意了闻风雷的要求。纪念册虽然只印了五十本，但洗照片的任务却很重，每位同学的照片都要洗五十张，按学号顺序贴在纪念册里，一人占一个页面，页面的右上角贴照片，空下的地方写临别赠言，仅仅是扩印冲洗，两千五百张照片就对他的热情与耐心构成了严重的挑战。

洗到萧天雅的照片时，闻风雷认真地看了她几眼，吴学勰给她照了一张侧面照，灯光从一侧打来，透过鼻翼在面部形成了一块明显的三角光，使脸颊和脸廓的线条更加分明。萧天雅在照片中真诚地笑着，两眼莹澈，眉梢舒展，表现出一副开心快乐的样子。闻风雷反复端详着她的照片，越看越养眼，越看越耐看，就想到应该多洗几张，留给她今后送人。闻风雷选了几种放大的尺寸，每种尺寸各放了三张，再裁好边角，将它们放在一旁，准备出了暗房交给祝宇安。他在暗房里待了许久，早就按捺不住想要出去呼吸一下毕业前的自由空气了，但同学们窥探到暗房的奇妙作用之后，就无休无止地将各自的五花八门的底片送进暗房来请他洗印，让他在暗房里不停地吸纳化学药剂的味道，弄得浑身上下都充斥着一股酸臭气息，好比他这个人最先是在显影液里现出人形，后来又在定影液里塑了身一样。

闻风雷没黑没夜地忙了多日，终于走出了暗房。室外天气炎热，蚱蝉欢叫，花裙子花衬衫飘满了校园。闻风雷揉了揉酸胀的眼角，收回心思朝教工楼走去，他心里惦记着萧天雅的分配去向，就想找覃怀良打探一下消息。

“你来得正好,你们班的分配计划下来了,想不想看看?”

“萧天雅留校的事定了吗?”

“定个鬼哟！马书记不知费了多少口舌,动员她留下来,她就是不松口,看样子有点悬!”

“她将来恐怕要后悔的!”

“太可惜了！她一点工作经验都没有呀！她要是以一个普通学生的身份分配到新单位去,比如北京的国家机关吧,过去在学校的优势就归零了,一切都得从头再来了!”

“覃老师要替她把把关哪,无论是留校、还是去国家机关,都比回她的家乡好。她不知道这样的安排意味着什么,这种机会是可遇而不可求的,错过了也就永远地失去啦!”

“欸,闻风雷——”覃怀良忽然警觉起来了,“你那么在意萧天雅的去向,不会有什么不良企图吧?”

“我只是有点替她担心嘛!”闻风雷装出一副事不关己的样子,“这么好的条件,如果都分不到一个理想的单位,那就太遗憾了!”

“不对！你跟我说实话,你是不是在打她的什么鬼主意?”

“这马上都要各奔东西了,就是想打什么鬼主意的话,也来不及了嘛!”

“唉,说的也是哟!”覃怀良彻底死心了,“我早就想好了,她要是没有对象的话,我就要来干预她的分配了,最保险的去向是留校,其次是北京的国家部委办,最后没办法了才放她回老家!”

从覃怀良办公室出来,闻风雷又转上一层楼,去了蒋家兴办公室。他本来是打算去向熊秉清汇报学生党支部书记人选的事的,正好覃怀良要他顺带落实一下系领导参加班里毕业会餐的事,他就代师请命,干脆来见蒋家兴了。

“蒋书记——”闻风雷刚见到蒋家兴,就被他的一副没精打采的神情吓住了。蒋家兴耷拉着脑袋缩在沙发里抽烟,目光散乱,眼泡虚肿,满脸胡子拉碴,腮帮的肌肉似乎又绷紧了一圈。见闻风雷进来,欠了欠身子,指指办公桌对面的一张椅子招呼他坐,脸上的表情并无太大的变化。

“找我有事?”

“是的。覃老师叫我来问问您——”

“他入党的事?”

“不是,不是! 是请您参加我们班毕业会餐的事!”

“哦,我去,郭主任也去! ——欸,你们覃老师自己怎么不来问一声呢?”

“他——上教务处去了!”

“你又在给他打马虎眼!”蒋家兴正了正身子,似乎从某种深思中跳出来,“我知道,你和老覃相处得不错,为他入党的事,你前后找过不少人,没少操他的心。但是,你对他并不了解,他其实并不是一个很成熟的人。关于他入党的事,前几天我又征求了党总支几位委员的意见,他们建议我还要再放一放,看看今年下半年或是明年什么时候,再来研究他的组织问题。群众基础不行,我这个当书记的就是想帮他的忙也没办法呀!”

闻风雷来看蒋家兴,原本并未打算要为覃怀良入党的事说项的,他知道蒋家兴对覃怀良成见已深,无论谁来做他的工作,一概油盐不进,我行我素。但是,蒋家兴出人意料地主动提及这件事,说明他不仅杯葛此事,还把覃怀良当成了一个痼疾、一块心病,念兹在兹却苦无良药,徒然暗自伤神。既然蒋家兴把话都递到自己的嘴边了,他不如干脆直爽一点说出自己的心里话,既顺风吹火,也顺势而为。

闻风雷那天絮絮叨叨反反复复讲了很多话,那是他有史以来在蒋家兴面前讲得最多、最直白、最不顾身份、最不计后果、最肆无忌惮的一次。他事后回想起来,大致讲了以下几层意思——

蒋书记,我今天来,还真不是为了覃老师入党的事来的。但是,您既然提到了这件事,那我也就毫不隐瞒地来谈点学生的看法,算是向您汇报一下我的思想。此前,我也多次考虑过这个问题,覃老师能不能入党,其实与他本人无关,也与党总支的其他老师无关,只与您蒋书记一人有关。覃老师究竟是一个什么样的人,大家心里都有数,站在不同的角度看他,会得出不同结论,例如老师们的看法、学生们的看法就和你们系领导的看法不同;学院层面的耿书记、王部长、马书记的看法估计也与您的看法不大一致。您说覃老师不是一个很成熟的人,这话没说错。在部队,战士们入党的年纪都很轻,我十八岁入党,还没有预备期，老兵们经常骂我们新兵蛋子毛病不少，我们真的什么也不懂。覃老师虽然有这样那样的缺点或毛病，但也是铮铮汉子，他办事认真，坚持原则，关心同学，忘我工作，全校教学观摩他被评为优秀教员，当班主任带出了全省、全国的先进，他怎么就不能入党呢？大家都在议论，覃老师的入党问题主要卡在您这里，是他没能处理好与您的关系，他的爱人沈老师在公开场合顶撞您，让您下不来台，所以他就无法入党了。覃老师入不了党，受到伤害的并不是他本人，而是您自己。用他的话说，他一个教书匠，入不入党都无所谓，今年入不了，明年再入；您当政他入不了，等换了人他再入，早晚是要入的。覃老师就是一面镜子、一个事例、一段文字，提供给别人来反观我们的工作，看我们的党性、原则、情感、觉悟，而这些都与您有关。您是覃老师的领导，也是我的老师，我是你们两人的“桃李”，我很在意大家对这件事的议论。如果在覃老师入党的问题上您能大度一点、超脱一点、真诚一点，那么您将会得到更多的人的信任和拥护，威信也会比现在要高得多！

闻风雷一席不期而然的话，着实令蒋家兴吃惊，他没想到闻风雷会从他的角度来分析这件事的利弊得失，而且鞭辟入里毫不避讳，一点面子都没给他留。让他极为不安的是，闻风雷最后讲的“三点”，竟然与他转业时军政治部主任对他所提的要求完全一致，军政治部主任希望他到地方以后，一定要注意改进过去的工作方法，与人交往时要真诚一点、超脱一点、大度一点、低调一点，部队首长讲的四点被闻风雷套用了三点，这究竟是怎么回事？面对一个学生，惭愧啊！

萧天雅为自己毕业分配的事前后找过马中华两次，意思都很明确，就是不愿留校。马中华看她王八吃秤砣铁了心，只好叹着气说：“真拿你没办法！”就算是放行了。卸掉了留校的包袱以后，萧天雅就去找覃怀良，告诉他想回老家去，若老家回不了就去北京，请他做方案的时候，兼顾到她的要求。覃怀良知道萧天雅留校的事告吹了，听她讲了两个去处，连连点头说这样也很好，心里却打定主意只给她留一条路，就是让她去北京！

随着毕业典礼的临近，本届学生的分配去向差不多都明朗了，全班四十五位毕业生，除三人考取研究生、两人提前特招入伍之外，尚待分配的四十位同学，拟留校的六人，分配去北京的九人，回三个招生省份的每省七人共二十一人，本省调剂的四人。闻风雷获悉覃怀良为萧天雅选择了去国家计委工作的方案，内心一阵狂喜，恨不得立刻就要将这个暂时还不能公开的好消息告诉她本人。闻风雷的喜悦写在脸上，路上碰见萧天雅与祝宇安从宿舍出来，就主动与两人打招呼，说："恭贺你们呀，今年的分配去向一个个那么好，愿意回老家的回老家，愿意去北京的去北京，把我都羡慕死啦！"

"你是恭贺她吧，"祝宇安把萧天雅往前推了推，又朝闻风雷做了个鬼脸，"来呀，有什么悄悄话你就对她说吧！"

"有什么好啰唆的呀！"萧天雅不无怨艾地朝闻风雷剌了一眼，拽起祝宇安的胳膊就急忙走开了。

获悉自己的毕业去向之后，萧天雅的心情更加沉郁了，闻风雷去上海，她回老家，两人隔了千里之遥，不论他们现在的感情如何，单讲今后天各一方，这异地恋的维系就困难重重，更遑论对方还有三年学要上。萧天雅对闻风雷的近期表现十分不满，她天天思虑着自己的分配，他却不闻不问漠不关心，碰上面，讲几句不痛不痒的话，一点建议也不给，纯粹就是一副无所谓的态度；知道她有可能分回老家，居然还来向她表示祝贺，压根儿就没想过假如两人不能在一起会带来什么后果。她看不透他心里究竟是怎么想的，有一层窗纱遮住了他的心房，她望着窗纱发呆，却不伸手去主动拉开它。

萧天雅这边对闻风雷大失所望，那边却对神人有了进一步的期待。她写信去向神人诉苦，什么心里话都对他说，说闻风雷可能不爱她了，她对闻风雷也快没信心了，她这次选择回老家，闻风雷知道了还来向她祝贺，两人今后估计很难在一起了……神人对萧天雅遇到的困惑表示理解，但提醒她要弄清楚一个问题：究竟是她不喜欢闻风雷了，还是闻风雷不喜欢她了。如果是前者，就干脆果断地离开他；如果是后者，则建议她开诚布公地找他谈一谈，以免误解对方。萧天雅提出与神人见面，神人回她一首刘禹锡的团扇歌："团扇复团扇，奉君清暑殿；秋风入庭树，从此不相见。"萧天雅明白，神人把自己比喻成一柄圆形的扇子，盛夏时节为她送凉消暑，如今秋天来了，则可掷之不用了。萧天雅不死心，仍然坚持给神人写信，一连写了三封放在书桌里，就希望与神人见上一面，并讲明只此一回，决不食言。时间一天天过去，信仍旧在书桌里一动未动，令萧天雅愁肠百结。就在萧天雅以为神人不会再搭理她的时候，神人却突发慈悲，不仅取走了她的信，并且很快回了信。神人坦言，他与萧天雅交往的历史应该结束了，为了保持彼此之间的美好印象，希望两人今后永远不再相见，一见面定会失望、定会懊悔、定会倒胃口，就像中国的男人欣赏欧洲的女人一样，画面上的长相十分漂亮，要气质有气质，要身材有身材，但是走近之后，便看出来皮肤粗糙，毛发茂盛，汗毛孔都差不多有米粒一般大，只能望人兴叹。神人还告诉萧天雅，自己是一个"灰心丧气的失恋者"，早在一年前，他的女朋友提出暂时中断两人的往来，从那个时候起，他对女朋友的心态就发生了微妙变化，为了确保两人的恋情不被发现，他拼命克制自己的欲望和冲动，用学习压制欲念，用工作化解冲动，发展到后来，虽然做到了"清心寡欲"，但是情趣没了，快乐没了，甚至连念想和希望也没了，两人偶尔相遇也是无话可说，敷衍了事，倒不如不见面的好。神人从自己的切身感受出发，为这种扭曲人性的恋爱现象取了一个类似医学上的"学名"——"校园暗恋综合征"，并坦言要想治愈它，非得有一个温馨的环境和浪漫的恋人不可，他看来是无福体验了，因为他打定主意要当一名离经叛道的"独身主义者"。

萧天雅对"独身"的概念理解不深，她只想见神人一面。她继续给神人写信，信写好后就放在书桌的抽斗里，内容无非是一定要见神人一面，并且还说出了不见到他本人"意恨难平"的话。萧天雅被一股无名的心火煎熬得苦不堪言，毫无兴趣参加班级的任何活动，每天早上来教室点个卯，然后就对外宣称"不舒服"，把自己关在寝室里看闲书，屏蔽了与外界的一切联系。

闻风雷带着毕业纪念册去教室找同学题词，一个男同学也没见到，只有祝宇安、皇甫涓、谢晓华等几位女生在。闻风雷将毕业纪念册交到谢晓华手里，笑吟吟地说："正巧你们几个都在，那就烦劳各位小妹妹在我的这本册子上留下珍贵的墨宝吧！我只有一个小小的要求，请各位妹妹对我说话的时候，声音要柔和一点，胆子要放开一点，你们的留言我今后要天天看的，千万别让我失望哟！"

"哎，你们说，班长到底有没有女朋友啊？"谢晓华翻开手上的毕业纪念册问。

“I don’t know!”有人用英语回了她。

“有了，我给班长的留言想好了！”说着，就直接往毕业纪念册上写道：

Monitor，假如女人不爱你，那绝不是你的问题，而是地球出了毛病！

“女生写这样的话会让人见笑的！”批评过谢晓华的留言之后，皇甫涓沉思了片刻，便提笔疾书：

四年，一千多个日日夜夜，我们各自赶着各自的路。最后一朵晚霞消逝了，天空笼罩着一层淡淡的、薄薄的雾霭，远处的天际一片昏黄。老班长，我提灯为你送行，尽管灯光微弱，但它凝聚着我的真心。祝福你的事业，祝福你的明天，在灯光的尽头，你将迎来灿烂人生的第一道黎明。

接着皇甫涓，又有两位女生在上面留言：

人不会在春风得意的时候回望过去，而总是在痛苦辗转中反思人生。再见了，班长！生活就是这样，有合有分，合是开心的，分是难过的，但终究是成长和进步的！

宽阔的胸襟，从不囿于狭隘的天地；开远的目光，从没忘记整个世界。那就是你——My monitor，一个事业的拓荒者！

毕业纪念册传到祝宇安手上的时候，只剩黎玉红、萧天雅和她自己没写。黎玉红本来早就放假了，班里邀请她参加大家的毕业庆典活动，她开始有些犹豫，后来想到要等刘远程一起回家，就改变主意留了下来。

黎玉红的赠言很快就写好了：

踏着炎炎烈日的满地金辉，你就这样走了，在我的目光中渐渐远去。

我将你留给我的美好印象，化作甜甜的慰藉，不只是背影，抑或还有微笑、甘泉、春雨……

受到几位同伴的启发，祝宇安也轻松地找到了感觉：

很多人羡慕你，但我知道，你的路走得也很艰难。我更知道，于这艰难之中，你把自己的道路拓展得更加宽阔了。你的沉实稳重的脚步，将在属于你的土地上留下朝霞般的诗行……

祝宇安将闻风雷的毕业纪念册送去给萧天雅题词，她翻看过每位女同学的留言之后，脸上露出一丝倏忽而过的欣喜，想笑没能笑出来，很长时间就一直沉默在那里。

“屈尊一下，动动手，给你的心上人写几个字吧？”

“不必了，溢美之词铺天盖地，哪里还用得着我来锦上添花？”

“哎，你的心态不对吔！你写的东西是给大家看的，场面上的文章都不做，这不是存心让大家看笑话嘛！”

“就依了大家的心意，让它成为‘无言的结局’不好吗？”

“别闹！我来当枪替，帮你拟几个字，抄一下你总愿意吧？”

“你这又是何苦！”

祝宇安很快就写好了一段话，那段话基本上是站在她自己的视角上写给闻风雷的，赞扬中透着真诚，祝福中含着不舍：

你总是那样的春风得意，不是命运袒护了你，而是你掌握了命运；你总是那样的一帆风顺，不是挫折绕开了你，而是你驾驭了挫折。老兄，你会永远让人妒忌的，祝你一生好运！

萧天雅心不在焉地扫了一眼，苦笑道：“行了，行了，等一会儿我抄上去就是了！”

萧天雅继续等待与神人见面，每天她都会去教室一趟，看看有没有来信，然后就闷闷不乐地回到寝室看书，话也不愿说，饭也不想吃，一副病恹恹的样子。祝宇安担心她的身体，就来问她哪儿不舒服。

“我在等一个人的信，但他就是不睬我，我有点不死心。”

“你可不是简单地在等别人的信，你是在等你的梦中情人和白马王子，你想梅开二度！”祝宇安冷言冷语道。

“才不是呢，我根本就不知道他是谁！”

“哼，放了一个现成的男朋友你不去爱不去哄，还想玩花花点子另觅新欢！你就是再打着灯笼、踏破铁鞋，也找不到像闻风雷这样的老公了，你千万别自作聪明，耽误了自己的大事！”

“你就知道在我面前说他好，从来都不考虑我的感受。他几个月都不理我，话也不说，信也不写，连分配这样的大事也不闻不问，你怎么就知道他一定是爱我的？”

“所有的规规矩矩不都是你定的吗？你既然有这么多疑问，为什么不去当面问问清楚呢？谈恋爱难道还要人教？真是岂有此理！”

“你不要管我，我就想见见那个神人，看他到底是神还是人！”

或许苍天有眼，这一日萧天雅到教室去，果真看到了神人的来信，神人没有取走她的信，只是留了数行文字给她。神人首先批评她使小性子无理取闹，然后质问她是不是有什么不切实际的幻想和企图，如果有的话，那将自取其辱，适得其反。神人劝她要珍惜现有的同学情谊，闻风雷当初对她一往情深，后来之所以冷落她，主要还是她的恋爱方式不正确，在与闻风雷谈恋爱期间，同时与其他男生保持密切接触，既幼稚又荒唐，不仅让人生疑，也让人却步。神人坦言，他心目中的恋人，必须是百分之百的纯洁，像萧天雅这种情史复杂、追求者众多的女生，他是既不放心也毫无兴趣的。神人最后换了一副冷漠的面孔问她：“你能确信，你小心保存了多年的那张门票存根还在吗？”

神人的这封信，是一封十分无礼的“绝交信”，充满了对她的轻视和不屑，盛气凌人，横加指责，甚至借用他人的一段文字来公然羞辱她，这使她猝不及防，心劳意攘。她不明白神人为什么会变脸这么快，非要用一番极不友好、令人痛心的语言来结束他们的交往，实在是毫无道理。“门票存根”的说法，更是令她恶心之至，恨从中来。这句话的原文是这样表述的：“处女膜，一张造物主遗留在女人阴道口的门票存根……”不愿见就不见呗，干吗非要伤人？萧天雅猜测神人的文字背后可能隐藏了某种用意，在羞愤中思考了两天之后，她终于宽宥了神人的无礼，答应了他的条件，两人约定七月二十日早上八点在莘野亭见面。

36

自从见过神人那几页极不友好的文字之后，萧天雅的心情一直无法平静，她老是在想神人为什么要指责她“情史复杂”，继而怀疑她是不是“百分之百的纯洁”。拿这些纯属个人隐私的话题说事，神人的动机是什么？难道他是在用恋人的眼光看她，对她产生了某种期待？是一种试探？是一种标准？在对方意图不明的情况下，她还答应同他见面，实质上是无条件地接受了他的批评、默许了他的企图，甚至也间接表达了与他的期待相一致的某种意愿，她又是怎么想的呢？是她的本意吗？假如见到神人之后，神人真的向她提出要求，希望她做他的女朋友的话，她又该如何面对呢？

就在她想入非非和心神不定之际，她的兄长萧广仁给她来信了。萧广仁来信，主要是劝她下决心分回家乡去，父母年事已高，身边没人照顾，实在不是长久之计。萧广仁在信中还告诉萧天雅一件无厘头的事，就是父亲在上海住院期间，有一个很热心的小伙子到医院去照顾他，父亲回家后对这个小伙子赞不绝口，问萧广仁他叫什么名字，今年多大年纪，结没结婚，如果没结婚的话一定要介绍给萧天雅当对象。他想都没想就告诉父亲，这件事肯定是弄错了，要么是听错了话，要么是记错了人，总之他没有这样的战友。其父勃然大怒，说他敷衍了事，不忠不孝，非逼着他交出人不可，并吓唬他找不到人就别回家。萧广仁也是被逼无奈，只好挨个儿给他的那一帮退伍战友们写信打电话，问他们最近是否去过上海，结果一点悬念都没有。萧广仁在信中说，他对自己的那几位战友了如指掌，家境普遍都不好，甭说拿不出几百块钱，就是拿得出来的话，也不会平白无故地去看他的父亲，而且还不打招呼，当无名英雄，他还没交到那种仗义疏财、交头换颈的战友！萧广仁最后开玩笑说，父亲让他给萧天雅找对象的任务他注定是无法完成咯！

读罢家兄的来信，萧天雅也是震惊不已，事情虽然蹊跷，但绝不会是无缘无故的。她陡然想到这件事说不定就是闻风雷所为，闻风雷去过上海，时间又恰在其时，而且从闻风雷的心态猜度，去医院照顾未来的岳丈，获知医院欠费又倾囊救急，事情都在情理之中……闻风雷为什么从来都不提这件事呢？除了闻风雷之外会否还有其他的人呢？萧天雅恨不得马上就把事情搞个水落石出。

第二天早上，一丢下饭碗，萧天雅就赶到牛郎星镇去给母亲打电话，电话嘟嘟嘟地响了好半天，就是没人接听。萧天雅没找到母亲，就又给父亲打，恰巧父亲在办公室。她问父亲去医院照顾他的小伙子叫什么名字，父亲咳了半天，告诉她名字忘了。“名字忘了？名字说不上来，长相总能说得出来吧？”萧天雅的口气里火冒冒的。

“长相……长相嘛——”父亲又咳几声，“个子不高不矮，比广仁矮一点吧；有点瘦，皮肤比较白，讲普通话，听不出什么地方人——就这些了……”

萧天雅从父亲的电话里没摸到什么情况，又换了个时间再给母亲去电话，这回两人通上话了。

得知女儿来电话是想了解小伙子的情况，母亲似乎猜到了什么，她认真地回忆了一下，说：“这个小伙子一看就是有历练的人，来的时候穿一件立领蓝上装、黑色直筒裤、白色回力鞋，说话办事很得体，比广仁、广义稳重多了；当时没顾得上问他姓名，只听医院的那个女医生叫他雷雷或是磊磊；人很瘦，也很秀气，理了一个小平头，白白净净的，单眼皮，眉心里有一颗痣，在左边。你弟弟的眉心里也有一颗痣，是在右边，他的那颗痣比你弟弟的要小些，位置都在眉梢处……”听到此处，萧天雅一下子急了，她对着电话听筒大吼一声“你怎么不早说”，把电话那端的母亲吓得不知所措。

母亲的一通电话，让萧天雅心神不宁，愧疚不已，一句话或一个电话就可以澄清的误会，硬是打了两个多月的肚皮官司，什么努力也没尝试，就怪这怪那，不仅错怪了好人，还把自己的心情搅得一团糟。闻风雷还真会来事，招呼也不打一声，就直接跑到医院去大献殷勤，逮住机会在未来的岳父岳母面前隆重地显露了一手，三下五除二就把她的一对双亲给摆平了。自己的父母对闻风雷赞不绝口，其中的用意她心知肚明，闻风雷当然优秀，当然出色，要不然她怎么会和他处朋友呢？但是她想告诉父母的是，还有一位自称神人的同学并不比闻风雷差，什么时候讲一讲他的故事，一定会惊掉大家的下巴的！她提起这个人，并没有要贬低闻风雷的意思，只是想说明山外有山、人外有人的道理。她不否认，经过大半年的接触，她对神人已经很有好感了，她的心被分成了两半，一半是闻风雷，另一半就是神人。她说不清楚自己究竟喜欢他们两个人当中的谁，也许两人都喜欢，也许过去喜欢闻风雷、现在喜欢神人，而且喜欢神人的成分要更多一些……

从牛郎星镇返回学校的路上，萧天雅一直在想心事。她在想闻风雷，想神人，也想她自己。她的想法纭纭纷纷，断断续续，犹如她那被路灯投射在地面上又踩踏在自己脚下的身影一样。

闻风雷去医院看了她的父亲，这是大好事。她原来以为他不去医院看她的父亲，是感情上出了问题，对她有了什么“不好的想法”；要么就是目中无人，没把她的家人当一回事。现在总算是搞清楚了，他心里是有她的，不仅感情上没出问题，还把对她的感情传递到了她的家人身上，提前尽了毛脚女婿的孝心。父母对他的印象一个个都那么好，她又有什么不满意的呢？

孝心是尽了，但在毕业分配的问题上她仍然“意恨难平”。对于她今后的去向，他不献一策，不赞一词，任由她一个人蹦跶折腾，根本看不出来是有那层关系的人。他是不是在想着自己的二次分配，等他研究生毕业以后再来考虑两人在一起的事，所以才不着急的？若是这样的话，那也请打声招呼，好让她心里有底呀！她已经下了决心，不去北京就回老家，也不管什么异地恋了，只要感情还在，不怕最后走不到一起去。她以前说过的，谁跟谁走不是问题，关键要看感情怎样。总之，这件事到目前为止还悬在那里，感情上风险和隐患还是存在的，警报并未解除。

“在这个问题上，他居然不如神人！”萧天雅的思维跳跃了一下，“神人在诸多方面都不比他差，甚至还强于他，自己才会越来越喜欢神人的，是吗？”她脑子里冷不丁又冒出了一个可怕的念头，同时也吓着了她自己。

祝宇安说她想“梅开二度”，莫非真的是自己的感情出了问题，玩起了见异思迁的把戏？

不，她在心里否定着、抗拒着、自我辩解着。她从未想过要在她与闻风雷的关系上做出什么改变。

她对神人的好感，是源自一个特定条件下的偶然事件，神人帮助了她，也指导过她，并且在处理一连串棘手问题上表现出了干练的作风和过人的智慧，从而引起她的关注、好奇、甚而崇拜，到后来更是产生了对他的依赖和期待。她觉得这是一种自然的反应过程，贯穿其间的不外乎就事论事的评判、比较或者欣赏，也许还有真诚的感激和朴素的友谊，根本谈不上什么爱情或是恋情，至少不像是与闻风雷那样的感情，因为她的主观上没有那样的意愿。再说，她喜欢闻风雷，就一定要排除神人吗？闻风雷一度是她的偶像，神人为什么就不可以当她的偶像？女生谈恋爱，谁说不能同时欣赏别的男生？让他们两人同时在自己的心中并存着又有何妨？

对于自己非要念兹在兹地去见神人，她也是深感困惑的。她连日来茶饭无心，无所适从，闹到最后还答应了神人的无理要求，这究竟是为了什么？她首先想到的是自己的一个执念：班上发生了一件离奇事，出了一个类似超人的人，他姓甚名谁，这件事非弄清楚不可；其次这里面也有她赌气的成分：神人不理她，她心里气他，就采取了一些极端做法——她赌起气来，真是蛮不讲理呐——这样的解释能自圆其说吗？许许多多的想法、做法真的与感情无关吗？她想了很长时间，也没想清楚她与神人之间究竟发生了什么，或者说接下来她希望能够发生点什么……

到底要不要去和神人约会呢？去？不去？还是去吧！她必须知道这位神人究竟是何方神圣，接触这么长时间到最后还被他蒙在鼓里，传出去无疑是个笑话……去了之后，会不会给他造成错觉？他会喜欢自己吗？要是喜欢上了呢？……她不应该在这类问题上再绕来绕去了，这类问题不应该作为她的选项，她也不应该为自己的感情留下什么缺口或是后路。她相信自己能够经得起与神人见面的考验，她的天塌不下来。她倒要看看那位神人究竟能用何种神力硬生生地把自己给夺走！

萧天雅在路边摊子上吃了一碗阳春面，就回到了学校。学校的空气充满了送行的味道，主干道上插满了彩旗，行道树上挂满了彩灯，横幅标语不知道什么时候也一窝蜂地爬上了墙壁、枝头、围栏和宣传橱窗，叫人目不暇接，眼花缭乱——

时代的骄子，母校的荣光
今日桃李芬芳，明日群星灿烂
感恩母校，从我做起
点燃青春激情，放飞人生梦想
前程似锦，一帆风顺

真的要走了，女大不中留，后天的毕业典礼一结束，她就会像一盆泼出去的水一样离开这里，想赖着不走都不行了。

走过几个道口，身后传来喧闹的音响声，萧天雅这才想起教学楼今晚有舞会。舞会是毕业生的专场，每晚六点半开始，持续一个星期。萧天雅和祝宇安等人曾去过一次舞场，在那里见到了班上的不少男生，她注意观察了一下，大多数男生都不会跳舞，连三步、四步都分不清，伴着音乐根本踩不到鼓点上。她在休息区坐了片刻，便心血来潮地去教男生们踩鼓点，她想那几个男生中说不定就有神人在，于是教得很上心，脚指头被人踩得生疼也毫不介意，结果还真教会了几人。闻风雷是从来不去舞场的，他曾说过多次，男子汉大丈夫可以去酒场，但不可去舞场，酒能够激扬斗志，舞却只能消磨意志。闻风雷不去跳舞，他带着赵高潮、吴学勰等人利用大家跳舞的时间挨家挨户地去拜访任课老师了，在这方面他无疑要比别人用心多了。昨天中午蒋家兴来参加班级的毕业聚餐，宣布了两个好消息：第一个消息，大家的分配结果都不错，个人意愿的满足程度达到了百分之八十以上；第二个消息，覃老师的入党申请已在系党总支通过，只等院党委履行一下批准手续，就成为一名光荣的共产党员了。蒋家兴宣布这一消息的时候，覃怀良的脸上是喜滋滋的，他端着杯子不停地给人敬酒，先敬蒋家兴，再敬郭之诚，还单独敬了闻风雷。覃怀良为什么要单独敬闻风雷呢？她不知道这里面到底有什么名堂。想到闻风雷说过的那些话，她后来就再也没去教学楼参加同学们的舞会了。

萧天雅回到寝室，里面空无一人，伙伴们都去跳舞了。她没精打采地洗头、洗澡、洗衣服，又给家兄回了一封短信，就爬上床休息了。本来她还想再去一趟教室把书桌里的课本搬回来的，但腰酸腿疼，一动也不想动，只好等明天再说。她今天跑了两趟牛郎星镇，实在是太累了。她捧着一本小说在手里，才翻了几页，就看不下去了，小肚子一阵一阵地痉挛，头晕，反胃，有点像是"宝贝"要来的样子。她想去找逍遥丸吃，抽屉里翻了个遍，也没找到，只好再爬回床铺上。祝宇安漏夜从舞会上回来，看见她像中了暑的人一样蜷缩在床上，脸色煞白，虚汗直冒，吓了一大跳。祝宇安问她是不是"宝贝"要来了，她不置可否地嗯了一声，从时间上推算，比以往提前了一个星期，她不敢确定。祝宇安问她吃没吃药，她说没找到，祝宇安就又去翻抽屉，边翻还边嘀咕，说我记得还有几粒的，怎么找不到了呢，上个月要是再多买一盒就好了。

苦等了一夜，萧天雅的"宝贝"果然来了，"肚子疼"照例又进一步加剧了。她躺在床上哼唧哼唧地叫唤着，旁边的女伴们就开她的玩笑，说她挑在这个时间来例假，吃也不想吃，玩也不想玩，用一种痛苦的感受结束四年的大学生活，并且以自己的痛苦换取大家的快乐，真是大公无私、高风亮节呀！

萧天雅在床上躺了一整天，直到傍晚时分才觉得肚子好受了些。她想到教室里还有书本要拿回来，便拖着乏力的身子去了教室。

教室里的热闹从来都是靠人气填充起来的，人不来了，就没了人气，也就冷清了。教室此刻也是空荡荡的，萧天雅还从来没有见过教室里的空荡，这种空荡自带了一种静谧的气场，使她忘掉过去，淡化自我，生出一股震撼心灵的力量。

萧天雅站在讲台上，目光朝一个个虚空的座位扫去，座位上就有了人影晃动，每个人的衣着打扮、表情容貌看得清清楚楚，都在对她凝神张望。萧天雅油然冒出要给大家送行的想法，明天就要举行毕业典礼了，活动一结束，她就要与同学们分别了，依依不舍也好，各奔东西也罢，反正不会像过去那样朝夕腻在一起了。临别的时候，该说些什么呢？萧天雅两手撑在讲台上，神情严肃且自言自语地发表了她的告别演说——

我这个人呐，不太擅长在同学面前讲话，不如闻风雷、神人他们，张口就来，人越多讲起话来就越带劲。没办法，天生的上不了台面！嗯，赵高潮、钟迎晖、谷庆丰、刘荣坤，你们就要上北京了，到国家的部委办去工作，单位是没得说的，美中不足就是今后回家的路途远了一点；皇甫涓、丁翔华、乔粤生，你们和我一样，也选择了回老家，回去了，父母高兴，自己也省心，这条路没走错；夏子辉、陈实，你们幸运地被选拔到解放军总后勤部去工作，真叫人羡慕呀，十年二十年之后弄个师长旅长干干，那都不算个事儿；祝宇安、徐维平、谢晓华、刘远程，你们马上就是母校的老师了，你们几个都是做学问的人，留校的结局肯定是美好的，日后混个教授、博导什么的，那就是大知识分子了；莫跃进和皮阿凡，你俩看来只能留在省城了，你们走了桃花运，为爱作出一点必要的牺牲也是应该的；苗喵咪，你申请去新疆，其实大可不必，我不好阻拦你，只能向你表示祝福，你从暗房里顺走的那几张照片就算我送给你了，过一段时间你就把它撕掉吧，留在手头被你女朋友看见了不好；哦，还有帅亦然，你老弟的运气实在是太糟了，全班唯一的一个去工厂的指标——庐城市化肥厂财务科，落到了你头上，看来你前一段时间的实习倒是没白忙乎呢！再见吧，同学们！学校是我们的摇篮，是我们的港湾，是我们集体修行的地方，我们将从这里起航，乘风借势，像浪花一样奔涌到祖国的四面八方。再见了，我的同学！再见了，我的校园！

萧天雅从讲台上下来，就想往外走，才走到门口，又想起自己来教室的目的，于是不好意思地折返回来，朝窗户边上的课桌走去，回到自己的座位前。

她的眼睛忽然亮了，抽斗里的书本已被人捆好，放在了桌面上，两小捆，捆得扎实精致；抽斗里没了书本，但留下了两盒逍遥丸，一张粉红色的纸头放在药盒上，上面写着：

同仁堂、雷允上各一盒，选用。神人

"神人？逍遥丸？"萧天雅拿着纸头、盯着药盒，简直不敢相信自己的眼睛。神人——逍遥丸……逍遥丸——闻风雷……她的心里在抗拒着眼前的事实，不停地呼喊“不可能！不可能！”身子却不由自主地瘫软下来，跌坐在座位上。

一阵空白过后，萧天雅回过神来，她又细看了纸头上的文字，就发现它与以往见到的神人笔迹不同，居然就是闻风雷的字迹。她骂了一声“该死！”就捧着那两盒逍遥丸大笑起来，边笑边骂，骂闻风雷是大骗子，自己是大笨蛋；骂闻风雷是小偷、窃贼、地老鼠，自己是白痴、蠢货、可怜虫。骂完以后，也不管三七二十一，立马撕开盒子的包装，抓起一枚药丸就往嘴里塞，嚼碎之后吞咽下去，然后又是一串疯笑。

“神人死了！”萧天雅在心里悲伤地哀叹道。

闻风雷跟她开玩笑，捏造了一个子虚乌有的神人来与她周旋，怎么看都像是一场精心策划的骗局、套路、阴谋，而她居然信以为真，让他牵着鼻子跑，甚至投入感情、构织梦想、抱守痴念……她傻呀！是的，她曾经憧憬着要跟神人约会的，也想过要跟神人之间发生一点罗曼蒂克的，可笑的是，这一切顷刻间就烟消云散了，闻风雷送来了两盒逍遥丸，将她的感情、梦想、痴念统统都揉进了逍遥丸里，最终被她吞进了胃肠里。神人死了，闻风雷却活过来了，不仅如此，还更加完美和高大了，因为神人那些美好的东西都叠加在闻风雷的身上了；神人不在了，她也回归了，从虚无缥缈的罗曼蒂克回到真实的爱情里来，回到她的白马王子身边，回到眼下看得见摸得着的生活场景之中。此刻，她的心安静了，踏实了，完整了。她的心是有两瓣的，原来两瓣心各装了一个人，左半边装了闻风雷，右半边装了神人，当闻风雷与神人合二为一之后，她的两瓣心就合拢了，就成了一颗完整的心。

心定了，情就定了，她的人生和结局也就定了。她在教室里坐了很久，直到周围完全黑暗下来才离开那里。她已打定主意，连夜就去找覃怀良改志愿，请覃老师把她分到上海去。闻风雷与神人合二为一之后，她的心就专属于一个人了，这个人就是她的依靠、她的归宿、她的全部，除此之外别无选择。

到了覃怀良家里，一家人已吃过晚饭。覃怀良颈脖子上搭了一条毛巾在厨房里洗碗，沈小健系着围裙在阳台上洗衣服，普通的教师之家正在热闹地上演庸常乏味却经久不变的夏夜乐章。

明白萧天雅的来意之后，覃怀良一下子傻了眼，张着大嘴一个字也吐不出来，半晌才问道：“你这几天是不是一直都在睡大觉，睡到刚才才醒？你知道今天是多少号啦？再过十四个小时，也就是明天上午的十点，就要举行毕业典礼了，你让我找谁去调志愿呀？”

“我就是想去上海嘛！”萧天雅急得要哭了。

“你能给我一个理由吗？”

“我想跟闻风雷在一起！”

“你说什么？再说一遍！”

“我要跟闻风雷在一起！”萧天雅又重复了一遍，并且是吼叫着说出那几个字的。

“这个想法你跟闻风雷沟通过吗？”沈小健爹着两只手过来问。

“沟通个屁，她去北京，就是闻风雷这小子让我这么干的！”覃怀良突然冒出一股无名火。

“去北京？不是说好了回老家的吗？”萧天雅怔住了。

萧天雅的眼泪立刻就流出了眼眶，她像一尊木雕似的，一动不动地站在两位老师面前，没有表情，没有声响，甚至也没有感觉，连一只蚊子叮在她的额头上吮吸她的鲜血也毫无反应。

“你这是做什么，快别哭，我最看不得别人掉眼泪了！”覃怀良赶紧从颈脖子上扯下毛巾给萧天雅擦眼泪，又回过头对沈小健讲，“我这心里也为他俩高兴咧！男追女隔座山，女追男隔层纱，我看这事准成！我这就去找苏教头，看看他有什么好办法！”

覃怀良找到苏教头的时候，他正在办公室与几位同仁一起挑灯夜战，办公桌上摆满了各种表格文件，脚底下也堆满了各种证书、档案之类的东西，电风扇在头顶上嗡嗡作响，蝈蝈或是蚱蝉在窗外鸣叫，让覃怀良身临其境地感受到了一种与自己在书斋里耕耘截然不同的忙碌。

听说是萧天雅想到上海去，苏教头考虑了很长时间，最后慨然应允道，无论有多大的困难，萧天雅的要求也要优先满足，只是我们学校分到上海的指标太少，选择余地不大，她要去的话，就怕单位不理想哩！苏教头皱着眉头查看计划表，不一会儿眉头便舒开了：“还行，还行，还有两个单位是机动的，也许能解决她的问题!”

覃怀良一瞧,一个是上海市电力专科学校,另一个是上海市财政局。覃怀良说她不想当老师,还是去财政局吧。苏教头说也好,那就把她的国家计委指标和上海市财政局的指标互换一下,虽然受一点委屈,但是总算满足了她的要求了。

萧天雅几乎是一路哭着跑回学校的,她感到自己很委屈,在覃怀良家里,两位老师都把她当成了坏学生,问她这个,问她那个,就是不肯相信她说的话,她平生从未被人轻视过,这是头一回。哭了几声,又想起来应该骂闻风雷,分配这么大的事,事先也不同她商量,就唆使老师把她分到北京去了,害得她在覃老师家里出尽了洋相。她请老师把她分配到上海去,闻风雷有可能会怪她,他想去北京工作,希望她能先在那里安家。她才不管呐,好日子先过,她就是要到上海去,就是要和他在一起,只要两人能在一起,其他的都不值得一提!过两天她就去打结婚证,从此以后就将闻风雷与自己牢牢地拴在一起了。她相信自己的选择是正确的,她的爸爸妈妈想必也是高兴的,这就够了,今晚的委屈没有白受,眼泪没白流,值了!她慢慢地止住哭泣,溜达到宿舍前面的草坪上,又看见了灯影下的广玉兰,闻到了熟悉的栀子花香。她顿时兴奋起来,闻风雷再也跑不掉了,今后她将死心塌地跟闻风雷在一起,整天黏着他,就像闻风雷自己说过的那样,她照镜子的时候,就能透过镜子见到他的影子,形影不离。

眼下还有一个小小的问题摆在她的面前,就是明天的约会她还去不去?几个小时之前,神人还是活蹦乱跳的,由于神人的存在,她是可以选择的,她的选择就是要与神人会面;几个小时之后,神人人间蒸发,她的归属立刻就明晰了,选择权也就随即被她自己给剥夺了。当初她一心要见神人,除了想满足自己的执念并甄别自己的情感之外,还想弄清楚一些其他的问题,比如他是从哪里打听来的那么多消息的,又是如何躲过帅亦然的监视将东西放进她的书桌里的,最后又为什么要写那样的言辞尖刻的信给她,等等。但是,现在这一切都无关紧要了,她以往想不明白的问题,包括问题的答案,都攥在闻风雷手里,闻风雷制造了疑虑,也制造了爱,并用他的爱来稀释她的疑虑,而爱是用不着解释的。前不久,她还曾担心过闻风雷,生怕他对她爱得不深、爱得不纯,说到底还是对他了解不透。闻风雷的爱是独特的，在她提出冷冻两人的关系以后，他还装神弄鬼暗地里关心她帮助她，这种爱的表达只有闻风雷才能做得出来。萧天雅觉得，此刻她成了这个世界上最幸福的女人，因为她同时拥有了闻风雷和神人——她喜欢闻风雷，也更加喜欢闻风雷所展示出来的神人的一面。她要尽快见到自己的爱人，把自己的一切都交给他安排，包括明天的约会……

在大学毕业前夕的最后一个晚上，萧天雅在自己的恋爱问题上完全放开了，从思想到行为，从言谈到举止，凡是束缚她的条条框框都被她打破了，她要以实际行动来证明自己也是一位思想前卫、观念开放的新女性。她到男生寝室去找闻风雷，前一个小时去，陈实告诉她去看老师了；后一个小时去，徐维平又告诉她和同学去散步了。她见不到人就着急了，堵在寝室门口也不走，还不停地跺着脚说："这都什么时候了，还在外面瞎晃荡！"

徐维平毫不理会她的焦急，说起话来依旧没个正形："早知道他这么无组织无纪律，就应该拿一根绳子拴住他的！"

"你以为我不敢？"萧天雅很不友好地朝他瞪了一眼，"那是早晚的事！"

晚上去寝室没见到人，萧天雅就决定明天早上还是要到莘野亭去，她要是不去，闻风雷便会在那里傻等她的。在上学的几年里，她对莘野亭并不怎么感兴趣，在她的印象中，那个地方很暧昧，经常发生一些风花雪月的故事，内心一直是排斥它的；如今要毕业了，她倒有了要去踏访的意愿，不仅想看看那座亭子，也想与闻风雷约个会，听他还能用什么花言巧语来哄骗自己，看他在自己的目光直视下，脸上会产生什么表情，会不会像过去那样脸红、眼红、抓耳挠腮，就想看他原形毕露的窘样。

早饭是祝宇安打回寝室来吃的，吃饭的时候她告诉萧天雅，等会儿她要外出一下，回头直接去会场参加毕业典礼，问萧天雅要不要和她一起走走，萧天雅说我等会儿也有个事，我们还是各忙各的吧。祝宇安抛了个飞吻给她："开心！"

酷暑节气的莘野岭，满山翠绿，清香袭人，植物们在充足的光照和丰沛的雨水养护下，进入了一年中最兴盛的时期，山坡上的三角梅、紫薇、木槿、夹竹桃都开了花，在明亮的光影衬托下，本来就绚丽无比的花儿们显得更加灿烂，在青绿的山坡上绽放出了五彩的火焰。萧天雅顺着麻石台阶去莘野亭，在一丛盛开的芙蓉花前停下了脚步。她摘下凉帽，用手帕擦去额头、鼻尖上的汗粒，又掏出小镜子照了照自己，然后轻轻吐出一口气，继续前行。天空瓦蓝瓦蓝的，空气格外清新，蜂儿在花间穿梭，鸟儿在枝头鸣啭，鱼儿在水里嬉戏，湿热而暧昧的环境活跃了生物的代谢活动，也助推了作为高等动物的俊男靓女们的相互吸引和情感交流。

老远就看见一个人背着手，低着头，在亭子跟前踱来踱去。萧天雅的心口扑扑直跳，她知道前面那位“老大人”就是被自己“冷冻”了一年之久的闻同学，也是自己一心想见的神人。还有几十米就要到他身旁了，她猛然意识到，跨越这几十米的距离，居然花了她将近一年的时间。这一年来，她想了他多少回哟，不仅仅是想他，也气过他，骂过他，甚至做好了准备不理他！可是，苞谷一层层去衣，竹笋一道道剥壳，最后终于看到了真相，原来是自己想多了，看岔了，昏头了。尽管如此，她也是高兴的，她喜欢的那个人还是那个人，一点儿也没有变；非但没变，而且还意外观赏到了他的雅士之风、金玉之品，让自己柔弱的心灵长时间沉浸在歉意的自责和幸福的期待之中。

萧天雅轻轻咳了两声，尖细的声音扰乱了亭子周遭的宁静，引来闻风雷优雅的一顾。

从亭子东头直射过来的阳光，穿越稀疏的枝叶，散落在萧天雅的身上，开出了一朵朵七彩斑斓的碎花。萧天雅盘着一头好看的发髻，手里抓着一顶素色的凉帽，一边扇着，一边走着，白色的乔琪纱短袖衬衫之下，是一袭墨绿的真丝长裙，裙裾随风起舞，把一双穿着肉色丝光袜、棕色皮凉鞋的玉足送到了闻风雷跟前。

好清纯的美女啊！闻风雷在心里暗叹道。闻风雷像欣赏一只珍稀而美丽的猎物一样注视这位骄傲的同学，两手从后背挪到了胸前，交叉在臂弯里，一副怡然自得的样子。

“看我干什么，不让你看！”萧天雅用凉帽遮挡住了自己的脸。

“你这个人好没道理，约人家来，还不让人家看！”闻风雷轻轻拨开她的凉帽。

“你这个大骗子，为什么要骗我?”萧天雅双目含情，质问的口气里感觉不到一丝火星。

“我骗你了？也许吧!”闻风雷直视着自己的同学，轻声细语道，“在你面前，只有信任和期待，赞美和欣赏，加上一颗你无法触摸的初心!”

“你说的那张门票的存根，我给你带来了，你要查验吗?”萧天雅仰着头，脸上漾着笑，学闻风雷将手背在身后。

闻风雷被萧天雅的大胆雷到了，一时接不上话。过了一会儿，才红着脸说：“门票已在我手中，我还要它的存根做什么!”

“骗子，你这个大骗子!”萧天雅把手里的凉帽一扔，跳着冲上去搂住了闻风雷的肩膀，再将自己的脑袋贴在他的胸前，使劲地抱住他，一句话也不说。闻风雷也勾住她的腰，开始吻她，头发，耳根，脖子，脸颊，最后是她的双唇。两人越抱越紧，越吻越深，你吻过来，我吻过去，没完没了地吻；闻风雷大胆地将舌伸进萧天雅的唇里，萧天雅也大胆地用唇夹住闻风雷的舌，你送我迎，你来我往，恣意体验了一回唇与唇、唇与舌以及舌与舌的交欢。两人抱在一起，闻风雷明显觉察到萧天雅的身子在微微颤动，一股久违的幽香，通过她的鼻息喷撒出来，撩拨着他的鼻尖、眉眼、脸颊和前胸，更加激起了他亲热的欲望……萧天雅心里一阵慌乱，嘴上喃喃自语道“没关系，没关系”，越发搂紧了对方，恨不得把整个人也嵌入到对方的身体里。

闻风雷突然停止了亲吻，笑着对萧天雅说：“你看，你的死党来了!”

“我什么也没看见，你们接着亲热!”祝宇安穿一身街市上刚流行起来的淡蓝色背带装，从莘野亭东北角的坡道上快步走来，话音才落，人已到了跟前。

萧天雅惊奇地问：“咦，你知道我们在这里?”

“神人无处不在，神人无所不知!”闻风雷代祝宇安答道，“她就是你心心念念的神人，我们都要感谢她!”

“你?”萧天雅张着大嘴，瞬间停止了呼吸。

祝宇安咯咯地笑了起来，说：“我不是神人，他是！他是神，我是人!”

“该死！我怎么就没想到你们两个呢！你们害得我好苦哇!”萧天雅抡起双拳，一人锤了几下。

“杜星光回家的事，你是怎么知道的?”

“谷庆丰告诉我的。杜星光拍电报给他的女朋友，对方立即就告诉了谷庆丰，请他阻止杜星光回去。谷庆丰知道自己劝阻不了他，就把这件事告诉了我!”

“莫跃进约会的事呢?”

“是我自己发现的。我晚上在学生党支部活动室开会，无意中看到了莫跃进去教工楼约会，后来又摸到了他的规律，于是就告诉了你!”

“字条上的笔迹是谁的?”

“七九级工业财会班的诺明，他是我中学的同学!”

37

20 世纪 60 年代初，一个三四岁的小男孩穿着开裆裤在同爷爷玩耍。爷爷问:“雷雷，你长大以后想做什么呀?”听见爷爷问自己的话，小男孩顿时停止了玩耍。他用一只小脏手来回擦了几下鼻涕，然后抿紧嘴唇，瞪大眼睛，用手指向远处的山峰，大声喊道:“我要翻过这座山，坐大船，到上海去找我的小妹妹玩!”

差不多是在同一个时刻，上海城里的一位老奶奶正在替自己上幼儿园小班的外孙女梳头。老奶奶问:“囡囡，侬看隔壁的小哥哥一清早就起床练字了，侬讲伊好勿啦!”小女孩把头一偏，不屑一顾地说:“我不喜欢男孩子，又脏又坏，老是乘我不注意，从背后扯下我的短裤，害人家羞死了!”

第二年夏天的一个中午，小男孩的爸爸妈妈带着他到县城百货公司逛街，恰巧碰见一辆从上海开来的长途客车停在百货公司附近的十字街口。小男孩眼睛直勾勾地盯着从车上下来的一个扎着羊角辫的小女孩，先在她跟前瞅了几眼，又围着她四周转了几圈，然后乘其不备，一下子蹿到她的身后，一把将她的花短裤拉扯了下来。面对突如其来的攻击，女孩子没喊没叫，只是怔怔地望着男孩，而男孩玩过恶作剧之后，早已一溜烟跑远了……

此后又过了十八年，当年的小男孩和小女孩同时走进同一所高校的同一个专业学习。男孩家乡的那座小县城距离学校八百五十五公里，女孩生长的那座大都市距离学校三百六十六公里，两人隔着万水千山，各牵姻缘红头绳的一端，相识在月老安排的学堂上。无论是男孩还是女孩，彼此都忘记了幼年发生的那件糗事，他们无法想象出生命里曾有过的任何交集。

四年本科学习结束，他们结合在了一起。他们后来生了一个儿子，儿子又娶了他们同班同学的女儿。这位同学曾经在就学期间摔断过双腿，是他俩祈求上苍的眷顾，并与众多的学友一道帮他度过了最初的困厄。如今，同学成了亲家，友情又添了亲情，这一切看起来是那么的和谐自然，冥冥之中似乎早就安排好了！

这是一件真人真事，我一点都没骗你！

二〇二四年四月

于南京五台东苑